淮师翔宇文丛

总主编　李相银

江苏省一级学科重点建设学科中国语言文学学科经费资助
江苏省品牌专业汉语言文学专业经费资助
淮阴师范学院优势学科文化传承与文化创意学科经费资助

初　涉　集

主　编　许芳红　杨　颖
副主编　晁　瑞　杜春龙

南京大学出版社

图书在版编目(CIP)数据

初涉集 / 许芳红，杨颖主编. —南京：南京大学出版社，2016.12

(淮师翔宇文丛/李相银主编)

ISBN 978-7-305-14604-6

Ⅰ. ①初… Ⅱ. ①许… ②杨… Ⅲ. ①世界文学—文学评论—文集 Ⅳ. ①I106-53

中国版本图书馆 CIP 数据核字(2016)第 306485 号

出版发行 南京大学出版社
社　　址 南京市汉口路 22 号　　邮　编 210093
出 版 人 金鑫荣

丛 书 名 淮师翔宇文丛
总 主 编 李相银
书　　名 初涉集
主　　编 许芳红　杨　颖
责任编辑 荣卫红　　编辑热线 025-83685720

照　　排 南京紫藤制版印务中心
印　　刷 南京爱德印刷有限公司
开　　本 787×1092 1/16 印张 18.25 字数 433 千
版　　次 2016 年 12 月第 1 版 2016 年 12 月第 1 次印刷
ISBN 978-7-305-14604-6
定　　价 54.00 元

网址：http://www.njupco.com
官方微博：http://weibo.com/njupco
官方微信号：njupress
销售咨询热线：(025)83594756

目　录

语言科学

教学思考

总　序

阅读·写作·做人及其体系构建

2012年7月，我开始任淮阴师范学院文学院院长。暑假两个月，我一直在思考学院的办学理念与人才培养问题。随着思考的深入，我的思路逐渐清晰明朗起来：既然是文学院，就应当围绕“文学”二字做文章。在学校办学转型的背景下，加强高素质应用型人才培养已成当务之急，我要赋予“文学”二字新的含义。在2012级新生开学典礼上，我开始将“文学”拆分为“文”与“学”两个字，将“文”阐释为“文以化人”，将“学”阐释为“学以致用”，并将“文以化人，学以致用”作为文学院的人才培养理念。在这里，“文以化人”强调的是提升学生的人文素养，“学以致用”强调的是提升学生的职业能力，而这正是我们这一类师范院校中文专业人才培养的两个基本点。

那么，如何落实“文以化人，学以致用”这一理念呢？文学院对学生的要求是六个字：“阅读、写作、做人”。后来，每一年新生入学时我们都会强调这六个字，并要求他们大学四年学会做三件事：学会阅读、学会写作和学会做人。我们认为：只要这三件事情做好了，文学院毕业生什么工作都可以胜任。

关于阅读，我们要求学生先弄明白三个问题。一、为何阅读？福楼拜说“阅读是为了活着”；苏东坡说“腹有诗书气自华”。对于文学院学生来说，“阅读”是必修课和首要任务，是积累知识、提升修养的必由之路，更是一种高贵的精神追求。我们相信阅读能够使高贵的灵魂更加高贵，能够使神圣的信仰更加神圣，因为文学是永远的精神食粮。二、阅读什么？当然是阅读经典。关于经典，意大利20世纪最著名小说家，也是诺贝尔文学奖十大遗珠之一的作家卡尔维诺曾说：“经典作品是那些你经常听人家说‘我正在重读……’而不是‘我正在读……’的书。”可见，经典作品不仅值得阅读，还值得再三咀嚼与玩味。经典的恒定性与典范性是其最重要的艺术魅力。三、如何阅读？笛卡尔说：“我思故我在。”这是笛卡尔提出的重要哲学命题。其含义不是说由于我思考，所以我存在。而是指通过思考而意识到了（我的）存在，即由“思考”之状态而知道“存在”之本质。简而言之，思考能让主体意识到存在的重要性。因此，读书的目的不仅仅是为了记住，更是为了思考，亦如中国古人云“学而不思则罔，思而不学则殆”。我们认为，在阅读中提出问题、质疑与反思、求证与批判，比能记住多少知识更为重要。

关于写作，必须明白的是：它不等于文学创作，还包括读书笔记、创意写作、文学评论与应用文写作等。“读书破万卷，下笔如有神。”写作可以将阅读中的思考转化为文字，就此而言，写作是阅读成效最有力的展示，也是创新意识、创造能力最直接的体现。文学院提倡写作并非为了培养作家，而是希望通过写作训练使学生成为一个具有良好文字功底的人。文学院的学生若都能写得一手好文章，何愁没有立身之本？

关于做人，应该清醒地认识到它与阅读、写作有着紧密联系。阅读能使学生明白自己应该做一个什么样的人，今生才更有意义。写作则让别人明白自己是一个什么样的人，自己将带给这个世界怎样的精神与惊喜。做人则意味着要用一生对自己的阅读与写作做出回应与总结。那么，文学院的学生应该做一个什么样的人？文学院的要求是：一、做一个有点“文学”的人。期待每个学生都学富五车、满腹经纶并不现实，但起码可以做一个博览群书、学养丰厚的人。二、做一个精神高贵的人。1929年陈寅恪为王国维撰写的纪念碑文是“独立之精神，自由之思想”。王国维已成历史之绝响，而此后的顾准、林昭、遇罗克、张志新等人前赴后继，用生命再次昭示独立、自由、民主、平等之可贵。做一个坚守公平、正义与良知的人，应当成为中文专业学生的自觉追求。三、做一个懂得感恩的人。在我们成长的路上，有人是桥，有人是路，有人是船，他们扮演的作用或大或小，但无疑都是最应该珍惜的人，理应受到受惠者的尊重与感谢。感恩是一种素养，也是一种文化乃至文明。这样的认知，在阅读中可以获得，在写作中则可以传承。

“书到用时方恨少，事非经过不知难。”“文以化人、学以致用”是一个系统工程，不仅包含理念的更新，还包含实践路径的选择。为有效地推进阅读与写作计划，文学院积极实施“十百千”工程，为学生成人成才铺设路径。“十”，即要求每个学生大学四年至少有十次讲台（舞台）经验，或演讲，或朗诵，或表演，或汇报，形式不拘；“百”，即双百方针，要求每个学生新增背诵百篇优秀诗文、写作百篇优秀短文；“千”，即要求每个学生新增阅读千篇（部）以上经典文学作品。

2013年上半年，学校修订新一轮人才培养方案，文学院党政班子经过深入研讨，最终达成共识，将上述思考体系化，并融进文学院2013版人才培养方案。我们的主要做法有：

一、构建立体的阅读体系

在课程设置方面做出重要改革，在保持原学分学时不变的前提下，将“中国古代文学”改成“中国古代文学史”和“中国古代文学作品选”两门课，将“中国现代文学”改成“中国现代文学史”和“中国现代文学作品选”两门课，同时增设“《楚辞》精读”、“《论语》精读”、“《史记》精读”、“《文心雕龙》精读”、“鲁迅精读”、“沈从文精读”、“张爱玲精读”、“钱钟书精读”、“西方现代派文学经典精读”等课程，旨在通过课程设置引导教师利用课堂教学主渠道，强化中文专业学生的阅读理解能力、文本分析能力。与此同时，文学院还积极利用课余时间推进课外阅读，一是编写《阅读经典，放飞梦想》读书指南与《文学院学生必读书目》引导阅读；二是编写《优秀诗文经典名篇必背》引导背诵；三是举办“雅好诗书”读书笔记大赛、“经典诗词四六级大赛”、“风雅颂：我爱记诗词”等活动，以检测阅读的效果。

二、健全多维的写作体系

一是将原先开设的“基础写作”课程改成“写作理论与写作训练”，将“文献学”与“研究方法与论文写作”两门课整合优化为“文献检索与论文写作”。理论讲解有其必要性，但写作能力的提升关键在于训练，课程改革的目的即在于强化师生的这一认知。文秘系教师编写的教材《写作理论与写作训练》即将投入使用，今后的写作训练会更有针对性。二是将“百篇短文写作”技能训练纳入人才培养方案中的实践环节，并给予学分认定，以此强调写作能力提升的必要性与不可或缺性。三是创建“博雅园”文学网络空间，资助出版《涟漪》《起兮》等社团期刊，鼓励学生文学创作，并使之常态化，最终结集出版《诗文趁年华——淮阴师范学院文学院学生佳作选》，以实际举措激发学生写作兴趣，形成良性循环。四是规范学生论文写作，以“文献检索与论文写作”等课程的课堂教学引导并培养学生的论文意识，掌握论文写作的必要知识，通过小论文式作业、学年论文和毕业论文写作来锻炼和检测学生的论文写作能力和水平。同时遴选培育一些优秀学年论文，鼓励学年论文毕业论文一体化，支持学生公开发表学术论文，并出台论文发表奖励政策，资助出版《初涉集》，使论文写作及教师指导更具目的性、更加规范化，也更具可操作性。

三、建立全方位的育人体系

针对中文专业学生的个性色彩、心理特征和发展趋势，文学院特别制定了全程育人的导师制度，如在大一阶段配备新生导师制，主要引导学生尽快适应大学生活；在大二阶段配备职业规划导师团队，主要引导学生规划职业生涯，比如考研、考公、考村官或者直接就业等等；在大三阶段配备考研导师制，指导学生复习考研，帮助学生实现考研理想；在大四阶段配备就业导师团队，帮助学生分析市场与理性择业。

四、打造全员化的第二课堂

人才培养不能仅仅依赖于课堂教学，一般而言，教师在课堂上更多地提供给学生的是方向、方式与方法，只有把这些充分运用到课外活动实践中，才能更加有效地激发学生的创新性思维，从而有益于人才的培养与发展。近几年来，我们一是根据中文专业特点举办相关校园文化活动，如“四月的思念”、“翰墨春秋：汉字听写大赛”、“风雅颂：我爱记诗词大赛”等文化活动，借以塑造学生品格，丰富课外生活，取得很好反响。二是根据学生个性特点成立中文特色鲜明的学生社团，如“采菊诗社”、“起兮文学社”、“翔宇戏剧社”、“燃灯剧社”等。其中，“采菊诗社”为学校明星社团，多次赴台湾地区交流演出，在大陆具有一定影响力，已成为本专业对外交往的重要名片。“起兮文学社”、“涟漪诗社”等文学类社团也已成长为学校著名品牌社团，定期出版刊物如《苏北青年》、《翔宇论坛》、《语言艺术报》、《涟漪》、《起兮》等。戏剧社团则及时排演话剧并公演，2015 年 12 月，“燃灯剧社”排演青春版话剧《雷雨》，在校内外引起很大反响，得到省内外诸多兄弟高校同行的赞赏，主要演员一举成为校园明星，并被淮安市有关部门选入话剧《少年周恩来》的主演阵容。通过主编刊物、剧本创作与话剧演出，激发学生的写作兴趣和协作精神，锻炼学生的写作能力，提升学生的文化素养，这是文学院对学生社团的基本要求。三是开展多管齐下的技能训练，如：建立健全训练机制，由院行政负责总安排，教师负责总指导，院团总支负责总实施；建立“小老师”队伍，形成“传帮带”机制，以评比促进训练，采用“每周一练”方式训练中文专业学生“三字一话”等基本技能。

五、精心打造品牌活动

一是高端前沿的“翔宇论坛”，自 2009 年创办以来，目前已开设 90 余讲，张炯、黄修己、吴福辉、陈思和、刘勇、吴义勤、周勋初、钟振振、王钟陵等著名学者；王安忆、毕飞宇、范小青、赵本夫、阿成、徐则臣等著名作家；六小龄童、沈铁梅等著名演员先后做客“翔宇论坛”，进一步拓宽了学生的专业视野。论坛成果《翔宇论坛名家讲演录》即将出版。二是深入浅出的“名师讲堂”，创建于 2012 年，旨在借助国内一流名师资源，紧扣课程教学内容，深化作品阅读，培养学生的作品解读能力，陈思和、莫砺锋、萧兵、周建忠等先后为学生开设公开课，令学生获益良多。

当然，上述思路与做法的形成非一日之功，而是前后几届文学院党政班子共同智慧的结晶。近五年来，由施军副校长和我共同主持的课题“高师中文专业课程体系改革与创新型人才培养研究”、“应用型本科院校汉语言文学专业双基多能人才体系建构与实践研究”先后获得江苏省高等教育教学改革课题立项；由施军和我领衔申报的教学成果“高师中文专业学生能力培养体系的建构与实践”获江苏省高等教育教学成果奖二等奖(2011 年)，“汉语言文学专业‘双基多能’应用型人才培养模式的构建与实践”获淮阴师范学院优秀教学成果特等奖(2016 年)，即是最好的证明。

总结过去是为了更好地面向未来，值学院制定“十三五”事业规划与修订新一轮人才培养方案之际，将既往的想法与做法略作总结，将有助于我们进一步深入思考。“筚路蓝缕，以启山林”，我们相信每一次精心的付出，都会在文学院的办学历史上留下印记，以启示后来者。

在“淮师翔宇文丛”即将付梓之际，写下这些感想，是为序。

李相银

2016 年 4 月 28 日于淮阴师范学院

前　言

雄鹰翱翔于万里碧空，骏马驰骋在千里草原，姿态飞动，气势非凡！其神威令我们倾倒，其风采令我们向往！然而我们深深知道，正是由于千百次的试飞，柔弱的翅膀才苍劲有力；正是由于千万次的奔跑，柔嫩的马蹄才能刚劲粗壮！是编所收论文正如小鹰初次凌空试飞，小马首度扬鞭奋蹄！

青葱少年，怀揣梦想，懵懂踏进淮师校门。度过迷惘的大一，走过混沌的大二，踏进清晰的大三，走出繁忙的大四。起先，他们于论文所知甚少，平时只喜读各类小说，学术论文与著作是天边灰色的影子，偶尔望及而已。后来，老师们课堂上的旁征博引开启了他们灵慧的思智，一个个疑问从心底升起，欲探询却又不知从何下手，隐隐然有一种渴望在心里升腾。文学院所设"文献检索与论文写作"课上，老师们循循善诱，倾囊相授，同学们如获仙女魔术棒，手握佳器，小试身手，若有所得。三年级结束，学年论文写作是同学们第一次独立专业尝试论文写作，他们精心选题，搜寻材料，提炼观点，谋篇布局，形成文字。毕业论文则是同学们在四面楚歌声中的可贵坚持，考研，考编制，考公务员，各种笔试，各类面试，在暗无天日的重重突围里，毕业论文承载着同学们的思想与智慧，慢慢形成，慢慢成熟。

是编所收论文是淮阴师范学院文学院近年来历届毕业生的部分优秀论文，其中部分论文曾荣获江苏省教育厅大学生优秀论文评比一等奖、二等奖。我们将所收论文分为五个部分：古韵墨香、文化苦旅、现代文学、语言科学、教学思考。第一部分"古韵墨香"所收论文或者讨论宋代诗词与文化的关系，或者讨论小说家其他文学体裁上的成就，或者讨论文学传播史，或者讨论运河文化与诗歌创作之关系，是学生体味涵咏古典文学作品的结晶。第二部分"文化苦旅"所收论文或者讨论诗歌与政治理想以及个人情感的关系，或者讨论小说结构类型与中国文化之间的关系，或者反思文学评论理论方法，或者阐释网络时代审美文化变迁，是学生在文艺学领域的理论思辨。第三部分"现代文学"所收论文或者讨论某一人物形象与社会文化关系、某一文学体裁与区域文化特征关系，或者讨论某一作家塑造的一类人物形象，或者揭示某一作家作品的美学价值，是学生在现当代文学领域的阅读咀英。第四部分"语言科学"所收论文或者讨论某一语法现象与对外汉语教学的关系，或者讨论某一地区特殊方言现象，或者历史上某一语言作品反映出来的通语语言发展事实，是学生在语言科学研究方面所作的初步尝试。第五部分“教学思考”所收论文或者以教学理论指导教学实践，或者讨论教学方法，则是同学们源于教学理论的实践思考。

论文选题涉及古今中外，选题、立论与论证多可圈可点之处。有的论文是对问题宏观的思考，如宋紫筠《论北宋词日常写实功能的发展——以北宋词序为研究视角》一文，以北宋词序发展为视角，在通览北宋词序创作的基础上，勾勒出北宋词序发展的阶段性特征，进而论述北宋词日常写实功能的发展变化，以及其对词风词境的影响。文章视角新颖，视野宽广，持论有据，结论令人信服。其他诸如周轶文的《民国前南唐词接受史研究》、王建玉的《从诗言志到诗缘情——论魏晋南北朝文学自觉与儒学传统的关系》、陈晨的《新时期中外神话比较研究综述》、徐天元的《古代小说的“葫芦型”结构及文化学思考》、高越的《“文本细读”在中国的发展趋势和批评实践研究》等诸文章均表现出作者较为宏通的视野与驾驭复杂材料的能力，殊为难得！有的论文则通过文本细读，对前人成说提出异议，表现出可贵的质疑精神，如王洪夏的《“不必再读”其实是一种误读——关于吴承恩词创作的探讨与商榷》一文则从吴承恩词风婉约而非香艳、词格洒脱而非浅薄、词法散曲化而非俚俗、障词虽俗却不失才气等几个方面，反驳了时人认为吴承恩词“俗”“艳”的否定性评价，有正本清源之功。再如胡浩的《中国现当代小说中的“土匪叙事”》分析“土匪叙事”传统中所隐藏的作家的文学想象、生存美学与价值关怀，慧眼独具，所论别开一番天地，启人深思。有的论文则在阅读、对比中提炼人物形象所具有的共性特征，表现出学生独有的阅读慧心，如余海燕的《试论李宽定“女儿家系列小说”中女性形象及其塑造》、侯侣伶《平凡却不失独特的人生——赵本夫小说人物论》等立足文本归纳提炼，内容丰富，持论公允。有的论文则将目光投注到地域文学研究，表现出论文选题的区域性特征，如李迎迎的《查慎行运河行旅诗研究》、朱静文的《龚自珍运河行旅诗研究》、陈晨的《水文化传统与新世纪扬州水乡诗歌创作——以子川、陆华军诗歌创作为例》等均表现出对淮安地区水文化与文学创作关系的关注。是编中“语言科学”部分的论文则由定量而定性，表现出作者实事求是的精神、科学的思维方式，以及爬罗剔抉处理语言材料的能力，值得肯定！

论文集命名为《初涉集》，因这些论文也许尚很稚嫩，一些观点可能尚有待商榷，语言文字也许还不够老练成熟，学术眼光也尚有待培养，但这毕竟是可贵的开始。“小荷才露尖尖角”，相信未来一定会“接天莲叶无穷碧”。

许芳红
2016 年夏初

古韵墨香

古典文学评论需要知人论世，需要联系当时社会的文化状况，因此常常与历史不可分割。这里选择的几篇优秀习作，或者讨论宋代诗词与文化的关系，或者讨论小说家其他文学体裁上的成就，或者讨论文学传播史。我们还特意选了一组与运河有关的中国文学作品评论文章。希望通过作者的赏析，能让有心的人读出一处家乡景物所包含的历史文化底蕴。

论北宋词日常写实功能的发展

——以北宋词序为研究视角

文学院 2011（2） 宋紫筠

词为倚声文学，早期词作多是词人在游玩宴饮时应歌而作，内容多以代言体形式写春花秋月、离愁别恨，与文人生活较远，娱乐功能较强。至宋代，词逐渐成为赠别酬唱的重要载体，多有记叙日常生活的词篇，写实功能不断发展。在词日常写实功能发展过程中，词序的作用不可小觑。唐五代至宋初，词人写词多无词序，宋张先始"率先用题序，将日常生活引入词中……缘题赋词，写眼前景、身边事，使词的题材取向逐渐贴近作者的日常生活，改变了以往词作有调而无题的传统格局，也加强了词的纪实性和现实感"①。至苏轼"在词中与诗一样大量采用标题和小序的形式，使词的题序和词本文构成不可分割的有机统一体。与张先的词题仅起交代创作的时间、地点的作用相比，苏轼赋予了词的题序以新的功能……有了词题和词序，既便于交代词的写作时地和创作缘起，也可以丰富和深化词的审美内涵"②。可见，词序的出现与发展对词的日常写实功能发展作用巨大，对词的审美风貌与内部特质变化也关系密切。本文拟以宋代词序为研究对象，通过对宋代词序的梳理研究，试图探讨北宋词日常写实功能的发展状态，进而探讨日常写实功能的发展对词作风貌的影响。

一、词序内容与日常写实功能

词序是指位于词牌和正文之间的对词作内容或词题进行补充或注释一段说明性文字，一般比词题要长，并且多是由句子组成，主要包括交代创作缘由、阐释写作对象、简述事情经过、说明创作主体等，如张先的《天仙子》（水调数声持酒听）前写到"时为嘉禾小倅，以病眠不赴府会"③，再如苏轼的《水调歌头》（明月几时有）前"丙辰中秋，欢饮达旦，大醉，

---

① 袁行霈：《中国文学史》，高等教育出版社 2001 年版，第 38 页。

② 袁行霈：《中国文学史》，高等教育出版社 2001 年版，第 80—81 页。

③ 唐圭璋：《全宋词》，中华书局 1999 年版，第 1 册，第 70 页。

作此篇,兼怀子由”①。根据唐圭璋《全宋词》统计,北宋时期词人创作的词序数量见表1。

表1 北宋时期词序创作概况②

序号	词人姓名	词作数量(篇)	词序数量(则)	序号	词人姓名	词作数量(篇)	词序数量(则)
1	张 先	165	5	16	贺 铸	283	1
2	卢 氏	1	1	17	晁补之	167	16
3	方 资	1	1	18	陈师道	54	2
4	苏 轼	363	39	19	周邦彦	186	1
5	李之仪	96	12	20	苏 庠	23	1
6	陈 慥	1	1	21	毛 滂	206	36
7	郭祥正	1	1	22	周 纯	4	1
8	黄 裳	53	4	23	廖 刚	7	2
9	黄大临	3	1	24	谢 薖	17	1
10	黄庭坚	194	29	25	惠 洪	21	1
11	晁端礼	143	2	26	葛胜仲	82	13
12	郑 仅	12	12	27	米友仁	19	1
13	李元膺	9	1	28	王安中	55	10
14	秦 观	90	14	29	张继先	56	4
15	赵令畤	38	14	总计		2350	227

由表1可以看出,在北宋2350首词作中,有227首词具有词序,占9.7%。通过对北宋词小序的分析以及对小序内容和结构的梳理,我们发现许多词人在有意识地进行题序创作,并真实地记载了当时的创作状况与情感状态。具体而言,有以下几类:

一是说明词作所描绘对象。在《全宋词》中这类小序很多,大多是言简意赅,笔者在统计过程中将此类归为小序中。例如张先《醉垂鞭》(朱粉不须施)前小序“赠琵琶娘,年十二”③,点明了琵琶娘是词人所写所赠对象,年十二是对其年龄的叙述说明。再如苏轼《定风波》(常羡人间琢玉郎)前序“南海归赠王定国侍人寓娘”④,此处说明了词人所歌咏的对象是王定国的侍人寓娘。苏轼的好友王巩,字定国,因为受到“乌台诗案”牵连,被贬谪到地处岭南荒僻之地的宾州。王定国受贬时,其歌妓寓娘毅然随行到岭南。后王巩北归,出寓娘为苏轼劝酒。苏轼问及广南风土,寓娘答以“此心安处,便是吾乡”,苏轼听后大为感动,因此作此词以赞美寓娘美好的情操和高洁的品格。苏轼《水龙吟》(楚山修竹如云)序

---

① 唐圭璋:《全宋词》,中华书局1999年版,第1册,第280页。

② 胡丽媛:《宋代词题序研究》,《中南大学学报》2010年第2期。

③ 唐圭璋:《全宋词》,中华书局1999年版,第1册,第58页。

④ 唐圭璋:《全宋词》,中华书局1999年版,第1册,第290页。

曰:“时太守闾丘公显已致仕居姑苏,后房懿卿者,甚有才色,因赋此词。”①这则词序说明此词是为太守闾丘公显后房懿卿所写。

二是叙述作词缘由与写作背景。这一类词序不仅记录了词人作词时间、地点、人物、事件,甚至情感状态,叙事性强,从中我们可以了解到词人的情感和北宋时期的社会生活、文化等。如苏轼《浣溪沙》(罗袜空飞洛浦尘)序云:“绍圣元年十月二十三日,与程乡令侯晋叔、归善簿谭汲同游大云寺,野饮松下,设松黄汤,作此阕。”②点明了作词时间是绍圣元年十月二十三日,地点是大云寺,人物是程乡令侯晋叔、归善簿谭汲,事件是与程乡令侯晋叔、归善簿谭汲同游大云寺,喝松黄汤。词序记事清晰,具有强烈的写实特征。再如卢氏《凤栖梧·题泥溪驿》序云:“登山临水,不费于讴吟;易羽移商,聊舒于羁思。因成凤栖梧曲子一阕,聊书于壁。后之君子览之者,毋以妇人窃弄翰墨为罪。”③从这则词序可以得知,词人在旅途中写下这阕词,并把它题在泥溪驿的墙壁上。

《全宋词》中有不少词作在词牌后有叙述如“公旧序云”、“公自注云”等字样,这些序言突破了词牌词调限制,完整地留存了作词时的信息,丰富了词作的内容。从这些词序中,我们可以看出词人在写词时已经突破了此前描写酒宴歌舞的娱乐功能,而是将词人日常生活中的所见、所闻、所思、所感纳入作词范围,词从酒酣之际的即兴创作慢慢朝着描写日常生活、抒发内心世界发展,日常写实功能在不断加强。

二、张先至苏轼的词序发展轨迹与日常写实功能

(一)词序的初起与日常写实功能的萌芽

北宋初期,百废待兴,内忧外患并存,在宋王朝建立半个多世纪后,北宋社会才获得真正意义上的安定平和,词作大量产生的土壤还没形成,宋词创作尚未繁荣,在比较寥落的北宋词坛中,张先是词序的开创者。

张先性格疏放,生活浪漫,在汴京时与王安石、欧阳修、苏轼等皆有往来,在词的发展史上起过承前启后的作用。张先首先开始大量使用题目并且延长为序,有宋以来第一首有小序的词便是张先的《天仙子》:

> 水调数声持酒听。午醉醒来愁未醒。送春春去几时回。临晚镜。伤流景。往事后期空记省。　　沙上并禽池上暝。云破月来花弄影。重重帘幕密遮灯,风不定。人初静。明日落红应满径。

词前有小序写到“时为嘉禾小倅,以病眠,不赴府会”。小序首先交代了写词的时间、地点和自己的身份。嘉禾,是宋代郡名,今浙江嘉兴市;小倅,小官;倅,副职。小序还交代

① 唐圭璋:《全宋词》,中华书局1999年版,第1册,第277页。

② 唐圭璋:《全宋词》,中华书局1999年版,第1册,第317页。

③ 唐圭璋:《全宋词》,中华书局1999年版,第1册,第194页。

了词人卧病，闲居在家，不想入府，心绪不佳。此词为临老伤春之作，为张先词中的名作，通过描写惜春伤春的情绪，感叹年华易逝和孤独寂寞的处境，叹老嗟卑。词中的伤春之情与小序中所反映的心绪密切相关。沈祖棻的《宋词赏析》里提到“张先在嘉禾(今浙江嘉兴)作判官，约在仁宗庆历元年(1041 年)，年五十二。据题，这首词当作于此年。但词中所写情事，与题很不相干。此题可能是时人偶记词乃何地何时所作，被误认为词题，传了下来”[①]。这首词的小序只有十三字，交代了词人的身份和作词时的状态，沈祖棻先生在书中提到《天仙子》一词的写作年代，便是依据张先所作的这一小序。

《全宋词》中共收录张先词 165 首，其中有词序的仅有 5 首，他的这 5 首词序都很简单，除了《天仙子》词序外，还有《醉垂鞭》(朱粉不须施)“赠琵琶娘，年十二”[②]，点明词作所赠对象；《南乡子》(相并细腰身)“送客过馀溪，听天隐二玉鼓胡琴”[③]，写明创作背景；《木兰花》(去年春入芳菲国)“去春自湖归杭，忆南园花已开，有当时犹有蕊如梅之句。今岁还乡，南园花正盛，复为此词以寄意旧词即玉联环”[④]，点明写作的缘由，描绘写作背景；《定风波令》(西阁名臣奉诏行)“霅溪席上，同会者六人，杨元素侍读、刘孝叔吏部、苏子瞻、李公择二学士、陈令举贤良”[⑤]，介绍了朋友聚会的地点及人物。这 5 首词的小序仅仅点明了时间、地点、人物以及创作背景，如若没有小序，我们也不难理解词作的内容思想。张先词常用题序，由题写词，记眼前之景，如“沙上并禽池上暝，云破月来花弄影”录身边之事，“乍暖还轻冷，风雨晚来方定”具有一定的“纪实性”，这说明张先是有意识地在以自己的日常生活为中心而作词，将日常生活引入词中，词的题材范围开始由对远离创作主体的普泛化情爱之事的描述逐渐转向对贴近创作主体的日常生活环境的描写，由情感上的创造情境转向了纪实性的写境，加强了词的现实感，使得词也像诗一样具有表现创作主体自我生活世界和心灵世界的功能。北宋早期的词序就是带有记事的性质，平淡地记录了作词的时间地点人物或是写作缘由等，是日常写实功能发展的萌芽时期，用词也不甚讲究，较为朴素，并没有太多的艺术性可言。

（二）词序的成熟与日常写实功能的开拓

北宋词坛因苏轼的出现而再度发生风起云涌的改变，苏轼为词坛带来了全新的面貌，影响了一大批词人。《全宋词》中共收录苏轼词 363 首，其中有序的词近 40 首。苏轼与张先交往甚多，在一定程度上可以说是张先启发了苏轼在词序上的创作，“苏轼等人的词大量用题序表明创作的缘起、背景，即是直接受张先的启发”[⑥]。与张先相比较，苏轼的词序不局限于时间、地点、人物、背景等内容，在此基础上，他增添了更多的内容，重视对题材的扩展和对个人情怀的抒发，使得他的词更能表现其现实生活状态，词序和词作互相补充，相互呼应情感指向。

---

① 沈祖棻:《宋词赏析》,北京出版社 2003 年版,第 19 页。

② 唐圭璋:《全宋词》,中华书局 1999 年版,第 1 册,第 58 页。

③ 唐圭璋:《全宋词》,中华书局 1999 年版,第 1 册,第 73 页。

④ 唐圭璋:《全宋词》,中华书局 1999 年版,第 1 册,第 75 页。

⑤ 唐圭璋:《全宋词》,中华书局 1999 年版,第 1 册,第 74 页。

⑥ 袁行霈:《中国文学史》,高等教育出版社 2001 年版,第 36 页。

在苏轼有小序的39首词中，按照其内容大致可以分为以下几类：

1. 说明酬赠对象

苏轼一生坎坷，升迁沉浮，辗转各地，天下多朋友，所以其词序多酬赠情况的说明。如其《渔家傲》词序云："金陵赏心亭送王胜之龙图。王守金陵，视事一日移南郡"①，记录了词所赠对象为王胜之，地点是金陵赏心亭，事件是送王胜之移南郡。再如词《江神子》序云："大雪，有怀朱康叔使君，亦知使君念我也，作此以寄之。"②说明所赠对象为朱康叔，当时正逢大雪，词人怀念朋友朱康叔，遂写作词寄之。再如《减字木兰花》序云："过吴兴，李公择生子，三日会客，作此词戏之。"③这首词是苏轼与老友的应酬之作，从词序可以看出作词的缘由，表现出作者诙谐幽默的一面。

2. 介绍写作缘起与背景

如苏轼《水调歌头》(明月几时有)序云"丙辰中秋，欢饮达旦，大醉，作此篇，兼怀子由"④，小序篇幅简短，交代了时间为丙辰年的中秋夜，缘由是欢饮而醉，怀念亲人。这正是词人的日常生活情感之一——思亲。由词序到词，两者融为一体，形成一个完整的结构，词序说明背景和缘由，词的本体则书写出苏轼的内心世界。全词立足词人自身，由上阕"问"、"知"、"想"，到下阕"感"、"叹"、"愿"，把一个真实的自我展示在读者面前，具体可感，真实可触，词人书写兄弟之情，常人之事，常人之情。日常生活情景，兄弟真情的写实得到充分的显现。类似的还有其《浣溪沙》序云："元丰七年十二月二十四日，从泗州刘倩叔游南山。"⑤寥寥数语，交代了时间，提到了人物和事件，与友人游玩本就是日常生活的常态，作者以此作词，上片描写早春的景象，下片写与友人游山时清茶野餐的风味，反映了作者对现实生活的热爱和积极进取的精神面貌。再如其词《满庭芳》序云："元丰七年四月一日，余将去黄移汝，留别雪堂邻里二三君子，会仲览自江东来别，遂书以遗之。"⑥词序记载了作词的时间为"元丰七年四月一日"，地点为黄州，因与黄州雪堂邻居与朋友告别而事作此词。

苏轼词中的某些小序所描写的内容与其作品本身有着相互呼应的作用，使得词作所表现出的意境更带有了日常生活的气息，如苏轼谪居黄州时所作《定风波》(莫听穿林打叶声)词序云："三月七日，沙湖道中遇雨。雨具先去，同行皆狼狈，余独不觉，已而遂晴，故作此。"⑦这则小序中所写的生活琐事极其平常，在路上遇到下雨却没有携带雨具，同行皆"狼狈"，而苏轼却说"余独不觉"，与同行之人形成对比，众人因突然遇雨没有准备，心里感到沮丧，而苏轼"不觉"。词云：

> 莫听穿林打叶声，何妨吟啸且徐行。竹杖芒鞋轻胜马，谁怕？一蓑烟雨任平生。
> 料峭春风吹酒醒，微冷，山头斜照却相迎。回首向来萧瑟处，归去，也无风雨也无晴。

---

① 唐圭璋：《全宋词》，中华书局1999年版，第1册，第287页。
② 唐圭璋：《全宋词》，中华书局1999年版，第1册，第299页。
③ 唐圭璋：《全宋词》，中华书局1999年版，第1册，第312页。
④ 唐圭璋：《全宋词》，中华书局1999年版，第1册，第280页。
⑤ 唐圭璋：《全宋词》，中华书局1999年版，第1册，第318页。
⑥ 唐圭璋：《全宋词》，中华书局1999年版，第1册，第278页。
⑦ 唐圭璋：《全宋词》，中华书局1999年版，第1册，第288页。

这首词写了词人眼前之景、心中之事，作品里“穿林徐行”、“竹杖芒鞋”等是词人对日常生活情景的描述，“谁怕”则是词人直面生活的态度，他用一种满不在乎的口吻叙述了这一事件，平淡地接受了大自然的风雨阴晴，表达了自己“也无风雨也无晴”豁达乐观的处世态度。词作情感与词序内容互相补充，词序是交代了情感抒发的背景，词作内容则是词序的内容的进一步抒写。

苏轼“以诗为词”，将词上升到“无意不可入”的自我抒情文体，其词多有缘事而发、因事抒情篇章。因词体“缘情”特质，许多内容不能于词中表达，于是苏轼多发挥词序作为散文文体的叙事功能，复杂的人生意绪也于词序中不经意间流出。如其词《西江月》小序云：“顷在黄州，春夜行蕲水中，过酒家饮，酒醉，乘月至一溪桥上，解鞍，由肱醉卧少休。及觉已晓，乱山攒拥，流水锵然，疑非尘世也。书此语桥柱上。”①词序记录了词人夜饮之后醉卧溪桥之上的日常生活片段，既有事情原委的叙述，又有景色描写，还抒发了偶尔的人生感悟。在其词序中，我们能读到苏轼被贬黄州时的苦闷寂寞，以及欲求于自然山水中超脱忘我的情怀。词序虽还是记叙词之写作缘起与背景，但已经摆脱了简单记叙的状态，而是具有更为丰富的人生况味，表现出词序的发展与开拓。而其词云：

照野弥弥浅浪，横空隐隐层霄。障泥未解玉骢骄，我欲醉眠芳草。
可惜一溪风月，莫教踏碎琼瑶。解鞍欹枕绿杨桥，杜宇一声春晓。

词人描绘了诗情画意的月夜美景，表现出一个物我两忘的境界，抒发了词人乐观豁达的情怀。词作内容虽是抒发情怀，但由词序我们可知此词正是苏轼当时情感的真实流露，是其日常情感的写实性抒写，并非为文造情，具有强烈的写实特征。

再如苏轼的另一首《水调歌头》序：“余去岁在东武，作《水调歌头》以寄子由。今年子由相从彭门居百余日，过中秋而去，作此曲以别。余以其语过悲，乃为和之，其意以不早退为戒，以退而相从之乐为慰云耳。”②这则小序记录了词人之弟要离开彭门去别处上任，临行前作《水调歌头》词与苏轼告别，苏轼“以其语过悲”，作此词以劝慰弟弟苏辙：

安石在东海，从事鬓惊秋。中年亲友难别，丝竹缓离愁。一旦功成名遂，准拟东还海道，扶病入西州。雅志困轩冕，遗恨寄沧洲。　　岁云暮，须早计，要褐裘。故乡归去千里，佳处辄迟留。我醉歌时君和，醉倒须君扶我，惟酒可忘忧。一任刘玄德，相对卧高楼。

词作上阕抒发功成身退的人生理想，下阕抒发归隐后与苏辙相醉忘忧的生活，词情壮怀激烈，怀才不遇之感，功名未遂之叹，起伏于字里行间。词重抒情，因缘于现实之事、身边之人、切肤之感，所以此词具有鲜明的日常写实性。

词序至苏轼已经发展成熟，词序对日常生活的记载已经极为丰富，其内容涉及日常生

① 唐圭璋：《全宋词》，中华书局1999年版，第1册，第284页。

② 唐圭璋：《全宋词》，中华书局1999年版，第1册，第279页。

活的各个层面以及日常情感的深入之处，正是由于这些词序的存在，帮助读者理解词意，走近词人的内心深处，也正是由于词序的存在，我们才能深切体会到苏轼的大部分词作是其内心的苦痛忧乐之抒写，词已经由“歌者之词”变为“士大夫之词”，词已经成为文人的自我抒情诗，成为文人日常情感的最佳宣泄载体。

（三）词序的普及与日常写实功能的完善

自苏轼之后，北宋词的题序呈现出稳定发展的态势，词前有小序已为词人作词的普遍状态。在北宋后期的文坛上，占主要地位的是出自苏门的弟子，如秦观、黄庭坚、晁补之等人，李之仪、毛滂、葛胜仲等也多与苏轼有联系，受到苏轼的影响，他们也都有较多的词序流传，这些词序内容与苏轼词序较为一致，表现出强烈的相似性特征。

介绍酬赠对象的如黄庭坚《鹧鸪天》词序云：“座中有眉山隐客史应之和前韵，即席答之。”①词序表明词是黄庭坚与朋友史应之互相唱和应答之作。毛滂《剔银灯》序云“同公素赋，侑歌者以七急拍七拜劝酒”②，词序表明了这是记录劝酒的词作，由席上劝酒而作的词，本身就是一种对日常生活的写实记载。毛滂另有《清平乐》词序云“送贾耘老、盛德常还郡。时饮官酒于东堂，二君许复过此”③，表明这是词人送友人贾耘老、盛德常还郡之作。

交代写作缘由背景的如李之仪《满庭芳》词序云“八月十六夜，景修咏东坡旧词，因韵成此”④，词序记录了词人写词的时间和原因，在八月十六的夜晚，赵景修吟咏苏轼的词作，词人依韵而作此词。黄庭坚《菩萨蛮》词序云：“淹泊平山堂。寒食节，固陵绿事参军表弟周元固惠酒，为作此词。”⑤词序较为详细地交代了时间、地点、人物和事件，再现词人作词的状态。毛滂有《浣溪沙》词序云“寒食初晴，桃杏皆已零落，独牡丹欲开”⑥，交代此词是为寒食时节花开花落的日常生活而作。毛氏另有一首《减字木兰花》词序云“正月十七日，孙守约观残灯。是夕灯火甚盛，而雪消雨作”⑦，交代了此词是为孙守观灯而作，并记录了当时的天气状况。再如晁补之《满江红》序云“赴玉山之谪，与诸父泛舟大泽，分题为别”⑧，也是记录了词人贬谪玉山，与诸父泛舟于大泽之上而写下这首词。

有些词序还记载了词人的创作目的，从中可见词人的文学思想与人生态度。如黄庭坚的《鹧鸪天》词序记录了他的创作意图，从词人和表弟之间的日常交流入手，再现了生活情景。词序云：

> 表弟李如篪云：“玄真子渔父语，以《鹧鸪天》歌之，极入律，但少数句耳。”因以玄

---

① 唐圭璋：《全宋词》，中华书局1999年版，第1册，第394页。
② 唐圭璋：《全宋词》，中华书局1999年版，第2册，第673页。
③ 唐圭璋：《全宋词》，中华书局1999年版，第2册，第663页。
④ 唐圭璋：《全宋词》，中华书局1999年版，第1册，第339页。
⑤ 唐圭璋：《全宋词》，中华书局1999年版，第1册，第409页。
⑥ 唐圭璋：《全宋词》，中华书局1999年版，第2册，第665页。
⑦ 唐圭璋：《全宋词》，中华书局1999年版，第2册，第676页。
⑧ 唐圭璋：《全宋词》，中华书局1999年版，第1册，第563页。

真子遗事足之。宪宗时，画玄真子像，访之江湖，不可得，因令集其歌诗上之。玄真之兄松龄，惧玄真放浪而不返也，和答其渔父云："乐在风波钓是闲。草堂松桂已胜攀。太湖水，洞庭山。狂风浪起且须还。"此余续成之意也。①

张志和自号玄真子，曾待诏翰林，后隐居江湖，自称烟波钓徒。张志和共写有《渔父词》五首（亦称《渔歌子》），《渔父》诗一首。《渔父词》五首中最著名的是："西塞山前白对飞。桃花流水鳜鱼肥。青箬笠，绿蓑衣，斜风细雨不须归。"由于词人的表弟李如篪说张志和的《渔父》可以用《鹧鸪天》的曲调来演唱，是符合其声韵音律的，只是歌词比《鹧鸪天》少了几句，词人就续写了几句，以便于能完整地演唱出来。黄庭坚《鹧鸪天》词云：

西塞山边白鹭飞。桃花流水鳜鱼肥。朝廷尚觅玄真子，何处如今更有诗。
青箬笠，绿蓑衣。斜风细雨不须归。人间底是无波处，一日风波十二时。

词人将张志和《渔父》的词句巧妙地拆开，分别写成《鹧鸪天》上下阕开头，每阕后面又各自增加两句，形成一首全词，整体观之，既新颖，又别致。由于黄庭坚深受苏轼"以诗为词"创作理念的影响，"夺胎换骨"、"点铁成金"便是黄庭坚所提出的诗歌创作理论，其要旨在于强调诗人要能在学习前人创作精华的基础上进行创新，创造出诗词的新意境。这首词确实也形成了新的词境，较之《渔父》原作，虽然少了那份愉悦悠然的心境，却真实地道出了词人自己的内心情感和生活感悟，具有写实性。

综观宋人词序，无论是说明酬赠对象，还是介绍创作缘起与背景，虽然有的简单，有的详细，但词序中的时间、地点、人物、事件之记载，都再现了词人创作时的现实情况以及当时的情感状态，再现了词人的社会生活与创作状态，为考察词人、解读词作提供了第一手材料。因为词序的现实性，所以我们可以根据词序判断与这些词序相生的词作具有强烈的写实性，从中更可以看到宋词在反映现实方面范围在日益扩大，自苏轼之后，其表现功能已经覆盖日常生活的方方面面，词序发展过程也正是宋词日常生活写实功能的发展状态。

三、北宋词序的发展趋势与日常写实功能的发展

通过研究北宋词序，我们发现词序在总体上呈现出了这样的发展趋势：从数量上看，词序在逐渐增多，篇幅不断加长；从内容上看，词序记载内容更加丰富，信息含量不断增大；从风格上看，词序则由简单客观记载逐渐走向精美讲究。

（一）词序数量、篇幅与日常写实功能的发展

北宋初年，社会未能完全安定，词坛较为冷寂，早期词作也多以酒席歌筵间的娱乐助兴为主，作序者少之又少，词序无论是从篇幅上，还是内容上，都显得十分简略。真宗后期

① 唐圭璋：《全宋词》，中华书局1999年版，第1册，第395页。

至仁宗时期，晏殊、欧阳修、张先、柳永等词人的出现打破了词坛寂寥，但有小序的词作仅张先五首、卢氏一首。但词序并没有成为一个有意识的概念，更不用说内容形式上的追求。到北宋中后期，词坛逐渐活跃，涌现了大批词人，以苏轼及苏门弟子最为代表，这一时期作有词序的词多达 220 首，在数量上远超北宋前期词坛。苏轼之前，张先的词序一般均很短小，最长的也不过 46 字，即上文所提《木兰花》(去年春入芳菲国)的小序。而苏轼创作的词序字数较多的常是几十字甚而达到上百字，例如其《定风波》(月满苕溪照夜堂)词序“余昔与张子野、刘孝叔、李公择、陈令举、杨元素会于吴兴。时子野作六客词，其卒章云：‘见说贤人聚吴分。试问。也应旁有老人星。’凡十五年，再过吴兴，而五人者皆已亡矣。时张仲谋与曹子方、刘景文、苏伯固、张秉道为坐客，仲谋请作后六客词”①则有 96 字。再如苏轼《洞仙歌》(冰肌玉骨)序“仆七岁时见眉州老尼姓朱，忘其名，年九十余，自言：尝随其师入蜀主孟昶宫中。一日大热，蜀主与花蕊夫人夜起避暑摩诃池上，作一词。朱具能记之。今四十年，朱已死，人无知此词者。但记其首两句，暇日寻味，岂洞仙歌令乎，乃为足之”②也有 91 字，其《醉翁操》竟然有 173 字。上文提及的黄庭坚《鹧鸪天》词序则有 114 字。

随着词序数量的增多与篇幅的加长，词的日常写实功能也随之发展。词序数量的增加说明相当一部分北宋词的内容描写与情感表达源于生活，是日常生活的艺术表现。如苏轼《定风波》(月满苕溪照夜堂)词序云：“余昔与张子野、刘孝叔、李公择、陈令举、杨元素会于吴兴。时子野作六客词，其卒章云：‘见说贤人聚吴分。试问。也应旁有老人星。’凡十五年，再过吴兴，而五人者皆已亡矣。时张仲谋与曹子方、刘景文、苏伯固、张秉道为坐客，仲谋请作后六客词。”这则小序交代了时间(凡十五年)、地点(吴兴)、人物(张仲谋、曹子方、刘景文、苏伯固、张秉道、苏轼)以及写作缘由(仲谋请作后六客词)。其词云：

> 月满苕溪照夜堂。五星一老斗光芒。十五年间真梦里。何事。长庚对月独凄凉。　　绿鬓苍颜同一醉。还是。六人吟笑水云乡。宾主谈锋谁得似。看取。曹刘今对两苏张。

词作通过好友相聚的今昔之比，抒发了人生如梦的慨叹与时光流逝的悲凉。由于词序对现场的详尽记载，使得读者能够全面了解作者的写作背景和动机，对准确理解作品起到了重要作用。经考，苏轼于元祐六年七月由知杭州迁吏部尚书，顺道考察太湖水灾，来到了湖州，张仲谋等人来送苏轼北上赴任。苏轼此时已经 55 岁了，在想来湖州前得知从前六客会的李公择过世的消息，在词之前，其余聚会同伴也都先后离开了人世，十五年的时光就像在梦里，竟比那流水还快，上次的六客会“老人星”是张先，这一次的六客会老人星便是“一老”苏轼了。通过词序，读者更能体会词人世事变迁如流水的慨叹。词序的存在弥补了词的不足，而记述详尽的词序为读者提供了信息丰富的背景材料，更可重现词人当时的生活状态，如此长篇的词序与注重个体情怀抒发的词作一起表现出词日常写实功能的长足发展。

---

① 唐圭璋：《全宋词》，中华书局 1999 年版，第 1 册，第 289 页。

② 唐圭璋：《全宋词》，中华书局 1999 年版，第 1 册，第 297 页。

（二）词序内容的扩大与日常写实功能的发展

宋代结束了五代十国的战乱纷争，经过宋太祖、太宗的励精图治，又通过真宗、仁宗时期的休养生息，北宋年间的经济、文化空前繁荣，加之北宋崇文抑武，宋代文人生活优裕，“杯中酒常满，座中客不空”是文人共同的生活状态。北宋初期词作多写文人诗酒流连的宴享生活，张先因其词多写“眼中泪、心中事、意中人”而得“张三中”之别号。所以其词序内容多与宴会和歌妓有关。例如其《天仙子》词序“时为嘉禾小倅，以病眠不赴府会”就简单记载了词人因生病不去参加杭州太守宴会的事，内容相当简略。与之相应，其《天仙子》词“水调数声持酒听。午醉醒来愁未醒。送春春去几时回。临晚镜。伤流景。往事后期空记省。沙上并禽池上瞑。云破月来花弄影。重重帘幕密遮灯，风不定。人初静。明日落红应满径”内容也仍然延续了花间词风，表达了作者伤春怀人之情，延续了唐五代词的抒写习惯，词序虽然真实地记载了词人作词的现实背景，但词作内容并不具备较强的写实功能，仍然是普泛性的情感抒写。

至苏轼，其词序不仅客观叙事，更是透露了词人当时特定状态下的情感态度与指向。如苏轼《水调歌头》词序“丙辰中秋，欢饮达旦，大醉，作此篇，兼怀子由”，篇幅虽然不长，却不仅交代了时间为丙辰年的中秋夜，事件为欢饮而醉，更交代了对弟弟苏辙的怀念，而词作则是对词序的进一步抒写，词云：

> 明月几时有，把酒问青天。不知天上宫阙，今夕是何年。我欲乘风归去，又恐琼楼玉宇，高处不胜寒。起舞弄清影，何似在人间。　转朱阁，低绮户，照无眠。不应有恨，何事长向别时圆。人有悲欢离合，月有阴晴圆缺，此事古难全。但愿人长久，千里共婵娟。

词人由问月、望月、探月、恨月，抒发了自己内心深处的政治苦闷，表达了对弟弟苏辙的深切思念，更表现了诗人旷达磊落的襟怀，展示了一个真实的自我。中秋把酒赏月，由月而思人，由思人而念人间的悲欢离合，写日常之事，抒常人之情，而词作境界已然迥别，遂有“东坡《中秋词》一出，余词尽废”的赞誉。词序说明背景和缘由，词的本体则书写词人内心世界，词序与词融为一体，形成了一个完整的结构。由张先至苏轼，词逐渐走向词人的自我抒写，词人的日常生活与情感状态成为词人表现的主要对象。

再比如苏轼的《水调歌头》(昵昵儿女语)词云：

> 昵昵儿女语，灯火夜微明。恩怨尔汝来去，弹指泪和声。忽变轩昂勇士，一鼓填然作气，千里不留行。回首暮云远，飞絮搅青冥。　众禽里，真彩凤，独不鸣。跻攀寸步千险，一落百寻轻。烦子指间风雨，置我肠中冰炭，起坐不能平。推手从归去，无泪与君倾。

此词记载了词人一次听琵琶经历，以各种比喻表现琵琶声音之美与巨大的艺术魅力。其序曰：“欧阳文忠公尝问余：琴诗何者最善？答以退之听颖师琴诗最善。公曰：此诗最奇丽，然非听琴，乃听琵琶也。余深然之。建安章质夫家善琵琶者，乞为歌词。余久不作，特取退之词，稍加檃栝，使就声律，以遗之云。”[①]由词序可知作者因何作词，为谁而写。虽是檃栝韩愈之诗，但是词人的个体情绪仍然表露无遗，依然表现出强烈的写实特征。就题材而言，此词很容易流入唐五代词“纤艳”之路，但苏轼以其强烈的个人体验赋予了此词浓厚的自我抒情特征。词序证明了抒情词的日常写实性。

（三）词序的精美化与日常写实功能的诗意化

早期的词序大多较为质朴，几个字即可作为一整首词的小序，例如张先的《醉垂鞭》（朱粉不须施）词序“赠琵琶娘，年十二”，《南乡子》（相并细腰身）词序“送客过馀溪，听天隐二玉鼓胡琴”等均为简单记录，质木无文，词人并未倾情于小序，谋篇布局，雕词琢句。而到北宋中后期，词序已大多变得典雅精致，如苏轼《醉翁操》序：“琅琊幽谷，山水奇丽，泉鸣空涧，若中音会，醉翁喜之，把酒临听，辄欣然忘归。既去十余年，而好奇之士沈遵闻之往游，以琴写其声，曰《醉翁操》，节奏疏宕而音指华畅，知琴者以为绝伦。然有其声而无其辞。翁虽为作歌，而与琴声不合。又依《楚辞》作《醉翁引》，好事者亦倚其辞以制曲。虽粗合韵度而琴声为词所绳约，非天成也。后三十余年，翁既捐馆舍，遵亦没久矣。有庐山玉涧道人崔闲，特妙于琴，恨此曲之无词，乃谱其声，而请于东坡居士以补之云。”[②]这首词序以极优美的文字回忆了琅琊山水之美、泉水之动听，以及醉翁欧阳修赏山乐水的风神，并记载了东坡为补其辞的经过，叙事、写景和抒情融为一体，内容丰富，是一篇精美的词序。其词云：

> 琅然，清圆，谁弹，响空山。无言，惟翁醉中知其天。月明风露娟娟，人未眠。荷蒉过山前，曰有心也哉此贤。　　醉翁啸咏，声和流泉。醉翁去后，空有朝吟夜怨。山有时而童巅，水有时而回川。思翁无岁年，翁今为飞仙。此意人间，试听徽外三两弦。

词意与词序内容相合，风格一致，典雅精美的词序表明词人对日常生活的反映也在向着诗意化的方向发展。词序的精美化与日常写实功能的诗意化逐渐形成了互补，由《醉翁操》可见一斑。

四、词序创作与北宋词日常写实功能发展的意义与价值

由词序的发展过程可见北宋词日常写实功能发展的一般状况，而北宋词渐入的日常写实功能又促进了北宋词的内容、词境和情感功能的开拓，对词体的发展产生了巨大作用。

---

① 唐圭璋：《全宋词》，中华书局 1999 年版，第 1 册，第 280 页。

② 唐圭璋：《全宋词》，中华书局 1999 年版，第 1 册，第 331 页。

（一）扩大了词的抒写范围

词作为一种新兴的文学体裁，最初多写男欢女爱、春花秋月，抒情则离情别绪，内容狭窄，闺怨之作尤多。随着词序的进入，北宋词日常写实功能的发展，词的抒写范围则不断扩大。从伤春悲秋走向自我情感的言说，从女子哀怨走向士大夫的自我抒情。苏轼提倡“以诗为词”，敢于把前人用诗来写的内容题材都写进词里，使词不再局限于言情说爱、伤春悲秋，而是可以用来思乡、咏史、怀古，抒发爱国情怀，真正是到了“无意不可入，无事不可言”之境。胡寅在《酒边词序》中说：“及眉山苏氏，一洗绮罗香泽之态，摆脱绸缪宛转之度，使人登高望远，举首高歌，而逸怀浩气，超然乎尘垢之外。于是花间为皂隶，而柳氏为舆台矣！”①

自苏轼之后，从村野民居琐事生活到文人墨客宴饮交游，从春夏秋冬到悲欢离合，词给宋代文人提供了抒发丰富情感的领地。亲友分离、情人伤别、宦海沉浮、追忆过往以及感伤时事等情愫均能在词中得以体现。词不仅可以用来描写闺中女子伤春、悲秋、相思等情感，词人也可以用词表示良好愿望或庆贺，也可以将自然界或社会生活中某种具体事物作为吟咏对象，也可以吟咏人与人之间的社会交往，也可以抒发对社会、人生的感慨或思考并展示个人胸襟抱负，还可以凭吊古迹、追念往昔人事，等等。正是由于这些词人对于日常生活写实的描写和丰富繁杂的情感，才使得宋词蓬蓬勃勃地发展，走向繁盛。

（二）开拓了词的境界

站在宏观角度上纵观北宋词，可以在一定程度上看到北宋词发展变化的线索。词体从初期的小令到中调再到长调，词序也从无到有，从短到长，词的文本篇幅扩大，这对宋词的发展无疑是一种促进与提高。从晏殊《蝶恋花》“昨夜西风凋碧树，独上高楼，望尽天涯路”到苏轼《念奴娇·赤壁怀古》“大江东去，浪淘尽、千古风流人物”，由闲雅的惆怅到豪迈胸襟的释放，词体风格变化十分明显。词从一种娱乐助兴的方式逐渐进入日常生活，促进了词人之间的交往，互相唱和，丰富了社会生活，成为记录、了解北宋社会生活的重要部分。苏轼之所以能够开创豪放词风，打破婉约词统治词坛的局面，与其词写实功能的发展密不可分。从词的产生发展到苏轼出现，已经经历了三个多世纪的发展了，从其内容上看，词的场景多是描绘闺楼内庭，情感也是以相思离愁为主，这就局限了词的发展，无论是词人还是词风，都必然会被轻柔婉丽的架构框住，不能密切联系日常写实。苏轼以诗文革新运动的精神来填词，提倡以诗为词，并无意于改变词作抒情的文体特性，而是拓展词的情感功能，扩大词的抒情功能，进一步开拓词的意境，把歌者之词变为诗人之词，将词境空前扩大。

从词序的发展来看，词序的蓬勃发展使得词序不再仅仅只作为词作的附庸，而是逐渐有专属于自身的文学性特点，也逐渐向文学体裁靠拢。词序在被创作与发展的过程中，其功能也在不断地变化着：一是说明了创作的状态，对词的创作背景加以说明，包括作词的时间、地点、原因等，具有纪实功能。二是词序阐释词作的主体，对词作所描写的内容加以

① 胡寅：《酒边词序》，金启华等编《唐宋词集序跋汇编》，江苏教育出版社 1990 年版，第 117 页。

阐释，具有一定的导读功能。三是审美价值功能。至于北宋末期已有向长序发展之势，而后的南宋更是词序发展的繁荣时段，然而经历了繁荣之后，词序又从精致繁杂逐渐回归于平淡纪实。词序虽然不能被称为独立的文学体裁，但其在发展过程中已经逐渐开始拥有文学灵魂，作为词的组成部分，词序担当了注解补充的角色，这也是词序最基本的功能。在北宋词的发展历程中，词序并没有一直作为补充说明的存在，而是像词一样，向着文学样式不断发展和完善，渐渐表现出其独特的艺术魅力。词序作为词的补充，帮助读者理解词作，而词不断增强的日常写实功能与自我抒情能力则使词的境界不断提升，所以东坡词《水调歌头》才获"《水调歌头》一出，余词尽废"的高评。

总之，北宋词日常写实功能的发展历程与词序、词体、词境的发展密不可分。词序之于日常写实，在于能够在词作之外阐述词的文本内容，记录词人创作之态，忠实地表现出写实。词体和词境的变化发展打破了词作的文体格式与意境的限制，使得北宋词的创作不再困于旖旎缱绻的情思，不再仅仅是娱乐助兴的口头文学，能够冲破早期词人词作遗留的情感限制，拥有自身独特的魅力，其日常写实功能的发展不仅是与北宋词人的日常生活密切相关，也更使得词作具有了史料研究价值，使词在风格上、面貌上、意境上都达到了全新的境界。

参考文献

[1] 韩梅：《唐宋词与唐宋文人日常生活》，浙江大学出版社 2007 年版。

[2] 李春丽：《题序：苏轼对词叙事功能的开拓》，《内蒙古大学学报》2007 年第 6 期。

[3] 陶尔夫、诸葛忆兵：《北宋词史》，黑龙江人民出版社 2005 年版。

[4] 王国维：《人间词话》，江苏文艺出版社 2007 年版。

[5] 王海南：《宋金词词序研究》，吉林大学出版社 2007 年版。

[6] 张晓宁：《宋词题序研究述略》，《文学研究》2008 年第 10 期。

[7] 赵晓岚：《论宋词小序》，《文学遗产》2002 年第 6 期。

[8] 赵旭东：《古代诗词小序研究》，《天中学刊》1995 年第 4 期。

[9] 郑园：《东坡词题序研究》，《文史哲》2005 年第 5 期。

（指导教师：许芳红教授）

“不必再读”其实是一种误读

——关于吴承恩词创作的探讨与商榷

文学院 2008（1）　王洪夏

吴承恩，字汝忠，号射阳居士，明代著名文学家，因传世不朽的小说《西游记》而家喻户晓。但对他词作的成就，人们却了解不够、研究不多、评价不高，甚至有严重的误读。最具代表性的误读是张仲谋的《明词史》，这本词学专门史虽然提到了词人身份的吴承恩并作了大致的介绍，但给予的评价却多是负面的："这里提到他，不光因为他是著名小说《西游记》的作者，同时也想告诉读者或研究者，他的词可以不必再读了。吴承恩的词，如果说有什么特点的话，那就是两个字：俗、艳。或者说，花间之艳加散曲之俗，即等于吴承恩词的风格。"①

就吴承恩词作出如此评价，很能吸引眼球，我对吴承恩词作的兴趣正是从这里开始的。但在全面接触吴承恩的词作之后，我却得出了与张仲谋先生完全不同的结论。我觉得，学术界对吴承恩词缺乏完整的了解和缺少合适的评价，可能受到了一些客观因素的影响。首先，整个学术界对明词的价值有明显的低估，近一百年前王易作《词曲史》时就称明代为"入病"，而清代为"振衰"，鄙薄明词之意甚为明白。② 第二，不谈明词已经成为文学史家的传统，主流的各版本《中国文学史》都没有将明词单独列出论述，显然他们也认为明词缺乏足够的分量。第三，人们对吴承恩词了解太少。吴承恩的词作保存在《射阳先生存稿》中，可是这本书在长达三百年的时间里近于湮灭，直到 1929 年才被发现，直到 1958 年才成为正式的出版物，流传的范围也非常有限，缺乏足够的了解情有可原。但我认为，《明词史》对吴承恩词非常不客观的贬抑，主因却在于作者对吴承恩的词作没有通读、细读、品读，一味囿于传统偏见，因而轻率地得出与客观事实相去甚远的偏颇结论。

以下本文将通过对吴承恩词艺术特征的分析和对其艺术价值的肯定，证明"不必再读"完全是一种误读。先介绍两方面的数据：

1. 以刘修业辑校，刘怀玉笺校的《吴承恩诗文集笺校》③为据统计，吴承恩的词作共有

---

① 张仲谋：《明词史》，人民文学出版社 2002 年版，第 191 页。

② 张仲谋：《明词史》，人民文学出版社 2002 年版，第 1 页。

③ 吴承恩：《吴承恩诗文集笺校》，上海古籍出版社 1991 年版。

90 首,其中单独列出的有 52 首,附于障词后面的有 39 首,扣除重复 1 首,实际存词 90 首。由于创作环境和目的不同,上述两部分整体上差异较大,体现出了吴词风格的多样化。90 首的数量和宋人动辄数百的大量制作相比不算很多,但在明代文人普遍不谙填词、别集也很少保存词作的背景下,我们仍然可以认为吴承恩是一位值得注意和重视的词家。

2. 吴承恩还有一部未曾刻印的词选集——《花草新编》,其残存的明代抄本近年在上海图书馆被发现。《花草新编》以《花间集》和《草堂诗余》为底本,编选了唐宋金元 160 多位词人的近八百首词作。我的同学孔繁婷正在老师的指导下研究这个极具文献价值的词选集。据了解,明代万历年间陈耀文编成刻印、至今被作为明人词选集代表作影响甚大的《花草萃编》,不仅在构思立意上受到了《花草新编》的启发,而且侵占了《花草新编》包括序言在内的全部成果。从对《花草新编》成书时间的初步研究看,这个本子很可能早于明嘉靖二十九年(1550 年)顾从敬刻印的《类编草堂诗余》,也就是说很可能是明人第一部分调选词的词选集。这部分内容虽然不是本文讨论的重点,但它无疑可以成为我们探讨的背景。

一、词风婉约而非香艳

吴承恩保存在《射阳先生存稿》卷四中的词作,文学性较强的 52 首中有近 30 首是写他的生活情景和处境心情,有十多首词托物言志,有 6 首描绘胸中丘壑,还有 4 首是赠与他人的。大致统计一下,属于婉约风格的词占了 80%以上;而在《花草新编》中,词作入选较多的有陆游 14 首;周邦彦 50 首;柳永 48 首;秦观与黄庭坚各有 12 首,显然吴承恩对婉约词较为偏爱一些。

但婉约并非就是“香艳”。

吴承恩的词作中描写男女之情和闺怨的词作是张仲谋给予“俗”、“艳”评价的主要对象,在张仲谋看来,《如梦令》中“鸳被,鸳被,香拥玉人娇睡”就是脂粉之艳、花间之俗。其实,这是对吴承恩词的第一个误解,甚至可以延伸认为是对词的误解。婉约,或者说写男女之间细腻柔婉的情感,是词与生俱来的禀性,所以李清照坚持“词别是一家”的观点,秦观虽为苏门弟子却并不模仿苏轼的豪放风格。不可否认,吴承恩的词作中确实有大量的婉约词,但我们并不应该就此认为他的词全是“俗”、“艳”的,何况他的词作有的根本只是借谈风月闺情而抒发自己内心世界里难以表述的情怀。如在《如梦令》(其二)中描写了女子闺中睡起伤别的情景:

> 柳外数声啼鴂,风舞隔帘香雪。睡起没心情,又过牡丹时节。伤别,伤别,碧草暖烟飞蝶。

闺中的女子睡醒后发觉自己孤独一人,伤感伤别,这就是张仲谋眼中的艳词。似乎有点像!但张仲谋先生又似乎没有注意这是一组四季咏怀词,其三:

> 楼外碧波千顷,正对客心孤迥。远树断云横,廉卷紫金山影。秋暝,秋暝,渔笛一声烟艇。

其中提到“紫金山影”，说明这是吴承恩嘉靖三十年之后在南京国子监读书时的作品。当时吴承恩已经年近五十[①]，却还不得不为了小小的一官半职背井离乡去南京读那些早已烂熟于心的《四书》、《五经》，这个时候心情有点郁闷，用传统的比兴寄托的方式，借词这种特别适合抒情的形式，描述一下自己此时的心境，怎么就艳俗“不可再读”呢？即使是被称作豪放派词人的代表苏轼，他的词中也不乏这类词作，《苏轼全集》344 首词中，用此种风格描写此类题材的作品数量达三分之一以上[②]。他的《蝶恋花》(记得画屏初会遇)毫不掩饰地写出了一个男子的单相思，哀婉悱恻，柔情似水。人们在欣赏苏轼的豪放词的同时，这样的婉约佳作也时常被学者提及，既然苏轼的婉约词备受好评，那么张仲谋为何不能对吴承恩的此类词作给予公允的评价呢？

在吴承恩的词作中，有一首《临江仙》很具趣味，词作如下：

> 屈指重阳将近也，五更四壁寒蛩。佳期十遍一无成。胡笳空拨尽，半是断肠声。　一寸芳心些子欠，相思点在丸中。银河曲曲漫斜横。何时当七夕，云雨会双星。右小字讳九

这是一首带有游戏意味数字词，由于有“右小字讳九”的说明，苏兴先生的《吴承恩小传》认为有可能吴妻小字讳“九”，这是吴承恩写给夫人把玩的一首小词[③]。这首词用拆字拼字法句句嵌“九”字，结尾两句是“何时当七夕，云雨会双星”(七加二为九)与前引《临江仙·七夕》相呼应，急于归去与妻子相会的心情跃然纸上，戏谑声中的哀愁更为深沉，词人的真实感情充盈期间，更显得词作婉而细腻。

意境悠远的词作在他的词中也寻得到，如《点绛唇》一阕：

> 小小楼居，开窗晓起惊奇绝。粉明城堞，云霄连山雪。　净扫琼瑶，细碾龙团泼。银瓶热，一瓯香啜，坐待梅梢月。

闲来观月自是雅致清幽，笔下清朗、明净，更为难得，吴承恩的诗文集中共有五阙这样的《点绛唇》，透露出了一种不沾世俗的生活态度和情趣。

在 13 首写花草的词中，有 7 首都提到了梅花，对比他拿来作为题咏对象的其他的花草的数量，可以算偏爱这一物了。如《临江仙·题红梅》词：

> 春气着花如醉酒，寒枝吹出秾芳。罗浮仙子素霓裳。丹砂先换骨，朱粉旋凝妆。
> 颜色虽殊风格在，一痕水月昏黄。百花头上占排场。问他桃与李，谁敢雪中香。

梅花傲雪开放，不惧严寒，自古以来，人们都赞美它的孤傲、高洁，把它看作隐者高士、

① 蔡铁鹰：《西游记资料汇编》，中华书局 2010 年版，第 691 页。

② 余颖：《论苏轼词对“花间”以来文人词的继承》，《华侨大学学报》(哲学社会科学版)2006 年第 1 期。

③ 苏兴：《吴承恩小传》，百华文艺出版社 1981 年版，第 9 页。

高风亮节之人的代表，从吴承恩的生活处境来看，他歌咏梅花也是表达自己与梅花有相似之处。同时代的人说吴承恩在长兴“又不谐与长官”（吴国荣《射阳先生存稿跋》）；“以彼其才，仅为邑丞以老，一意独行，无所扳援附丽，岂不贤于人远哉”（李维桢《吴射阳先生集选叙》）；稍后的天启年间修淮安府志的人则说吴承恩“数奇，竟以明经授县贰，未久，耻折腰，遂拂袖而归”（天启《淮安府志》卷十六），我想这就是他喜欢梅花的原因，以梅花的高洁孤傲自喻，含蓄地表达自己的志向。又如《满江红》：

瑞雪华云，酝酿出、素容幽性。记折取、一枝春色，醉中吟弄。莫道东风开过了，尽后来红紫难相并。看淡烟、微月细生香，冰心映。　玉手颤，风流兴。翠羽唤，相思梦。百花中先占却，粉清烟净。载酒寻芳不赏，算知音只有林和靖。待归时、饱玩寿阳妆，临清镜。右赋梅寄人。

林逋被后人称为和靖先生，北宋初年著名隐逸诗人。在他的《山园小梅》诗中，“疏影横斜水清浅，暗香浮动月黄昏”两句，成功地描绘出梅花清幽香逸的风姿，被誉为千古咏梅绝唱。吴承恩在词中借用林和靖的典故写下“载酒寻芳不赏，算知音只有林和靖”，希望表达只有林和靖那样的真隐士懂他的富贵无心，只有他们赏的梅才是遗世独立的雪中君子，只有他们才是有坚韧品性的文人。

从《花间集》以后，文人词作都避免不了花前月下、咏物伤情，但可不是都如张仲谋所说的那样“香艳”。吴承恩大部分词表达委婉曲折、清雅流丽、舒徐不迫，把他的心境感受娓娓道来，值得去细细品味。

二、词格洒脱而非浅薄

张仲谋在《明词史》中说吴承恩词中格调较高，笔意较为雅洁的一首是《风入松·和文衡山石湖夜汛》，这或许和文徵明人格及词风的影响不无关系①。把写出格调高雅、写意雅洁的词作归功于文徵明，不难看出张仲谋的偏见。那么，我们就来一起看看这篇归功于他人的词到底怎么样。

文徵明是著名的人格独立、满腹牢骚的江南文人，于嘉靖五年不满朝臣被杖，愤然辞去翰林院待诏的职务回了家，隐居苏州石湖。两年后，吴承恩经友人介绍专门赴苏州拜访了文徵明，文徵明很愉快地接待了这位很有才气的后生，约了一伙人同游石湖，并填了这首《石湖闲泛·调风入松》词②：

轻风骤雨卷新荷，湖上晚凉多。行春桥外山如画，缘山去十里松萝。满眼绿蒴芳草，无边白鸟沧波。夕阳还听竹之歌，天远奈愁何？渔舟隐映垂杨渡，都无系、往来如梭。笑道玉堂金马，何如短棹轻蓑。

---

① 张仲谋：《明词史》，人民文学出版社2002年版，第192页。

② 吴承恩：《吴承恩诗文集笺校》，上海古籍出版社1991年版，第335页。

笑着谈说着华服锦缎、香车宝马又如何比得上这一蓑一舟呢？看起来是超脱尘世之外。再来看吴承恩的和作《风入松·和文衡山石湖夜汛》词：

洞箫一曲倚声歌，狂杀老东坡。画船占断湖心月，杯中绿先酌嫦娥。试问沧州宝镜，如何鸡鹊金波。笔端万象困搜罗，无奈此翁何？玉堂回首惊残梦，无心记取往日南柯。想见年来江上，桃花乱点渔蓑。

开头第一句“洞箫一曲倚声歌，狂杀老东坡”很有气势。东坡居士即苏轼，向来以豪放著称，但此时他二人的豪放逍遥却毫不逊色，老狂士唱，小狂士和，弥漫着“迂疏漫浪”的气息。文徵明感慨烈士暮年，总能让人觉得词作中透露出些许怅然。而吴承恩“想见年来江上，桃花乱点渔蓑”，既写了桃花下落的纷纷扬扬的情境，又有此时词人随意欣赏的心境，较之文徵明词要更加洒脱明快一些，从词境上看，老狂士似乎还不如小狂士。试问张仲谋先生，既然您也认为人格和词风值得欣赏，那以文徵明的狂傲却愿意与一个无名小辈唱和这又说明什么？

其实，我们绝不能由于固有偏见的干扰而将吴承恩的词作的洒脱误为浅薄。

吴承恩的词作中还有不少能表现作者心胸气概的精品，例如下面这首《满江红》：

穷眼摩挲，知见过、几多兴灭。红尘内、翻翻覆覆，孰为豪杰！傀儡排场才一出，要知关目须听彻。从饶君、局面十分赢，须防劫。身渐重，头颅别。手可炙，门庭热。旋安排娇面孔，冷如冰铁。尽看机关连夜使，一锹一个黄金穴。被天公、赚得鬼般忙，头先雪。

词中表达了自己的人生观和价值观，将无视人生反复、富贵荣华、生死界限的胸怀表现得淋漓尽致。再如《送入我门来》。“送入我门来”词牌最早是由宋代的胡浩然写的，历代填写者极少，如果要比较，也就只能用胡浩然的原词为对象了。在我看来，吴承恩的《送入我门来》词比原词不管从内容还是意境来说都要更胜一筹。先来看看胡浩然的原词：

荼垒安扉，灵馗挂户，神傩烈竹轰雷。动念流光，四序式周回。须知今岁今宵尽，似顿觉明年明日催。向今夕，是处迎春送腊，罗绮筵开。　今古遍同此夜，贤愚共添一岁，贵贱仍偕。互祝遐龄，山海固难摧。石崇富贵篯铿寿，更潘岳仪容子建才。仗东风尽力，一齐吹送，入此门来。

词写除夕时希望祝福、富贵、长寿、仕途顺利一齐“送入我门来”，除了书写新年期待和憧憬的词，并没有什么特别之处。再看吴承恩的词：

玄鬓垂云，忽然而雪，不知何处潜来？吟啸临风，未许壮心灰。严霜积雪俱经过，试探取梅花开未开？安排事付与、天公管领，我肯安排！　狗有三升糠分，马有三分龙性，况丈夫哉！富贵无心，只恐转相催。虽贫杜甫还诗伯，纵老廉颇是将才。漫说些痴话，赚他儿女辈，乱惊猜。

充满抑塞磊落、慷慨激昂的气概。吴承恩在少小时是淮安小有名气的学子，经常能够得到督学使者的夸赞，在青年时期更是才名满淮安。但在嘉靖四十五年，六十余岁时才走向官场。他在长兴县任县丞，却不到两年就离开了长兴县，原因是"不谐于长官"，被诬陷贪污受贿逮捕入狱。虽然后来沉冤得雪，无罪释放，有了荆府纪善之补。结合这样的境遇来读他的词，不难看出吴承恩人生旅途中的心情的变化，先是郁结于自己的路途坎坷，再后来是逆境中仍然不屈服的决心，最后是看似无奈妥协下的真正追求。他虽然不能改变什么，但他还是守着信念与理想终其一生，不管严霜积雪，定要探知那梅花开没开。这里的严霜积雪可以看作仕途、社会的邪恶势力，探寻梅花开未也可以视作对真理的追寻。这首词以他的一生作为词的背景和底蕴，展现了他人生的心境变化，给读者的心灵震撼是胡浩然词无法想比的。所以不少研究者认为这可以看作吴承恩开笔写作《西游记》的宣言。

三、词法散曲化而非俚俗

严迪昌先生在他的《元明清词》中说道："词曲混淆，固是明词一弊，然而以散曲某种自然清新、率真大胆的情韵入词，实在是别具生趣，不得视以为病得。文体相淆，无疑会消解特定文体，容或不伦不类；从情韵上以新济旧，应是可喜的出新手段之一种。利弊共生，会转化，全看高手的能耐，平庸者不能掌握火候，就难望其项背。读明词，似须认识这一特点，始能发见其佳处。"[①]严昌迪对于明词的通变观深有体悟，可是张仲谋说："花间之艳加散曲之俗，即等于吴承恩词的风格。"[②]这样的说法又可以看出他不仅有先入之见，而且这先入之见实在也不够高明。看吴承恩的《浪淘沙》：

驾个小湖船，放入湖天。月轮今夜十分圆。看得嫦娥才仔细，恁的婵娟。
烂醉扣船舷，信口成篇。满身风露桂花烟。不纵诗狂并酒兴，不是神仙。

词作描绘了一幅月夜游湖图，环境、人物、地点各个要素都具备了，还有情节的发展，诗狂酒兴，信口成篇，不难看出确有散曲化倾向。但这时的散曲化不好吗？此时的快乐就是诗文和美酒，我们从李白的诗中也可以体会得出这样的快乐，李白是"人生得意须尽欢，莫使金樽空对月"，这里是"不纵诗狂并酒兴，不是神仙"，同样精神状态的愉悦，同样月下心境的宽松，为什么李白就是"清新飘逸"，而吴承恩就是"花间之艳加散曲之俗"？

张仲谋在《明词史》中夸赞唐寅的《一剪梅》是散曲化词中较好的一首，词如下：

雨打梨花深闭门，孤负青春，虚负青春。赏心乐事共谁论，花下销魂，月下销魂。
愁聚眉峰尽日颦，千点啼痕，万点啼痕。晓看天色暮看云，行也思君，坐也思君。

唐寅此词似以"雨打梨花深闭门"为画题者，轻快而不失之于俚俗，在这类词中算是较

① 严迪昌：《元明清词》，天地出版社 1997 年版，第 92 页。
② 张仲谋：《明词史》，人民文学出版社 2002 年版，第 191 页。

好的一首。[①] 与唐寅同类型的词，吴承恩也有一些，是描写闺中女子的少女情怀的，写那女子的一抹娇羞绝不俗艳，同时运用白描的手法按照情节的发展，一幕幕呈现出来。其词《点绛唇》：

> 拜月亭前，年年欠下相思债。好无聊赖，斜倚阑干待。　　待月心情，只恐红儿解。阑干外，乘他不在，小语深深拜。

这首词化用的是《西厢记》的故事，在月下等待情郎的心情只有红娘才能体会，站在亭前，趁“他”还未来，轻声对着月儿拜念，祈祷能够佳偶天成。这首词的优秀之处就在于用戏剧内容来充实词作，使得整首词因为这个意象的使用增添了词外之意。词作流畅自如，像一个小故事一样，令人遐想。在我看来这首词应当也可以算作散曲化的佳作。

明朝词作的散曲化是这个时代的特点，并不能将内容散曲化的词作一并归为劣作。吴承恩词的散曲化并不流于表面俗套，相反的倒可以作为他词作的优点之一。张仲谋在书中对每位词人的感情色彩是不尽相同的，采用的评判标准也不尽一致，所以不能令人信服。

四、障词虽俗却不失才气

吴承恩的《射阳先生存稿》中现存障词 39 篇，在明人的集子中比较少见。障词也是词，所以《明词史》里提到，并且是作为吴承恩词“俗”的例证。

江淮及江南旧俗，大户及官宦人家凡有添丁、升迁、寿秩等喜事，有赠“贺障”相庆的习俗——此风现在在民间仍有残存。贺障，又叫锦障，类似于屏风，可以用布匹，可以用绸缎，也可以用织锦；颜色一般都用喜庆的金、红；简单的，写几个字表示祝贺就可以了，精致的，则要配上一篇华美的障词，做成屏风等装饰的样式。障词是一种以词为基础，辅以四六骈文的实用文体，形式有点特殊，前面四六文称“引”或“序”，用来说事，主要介绍受主和事端，可长可短，大致在三五百字之间；最后缀一首词，抒情，也就是作抒情状的颂扬。在实际功用上，“词”比之于“引”要单薄得多，但从道理上说，障词这个名称已经表示词才是整个障词的主体[②]。

由于特定的用场，障词实际上是一种命题作文，有很强的规定性：内容毫无例外都得围绕受主，不得枝节旁骛；气氛都与主题有关，以喜庆称颂为主；形式一般采用适宜酣畅表述的长调。往往还要放在受主的厅堂供人欣赏品评，所以写障词虽然属于俗事，但要求却非常高，它需要的也是一种才气。

吴承恩的障词，不仅数量多，而且质量高，是当时的抢手货，在地方史料中，就有盐商

---

① 张仲谋：《明词史》，人民文学出版社 2002 年版，第 165—166 页。

② 蔡铁鹰：《西游记资料汇编》，中华书局 2010 年版，第 774 页。

高价购买吴承恩障词的记录①：

《射阳先生文集》寥寥无多，内有障词数篇。“障词”二字，不解其文。询诸笏山先生，亦云未闻。昨读阎氏谱，《双溪家传》内有云：“府君凡举典礼，必购高文巨笔，以重其事。如吴郡沈石田山水、文衡山草书、山阳吴射阳锦障词，多藏于家”云云，始悟其意，盖言词书于屏风者耳。

这个阎氏，就是清代著名经学家阎若璩的家族，阎家登记籍贯在晋，因经营盐业而实际生活在淮安；阎双溪是一位已经比较著名的大盐商，与吴承恩同时且有交往。与上述记录呼应，《射阳先生存稿》中现存两篇与阎氏家族有关的障词，一篇是《贺阎双溪令嗣登科障词并引》，一篇是《贺阎双峰晋官医院障词》，也许都是应阎家高价求购而作的。

以下录一首《贺松窗陈孝勇冠带障词》中的《永遇乐》：

扰扰纷纷，风尘眼底，谁是英杰？我爱陈翁，平生意气，真与凡流别。孝哉为母，勇于讨贼，颇有古人之烈。幸平安、四筵宾客，北窗笑傲松月。　声名赢得，一方雷动，芝榜蕙楣高揭。当道飞书，衣冠荣授，出入多光烨。英雄虽老，优游三径，胸次尚犹奇绝。看它日、门庭衍庆，宠光重迭。

这首词作于嘉靖三十八年或稍后，受主陈松窗时年七十余，在前一年倭寇入侵淮安时，救母抗贼，英勇卓绝，受到朝廷表彰，宾客表示祝贺，陈松窗本人也免不了举宴酬答。词写得词意直白，前因后果脉络清楚，写词的动因也很明确，气氛祥和，一片庆贺声声颂扬。

又如《贺总制梅林胡公奏捷障词》中的《帝台春》：

指挥天地。能事元非细。偃息波涛，扫荡烟尘，亦何容易。手布阳和春到处，更胸次，与秋无际。庆明良，雨露长垂，风云相契。　对上帝，精诚意。为圣世，宁长计。论丹衷、总一点不传之秘。富贵人夸全福享，功名我道孤忠致。看入履三台，调太和元气。

这首词作于嘉靖四十年，当时正值抗倭斗争，吴承恩在此时似曾打算加入胡宗宪幕府做一名幕僚，为抗倭效力。② 胡宗宪算是当时能够博采众议，择善而从的统帅，他在东南抗倭，搜罗了大批文学人才，如山阴徐长文、归安茅坤等，皆在他帐下。吴承恩在《贺总制梅林胡公奏捷障词》中说他“学剑无成，请缨有志，末由叩逢”，大约吴承恩曾经主动叩击胡宗宪的辕门，有投笔从戎的志向。又如《寿熙台潘公八秩障词》中的《万年欢》：

---

① 蔡铁鹰：《西游记资料汇编》，中华书局 2010 年版，第 660 页。

② 苏兴：《吴承恩小传》，百花文艺出版社 1981 年版，第 101 页。

鲁殿灵光，喜熙翁大老，镇我邦国。三十年前人望，秉钧当轴，谁遣归来云谷。平白地，卷却经纶，城南料理松菊。　　素怀冰玉，想真宰应须鉴赏，一生心曲。管取长年，何必向天求卜？先种三孙之福。喜祖武，书香联续。更待取、门绕青云，凤雏飞起梧竹。

熙翁是曾任河南巡抚的吴承恩乡前辈潘埙，与吴承恩关系非常密切。这些词虽然跳不出障词的窠臼，仍见匠气，但吴承恩对这位前辈的一片真情洋溢其中，就事论事，也难得矣。

综上所述，我认为吴承恩不仅是一位优秀的小说家，也是一名优秀的词人，他的词有鲜明的特点和不错的成就，在明代足可自树一帜，任何关于吴词“不必再读”的批评，都应当谨慎，把他的词仔细读过再说。

（指导教师：蔡铁鹰教授）

民国前南唐词接受史研究

文学院 2010（3） 周轶文

词作为一种起源于隋唐的新兴文体，在其达到两宋之际的巅峰时期之前，五代时期以后蜀和南唐为中心的词人在对词体的发展上起到了不可忽视的巨大作用，相对于后蜀花间词派香软秾艳的词风，南唐词以其语淡情深、含蓄蕴藉的词风更胜一筹，对之后的词坛产生了巨大影响。但从北宋到清朝，各朝词人、学者对于南唐词的态度却大相径庭。对于这一特殊的现象，学术界鲜有论及。本文试从接受美学的角度，通过分析具体词人、词派对南唐词的态度，探究南唐词在后世的接受情况。

一、南唐词人创作概况

南唐的词人主要是指以李氏君臣为中心的士大夫阶层，主要代表人物是李璟、李煜父子和宰相冯延巳。

1. 李璟词作内容及艺术成就

李璟(916—961)：字伯玉，曾用名“景通”、“瑶”，南唐烈祖李昪的长子，后世称南唐中主或唐元宗。

李璟现存的词作虽然仅有四首，但是其词长于比兴，典雅庄重，哀而不伤，每首都堪称绝唱，充分体现出其独特的艺术成就。

李璟词的抒情模式大体继承了之前温庭筠等晚唐词人“为女子言”的写作模式，内容大多写闺中思妇、歌妓舞女的相思哀怨、感时伤物之情，但李璟词于其中却带有浓重的自我抒情意味，我们从他的词中看到的不仅是一个女子的自怨自艾，而且能从中感受到词人深重的忧患意识。例如《浣溪沙》：

手卷真珠上玉钩，依前春恨锁重楼。风里落花谁是主？思悠悠。 青鸟不传云外信，丁香空结雨中愁。回首绿波三峡暮，接天流。

这首词写深闺女子的春恨。首句写女子手卷珠帘，独立小楼，春恨像往常一样重重地封锁住了这重重楼阁，也封锁住了女主人公的心，首句便营造出了一种浓得化不开的愁绪。“风里”句写落花无主，随风飘零，亦如女主人公飘忽的情思，纷纷漫漫，却没有归属，“思悠悠”一句将词的意境进一步扩大，使其情思超越了春恨秋悲一类的具体愁思。下阕意境进一步扩大，“青鸟”二句对仗工整，语句精妙，王世贞在《艺苑卮言》中赞其“非律诗俊语乎？然是天成一段词也，著诗不得”。结句以苍茫江水喻愁绪，气势磅礴，已脱去儿女言情的绮丽之态，感情苍郁。

李璟词与花间词相比，一洗绮罗香泽之态，气象博大，例如《望远行》：

> 玉砌花光锦绣明，朱扉长日镇长扃。夜寒不去梦难成，炉香烟冷自亭亭。
> 辽阳月，秣陵砧，不传消息但传情。黄金窗下忽然惊：征人归日二毛生！

这首词写思妇盼征人早日归来，内容虽不离儿女情长，但气象广阔。首句用对比，玉石台阶旁花团锦簇，一派明媚春光，而女主人公所住的绣房的朱门却整日紧锁，生机勃勃之中又蕴含着暮气沉沉，更显孤寂之感。第二句写女主人公夜不能寐，辗转反侧，只有香炉里的冷烟兀自冉冉。下阕意境开阔，身处边境的征夫与金陵的少妇两地相思，此处所选的意象颇有唐人气象。以“辽阳月”代指征人，边境之月往往让人心生悲壮苍凉之感，前人诗句中多有体现，如“秦时明月汉时关，万里长征人未还”（王昌龄《出塞》），“砧”在古诗中亦有思念远方之人的意思，例如“长安一片月，万户捣衣声”，两地之人无法通信，只能共同望月，希望他们所共享的这同一片月光可以传递彼此的思念之情。结句笔锋一转，想到等到来日征夫归来之日，即便功成名就，可是彼此消逝的青春却再也难以回来，留下的只有斑白的头发。下阕气象广阔，跨越时空，开拓了词境，给人以苍凉浑厚之感。

综上所述，李璟的词作虽然内容仍以感时伤物、儿女情长为主，但意象庄重，词境广阔苍凉，在伤春悲秋之外融入词人自身的悲悼之感，因此感人至深，对于宋初士大夫之词的发展有着深远影响。

2. 冯延巳词作内容及艺术成就

冯延巳（一作延嗣、延己）（903—960），字正中，南唐词人，北宋陈世修辑其词作编成《阳春集》一卷。

冯延巳是五代时期存词数量最多的词人，四印斋本《阳春集》收录其词凡 127 阕，曾昭岷《全唐五代词》收录 112 首。和李璟一样，冯延巳词作的内容仍不离伤春悲秋，在其一百多首词作中，“春”字出现了 49 次，“秋”字出现了 24 次，“泪”字 24 次，“独”字 24 次，“花”字 63 次。由此可见，悲春悼秋、感怀伤时构成了其词的主要内容。与温庭筠等花间词人相比，冯延巳词作中少有对女性体态和闺房中具体物件的描述，更多的是借景物抒发自己的心灵体验。

在《阳春集》中最常感受到的便是一种深深的孤寂之感，“独”字在《阳春集》中共出现了 24 次，占有较大比例。这种孤独之感并非我们常指的那种独身一人的孤寂之感，它是一种更加广袤的，并非针对一时、一人、一事之所感，而是一种抽象的可以穿越时空的亘古的孤独之感，虽然虚无缥缈，却是古往今来的人们所能共同体验到的。例如《采桑子》：

花前失却游春侣，独自寻芳。满目悲凉，纵有笙歌亦断肠。　林间戏蝶帘间燕，各自双双。忍更思量，绿树青苔半夕阳。

这首词可以说是冯延巳词作中很典型的抒发孤寂之感的作品。上阕写春景明媚，却失去了去年同游的伴侣，纵使有笙歌欢筵也难诉断肠之情，以乐景诉哀情，更显凄凉。下阕又写到林中蝶、帘间燕都各自成双，更徒增孤独之感，结句呼应首句，写春景，但所用意象皆为悲凉之景，在姹紫嫣红的春天，冯延巳所描绘的不是花，却是"绿树"、"青苔"以及残照的夕阳，更显凄楚之情。

在《阳春集》中表现孤寂之情的词作还有很多，例如"独立花前，更听笙歌满画船"(《采桑子》)、"今宵帘幕扬花阴，空余枕泪独伤心"(《忆江南》)、"泪眼倚楼频独语，双燕飞来，陌上相逢否"(《鹊踏枝》)，词人将孤寂之感寓于四时之景中，使读者身临其境，不忍卒读。

除了孤寂之情，其词作中也蕴含着浓重的忧患意识。南唐偏安一隅，随时可能面临来自北方的后周政权的大举攻伐，国家可谓处于风雨飘零之中，而在朝政上，党派之争愈演愈烈，冯延巳亦深陷党派之争中。试想冯延巳作为南唐的宰相，面临国家处于内忧外患的境界，其借小词抒发忧患之情也是顺理成章的事了。

冯延巳词中大量以女子自喻的词作历来被认为是借"香草美人"的比兴传统来寄托自己的忠爱缠绵之意。虽然冯延巳的人品向来备受争议，但是其词中所透出的深沉动人的迷惘和忧患之情是无可争议的。例如《采桑子》：

昭阳记得神仙侣，独自承恩。水殿灯昏，罗幕轻寒夜正春。　如今别馆添萧索，满面啼痕。旧约犹存，忍把金环别与人。

这首词借后宫女子之口抒发了对失却君恩的哀怨之情。上阕忆往事，记昔日独受君王恩宠。下阕写今景之凄凉，"旧约犹存，忍把金环别与人"，极其哀怨。

再如《鹊踏枝》：

秋入蛮蕉风半裂，狼藉池塘，雨打疏荷折。绕砌蛩声芳草歇，愁肠学尽丁香结。
回首西南看晚月，孤雁来时，塞管声呜咽。历历前欢无处说，关山何日休离别。

这首词相传是冯延巳罢相后出镇江西抚州时所作。整首词所用皆为凄冷的意象，秋风凄厉，芭蕉欲裂，池塘上荷叶被雨打风吹得狼藉不堪，万木凋零，蟋蟀彻夜啼叫，景色本身就叫人愁绝。下阕似有寄托，"孤雁"、"塞管"等意象皆为塞外所有，用以自喻远离金陵，被外贬至边境之地，结句抒发了自己的凄怨之情："往日的欢乐历历在目，我何时才能跨越过重重阻隔回到你的身边呢?"希望重得君主知遇的心思昭然若揭。

与冯延巳词中深沉的忧患意识分不开的是其词中"为伊消得人憔悴"执着之情。王国维十分欣赏冯延巳词中那份苍凉的执着，以"和泪拭严妆"来喻冯延巳的词品，颇为中肯。

冯延巳词中的执着之情，有相当一部分体现在上文中所述以"香草美人"寄托忠爱之意的词中，例如其名篇《谒金门》：

风乍起，吹皱一池春水。闲引鸳鸯香径里，手挼红杏蕊。　　斗鸭栏杆独倚，碧玉搔头斜坠。终日望君君不至，举头闻鹊喜。

词人以女子自喻，由起初的“心静如水”到后来被无端的风“吹皱一池春水”，勾起满怀相思之情，“鸳鸯”、“红杏”皆有缠绵不尽之意。下阕由相思转相怨，终日“独倚”阑干，却盼不来心上之人的一次相顾。本词的比兴寄托意味较为明显，马令《南唐书》卷二十一记载：“元宗尝戏延巳曰：‘吹皱一池春水，干卿何事？’”可见这首词的确别有寄托，而结句则体现出了词人对心上人（君主）的缠绵不尽的执着之情。

再如“香印成灰，独背寒屏理旧眉”（《采桑子》）一句，亦含有对君主的无限痴情之意，俞陛云将其与柳永的“衣带渐宽终不悔，为伊消得人憔悴”并称为“蔼然忠厚之言”。

冯延巳词作中的执着缠绵之情除了体现在对君王的忠心上，还体现在对美好事物的不舍与痴顽上，在这一点上，对宋初的欧阳修影响较大。例如《玉楼春》：

雪云乍变春云簇，渐觉年华堪纵目。北枝梅蕊犯寒开，南浦波纹如酒绿。
芳菲次第长相续，自是情多无处足。尊前百计见春归，莫为伤春眉黛蹙。

上阕写景，早春时节积雪消融，梅花犯寒绽放，湖面波光粼粼，一片生气勃勃的景象。下阕写惜春之情，面对满目的芳菲美景，正是因为多情才会觉得不满足，还须拼尽力气，于樽前赏遍群芳，方才不辜负这大好春光，体现了词人对于美好事物的执着与不舍之情，于缠绵中透出达观的情致。王国维评价下阕“永叔一生似专学此种”[①]，揭示了欧阳修对冯延巳词作的继承关系，关于这一点将在下文中具体阐释。

再如《鹊踏枝》：

谁道闲情抛掷久，每到春来，惆怅还依旧。日日花前常病酒，不辞镜里朱颜瘦。
河畔青芜堤上柳，为问新愁，何事年年有。独立小楼风满袖，平林新月人归后。

首句便执着之至，对于心中的“闲情”，并没有随着季节变换而搁置，每当芳春时节来临之际，闲愁也接踵而来，而对于这无计可解的闲愁，词人宁可天天醉酒花前，就算衣带渐宽也无怨无悔，可谓矢志不渝，沉郁缠绵之至。下阕写年年新愁产生的原因，心中的愁绪随着芳草、杨柳的新生也再次被勾起，只能夜夜独立小桥，“闲想闲思到晓钟”了。整首词感情千转百折，沉着而缠绵，体现出词人深深的执着之情。

综上所述，冯延巳词作内容虽不脱花前月下、伤春悲秋一类的题材，但其词清理俊雅的语言以及词中所体现出的沉着缠绵的情致，代表了士大夫阶层特有的孤独、彷徨的独特心态，因此对于之后的词坛尤其是北宋初年的晏殊、欧阳修等人的词作产生了深远的影响。

---

① 吴曾：《能改斋漫录》卷二，《词话丛编》，中华书局1986年版，第34页。

3. 李煜词作内容及艺术成就

李煜(937—978),字重光,原名从嘉,李璟第六子,南唐的末代君主,世称李后主。同父亲李璟一样,李煜在政治上也是碌碌无为,但他精通音乐、书法,并自创了“金错刀”、“撮襟书”等书体,尤其擅长于填词,他的词作,尤其是后期悲悼故国的词篇,哀感顽艳,感人至深,被誉为一代词宗。终其一生,正如清人郭麐所感叹的:“作个才人真绝代,可怜薄命作君王。”

李煜的词作一般以975年南唐亡国为分界点,分为前后期两个阶段,呈现出截然不同的风格和境界。

前期词作内容上多反映其骄奢淫逸的宫廷生活,词风绮丽俚俗,近于花间词人,例如《浣溪沙》:

> 红日已高三丈透,金炉次第添香兽。红锦地衣随步皱。　　佳人舞点金钗溜,酒恶时拈花蕊嗅。别殿遥闻箫鼓奏。

这首词是李煜早年声色犬马的帝王生活的实写。首句交代时间,太阳已经高高升起,“我”刚刚睡醒,便去吩咐宫女依次去给香炉添加香料,去准备接下来的欢筵。宫娥们急急忙忙地开始准备,就连铺在地上的红锦也被宫娥忙乱的脚步弄得起皱了。下阕写宴会上的情景,翩翩而舞的美人为了跟上舞点的节奏连金钗都从发髻上滑落下来,而“我”一边欣赏佳人翩然起舞一边举樽欢饮,酒至酣处,手拈一朵花放在鼻子前轻嗅,显然已经醉得不轻了。结句宕开一笔,这边筵席未散,相邻的宫殿里又遥遥地传来了箫鼓弦乐之声。整阕词只是在叙述宫廷一日的生活,并无抒情之处。词人虽无炫耀之意,但天生一种富贵气象,雍容华贵,气度不凡。

李煜早期词作除了描绘帝王生活外,也有对于自身感情生活的描述。李煜天性风流多情,他先迎娶周宗之女娥皇为皇后,即大周后。大周后多才多艺,尤其精通音律,曾与后主整理、重谱《霓裳羽衣曲》,两人琴瑟和鸣,李煜曾作词描述过这段生活:“笙箫吹断水云间,重按霓裳歌遍彻。”(《玉楼春》)可惜好景不长,大周后身染重病,年仅29岁就撒手人寰。而在大周后重病缠身之时,她的妹妹,也就是后来的小周后,进宫探病之际,又与李煜发生了私情,两人常常背着大周后偷偷地幽会,多情的李后主还特地作词记录了这一段感情,即《菩萨蛮》:

> 花明月暗笼轻雾,今宵好向郎边去。刬袜步香阶,手提金缕鞋。　　画堂南畔见,一向偎人颤。奴为出来难,教郎恣意怜。

整首词语言明白如话,以小周后的视角进行叙述:在一个月光昏暗、薄雾笼罩的夜晚,“我”偷偷地去寻自己的情郎。为了不被旁人发现,便将鞋提在手中,只穿着袜子走在满是落花的台阶上。下阕写“我”终于在画堂南畔与情郎相会了,便紧紧依偎在情郎身旁,紧张的身体微微颤抖,向他撒娇道:“奴家溜出来一次是多么的困难,今晚请多多地疼爱我吧。”整首词到此戛然而止,留下了很大的空间让读者自己想象,含蓄而韵味悠长。

这首词虽然描写的内容大胆直露，记叙的是青年男女偷情的事件，语言也直率晓畅，但相对于花间词的淫靡，却能不流于鄙俗，当花间词人描写男女情事时，如牛峤的《菩萨蛮》"柳阴烟漠漠，低鬓蝉钗落。须作一生拚，尽君今日欢"，语言轻佻露骨，词境不免落入下乘，李煜此词点到为止，留有余味，两者相较，高下立现。

到了975年，南唐亡国，李煜从昔日高高在上的君王"归为臣虏"，巨大的人生打击使他再也无心也没有条件作享乐之词了，词风陡变，转为苍凉凄厉，一字一血，令人不忍卒读。

其入宋后的词作内容上可以分为两个部分：一是对于故国风光、对于往事的追忆，另一部分则是对于人生如梦、世事无常的悲叹。这两部分又往往在写梦境和现实的反差时交织在一起，使其词如泣如诉，凄迷哀怨。

追忆故国、回首往事如《浪淘沙》：

往事只堪哀，对景难排。秋风庭院藓侵阶。一任珠帘闲不卷，终日谁来？　金锁已沉埋，壮气蒿莱。晚凉天净月华开。想得玉楼瑶殿影，空照秦淮。

这首词是李煜入宋后怀念南唐之作。首句"往事只堪哀"五字，一语道破天机，给人以醍醐灌顶之感。接着写现实之景，词人所居住的庭院的台阶上已生满了苔藓，可见长时间没有人来拜访过。后一句接着描述居所的冷清，词人任凭珠帘垂下也无心卷起，因为他知道纵使卷上珠帘也无人问津，终日到晚就只有自己孤身一人。下阕追怀故国，"金锁"一句用王濬伐吴烧熔隔江铁锁的典故，当年东吴用来防御敌人的铁锁早已沉埋江底，金陵王气已湮没于杂草之中。"晚凉"句写月色皎洁，词人望月感怀，感慨如此良辰美景，昔日南唐的宫殿再也不复当年那番歌舞升平的景象了，只能将孤寂的影子映在秦淮河上。结句将无情之物赋予感情，悲怆至极，令人不忍卒读。

对于人生如梦、世事无常的喟叹如《乌夜啼》：

昨夜风兼雨，帘帏飒飒秋声。烛残漏滴频攲枕，起坐不能平。　世事漫随流水，算来一梦浮生。醉乡路稳宜频到，此外不堪行。

首句写秋夜之景，冷风冷雨，飒飒秋风吹动帘帏。已至夜阑，烛花燃尽、滴漏声已然停止，"我"斜倚着枕头，对着这烦闷之景，难以成眠，内心一直不能平静。下阕承接上阕，写内心难以平静的原因：往事就像东流之水一般匆匆流逝、一去不返，而人生就仿佛一场大梦，短暂而虚幻。唯一的排遣之法只有寄情于酒，因为只有通往"醉乡"的道路最为平稳容易，除此以外没有其他可行之路了。词人悟得人生如梦，前途难料，却难以寻得解脱之法，便只能借酒消愁。下阕写世事茫茫难料，道出了人类所共有的苦恼，尤为沉郁，引人共鸣。

而在李煜词中更常见的内容便是将对故国的怀念和对于人生无常的喟叹通过梦境与现实的交织连接起来。例如《子夜歌》：

人生愁恨何能免，销魂独我情何限。故国梦重归，觉来双泪垂。　高楼谁与上？长记秋晴望。往事已成空，还如一梦中。

首句便道出了“人生长恨”的道理，第二句写昨夜梦中又重游故国，醒来只能徒增悲伤。下阕描述现实，现在又到了秋高气爽的时节，可是已经没有人可以与词人一道登楼望远了。结句感叹往事如梦，难以寻觅。整首词以“梦”字贯穿，上阕写梦境逼真，让人无从分辨，下阕写人生如梦，前尘往事皆无迹可寻。词人将梦境与现实交织，营造出一种令人恍惚神迷的意境，又从梦境与现实的巨大反差之中悟得“人生如梦、梦如人生”之感，悲怆之情难以言表。

李煜词最大的特色便是其不加修饰的抒情方式，其词天真坦率、一任真情流露，如果说冯延巳、李璟的语言是含蓄中蕴藉悲凉，是“哀而不伤”的话，那么李煜的词则近乎“哀而伤”了。具体对李煜词作语言的特色探究将在下文其对晏几道和纳兰性德的影响中具体阐释，这里不再赘述。

综上所述，李煜早期词作内容上多写宫廷奢靡生活和个人情感生活，题材近乎花间艳词，但语言清雅俊逸，较花间艳词更为雅致；后期词作内容多抒故国之思和人生之感，抒情主人公基本完成了由“女子”向自身的转变，对于宋代词体从“伶工之词”向“士大夫之词”的转变起到了先导性的作用。

4. 南唐其他词人

南唐词人以李璟李煜父子和冯延巳为代表，除此三家外，仍有一定数量的词人，据曾昭岷等编《全唐五代词》所收录，除南唐二主与冯延巳外，南唐尚有 6 家共 56 首词。其中韩熙载 1 首（仅存断句一联：“桃李不需夸烂漫。已输了春风一半。”），成彦雄《杨柳枝》10 首，卢绛《菩萨蛮》1 首，孙鲂《杨柳枝》10 首（存疑），陈陶《水调词》10 首（存疑），徐铉《柳枝词》12 首、《柳枝词·座中应制》10 首、抛球乐 2 首（皆存疑）。另据高峰《乱世中的优雅——南唐文学研究》，除以上诸阕，韩熙载《杨柳枝》1 首、钟辐《卜算子慢》1 首。[①] 以上共 7 家 58 首。

5. 词在南唐的发展情况

首先从词作数量上来看，南唐词与稍早之前的《花间集》相比，《花间集》共 18 家 500 首，其中不属于蜀的有 4 家：温庭筠 66 首，皇甫松 12 首，孙光宪 61 首，和凝 20 首，共 159 首，另仕前蜀的有韦庄 48 首、李洵 37 首、牛峤 32 首。（按：此三人在后蜀建国之前皆已亡故。剩余 11 家 176 首。）

南唐词现存词共 10 家 214 首，在数量上略胜后蜀词人一筹。

并且《花间集》是后蜀君臣有意为之而成集，相对来说散佚的应较少，而南唐则并没有专门的词集来记录，直到宋朝才有人辑佚刊刻成集，散佚情况较后蜀来说比较严重，即便如此，现存南唐词在数量上也不输于以花间词派称著的后蜀，南唐的词坛风气可窥一斑。

① 高峰：《乱世中的优雅——南唐文学研究》，人民出版社 2013 年版，第 148—150 页。

二、南唐词在北宋的接受情况

词作为北宋"一代之文学"，其在宋代达到了空前的繁荣，然而在北宋建国之初的几十年中，词却一度沉寂，直到以晏殊、欧阳修为首的士大夫群体开始创作之后，宋代词坛的面貌方才焕然一新。

1. 晏殊、欧阳修对冯延巳词的接受

宋初诸家，以晏、欧为代表，大多以冯延巳的词作为圭臬。冯延巳、晏殊、欧阳修三人的词集也多有词作混入，可见三人的风格之相似。刘熙载《艺概》云"冯延巳词，晏同叔得其俊，欧阳永叔得其深"，充分肯定了冯延巳对晏、欧二人词作的影响。

晏、欧二人学习冯词，其实是有一定的原因的。首先，从地域上来看，晏殊为临川(今江西抚州)人，欧阳修为庐陵(今江西永丰)人，江西本为南唐故土，江西在当时也属于比较发达的地区，李璟一度于 961 年迁都于江西豫章，而冯延巳也于 948 年至 951 年担任抚州节度使，其时正值冯延巳伐闽失败而罢相，想必会借小词以浇心中块垒，当地传唱其歌词也为晏、欧二人对冯词的接受创造了可能，因此后人称他们为江西词派。清代冯煦在《蒿庵论词》中也有这样的论述："宋初大臣之为词者，寇莱公、晏元献、宋景文、范蜀公，与欧阳文忠并有声艺林，然数公或一时兴到之作，未为专诣。独文忠与元献，学之既至，为之亦勤。翔双鹄于交衢，驭二龙于天路。且文忠公家庐陵，而元献家临川，词家遂有西江一派。"①

其次，晏、欧所处的时代距南唐不远，晏殊(991—1055)，欧阳修(1007—1072)，在时间上也有充分可能大量接触到冯延巳的词作，冯煦在《蒿庵论词》中也写道："晏同叔去五代未远，馨烈所扇，得之最先。故左宫右商，和婉而明丽，为北宋倚声家初祖。"②

(1) 晏、欧等对冯延巳、李煜词作接受选择的探究

而同为南唐词人，冯延巳在北宋初年的影响力要远远大于李煜，从接受美学的角度来说，也就是说冯延巳的词作相对于李煜的词作来说更容易为当时词人所接受，这其中的原因可以从社会环境和词人自身两个方面进行分析。

首先，从当时的社会环境来看，真宗、仁宗朝，北宋经过了数十年的休养生息，国富民强，正值太平盛世，与南唐李璟当政前期相仿，陈世修在《〈阳春集〉序》中叙述冯延巳作词背景时这样说道："公以金陵盛时，内外无事，朋僚亲旧，或当燕集，多运藻思，为乐府新词，俾歌者倚丝竹而歌之，所以娱宾而遣兴也。日月浸久，录而成编。"③将冯延巳作词的动机称为"娱宾遣兴"，这无疑是与晏、欧当时的社会环境相符合的。北宋自宋太祖开始，为了维护自身统治，杯酒释兵权，提倡享乐思想，因而宴饮文化极为盛行，而宴饮文化的盛行自然使得词人们有更多"娱宾遣兴"的机会来填词。

再反观李煜词作的创作背景，李煜的词除了前期几篇较为香艳的词作以外，大部分影

---

① 冯煦：《蒿庵论词》，见《宋六十一家词选》，光绪丁亥冶城山馆刊，中华书局 1920 年版，第 3585 页。

② 冯煦：《蒿庵论词》，见《宋六十一家词选》，光绪丁亥冶城山馆刊，中华书局 1920 年版，第 3585 页。

③ 陈世修：《阳春集序》，王兆鹏主编《唐宋词汇评(唐五代卷)》，浙江教育出版社 2004 年版，第 422 页。

响深远的词作都是在亡国后所作，这显然与正值盛世的真宗、仁宗朝不符，晏、欧诸人生逢太平世，自然不会有李煜词那种悲悼之感。

再者，从词人自身境遇来看，冯延巳身居高位，与晏、欧等士大夫阶层的词人都具有臣子的身份，政治上的起伏不定使得他们难免有相近之感。而李煜的亡国之君的特殊身份则很难使得生于太平世、长于太平世的北宋初年的词人们心生亲近之感。

最后，冯词忠爱缠绵、深美闳约，词句、意象尚有可学之法，而李煜词一任感情倾泻而出，至情至性，可谓字字血、声声泪！正如王国维先生在《人间词话》中所评："李重光之词，神秀也。"[①]李煜的词，是倾其生命而作，没有经历过巨大苦难的人决计无法学会。

由此可见，冯延巳词以其特有的天时、地利、人和成为以晏、欧为首的北宋初期词人学习的最佳选择。

(2) 晏殊对冯延巳词的接受情况探究

历代词评家在提到晏殊时，总是不免会提到他对冯延巳词的继承，如刘颁《中山诗话》："晏元献尤喜江南冯延巳歌词。其所自作，亦不减延巳。"陈廷焯《云韶集》卷一："正中词如摩诘之诗，字字和雅，晏、欧之祖也。"南宋罗愿在《新安志》里写道："冯相国乐府号《阳春录》者，冯氏子孙泗州推官璪，尝以示晏元献公，公以为真赏。"[②]也证明了晏殊的确见过《阳春集》且对冯延巳的词十分欣赏。

而晏殊之所以会对冯延巳词情有独钟，笔者以为原因有以下几点：

首先，晏殊与冯延巳都热衷于宴饮，叶梦得《避暑录话》记载晏殊"惟喜宾客，未尝一日不宴饮，每有嘉客必留，留必以歌乐相佐"[③]。而陈世修也在《〈阳春集〉序》中指出冯词的创作背景是"朋僚亲旧，或当燕集，多运藻思，为乐府新词，俾歌者倚丝竹而歌之，所以娱宾而遣兴也"[④]。由此可见，南唐和宋初丰富的宴饮文化为两人歌吟填词提供了温床。

其次，身居高位以及对未知生活的恐惧造就了冯、晏二人词中挥散不去的忧患意识。提及晏殊，人大多以为其年幼便受天子赏识，官至宰相，一生平坦顺利，其实晏殊在其晚年也曾三次贬官。身居高位且多愁善感，使得他们在享受美好现实的同时又恐好景不长、盛筵难再，因而他们的词中都有一种忧患意识。即便如此，两人的忧患意识还是有深浅之分，冯延巳所处的南唐偏安一隅，且时时处于北方政权的虎视眈眈之中，故冯词"留连光景，惆怅自怜，盖亦易飘飏与风雨者"[⑤]。而晏殊，生于太平世，长于太平世，虽有个人之忧，尚无亡国之虞，其词中的忧患意识自然也没有冯延巳词中那么浓厚了。故冯延巳词，晏殊只能得其俊了。

就两者的具体词作来看，也不难发现这一点。

首先来看冯延巳的词，《阳春集》历来以十四阕《鹊踏枝》为人称赞，王鹏运在《半塘丁稿·鹜翁集》中评价说："冯正中《鹊踏枝》十四阕，郁伊惝恍，意兼比兴。"[⑥]以《鹊踏枝》(谁

---

① 王国维:《人间词话》,吉林文史出版社 2004 年版,第 23 页。

② 罗愿:《新安志》,《宋元方志丛刊》,中华书局 1990 年版,第 7764 页。

③ 叶梦得:《避暑录话》(卷上),商务印书馆 1939 年版,第 35 页。

④ 陈世修:《阳春集序》,王兆鹏主编《唐宋词汇评(唐五代卷)》,浙江教育出版社 2004 年版,第 422 页。

⑤ 刘熙载:《艺概》,唐圭璋主编《词话丛编》,中华书局 1986 年版,第 3689 页。

⑥ 王鹏运:《半塘丁稿·鹜翁集》,王兆鹏主编《唐宋词汇评(唐五代卷)》,浙江教育出版社 2004 年版,第 430 页。

道闲情抛掷久)为例:

谁道闲情抛掷久,每到春来,惆怅还依旧。日日花前常病酒,不辞镜里朱颜瘦。
河畔青芜堤上柳,为问新愁,何事年年有。独立小楼风满袖,平林新月人归后。

这首《鹊踏枝》可以说是冯延巳的代表作了,整首词以"闲情"、"新愁"贯穿,这也正是冯延巳绝大多数词作的中心内容。《阳春集》中的"闲情"、"新愁"大多表现为词人对"往者不可谏"的感怀,以及对人生易逝的惆怅。

在这之中,"笙歌"易散的意象常常出现,"笙歌"一词的频率在《阳春集》中高达 9 次,例如《抛球乐》(坐对高楼千万山):"咫尺人千里,犹忆笙歌昨夜欢",写出了对盛筵难再,曲终人散的怅惘,再如《鹊踏枝》(梅花繁枝千万片):"昨夜笙歌容易散,酒醒添得愁无限",多愁善感的词人更是在好景难再来之余写出了一种深深的孤独之感,这种孤独之感并非我们常指的那种独身一人的孤寂之感,它是一种更加广袤的,并非针对一时、一人、一事之所感,而是一种抽象的可以穿越时空的亘古的孤独之感,虽然虚无缥缈,却是古往今来的人们所共有的,因此不同身世背景的人便会从其中体味出不同程度的"愁"。正如蔡嵩云在《柯亭词论》中所评价那般:"《鹊踏枝》十四章,郁伊惝恍,究莫测其意旨。刘融斋谓其词流连光景,惆怅自怜。冯梦华则以为有家国之感寓乎其中,然欤,否欤?"①

而晏殊词中同样也以写"闲情"词著称,但是相对于冯延巳的郁伊惝恍、缠绵悱恻,晏殊的词正如叶嘉莹先生所评价的"圆融的观照"那般,有一种云淡风轻、临觞赋诗的风流天成之感。身为宰相,他很懂得节制自己的情感,可以做到哀而不伤,这在他的词作中可以体现出来,例如《清平乐》:

红笺小字,说尽平生意。鸿雁在云鱼在水,惆怅此情难寄。　斜阳独倚西楼,遥山恰对帘钩。人面不知何处,绿波依旧东流。

上阕用"云中雁"与"水中鱼"点明"我"与所思之人天各一方,难通音信,因此情感是"惆怅此情难寄"。下阕运用斜阳、西楼、遥山等意象,营造了一种孤寂幽暗的境界,然而结句"人面不知何处,绿波依旧东流",套用唐人崔护诗句,用流水喻思情,显示出思念的绵绵不绝,同时以景语作情语作结,大有唐人张若虚《春江花月夜》"人生代代无穷已,江月年年只相似"的高格调。正如俞陛云在《唐五代两宋词选释》中评价那般:"以景中之情作结束,词格甚高"②。

如果说冯延巳词中的"闲愁"着重体现在其对世事无常、繁华易逝的怅惘以及对往事的执着的话,那么晏殊词中的"闲愁"则更多体现在其对年华易逝的无奈,以及对时光的珍惜上。《珠玉词》中有为数不少此类的词作,例如《浣溪沙》:

---

① 蔡嵩云:《柯亭词论》,王兆鹏主编《唐宋词汇评(唐五代卷)》,浙江教育出版社 2004 年版,第 439 页。

② 俞陛云:《唐五代两宋词选释》,王兆鹏主编《唐宋词汇评(两宋卷)》(第一册),浙江教育出版社 2004 年版,第 151 页。

一向年光有限身，等闲离别易销魂。酒筵歌席莫辞频。　满目山河空念远，落花风雨更伤春。不如怜取眼前人。

上阕写人生百年不过一瞬，然而每次的离别都让人不禁黯然销魂，因此无论再频繁的筵席都不要多做推辞，写出了对人生短暂，聚散苦匆匆的感伤，不如及时行乐。下阕感怀登高望远，伤春悼花只能徒增烦恼，而眼前之人，不知何时便会参商永隔，因此应当“怜取眼前人”。结句颇有哲学意味，所谓“往者不可谏，来者犹可追”，体现了词人对于时间、人世的思考，这也使得晏殊的闲情词里往往带有一种思致之情。

再如历来脍炙人口的《浣溪沙(一曲新词酒一杯)》：

一曲新词酒一杯，去年天气旧亭台。夕阳西下几时回？　无可奈何花落去，似曾相识燕归来。小园香径独徘徊。

首句措辞便很别致，“一曲新词酒一杯”，有一种举樽把玩的兴致，第二句由今入昔，天气依然是去年的天气，亭台仍是去年的亭台，一切看似都没有变化，但是流逝的光阴什么时候可以回来？下阕“无可奈何花落去，似曾相识燕归来”一句历来为人所称赞，杨慎《词品》卷五：“‘无可奈何’二语工丽，天然奇偶”，卓人月《词统》卷四也称其“实处易工，虚处难工，对法之妙无两”①。前一句“花落去”悲悼春光易逝，后一句承接上阕的“旧亭台”，燕子尚且能寻觅回到去年筑巢之地，而人呢？以此感怀人世无常，以无情之物反衬有情之人，可谓妙绝。结句没有延续上文伤春悲时的情绪，而是写“我”只能在幽僻的花径上独自徘徊，由抒情转为纯叙事，而整首词作并没有因此戛然而止，而是再次体现出词人的思致之情，余味无穷。

其他表现词人对时间的思考的词句还有很多，例如“燕子归飞兰泣露，光景千留不住”[《清平乐》(春来秋去)]、“时光只解催人老，不信多情”[《采桑子》(时光只解催人老)]、“画鼓声中昏又晓，时光只解催人老”[《渔家傲》(画鼓声中昏又晓)]。

冯延巳、晏殊除了词作内容都多写闲情词外，二者的语言也基本上摆脱了花间词的香软秾艳，显得清丽脱俗，雅致动人。

陈廷焯《云韶集》卷一：“正中词为五代之冠。正中词高处入飞卿之室，却不相沿袭；雅丽处，时或过之。”②例如《长命女》：

春日宴，绿酒一杯歌一遍。再拜陈三愿。　一愿郎君千岁，二愿妾身常健，三愿如同梁上燕，岁岁长相见。

这首词语言晓畅，老妪能解，清新而不失庄重，全无俚俗之气，据传有宋人将此词改编为《雨中花》：“我有五重深深愿。第一愿且图久远，二愿恰如雕梁双燕，岁岁得长相见。三

① 卓人月：《词统》，王兆鹏主编《唐宋词汇评(两宋卷)》(第一册)，浙江教育出版社2004年版，第147页。

② 陈廷焯：《云韶集》，王光鹏主编《唐宋词汇评(唐五代卷)》，浙江教育出版社2004年版，第427页。

愿薄情相顾恋。第四愿永不分散，五愿奴哥收因结果，做个大宅院。”语言浅陋俚俗，不仅诗意全无，还句意重复，“岁岁得长相见”和“薄情相顾恋”及“永不分散”本就是一个意思，而且“且图久远”、“奴哥收因结果，做个大宅院”更是俗不可耐，即便是置于明清世情小说中也丝毫不露端倪。吴曾《能改斋漫录》评价说“味冯公之词，典雅丰容，虽置在古乐府，可以无愧。一遭俗子窜易，不惟句意重复，而鄙恶甚矣”①，可谓十分中肯。

同样，晏殊作词也标榜雅正，根据张舜民《画墁录》：“柳三变既以词忤仁庙，吏部不放改官。三变不能堪，诣殊府。晏公曰：‘贤俊作曲子么？’三变曰：‘只如相公亦作曲子。’公曰：‘殊虽作曲子，不曾道“彩线慵拈伴伊坐”。’柳遂退。”②可见晏殊对于作市井小词的柳永不屑一顾，认为他有失士大夫阶层的体统，他自己作词也淡雅庄重，“全然没些脂粉肥腻气”（吴处厚《青箱杂记》）。例如《蝶恋花》：

槛菊愁烟兰泣露。罗幕轻寒，燕子双飞去。明月不谙离恨苦，斜光到晓穿朱户。昨夜西风凋碧树。独上高楼，望尽天涯路。欲寄彩笺兼尺素，山长水阔知何处？

上阕写景，早春时节，燕子双双飞来，月光仿佛不知晓人间的离愁别恨般，彻夜斜照在院落里，写出一种幽深凄迷的意境，下阕写“我”夜不能寐，独上高楼，忧思徘徊，于深沉中透出一种深深的执着，这种执着，更接近于冯延巳，陈廷焯《大雅集》卷二评价本词“缠绵悱恻，雅近正中”③。

冯延巳、晏殊二人的词作主要内容大体相似，因而常使用的词语、意象也大体相似。例如冯延巳的《采桑子》：

酒阑睡觉天香暖，绣户慵开。香印成灰，独背寒屏理旧眉。　　朦胧却向灯前卧，窗月徘徊。晓梦初回，一夜东风绽早梅。

与晏殊的《浣溪沙》：

宿酒才醒厌玉卮，水沉香冷懒熏衣。早梅先绽日边枝。　　寒雪寂寥初散后，春风悠飏欲来时。小屏闲放画帘垂。

这两首词无论是主旨、内容、意象还是语言的运用上都颇为相似。首先，主旨都是闺情词，冯词大体描写了早春时节，“我”宿酒后，懒起梳妆，却发现一夜之间窗外的梅花已经绽开了。晏词内容几乎与之一样。再看所用意象，两首词都使用了“酒”、“香灰”、“屏风”、“早梅”等词语，皆构造出一种慵懒迷离的氛围。稍有不同的是冯词于闺情之中透出一种深沉的执着，“独背寒屏理旧眉”一句大有“和泪试严妆”的忠爱缠绵之感，正如俞陛云在

① 吴曾：《能改斋漫录》（卷二），《词话丛编》，中华书局1986年版，第152—153页。
② 张舜民：《画墁录》，《宋元笔记小说大观》，上海古籍出版社2001年版，第1533页。
③ 陈廷焯：《词则·大雅集》，上海古籍出版社1984年版，第43页。

《唐五代两宋词选释》中评价那般"与耆卿'衣带渐宽终不悔'皆蔼然忠厚之言"①,下阕"朦胧却向灯前卧,窗月徘徊"两句,意境迷离悱恻,透出一种痴迷的味道。

而晏词中则没有冯词中有那么深沉的执着之感,同样抒发愁思,晏词更多抒发的是一种相对理性的思致之情,正如其词集名《珠玉集》那般珠圆玉润,少作凄厉语。

(3) 欧阳修对冯延巳词的接受情况探究

冯延巳《阳春集》中词作多有互见于他人之作,其中以欧阳修为最,一共有 16 首之多,根据唐圭璋先生在《宋词互见考》里的统计,共有《应天长》(一弯初月临妆镜),又(绿槐阴里黄莺语),《鹊踏枝》四首(谁道闲情抛弃久),又(几日行云何处去),又(庭院深深深几许),又(六曲阑干偎碧树);《归国谣》三首(何处笛),又(寒水碧),又(春艳艳),《芳草渡》(梧桐落),《更漏子》(风带寒),《醉桃源》(南园春半踏青时),又(角声吹断陇枝梅),《清平乐》(雨晴烟晚),《应天长》(石城山下桃花绽),《阮郎归》(东风吹来日衔山)。② 除去《应天长》(绿槐阴里黄莺语),此词又见于《花间集》,应属韦庄,而非冯、欧二人的词,则应有 15 首。

这 15 首中不乏历来为后世称赞的名篇,由此可见冯延巳与欧阳修二人词作风格的相似性,在词坛初兴的真宗、仁宗年间,这也不难从侧面印证了欧词对冯词的接受与学习。

陈廷焯《云韶集》卷一赞冯延巳词"雅秀工丽,是欧公之祖"③。刘熙载《艺概》云"冯延巳词,晏同叔得其俊,欧阳永叔得其深"④,欧阳修词相对于晏殊词的风流俊逸,显得更为深沉,前文提到冯延巳词的一大特色便是那悲怆中的一份执着,是"衣带渐宽终不悔"的痴顽,这一点欧阳修在其词作中也多有体现。例如《玉楼春》:

> 尊前拟把归期说,未语春容先惨咽。人生自是有情痴,此恨不关风与月。
> 高歌且莫翻新阕,一曲能教肠寸结。直须看尽洛城花,始共春风容易别。

上阕写送别友人,归期难定,三四句"人生自是有情痴,此恨不关风与月"写出人与人之间的离愁别恨无关春花秋月。下阕抒情,结句表明了词人处事的态度,对于洛阳城的花必须要"看尽",而春光易逝,花期易逝,即便如此,"我"也须尽我所能去看遍所有的花,因为只有这样,"我"才算没有辜负了春光,方才可以做到与"春风容易别"。从这两句话中不难发现其中有与冯延巳词类似的情感,那就是执着。王国维称赞其词有境界,"于豪放之中有沉着之致,所以尤高"⑤。

再看他的另一首《浣溪沙》:

> 堤上游人逐画船,拍堤春水四垂天,绿杨楼外出秋千。　　白发戴花君莫笑,六

---

① 俞陛云:《唐五代两宋词选释》,王兆鹏主编《唐宋词汇评(两宋卷)》(第一册),浙江教育出版社 2004 年版,第 440 页。

② 唐圭璋:《宋词四考》,江苏古籍出版社 1985 年版,第 235、255、292—294、304 页。

③ 陈廷焯:《云韶集》,王兆鹏主编《唐宋词汇评(唐五代卷)》,浙江教育出版社 2004 年版,第 427 页。

④ 刘熙载:《艺概》,唐圭璋主编《词话丛编》,中华书局 1986 年版,第 3689 页。

⑤ 王国维:《人间词话》,吉林文史出版社 2004 年版,第 44 页。

幺摧拍盏频传，人生何处似樽前。

王国维认为，欧阳修“绿杨楼外出秋千”是化用冯延巳《上行杯》中的“柳外秋千出画墙”，“但欧语尤工耳”。由此可见，冯词对欧阳修的作词还是有一定影响的。[①]

词的下阕体现了词人及时行乐的思想，与其感怀伤时，不如把酒相欢，推杯换盏，纵使白发戴花也无妨，只要存着这一份对酒当歌的兴致。

像《浣溪沙》这种体现词人及时行乐的思想的词，在欧阳修的词中还有很多，例如“行乐及须年少，尊前看取衰翁”（《朝中措》）、“老去风情应不到，凭君剩把芳尊倒”（《蝶恋花》）、“便须豪饮敌青春，莫对新花羞白发”（《玉楼春》），等等。

这种及时行乐的心态正是冯延巳词中所没有的，可以说，欧阳修的词作，发扬和继承了冯延巳词中那种语淡情深、深沉执着的风格，并将之发展为一种豁达积极的词风，在北宋词史上起到了承上启下的作用。正如冯煦在《蒿庵论词》中所评价那般：“疏隽开子瞻，深婉开少游。”

虽然欧阳修词对冯延巳多有继承，但对于冯延巳其人却采取回避的态度，在其诸多著作中无一字提及冯延巳及冯词，这是一个值得思考的地方。笔者以为，造成这一现象主要有以下两方面的原因。

首先，欧阳修本人对词的态度大体还是以其作为娱乐、消遣之用的，即所谓“翻旧阕之辞，写以新声之调，敢陈薄伎，聊佐清欢”（《采桑子·西湖念语》）。据其《归田录》中记载：“（钱思公）在西洛时，尝语僚属言：平生惟好读书，作则读经史，卧则读小说，上厕则阅小辞。”[②]由此可见当时士大夫对词的态度都是较为轻视的，欧阳修也不例外。

再者，冯延巳在当时的名声并不好，欧阳修生前能见到的关于南唐的史料不多，而这些史料对冯延巳的评价往往带有党争攻讦的色彩，例如影响较大的《钓矶立谈》斥冯延巳为俭夫、贼臣，而作者史温是南唐史虚白的侄孙辈，史虚白素与韩熙载友善，而韩熙载则是冯延巳的政敌，因此史虚白在向晚辈谈及南唐旧事时，难免带有个人色彩。

且冯延巳一党皆卒于南唐亡国之前，而其政敌徐铉、韩熙载则皆入宋，且在文坛享有盛名，人们对其仰慕之余不免对其政敌冯延巳、宋齐丘等人大加贬斥，故当时社会对于冯延巳的评价是过分贬低的。夏承焘先生在《冯正中年谱》中对此现象有很中肯的解释：“易代之后，遗民抱宗社之痛者，一以南唐之忘，归狱宋党。益之韩熙载、徐铉皆享老寿，文采倾动一时。世十向慕，遂多阿孙、常而贬宋、陈。”[③]

或是受到以上两方面的影响，欧阳修不仅在其著述中一句不提冯延巳所作之词，而且在他所编纂的《新五代史》中对冯延巳为人的评价也与时人无异，例如：“昇客冯延巳好论兵大言”，“而延巳等皆以邪佞用事，吴人谓之‘五鬼’”。[④]

2. 晏几道对李煜词的接受情况探究

北宋初年的小令秉承南唐花间遗韵，在晏殊、欧阳修手中发展到了极致，而晏几道作

① 王国维：《人间词话》，吉林文史出版社2004年版，第32页。

② 欧阳修：《归田录》，《唐宋史料笔记丛刊》，中华书局1983年版，第24页。

③ 夏承焘：《唐宋词人年谱》，上海古籍出版社1979年版，第37页。

④ 欧阳修：《新五代史》（第三册），中华书局1974年版，第770页。

为南唐遗风的绝唱，更是将小令推到了一个更高的层次。

晏几道(1038—1110)，字叔原，号小山，晏殊第八子(据涂木水《关于晏几道的生卒年和排行》)，著有《小山集》。

晏几道一生坎坷，作为晏殊的幼子，堂堂一介相门贵公子，早年过着声色犬马的奢靡生活，中年以后，家道败落，“费资千百万，家人寒饥”(黄庭坚《小山词序》)，他性情耿介狷直，不愿依靠晏殊的声名去谋上一官半职，亦不愿依附权贵，因而一生沉沦下僚。

今昔的巨大落差，加上其本身多愁善感的性格，使得晏几道的词中往往带有浓厚的怀念色彩，其词大多描写早年纸醉金迷的生活，或追怀，或梦见，一洗之前词坛以其父晏殊为代表的富贵典雅的词风，词风悲怆动人，哀怨缠绵，被喻为“古之伤心人”(冯煦《蒿庵论词》)。

如果说他的父亲晏殊是继承了南唐冯延巳的词风，那么晏几道的词作无疑更接近南唐后主李煜。他也曾在《小山词自序》中提到自己“病世之歌词不足以析酲解愠，试续南部诸贤绪余，作五七字语，期以自娱”①。说明他的创作也的确是以南唐李氏君臣为圭臬，因此，历代词论家习惯将晏殊、晏几道父子与李璟、李煜父子相比较，例如毛晋在《小山词跋》中评论道：“晏氏父子，具足追配李氏父子云。”②夏敬观《吷庵论词》：“晏氏父子，嗣响南唐二主，才力相敌，盖不特词胜，尤有过人之情。”③

如果将自花间词开始的花前月下、伤春悲秋的词风奉为词之正统的话，那么李煜、晏几道的词无疑是词中变调。李煜、晏几道的词一任感情宣泄，没有理性的节制，完全是任情感支配手中之笔，与传统诗词所标榜的“哀而不伤”相距甚远。正如陈廷焯在《白雨斋词话》卷七中所评价那般：“李后主、晏叔原皆非词中正声，而其词则无人不爱，以其情胜也。情不深而为词，虽雅不韵，何足感人。”④而造成二者凄厉词风的原因主要是与两人特殊的人生经历有关。

可以说晏几道之所以在之前的诸多词中好手中更容易接受李煜的词，除了继承其父追寻南唐遗韵之外，他与李煜相似的人生悲剧也是一个重要的原因。

李煜从帝王之尊沦为阶下囚，所经历的人生打击是巨大的，因此词风在亡国之后骤变，凄婉哀绝，一字一血，王国维称其为“以血书者”。而晏几道，出身相门，早年同李煜一样，耽于歌舞，过着穷奢极欲的生活，而父亲亡故之后，家道败落，亦不肯趋附于权贵，半生潦倒，连自己心爱的歌女都难见一面。两人皆是由盛入衰，对人生无常的感受自然要比本来就贫穷的人要深刻得多。这种相似的人生经历使得他们作词不加修饰，将自己内心深处最懊悔、最痛楚的地方直笔写出，所以感人肺腑，千百年来为人传颂。

在李煜和晏几道词集中都存在一个特别的现象，那就是写梦词的大量出现。李煜传世词作数量历来有争议，据王仲闻先生统计确信为李煜真作共36首⑤，其中带有“梦”这一

① 晏几道：《小山词自序》，王兆鹏主编《唐宋词汇评(两宋卷)》(第一册)，浙江教育出版社2004年版，第329页。

② 毛晋：《小山词跋》，王兆鹏主编《唐宋词汇评(两宋卷)》(第一册)，浙江教育出版社2004年版，第330页。

③ 夏敬观：《吷庵论词》，王兆鹏主编《唐宋词汇评(两宋卷)》(第一册)，浙江教育出版社2004年版，第332页。

④ 陈廷焯：《白雨斋词话》，王兆鹏主编《唐宋词汇评(两宋卷)》(第一册)，浙江教育出版社2004年版，第331页。

⑤ 王仲闻：《南唐二主词校订》，中华书局2007年版，第1—2页。

意象的词作约有18首，也就是说李煜的词作中一半都在抒写“梦”这一母题意象。例如《望江南》：

多少恨，昨夜梦魂中。还似旧时游上苑，车如流水马如龙。花月正春风。

这是李煜在入宋后的作品。以昔日游苑之乐反衬今日沦为臣虏的哀怨，以乐景衬哀情，更显现状之凄凉，因此只能把希望寄托于梦境，因为只有在梦里，才能重返昔日的故土，可是梦醒之后只能更增几分悲伤，所以他“恨”。因此李煜对于梦其实是一种矛盾的心情。

再如《望江梅》：

闲梦远，南国正芳春。船上管弦江面绿，满城飞絮滚轻尘。忙杀看花人。

这首仍是李煜入宋后怀念南唐故国时所写的词，首句将视角切换到南唐故国，“船上”句描写江南正值春光明媚之时，看花人忙不迭地去城郊赏花，宝马雕车扬起阵阵轻烟混合着滚滚的杨花，好一幅春日狂欢图。整首词通篇叙事，并无抒情，代表词人现在立场的仅“闲”、“梦”、“远”三字。但正是这三个字让人心生凄婉之意。词人已不再是昔日那个君王，满城士子为赏花而“忙杀”时，他只有“闲”着做“梦”，一忙一闲，对比鲜明。“远”字不仅是地理距离上的远离南唐，而是以词人阶下囚的身份，怕是一生终难再返故国，再也无从欣赏故国的绚烂春光了。整首词寓情于景，语淡而情深，所谓“大悲无泪”大概就是这种境界了。

除了实写梦境，李煜词中亦不乏“人生如梦”的观念，这与他长期浸淫于佛教思想有关。王国维也在《人间词话》中称其“俨有释迦、基督，担荷人类罪恶之意”[①]。例如：“往事已成空，还如一梦中”（《菩萨蛮》）、“世事漫随流水，算来梦里浮生”（《乌夜啼》）、“暂时相见，如梦懒思量”（《谢新恩》）。

再看晏几道的词，《小山词》260首词中，包含“梦”字的词作共有57首，同李煜一样，《小山词》中也有不少带有“人生如梦”观念的词作，例如“春梦秋云，聚散真容易”（《蝶恋花》）、“眼中前事分明。可怜如梦难凭”（《清平乐》）。

晏几道写“梦”往往带有怀旧之感，梦境的内容一般是昔日宴乐歌舞的场景，或者与自己心爱之人的重逢。例如《蝶恋花》：

梦入江南烟水路。行尽江南，不与离人遇。睡里消魂无说处。觉来惆怅消魂误。
欲尽此情书尺素。浮雁沈鱼，终了无凭据。却倚缓弦歌别绪。断肠移破秦筝柱。

词的上阕写词人梦中重回江南，可是无论如何也找不到故人，“行尽江南”写出了词人愿“为伊消得人憔悴”的执着，由此可见词人是一个非常怀旧的人，故人、旧事在他的心中占据了极大的分量，因此即便醒来之后，这种寻人不遇的销魂之情仍萦绕心头。下阕似乎

① 王国维：《人间词话》，吉林文史出版社2004年版，第28页。

寻出了破解之法，那便是寄信，可是却无从寄出，最后只能从丝竹中寻求解脱，借乐器的“断肠声”来排遣自己的“断肠情”。词人为人，不可谓不痴。

再如《鹧鸪天》：

小令尊前见玉箫。银灯一曲太妖娆。歌中醉倒谁能恨，唱罢归来酒未消。春悄悄，夜迢迢。碧云天共楚宫遥。梦魂惯得无拘检，又踏杨花过谢桥。

这首词上阕叙旧，写词人与心爱的歌女初见之景。歌女舞姿妖娆、歌声婉转，一曲唱罢，让词人沉醉其中难以自拔，“醉”字既是实写酒醉，更指歌女的婉转歌喉令人陶醉。下阕转写现实，“春悄悄”句写春夜幽寂而漫长，接着以“碧云天”、“楚宫”喻与情人相隔甚远，难以相见，从而引出结句。结句乃神来之笔，词人在现实中与心爱之人受重重阻隔难再相会，便依托于梦境，一遍遍地去与情人重逢。“惯得无拘检”一句反衬现实生活对词人的拘束，“又”字将词人那种痴绝的形态描绘得惟妙惟肖。与词人同时代的理学家程颐赞“梦魂”两句为“鬼语”（邵博《邵氏闻见后录》），可见此句的妙处。

综上所述，如果说李煜的“痴”是体现在他的“赤子之心”的语尽天真，是一种“清水出芙蓉”的自然，那么晏几道的“痴”更多地体现在对旧情的执着，是一种“虽九死其犹未悔”的坚贞。

由写“梦”词这一个侧面不难反映出李煜词对晏几道的影响，当然，晏几道作为当时词坛大家，学习前人之词定不会局限于李煜一家，但李煜作为晏几道所推崇的“南部诸贤”的代表人物之一，其对晏几道作词的影响无疑是巨大的。

3. 北宋其他词人对南唐词的接受情况

除了受南唐词影响较为深厚的晏氏父子及欧阳修以外，北宋其他诸多词人也或多或少地表达了对冯延巳、李煜等人词作的欣赏态度。

例如王安石虽然一直强调文学应服务于政治，并且曾讥笑晏殊“为宰相，为小词乎？”（魏泰《东轩笔录》卷五），认为晏殊身为堂堂宰相还作小词是一件有失体统的事情。但即便如此，他还是对南唐词表现出了激赏。胡仔《苕溪渔隐从话》前集卷五十九引用《雪流斋日记》：“荆公问山谷云：‘作小词曾看李后主词否？’云：‘曾看。’荆公云：‘何处最好？’山谷以‘一江春水向东流’为对。荆公云：‘未若‘细雨梦回鸡塞远，小楼吹彻玉笙寒’，又‘细雨湿流光’最好’。”[①]“细雨梦回”句应为李璟作，而“细雨湿流光”应出自冯延巳的《南乡子》，这里显然是王安石记错了。但这也正说明了王安石对李氏君臣词作的欣赏。

李清照的《词论》是北宋后期一篇重要的论词作品，她在其中曾批评唐五代词淫靡，是“郑卫之声”，唯独对南唐词表现出认同的态度，“独江南李氏君臣尚文雅”，然而“语虽甚奇，所谓‘亡国之音哀以思’也”。当然，李清照之所以会对南唐词产生认同感，不免与当时北宋风雨飘摇的国势有关。

---

① 胡仔：《苕溪渔隐丛话》，王兆鹏主编《唐宋词汇评（唐五代卷）》，浙江教育出版社2004年版，第450页。

三、南宋到明代南唐词的接受情况

1. 南宋时期南唐词的接受情况

相对于北宋诸名家对南唐词作的喜爱和学习，南唐词在南宋受到了冷落，提及南唐词的著作不多，且都是零碎的片段或词评，不成体系。

吴曾在《能改斋漫录》中曾将冯延巳的《长命女·春日宴》与后人根据其所改编的《雨中花》词相比较，并得出了“冯公之词典雅丰容，虽置在古乐府，可以无愧”①的结论，说明他对冯词“雅正”的推崇。吴曾的词学观点以“典雅”、“清腴”为正统，因此对于冯延巳的词评价较好。

陆游在其自撰的《南唐书》中设“冯延巳传”，并在其中对南唐词提出了自己中肯的看法：

> 延巳工诗，虽贵且老不废，如“宫瓦数行晓日，龙旗百尺春风”，识者谓有元和词人气格。尤喜为乐府词，元宗尝因曲宴内殿，从容谓曰：“吹皱一池春水。何干卿事?”延巳对曰：“安得如陛下‘小楼吹彻玉笙寒’之句。”时丧败不支，国几忘，稽首称臣于敌，奉其正朔，以苟岁月，而君臣相谑乃如此。②

他首先称冯延巳词“识者谓有元和诗人气格”（注：元和为唐宪宗李纯年号），然后又引李璟、冯延巳君臣以词相谑的事例，指出南唐亡国是因为君臣沉迷于小词宴乐，以此劝诫君主和世人莫耽于声色而误国。这与当时南宋孱弱的国势有关，国难当头，使得士大夫皆以天下安危为己任，对于此类因享乐而误国的事例自然会加以贬斥。

朱晞颜《瓢泉吟稿》卷五《跋周氏埙篪乐府引》（一说为金代赵文所作）评价李煜与孟昶的词“号称雅制，观其忧幽隐恨，触物寓情，亡国之音，哀思极矣”③。

另外还有零散的词评，例如黄昇在自己选编的《唐宋诸贤绝妙词选》中评价李煜的《乌夜啼》（无言独上西楼）：“此词最凄婉，所谓亡国之音哀以思也。”④

不难发现，朱晞颜、黄昇在对李煜进行评价时，不免都受到了李清照《词论》中对南唐词评价的影响。可见当时把南唐词尤其是李煜词解读为“亡国之音”应该是社会的普遍看法。

2. 金、元对南唐词接受的沉寂

金、元两朝无论从词作数量还是从词论数量上来看在词史上都是低潮期，因此，对南唐词的接受也进入了前所未有的低谷期。

金词远不如宋词那么繁荣，词话数量也较少，而且由于南北地域的差异，北方民风较为质朴粗犷，因而当时金朝流行以苏轼、辛弃疾为代表的豪放派的刚健清越的词风，批判纤弱秾艳的花间本色，当时的词坛大家，如元好问和王若虚都是主张表现真性情，反对淫

---

① 吴曾：《能改斋漫录》（卷二），《词话丛编》，中华书局1986年版，第451页。

② 陆游：《南唐书》，《五代史书汇编》，杭州出版社2004年版，第5550页。

③ 朱晞颜：《瓢泉吟稿》，王兆鹏主编《唐宋词汇评（唐五代卷）》，浙江教育出版社2004年版，第518页。

④ 黄昇：《唐宋诸贤绝妙词选》，王兆鹏主编《唐宋词汇评（唐五代卷）》，浙江教育出版社2004年版，第567页。

靡矫饰。因此，典雅端庄的南唐词在这种环境下很难受到重视。

元代外族入主中原，词学沉寂，前期词人以宋金遗民词人群为主，大多以怀念故国为主；后期理学之风盛行，为词提倡风骨，代表人物如杨维桢等人。南唐词于此时期亦湮没无闻。

3. 明朝南唐词接受研究

明代虽然在词学创造上上不及宋代，下不及清代，但是在词学批评和词集的整理上亦有可圈可点之处。

明人所编的词总集主要有两种，即毛晋的《宋六十名家词》(一说《宋名家词》)和吴讷的《唐宋名贤百家词》，其中录有冯延巳《阳春集》一卷，李煜、李璟《南唐二主词》一卷，皆为现存最早抄本，具有非常高的研究价值。

明代《花间集》与《草堂诗余》独步一时，当时的词人皆以其为圭臬。《草堂诗余》为南宋何士信所编，所收之词以宋词为主，兼收唐五代词，在明代主要有两个版本：一个是洪武本，这是翻刻何士信原书的版本；另一个版本是嘉靖本《精选名贤词话草堂诗余》，这是据何士信原书而改编的版本。洪武本选南唐词仅 6 首，其中冯延巳词 1 首、李煜 4 首、李璟 1 首，而嘉靖本选南唐词 8 首，其中冯延巳词 2 首、李煜词 4 首、李璟词 2 首。作为当时最流行的词选集，《草堂诗余》的取向往往会影响甚至左右当时的词坛风气。而《草堂诗余》选词喜选言情绮靡的词作，朱彝尊曾评价《草堂诗余》选词庸俗，“独《草堂诗余》所收最下、最传，三百年来，学者守为《兔园册》，无惑乎词之不振也”[①]，认为其流行是导致明词成就不高的原因。而南唐词雅致含蓄的词风与当时主导的主情说不符，因此被接受的程度不高。

明代本朝亦有众多数量的选评本词集刊刻，例如杨慎的《词林万选》、陈耀文的《花草粹编》、卓人月的《古今词统》、董逢元的《唐词纪》、杨慎的《百琲明珠》、茅暎的《词的》，等等，这类词选所选往往鱼龙混杂，词评亦无甚新意，因此往往遭到后世诟病。然而其作为明人选集，仍可以很大程度上反映出当时词坛对南唐词作的接收情况。

据刘尊明、王兆鹏《唐宋词的定量分析》[②]中对明代词选中所录唐宋各家词人词作数量的统计结果可知，杨慎《词林万选》中选南唐词共 2 首，皆为李煜词；陈耀文《花草粹编》共选南唐词 113 首，其中冯延巳词 79 首、李煜词 31 首、李璟词 2 首、卢绛词 1 首；卓人月《古今词统》共选南唐词 23 首，其中冯延巳词 2 首、李煜词 18 首、李璟词 3 首；董逢元《唐词纪》共选南唐词 159 首，其中冯延巳 104 首、李煜词 35 首、李璟词 5 首、成彦雄 9 首、卢绛 1 首、孙舫 5 首。

其中《唐词纪》专记唐五代词，《花草粹编》为词人总集，故所收南唐词数较多。而另外两种，所选的南唐词数量仍不多。由此可见，明代词人对南唐词的接受较为冷淡。

明代词评也较为平庸，没有系统的阐释，且大多是对单阕词的评论，且提及南唐词人的亦不多。其中影响较大的是王世贞和陈子龙。王世贞主张作词应当“宛转绵丽”，认为“李氏、晏氏父子、耆卿、子野、美成、少游、易安为词之正宗”，并且在普遍推崇花间词的明朝提出“《花间》犹伤促碎，至南唐李王父子而妙矣”[③]，可见王世贞虽然推崇秀丽言情的小

① 朱彝尊:《词综发凡》，上海古籍出版社 1978 年版，第 10 页。

② 刘尊明、王兆鹏:《唐宋词的定量分析》，北京大学出版社 2012 年版，第 71—77 页。

③ 王世贞:《艺苑卮言》，《词话丛编》，中华书局 1986 年版，第 387 页。

词，但是对于花间词的淫靡还是较为厌恶的，其对于南唐词的评价还是比较中肯的。

陈子龙作为明末云间词派的代表人物，可以说其词中已有新气象出现，可以看作清词中兴的前兆。他的词话理论《幽兰草词序》也是当时较为重要的词论，他在该词论中正确地评价了南唐词人的词史地位。

> 自金陵二主以至靖康，代有作者，或浓纤婉丽，极哀艳之情；或流畅淡逸，穷盼倩之趣。然皆境繇情生，辞随意启，天机偶发，元音自成，繁促之中尚存高浑，斯为最胜也。①

这与陈子龙"崇北抑南"的词学思想有关，他认为唐五代北宋词，相对于之后的南宋词来说，人工雕琢的气息比较少，风流天成，品格清高，而南唐词作为北宋小令一派的开山祖师，自然会受到陈子龙的褒奖。

四、清代南唐词接受研究

1. 南唐词在清朝的接受概况

清代词学中兴，词人与词作无论是在数量上还是在质量上相对于元、明两代都有了极大的飞跃，并且词学研究风气浓厚，较之前代零星琐碎的词学评论显得更为全面和透彻，可谓词学研究的集大成期。

而清代词人对南唐词人接受较多的主要集中在清前期纳兰性德、中后期的常州词派及清末学者王国维身上。其余多为零散的词评，不成气候。

清初，天下初定，由于是少数民族入主中原，因此民间反清复明的情绪十分强烈。受此影响，词坛以陈维崧为首的"阳羡派"和明末陈子龙为代表的"云间词派"为主导，阳羡派尊崇苏、辛的雄壮词风，云间词派则承接晚明词坛遗绪，宗法南唐、北宋，以自然高浑为上。

西泠十子承接云间派思想，其中沈谦对李煜颇有赞誉，认为其虽"拙于治国，在词中犹不失为南面王"②，对于李煜的词给出了很高的评价，并将其与李清照并提，称之为"男中李后主，女中李易安"③。

清初文坛大家王士禛对南唐词也颇有赞誉，称"语其正，则南唐二主为之祖，至漱玉、淮海而极盛，高、史其嗣响也"④，尊李璟父子、李清照、秦观等人为正统。他还将李煜与陈叔宝进行比较，"钟隐入汴后，'春花秋月'诸词，与'此中日夕，只以眼泪洗面'一帖，同是千古情种，较长城公煞是可怜"⑤，认为李煜的词作较之陈后主的词更为真挚，对于李煜挽怀故国的词作深感同情。

---

① 陈子龙：《幽兰草词序》，施蛰存《词籍序跋萃编》，中国社会科学出版社 1994 年版，第 505 页。

② 沈谦：《填词杂说》，《词话丛编》，中华书局 1986 年版，第 632 页。

③ 沈谦：《填词杂说》，《词话丛编》，中华书局 1986 年版，第 632 页。

④ 王士禛：《花草蒙拾》，《词话丛编》，中华书局 1986 年版，第 677 页。

⑤ 王士禛：《花草蒙拾》，《词话丛编》，中华书局 1986 年版，第 677 页。

清初词人尤侗则对于词人人品和词品的差异性做出了评论，认为“和凝、韦庄、冯延巳之流，皆一时卿相，而《谒金门》、《小重山》诸阕传为佳话，要其人不足道也”[①]，认为“曲子相公”和凝与冯延巳等人虽然词作缠绵动人，传为佳话，但其人品往往遭人诟病，从而说明了词品与人品往往不能对等。

而对于李煜的《一斛珠》(晓妆初过)的结尾句“绣床斜凭娇无那，烂嚼红绒，笑向檀郎唾”也多有评论，贺裳在《皱水轩词筌》中表示很欣赏此句，并认为翻用此词意的杨孟载的《春绣》中的诗句“闲情正在停针处，笑嚼红绒唾碧窗”不如李煜原词来得自然风流，称其为“弥子瑕竟效颦于南子”[②]，借此称赞李煜词的拙朴天然。而同样对于这一句词，曲作家李渔却对此大加批判，认为“此娼妇倚门腔，梨园献丑态也。嚼红绒以唾郎，与倚门市而大嚼，唾枣核、瓜子以调路人者，其间不能以寸”[③]。将李煜笔下小周后“嚼红绒以唾郎”的娇憨之态形容得与倚门唾枣核的妇人无异，同时他也举出杨孟载《春绣》中的那两句，但与之前贺裳的结论却大相径庭，他认为杨孟载的改编使得整体意境由俗变雅，“不啻苏合、蜣娘之别也”，并由此得出“古词不尽可读，后人亦能胜前迹”[④]的结论。同样的词句，二人居然得出了截然相反的结论，主要是因为贺裳作词崇尚天然古朴而反对过于雕饰，而李渔则追求语言的雅正，故二人的观点大相径庭。

康熙朝的纳兰性德词风远追北宋小令一派的遗绪，创作以小令为主，兼作慢词。对于小令派的开山鼻祖南唐词尤其是李煜词情有独钟，下文将对纳兰对于李煜词的接受情况作一具体阐述。

而清代中期以朱彝尊为首的浙西派独步词坛，而浙西派一改之前云间派崇北抑南的词风，以姜夔、张炎为圭臬，亦步亦趋，因而对于与北宋词一脉相承的南唐词也无多评价。

晚清常州词派为了改革浙西词派末流秾艳淫靡的词风，追求比兴寄托、温柔敦厚的儒家道统，因此一反浙西词派尊崇南宋的风气，主张尊崇北宋，因此对南唐词的研究达到了一个空前的高度。此部分将在下文具体阐述。

除了常州词派外，对于南唐词的研究仍有零散的评论。樊增祥《东溪草堂词选自叙》：“五季之世，二李为工。后主思深理约，致兼风雅。匪惟一朝之隽，抑亦百世之宗”[⑤]，对李氏父子词作的词技给予了肯定，并尊李煜为“百世之宗”，充分肯定了李煜在词史上跨时代的意义。杨希闵《词轨》卷二：“二主词读之使人悄怆失志，亡国之响也。然真情流露，音节凄婉，善学者，宜得意于形迹之外”[⑥]，称赞二主词情真意切，音律凄怆。

被称为“清末四大词人”之一的王鹏运曾汇刻五代至元诸名家词为《四印斋所刻词》，其中收录冯延巳《阳春集》一卷，校勘精审，影响较大。同时，他也在《半塘老人遗稿》中评价李煜词“超逸绝伦、虚灵在骨”，认为“以谓词中之帝，当之无愧色矣”[⑦]，对李煜词超灵的

---

① 尤侗：《三十二芙蓉词序》，《清代文学批评资料汇编》，成文出版社 1979 年版，第 142 页。

② 贺裳：《皱水轩词筌》，《词话丛编》，中华书局 1986 年版，第 696 页。

③ 李渔：《窥词管见》，《词话丛编》，中华书局 1986 年版，第 551 页。

④ 李渔：《窥词管见》，《词话丛编》，中华书局 1986 年版，第 551 页。

⑤ 樊增祥：《东溪草堂词选自叙》，王兆鹏主编《唐宋词汇评(唐五代卷)》，浙江教育出版社 2004 年版。

⑥ 杨希闵：《词轨》，王兆鹏主编《唐宋词汇评(唐五代卷)》，浙江教育出版社 2004 年版，第 479 页。

⑦ 王鹏运：《半塘老人遗稿》，王兆鹏主编《唐宋词汇评(唐五代卷)》，浙江教育出版社 2004 年版，第 521 页。

气骨给予高度的赞扬。同为“晚清四大家”的况周颐也在《历代词人考略》中称赞冯延巳词“《阳春》一集，为临川、珠玉所宗，愈瑰丽，愈醇朴”[①]，肯定了冯延巳词对晏殊、王安石等人的模范作用，对于冯词词风更是称赞其“如古番锦”，体现出冯延巳词醇雅古质的特点，又称其“词之境诣至此，不易学，并不易知，未容漫加选择，与后主词实异曲同工也”[②]，称赞冯延巳词与李煜词一样，以气韵取胜，难以模仿。

清末民初的学者王国维在《人间词话》中对南唐词揄扬之至，其中许多精辟的评论已成为近现代南唐词研究的共识。其对南唐词的接受情况将在下文具体阐述。

2. 纳兰性德对李煜词的接受

纳兰性德，字容若，是清初著名词人，“京华三绝”之首，著有《侧帽集》、《饮水词》，词集在当时影响便很大，他的好友曹寅曾作诗《题楝亭夜话图》说：“家家争唱饮水词，纳兰心事几曾知？”可见纳兰词在当时可谓妇孺皆知，同时“几曾知”也能看出纳兰词的含蓄蕴藉、义旨深远。

词评家历来对于纳兰词的评价很高，其好友顾贞观称赞其“天资超逸，翕然尘外，所为乐府小令，婉丽凄清，使读者哀乐不知所主”（《通志堂词序》），王国维更是在《人间词话》中赞其“北宋以来，一人而已”。

而特别值得注意的是历代词评家往往喜欢将纳兰性德与李煜相比较，阳羡词派代表人物陈维崧就曾在《纳兰词评》中指出：“《饮水词》哀感顽艳，得南唐二主之遗”，指出了纳兰性德对南唐词的继承，而周稚圭则直接将纳兰誉为李煜的转世今生：“纳兰容若，南唐李重光后身也”（《箧中词》卷一），张伯驹也在《丛碧词话》里称纳兰为“清词中之南唐”，指出纳兰词的风格与南唐小令一脉相承。

就连纳兰自己也对李煜的词作推崇备至，在《渌水亭杂识》中评价道：“《花间》之词如古玉器，贵重而不适用，宋词适用而少贵重；李后主兼有其美，更饶烟水迷离之致”[③]，说明其对李后主词风兼有雅致和适用，同时又哀婉缠绵的词风心生敬意。而纳兰的词集取名为《侧帽集》，侧帽一词出自独孤信侧帽的典故，而此处应该是取晏殊“侧帽风前花满路”一词，颇有风流自赏之意，而晏殊词与南唐词一脉相承，可见纳兰对南唐词也很是喜爱。

纳兰之所以会对李煜的词揄扬备至，甚至在自己作词时也亦步亦趋，作出许多风格气韵相似的词作，其主要原因应当与其充满磨难的人生境遇有关。

纳兰出身相门，父亲是权倾朝野的纳兰明珠，不仅如此，纳兰全名叶赫那拉·纳兰性德，与清朝皇室有着姻亲关系，可谓既富且贵，然而这样一个出身豪门的纳兰却并不幸福，第一次科举却因为一场大病错过了殿试，三年后才再次科举。作为御前带刀侍卫，纳兰虽深受康熙宠信，但作为一个“狂生”（纳兰在《金缕曲》中自称“德也狂生耳”），不能戍守边疆、血战沙场让纳兰深以为憾。

还有一个更为重要的原因便是纳兰一生感情坎坷，他与发妻卢氏感情甚笃，然而卢氏却在婚后三年死于难产，卢氏的死对于纳兰无疑是一个致命的打击，从他写给卢氏的几十

① 况周颐：《历代词人考略》，王兆鹏主编《唐宋词汇评（唐五代卷）》，浙江教育出版社 2004 年版，第 428 页。

② 况周颐：《历代词人考略》，王兆鹏主编《唐宋词汇评（唐五代卷）》，浙江教育出版社 2004 年版，第 428 页。

③ 纳兰性德：《渌水亭杂识》，孙克强《唐宋人词话》，河南文艺出版社 1999 年版，第 104 页。

首悼亡词中便可以看出。

而遭遇了怀才不遇、丧妻之痛的悲剧之后，纳兰对于李煜词中那种人生如梦、世事无常的观念感同身受，加上其多愁善感的诗人天性，这些都成为他接受、学习李煜词作的契机。

纵观李煜词和纳兰词作内容，不难发现他们词里最大的共鸣就是悲悼，纳兰悼亡妻，李煜悼故国。亡妻也好、故国也罢，两人所追寻的都是不可能再现的，因此只能沉迷于对往事的追怀中，也这是因为这份不可能，方才使得二人的词作凄美缥缈、哀感顽艳。

作为一个满族人，纳兰的词中虽然没有对于亡明的追念，但受当时词坛遗民词人慨叹兴亡的风气影响，他的大量词作都带有一种深深的兴亡之叹，这种悲悼之情，不同于儿女情长的悲欢离合，而是带有浓浓的古今之悲，这与李煜追忆故国的词作有异曲同工之妙。

李煜词中追忆故国的词句比比皆是，例如："最是仓皇辞庙日，教坊犹奏别离歌，垂泪对宫娥"(《破阵子》)；"想得玉楼瑶殿影，空照秦淮"(《浪淘沙》)；"还似旧时游上苑，车如流水马如龙。花月正春风"(《望江南》)。同样，纵观纳兰词，悼亡怀旧词也在其中占了很大的比重，例如："此情已成追忆，零落鸳鸯，雨歇微凉，十一年前梦一场"(《采桑子》)；"丁宁休曝旧罗衣，忆素手、为予缝绽"(《鹊桥仙·七夕》)；"天上人间俱怅望，经声佛火两凄迷，未梦已先疑"。

纳兰的吊古之作也很多，例如"汉陵风雨，寒烟衰草，江山满目兴亡"(《望海潮》)、"东风回首尽成非，不道兴亡命也，岂人为"(《南歌子》)，内容多描写边塞风情，气象辽阔，苍凉悲慨。例如《长相思》：

> 山一程，水一程，身向榆关那畔行，夜深千帐灯。　风一更，雪一更，聒碎乡心梦不成，故园无此声。

上阕点明地点，"榆关"即山海关，此词当是作于词人旅途之中。"夜深千帐灯"一句历来备受称赞，仅仅五字便写出了塞外夜晚的奇特景象，同时也为下阕引发思乡之感做铺垫。下阕写塞外之雪"聒碎"，即声音嘈杂细碎，这使天性敏感的词人越发思念起家乡了，家乡的雪都是温柔的，是决计不会如此聒噪的。

在两人追忆往事的词作中，"梦"往往作为一个常用意象出现，上文在介绍晏几道对李煜词的接受中已经对李煜词作中的"梦"这一意象多加介绍，故现在主要介绍纳兰性德的写"梦"词。

在《南唐二主词》中，李煜 36 首词作中带有"梦"这一意象的有 18 首之多，而纳兰三百多首词中带有梦这一意象的有一百多首。两人写"梦"的词作分为实写和虚写。

所谓实写就是写自己实际所作的梦，大多为追忆往事，例如李煜词中有"闲梦远，南国正芳春"(《望江南》)、"多少恨，昨夜梦魂中"(《望江南》)、"故国梦重归，觉来双泪垂"(《子夜歌》)，皆为实写梦境，梦中故国江山依旧，因此醒来之后徒增惆怅。纳兰词中此类词作也很多，例如"不知何事萦怀抱，醒也无聊，醉也无聊，梦也何曾到谢桥"(《采桑子》)、"微晕娇花湿欲流，簟纹灯影一生愁，梦回疑在远山楼"(《浣溪沙》)、"旧欢如在梦魂中，自然肠欲断，何必更秋风"(《临江仙》)，如果说李煜的梦境中是江山依旧的美好，那么在纳兰的梦境中，则依旧是凄凉怅惘，正如他自己词中所说“醒也无聊、醉也无聊”，凄迷哀切，令人不忍卒读。

除了实写梦境的写“梦”词之外，二人词作中亦不乏抒发“人生如梦”、世事难料的感情的词作，如李煜的“往事已成空，还如一梦中”（《菩萨蛮》）、“世事漫随流水，算来梦里浮生”（《乌夜啼》）、“暂时相见，如梦懒思量（《谢新恩》）”，纳兰的“此情已成追忆，零落鸳鸯，雨歇微凉，十一年前梦一场”（《采桑子》）、“若问生涯原是梦，除梦里，没人知”（《江城子》）、“人生南北真如梦，但卧金山高处”（《水龙吟・再送荪友南还》），等等，这与两人都长期浸淫佛教思想有关，不过两人都没有看破红尘，仍在梦境与现实之中苦苦挣扎，所以他们的词都极尽哀伤，令人不忍卒读。

王国维曾评价李煜为“主观之诗人”，认为“主观之诗人，不必多阅世，阅世愈浅，则性情愈真”。认为李煜写词之所以可以保持一颗赤子之心，是其阅世浅的缘故。其实纳兰也可以算作“主观之诗人”，纳兰的词至真至性，没有丝毫矫揉造作，对此王国维的解释是“纳兰容若以自然之眼观物，以自然之舌言情，此由初入中原，未染汉人风气，故能真切如此”，并称赞他的词“北宋以来，一人而已”。由此可见李煜和纳兰都是对感情毫无节制的人，“乐而不淫、哀而不伤”的儒教传统在他们的词中不适用，他们作词一任感情宣泄，酣畅淋漓。

例如李煜的《浪淘沙令》：

帘外雨潺潺，春意阑珊。罗衾不耐五更寒。梦里不知身是客，一晌贪欢。　独自莫凭栏，无限江山，别时容易见时难。流水落花春去也，天上人间。

首句便营造出一种幽冷凄迷的意境，令人销魂，次句更是寒彻心扉，“梦里”一句悲痛难当，让人不忍卒读。下阕视野陡然开阔，将亡国之悲上升到了人生普遍的悲哀，令人感同身受。整首词作者将悲伤之情倾泻而出，丝毫不顾节制。

再来看纳兰的《沁园春》：

丁巳重阳前三日，梦亡妇淡妆素服，执手哽咽，语多不复能记。但临别有云：“衔恨愿为天上月，年年犹得向郎圆。”妇素未工诗，不知何以得此也，觉后感赋。

瞬息浮生，薄命于斯，低徊怎忘。记绣榻闲时，并吹红雨；雕阑曲处，同倚斜阳。梦好难留，诗残莫续，赢得更深哭一场。遗容在，只灵飙一转，未许端详。　重寻碧落茫茫，料短发、朝来定有霜。便人间天上，尘缘未断，春花秋叶，触绪还伤。欲结绸缪，翻惊摇落，减尽荀衣昨日香。真无奈，倩声声邻笛，谱出回肠。

这首词前面的小序大有归有光《项脊轩志》的风范，语淡而情深，整首词可以说是无一字不伤，开头“瞬息”一句，可谓一字一血！人生本就如“瞬息”般短暂，然而妻子你的命却比纸还薄，这叫深情的词人如何忘却。下面“记绣榻”一句回忆当年闺房生活的甜蜜，紧接着一句“梦好难留，诗残莫续”突如其来，让人猝不及防地陷入绝望之中，因此诗人只能在夜深时痛哭一场。接下来两阕，写词人对亡妇的执着，纵使上穷碧落下黄泉也要将你寻遍，然而现实是残酷的，只能“倩声声邻笛”来谱出“我”的悲肠。整首词哀婉凄绝，使人心生绝望之意。词人用情如此，所谓情深不寿，让人敬佩而惋惜。

3. 晚清常州词派对冯延巳词的接受

自明朝前七子开始，各个流派一直在尊唐尊宋中徘徊不定，到了清朝便开始在尊南宋还是尊北宋中大动干戈，常州词派也不例外，一反之前浙西词派推崇南宋姜夔等人作词，而又改尊北宋，追求比兴寄托、温柔敦厚的儒家道统，并且其影响一直扩及清朝末年。

张惠言作为常州词派的代表，标榜雅正，提出了"意内言外"、"风雅比兴"的词学理论，并对温庭筠的词推崇备至，称赞其词"深美闳约"，但其对南唐词颇有微词。他在其著作《词选》序言中这样说道："五代之际，孟氏、李氏君臣为谑，竞作新调，词之杂流，由此起矣，至其工者，往往绝伦。亦如齐梁五言，依托魏晋，近古然也。"张惠言认为南唐君臣的词作为戏谑之作，离他所推崇的"风雅精神"相距甚远，就仿佛齐梁宫体诗一样，并非自身好，只是因为承接唐朝的词才会有这番成就。

张惠言在《词选》中选冯延巳词 6 首、李煜词 6 首、李璟词 2 首，在唐五代词人中仅次于温庭筠，并对冯延巳《鹊踏枝》(六曲阑干偎碧树)、(莫道闲情抛掷久)、(几日行云何处去)评价道："忠爱缠绵，宛然《骚》、《辨》之义。"[①]"忠爱缠绵"一词也成为后世词论家对冯延巳的一个重要评价。不过，显然张惠言在论词时都是以传统的"比兴寄托"的眼光去试图挖掘出词中的"风雅精神"，这并不适用于所有的词，难免会有牵强附会之嫌。正如王国维在《人间词话》里所驳"皆兴到之作，有何命意？皆被皋文深文罗织"[②]，指出了张惠言评词的弊端。

张惠言死后，周济继承了他的衣钵，并将常州词派逐步发扬光大，至此常州词派逐渐取代浙西词派成为清代词坛的主导。

周济在词论方面仍继承张惠言"比兴寄托"的说法，但避免了张惠言论词"深文罗织"的弊端，对李煜、冯延巳等人的词作皆有较为中肯的评价。

例如周济在《介存斋论词杂著》中将李煜的词比作"生马驹，不受控制"，又将其比作王昭君和西施，虽"粗服乱头，不掩国色"。运用新鲜的比喻对李煜词风进行评价，准确而不失生动。

周济之后，谭献继承了其"有寄托入，无寄托出"理论的影响，对李煜、冯延巳的词皆有较高的评价，例如其评价李煜词"足当太白诗篇，高奇无匹"，又赞其《浪淘沙令》(帘外雨潺潺)一阕"雄奇幽怨，乃兼二难，后起稼轩，稍伧父矣"[③]，将辛弃疾词比作村夫粗俗之言，从而反衬李煜词的雄奇。他对冯延巳的词评价甚高。认为《鹊踏枝》(六曲阑干偎碧树)一阕完全符合周济"有寄托入，无寄托出"的最高境界，并称赞其"笔墨至此，能事几尽"[④]，对这首词可谓揄扬之至。

冯煦是继谭献之后常州词派的又一词论家，他把冯延巳奉为自家先祖，以"吾家正中翁"称之，可见对其的推崇达到了一个新的历史高度。

---

① 张惠言：《词选》，《词话丛编》，中华书局 1986 年版，第 1612 页。

② 王国维：《人间词话》，吉林文史出版社 2004 年版，第 111 页。

③ 谭献：《复堂词话》，《词话丛编》，中华书局 1986 年版，第 3993 页。

④ 谭献：《复堂词话》，《词话丛编》，中华书局 1986 年版，第 3990 页。

对于冯延巳在词史上的重要地位，冯煦多有阐述。例如其在《唐五代词选序》中说："吾家正中翁，鼓吹南唐，上翼二主，下启晏、欧、实正变之枢纽，短长之流别也。"[①]在《阳春集序》中也说"二主倡于上，翁和于下，遂为词家渊丛"[②]，写出了冯延巳乃至整个南唐词对于宋初词坛的重要影响。

冯煦还在《蒿庵论词》里提到"词至南唐，二主作于上，正中和于下，诣微造极，得未曾有。宋初诸家，靡不祖述二主，宪章正中，譬之欧、虞、褚、薛之书，皆出逸少"[③]，将冯延巳同书法领域的鼻祖王羲之相提并论，对冯延巳的推崇可见一斑。同时，冯煦还一反前人对冯延巳人品、词品不相符的诟病，极力称赞冯延巳的人品，称他"俯仰身世，所怀万端"、"翁负其才略，不能有所匡救"，将其塑造成一个忠心为国而时运不济的人。对于此，夏承焘在《冯正中词谱》中的评述较为中肯："冯煦阿其宗人，且以读唐诗者读唐词，比正中于韩偓，固近过誉；张陈惑于南唐朋党攻讦之辞，斥为憸夫，亦属谰低。"[④]而冯煦之所以如此推崇冯延巳的词，与当时的清末动荡不安的局势有关，而冯延巳词中含蓄蕴藉的愁绪，令得冯煦感同身受，故对冯延巳极为推崇、敬重有加。

与冯煦同时代的陈廷焯，著有《白雨斋词话》8卷，基本秉持但不拘泥于常州词派的主张，提出"温厚以为体，沉郁以为用"的词学主张，影响较大。

陈廷焯对于南唐词人同样青睐有加，与冯煦一样，南唐词人中首推冯延巳，尊其词为"五代之冠"，认为"终五代之际，当以冯正中为巨擘"，认为其词"如摩诘之诗，字字和雅，晏、欧之祖也"，又称"正中词高处入飞卿之室，却不相沿袭；雅丽处，时或过之"[⑤]，将冯延巳词与诗佛王维的诗和常州词派最推崇的温庭筠相比，认为冯词的清秀雅正并不逊于王、温。

同时他对于冯延巳词品与人品的关系也提出了自己的见解，他在对《鹊踏枝》（谁道闲情抛弃久）一阕进行评价时，继承了张惠言"忠爱缠绵"的评价，并赞其"可谓沉著痛快之极，然却是从沉郁顿挫来，浅人何足知之"[⑥]，而他对冯延巳的人品的评价则与冯煦截然相反，秉持正史上一贯的说法，认为"其人亦殊无足取"并从而得出了"诗词不尽能定人品，信矣"[⑦]的论断，虽然对于冯延巳这个例子来说稍有偏颇，但是"词品不等同人品"这一论断对于后世词学研究还是很有参考价值的。

陈廷焯对于李璟李煜父子的词亦多有褒赞之辞，例如他对李煜词的率真、凄婉十分欣赏，称"李后主情词凄婉，独步一时"[⑧]，评价《乌夜啼》（无言独上西楼）"凄凉况味，欲言难言，滴滴是泪"[⑨]；对于名篇《虞美人》（春花秋月何时了）则称其"一声恸歌。如闻哀猿，呜

---

① 冯煦：《唐五代词选序》，王兆鹏主编《唐宋词汇评（唐五代卷）》，浙江教育出版社2004年版，第427页。

② 王国维：《人间词话》，吉林文史出版社2004年版。

③ 冯煦：《蒿庵论词》，见《宋十一家词选》，光绪丁亥治城山馆刊，中华书局1920年版，第3585页。

④ 夏承焘：《唐宋词人年谱》，上海古籍出版社1979年版，第71页。

⑤ 陈廷焯：《云韶集》，王兆鹏主编《唐宋词汇评（唐五代卷）》，浙江教育出版社2004年版，第427页。

⑥ 陈廷焯：《白雨斋词话》，王兆鹏主编《唐宋词汇评（两宋卷）》（第一册），浙江教育出版社2004年版，第431页。

⑦ 陈廷焯：《白雨斋词话》，王兆鹏主编《唐宋词汇评（两宋卷）》（第一册），浙江教育出版社2004年版，第437页。

⑧ 陈廷焯：《云韶集》，王兆鹏主编《唐宋词汇评（唐五代卷）》，浙江教育出版社2004年版，第520页。

⑨ 陈廷焯：《云韶集》，王兆鹏主编《唐宋词汇评（唐五代卷）》，浙江教育出版社2004年版，第567页。

咽缠绵，满纸血泪”[①]；对《临江仙》（樱桃落尽春归去）称其“低回留恋，宛转可怜。伤心语，不忍卒读”[②]。对于李璟词沉郁怅惘的词风也大加赞赏，评其《摊破浣溪沙》（菡萏香销翠叶残）一阕“沉之至，郁之至，凄然欲绝，后主虽善言情，卒不能出其右也”[③]，又评其《应天长》（一钩新月临妆镜）“‘风不定’三字中有多少愁怨，不禁触目伤心也。结笔凄婉，元人小曲有此凄凉，无此温婉。故人所以为高”[④]。

可见，常州词派对于南唐词的重视，使得南唐词在北宋之后漫长的沉寂期里重新被发掘出来，并对之后学界对南唐词的愈发重视起到了奠基作用。

4. 王国维对南唐词的接受

王国维作为清末民初的一位国学大师，其思想中既包含新潮的西式思想，而其骨子里又浸濡着传统的儒家思想，因此其著作也带有中西结合的色彩。其论词著作《人间词话》享誉后世，具有贯通新旧词学的意义，被称为“中国传统词学批评的终结与新变”[⑤]。

王国维在《人间词话》的核心词观为“境界说”，“有境界者则自成高格，自有名句。五代北宋之词所以独绝者在此”[⑥]，同时提倡真情流露，即心灵的真实，是一种物我两忘的境界。因此他极为推崇唐五代、北宋的小令，认为它们绝无矫饰之情，而在其中最爱南唐词，他曾在《人间词话附录》中明确表态“五代喜李后主、冯正中，而不喜《花间》”，这与之前常州词派对于温庭筠等花间词人推崇备至截然相反，并且提出“张皋文谓飞卿之词‘深美闳约’，余谓此四字，唯冯正中足以当之”[⑦]，而“深美闳约”一词也成为后世对冯延巳词风最常用的概括，可见王国维深谙南唐词的精髓之所在。

王国维对于唐五代四大词人的排名大概是李煜、冯延巳、韦庄、温庭筠，从他对此四人的几则评价便可得出：“端己词情深语秀，虽规模不及后主、正中，要在飞卿之上”[⑧]，“词之最工者，实推后主、正中、永叔、少游、美成”[⑨]，“周介存置诸温韦之下，可谓颠倒黑白矣”[⑩]，“温飞卿之词，句秀也。韦端已之词，骨秀也。李重光之词，神秀也”[⑪]。由此可见南唐词在他心目中的地位之高。

王国维之所以对南唐词尤其是李煜的词推崇备至，并且崇尚“真”的词风，与他的人生境遇无不关系。

两人的人生都以悲剧结尾，李煜幼年因天生奇貌，受到哥哥文献太子的嫉恨，只得“覃思经籍”（陆游《南唐书》）以求避祸；而王国维幼年丧母，靠亲戚抚育成人；李煜继承帝位后

---

① 陈廷焯：《云韶集》，王兆鹏主编《唐宋词汇评（唐五代卷）》，浙江教育出版社 2004 年版，第 529 页。
② 陈廷焯：《词则·别调集》，王兆鹏主编《唐宋词汇评（唐五代卷）》，浙江教育出版社 2004 年版。
③ 陈廷焯：《白雨斋词话》，王兆鹏主编《唐宋词汇评（两宋卷）》（第一册），浙江教育出版社 2004 年版，第 468 页。
④ 陈廷焯：《云韶集》，王兆鹏主编《唐宋词汇评（唐五代卷）》，浙江教育出版社 2004 年版，第 481 页。
⑤ 方智范：《中国词学批评史》，中国社会科学出版社 1994 年版，第 443 页。
⑥ 王国维：《人间词话》，吉林文史出版社 2004 年版，第 1 页。
⑦ 王国维：《人间词话》，吉林文史出版社 2004 年版，第 19 页。
⑧ 王国维：《人间词话》，吉林文史出版社 2004 年版，第 130 页。
⑨ 王国维：《人间词话》，吉林文史出版社 2004 年版，第 122 页。
⑩ 王国维：《人间词话》，吉林文史出版社 2004 年版，第 24 页。
⑪ 王国维：《人间词话》，吉林文史出版社 2004 年版，第 23 页。

其心爱的皇后大周后病逝，令其哀痛万分，而王国维也遭受了丧子之痛，白发人送黑发人，何其悲惨。不仅如此，两人也都遭受了亡国之痛，只不过前者是自己断送了自己的江山，而王国维则是眼睁睁地看着清朝覆亡，而末代皇帝溥仪对其有知遇之恩，君子死知己，叫其如何不悲痛。再看两人的结局，李煜因《虞美人》触怒宋太宗，被牵机药毒死；王国维自沉于昆明湖，遗书上曰"五十之年，只欠一死，经此世变，义无再辱"，选择自我了结。由此可见，两人的人生都充满了不幸，充满不幸遭遇的人生使得他对于李煜词中真切的感情感同身受。

同样，冯延巳一生宦海沉浮，几次拜相又几次罢相，晚年自己的党人宋齐丘、陈觉等人又皆被贬黜，因此词风沉郁温婉，缠绵悱恻，其词中的愁绪是一种广袤的古今之悲，是温词中状物的精致和韦词中对具体情事的描写不可同日而语的，因此更受多愁善感的王国维的青睐。

另外，再看王国维自己的《人间词》，不难发现其词接近或者是有意学习南唐词风的，例如"醒后楼台，与梦俱明灭。西窗白，纷纷凉月，一院丁香雪"(《点绛唇》)，不知是以丁香喻雪还是雪喻丁香，梦境与现实一片迷离，大有凄迷之感；而"最是人间留不住，朱颜辞镜花辞树"(《蝶恋花》)，其中"朱颜"一句化用冯延巳"日日花前常病酒，不辞镜里朱颜瘦"，可见王国维不仅喜欢欣赏南唐词，自己作词也是以南唐词为圭臬。

《人间词话》共64则，提及南唐词人的共13则。其中冯延巳的有7则，分别为十一、十二、十九、二十、二十一、二十二、二十三。李璟共1则，即十三。李煜共5则，为十四、十五、十六、十七、十八则。《人间词话删稿》共62则，提及南唐词共2则，为五十一、五十六。尤其是正稿，64则词话中，论南唐词的便占了五分之一，其对南唐词的挚爱可窥一斑。

下面再来看王国维在《人间词话》中对南唐词的具体评价，首先对于南唐词整体评价的有"予之于词，五代喜李后主、冯正中，而不喜《花间》"[①]，"冯正中词虽不失五代风格，而堂庑特大，开北宋一代风气。与中后二主词皆在《花间》范围之外，宜《花间集》中不登其只字也"(此则是王国维没有顾及《花间词》的成集时间，详见龙沐勋《唐宋名家词选》)，通过这几则整体的评论，不难发现，王国维是把南唐词凌驾于同属五代的花间词之上，认为南唐词的境界要高于花间诸人。他对冯延巳的评价较多，例如将冯延巳的词品用冯延巳的词句"和泪试严妆"来概括，王国维很喜欢用词人自己的词句来概括该词人的词品，并对吴文英、张炎等人的词品都加以概括，再如其认为张皋文对温庭筠"深美闳约"的评价近乎过誉，只有冯延巳才能担得上这一美称，可见其对冯延巳的词作十分欣赏。另外，他对冯延巳对于晏殊、欧阳修的影响也多有言及，例如："冯正中《玉楼春》词：'芳菲次第长相续，自是情多无处足。尊前百计得春归，莫为伤春眉黛促。'永叔一生似专学此种。"[②]写出了欧阳修对于冯词中那种深情地执着的继承。再如他认为欧阳修的名句"绿杨楼外出秋千"出自冯延巳的"柳外秋千出画墙"，大有青出于蓝之感，另外，王国维对于冯词中的名句也不吝赞赏，例如称其《南乡子》中首句"细雨湿流光""能摄春草之魂者也"。

---

① 王国维：《人间词话》，吉林文史出版社2004年版，第125页。

② 王国维：《人间词话》，吉林文史出版社2004年版，第33页。

他对李璟的词也有一则评价："南唐中主词'菡萏香销翠叶残，西风愁起绿波间'，大有'众芳芜秽'、'美人迟暮'之感。乃古今独赏其'细雨梦回鸡塞远，小楼吹彻玉笙寒'，故知解人正不易得。"①写出了自己独特的读词品味，并由此生出了知己难得之感。

王国维对于李煜的评价大多从其创作风格形成的角度来进行，《人间词话》第十四到十八则，都是其对于李煜的评价，前两则是对于李煜词风的评价，王国维将李煜与温庭筠、韦庄相比，称"温飞卿之词，句秀也；韦端己之词，骨秀也；李重光之词，神秀也"②，认为温庭筠的词，字句华美；韦庄的词，气骨清秀；而李煜的词，则是神韵悠长，此番比较，高下立现。第十五则继续比较："词至李后主而眼界始大，感慨遂深，遂变伶工之词而为士大夫之词。周介存置诸温韦之下，可为颠倒黑白矣。'自是人生长恨水长东'、'流水落花春去也，天上人间'，《金荃》《浣花》，能有此气象耶？"③王国维对于周济在《介存斋论词杂著》里将三人相提并论深感不满，认为词至李煜，已由娱宾遣兴的浮艳之作变为抒发胸怀的媒介，并举出李煜《相见欢》和《浪淘沙》里的名句，认为这等词句是温、韦二人词集中所不可能有的。

后三则则是对李煜的创作风格的形成进行探究，王国维认为李煜词之所以真切动人，是因为其始终保持一颗"赤子之心"，正是由于这颗赤子之心，使得其词毫无矫揉造作之情，而王国维认为李煜"赤子之心"的形成原因在于"生于深宫之中，长于妇人之手"，是谓"阅世愈浅，则性情愈真"，最后他将李煜的词风概括为"以血书者"，并称其"俨有释迦基督担荷人类罪恶之意"，王国维认为李煜词中的悲痛体验已经超越了个人的悲痛，表现了全人类所共有的不幸和苦痛，就仿佛释迦牟尼和耶稣承担人类苦痛一样，将全人类的苦痛全数展现在自己的词中，可谓一字一血，这也正是王国维所挚爱李煜之词的原因。

五、结　语

从北宋到清朝，南唐词的接受史经过了从北宋的辉煌到之后将近五百年的沉寂期，又在清朝迎来了对其研究的高潮期，并且这种风气一直影响到民国以后的词学研究。各词人、词派对南唐词的接受与否和接受程度的深浅一般都同当时的社会环境及词人自身际遇有关。

参考文献

[1] 方智范：《中国词学批评史》，中国社会科学出版社 1994 年版。
[2] 高峰：《乱世中的优雅——南唐文学研究》，人民出版社 2013 年版。
[3] 刘尊明、王兆鹏：《唐宋词的定量分析》，北京大学出版社 2012 年版。

（指导教师：张强教授）

---

① 王国维：《人间词话》，吉林文史出版社 2004 年版，第 21 页。
② 王国维：《人间词话》，吉林文史出版社 2004 年版，第 23 页。
③ 王国维：《人间词话》，吉林文史出版社 2004 年版，第 24 页。

查慎行运河行旅诗研究

文学院 2011（6） 李迎迎

世界上大多的河流都是自然形成的，而中国大运河作为封建时代最为便利的交通线路，它的开凿、历代的改造和维护，都源于人类对于水资源认识和利用的不断加深。随着隋唐大运河的开通，这条"人"字形的河流贯通了四面八方，后元代将其裁弯取直才形成京杭大运河。大运河承载了漫长岁月赋予它的特殊使命，最早是用于灌溉，后为将南方物资运往京都，大运河才发展到"苏湖熟，天下足"的航运使命。到了明清时期，同历代王朝一样，都存在物资南北大调度的困难。为完成"南粮北运"的重任，清政府加大对运河治理的力度。这时的漕运渐渐摆脱对海运的依赖，国家财政收入有一半以上靠漕运实现，而这一切都使得运河的重要性再度提升。这条不断丰富的水路航线，充满经济和军事意义，它不仅成为封建王朝的生命线，更在文人骚客的行旅中成为一条蕴含着丰富文化矿藏的河流。"自然的变迁，可以改变它的河道、水色和流向，但由于历代官府对它的维修和利用，历代文人对它的关注和歌咏，就使它的存在形态始终保存在我们的古代文献和民间记忆中。"[①]清代文人查慎行就是沿运河行旅文人骚客中的一员，他于家乡海宁沿运河北上京都，往返多次，与运河结下了不解之缘，可以说运河成就了他，而他也用诗作丰富了这条文化之河，成为文化走廊上的一颗明珠。

查慎行（1650—1727），字夏重，号查田，海宁袁花（今浙江）人。康熙三十二年（1693年）中举人。后来圣祖东巡，他得到大学士陈廷敬推荐。终其一生仕途是不顺的，54岁考上进士。经历十年官宦生涯，在备受排挤中看尽官场黑暗。在查慎行64岁时，便回到故乡，十年间为了生计四处入幕。雍正四年（1726年），在康熙后期的继嗣之争中，查慎行又因为查嗣庭一案，被牵连入狱。第二年方才获释，但回到故乡不久就去世了。正是由于他一生羁旅，得以游历扬州、镇江、苏州、杭州、淮安、徐州、山东等运河沿线城市，所经之地，所见之景，所感之情，俱见于诗中。在崇唐尊宋的清代诗坛，查慎行曾师从黄宗羲，受陆游和苏轼影响极大。他兼学唐宋，留世作品有《他山诗钞》、《敬业堂诗集》。查慎行"平生所

---

① 顾建国：《运河名物与区域文化考论》，三联书店2014年版，第3页。

作，不下万首”[①]。他留在运河沿岸的诗歌，或感民生多艰，或咏山水田园；或写景纪游程，或深沉话离别；或羁旅沉雄抒怀，或慷慨悲歌怀古……这些诗作不仅反映了运河沿线城市的民俗风物，更成为一笔宝贵的运河文化财富。

一、“一钱亦征入市税，末世往往多穷搜”——悲天悯人的纪实抒怀

在查慎行的诗作中，有大量描写平民百姓的生存现状的哀景、情境。这位漫游南北而久居民间的诗人通过自身羁旅之见闻，深切地感受到下层百姓的苦难，从而真实地刻画在他的诗中。这类触哀景抒悲情的诗，大多看似平平道来，实则充满辛辣的讽刺和深刻的揭露。诗中喷薄欲出悲天悯人的情愫、偶有无奈幽默的嘲讽、以民生为念的古道热肠，都让我们感受到诗人正直的人格，将我们带入那般充满封建压榨的水深火热中。

查慎行出生于运河城市海宁。大运河的开通，使这个交通闭塞、经济文化发展相对落后的城市进入快速发展时期。诗人的故乡，依水而立，气候湿暖温润，天然有利的地理环境使这一带成为有名的鱼米之乡。尽管农民辛勤耕耘、养蚕，在封建剥削下，依旧无法摆脱贫困的命运。康熙二十二年(1683 年)，诗人于海宁看到农民的艰辛生活，有感而发一首《养蚕行》:“去年收丝利倍三，村中家家贫养蚕。蚕多桑少叶腾贵，千钱一筐卖未甘。温风吹蚕蚕易老，满箔三眠上山早。蚕娘一月不梳头，懒惰却输辛苦好。东家采得茧如脂，缫向檐前索索吹。西家茧头薄于纸，一样蚕桑两样丝。将丝换钱索官串，无者价昂有者贱。贫家衣食天所悭，别许居奇营巧宦。即今闽海尚兴师，争利人人学贾儿。闻道楼船皆市舶，贸丝岂必尽蚩蚩。”由于养蚕利润高，家家户户都去养蚕，结果却导致桑葚的价格高涨。蚕娘负担不起高价的桑葚，导致结出来的蚕茧薄如纸，没有办法向官府交差，只能忍受压榨剥削。通过“东家采得茧如脂，缫向檐前索索吹。西家茧头薄于纸，一样蚕桑两样丝”这两句的描写，形成强烈的对比，充分表现了蚕农生活的艰辛和无奈。“闻道楼船皆市舶”一句写出了贸易的船只之多，不只农民，军队也加入经商争利一列。戛然而止，至于农民生活的艰辛全部付诸“可想而知”，诗人选择了留白，给读者一定的想象空间。

农民的生计，除了依仗封建统治，也不可避免地受到自然灾害的侵袭。1683 年的《麦无秋行》，“三春雨多二麦荒，脔卷尽萎田中央”，描写家乡春雨成灾，农田里的麦子全都枯萎卷缩。“大麦茎长穗未起，小麦茎短叶早黄”，更详细地描写农田中大麦和小麦的形态，表现水灾的影响。通过“场干日烈声拍拍，打麦作糜汤饼香”和“腰镰往刈才盈尺，雉尾离徙藏不得”不同景象的对比，突出今年的艰辛。“惊人角角渡水鸣，别向原头草间活”，刈麦时稚鸟从水面飞过发出阵阵惊人叫声，也是表现农田水灾严重。“可怜鸦雀不知时，群下荒畴觅余粒”，用拟人的手法，感叹鸦雀不知道农民的难境，写出农民受水灾影响颗粒无收的窘况。“我为老农语鸦鹊，明年好收从尔食”，也是用了拟人手法，以诗人对鸦雀说的话，进一步显示今年的无余粒可觅。看似描写鸦雀的凄惨，实际表达的是农民的不幸。“明年好收理则那？只愁无种将奈何”，前面通过描写农田的种种残败景象，最后感叹农民生活只能寄希望于明年。却又想到明年播种的种子从何而来，说明寄寓未来只是妄想，最后的

① 许汝霖:《敬业堂诗集序》，上海古籍出版社 1986 年版，序言。

希望也破灭了，只剩下无穷无尽的悲哀了。在平白易懂的叙述中，将农田遭受水灾的情形从多方面展现出来，体现诗人对农民无尽的关心和深切的同情，揭示了百姓的悲苦。

查慎行心系农民，不仅留下许多描写故乡民生的诗，还在行旅中创作了大量关于农事、渔事的税事诗，反映运河沿岸城市的人民生活。山东运河是京杭大运河重要的组成部分，自从明代李自成决黄河灌梁之后，河患频作，屡屡祸及运河，清朝政府对于黄河的治理非常重视。清代河道总督靳辅提出“审视全局，将河道、运道为一体，彻首尾而合治之”①。于是位于山东省的会通河，“整个河道全部闸化，故又称闸河”②。1688 年诗人服侍岳父出都南归途中，途经山东。查慎行所作《闸口观罾鱼者》：“闸河一线才如沟，戢戢鱼聚针千头。其中巨者长二寸，领队已足称豪酋”、“竹竿绷罾密作眼，驾以一叶无篷舟。朝来暮去寻丈内，细细粘取银花稠”，描写了诗人所见闸河罾鱼者的捕鱼情景，罾鱼者为生计所迫，不得不竭泽而渔，毫无节制地索取。而诗人的担忧正由“人穷微物必尽取，此事隐系苍生忧”一句表达出来，最后发出“一钱亦征入市税，末世往往多穷搜”这样的警示，意在唤醒封建统治阶层能够体察民情，减轻税收。这首讽谏诗：“主意在贪残尽取，末路一点，知通体全注于此。”③清代查奕照也评价说：“一结议论正大。”④

扬州西临大运河，不管是水道还是陆地的交通都十分发达。作为重要的运河沿线城市，它拥有十里大街的繁华情景，运河码头也被称为“万商之渊”，是历代诗人的取材之地。1688 年诗人出都还乡经过扬州，并没有看到张祜诗中“十里长街市井连，月明桥上看神仙”这般美丽的景象，只留下《秦邮道中》：“高田半没低田淤，小舟卖藕兼卖鱼。可怜活计堕水底，尽是失业耕田夫。湖波怒啮孤城口，一派萑苻萃渊薮。但望南风长黍苗，不须东岸栽杨柳。”通过描写高田被淹没，低田则被淤堵，农民失去生计，只得乘小船卖藕和鱼，再现了水灾严重，导致百姓流离失所的情况。诗人提出美好愿望，对农民未来担忧，希望农民能免受灾害。

康熙三十三年(1694 年)，查慎行沿运河北上，途经淮河一带时写下《淮浦冬鱼行》。这首诗被查嗣庭评价“沉郁痛快，提未曾有”⑤。“自从十年淮泗满，平地下受滔天湖。谁驱鳞介食人肉，漏网幸脱鸾刀诛。”生动展现出淮水泛滥成灾的惨状，失业的农民只得打鱼养家糊口。“小船冲冲凿冰去，冰面跃出黄河鱼。冲寒捕鱼作渔户，手足皲瘃无完肤”，描写了农民冬天捕鱼的艰辛情形。灾民居无定所“渊薮偶寄蜗牛庐”，诗人对此表示极大的伤感和同情。“但看明年春水上，鱼鳖又占居民居”一句充满了诗人对农民未来的担忧。

二、“澹烟消处日初衔，酒旆微风到布帆”——刻雾裁风的山水纪游

查慎行有着坎坷的功名经历，在一生的羁旅中，他看过无数的风景，以诗为迹，追寻而

① 陈璧显：《中国大运河文化史》，中华书局 2001 年版，第 438 页。
② 陈桥驿：《中国运河开发史》，中华书局 2008 年版，第 151 页。
③ 沈德潜：《清诗别裁》，中华书局 1975 年版，第 246 页。
④ 聂世美：《查慎行选集》，上海古籍出版社 1998 年版，第 152 页。
⑤ 聂世美：《查慎行选集》，上海古籍出版社 1998 年版，第 250 页。

去，运河畔有他对山水田园的咏叹，也有孤俦寡匹的漂泊寂寞。

1. 写景纪游

康熙二十七年(1688年)，查慎行服侍岳父陆射山南归途中，欣赏夜晚小舟漂泊在河面的景色时，有感而发《舟夜书所见》："月黑见渔灯，孤光一点萤。微微风簇浪，散作满河星。"漆黑的夜晚，显得舟上的渔灯小如萤火。阵阵轻风搅乱湖面倒映的灯影，像是散落满河的星星。这首写景记游诗，不做着色渲染，通体采用白描的手法，达到了夜晚渔灯静中有动的层次结合，营造出优美的意境。不愧于"一味白描神活现，画中谁似李龙眠"的美称。赵翼曾评价他："其他摹写景物，脱口浑成，犹其余技也……梅村后，欲举一家列唐宋诸公之后者，实难其人。惟查初白才气开展，工力纯熟。"[①]后又说："要其功力之深，则香山、放翁后一人而已。"[②]

淮安位于京杭大运河的中部，大运河这条黄金水道是其走向繁荣的大动脉，发展成为运河线上的四大都市之一。明清时期，为了保障国家财政，便在淮阴(现江苏淮安)设置漕运总督府和河运总督府。淮阴的战略地位也得到进一步提升，主要体现在漕运中心的设立和各河道治理的要地。考究诗文发现，查慎行曾多次游历这个"运河之都"。康熙二十二年(1688年)，查慎行南归来到淮阴最为重要的水陆码头清江浦，面对这个素有"南船北马舍舟登陆处"之称且入目尽是动人美景的繁荣城市，有感而发写下了《清江浦》："淮山浮远翠，淮水漾深渌。倒影入楼台，满栏花扑扑。谁知阛阓外，依旧有芦屋。时见淡妆人，青裙曳长幅。"诗人没有写繁华三千，只写取山水田园，美景丽人。仅用寥寥数笔，勾勒出超脱动人的山水画。《淮上晓发》则是查慎行乘船离开时的有感而发："已闻两岸过铃声，烛烛晓星光未没。"次年，诗人北上途中作诗一首《涧桥》："风色转河壖，春光满淮甸。阪被菜花黄，篱窥野桃蒨。朝阳出疎树，芦屋烟中见。馔无登盘鱼，户有衔泥燕。从人问前路，已近清河县。"描绘了现淮阴区五里镇涧桥村春意盎然的景象，内容贴近农民生活，充满清新的生活气息。1690年，诗人出京归乡留诗《淮安上船》："厌听铃声爱入舟，只应洗耳向清流。瓣香夜谒淮神庙，梦稳江南第一州。"当时黄河患及淮河，导致淮河泛滥成灾，由此祭祀淮神的活动丰富起来。诗人多次游历淮安，对当地民情也逐渐了解，在这首诗里毫不掩饰对淮安的赞扬。1693年，诗人沿河北上，又经过淮安渔沟，恰逢桃花盛开。"一村桃间一村柳，日气射花红扑鞍。此事今年真过分，江南江北两回看。"淮安是查慎行南北行旅的必经之地，当地的风土人情深深地吸引着他，这首《渔沟看桃》，描绘了当地春光烂漫的景象，也为我们了解运河沿线的城镇提供了生动的图景参照。

2. 借景抒情

和单纯的写景纪游不同，查慎行还善于借助景物来表达自己的心情和抒发情怀。诗人选取具有代表性的景物，通过创作手法的润色，营造特定的情境，使读者感受到更加深层的含义，或直抒，或隐含，都值得后人去揣摩。1688年，诗人于交河县作诗《泊头镇见杏花》："澹烟消处日初衔，酒旌微风到布帆。我自偶从花底过，不劳蝴蝶上春衫。"薄烟散去的小镇，太阳刚刚升起，微风吹来，酒旗飘扬。诗人穿梭在杏花树下，意趣盎然。格调明快

---

① 赵翼:《瓯北诗话》，人民文学出版社1963年版，第146页。

② 赵翼:《瓯北诗话》，人民文学出版社1963年版，第147页。

的诗句，让我们感受到他的喜悦之情喷薄欲出。经过山东平原时，“宿醉兼残梦，朦胧过几村”首先交代了背景，“明星天一角，红日县东门”和“四面柳阴合，千家烟气昏”均是紧扣“晓”字描写的清新隽秀景象。“朝来好风色，跃马过平原”体现了诗人踏春前行掩饰不住的愉快心情。诗人游行经过嘉兴之时，正值春天，岸边长满郁郁葱葱的草，好似和堤岸一般高低。入目尽是菜花的美景，于是作诗一首《晓过鸳湖》：“晓风催我挂帆行，绿涨春芜岸欲平。长水塘南三日雨，菜花香过秀州城。”两岸长满绿草好像与整个堤岸相平，菜花的香气十分浓郁强烈，飘到秀州城里去。整首诗呈现了一幅光彩流动、诗意盎然的游春图。作此诗时查慎行已经65岁了，查奕照评价说：“老年诗笔易致颓唐，非生涩即坐浅率之病。公六十以外诗尚复鲜嫩如此，此诗人之所以长寿也。”①

然而羁旅之中并非都是意趣盎然地歌咏山水，漂泊的寂寞孤独之感偶尔也会触发诗人的悲情，或者抒发心中的抑郁不得志之感。诗人创作中不乏描写哀景的诗，表达的则是另一番截然不同的情感。康熙三十三年，诗人北上，途经邳州。邳州隶属于徐州，早在隋朝时期，江南的漕运就取道扬州，经过徐州、济宁、临清和天津，直线运抵大都。“野阔黄河岸，天低下相城。几家沙际没，单骑雪中行。渐压轻装重，俄添老眼明。路难兼岁晚，那免叹孤征。”这首《邳州道中雪》前半部分用白描的手法，由远及近，写出邳州雪景，营造了冷寂孤单的气氛，充分体现了诗人行旅的途中之寂寞。后半部分则是写雪中行路的感受，直抒孤征千里的孤独之感。又如查慎行离开京都之时曾作《晓出沙窝门》：“草绿国东门，旧来送行处。今朝一鞭出，喜赴归人路。麦陇春未耕，杏园寒尚冱。冰槽沮洳湿，鹅鸭各引嗉。远气如湖光，蒸蒸动原树。长空豁遐瞩，变景失回顾。不复梦春明，三年堕云雾。”清代被贬谪的官员大都由沙窝门东抵张家湾，沿运河南下。这首诗描写了诗人出都后的种种见闻，乍暖还寒，春种未播，到处都是寒冷萧条的景象。感时伤怀，引发诗人对往日的回顾，变化在一瞬间，表达诗人内心的凄凉之感，充满对未来的迷茫。康熙四十七年（1708年），查慎行居住于京师城南道院，此时的他已经深切感受到官场的黑暗，心中的苦闷无处抒发，七月十四日夜，举头对月，一腔愁苦不禁倾诉而出，《七月十四夜寓楼对月》：“此地殊空阔，高楼更上层。天孤一轮月，星散万家灯。稍觉浮尘敛，俄看浊水澄。夜凉人不寐，好景惜凭陵。”深远幽静的夜空，月景尚好，却无心赏景。现在处境之艰，心中只剩下孤苦，烦闷。《初游城南陶然亭》也是这一时期所作，“远望村东缓辔游，忽从饮马得清流”，触哀景生悲情，发出“谁怜一派萧萧意，我是江湖未泊舟”的孤独感慨。康熙五十二年（1713年），查慎行告假还乡，经过山东德州，想起了11年前，就是在此地他被举荐给康熙帝，开始了仕途之路。“阅遍畿南驿，禾麻喜岁丰。平芜千里碧，初日半天红。”旧地重游，物是人非。“世故论今昔，皇情荷始终。十年牛马走，力尽往来中。”往事历历在目，诗人承蒙皇恩垂怜，却终有“力尽”之时，心中满是酸楚。前面的写景，铺垫了后面的抒情，充满了无可奈何的悲凉。

---

① 聂世美:《查慎行选集》，上海古籍出版社1998年版，第425页。

三、"北风怒吼白日昏，犹有英雄不平气"——慷慨悲歌的咏史怀古

大运河用它顽强的生命力，孕育出许多城市的繁荣。京杭大运河由于不断改造而保持航道通畅，受到更多的关注。沿岸北京、天津、德州、徐州、淮安、扬州、苏州、杭州等历史名城，皆因大运河的哺育而成为经济文化的集结点，举国闻名。沿着这条千里文化彩带游行，每每游及在历史长河中沉淀下许多文化底蕴的城市，查慎行便会豪情万丈，怀古伤今。刘邦生于徐州沛县，诗人经过此地看到泗上亭，不禁感慨物是人非："亭长台边路，茫茫阅世多。自墟秦社稷，谁保汉山河？芒砀云销气，枌榆社改柯。空传沛中叟，曾听《大风歌》。"用拟人的手法，将泗上亭作为历朝历代的见证者，汉高祖刘邦虽然替代了秦的统治，但刘氏天下亦不能永保。起义作势之时的天子之气也会消散，改朝换代是避免不了的趋势。时值查慎行告假还乡，回望遥远的历史，依稀听得"大风起兮云飞扬，威加海内兮归故乡，安得猛士兮守四方"这般的气势磅礴。由此引发了诗人朝代更迭、今不复昔的兴亡感慨。查慎行继续乘舟沿大运河南行，经过淮阴侯庙下："灭楚还封楚，破齐曾王齐。英雄归驾驭，股掌若孩提。失国嗟烹狗，麋身付牝鸡。土人怜至骨，庙像俨公圭。"全诗简单明了地叙述了淮阴侯韩信的一生，虽辅佐刘邦定天下，立下汗马功劳，却背负谋反的罪名为专权的吕后所诛。诗人自身的际遇，仕途坎坷，受尽冷落排挤，咏叹这位军事奇才的一生，非常贴合自身的心境在尾联表达了极大的同情。

然而河南境内的运河也是不容忽视的，唐、宋的帝都洛阳、汴京（今河南开封）都是由运河而兴起的城市，考究历史我们知道，通济渠便是现洛河的古称。北宋汴河则连接淮河，通过江南运河、浙东运河和扬楚运河沟通长江、松江、钱塘江。广济河则沟通南北清河。查慎行就曾沿河游历唐宋帝都，经过先朝之地，不免触景生情，其中最具有代表性的要数其咏史怀古诗。1688年，查慎行南下途中经过河南洛阳，有诗《夹马营》："枥马惊嘶嘶不止，红光夜半熊熊起。男儿堕地称英雄，检校还朝作天子。陈桥草草被冕旒，版籍不登十六州。却将玉斧画大渡，肯遣金戈踰白沟。隔河便是辽家地，乡社枌榆委边鄙。当时已少廓清功，莫怪孱孙主和议。君不见，蛇分鹿死辟西京，丰沛归来燕代平。至今芒砀连云气，不似萧萧夹马营。"夹马营是宋太祖的出生地，诗人想到其出生之时的种种异状，后慨叹他的懦弱无能，没有收复石敬瑭割让给契丹的十六州国土。只说不是自己国家的地方，不肯带兵跨越分界，后辈的儿孙懦弱无能、一味求和也是无可厚非的了。转笔提起汉高祖刘邦斩蛇起义，开辟都城长安，回到故乡沛县，平定了燕王、代相的叛乱。直到如今，芒山和砀山还有云气，一点也不似夹马营这般萧瑟凄凉。诗人怀想古往今来之史事，气势磅礴，又极富哲理，批评宋太祖之辈贻谋不善，赞扬汉高祖的英雄气概。康熙三十四年秋，游于汴京，也写下一些咏史怀古诗。如以议论为主的《汴梁杂诗》其四："梁宋遗墟指汴京，纷纷禅代事何轻！也知光义难为弟，不及朱三尚有兄。将帅权倾皆易姓，英雄时至忽成名。千秋疑案陈桥驿，一着黄袍遂罢兵。"写出开封在梁建之后至北宋建立54年间7个政权更替变故，世事更替的必然属性，抒发了无限感慨。来到岳忠武祠，又作《朱仙镇岳忠武祠》："平生感愤兴亡际，往往无端供裂眦。晋之怀愍宋徽钦，失国偷生本同类。两家弟子又庸下，南渡谁论复仇义？千秋乃有岳将军，欲雪斯惭出奋臂。曾经读史浮大白，况到提

戈用武地。一条衣带指黄河，倒卷狂澜作余势。当时大业已垂成，谈笑收京俄顷事。乞和语出金人口，二帝归如反掌易。”议论性质的文字，着手于历史，写出了南宋名将岳飞的英雄事迹和屈死的原因。查慎行为人正直，感怀岳飞将军的一生，愤懑难平，一腔豪情倾泻而出。“南内何妨奉上皇，中原未必虚神器。可怜计算不出此，奸相逢君有深意。朝廷不要两宫还，那许疆场坏和议。乾坤震荡功百战，性命风波狱三字。汤阴故里虎林坟，几处经过频洒泪。岂如此地更悲凉，血裹征袍等闲弃。二百年来崇庙貌，两行桧柏干霄翠。北风怒吼白日昏，犹有英雄不平气。”后半段以景传情，一气呵成，抒发诗人此刻的悲凉激楚。赵翼评价这首诗：“豪健爽劲，气足神完，宋以来无此作也。”[①]

同年秋，诗人游历古邺城，写下咏古诗四首，选其一：“洹水清流见丽谯，邺中气象太萧条。词华不过夸三国，人物谁能算北朝。冰井台荒秋瑟瑟，香姜阁发雨飘飘。齐砖魏瓦人争讬，想见当年土木妖。”首联描写邺城萧条的景象，颔联写文采比不过三国时期，人物也比不过北朝，通过追忆历史，援古刺今。颈联则是具体地描写了冰井台的萧条景象，对仗工整。尾联齐砖魏瓦是指当年的盛况，与现今的凄凉景象形成了鲜明的对比，充分抒发了诗人尊古鄙今的心情。

四、“多感故人临别意，挥弦遥送倦飞鸿”——别易会难的离情别绪

查慎行在其十年的仕宦生涯中，由受宠到冷落，备受排挤，后归田家居。这羁旅的一生，必然离不开悲欢合散的抒怀。“软尘堆裹出都亭，却指家山人画屏。算到清明沙路尽，一鞭淮岸柳条青。”这首《叠旧韵送研溪南归三首》作于康熙二十四年，是查慎行于京师送别友人惠周惕时所作。在京都车水马龙的繁华场景中，不觉友人已经离开。屈指一算到清明时节，友人经过淮扬两岸柳条已经吐露青色。没有悲情的铺叙，却已想到友人沿路风景，有的是对友人无声的关怀。这首诗充分体现了查慎行诗作“空灵”之特色，查为仁就评价其诗：“诗之灵，在空不在巧。”[②]不同于这首隐隐惜别的送别诗，诗人也擅直抒依依惜别之情，郑寒村乃查慎行同窗好友，离别之时查慎行还作一首《酬别郑寒村》：“阑风伏雨兼旬卧，晴路一钩新月破。帘前暑退得新凉，门外泥深成坎坷。此时有客过言别，躄躠毛驴压归驮。囊空邻酒赊不来，醒眼相看但愁坐。一篇削稿辱佳序，七字留诗惭属和。”交代风雨不已的送别环境，营造了孤寂凄清的氛围。“余才弇陋非尔敌，强以珠玑承咳唾。甬东同学屈指论，往往传经接师座。故人再与瀛洲选，一郑荥阳尚摧挫。失群行李独淹泊，有价文章久传播。燕山此度六往来，未免征衫被尘涴。干时少术非尔病，当路无援是谁过。向来人尽弃所长，远到君能见其大。古人可作乃殊代，同调相求凡几个。勿将时命较穷通，只许才名出寒饿。”直抒“酬别”之情，惜别之意。“羡君有志成果决，笑我无端逐游惰。偶逢知己私自叹，每送归人辄相贺。荆榛满地羊触藩，日月周天蚁旋磨。故乡乐事殊可忆，欲往从之正无那。秋风一骑不可留，八月江田熟香糯。”诗人由于郑寒村的怀才不遇而深感惋惜，再观自己又何尝不是如此呢。想到现在举步维艰的情况，充满了无可奈何。这是

① 赵翼：《瓯北诗话》，人民文学出版社 1963 年版，第 160 页。

② 查为仁：《莲坡诗话》，上海古籍出版社 1995—2002 年版，第 316 页。

同病相怜的友人之间惺惺相惜的友谊，在诗人笔下的离别，意随笔至，词意并工，酣畅淋漓。

康熙三十三年(1694年)，诗人北行途中经过扬州，留下《发扬州留别汪庚齐》："旅况残年最不堪，何期邂逅作深谈。向风嘶马程程北，背雪飞鸿片片南。残烛乍移寒减半，征帆欲挂酒行三。隋堤柳态禁摇落，也傍汪伦百尺潭。"这首离别诗，诗人感慨自己羁旅途中的种种悲凉，眼下风烛残年，不知道下次什么时候见面能深入详细地交谈。生活前景堪忧的现状，依依不舍的离别俱现诗中。感慨唐代"桃花潭水深千尺，不及汪伦送我情"中李白和汪伦的情谊，比喻自己和庚齐的友谊之深厚，更显离别之不舍。

康熙四十七年(1708年)，查慎行丧亲假满，北上回京时经过大运河上的又一颗明珠——山明水秀的苏州城，这里也是平江府的旧址。享誉"丝绸之乡"美名的苏州，其园林建筑也是久负盛名的。位于苏州城北郊外的虎丘，就连苏轼也有"到苏州不游虎丘乃憾事也"一说。对于查慎行来说，这里不仅是行旅赏景处，也是离别伤心地。《虎丘花信楼与马素村别》中，"楼头树色已葱葱，楼外烟光薄未融"这一句描写出了乍暖还寒时节，诗人从花信楼里望出去的景色。"客况前游前度梦，春程一雨一番风"，正值春天，诗人在返乡的途中，可谓风一程雨一程。"绿芜望极空濛际，白鬓痕深聚散中"，野外的绿草一望无际，在悲欢离合中不觉已两鬓斑白，感慨时不我待。"多感故人临别意，挥弦遥送倦飞鸿"，查慎行感谢同乡的送别心意。在一生的羁旅中，诗人经历太多无可奈何的分离，这首诗一方面表达了他不愿意再为仕途折腰，另一方面隐约透露出诗人归隐的意愿。

查慎行一生游历过许多地方，他所留下的行旅诗大多是在运河行旅途中创作的。他用独特的视角去观察运河及其沿线的风物民情，因此，他的运河行旅诗具有很强的纪实性。同时，他的运河行旅诗又融纪游、抒情、咏史为一体。作者擅用白描手法，形成了句法平易晓畅的艺术风格。他的诗作不仅在清代诗坛产生了重要影响，而且为后人研究运河文化提供了宝贵的资料。从他的运河行旅诗中，我们可以感受到那个年代大运河与古代运河城市群之间的互动关系、运河生态环境变迁与生态文化面貌。可以说，查慎行运河行旅诗作不仅具有很高的文学价值，还具有较高的历史价值。

参考文献

[1] 安作璋:《中国运河文化史》，山东教育出版社2006年版。
[2] 傅崇兰:《中国运河城市发展史》，四川人民出版社1985年版。
[3] 姚汉源:《中国运河史》，中国水利水电出版社1998年版。

(指导教师：顾建国教授)

龚自珍运河行旅诗研究

文学院 2011（3） 朱静文

京杭大运河开凿于隋炀帝时期，南起余杭（杭州），北至涿郡（北京），沟通海河、黄河、淮河、长江、钱塘江五大水系。京杭大运河对于促进中国南北经历交流、文化融合，带动周边城市发展有不可磨灭的作用，发展到清朝，京杭大运河不仅担负着漕运重任，而且南来北往的人们也大多以京杭大运河的水运作为出行的首选。生活在清朝中晚期的著名诗人龚自珍一生就与运河结下了不解之缘，他曾多次往返于北京和杭州之间，在他的行旅过程中留下了很多反映运河风貌、民俗民情的诗歌，向现代人传递了许多有关当时运河情况的重要信息。

龚自珍（1792—1841），字璱人，号定庵，后更名易简，字伯定，又更名巩祚。仁和（今浙江杭州）人。龚自珍的一生大致可以分为三个阶段。第一阶段是其 27 岁以前。龚自珍在青少年时期随着家人学习经学、文学，在这段时期内，他搜辑科名掌故，以经说字，以字说经，考古今官制，为目录学、金石学等。同时，在文学上，也显示了创作的才华。从 19 岁开始，龚自珍应顺天乡试，却屡试不中，直到 27 岁那年才中举。第二阶段是其 28 岁到 47 岁之间。在这一段时期内，龚自珍在京入仕。他中举之后，又开始应会试，但仍然屡试不中，直到他 38 岁那年经过六次会试，才考中进士，却不得入翰林，只能做内阁中书。为官期间，龚自珍屡屡上书，指斥时弊，但都未被采纳，反而不断遭到权贵的排挤和打击。龚自珍 48 岁那年，终因政治上的不得意而决计辞官南归，进入他人生的第三个阶段。这段时间，他两次往返于京师和杭州之间，写下了著名的《己亥杂诗》315 首。1841 年 9 月 26 日，龚自珍突患疾病，暴卒于丹阳，年仅 50 岁。

龚自珍一生留下了六百多首诗歌，著名的 315 首《己亥杂诗》是他晚年两次往返于运河之上所作，此外还有五十多首诗歌与运河有关，它们多写于龚自珍科考期间，诗人通过北上科考的所见所感，描绘了运河沿线城市的旖旎风光。而《己亥杂诗》更是龚自珍一生诗歌的结晶。在己亥年这一年中，龚自珍先自行南下，途经清江浦、扬州、镇江等地，到达杭州滞留了一段时日之后，又出发北上接亲眷南归，途中重过扬州、清江浦，又渡河至渔沟、众兴集、顺河集，过铜山、滕县到达山东曲阜，最后至京携同亲眷再次南下，抵达江苏昆山。这 315 首诗歌生动地记录了龚自珍这一年运河行旅的所有见闻，对我们研究运河文化具有重要的参考价值。

一、龚自珍运河行旅诗的“景”与“情”

龚自珍的运河行旅诗歌对“景”与“情”的描绘别具风格，他以深沉唯美的笔法将运河沿线风光的美景和他心中杂陈的多种感情生动地交织在一起，更与当时的时事相结合，多方面呈现了清朝晚期运河沿线的种种风貌。总体来说，龚自珍的运河行旅诗歌是从以下几个方面展现“景”与“情”的。

（一）“更折梨花寄暮愁”——深沉不舍的羁旅送别诗

龚自珍是一个非常热爱结交朋友的人，他的朋友有文学艺术上相知相惜的知己，也有官场仕途上同仇敌忾的知交。龚自珍一生多次往返于京杭之间，几乎每一个地方都有他的朋友，所以在他的运河行旅诗中有相当一部分都是写送别友人的。例如龚自珍在嘉庆二十五年写的一首《春晚送客》：

潞水滔滔南向流，家书重叠附征邮。
行人临法长亭晚，更折梨花寄暮愁。①

当时，诗人的朋友宋翔凤回避不预会试，于是诗人就写了这首诗来送别他。诗中所提到的潞水，指的是现在的北运河，又叫白河，由北京通州区东南流入天津市。诗人正是在这里送别自己的友人的。诗中的“长亭”原是建在路旁供旅客歇脚的亭子，渐渐地，人们送客也常常在这地方。《西厢记》里面就有著名的《长亭送别》，讲的就是崔莺莺送别张生的故事。而“折梨花”是在用典，暗用了陆凯寄梅与范晔的事，陆凯的《赠范晔》写道：

折花逢驿使，寄与陇头人。
江南无所有，聊赠一枝春。②

诗人写这些无不寄托着自己与友人难分难舍的感情。

而在《己亥杂诗》中，诗人出都南归，临走前，也曾写过不少送别友人的诗作，从“其二六”到“其四三”这 18 首诗都是写诗人与京师的友人、同僚离别的情景，例如“其二六”是这样写的：

逝矣斑骓罥落花，村前茅店即吾家。
小桥报有人立痴，泪洒春帘一饼茶。③

---

① 刘逸生、周锡䪖：《龚自珍诗集编年校注》，上海世纪出版股份有限公司、上海古籍出版社 2013 年版，第 69 页。

② 刘逸生、周锡䪖：《龚自珍诗集编年校注》，上海世纪出版股份有限公司、上海古籍出版社 2013 年版，第 69 页。

③ 刘逸生、周锡䪖：《龚自珍诗集编年校注》，上海世纪出版股份有限公司、上海古籍出版社 2013 年版，第 579 页。

在这首诗的小序中，诗人说道："出都日，距国门已七里，吴虹生同年立桥上候予过，设茶，洒泪而别。"[①]由此可见，当时是诗人的友人吴虹生给诗人送别，诗人有感而作。这首诗写得十分动人。首句即描写了一幅骑马南行，落花纷飞的场景，"逝矣"、"落花"二字已奠定了全诗伤感的基调。而诗人到茶店落座，远望桥上，竟看见为自己送别的友人吴虹生痴立在那里，不禁心有触动，泪水纷纷洒落。如此动人的送别诗歌，后面还有很多，除了写离别的伤感，还有写对友人的寄寓、嘱托和欣赏，等等，但每一首所描绘的景色都清丽旖旎，所描绘的感情都缠绵深沉，可见诗人对友人的相知相许。

（二）"落花风里别江南"——唯美动人的借景抒情诗

龚自珍直接描写运河景色的诗作并不多，但大运河不仅仅是一条运河，其周边的诸多市镇，与运河相补给的其他河流，以及因运河而建的亭、桥、塔、寺庙等，都应该是运河的重要组成部分，而龚自珍对于京杭之间诸如京师、杭州、苏州、镇江、南京等地的风景、民俗的描写，构成了其运河行旅诗中很重要的一部分。但龚自珍写景也仅仅是其写作诗歌的一种手段，而表达出其内心的那种深情才是他的真正目的，所以他把景色写得越唯美动人，其表达的感情也就越真挚感人。例如龚自珍在嘉庆二十五年写过一首描写洞庭山的诗歌——《发洞庭舟中怀钮非石树玉叶青原昶》，可以算是这类诗歌的典范。洞庭山是位于太湖东南部的一处风景名胜，它由洞庭东山和洞庭西山构成，东山是一座半岛，伸入太湖之中，上面有洞山与庭山，所以被称作洞庭东山；而西山则是太湖中最大的岛屿，因为它处在东山的西方，所以被称作西山，全称是洞庭西山。诗歌是这样写的：

西山春画别，两袖落梅风。
不见小龙渚，尚闻隔渚钟。
樽前荇叶白，舵尾茶华红。
仙境杳然杳，酸吟雨一篷。[②]

这首诗对洞庭西山的美景作了十分详尽的描写，西山如画，荇白茶红，仙境杳然，篷中吟雨，如此之景，在龚自珍的笔下陡然间就变得美丽动人，惟妙惟肖。其实龚自珍十分喜欢洞庭山这个地方，甚至希望日后归隐于此。所以在这里，诗人把洞庭山写得越美，就越显示出现实与诗人心中理想的落差，所谓"一切景语皆情语"，若不是诗人对此一心向往，又怎会把此地描绘得如此美妙；若不是诗人对此向往而难至，又怎会从这景语之中生出这般动人的感情。虽说是写景怀人，但诗人对现实生活的无奈、对隐逸生活的向往更让人怅惘嗟叹。

龚自珍的行旅诗除了有对自然美景的描写，也有写自己途经市肆时的所见所感。例如《过扬州》：

---

① 刘逸生、周锡馥：《龚自珍诗集编年校注》，上海世纪出版股份有限公司、上海古籍出版社 2013 年版，第 579 页。

② 刘逸生、周锡馥：《龚自珍诗集编年校注》，上海世纪出版股份有限公司、上海古籍出版社 2013 年版，第 57 页。

春灯如雪浸兰州，不载江南半点愁。
谁信寻春此狂客，一茶一偈过扬州。[1]

扬州位于江苏省长江和运河的交汇处，清代由于盐商集中在此，加上旅客往来频繁，市场十分兴旺。而诗人此时匆匆经过扬州，寂寞的心情却和这里热闹的市容很不协调。“寻春狂客”是用典，杜牧曾有诗“自是寻春去较迟”，杜牧就是一个生活放浪的人，有轻狂之称，而作者对杜牧就十分向往，因此以“寻春狂客”自比，然而他越是轻狂，就越是与当时现实的繁华热闹所不相容，所以最后他只能落一个“一茶一偈过扬州”。在这首诗中，诗人并未详写市肆的景色民俗，主要还是抒发因运河行旅而触发的内心落寞的情感。

（三）“夜闻邪许泪滂沱”——针砭时弊的伤时感怀诗

龚自珍所生活的年代，正值清朝国事急遽衰落的时期，整个清王朝在很多方面都暴露出严重的弊病，而这些弊病在运河沿线的城镇中也显露无遗。而龚自珍作为一个心怀极大爱国热情的诗人，在他的运河行旅诗歌中就有许多针砭时弊、直指国事衰败的诗歌，诗人通过对这些内容的描写，表达出自己对清王朝衰败的痛心与感伤。

首先，在清朝中晚期，人民的生活异常艰苦，而在运河一代，更是由于漕运的输挽维艰，而使得运河沿线百姓的生活极其艰难，尤其表现在水手和纤夫的身上。龚自珍在《己亥杂诗》“其八三”就写道：

只筹一缆十夫多，细算千艘渡此河！
我亦曾糜太仓粟，夜闻邪许泪滂沱。[2]

这首诗不仅明说了纤夫拉纤辛苦，而且暴露了当时清政府漕运的弊端。“当时清王朝向农民征收田赋，其中一种称为‘漕粮’，征收白米。东南各省的漕粮，当时主要是通过运河北上，称为漕运。运河在进入黄河前，因水位高低不同，在附近设立水闸多座，船只通过时，由纤夫拉船过闸，每船需用水手十人，纤夫十人以上。漕运到了清代中叶，弊病百出，老百姓受害极大。单是役使纤夫，就使人伤心惨目。”清人邹在衡在《观船艘过闸》诗中也描写过漕船过闸时那种“邪许万口呼，共拽一绳直。死力各挣前，前起或后跌”[3]的艰难。这“邪许”二字在两首诗中都出现了，这不仅仅是纤夫拉纤时喊出的血泪之声，也是像龚自珍这般爱国知识分子心头激起的强烈波澜啊！

此外，在龚自珍的这一类诗歌中，其对腐朽政治的揭露也不容小觑。龚自珍生活在清朝中晚期，那时清朝的经济政治早已从康乾盛世的繁华败落下来，渐渐呈现出萧条的景象。龚自珍身为当时的官员，又兼是一位爱国诗人，对当时的政治表现出了诸多不满，再加上他自身那种放浪形骸、不拘小节的诗人习气，更是把他对官场政治的很多不满暴露在

---

① 刘逸生、周锡䪖：《龚自珍诗集编年校注》，上海世纪出版股份有限公司，上海古籍出版社 2013 年版，第 60 页。
② 管林、钟贤培、陈新璋：《龚自珍研究》，北京人民文学出版社 1984 年版，第 25 页。
③ 樊克政：《龚自珍年谱考略》，商务印书馆 2004 年版，第 111 页。

诗歌中。王岂孙就曾这样批评过龚自珍:“至于诗中伤时之语、骂座之言,涉目皆是,此大不可也。”[①]在他的运河行旅诗中,也借助地方景物进一步对政治进行了批判。例如《逆旅题壁次周伯恬原韵》:

名场阅历莽无涯,心史纵横自一家。
秋气不惊堂内燕,夕阳还恋路旁鸦。
东邻嫠老难为妾,古木根深不似花。
何日冥鸿踪迹遂,美人经卷葬年华。[②]

这首诗是嘉庆二十五年龚自珍会试落第之后,自京南返途中所作。这首诗看起来是在写秋景,然而诗人却是借此景象来作比喻。“秋气不惊堂内燕”是比喻整个社会已经像秋天那样衰飒,但贵官大臣却像深藏堂中的燕子,毫无感觉。“夕阳还恋路旁鸦”是比喻顽固守旧的人物还死死抱住行将没落的东西不肯放手。诗人虽然看到了当时社会政治的腐朽没落,但以他的微薄之力,却没有丝毫办法来力挽狂澜,正所谓“东邻嫠老难为妾,古木根深不似花”,所以诗人最后才会慨叹“美人经卷葬年华”,不如就此伴着美人和经卷,了结自己的一生吧。这首诗不仅深刻揭露了当时社会政治的腐朽,也表现了诗人无法挽回局面的悲哀。所以之后的清政府一步步跌落到万劫不复的屈辱境地,而龚自珍在此时就已对顽固守旧提出了批判,无不体现出他高远的政治见地。

(四)“看花看影不留痕”——辗转飘零的仕途失意诗

龚自珍一生多年追求仕途,然而仕途之路却颇为坎坷,费尽时间心力参加科举,却屡屡落第,辗转多年终于得中进士,入朝为官,却不能得志,常常遭到排挤、打击,所以在他的运河行旅诗歌当中,有相当一部分诗歌主要是抒发自己仕途失意、怀才不遇的郁闷情怀。例如,在嘉庆二十四年,诗人在北京应己卯恩科会试落第而作的14首诗歌,其中第二首是这样写的:

文格渐卑庸福近,不知庸福究何如?
常州庄四能怜我,劝我狂删乙丙书。[③]

“文格渐卑庸福近”,这里的“文”是指应试的八股文,诗人在此是引用庄卿珊的话,认为科举文章不能追求高古,应该迁就考官的口味,那样录取的机会就多些。随后诗人说“常州庄四能怜我,劝我狂删乙丙书”,这里的“乙丙书”是指诗人在二十四五岁写时写的一组叫作《乙丙之际箸议》的议论政治、主张变革的文章,而庄卿珊劝诗人狂删此“乙丙书”,其意图也显而易见地是想让诗人为文能够更加符合考官的口味,而不要一味顾及自己的理想

① 刘逸生、周锡輹:《龚自珍诗集编年校注》,上海世纪出版股份有限公司、上海古籍出版社2013年版,第93页。
② 刘逸生、周锡輹:《龚自珍诗集编年校注》,上海世纪出版股份有限公司、上海古籍出版社2013年版,第36页。
③ 刘逸生、周锡輹:《龚自珍诗集编年校注》,上海世纪出版股份有限公司、上海古籍出版社2013年版,第84页。

追求。诗人作此诗显然不是表达自己以后为文要迎合考官，走八股之路，反而是通过这样的语言来抒发自己不能把心中的政治理想以及自身对高古的追求在文章中表达出来，却要一味迎合考官，昧心地去写八股文的愤慨和痛心，同时也是对当时科举选拔人才弊病的严厉批判。而诗人在第二年，也就是嘉庆二十五年，又一次参加进士考试，却仍告失败，为此他又写下两首《昨夜》以抒发郁闷之情，“其一”为：

昨夜江潮平未平？篷窗有客感三生。
药炉卧听浑如沸，不似墙东钗钏声。①

“其二”为：

种花都是种仇恨，没个花枝又断魂。
新学甚深微妙法，看花看影不留痕。②

第一首暗指落第后的寂寞，自己只是“药炉卧听”，而钗钏声却由别人领略，可谓对比强烈。第二首的意思是考进士有如种花，没有给自己带来愉快，但不考又不甘心。现在学来了“微妙法”，把科举功名当作花的影子，似真似幻，亦真亦幻。这样一来，就不至于惹起许多苦恼了。第一首如果说诗人还沉浸在落第后的寂寞之中，而第二首诗人似乎已经看破了科举的虚像，认为其如花的影子一般，亦幻亦真，不必执着追求，徒惹苦恼。然而从龚自珍后来的经历来看，诗人一直到己亥年之前，都没有放弃仕途科举之路，可见诗人作此感慨也无非是聊以自慰，宽解自己又一次落第的郁闷心情罢了，这其中所充斥的都是满满的怀才不遇之情。

（五）“古今谁免余情绕”——运河城镇的筵席、题壁诗

龚自珍一生多次往返于京杭之间，为此结交友人无数，因此常在运河沿岸的城市与友人同宴，而留下了部分筵席和题壁诗歌。在这些友人当中，除了与龚自珍惺惺相惜、情谊深厚的名士之外，也不乏一些才艺俱佳的女子，所以，在龚自珍的筵席、题壁诗之中有这样一些抒发自己内心对红颜知己倾慕之情的诗作。例如《己亥杂诗》“其九五”中说：

大宙南东久寂寥，甄陀螺出一枝箫。
箫声容与渡淮去，淮上魂须七日招。③

龚自珍在这首诗的小序中说：“袁浦席上，有限韵赋诗者，得箫字，敬赋之首。”④可见这是

① 刘逸生、周锡韫：《龚自珍诗集编年校注》，上海世纪出版股份有限公司、上海古籍出版社2013年版，第84页。
② 刘逸生、周锡韫：《龚自珍诗集编年校注》，上海世纪出版股份有限公司、上海古籍出版社2013年版，第700页。
③ 刘逸生、周锡韫：《龚自珍诗集编年校注》，上海世纪出版股份有限公司、上海古籍出版社2013年版，第700页。
④ 顾建国：《运河名物与区域文化考论》，三联书店2014年版，第302—303页。

作者在袁浦的筵席上限韵所赋的一首诗。清江浦也称袁浦，“北魏郦道元《水经注》卷三十《淮水》载：‘淮水右岸，即淮阴也。城西二里有公路浦，昔袁术向九江，将东奔袁谭，路出斯浦，因以为名焉。’这里所说的淮阴，即为淮阴故城，在今淮安市淮阴区码头镇运河南岸镇政府所在地附近。东汉人袁术，字公路，当年势倾一方，且欲称帝于淮南，故有‘路出斯浦，因以为名’的遗迹留存。诗人将清江浦称‘袁浦’，即缘于此。事实上，袁浦应是公路浦的简称。”①清代为清河县治。清姚承望《袁浦》诗云：“畚锸经营苦，帆樯日夜过。水争尘世绕，官比市民多。南北舟车界，淮黄里外河。年年资巨帑，保障竟如何？”②这首诗颇能概括袁浦当日景况，所以龚自珍在袁浦赴宴，限韵赋诗，也对袁浦当时的盛况有所体现。然而龚自珍的这首诗虽为筵席诗，却是借此机会来表达自己对一女子的赞赏爱慕之情，那位女子名叫灵箫，诗人便借一“箫”字来成诗，写箫声滞留在江淮之上徘徊不去，而自己更是为此箫声而神魂颠倒。“七日招”是用典，“宋玉怜哀屈原忠而斥弃，愁懑山泽，魂魄放佚，厥命将落，故作《招魂》，欲以复其精神，延其年寿”③。诗人用此典故，更加深切地表现了自己对灵箫的迷恋，此生这短短数年是绝难诉尽自己的情感的。而《己亥杂诗》“其二七二”又对这种感情做了进一步的深化：

未济终焉心缥缈，百事翻从阙陷好。
吟到夕阳山外山，古今谁免余情绕。④

这首诗是诗人南归之后，又北上接亲途经渔沟所作的题壁诗。渔沟在淮安市淮阴区西北面，是一座具有千年历史的古镇。而诗人就是在这座古镇的墙壁上题上了他与爱人灵箫感情破裂的诗作。而诗人是缘何与灵箫感情破裂如今已不得而知，但在这首诗中可以看出尽管如此，诗人对灵箫的感情仍然很深。“未济终焉心缥缈”，感情的破裂让诗人的心突然间就变得空虚飘忽，而“吟到夕阳山外山，古今谁免余情绕”说的不就是《西厢记》里的那句“四围山色中，一鞭残照里。遍人间烦恼填胸臆，量这些大小车儿如何载得起”吗？诗人深爱灵箫，放不下灵箫，这些动人的情感都化作了诗人在墙上留下的点点墨迹，让人读来感慨痛心。

二、龚自珍运河行旅诗的“剑气”与“箫心”

京杭大运河沿线一代可以说历来都是人才辈出，无论是运河开凿前还是开凿后，这里都有一批又一批的名人出现。春秋战国时期的夫差、勾践，楚汉之争时的项羽、韩信，三国时期的曹操、孙权，他们都生长于运河一带，骨子里面都带有那种可以撼动风雷、执掌国家命运的剑气，而龚自珍一生往来于运河，这些人的性格对龚自珍或多或少都会有影响，所

① 刘逸生、周锡䪖：《龚自珍诗集编年校注》，上海世纪出版股份有限公司、上海古籍出版社 2013 年版，第 701 页。
② 刘逸生、周锡䪖：《龚自珍诗集编年校注》，上海世纪出版股份有限公司、上海古籍出版社 2013 年版，第 700 页。
③ 刘逸生、周锡䪖：《龚自珍诗集编年校注》，上海世纪出版股份有限公司、上海古籍出版社 2013 年版，第 922 页。
④ 龚自珍：《龚自珍全集》，上海古籍出版社 1975 年版，第 565 页。

以逐渐形成了他运河行旅诗风格里的“剑气”。同样，运河沿线也孕育了诸如孟子、庄子、枚乘、虞世南、范仲淹这样的文人，他们先天下之忧而忧，后天下之乐而乐，把自己对国家社会的感慨想法都融入诗文中，其中还流露出了深切的民本意识。这些人同样对龚自珍的思想造成了影响，所以使他的诗歌在激愤昂扬之外，更表现出了一种深切的忧怨，忧国家之衰败，感民生之艰难，愤自身之不遇，而这些情感又渐渐形成了他运河行旅诗“箫心”的审美风格。所以，这就是龚自珍运河行旅诗艺术特色当中独有的“剑气”与“箫心”。

（一）“怨去吹箫，狂来说剑”——刚柔相济的审美风格

龚自珍曾把自己的个性特点概括为“气悍心肝淳”，所谓“气悍”，即意气踔厉风扬，而“心肝淳”，即情感诚挚真纯。龚自珍把自己的个性特点融入行旅诗歌创作中，用他在21岁时写的一首词《湘月》来说，就是“怨去吹箫，狂来说剑，两样销魂味”①。这恰能概括龚自珍运河行旅诗的艺术审美特色——亦刚亦柔，刚柔相济。“狂剑”和“怨箫”不仅反映了龚自珍一生的雄浑气魄与忧怨情怀，也是他一直以来在诗歌创作方面的理想。

“狂剑”是指诗人心中直指腐朽黑暗、萎弱沉寂的封建“衰世”天空的一把寒光四射、锐利无比的龙泉宝剑，是他的狂言雄谈的批判精神。诗人在南归途中过镇江的时候留下了这样一首诗：

九州生气恃风雷，万马齐喑究可哀。
我劝天公重抖擞，不拘一格降人才。②

这首诗所用的意象就足够庞大有力，“风雷”、“万马”的场面无不让人心神震颤。然而诗人明说“万马齐喑究可哀”，实际上是在借指朝廷上下虽然也有许多大大小小的官员，可他们都像哑巴一样，自己默不作声，甚至禁止别人作声。诗人用这样宏大的意象作喻，淋漓尽致地讽刺了当时的在朝官员，把他们的丑恶嘴脸、腐败行为毫不留情地揭露出来。后又一句“我劝天公重抖擞，不拘一格降人才”充分表现了诗人想扫荡士林颓风的热切希望，读来真是酣畅淋漓、大快人心。所谓“来何汹涌须挥剑”，这就是一种无人可以驾驭的浩然正气，是一种对黑暗势力进行打击的坚强力量和博大情怀。万马齐喑却敢于冲破沉寂，明知一己之力轻如鸿毛也要为之一搏，这就是龚自珍所强调的剑气，对着腐朽的封建社会气势磅礴地悲壮嘶吼！

“怨箫”主要指的是诗人感叹民生诸多艰难，忧患国势日渐衰落的情怀。这点在运河漕运中纤夫的辛苦生活上就有着明确的反映。除此之外，还有诗人对广大人民的同情。诗人在《己亥杂诗》“其一六”中就提到：

弃妇叮咛嘱小姑，姑恩莫负百年劬。
米盐种种家常话，泪湿红裙未绝裾。③

---

① 刘逸生、周锡馥：《龚自珍诗集编年校注》，上海世纪出版股份有限公司，上海古籍出版社2013年版，第744页。

② 刘逸生、周锡馥：《龚自珍诗集编年校注》，上海世纪出版股份有限公司，上海古籍出版社2013年版，第565页。

③ 刘逸生、周锡馥：《龚自珍诗集编年校注》，上海世纪出版股份有限公司、上海古籍出版社2013年版，第707页。

这首诗写的是一个被丈夫抛弃的妇人含泪嘱咐小姑的情景。诗中小序又提到“有弃妇泣于路隅”，一个被抛弃的妇人在路旁哭泣，这实在不得不让人哀惋痛心，所谓民生艰难也莫过于此了。而“怨箫”之意除此之外，还有对诗人自身理想得不到实现、抱负得不到施展的嗟叹。上面所提到的“我有箫心吹不得，落花风离别江南”正是诗人这种落寞忧愤心情的体现。龚自珍作为一个壮志未酬的感伤诗人，不得不为人才弃置而悲愤，不得不为自己富有才华却不被重用而意气难平。当然，诗人的“怨箫”也并非一味地纤柔或抱怨，也是带有自己的风骨，如《己亥杂诗》“其一零一”：

美人才调信纵横，我亦当筵拜盛名。
一笑劝君疏一著，非将此骨媚公卿。①

这首诗是写诗人的友人到扬州三次拜访美人小云却都不得见的事。诗中表现了小云不取媚于公卿的傲骨。其实这种傲骨又何尝不是诗人自己的傲骨呢？诗人对得失的洒脱，对公卿官员的蔑视，也正是一副铮铮傲骨，让人钦佩。

其实，在龚自珍的很多运河行旅诗歌当中，“剑气”与“箫心”是交织在一起的，在审美风格上，也可以说是雄奇和哀艳的交织。龚自珍批判封建制度的腐朽，有着改革变法，一变清朝社会衰败风气的雄心壮志，表现在诗中就是所谓的雄奇，而他的理想固然很好，事实却是他总是遭到各种顽固势力的排挤打压，一生郁郁不得志，而这样的情怀表现在诗中就是所谓的哀艳。龚自珍在嘉庆十九年写的《秋夜听俞秋圃弹琵琶赋诗书诸老辈赠诗册子尾》就是一首“剑气”与“箫心”交织的典范，此时的龚自珍应试不第，又青年丧偶，可谓双重打击，而又听此琵琶之声，颇有白乐天浔阳江头闻琵琶之音的惆怅感慨。“我有心灵动鬼神，却无福见乾隆春。”②诗人是有为国效力，一改社会颓风的壮志的，可是时运不济，命途多舛，没有像康乾盛世那样的社会背景让他一展抱负。“任吾谈笑狎诸侯，四海黄金四海游。为是生平多暇日，争将余事管春愁。”③此言看似满是豪情，颇不将功名得失放在心上，“四海黄金四海游”，一副豪侠剑气的语句，可细细品来内里却满含着忧怨的“箫心”，若不是屡试不第，又何生此不问世事的感慨？若不是心有不甘，又怎会在最后叹一句“携向名场无姓氏，江南第一断肠人”④呢？“剑气”“箫心”，刚柔相济，哀艳雄奇，龚自珍以其诗文独特的审美风貌，在中国古代文坛奇葩独放。但若不是龚自珍一生行走运河，有着一颗厚重而深沉的羁旅之心，又心怀极大的爱国热情与文人情怀，又怎能有这样的诗歌艺术成就呢？

（二）“不拘一格降人才”——脱颖而出的诗歌气概

运河沿线多年积淀的风物文化，为清代诗人的创作提供了广阔的空间，他们在运河沿

① 刘逸生、周锡䪖：《龚自珍诗集编年校注》，上海世纪出版股份有限公司、上海古籍出版社 2013 年版，第 455 页。
② 刘逸生、周锡䪖：《龚自珍诗集编年校注》，上海世纪出版股份有限公司、上海古籍出版社 2013 年版，第 455—456 页。
③ 刘逸生、周锡䪖：《龚自珍诗集编年校注》，上海世纪出版股份有限公司、上海古籍出版社 2013 年版，第 456 页。
④ 安作璋：《中国运河文化史》，山东教育出版社 2001 年版，第 1703—1704 页。

线留下了许多优秀的作品。这些诗作或描述运河沿线的风光景物，或反映运河沿线城镇的经济状况和民情风俗，或在诗歌中表达其民族感情和爱国思想，但与龚自珍的诗歌相比较，大都缺乏一种激荡奔放的气概，面对腐朽的政治制度，只有龚自珍直言敢斥，在诗坛还沉迷在梅村、浙西这样委婉的风格里的时候，只有龚自珍真正站出来召唤风雷，打破了清朝诗坛万马齐喑局面。正如他诗中所说的“不拘一格降人才”，他便是这诗坛中不拘一格的人才，以他的“剑气”和“箫心”脱颖而出。

我们可以先拿龚自珍脱颖而出的诗歌气概和梅村体的代表吴伟业做一个对比。吴伟业是明末清初的著名诗人，他初期的诗歌擅长用清丽的笔法抒写青年男女缱绻的感情，而到了明末清初社会动荡之时，也结合自己身世以重大历史事件为背景，写了很多诗篇。他的七言长篇歌行体的代表作《圆圆曲》文词清丽，音节协调，描写了江淮之间烟水迷离的景象，又兼百感交集，委婉中带有讽刺，极富艺术魅力。这与龚自珍诗歌对当朝政治的讽刺颇有相同之处，然而龚自珍诗歌的讽刺往往是酣畅淋漓的直抒胸臆，而吴伟业的诗歌却是在委婉中讽刺现实，在诗歌的表现力度上二人就体现了明显的不同。吴伟业还有一首《过淮阴有感》颇能代表一代运河文人的心情，

登高怅望八公山，琪树丹崖未可攀。
墨香音符与皇室，好将鸿宝驻朱颜。
浮生所欠止一死，尘世无由识九还。
我本淮王旧鸡犬，不随仙去落人间。[①]

这首诗其实是诗人对于自身痛失名节的一种悲吟，在灵与肉、品德操守和生命延续的矛盾之中，诗人的选择是苟全自己的性命，他在失节辱志的深渊里苦苦挣扎。“我本淮王旧鸡犬，不随仙去落人间”，这是诗人想要自赎灵魂的沉挚缠绵。但同样的心情到了龚自珍那里却只有不屈从于现实的激情，一泻千里，毫不保留地痛斥，这可能与两位诗人的性格以及他们所生活时代的差别有关。

如果说吴伟业的诗歌还有对现实政治的批判情怀，那么回到康乾时期所出现的诗人，则对此就更显得漠然了。例如康熙时代的文人朱彝尊，他是一个博通经史的学者，是一个典型的学者型文人，而他的诗歌同样写得很好。但是朱彝尊作诗重才藻，求典雅，追求格律工整，闳中肆外，对于诗歌的形式方面煞费苦心，而对自身情感的抒发却稍显欠缺。例如他代表这一风格的《鸳鸯湖棹歌一百首》以描写水乡风景为主，其中最为精致的一首以细腻语调描绘太平盛世的运河地区的景色：

城北城南尽水乡，红薇径外是回塘。
千家晓阁纱窗拓，二月东风蕙草香。

朱彝尊的诗歌风格相对于龚自珍来说则体现出了明显的差别，朱彝尊重写景而略抒情，龚

① 安作璋：《中国运河文化史》，山东教育出版社 2001 年版，第 1705 页。

自珍重抒情而略写景，他诗歌中对景物的描写全部都是为抒发自身情感服务的。而与朱彝尊齐名的王士禛的诗歌风格也同样有这种倾向，没有多少历史宿账和感情包袱，以雍容揄扬的诗风见长，更求适应统治者的需要，而龚自珍诗歌对当朝统治者的批判与其则是大相径庭的。

此外，清代还有诸如钱谦益、查慎行、沈德潜等这样一批著名的学者诗人，都写了许多有关于运河的诗歌，但是只有到了龚自珍，他才打破了传统诗歌的思想和写法，引领了清末诗歌成就的高潮。虽然我们不能否认一个诗人的诗歌风格会与其所生活的时代背景有着莫大的关系，就像无安史之乱成就不了杜甫、无国破家亡成就不了李煜，我们也可以说没有晚清的没落也成就不了龚自珍，但是龚自珍不拘一格的性格却是别人无法比拟的，所谓"位卑未敢忘忧国"，龚自珍无论是平民还是为官，他的一颗诗心中牵系着天下的大事，用他的"剑气"撼动风雷，用他的"箫心"怜悯不幸，这是一个爱国文人才具有的崇高思想，所以在晚清，龚自珍是脱颖而出的，是独一无二的，是别人无法比拟的。

大运河是一片孕育文化的神圣土地，千百年来，无数文人墨客在它的哺育下留下了大量著名的诗篇。而龚自珍终其一生，生于运河，长于运河，又多次往返于运河，几乎运河的每一片土地都留下了他的足迹。而他的运河行旅诗歌，深刻地记录了当时运河沿线的风景名胜、经济社会发展、民生民俗，以及一定程度上反映了当时的政治面貌。更为重要的是他的运河行旅诗歌与其他题材诗歌一样，都体现了其思想上的启蒙性以及艺术上的创新性，使清诗从他这里真正具有了独特的面目。

参考文献

［1］安作璋：《中国运河文化史》，山东教育出版社 2001 年版。

［2］顾建国：《运河名物与区域文化考论》，三联书店 2014 年版。

［3］管林、钟贤培、陈新璋：《龚自珍研究》，人民文学出版社 1984 年版。

［4］梁文娟：《龚自珍诗歌的艺术特色》，《文学教育》2008 年第 5 期。

［5］颜广明：《剑气箫心　亦刚亦柔——龚自珍诗歌审美风格简论》，《扬州教育学院学报》2002 年第 2 期。

（指导教师：范新阳教授）

文化苦旅

文化是一个国家或民族的历史、地理、风土人情、传统习俗、生活方式、文学艺术、行为规范、思维方式、价值观念等，是人们长期劳动创造的产物。这里选择的几篇优秀习作，或者讨论诗歌与政治理想以及个人情感的关系，或者讨论小说结构类型与中国文化之间的关系，或者反思文学评论理论方法，或者阐释网络时代审美文化变迁。我们还特意选了一篇综述性文章，高屋建瓴地穷尽一个相关领域的研究，并予以分类归纳，是从事研究的第一步工作。

从诗言志到诗缘情
——论魏晋南北朝文学自觉与儒学传统的关系

文学院 2011（2） 王建玉

从先秦到魏晋南北朝，文学的发展十分迅猛，无论是文学体裁、语言形式、创作题材还是艺术手法，都有了质的飞跃。魏晋南北朝作为文学自觉的时代，其文论批评中“诗缘情”的概念常与先秦儒学中的“诗言志”对立。这两个观念本身就体现出文学的发展和文学观念的变化，是具体时代下的特定的理论，必须放在这一段文学是发展的整个过程中认识。由于“诗言志”本身所指非纯文学的诗而是承担了社会政教功用的文学，并且在汉代尚儒的影响下与儒学紧密结合，而“诗缘情”成为文学自觉的标志，这两个观点就变成了儒学文艺观与魏晋文学自觉的对立。正如从“诗言志”到“诗缘情”是不可分割的发展过程，从先秦到魏晋南北朝，儒学与文学发展也是相互影响的。汉儒在先秦儒学文艺观的指导下影响着文学发展，汉代文学发展也为魏晋南北朝的文学自觉做了一系列的准备，主要是文体的丰富与文学观的发展。汉代文学观的贡献一方面是对文学与非文学的区分，另一方面是对自我抒情和文学审美性的肯定。而魏晋文人在追求文学的艺术性的同时也没有放弃儒学对文学社会价值的追求，在吸收儒学文艺观的基础上随时代要求加以改造。本文以“诗言志”到“诗缘情”的演变入手论述先秦到魏晋南北朝的文学发展过程，具体分析先秦两汉儒学与魏晋南北朝文学自觉的关系。

一、“诗言志”到“诗缘情”的发展

作为重要文学观，“诗缘情”与“诗言志”似乎成为对立的概念。然这两个概念并非同时出现，因而它们的指向与内涵不同，本文将逐一对比诗的内涵，情与志，以及由意到言的过程，分析“诗言志”到“诗缘情”的发展过程。

（一）“诗”的内涵的变化

“诗言志”的说法最早出现在《尚书·尧典》：

帝曰：“夔！命汝典乐，教胄子。直而温，宽而栗，刚而无虐，简而无傲。诗言志，歌永言，声依永，律和声。八音克谐，无相夺伦，神人以和。"夔曰："于！予击石拊石，百兽率舞。"①

先秦儒家所言的"文学"，实包括文章、博学两类，就文辞的体裁来说，时人分为"诗"和"文"两类。孔子论诗，诗的意义比较近于文学。作为当时最发达的体裁，诗自然承担了文学的大部分功能，最早研究文学的学问往往被称作"诗学"、"诗论"，即以对文学中最早产生的诗歌这一题材的研究来统领整个文学的研究。先秦的个人诗歌创作并不发达，诸子所论之诗多指基本成集的《诗经》，对《诗经》的评论相当于其文学观点，也就也正如《论语》所记："小子何莫学夫诗？诗可以兴，可以观，可以群，可以怨。迩之事父，远之事君，多识于鸟兽草木之名。"②《诗》承担了"下合物事、上显天道、中通人心"③的整个文学的任务。

到了两汉，文学的体裁有所丰富，由《诗经》一脉而来的四言诗在经学的影响下继承《雅》、《颂》的传统，多为讽喻诗和祭祀诗，如韦孟的《讽谏诗》和《在邹诗》，《郊祀歌》、《安世房中乐》等，"汉初四言，韦孟首唱，匡谏之义，继轨周人"④。

自汉武尊儒后，《诗》逐渐"经"化，"用史说《诗》、用礼说《诗》、用谶纬说《诗》、用美刺说《诗》、用稗文野说《诗》、用神话传说《诗》"⑤。《诗》不再承担整个文学的重任，而是"上显天道"，作为"为政"的工具。枚贾马扬追随楚辞传统赋体大量的创作，成为汉代文人表达志意、显示才情重要的文体，同时受四家诗的影响，汉赋的题材以宫室、台榭、田猎、祭祀、乐为主，承担了"下合物事、中通人心"的任务。清人章学诚也说"《汉志》分艺文为六略，每略各有总叙，论辨流别，义至详也。惟诗赋一略，区为五种，而每种之后更无叙论"⑥。

"自孝武立乐府而采歌谣，于是有代赵之讴，秦楚之风，皆感于哀乐，缘事而发，亦可以观风俗，知薄厚云。"⑦相和歌辞采于各地，是歌诗，依乐而唱，同《国风》一样，汉乐府继承《诗经》的现实主义传统，语言上由杂言趋向于五言。直到《古诗十九首》高水准的文人五言诗出现，五言诗开始脱离乐曲，独立创作，并抒发个人情感。五言诗的兴起，既是由于赋体本身润色鸿业、堆砌辞藻而造成的铺陈夸张、篇幅冗长以及个人情感、志向难以申发而使文人转向一种新兴的文体，另一方面也是四言诗向五言诗过渡的必然趋势。"四言不能不变而五言，古风不能不变而近体，势也，亦时也。"诗再次成为抒情言志的主要文体，与此同时，"各体互兴，分镳并驱"⑧。

从汉末到魏晋，诗逐渐摆脱经学的束缚，开始专指五言诗。五言诗在大量创作中逐渐形成自己的审美风格，《文心雕龙》言："若夫四言正体，则雅润为本；五言流调，则清

---

① 《孔安国传》，孔颖达正义《十三经注疏》，上海古籍出版社 1980 年版，第 106 页。

② 朱熹：《四书集注》，岳麓书社 2004 年版，第 202 页。

③ 赵奎英：《从儒家语言观看"文载道"与"诗言志"的歧异》，《山东师范大学学报》（人文社会科学版）2004 年第 3 期。

④ 范文澜注：《文心雕龙注》，人民文学出版社 1998 年版，第 66 页。

⑤ 金前文：《汉代"〈诗经〉学"说〈诗〉方法浅探》，《宜宾学院学报》2007 年第 9 期。

⑥ 章学诚：《校雠通义》，上海世纪出版集团 2007 年版，第 115 页。

⑦ 班固：《汉书》，中州古籍出版社 2007 年版，第 602 页。

⑧ 萧统：《昭明文选》，华夏出版社 2000 年版，第 2 页。

丽居宗。”[①]在实践中不仅区分了五言诗与四言诗，也区分了诗与其他文学体裁，“诗缘情”就是在这种文体分化的过程中产生的。

盖奏议宜雅，书论宜理，铭诔尚实，诗赋欲丽。

——《典论·论文》

诗缘情而绮靡，赋体物而浏亮。碑披文以相质，诔缠绵而凄怆。铭博约而温润，箴顿挫而清壮。颂优游以彬蔚，论精微而朗畅。奏平彻以闲雅，说炜晔而谲诳。

——《文赋》

《文心雕龙》分文为诗、乐府、赋、颂、赞、祝、盟、铭、箴、诔、碑、哀、吊、杂文、谐隐等15种，分别用一章论述，“原始以表末，释名以章义，选文以定篇，敷理以举统”。

由此可见，“诗言志”与“诗缘情”是在文学发展的不同阶段被提出的，同一个“诗”字，前者包含了整个文学，后者则指代了新兴的五言诗。“诗缘情”的提出是对五言诗创作风格的认识，强调诗歌的抒情性，并不是对“诗言志”的反拨。

（二）“志”与“情”的关系

“志”的本义也包含感情的内容，它与情不是绝缘的，实际上，从先秦到魏晋南北朝，“情”与“志”在论述中并没有被区分开来，如：

民有好、恶、喜、怒、哀、乐，生于六气。是故审则宜类，以制六志。

——《左传·昭公二十五年》

诗言是，其志也。

——《荀子·儒效》

屈心而抑志兮，忍尤而攘垢。

——《楚辞·离骚》

怀朕情而不发兮，余焉能忍与此终古。

——《楚辞·离骚》

抑志而弭节兮，神高驰之邈邈。

——《楚辞·离骚》

惜诵以致愍兮，发愤以抒情。

——《九章·惜诵》

情沉抑而不达兮，又蔽而莫之白。心郁邑而不达兮，又莫察余之中情。固烦言不可结而诒兮，愿陈志而无路。

——《九章·惜诵》

申旦以抒中情兮，志沈菀而莫违。

——《九章·思美人》

① 范文澜注：《文心雕龙注》，人民文学出版社1998年版，第67页。

吾将荡志而愉乐兮，遵江夏以娱忧。

——《九章·思美人》

夫何彭咸之造思兮，暨志介而不忘。方变其情岂可盖兮，孰虚伪之可长。

——《九章·悲回风》

诗者志之所之也，在心为志，发言为诗。情动于中而形于言。

——《毛诗序》

诗谓好恶之情也。

——《礼记·孔子闲居》

志憾恨而不逞兮一，抒中情而属诗。

——《楚辞·哀时命》

夫诗虽以情志为本，而以成声为节。

——《文章流别论》

诗者，盖志之所之也，情动于中而形于言。

——《文选序》

通过以上的例子可以看出，从先秦到魏晋，在诗作和论诗中，“情”、“志”并没有被仔细地区分，内涵上也没有对立。正如孔颖达《左传》昭公二十五年《正义》所说：“在己为情，情动为志，情、志一也。”“情、志一也”正是这一观点的概括。

“诗言志”反映早期的诗歌大都是集体的创作，“颂者，美盛德之形容，以其成功告于神明者也”[①]。颂诗感念先明、赞颂功业，创作主体不是作为个人而是集体意志的表达。雅诗多为公卿所作，献诗讽谏。十五国风被采集作为观民风、明教化、知得失，“主文而谲谏”，创作主体不明确，作品经过多方加工，理解作用于政治教化，这都使得国风不能作为个人作品。整部《诗经》的产生都是作为集体意志的体现，收录作品从西周初至春秋中叶，随着社会历史的变迁，一方面，礼乐制度的崩坏，《诗经》的内容基本定型；另一方面，诸侯争霸，各方面交流频繁，《诗经》作为一切文化活动的载体，“以微言相感，当揖让之时，须称《诗》以喻其志”[②]。政治、外交活动中的“称诗喻志”之“志”远不是原诗所要呈现的。人们心中有目的性的表达，借用原诗以表达另外的含义，“断章取义”。人们对于诗歌的认识并不是指向诗歌的创作，而是出于现实功用和政治教化的需要来用诗。正如《论语》所言，在《诗》“兴观群怨”的特点的背后，指向的是“迩之事父，远之事君”的政教目的，以及“多识于鸟兽草木之名”的学习目的。

“诗缘情”，诗歌由最初的集体创作过渡到诗人的单个人创作，尤其以五言诗的发展为重要契机，诗歌与其他文体各自特征规范确定，诗歌不再承担整个文学的重担，而其“中通人心”的特点显露。传统四言诗代表《诗三百》被作为儒学经典已不再是世人传情达意的主要媒介，五言诗迅速发展，在这种独立的个人创作中，作者体会到了个人的情感在诗歌创作中的重要作用，诗歌的抒情性得以凸显。“诗缘情”中的情主要指诗人的个体之情，

① 郭绍虞：《中国历代文论选》（一卷本），上海古籍出版社 1980 年版，第 30 页。

② 班固：《汉书》，中州古籍出版社 2007 年版，第 601 页。

“诗言志”中的“情”主要指集体之情。

（三）由意到言的过程

那么，情感是如何在诗歌创作中发挥作用的呢？“情动于中而形于言”（《毛诗·大序》），“诗缘情”的情，则主要是“物感之情”，“喜柔条于芳春，悲落叶于劲秋”[1]，外在的景物的变化引起诗人情感的起伏，情感由思维加工再转化为构思，“物沿耳目，而辞令管其枢机”[2]。或是情感郁结于心，触物而发，这种对自然景物的审美化、抒情化，是南朝山水诗的重要特征。在文学创作过程中，言、象、意的关系是紧密的，难以细分，因物感情，物象触动情感，生发意念，意念变成有目的性的表达，借助语言创造意象，抒发情感。“若乃春风春鸟，秋月秋蝉，夏云暑雨，冬月祁寒，斯四候之感诸诗者也。”[3]大量的咏物诗与山水诗都是源于物感而作，然而仅仅限于由物而来的情绪，将笔墨集中于对物象的描摹，“情必极貌以写物”。只注重本意意蕴，缺乏审美意蕴，也就是说，将“诗缘情”变为“诗言情”。言象意中的言，不仅仅是语言，更重要的是一种“目的性的逻辑思维”，将物感之情升华，“情动于中而行于言”，“在己为情，情动为志”。物象能够转化为意象，除了依靠人的主观情感，还要依靠人的思想水平，也就是“风骨兴寄”。

通过上述分析，我们可以看出“诗言志”和“诗缘情”并不是对等的概念，而是文学发展的不同阶段性认识，也就是说，“诗缘情”是在“诗言志”的基础上发展而来的，对于诗言志的误读，往往在于将“诗”简单理解为诗歌，“志”的内涵也被固定局限为合乎礼教规范的思想，“言志”变为“缘志”，即“志”成为诗歌创作的出发点，诗言志成为政教之说。对诗缘情的误读则是未能理清由“意”到“言”的创作过程，“缘情”变为“言情”。事实上，“诗缘情”的提出并不是对“诗言志”的反拨，而是随着文学发展对文学本身的文学性的强调，魏晋南北朝文学自觉就是在儒学文艺观的基础上对文学性的高举。

二、魏晋南北朝文学性的高举与汉代儒学

魏晋南北朝文学自觉主要表现在三个方面：一是文学与非文学的区分；二是纯文学与杂文学的区分；三是文学的审美自觉性。汉代作为先秦与魏晋的中间时期，为魏晋南北朝的文学自觉做了一系列的准备。

首先是文体的丰富。《文选序》指出：

> 自炎汉中叶，厥途渐异：退傅有“在邹”之作，降将著“河梁”之篇。四言五言，区以别矣。又少则三字，多则九言，各体互兴，分镳并驱。颂者，所以游扬德业，褒赞成功。吉甫有“穆若”之谈，季子有“至矣”之叹。舒布为诗，既言如彼；总成为颂，又亦若此。次则箴兴于补阙，戒出于弼匡，论则析理精微，铭则序事清润，美终则诔发，图像则赞

---

① 郭绍虞：《中国历代文论选》（一卷本），上海古籍出版社1980年版，第66页。

② 范文澜注：《文心雕龙注》，人民文学出版社1998年版，第493页。

③ 郭绍虞：《中国历代文论选》（一卷本），上海古籍出版社1980年版，第107页。

> 兴。又诏诰教令之流，表奏笺记之列，书誓符檄之品，吊祭悲哀之作，答客指事之制，三言八字之文，篇辞引序，碑碣志状，众制锋起，源流间出。[①]

一方面，诗、赋、颂、赞、箴、戒、铭、诏、表、笺等文体丰富了文学体裁类别；另一方面，在原有的文体基础上拓宽了表现，如诗衍生了五、七言，杂言，赋出现了抒情小赋。其次是文学观的发展。一方面，在文体发展的基础上对文学与非文学进行区分；另一方面，肯定楚辞的自我抒情与审美化，并且在诗赋的创作中不自觉地追求，如古诗十九首。这些都为魏晋南北朝对文学性的强调做准备。

"诗缘情而绮靡"作为文学自觉的重要标志，在于其肯定个人情感在诗歌创作中的作用，诗歌是表达创作主体内心感受与意志，强调创作的个人性与独特性。"缘情"使得自我情感可以正当地表达，不必借助集体之声或者隐藏在政治教化的目的之下，这种独立得益于两个方面：一是文学与非文学、纯文学与杂文学的区分，二是个体自我情感表达的合理性得到肯定。"诗言志"与"诗缘情"这两个概念，实质上是对文学与非文学、纯文学与杂文学的区分。

《论语·先进》中提到"文学"是与德行、言语、政事并列的孔门四科之一，在先秦，"文学"包括文章、博学，主要指一般文化。作为最早发生的题材诗歌，也主要是关注于其文化内涵。随着文学活动的逐步发展和演化，诗的独特的审美意义也受到重视。《论语》所记"小子何莫学夫诗？诗可以兴，可以观，可以群，可以怨。迩之事父，远之事君，多识于鸟兽草木之名"[②]，审美功能与文化功能并存，诗歌承担了文学的主要任务。《毛诗序》阐述了诗歌的特征、内容、分类、表现方法和社会作用等，是对先秦儒家诗论的总结。其中对诗的言志抒情和六义阐说，体现了文学的审美功能，是区分于其他非文学的重要属性。"诗者志之所之也"，是对"诗言志"的发展。《七略》中单独出《诗赋略》一部，在目录学上区分了文学与非文学的学术著作，班固根据《七略》作《艺文志》，以经与子为艺，诗赋为文，这是汉人对文学的进一步认识上，对文学和学术的区分。

宋文帝建立"四学"——文学、儒学、玄学和史学。自此，文学第一次清晰地从文化概念中分离，与非文学区分开来。与此同时，文学体裁的发展使得对文学各个体裁的风格特点有了明确的区分和认识，并且有了"文""笔"之分，即纯文学与杂文学的区分。

"文笔"一词最早出于东汉王充的《论衡·超奇》，泛指文章，未有所区别"文"与"笔"。文笔之分始于南朝，《宋书·颜竣传》："太祖问延之：'卿诸子谁有卿风?'对曰：'竣得臣笔，测得臣文。'"[③]范晔《狱中与诸甥侄书》："性别宫商，识清浊，斯自然也。观古今文人，多不全了此处；纵有会此者，不必从根本中来。言之皆有实证，非为空谈。年少中谢庄最有其分，手笔差易，文不拘韵故也。"[④]以是否有韵作为区分文笔的标准，这在当时是一个普遍接受的标准，刘勰《文心雕龙·总术》："今之常言，有'文'有'笔'，以为无韵者'笔'也，有韵

---

① 萧统：《昭明文选》，华夏出版社2000年版，第2页。

② 朱熹：《四书集注》，岳麓书社2004年版，第202页。

③ 沈约：《宋书》，中华书局2008年版，第1959页。

④ 严可均编：《全上古三代秦汉三国六朝文之〈全晋文〉》，中华书局1965年版，第223页。

者'文'也。"南朝学者不仅从理论上讨论文笔,而且将各种文体具体地区分为"文"或"笔",如《文镜秘府论》引《文笔式》云:"制作之道,唯笔与文。文者,诗、赋、铭、颂、箴、赞、吊、诔等是也;笔者,诏、策、移、檄、章、奏、书、启等也。"[①]范文澜《文心雕龙注》指出:"自《明诗》至《哀吊》皆论有韵之文,《杂文》、《谐隐》两篇,或韵或不韵,故置之于中;《史传》以下,则论无韵之笔。"[②]萧统主持编选《昭明文选》,以"事出于沉思,义归乎翰藻"为选文标准,不以有韵为"文"。"昭明所选,名之曰"文",盖必文而后选也,非文则不选也。经也,子也,史也,皆不可专名之为文也。故昭明《文选序》后三段特明其不选之故,必'沉思''翰藻',始名之为'文',始以入选也。"[③]梁元帝萧绎《金楼子·立言》:

> 然古之学者有二,金之学者有四。夫子门徒,转相师授,通圣人之经者谓之儒。屈原、宋玉、枚乘、长卿之徒,止于辞赋,则谓之文。今之儒博穷子史,但能识其事,不能通其理者,谓之学。至如不便为诗如阎纂,善为章奏如伯松,若此之流,泛谓之笔。吟咏风谣,流连哀思者,谓之文。而学者率多不便属辞,守其章句,迟于通变,质于用心。学者不能定礼乐之是非辨经教之宗旨,徒能扬榷前言,抵掌多识,然而挹源知流,亦足可贵。笔退则非谓成篇,进则不云取义,神其巧惠,笔端而已。至如文者,惟须绮縠纷披,宫徵靡曼,唇吻遒会,情灵摇荡。[④]

将"文"的标准概括为三点:"绮縠纷披"即华辞丽藻,"宫徵靡曼,唇吻遒会"即音韵和谐,"情灵摇荡"即情感充沛。在声律之外,二萧都提出了情感和辞藻是"文"的重要因素。"文"是情感的文学,"笔"是理知的文学。那么"文""笔"之分也就和近人所说的纯文学杂文学之分有些类似了。文体的丰富与其特点和使用范围的明确,使得文学的作用分散,个人意志得以自由舒展。文人在"文"的创作中表现独特的个人气质和一些不受政教约束的情感,经过构思,加以藻饰,配合音韵,形成独特的审美体验。那么,这种对于情感和藻饰的认同与追求,是从何而来的呢?

汉代的文学批评主要集中在六经与《骚》,自儒学被立为官学正统以来,诗教传统成为衡量一切文艺作品的标准。思想内容上,"迩之事父,远之事君"是最高标准,"多识于鸟兽草木之名"是博学的要求,如《史记·太史公自序》:

> 我欲载之空言,不如见之于行事之深切著明也。夫《春秋》,上明三王之道,下辨人事之纪,别嫌疑,明是非,定犹豫,善善恶恶,贤贤贱不肖,存亡国,继绝世,补弊起废,王道之大者也。《易》著天地、阴阳、四时、五行,故长于变;《礼》经纪人伦,故长于行;《书》记先王之事,故长于政;《诗》记山川、溪谷、禽兽、草木、牝牡、雌雄,故长于风;《乐》乐所以立,故长于和;《春秋》辨是非,故长于治人。是故《礼》以节人,《乐》以发

① 卢盛江:《文镜秘府论汇校汇考》,中华书局2006年版,第1238页。

② 范文澜注:《文心雕龙注》,人民文学出版社1958年版,第5页。

③ 阮元:《揅经室集》,中华书局1993年版,第608页。

④ 许逸民校笺:《金楼子》,中华书局2011年版,第966页。

和，《书》以道事，《诗》以达意，《易》以道化，《春秋》以道义。[①]

如当时的文人创作主要在于辞赋，扬雄论赋要求外在的铺陈事物和内在的讽谏一体，把赋分为"诗人之赋"和"辞人之赋"。《法言・吾子》中论赋：

或曰："赋可以讽乎？"曰："讽乎！讽则已，不已，吾恐不免于劝也。"或曰："雾縠之组丽。"曰："女工之蠹矣。"剑客论曰："剑可以爱身。"曰："狴犴使人多礼乎？"[②]

这段话的观点是，赋必须以讽喻为旨，否则像景差、唐勒、宋玉、枚乘之赋，辞赋虽巧，惑乱圣典。班固《两都赋序》曰："赋者，古诗之流也。""或以抒下情而通讽谕或以宣上德而尽忠孝，雍容揄扬，著于后嗣，抑亦《雅》《颂》之亚也"[③]，同样肯定赋的讽喻职能。将赋与《诗》相提并论，也就是说，赋不是作者个人抒情言志的文体，而是用于政教，在赋中个人情感不仅是不必要的，甚至有碍"事君"。

在汉赋的具体写作上，则呈现出"多识于鸟兽草木之名"的知识化倾向。在儒学"博学"要求的传统下，在"体国经野，义尚光大"(《文心雕龙・诠赋》)的时代精神的感召下，汉赋自然而然地秉承着"体物"特性，"拟诸形容，则言务纤密；象其物宜，则理贵侧附"[④]。在审美上，汉代文学批评则表现为重质轻文。董仲舒《春秋繁露・玉杯》：

志为质，物为文。文著于质，质不居文，文安施质？质文两备，然后其礼成。文质偏行，不得有我尔之名。俱不能备而偏行之，宁有质而无文。虽弗予能礼，尚少善之，介葛卢来是也。有文无质，非直不子，乃少恶之，谓州公实来是也。然则《春秋》之序道也，先质而后文，右志而左物。[⑤]

经学的重质思想影响到文学评论，《法言・吾子》：

或曰："女有色，书亦有色乎？"曰："有。女恶华丹之乱窈窕也，书恶淫辞之淈法度也。"或问："屈原智乎？"曰："如玉如莹，爰变丹青。如其智！如其智！"或问："君子尚辞乎？"曰："君子事之为尚。事胜辞则伉，辞胜事则赋，事、辞称则经。足言足容，德之藻矣！"[⑥]

文章以内容为本，虽有藻饰，不能超越法度，这种重质的倾向发展为尚用思想。王充《论衡・佚文》指出："诗三百篇，一言以蔽之，曰《思无邪》。《论衡篇》以十数，亦一言也，曰

① 司马迁：《史记》，中华书局2013年版，第3975页。
② 扬雄：《法言》，中华书局2012年版，第30页。
③ 严可均编：《全上古三代秦汉三国六朝文之〈全晋文〉》，中华书局1965年版，第235页。
④ 严可均编：《全上古三代秦汉三国六朝文之〈全晋文〉》，中华书局1965年版，第135页。
⑤ 董仲舒：《春秋繁露》，中华书局2012年版，第27页。
⑥ 扬雄：《法言》，中华书局2012年版，第38—39页。

疾虚妄。”[①]“疾虚妄，务实诚”是王充《论衡》的中心思想，要求文章来源于现实并用于现实，王充在《论衡》中反复强调文章尚用，重视文章的社会功用。

为世用者，百篇无害，不为用者，一章无补。如皆为用，则多者为上，少者为下。

——《论衡·自纪》

夫文人文章岂徒调墨弄笔，为美丽之观哉？载人之行，传人之名也。善人愿载，思勉为善；恶人恶载，力自禁裁。然则文人之笔，劝善惩恶也。

——《论衡·佚文》

故夫贤圣兴文也，起事不空为，因因不妄作，作有益于化，化有补于正。

——《论衡·对作》

在经学的影响下，汉代文学批评呈现出政教化、知识化、重质化的特点，与此同时，对屈骚的批评则走上了另一条道路。《离骚》本身是屈原的一首长篇抒情诗，屈原作为一个独立的个体，在诗中塑造了一个高洁的主人公形象，通过这个形象来抒情，处处有我。关于《离骚》的主旨，“离骚”二字的解释，基本为两种：一是司马迁《史记·屈原贾生列传》引西汉淮南王刘安《离骚传》之语：“离骚者，犹离忧也。”[②]二是班固《离骚赞序》：“屈原以忠信见疑，忧愁忧思而作《离骚》。离，犹遭也；骚，忧也，明已遭忧作辞也。”[③]这两种解释都肯定了《离骚》的情感是“忧”。《离骚》的抒情，抒的是一己之情，这种情感出于诗人的现实经历，是丰富而复杂的。《离骚》将自我的感情突出，个体不再是群体的代言，情感自由喷薄，有意为文。

从两汉到魏晋南北朝，对屈原与《楚辞》争论一直不止，从淮南王刘安作《离骚传》，司马迁为屈原作传，保存了《离骚传》的部分内容，如“《国风》好色而不淫，《小雅》怨诽而不乱，若《离骚》可谓兼之。蝉蜕浊秽之中，浮游尘埃之外，皎然泥而不缁，推此志，虽与日月争光可也”[④]。刘安说“屈平之作《离骚》，盖自怨生也”，用传统儒学的“兴观群怨”中的“诗可以怨”来解释《离骚》的创作意图，并把《离骚》与已经立为经典的《诗经》中的《国风》和《小雅》相提并论，认为它兼有二者之长，对《离骚》极为推崇。司马迁肯定屈原的人格以及“直谏”、“竭忠尽智以事其君”。此二人的充分肯定，提高了《离骚》以及屈原的地位。

之后汉代的学者“更多的讨论《楚辞》是否符合讽喻之旨，是否符合《诗》中所体现的审美原则”[⑤]。刘歆《七略·诗赋略·序》论说“大儒孙卿及楚臣屈原离谗忧国，皆作赋以风，咸有恻隐古诗之义”[⑥]，同样认为屈原的创作是继承了《诗经》讽喻的传统，是符合《诗大序》“上以风化下，下以风刺上，主文而谲谏，言之者无罪，闻之者足以戒，故曰风。至于王道衰，礼义废，政教失，国异政，家殊俗，而变风变雅作矣”。而班固对屈原提出了批评，认

① 章学诚：《校雠通义》，上海世纪出版集团2007年版，第1181页。

② 周殿富选编：《楚辞论》，吉林人民出版社2003年版，第74页。

③ 周殿富选编：《楚辞论》，吉林人民出版社2003年版，第110页。

④ 周殿富选编：《楚辞论》，吉林人民出版社2003年版，第74页。

⑤ 赵晓东：《王逸以〈诗〉注〈楚辞〉的历史渊源及其创新》，《名作欣赏》2013年第2期。

⑥ 周殿富选编：《楚辞论》，吉林人民出版社2003年版，第109页。

为他“露才扬己”，不和诗教，但他同时肯定了《楚辞》的艺术价值，“然其文弘博丽雅，为辞赋宗，后世莫不斟酌其英华，则象其从容”①。王逸作《楚辞章句序》反驳班固的观点，“是亏其高明，而损其洁净者”，同时将《离骚》与五经相应：

> 夫《离骚》之文依托五经以立义焉。“帝高阳之苗裔”则“厥初生民时惟姜原”也。“纫秋兰以为佩”则“将翱将翔佩玉琼琚”也。“夕揽州之宿莽”则《易》“潜龙勿用”也。“驷玉虬而乘鹥”则“时乘六龙以御天”也。“就重华而陈词”则《尚书》《咎繇》之谋谟也。登昆仑而涉流沙则《禹贡》之敷土也。②

进一步地将《离骚》经典化，并且注重它的文学价值，“名儒博达之士，着造词赋，莫不拟则其仪表，祖式其模范，取其要妙，窃其华藻”③。

到魏晋南北朝时期，对楚骚的评论更为丰富，多为赞颂其文辞，并且《风》《骚》逐渐并称，如：

> 《楚辞》之赋，赋之善者。
>
> ——《文章流别论》
>
> 孙卿屈原，遗文炳然。
>
> ——《三都赋序》
>
> 若夫悱恻芳菲，楚骚为之祖。
>
> ——《雕虫论并序》

刘勰《文心雕龙》作《辨骚》一篇，在陈述汉人评论之后，作出“同于《风》《雅》”的判定，同时对《楚辞》丰富的体裁、情感、风格、文辞等作出高度评价，“惊才风逸，壮志烟高。山川无极，情理实劳”。钟嵘《诗品序》给出楚辞“五言之滥觞”的判定，将其与《风》《雅》并列为诗人创作的渊源继承，都是在自汉以来不断提高楚骚地位的基础上得来的。魏晋时人更加注重楚骚的艺术价值，也是其审美自觉的体现。他们将《楚辞》经典化，一方面是肯定其自我抒情，是追求个体价值；另一方面是追求文学形式美，为其“绮靡”提供依据，这是对汉代儒学的继承与发展。

三、明道、征圣、宗经与儒学发展

《文心雕龙》作为魏晋南北朝重要文论著作，开篇立出“明道”、“征圣”、“宗经”三点作为论“文”的起点，而这三点正是传统儒学的重要观点。刘勰作此安排，很明显是继承了儒学思想，在探讨文学的艺术性的同时追求文学的社会价值。这种思想在当时的文论中是

---

① 严可均编：《全上古三代秦汉三国六朝文之〈全晋文〉》，中华书局 1965 年版，第 250 页。

② 周殿富选编：《楚辞论》，吉林人民出版社 2003 年版，第 55 页。

③ 周殿富选编：《楚辞论》，吉林人民出版社 2003 年版，第 55 页。

常见的，如《典论·论文》:“盖文章，经国之大业不朽之盛事。”魏晋南北朝文人在论文时，对儒学的文学性和思想性都有所继承，但这种继承也是有所发展的。

孔子论道将道的本质定为“仁”，《论语·学而》“君子务本，本立而道生，孝悌也者，其为仁之本欤”[①]。《中庸》“达道者五，君臣父子夫妇昆弟朋友”[②]，达道就是实践合理的生活方式，就是贯彻“仁”的行为。因此，孔子论文遵循“修辞立诚”的原则，文学观是偏重在质，而所谓质，又是以人伦道德为标准的。

孟子论道继承了孔子的求仁之道，“仁也者，人也。合而言之，道也”。但孟子的道是指向内心，以“性善论”为基础，注重“养气”。“有诸内，必形诸外”，也就是说内在精神必体现于外在形色，外在形色也必然表现内在精神。所以孟子的批评观强调“知言”，通过言辞了解作者的思想性情，“诐辞知其所蔽，淫辞知其所陷，邪辞知其所离，遁辞知其所穷”[③]。也就是说，言辞是性情之所发，表达的是内心。

荀子论道在继承孔子观点的基础上有了新的发展，“先王之道，仁之隆也，比中而行之。曷谓中曰:礼义是也。道者，非天之道，非地之道，人之所以道也，君子之所道也”[④]。荀子强调了礼义，不同于孟子向内在性情求道，荀子认为道是客观的，不以人的意志所转移。荀子在谈论言辞时说“言而非仁之中也，则其言不若其默也，其辩不若其呐也；言而仁之中也，则好言者上矣，不好言者下也”[⑤]。《非相》即文必须符合道，在合道的基础上发挥文的作用。

荀子明确指出“圣人也者，道之管也。天下之道管是矣，百王之道一是矣，故诗书礼乐之道归是矣。诗言是其志也，书言是其事也，礼言是其行也，乐言是其和也，春秋言是其微也”[⑥]，即是言求道需法圣人，圣人以诗书礼乐春秋来言道。荀子奠定了明道、征圣、宗经的传统文学观，这在东汉为扬雄所继承。

> 或问君子言则成文，动则成德，何以也？曰:其弸中而彪外也。
>
> ——《法言·君子》
>
> 好书而不要诸仲尼，书肆也；好说而不要诸仲尼，说铃也。
>
> ——《法言·吾子》
>
> 书不经，非书也；言不经，非言也。言书不经，多多赘矣。
>
> ——《法言·问神》

刘勰的《文心雕龙》前三篇《原道》、《征圣》、《宗经》既是对传统儒家文学观的继承，也有着自觉的发展。《原道》篇中的“道”指向自然之道，文的生成是由自然之道发衍而出，“文之为德也大矣，与天地并生者何哉？夫玄黄色杂，方圆体分，日月叠璧，以垂丽天之象；

---

① 朱熹:《四书集注》，岳麓书社 2004 年版，第 51 页。

② 朱熹:《四书集注》，岳麓书社 2004 年版，第 33 页。

③ 朱熹:《四书集注》，岳麓书社 2004 年版，第 405 页。

④ 王先谦:《荀子集注》，中华书局 2012 年版，第 121—122 页。

⑤ 王先谦:《荀子集注》，中华书局 2012 年版，第 86 页。

⑥ 王先谦:《荀子集注》，中华书局 2012 年版，第 133 页。

山川焕绮，以铺理地之形：此盖道之文也”[①]。这里的“文”同样是指自然之文采。而人的文章也是由自然之道而来，“为五行之秀，实天地之心，心生而言立，言立而文明，自然之道也。”这种“自然之道”是魏晋玄学对儒学的渗透，扩大了道的内涵。《原道》篇反复论述了由道生文的必然性，文是道的外化，表现在人的身上就是心和人文、政化贵文、事迹贵文、修身贵文。“故知道沿圣以垂文，圣因文以明道”，“文以明道”继承了儒学的文学观，同时发展了道的内涵。

征圣是要以圣人为师，圣人达道，一方面是通过言行思想，另一方面是用恰当的文辞立言明道，“志足而言文，情信而辞巧”。圣人所著文章是为文的典范，“或简言以达旨，或博文以该情，或明理以立体，或隐义以藏用”。刘勰论征圣，侧重于圣人论文的文学技巧和审美标准，论宗经，则将五经作为各类文体的源头，“故论说辞序，则《易》统其首；诏策章奏，则《书》发其源；赋颂歌赞，则《诗》立其本；铭诔箴祝，则《礼》总其端；记传盟檄，则《春秋》为根”[②]。制定文章规格，学习文章词汇，这是与魏晋文学自觉对文学体裁区分和审美自觉追求的体现。后人宗经，不拘于摹古，是对东汉改良儒学的扬弃。

总之，从先秦到魏晋，文学自身的不断发展以及社会变迁使文学观也随之发展，魏晋文学自觉的成就是基于前代量变的基础上生成的，与先秦两汉儒学不可分割对立，“诗言志”与“诗缘情”之间并非一片空白，一蹴而成。

（指导教师：周薇教授）

① 范文澜注：《文心雕龙注》，人民文学出版社 1998 年版，第 1 页。

② 范文澜注：《文心雕龙注》，人民文学出版社 1998 年版，第 22 页。

新时期中外神话比较研究综述

文学院 2011（2） 陈 晨

一、绪 论

本文的研究对象正是新时期以来国内学界在中外神话比较研究领域取得的学术成就、存在的问题与不足以及研究的趋势与走向。

随着国内学者对神话研究的深入，越来越多的优秀成果展现在我们眼前。与此同时，一些学者也开始对研究成果进行综述和评价。其中关于中国古代神话研究的综述最多，如黄震云与杨胜朋的《20 世纪神话研究综述（上）》和《20 世纪神话研究综述（下）》、乔恩杰的《新时期中国神话史和神话学史研究综述》、李淑清的《民国时期的神话学研究综述》等。此外，也有不少学者对国内的西方神话（以希腊神话为主）研究成果进行述评，如何江胜的《西方神话研究综述》、贡觉的《古希腊神话研究综述》以及赵谦的《国内外希腊神话研究综述》等。还有一些学者对某一方面的神话研究成果进行综述，如陈会学的《满洲始祖神话研究综述》、赵红的《20 世纪以来嫦娥神话研究综述》、湛利华和张竹君的《近年女娲补天神话研究综述》，以及赵红的《二十世纪以来羿神话研究综述》等。这些综述研究中虽或多或少涉及中外神话比较研究的情况，但都未作为重点进行详细讨论。

神话比较研究方向众多，研究者不计其数。就目前而言，根据中国知网全文数据库的检索，涉及中外神话比较研究的学术论文（含学位论文）已超过 1300 篇，还有超过 50 部的学术著作，成就十分辉煌。但笔者发现目前尚无人对这方面的成果进行研究综述。由于中外神话比较研究体系整体庞大，内容庞杂，无法进行全面综述，故选择其中将中外神话的神话形象、共同母题以及文化蕴含当作研究重点的论文进行分析整理。经笔者初步搜索，共找到此类论文 142 篇。

之所以选择这三个方面作为研究综述的内容，是因为它们在研究的内容、特色、问题、趋势等方面均具有典型性和代表性。首先，神话形象作为神话故事的基本构成要素，是远古先民在现实基础上加以创造性的想象形成的，同时具有现实性和创造性，并在一定程度上集中体现了远古时期的文化和历史要素。其次，母题理论在神话比较研究方面得以建构和运用是新时期以后才开始的，作为研究的新热点当予以关注。而神话母题研究不仅是世界各种文化母题中的研究焦点之一，还是很多母题研究的源头，它使得神话研究的文化批评色彩更趋浓厚，是当下文学研究、神话研究的学术前沿。第三，中外神话文化蕴含的比较是新时期国内学者研究最多的方向之一，不仅有大量学术论文进行专门阐述，而且几乎所有研究中外神话比较的学者都会或多或少进行此方面的探讨。故本文选择以上三方面对中外神话比较研究的成果进行述评。

二、新时期中外神话比较研究述评

（一）神话形象的比较研究

1. 神话形象的具体化研究

将中国古典神话中的羿与希腊神话中的赫拉克勒斯进行比较，是新时期人物形象比较中的热门话题。2000 年 6 月，张国清发表论文《羿与赫拉克勒斯神话之比较》，就羿与赫拉克勒斯的神话进行了全方位的比较。文章分别从两者建功立业的条件与背景、建功者所奉使命与个人目的、两者所建功绩及其社会意义、两者的结局和造成如此结局的原因、两者体现出的东西方文化传统这五个方面进行细致的比较，并得出虽然二者在条件背景、所奉使命、个人目的及斗争对象上有相似之处，但两者的本质却是不同的，而正是这种差异构成了东西民族文化差异的结论。同年 9 月，漆凌云在《齐齐哈尔大学学报》发表论文《从英雄神话看中国和希腊文化精神之差异——以羿和赫拉克勒斯为例》，将两位英雄虽创下非凡而相似的业绩却命运迥异作为切入点，深刻探讨其产生差异的原因。最终作者将羿的悲剧归结为是深受中国伦理思想文化的影响，而赫拉克勒斯美好的结局则是与希腊对力量崇拜的精神文化内涵密不可分。到 2004 年，张国清又于《晋阳学刊》上发表了论文《羿与赫拉克勒斯神话的不同文化内涵》，文章将羿与赫拉克勒斯的不同结局和造成这种不同结局的原因总结为血缘关系的问题。然后对二者所体现的不同文化特征进行分析，认为不管是东方还是西方最基本的观念是万物有灵论。但由于地理环境及气候环境的不同，两则神话又体现出了东西方各民族不同的文化特性。此外，两则神话还具有相异的道德标准及心理素质。同年 12 月，张国清再次发表《羿与赫拉克勒斯神话不同死亡观之比较》一文，虽仍是从两位英雄的相似功绩、不同结局出发，但创造性地提出从东西方的不同死亡观对神话进行解读，并进一步分析中西方的文化差异。作者提出“这些不死的灵魂在人死后又到什么地方去了呢?”这个问题是成为世界各民族冥界神话的根源。通过赫拉克勒斯的神话表达了西方人认为：死是可以被征服的。而通过羿的神话则表达了东方的死亡观：与死抗争，逃避死亡是徒劳的；超越时间，超越凡世是艰难的；死亡是难以征服的。2011 年，周艳芳在《成都大学学报》发表论文《英雄的落寞与无奈——羿与赫拉克勒斯的悲剧比较》，将贯穿两人一生的悲剧色彩进行比较，发现赫拉克勒斯的悲剧是：命运悲剧和过失悲剧。而羿的悲剧是：社会悲剧和家庭悲剧。作者同时又将两者的悲剧归结为不同的政治因素，并对两则神话造成的不同影响进行了比较。这两位英雄人物无论是经历还是结局都具有极强的可比性，所以研究者颇多，且均具不同的研究视角，新的观点亦层出不穷。

除了羿与赫拉克勒斯的比较，国内学者还将中外神话中其他相似人物形象进行了多方位比较。萧兵的《盗火英雄：夸父与普罗米修斯》中将夸父的逐日之举认为是对火种的追求，所以将其与希腊神话中的盗火神话主人公普罗米修斯进行各方面对比。2006 年 2 月，方辉在《理论与实践》上发表的《中外神话相似性赏析》，分别将后羿与美索不达米亚英雄吉尔伽美什、鲧与普罗米修斯以及神农氏与阿斯克利皮奥斯进行比较，发现古今中外的英雄神话无不是通过歌颂各种自然神或神化的英雄，来表达征服自然的决心或建立不朽功业的心愿，具有积极意义。王志桃在 2007 年 9 月发表论文《赫拉克勒斯和大禹——中希神话比较》，从两位神话英雄的人形人性，其神话反映的艺术、宗教文化以及神话本身的史化出发进行比较，认为他们虽同样反映了人类与大自然作斗争的勇气、智慧以及不屈不挠的反抗精神，但因为中西文化背景和生活地域的相异，使得两者表现也不尽相同。2012 年，付飞亮和元绍丞发表论文《中西战神：关羽和阿瑞斯》，通过对关羽与阿瑞斯的形象、经历的比较，反映出中西方对各自战神的不同态度，并指出这种立场是源于中西方战神所拥有的不同文化内涵。最后提出要加强文化的交流与学习，人类文明才能和谐相处的观点。2013 年，吴潘阳和倪蓉发表《中西神话英雄人物塑造对比——珀尔修斯与孙悟空》一文。此文通过对珀尔修斯与孙悟空的外形、特点的分析，力图挖掘中西神话在塑造英雄人物形象以及宣扬英雄主义上的差别。此外，陈挺的《比较文学简编》一书也提到中西方神话传说的比较，其中以主神形象的比较最为精彩。作者将古埃及主神“赖”（Ra），古巴比伦主神“阿那”（Ana）、“伊阿”（Ea）、“恩里尔”（Enlil），印度主神“帝释天”（Indra），这三个古代东方大国主神形象进行比较，发现其形象都为刚强威武的男性且各自代表着不同的自然力。而后将希腊主神“宙斯”以及中国主神“黄帝”做了多方面的详细的比较，如从二者同居高山、与神圣的动物相关等方面分析其共同特征，从其所处神系族谱、注重夫妻配偶关系和父子血缘关系以及承袭方式的不同等出发，分析主神身上集中体现的历史与文化因素。

以上成果都是中外神话中男性形象的对比研究，而新时期以来的中外神话比较研究还包括了女性神话形象的探讨。1995 年刘渊在《外国文学研究》第 4 期发表了《同主题变奏——“嫦娥奔月”和“美狄亚出逃”的比较研究》一文，文章采用弗莱原型批评理论和列维·斯特劳斯结构主义神话学理论进行分析。在分析神话反映的题旨方面，作者认为两个神话具有女性向男权社会挑战的隐喻表达的一致性，但二者形象的丰满程度和情节差异反映的是中西文化的差异。1998 年，张沛在《复旦学报》发表《嫦娥与提托诺斯：两个变形神话故事的比较》一文。作者以“变形”作为研究的切入点，分析比较了嫦娥神话与提托诺斯神话，并深入研究，提出中国文学较“世俗性”、西方文学较“个体性”的观点。但“世俗性”与“个体性”是相辅相成、相互发展的，这种差异造成了中西文学发展的差异。2005 年《西北民族大学学报》第 5 期上刊登了赵迪奉的论文《追求永恒的痛苦——解析姮娥与夏娃神话》。文章从两者神话的叙事模式和视角设定方面出发，发现了其相似之处，又从两则神话的文化价值、哲学意义、审美特征等方面入手，发现了明显的差异并深入分析了造成差异的原因。随着研究的深入，还有学者发现神话中的人物形象不仅可以同性相比，而且由于男女形象之间也存在一定异同，同样具有比较的必要性与可行性。朱超威和李君兰的论文《从女娲与普罗米修斯造人神话看东西方文化差异》，就从中西神话中造人神祇的性别、形象、情节以及造人材料、人类的等级观念入手，从这五个方面进行深入比较分析，试图探究其异同之处。同样研究此内容的还有李萍的《泥土造人之中西比较》(《作家杂志》2009 年第 3 期)和丁超俊的《窥探女娲造人与普罗米修斯造人神话下的中西文化》(《文化论坛》2011 年第 20 期)。这些成果都从比较分析的角度丰富了有关女娲、普罗米修斯的研究成果。

除上述同性相比、异性相比的研究成果外，还有一些研究虽然成果不多，但颇可一提，这就是中外神话比较研究中的特殊形象比较。如 1993 年石峰发表的论文《临界与神秘：神话中“半人”形象的生成研究》，将中国、日本、埃及和非洲东部坎巴族(Kamba)神话中的“半人”形象进行分析比较，发现“半人”形象并不是凭空捏造的，而是人们建立在从临界到神秘这个认识过程中的一种心理投射。2012 年陈琬柠发表论文《浅谈中西神话传说中的蛇形象》，将中西神话中的蛇从形象及象征意义方面进行比较，简要分析了蛇形象身上所承载的中西文化不同的内在蕴涵。此外还有杨江华的《中日两国的偶生神神话对比研究》，将中日神话中的偶生神从婚姻内容、媒介物及体现意识方面分析发现相似点，从审美角度、所含态度及婚姻目的方面分析发现差异。彭兆荣的《和谐与冲突：中西神话原型中的“二女一男”》一文更是全面深入地将中国、希腊神话中的“二女一男”神话原型进行列举分析。文章主要通过将代表中国传统婚姻典范的“尧二女”、“舜二妃”的故事与奥维德《变形记》中忒柔斯与普洛克涅、菲罗墨拉姐妹的不幸婚姻进行比较，并辅以对中国神话“和谐精神”与希腊神话“复仇惩戒”的比较，发现中希神话原型虽有相似“二女一男”的婚姻模式，但结果却是南辕北辙。在中国神话中“二女一男”的婚姻是和谐，这是源于女性解构自我以建构男性世界，但在希腊神话中，一个男人和一个女人才是正确的完形结构，“二女一男”只会导致完形的消解。

2. 神话形象的综合性研究

上述研究均集中在中外神话中的具体形象比较上，而事实上，中外神话中的形象常常具有一定的概括性特点，将这方面的内容进行比较分析，探究造成中外神话形象异同的原因，也成为中外神话研究的一个热点。例如，缑广飞在《尽显英雄本色——中西神话英雄形象比较》一文中提出，无论是中国神话还是西方神话，其中的英雄都是当时社会的优秀领导者或是部落的领袖人物，因受人崇拜而神化，品德高尚，英勇善战，对民族的发展壮大有重要作用。但是他们的人生观、爱情观、生死观和最终结局又不尽相同，初步显现了中西文化的差异。2003 年 5 月，李娅菲在《云南民族大学学报》上发表了论文《人的神话与神化的人——中西神话比较探析》。文章从美学角度分析总结了中西神话中英雄和神的特点，并从中西民族的地理环境、心理结构和审美情趣入手，指出各自神话的变异的差别。而作者发现，这种差异恰和中西美学传统中所存在异同有异曲同工之处。2006 年 1 月，刘忠洋发表《对中西神话神的形象相异性的追问》一文，指出“人兽合一与人神同形同性是中国与希腊神话的最为明显的区别”，并就此差异进行深入探讨研究，认为造成差异的原因有：时间差异，图腾崇拜；思维模式的差异；人本思想的差异。2007 年，董新祥在《山东社会科学》发表《中西神话中神的形象与“天人观”差异》一文，同样就我国神话中很多神的“人兽同体”形象研究出发，并与西方神话中神人的“同形同性”现象进行比较分析。但创造性地指出，造成这一差异的根本原因是民族不同的生存环境决定的不同“天人观”，否定了神话产生时间的早晚和中西文明程度高低的说法，认为中国的“天人合一”观念和希腊的“天人对立”观念才是真正产生差异的根源。2011 年 11 月，贺菊玲在《社会科学家》上发表论文《中西神话中神的形象塑造及民族文化精神的差异》，将中国神话中的神和古希腊神话中的神形象的区别分为三点进行比较：一是情感与行为刻画；二是众生对神明态度；三是神族谱系划定，而这三点的差异正是反映了两个民族在文化与价值取向上的差异。同年 12 月，徐俊凌发表论文《浅析中西神话故事中神性与人性的差异——以中国神话和古希腊神话为例》。文章从“以人为本和以神为本”和“人的神化与神的人化”两方面进行比较，将差异产生的原因总结于自然环境、社会环境的差异，并通过神性和人性的比较，探究中西文化的差异。

综上，不难看出，在新时期中外神话比较研究中，对神话形象的比较研究是较全面的。通过神话形象的具体化研究和综合性研究，不仅可以在相互比较的视角下加深对中外神话中形象及其意义的理解，而且对形象差异性的产生原因亦有深入的思考。对神话形象比较做个案研究的论文和著作虽然较多，但就人物形象比较而言，研究对象较为单一且研究方法稍显单调。例如，在对羿神话进行比较研究时，众多学者不约而同地选择了希腊神话中的赫拉克勒斯，虽然两者的确存在很大的可比性，但这也导致不免出现重复研究的现象。此外，不少学者在对两个相似人物形象进行比较时，采取的研究路径往往是：分别对两者生平经历进行详细叙述，然后找出其异同，最后进行总结。这种研究思路和方法虽然很实用，但对于很多我们耳熟能详的神话进行过多叙述则略显多余。与之相比，新时期对于中外神话中特殊形象的比较研究虽然不多，但几乎每一篇的视角都十分新颖，选取的研究对象也很有意义，研究方向值得后来者学习借鉴。

（二）神话母题的比较研究

随着对中外神话比较研究的逐步深入，并伴随着西方文学批评思潮的影响，进入 21 世纪以后，国内学界开始关注中外神话中母题的比较研究，其中成果较多集中在“创世”和“灾难”两个母题上。

1. “创世”母题的比较研究

2004 年 2 月，张丽娇发表论文《中国神话与希腊神话的相似性浅析》，通过对中国和希神话在宇宙生成、人类起源、洪水传说、兄妹通婚等四方面内容异同的比较研究，指出虽然存在地域、人文的差异，但中外神话在诸多方面多有相通。2008 年 3 月，卢沁钰发表论文《从神话看中西文化异同——中西创世神话比较》。文章将《圣经》旧约中《创世纪》的前三则神话与中国类似神话进行比较，认为：上帝造人与盘古开天（创世神话）、亚当夏娃与伏羲女娲（造人神话）、挪亚方舟与女娲补天（灾难神话），在叙事元素上实有相同之处。2011 年 12 月，李艳在《外国语文》上发表论文《中西神话创世母题比较》，采用母题研究方法比较中西方的创世神话，分析两者的差异及文化根源以及对各自民族文化的影响。2012 年，张少娟发表《中西创世神话及其文化观念差异之比较》一文。作者将全文分为三个部分：宇宙起源、泥土造人和洪水灾难，从这三方面入手，对中国、古希伯来和古希腊的相关创世神话进行比较研究，试图深入分析各民族在宇宙观、人性观和人神关系等文化观念上的类同与差异。2013 年，郑梅发表论文《中西创世神话文化基因探查》，通过对中西创世神话中隐含的文化基因的探索，发现两个神话在人与神、神与自然、人与自然的关系上有着明显的差异，而正是这种差异才使得中西文化有了不同的个性。而孙静的《中西创世神话对比意蕴探微》则从中西创世神话的内容、人物、象征及启示方面进行研究，发现中西文化中自由意志的差异。李清的论文《人类开出的最绚烂的奇葩——藏族和古希腊、希伯来关于人类起源神话的跨文化研究》，视角较为新颖，从三则造人神话之间的不同和两两之间的不同入手进行比较，试图探寻三种文化之间的差异与联系。此外还有武汉大学程静的博士学位论文《中西创世纪神话对比研究》的第二、三部分。文章采用荣格的神话原型批评方法，将中国的创世神话包括盘古开天辟地以及女娲造人的传说、《道德经》中所述老子的创世学说、西方创世神话《圣经·创世纪》这三者分别进行语言、文化的对比分析，通过重新审视中西方文化元素中的天人合一与人道主义、等级与平等、个人主义与集体主义等概念的异同，力图为中西文化差异寻求新的理论阐述。

2.“灾难”母题的比较研究

关于“灾难”母题的比较主要集中在洪水灾害的研究上，研究成果也非常丰硕。2005年9月，王勇发表论文《中外洪水神话之平行比较》。文章通过对中外洪水神话的起源进行比较，并对相关研究进行整理，发现人类的产生和文明的发展实际上都与洪流的爆发有着密不可分的关系，而中外洪水神话的差异也体现了一定程度的中西文化差异。杜曼和曾庆敏在2008年发表《中西“大洪水”神话的文化含义——比较西方〈圣经〉和中国神话中的大洪水》一文。两人将《圣经》故事中的洪水故事和中国神话中大洪水神话进行比较研究，细究其发生的原因、过程和结果的异同，试图找到大洪水神话所蕴含的不同文化意义。研究发现，《圣经》中与洪水相关的故事几乎都显现着“神本主义”以及“原罪”思想，而我国的洪水神话反映出来的却是“人本主义”思想和崇拜英雄的情结。2010年，黄文英发表论文《中外洪水神话的母题及其变异》。作者认为西方洪水神话主要突出表现的是惩戒及立约的母题，而中国洪水神话则比较注重治水母题，研究从洪水神话的突出点不同进行比较，同时关注中西洪水神话中共存的再生母题研究，通过比较中西洪水神话母题的共同性和变异性，力求加深对民族性格发展轨迹的认识。而邹明和李方军的论文《中西洪水神话比较刍议》，则是从希伯来洪水神话与汉民族洪水神话中的洪水成因、洪水神话的土地内涵、避水、洪水后的人类再传和治水、洪水认识价值等几个方面进行分析，通过比较发现了两地洪水神话所存在的异同，并由此差异推测洪水神话背后所反映的民族文化和精神的共性与异性。2014年2月，陈宇发表论文《中外洪水神话的主题学浅析》，以主题学为研究视阈，从中外洪水母题中细分出“惩戒”、“治水”、“立约”、“再生”与“兄妹婚配”五个元素，再根据其异同深入探讨中外神话不同的文化内涵及其生成原因。

除“创世”、“灾难”这两个母题的研究外，新时期以来的神话研究还关注了其他一些神话母题。比如2008年10月，周红在《盐城师范学院学报》发表《中外神话惩戒主题之文化比较》一文。文章将中国神话、希腊神话、希伯来神话、北欧神话以及印第安神话中的惩戒方式进行比较分析，试图解读中外神话中惩戒主题的共同文化含义。同年，罗学锋和郭立平的论文《“中西神话”中的一种悲剧精神》，通过对中西神话中共同体现的“知其不可而为之”的这种悲剧精神的比较，发现人类在早期的社会生活中，面对命运和邪恶势力都具有相同的反抗意识。王宇钒的《外神话传说中“混沌”之研究比较》，从中国、希腊、巴比伦、希伯来、埃及等古文明地区神话传说入手，就“混沌”的名词定义、外貌形态、原型追溯、毁灭与创世方面分析其不同特点和成因，试图展现丰满的“混沌”文化。龚维英的《中外古神话传说比较研究举隅》将中国神话和古巴比伦神话中的“不死”母题进行比较分析，发现其异同。此外还有周含的《初探中西神话传说中的相似主题》(《大众文艺》2009 年第 1 期)、宋皓的《中国神话与希腊神话的比较研究》(《宿州学院学报》2006 年第 3 期)、王颖的《中西神话传说中的几组共同主题》(《河北理工学院学报》2005 年第 2 期)等论文也都是对中外神话相似母题的比较研究成果。

虽然神话的发源地不同，但是各民族神话多多少少都有相似的神话母题，这是十分有趣的现象。随着新时期中国神话母题理论的提出，创世母题、洪水母题、始祖母题、战争母题等几大主要母题的比较研究都取得了一定成果。这其中，战争母题的研究相对薄弱，亟待更多学者的参与研究。此外，随着母题研究的深入，也衍生出了不少新的研究方向，如劫后重生、四界说、徒劳无功等，这些方向虽还未产生明显影响，但研究前景还是较为宽广的。探究相似母题的异同及其产生的原因，不仅对深入了解各地原始社会和自然环境起到重要作用，而且对研究各族原始先民的思维模式也有着重要意义。

（三）文化蕴含的比较研究

袁珂先生曾说：“神话是一种人类文化现象，是民族精神之所寄。要了解一个国家和民族，首先应该了解它的神话。”[①]这不只是肯定了神话研究的意义，更点出了神话作为民族文化的载体、作为民族文化的组成部分所具有的重要价值。中外神话中反映的文化差异一直以来都是学界关注的话题，绝大多数关于中外神话比较的成果或多或少都会提及其背后的文化异同及其产生的原因。这主要是因为神话是人类最古老的文化遗产，是各民族最初的文学源头，也是反映原始社会价值观、社会观和信仰等精神文化的主要载体，对各民族的民族精神和文化的形成发展有着深远的影响。

1. 民族精神和文化传统

早在 1991 年，夏祖思的《中外古代神话之文化思考与比较》一文，就对中国与希腊神话在哲学观、爱情观以及表现手法等方面的特点进行了比较，以探究古代人类原始思维的共同性以及民族文化的差异。1994 年《文化研究》上刊登了傅治平的论文《神话与民族意识——中西神话比较浅探》，作者梳理出中西神话几组较为重要的比较内容：“崇实”和“求知”、“本善”与“原罪”、“性禁忌”与“性泛滥”、“听天”与“由命”。经过对比，文章深刻揭示了中西民族文化不同的蕴涵。同年，何文祯的《中西神话与中西文化传统》也选择了神话中三组相对立的命题进行比较。文章从“天人对立”与“天人合一”、“善恶同源”与“善恶分明”、“以美主善”与“以善主美”三方面对中西神话进行细致的比较分析，并以此作为切入点深入剖析中西不同的民族精神与文化传统。1995 年，何文祯发表论文《从中西神话看中西方传统的善恶观》，从神话中分析原始初民时期，中西方善恶观的异同并初步探索不同的善恶观给各自民族带来的不同影响。2002 年，赵惠霞的论文《原始文化与民族精神——中国神话与希腊神话的比较》得以发表。作者从中国神话与希腊神话的产生、发

---

① 钱钟联：《中日文学大辞典 · 第二卷序》，上海辞书出版社 2007 年版。

展、演变入手，探究其中蕴含的各民族的个性特征和文化传统，以及神话的潜在作用。2004 年，陈学智的《论中外神话起源之于文化的同和异》一文认为各国神话内容、题材的相似，是源于各民族思维方式的共同之处产生的相似思想倾向和心理，而神话中体现的民族意识、文化心理等方面的差异，是源于各民族的居住环境、历史契机和文化传统等因素。2006 年 5 月，陈鹏程发表了博士论文《先秦与古希腊神话价值观比较研究》。文章阐述了古希腊神话和先秦神话所体现的价值观，并在此基础上将两者体现的价值观进行比较，试图从中国和西方国家的社会历史实践分析原因。2007 年 2 月，张沁文在《陕西理工学院学报》上发表论文《远古神话与民族文化精神——现代视野下中国神话和希腊神话之比较》。论文就中国神话和希腊神话的流变过程、神人的形象、人民对神话的态度以及两国神话所体现的不同民族精神和心理等方面进行比较，探究其与中西方文化发展以及文学流变的联系。同年 6 月，胡媛媛发表论文《浪漫的理想与现实的道德教化——希腊神话与中国神话不同的价值取向》。作者将中、希神话进行比较，发现希腊神话充满感性的浪漫主义，而中国神话则是惩恶扬善的道德教科书，正是这种价值观的差异导致了中西不同的文化精神。2011 年 3 月，刘芬在《长江大学学报》上发表论文《圆满与残缺：中西神话不同的文化意蕴和人生哲学》。作者选取中国神话“羲和伴日”和西方神话“法厄同”，将两者的叙事角度、社会价值观和人生哲学进行比较，探究中西文化本性的差异。2013 年，莫柠源的《跨文化视角下的中西方神话对比研究》不仅运用霍夫斯塔德的文化价值观理论作为研究基础，而且选择从跨文化交际学角度分析了中国神话和希腊神话，创造性地证明了两者体现着不同的价值取向，一定程度上反映了两国不同的文化价值观。

中外神话蕴含着独特而丰富的民族文化与民族精神，其中异同之处颇多，给中外神话比较研究提供了多种可能。而神话作为民族文化的源头，对各族的文化传统影响也十分深远，两者密不可分。我们不仅可以从中外神话出发去追寻文化传统的来源，也可以从文化传统去追溯神话的根源，这种双向比较研究更有裨于我们发现其中的关联。但无论是神话中的民族精神或是文化传统都不是小概念，两者蕴含太过丰富，不便于在宏观的视角下进行比较。如果选取一个或多个小的切入点如善恶观、价值观、道德观等进行深入比较，会使得研究更生动具体，取得以小见大的效果。

2. 神话流传和后世影响

1998 年，杨绍华发表论文《中西神话的历史差异与文学的进步》。文章从中国和希腊神话的结构、叙事方法、人物类型等方面入手进行比较，并对其产生差异的原因进行分析，继而探究神话对两国各历史时期的文学造成的不同影响。2001 年 11 月，刘长的《从中西神话之异看文学民族特色的历史渊源》一文认为神话反映了各地先民的思想感情与精神境界，是凝聚了民族精神的文化传统，对各民族文学特征的形成有重要影响，并通过对中国和西方神话的异质点的比较，试图展现出中西文学具有的独特民族风格的历史踪影。2003 年 7 月，李建仓在《河南社会科学》上发表论文《中外神话传说对后人创作及后世文化的影响》。文章用事实说明无论是中国神话还是希腊神话，其思想内容、艺术风格、内涵文化、美学价值，对后世作家都产生了巨大影响，成为后世许多优秀的文学作品中不可或缺的材料，给后世文明的发展添砖加瓦。2007 年 4 月，刘爱琳和李倩共同完成的论文《论中外神话的保存和流传》介绍了中外各国神话保存和流传的四种方式，并从神话流传的起因、过程和神话的流传对后世文学发展的影响三方面分析其异同。同年，龙婷在《中国比较文学》上发表了论文《中西神话及其在文学主题中的呈现刍议》。她认为虽然神话与文学密不可分，但神话因素在中西方的文学发展过程中都受到各种原因影响并发生了变异，拥有了不同的面貌，所以使得中西文学呈现出各种差异。2007年，崔秀珍的论文《试论希腊神话和中国神话的差异及其影响》，通过分析中希神话的差异，并对这种差异在思想上、文化上、科学上造成的影响进行探究，最终提出要促进文化的交流与学习。此外，戢斗勇的《中西神话对哲学的影响之比较》一文从中西神话对各自哲学的影响出发，探讨其共性特征和基于影响的渊源、途径、结果而导致的差异性，分析较为全面深入。

无论是原始神话，或是随着人类发展而来的后期神话，都有自己的流传方式，而各族人民对神话也有着不同的保存方法，这是中外神话比较研究中较新颖的研究角度，值得更多学者深入探讨。随着对中外神话异同影响研究的深入，我们发现这种影响不只是体现在文学创作上，还渗透到哲学、音乐、谱系学、历史学、自然科学等学科中，虽然已有少数学者注意到了这些方面，但研究成果并不显著。因此，进一步扩展研究思路，尝试跨学科研究，从多角度入手探索中外神话的不同影响，也是中外神话比较研究的一个重要路径。

三、新时期中外神话比较研究的反思

不难看出，新时期国内学界对中外神话的比较研究可谓空前高涨，出版的专著、发表的论文更是不胜枚举。但在感慨于中外神话比较研究的累累硕果时，笔者同时也发现其中存在的一些问题和误区。

第一，对中外神话的定义存在一定的偏差，导致研究范围的不确定性。有许多学术论文以“中西神话比较”、“中外神话比较”这类字眼命题，但实际上这样的题目宽泛且不准确。很多学者在研究中，倾向于将中外神话比较默认为中国汉民族神话与希腊神话进行的比较。因此，很多人就相应地忽视了中国少数民族和亚非拉等国家的神话。这可能是因为希腊神话体系保存较为完整，内容非常丰富，译介也很全面，给国内学者的研究提供了诸多便利。不可否认，希腊神话确实具有极强的研究价值，但若单单将目光聚焦于此，很可能会出现研究的重复，也会因难以寻求新思路而导致研究缺乏新意。同时，我国神话体系也包含了除汉民族神话以外的苗族、彝族、藏族、景颇族、布依族、毛南族等神话分支，虽有一些学者对其中部分少数民族神话进行过深入研究，却少有少数民族神话与国外神话比较的研究。中外神话比较的范围不仅限于汉民族神话与古希腊神话的比较，应该还有更为广阔的学术空间可以拓展。

第二，目前很多比较研究只关注神话的内容和其中蕴涵的文化，很少有涉及神话定义的比较。研究前者的学术成果在论文第二部分已有评述，可以明显看出许多研究成果缺乏新意。现有的研究成果中很少有涉及中外神话的概念、基本含义以及语境差异的比较。事实上，世界各地对于神话的概念和基本含义的认识是有差异的，不同学派都有其代表的的看法。中国学界普遍比较认同马克思主义的定义①，但这并不意味着就要用一种标准去界定、衡量不同地区的神话。在对不同民族神话进行比较研究时，应首先解决神话的定义和范围问题，同时，确定神话体系也必须将其放到不同的文化语境中进行，而不能将其单独列出比较。只有这样，才能真正在基本相同的维度下展开中外神话比较研究。

第三，现有的成果对中外神话比较研究的现实意义缺乏足够明晰的认识。每一项学术研究都是有其目的的，或为发现真相、探寻真理，或为推动社会进步、改善人类的生活，而后者因具有积极的现实意义更为研究者所重视，中外神话比较研究也不例外。各民族神话体系蕴含着怎样的民族精神？其所蕴含的文化价值和意义又有何差异？产生的影响又分别体现在哪些方面？这些问题早已为神话研究者所关注。遗憾的是，很少有学者关注各民族神话对本民族当前乃至未来文化发展与社会建设所起的作用和影响。神话对民族文化发展、社会建设所起的作用和影响是巨大的，对其进行探索也是必要的，这对人类未来发展具有现实的指导意义。

第四，对中外神话理论的比较研究远远少于案例比较研究。研究的重点多集中在中外神话一些零碎问题的比较上，通过中外神话体系中的个案深入剖析彼此之间异同的研究相对较多。案例研究作为理论研究的基础对于中外神话比较是必不可少的，但若缺乏对神话比较理论体系的建构，难免有感性大于理性之憾，这对神话比较研究学科的建设而言是一个不容乐观的状况。这方面处理得较好的是中希神话的比较研究，它不仅关注了个案分析，也很好地进行了理论比较。但对于中国神话与其他民族神话系统的比较还基本停留在个案分析的层面上，尚需进一步提升研究的理论高度。

第五，目前我国学者多是运用西方神话学的理论和研究方法进行中西神话比较研究，虽取得了有目共睹的成果，但也要认识到西方的神话学研究思路和方法不是万能的，一味地盲目套用可能导致研究出现单一化和绝对化的弊病。我们一方面应合理借鉴西方神话学的研究理论，规范研究方法的运用，努力做到大胆假设、严谨求证、勇于创新，一方面更要积极地建构属于我们自己的神话比较研究理论，探索具有中国特色的神话比较研究方法，力争在中西神话研究理论与研究方法交织的维度下展开中西神话的比较研究。

参考文献

[1] 陈会学:《满洲始祖神话研究综述》,《黑河学刊》1991 年第 1 期。
[2] 陈鹏程:《先秦与古希腊神话价值观比较研究》,天津师范大学 2006 年硕士论文。
[3] 陈挺:《比较文学简编》,华东师范大学出版社 1986 年版。
[4] 陈琬柠:《浅谈中西神话传说中的蛇形象》,《文学界》2012 年第 4 期。
[5] 陈学智:《论中外神话起源之于文化的同和异》,《天中学刊》2004 年第 6 期。
[6] 陈宇发:《中外洪水神话的主题学浅析》,《蚌埠学院学报》2014 年第 1 期。
[7] 程静:《中西创世纪神话对比研究》,武汉大学 2010 年博士论文。
[8] 崔秀珍:《试论希腊神话和中国神话的差异及其影响》,《中北大学学报》2007 年第 4 期。
[9] 董新祥:《中西神话中神的形象与“天人观”差异》,《山东社会科学》2007 年第 9 期。

① 马克思主义认为:“神话是在人们幻想中经过不自觉的艺术方式所加工过的自然界和社会形态。”[德] 马克思:《〈政治经济学批判〉导言》,《马克思恩格斯选集》,人民文学出版社 1972 年版,第 2 卷,第 113 页。

[10] 杜曼、曾庆敏:《中西“大洪水”神话的文化含义——比较西方〈圣经〉和中国神话中的大洪水》,《北京城市学院学报》2008 年第 6 期。

[11] 方辉:《中外神话相似性赏析》,《理论与实践》2006 年第 2 期。

[12] 付飞亮、元绍丞:《中西战神:关羽和阿瑞斯》,《赣南师范学院学报》2012 年第 2 期。

[13] 傅治平:《神话与民族意识——中西神话比较浅探》,《文化研究》1994 年第 2 期。

[14] 龚维英:《中外古神话传说比较研究举隅》,《贵州文史丛刊》1985 年第 3 期。

[15] 贡觉:《古希腊神话研究综述》,《西藏大学学报》2012 年第 1 期。

[16] 何江胜:《西方神话研究综述》,《西安外国语学院学报》1999 年第 4 期。

[17] 何文祯:《中西神话与中西文化传统》,《河北大学学报》1994 年第 2 期。

[18] 何文祯:《从中西神话看中西方传统的善恶观》,《贵阳师专学报》1995 年第 4 期。

[19] 贺菊玲:《中西神话中神的形象塑造及民族文化精神的差异》,《社会科学家》2011 年第 11 期。

[20] 缑广飞:《尽显英雄本色——中西神话英雄形象比较》,《中州学刊》1999 年第 1 期。

[21] 胡媛媛:《浪漫的理想与现实的道德教化——希腊神话与中国神话不同的价值取向》,《湖北教育学院学报》2007 年第 6 期。

[22] 黄文英:《中外洪水神话的母题及其变异》2010 年第 9 期。

[23] 黄震云、杨胜朋:《20 世纪神话研究综述(上)》,《徐州师范大学学报》2003 年第 1 期。

[24] 黄震云、杨胜朋:《20 世纪神话研究综述(下)》,《徐州师范大学学报》2003 年第 2 期。

[25] 戢斗勇:《中西神话对哲学的影响之比较》,《江西社会科学》1987 年第 6 期。

[26] 李建仓:《中外神话传说对后人创作及后世文化的影响》,《河南社会科学》2003 年第 4 期。

[27] 李清:《人类开出的最绚烂的奇葩——藏族和古希腊、希伯来关于人类起源神话的跨文化研究》,《时代文学·理论学术版》2008 年第 8 期。

[28] 李淑清:《民国时期的神话学研究综述》,《重庆科技学院学报》2014 年第 1 期。

[29] 李娅菲:《人的神话与神化的人——中西神话比较探析》,《云南民族大学学报》2003 年第 3 期。

[30] 李艳:《中西神话创世母题比较》,《外国语文》2011 年第 S1 期。

[31] 刘爱琳、李倩:《论中外神话的保存和流传》,《求索》2007 年第 4 期。

[32] 刘芬:《圆满与残缺:中西神话不同的文化意蕴和人生哲学》,《长江大学学报》2011 年第 3 期。

[33] 刘渊:《同主题变奏——“嫦娥奔月”和“美狄亚出逃”的比较研究》,《外国文学研究》1995 年第 4 期。

[34] 刘长:《从中西神话之异看文学民族特色的历史渊源》,《云南民族学院学报》2001 年第 6 期。

[35] 刘忠洋:《对中西神话神的形象相异性的追问》,《求索》2006 年第 1 期。

[36] 龙婷:《中西神话及其在文学主题中的呈现刍议》,《中国比较文学》2007 年第 4 期。

[37] 卢沁钰:《从神话看中西文化异同——中西创世神话比较》,《新学术》2008 年第 3 期。

[38] 罗学锋、郭立平:《“中西神话”中的一种悲剧精神》,《作家杂志》2008 年第 5 期。

[39] 莫柠源:《跨文化视角下的中西方神话对比研究》,《海外英语》2013 年第 5 期。

[40] 彭兆荣:《和谐与冲突:中西神话原型中的“二女一男”》,《中国比较文学》1994 年第 2 期。

[41] 漆凌云:《从英雄神话看中国和希腊文化精神之差异——以羿和赫拉克勒斯为例》,《齐齐哈尔大学学报》2000 年第 5 期。

[42] 乔恩杰:《新时期中国神话史和神话学史研究综述》,《绥化学院学报》2012 年第 4 期。

[43] 石峰:《临界与神秘:神话中“半人”形象的生成研究》,《贵州师范大学学报》1993 年第 3 期。

[44] 孙静:《中西创世神话对比意蕴探微》,《重庆理工大学学报》2014 年第 4 期。

[45] 王勇:《中外洪水神话之平行比较》,《太原教育学院学报》2005 年第 3 期。

[46] 王宇钒:《外神话传说中“混沌”之研究比较》,《青年文学家》2013 年第 27 期。

［47］王志桃：《赫拉克勒斯和大禹——中希神话比较》，《太原大学教育学院学报》2007 年第 3 期。

［48］吴潘阳、倪蓉：《中西神话英雄人物塑造对比——珀尔修斯与孙悟空》，《安徽文学》2013 年第 7 期

［49］夏祖思：《中外古代神话之文化思考与比较》，《福建师大福清分校学报》1991 年第 1 期。

［50］萧兵：《盗火英雄：夸父与普罗米修斯——东西方英雄神话比较研究之一》，《活页文史丛刊》1984 年第 9 辑第 198 号。

［51］徐俊凌：《浅析中西神话故事中神性与人性的差异——以中国神话和古希腊神话为例》，《文教资料》2011 年第 34 期。

［52］杨江华：《中日两国的偶生神神话对比研究》，《大众文艺》2009 年第 16 期。

［53］杨绍华：《中西神话的历史差异与文学的进步》，《求索》1998 年第 1 期。

［54］湛利华、张竹君：《近年女娲补天神话研究综述》，《科教文汇》2009 年第 4 期。

［55］张国清：《羿与赫拉克勒斯神话之比较》，《沧州师范专科学校学报》2000 年第 2 期。

［56］张国清：《羿与赫拉克勒斯神话的不同文化内涵》，《晋阳学刊》2004 年第 1 期。

［57］张国清：《羿与赫拉克勒斯神话不同死亡观之比较》，《沧州师范专科学校学报》2004 年第 4 期。

［58］张丽娇：《中国神话与希腊神话的相似性浅析》，《哈尔滨学院学报》2004 年第 2 期。

［59］张沛：《嫦娥与提托诺斯：两个变形神话故事的比较》，《复旦学报》1998 年第 1 期。

［60］张沁文：《远古神话与民族文化精神——现代视野下中国神话和希腊神话之比较》，《陕西理工学院学报》2007 年第 1 期。

［61］张少娟：《中西创世神话及其文化观念差异之比较》，《作家杂志》2012 年第 4 期。

［62］赵迪奉：《追求永恒的痛苦——解析姮娥与夏娃神话》，《西北民族大学学报》2005 年第 5 期。

［63］赵红：《20 世纪以来嫦娥神话研究综述》，《宁夏大学学报》2007 年第 5 期。

［64］赵红：《二十世纪以来羿神话研究综述》，《太原大学学报》2009 年第 3 期。

［65］赵惠霞：《原始文化与民族精神——中国神话与希腊神话的比较》，《淮南职业技术学院学报》2002 年第 1 期。

［66］赵谦：《国内外希腊神话研究综述》，《淮海工学院学报》2013 年第 13 期。

［67］郑梅：《中西创世神话文化基因探查》，《作家杂志》2013 年第 8 期。

［68］周红：《中外神话惩戒主题之文化比较》，《盐城师范学院学报》2008 年第 5 期。

［69］周艳芳：《英雄的落寞与无奈——羿与赫拉克勒斯的悲剧比较》，《成都大学学报》2011 年第 3 期。

［70］朱超威、李君兰：《从女娲与普罗米修斯造人神话看东西方文化差异》，《惠州学院学报》2005 年第 5 期。

［71］邹明、李方军：《中西洪水神话比较刍议》，《安徽文学》2011 年第 2 期。

（指导教师：焦亚东教授）

古代小说的“葫芦型”结构及文化学思考

文学院 2011（3） 徐天元

古代小说中有许多作品在结构上具有“上小下大”(上面以小故事为牵引,下面阐述大故事)的特征。杨义在《中国古典小说史论》中指出,古代话本小说“体制上相当规整、以小故事牵引和阐发大故事的结构方式。这类乎我国古诗之所谓‘葫芦格’,即作诗用韵,前两个韵脚用一韵,后四个韵脚另一韵,形成‘先二后四’、大小相继的葫芦状。因此,这类话本体制也不妨称为葫芦格”[①]。我们将古代小说中那些外形上很像葫芦,且内部关联也似葫芦——上下两部分之间相通相连的、内容彼此联络与相互验证的结构形式,称为“葫芦型”结构。

一

“葫芦型”的结构形式在古代小说中清晰可见,尤其在话本小说中表现得最为突出。话本小说以“头回”小故事为牵引,来阐述“正话”大故事。“正话”是话本的主体,“头回”是附加于正话之前的一个(或几个)简短的小故事,它们在情节上不构成因果关系。由于头回是用来牵引正话的,所以两个部分在情节性质、故事主题等方面有着千丝万缕的联系。“三言二拍”是话本小说中的代表,在体制上进一步继承并发扬了这一结构模式。比如:

“灌园叟晚逢仙女”(《醒世恒言》卷四),头回写崔玄微惜花,遇花仙,救众花,成仙;正话则写秋先惜花,被恶霸欺负,花仙相助,成仙。前后两部分先是渲染崔、秋二人的爱花情结,继之概括崔、秋所面临的考验,结果都是顺利成仙。头回、正话中的两则故事均揭示出只有清心寡欲、拥有善心和爱心才可能得道成仙。头回与正话有着大体相当的情节走势,收获着基本相似的结局。

“新桥市韩五卖春情”(《喻世明言》卷三),头回写五个国君贪爱女色,不知节制淫欲,招致身死国灭;正话写吴山迷恋暗娼金奴,纵欲,在病势危笃之际“觑破关头邪念息”,追悔改过,终得痊愈。头回与正话的核心情节都是贪色纵欲,虽然讲的是同一种不良行为,但

① 杨义:《中国古典小说史论》,中国社会科学出版社 2004 年版,第 309 页。

是由于两者对待问题的认识不同,转变的态度也不一致,结果也就各不相同了。

“李将军错认舅　刘氏女诡从夫”(《初刻》之卷六),头回是“一个不愿成双的古怪事”:王八郎娶娼妓为妾,与妻子反目,妻子携女离家,夫妻二人后皆死,女儿欲同葬之,夫妻二人尸体在柩中数次东西相背;正话:金定与翠翠夫妻情深,遭逢战乱,夫妻分散,翠翠被李将军强纳为妾,金定寻至,夫妻以兄妹相称,死后同葬,做了鬼夫妻。头回与正话的情节蕴含了两种对立的因素“无情”与“至情”。

“华阴道独逢异客　江陵郡三拆仙书”(《初刻》之卷四十),头回共有七个小故事,分两大类:一是五个书生得到不同的对象(鬼、仙)帮助而考取功名;一是两个书生遭鬼神摆布戏弄,名落孙山。正话部分写李君得白衣异客相助而及第。很显然,正话在情节、结局上与头回中的前一类相似,与后一类相背,构成了相反相成的联络。

“三言二拍”中这种结构的例子俯拾皆是,不胜枚举。可以说,它们在体制安排上进一步固化了话本小说的这种“葫芦型”结构样式。从客观上看,话本小说的二元结构,确实有助于读者对小说情节的感悟,所以明中叶以后的小说家普遍继承了这一形式。我们可以从古代章回体小说的名著中得到验证。

从《水浒传》全篇的情节安排看,楔子中的怪异故事具有统摄全篇的结构功能。楔子中的神奇怪异故事与作品的总体构思、情节结构、主题的表达以及人物塑造有密切联系的,构成了一个有机整体。《水浒传》的楔子即第一回“张天师祈禳瘟疫　洪太尉误走妖魔”,叙述人间瘟疫肆虐,天子下诏,派洪太尉请张天师禳谢瘟疫。洪太尉因好奇挖开“伏魔之殿”的石碣,致使三十六天罡、七十二地煞共一百零八位魔君化作一道黑气,“从穴里滚将起来,掀塌了半个殿角”,“直冲到半天空中,散作百十道金光,望四面八方去了”。这里的天罡、地煞演化为后来聚集梁山、起义造反的一百零八将。《水浒传》的主体部分时时与楔子相照应。第四十二回“还道村受三卷天书　宋公明遇九天玄女”,宋江躲避追捕逃入玄女庙,玄女娘娘称其为“宋星主”,授其天书三卷,尤其是授予“替天行道”的法旨,直接规范着梁山后来事业的发展方向。第七十一回“忠义堂石碣受天文　梁山泊英雄排座次”,宋江做罗天大醮,于地下掘出一石碣,两侧有天书文字:“侧首一边是‘替天行道’四字,一边是‘忠义双全’四字”,正面书三十六天罡星姓名,石碣背面书七十二地煞星姓名,显然,这是第一回“石碣”内容的具体化。故事发展到这里,天上的星宿与梁山的好汉一一对号,并且在梁山上正式竖起“替天行道”的大旗。而最后一回“宋公明神聚蓼儿洼　徽宗帝梦游梁山泊”,宋徽宗下令在梁山泊盖起庙宇,“妆塑神像三十六员于正殿,两廊仍塑七十二将”,这便是梁山好汉的结局。作者最后所发的解说性感慨——“天罡尽已归天界,地煞还应入地中”,有照应开头、通贯全篇的作用。

同样,代表长篇章回小说最高成就的《红楼梦》,在情节结构安排上也体现这样的异曲同工之妙。《红楼梦》楔子(第一回)以神话故事引入:第一则是“通灵宝玉”神话,青埂峰下无材补天的顽石因听到一僧一道谈论“红尘中荣华富贵”,打动凡心,“也想要到人间去享一享这荣华富贵”,僧人“念咒书符,大展幻术,将一块大石顿时变成一块鲜明莹洁的美玉且又缩成扇缀大小”,顽石在尘世历劫之后返回青埂峰,便记下了“亲自经历的一段陈迹故事”。第二则是“木石前盟”的神话,生于石畔的绛珠仙草为报答神瑛侍者的甘露灌溉之恩,随其下凡造历幻缘,以泪水偿还其甘露的故事。在《红楼梦》的现实体系中,宝玉虽然

"聪明灵慧"，但终究不能也不愿支撑贾府大厦将倾的局面，最后只有悬崖撒手，与那块无材补天的石头的命运一样。由僧人"大展幻术"变换而成的通灵宝玉被视为一块美玉，仅仅是一种幻象、假象，而实为顽石才是本来的真象。"木石前盟"关于绛珠仙草与神瑛侍者的故事，则奠定了两位主人公贾宝玉、林黛玉之间哀惋缠绵的感情基调，它犹如一只无形的大手，默默地操纵着男女主人公的命运，尤其操纵女主人公林黛玉的不幸遭际，开篇便暗示了她泪尽而逝的必然结局。从《红楼梦》结构中，我们可以品味出楔子与正文之间的紧密联系，相互映衬，互为补充，展示了浑然天成的"葫芦型"结构样式。

古代小说中类似这样结构的作品很多，有些名作或者将上面的葫芦圆放大，或者将其收缩，前者如《西游记》，全篇结为"大闹天宫"、"西天取经"两部分，在展示成年礼仪方面连成整体；后者如《三国演义》，在"天下大事，分久必合，分久必分"这一高度浓缩的历史观中，演绎了"三国"纷争、统分的大事。还有不少小说，虽然结构形态多姿多样，不尽相同，但只是将小说的"葫芦型"结构稍作变化而已，终究未超离这种结构模式。

二

古代小说的"葫芦型"结构是如何发展、演绎，并被选择、固化定型下来的？要回答这一问题，我们还得从文学人类学的渊源、文学体制自身的发展轨迹这两个角度加以考察。在此，我们首先从文化人类学的视角与方法，探寻华夏民族的"葫芦"情结，力求解决问题的有益线索。

葫芦，又名"瓠"、"匏"、"蒲芦"、"胡卢"、"壶卢"等，是中国人日常生活所见之物。葫芦用途十分广泛，很早就被种植。《诗经》中《瓠叶》、《硕人》、《匏中苦叶》、《七月》等是最早记载葫芦的文献。《诗经·豳风·七月》云："七月食瓜，八月断壶。"葫芦嫩时可以食用，老了做盛水、酒、食物的容器。除此，葫芦还曾被当作浮具，做成葫芦船——"腰舟"，过江越海。在洪水神话中，伏羲、女娲就是躲在一个巨大的葫芦里才逃过灭顶之灾。《庄子·逍遥游》："今子有五石之瓠，何不虑以为大樽，而浮乎江湖。"释文曰："樽如酒器，缚之于身，浮于江湖，可以自渡。"刘尧汉先生在《论中华葫芦文化》中根据民族志的资料推断：世界上凡远古曾生长葫芦的地方，那里的原始先民，在使用陶容器之前，曾先使用过天然容器——葫芦，而葫芦容器正是陶器的天然模型，陶容器是葫芦容器的进一步发展。我国中原、东北、西北、东南和南方各地出土新石器时代的陶容器如壶、瓶、缸、豆、盆、尊、罐、钵、瓮等形状都类似葫芦容器。亚里士多德认为："从孩提的时候就有摹仿的本能。"先民在构思陶器的器型时，采用他们早已熟悉的葫芦的外形是很自然的，甚至在装饰陶器的纹样里也可以处处看到葫芦的身影。《论语》中，孔子形容颜回简朴的生活时说"一箪食，一瓢饮"，从侧面反映了那时的人常常用葫芦作为容器。葫芦与先民生活的诸多方面有着紧密的联系，在中国人眼里便具有了丰富的内涵，进而进入人们的精神领域，成为供人膜拜的对象。可以想见，广泛的实用价值正是葫芦文化生长的基础。

我国许多民族的始祖起源、图腾崇拜、神话传说都与葫芦有关，汉族及南方大多少数民族的先民都曾把葫芦看作人类的始祖。汉族洪水神话指出：洪荒时代，整个人类沉陷在灭顶的滔天洪水中，一对兄妹藏在一只巨大的葫芦里，人的种族才幸免于难并得以绵延。

人类没有彻底绝种，全赖葫芦的庇护。古代文献里也记载人们对葫芦的母体崇拜。比如《诗经·大雁·绵》："绵绵瓜瓞，民之初生。""瓜瓞"即葫芦，认为"人从瓜出"，葫芦被隐喻为人所由出生的母体。云南楚雄南华彝族毕摩普兆元的洪水神话说：远古之时，天下发洪水，天神指点伏羲、女娲兄妹进入葫芦避水。葫芦分三层，伏羲、女娲在上层，牲畜在中层，五谷粮种装下层。洪水退后，兄妹走出葫芦，世上才又有了人畜粮种。彝族的祖灵葫芦以及台湾高山族中派宛人崇拜陶壶则是"人从瓜出"原始创世观的遗存。而佤族的岩画形象地描绘了葫芦生人的传说。

人类文化学研究表明，古代的人们在长期的应用过程中，把葫芦与人类最重要的自身生养联系起来，产生了葫芦的母体崇拜。将母体崇拜外化为葫芦崇拜，聚集着人们对生命繁衍的渴望。在生存环境极其恶劣的荒蛮时代，人类在生存竞争中处处感受到群体力量的强大与人类自身数量的增值密切相关——"氏族的全部力量，全部生活能力决定于它的成员的数目"①。一方面，女性作为生殖载体，生儿育女，对人类群体壮大贡献非凡；另一方面，女性悉心照顾老、幼，安顿衣、食、住等生产生活的活动，所发挥出作用巨大，人们对女性自然充满了敬意。正如恩格斯所指出的："神话中女神的地位，表明最早女子还享有比较自由与受尊敬的地位。"当然，这也与当时人的认知水平有关，人们对"女性生殖"现象做出准确的解释，势必导致将女性的生殖功能及外貌特征加以神化，并由此产生出生殖崇拜。现保存于云南剑川石宝山上的一块怪石过去被当地白族视为女性的生殖器，许多不育的妇女前往祭祀，以求生子。在西方，考古学家在西起西班牙、东至西伯利亚的整个欧陆地区发现的女性雕像，都有一个鲜明的外貌特征：巨腹豪乳。这些女神像都特别强调寓意生育和多产的乳房、腹部，足以表明史前人类对生命孕育这一神秘现象的持续关注。

葫芦崇拜承载母体崇拜的内涵，客观上说取决于葫芦自身的特质。葫芦拥有巨大的容量、为数众多的种子、饱满圆浑的外形、顽强的繁殖力、生命力均与生殖具有某种关联，容易使人联想到子宫的孕育能力，这样就自然把葫芦与女性联系在一起。葫芦多籽，正贴合原始先民多生孩子、传宗接代的希望。通过崇拜它从而拥有梦寐以求的繁殖力，这恰好贴合人类蒙昧的思维——植物生殖和人类生殖相交感、相互催化促进的信仰。基于以上这些深刻的心理、意识的原因，于是葫芦便被人们置于生殖崇拜的领域，成了代表生殖和多产的寓体。从文献上看，我国古代就有以葫芦为多子象征的信仰。《左传》鲁宣公（公元前 608—前 591 年）十六年，晋灭"赤狄"而赐"世伯以瓜衍县"，这是用葫芦作为地名，以象征当地人畜合作物的繁衍。民间艺术里，《瓜瓞绵绵》常见于染织、刺绣、剪纸年画、木刻等领域。匏瓜，即葫芦（还泛化为西瓜、南瓜），画面常缀有蝴蝶，取于"瓞"的谐音。这是对《诗经》古老的暗喻语言的图解。《集传》曰："大曰瓜，小曰瓞，瓜之近本初生者常小，其蔓色不绝，至末而后大也。""绵绵瓜瓞"引起人们对子孙的联想。

在葫芦神话影响下，随着人们心理追求的需要，葫芦在先民心中的地位愈发神圣。葫芦文化从带有自然崇拜性质的母体崇拜、祖先崇拜，逐渐演化出了一个"葫芦仙境"世界。《史记·秦始皇本纪》中载：秦始皇要长生不死，"齐人徐市等上书，言海中有三神山，名曰蓬莱、方丈、瀛洲，仙人居之。……于是，遣徐市等发童男女数千人，入海求仙人"。东晋王

① 普列汉诺夫：《论艺术》，曹葆华译，三联书店 1973 年版，第 58 页。

嘉《拾遗记》卷一《丹丘之国》具体地指出："（东海有）三壶，则海中三山也：一曰云壶，则方丈也；二曰蓬壶，则蓬莱也；三曰瀛壶，则瀛洲也，形如壶器。"这就是说被视为神仙栖息之地的东海三神山都以葫芦的"壶"命名，且"形如壶器"，可见葫芦被视为神仙的栖息地。

汉、唐以来，葫芦成了道教及其医药的象征和标记。道教教主老子的前辈壶子就以葫芦为别号。道家的壶（葫芦）是个虚中容物的小宇宙"壶天"："施存鲁人，学大丹之道……常悬一壶，如五升器大，化为天地，中有日月，夜宿其内，自号壶天，人谓曰壶公。"（《云岌七笒》卷二十八《二十八治》）《后汉书·费长房传》中就记载了费长房看到集布上有一老翁"悬壶于肆"卖药，其自称是"神仙之人"，邀长房进入壶中饮酒，此壶别有天地。这也是道教仙境"十大洞天，三十六小洞天"的来源。从此，葫芦就和道士、仙人结下了不解之缘，成为道家终生追求的理想境界。在民间传说中，葫芦作为神仙法器，成了八仙中铁拐李手里的宝物——那里面有饮不尽的玉液琼浆，有令人起死回生的灵丹妙药，甚至拥有可以烧干大海的巨大威力。

随着时间的推移，葫芦作为中华民族的一种文化情结，被应用到民族生活、艺术的各个领域。比如"民间认为葫芦是神仙的用具，因此将葫芦挂在门首，或者将绘有葫芦里溢出灵气的画挂在堂上，认为这样就可以将鬼降服、驱除"①。葫芦在大众生活中出现得越频繁，在民间艺术中应用得越广泛，那么，葫芦文化的延伸也就愈深远，对作家的生活体验、文学创作影响也就越深刻。

三

中国古代小说是如何选择"葫芦型"结构形式，还需要我们循着文学本体发展的线索，理清古代小说"葫芦型"结构演绎的脉络，从而寻找更直接、更充分的根据。

中国古代小说的发生、发展得益于多重因素，除了受神话传说、史传、稗史等远因的影响，更直接地受变文、说唱话本等近因的示范引领。尤其是古代小说的"葫芦型"结构的萌生、演绎、发展、定型更是受到魏晋、隋唐之际的变文、俗文的影响。

魏晋时期，寺庙中就有了一种"唱导"。据慧皎《高僧传》卷十五的解释："唱导者，盖以宣唱法理，开导众心也。昔佛法初传，于时斋集，止宣唱佛名，依文致礼。至中宵疲极，事资启悟，乃别请宿德升座说法。或杂序音源，或旁引譬安达喻。其后庐山释慧业贞华，风才秀发：每至斋集，辄自升高座，躬为导首，广明三世因果，却辩一斋大意。后代传受，遂成永则。"就是说在宣讲佛经时，为了引起兴趣，警醒听众，则要讲一些因缘譬喻故事，以达到宣传效果。这些因缘譬喻故事通常都是短小精悍的，且与主讲内容有一定的联系。

俗讲，在唐代成为寺院中一种普遍流行的、特别的讲经说法形式，将佛教经典及有关内容作通俗化演讲。相对于寺院内宣讲佛经的正式"僧讲"，"俗讲"的听众主要是世俗大众，没有文化或文化水平较低的人居多。根据《敦煌变文集》，当时俗讲材料，一种是押座文，一种是讲经文。讲经文，顾名思义，是俗讲的主要内容，都是宣传佛教思想、普及佛教知识。押座文的"押"即"镇押"之押，是在俗讲开始时先说一个短经，以取得稳定群众情绪

① 叶明鉴：《中国护身符》，花城出版社 1993 年版。

的效果，使听众镇静下来，收摄心意，专注听讲。内容与入话、引子等的作用相当，相当于“僧讲”中的因缘譬喻故事。

变文在俗讲的基础上产生。它在内容上不再“假托经论”，即不依附于某部佛经做讲解；其中既有佛教的内容，也有表现历史事件与世俗生活的内容；演讲者不只限于僧人，还有民间艺人。由于内容和形式都比讲经更世俗化，所以渐渐地成为流行的通俗表演技艺——说话技艺。当时说话人都是靠卖艺谋求衣食，聚集的听众越多越好，所以他们不论是在市井街头或是在瓦肆勾栏里讲说，都得拖延一些时间，以便招徕更多的听众，还要稳定住已到的听众。到了适当的时刻才“言归正传”。所以就引进俗讲中的“押座文”。

宋元时期民间说话艺人表演底本的话本小说在文体形式上和俗讲、变文有着密切联系，俗讲、变文在结构形式上一般分为三个部分，即押座文、一一说其经题字、经本文；与之相对应，宋元话本在内容结构上也分为：入话，通常包括篇首诗词及相关的解释，诗词多少不一；头回，亦称为得胜头回、笑耍头回，在正话开始前，先扼要地叙述一个与正话内容相同、相近或相反的故事；正话，是主体，小说篇幅不大长，往往不分章节；篇尾，小说的结尾处，不少作品往往用一首诗总结全篇，对正话的故事内涵略加概括，特别提示其道德劝惩之意。

话本小说的体制特点在“三言”、“二拍”等作品中得到了继承与发扬，“不仅标志着话本小说文体之成熟，而且确立了话本体的功用宗旨、篇章体制、叙事模式、题材取向、表现旨趣等一系列文体规范和传统，影响了后世近二百年的话本小说创作”①。事实上，话本小说的这种“葫芦型”结构样式，也为明清之际的中长篇章回小说提供了直接的形态基础。后来，不少章回小说受“葫芦型”结构样式的影响，开头或以诗，或用故事起引，再延伸出大故事，而“含有入话或头回是拟话本模拟话本的主要表现之一”②。章回小说的“具体创作又表明，它们是以拟话本为直接的基础发展起来的，有些作品中甚至拟话本的形式特征还依稀可辨”③。通过对中国古代中长篇章回小说作品的全面梳理，我们可以发现，有相当一部分作品直接承袭话本小说的“葫芦格”，并在此基础上对其作了多样演绎，丰富了这一结构形式。

四

古代小说的“葫芦型”演进的过程与人类文化学视角下的“葫芦文化”，两者似乎只是在各自的轨迹上演绎，并没有明显的交叉、贯注、融合。虽然葫芦的外形特征可以给古代小说的结构提供参照的模型，但并不能作为古代小说家为何选择“葫芦型”结构这一问题的令人信服的答案。为了弄清楚问题的答案，有必要对“葫芦型”结构本身作进一步的探究，厘清古代小说为何选用这种结构模式。

第一，从潜意识来说，“葫芦”相关内容与形式在日常生活中出现得越频繁、越丰富，它

① 王庆华：《话本小说文体研究》，华东师范大学出版社 2006 年版，第 113 页。

② 陈大康：《明代小说史》，上海文艺出版社 2000 年版，第 598 页。

③ 陈大康：《通俗小说的历史轨迹》，湖南出版社 1993 年版，第 191 页。

对作家的生活体验、对作家的创作影响也就越深刻。“葫芦”崇拜、迷信在中华民族心目中埋藏了深层情结。随着时间的推移，葫芦文化渐渐消退了原来的浓郁色彩，被挤出民族的显意识状态中，但它曾经是我们民族共同意识中不能被轻易抹去的记忆，进入隐意识的领域，仍然具有强大的喷发潜能。“当原型的情景发生之时，我们会突然体验到一种异常的释放感也就不足为奇了，就像被一种不可抗拒的强力所操纵。”[①]“文学的叙述方面乃是一种重复出现的象征交际活动”[②]。先民的神话、诗歌、民间传说、民间艺术常常提及“葫芦”、“葫芦仙境”，人们于内心不知不觉中巩固“葫芦型”外形、内涵，以及与此相应的结构形态，等等，从某种角度上说，“葫芦”结构的产生也正是“葫芦”情结、“葫芦”文化发展推进的必然结果。正如荣格所说“艺术也受益于这一领域，不过其渊源并不明显”[③]。小说家和广大读者自觉与不自觉地选择、接受、认可 “葫芦型”这种结构，也就不足为奇了。

第二，从中国传统思维方式看，中国人的整体思维、类比思维模式是产生“葫芦型”结构的重要原因之一。整体思维，是中国传统思维方式的一个明显特征，它把自然看成一个有机组织的有机系统，构成这个整体系统的又有许多小系统，每个系统又由不同的部分所构成，整个宇宙自然就是由这样的部分所构成的系统化整体。而“葫芦”实际上是一种外形像蛋(卵)的东西，其意象既与天地之形相通，又因浑圆的特征近似母体——葫芦既是万物之本源，又是母体的象征，在中国古代被视为奥妙无穷的灵物。“验证与至今流传在中国少数民族的神话，葫芦作为原型意象仍具有相当的普遍性。中国哲理所说的‘一分为二’或‘合二为一’均可在瓠瓜的剖瓢现象中获得形而下的具象原型。”[④]这个圆形的葫芦又能分为上、中、下三层，虚空迷茫，似圆——浑浊一团，能容万物，堪称天地母；不似圆——尽显变幻，极富囊括能事。古代小说，尤其是长篇小说由于人物众多、情节繁杂、内容丰富，尽管其篇幅冗长，但必须自成有机整体。古代小说无论内容与形式是如何庞杂，都能容纳在“葫芦型”结构之中。

类比直觉思维也是中国传统思维方式的重要形式。中国人重视直觉体认，认为宇宙万物来于同一个本体，是遵循同样的规律生化而成的，物与物之间有着内在的统一性。因而，他们认识事物的基本方法便是由昭昭以知冥冥，由已知以求未知，因微以知著，因小以见大，由近而知远，以旧的经验比况、理解新事物。总之，从经验出发，以实证为据，用类比、类推的方法去认识超经验、超感官、无经验、未感知的事物。类比的本质是强调相似性、相关性，只要相似或相关，至于是否个别、非本质和偶然的，它并不十分在乎。而葫芦神话、葫芦型结构正贴合中国人传统的“以同致同”的形态类比推理思维。

而在“葫芦型”结构中，已经发生过的小故事是蕴涵了经验或教训的生动教材，是“理念之感性显现”。无论它们是与正文故事高度类似，还是与正文的个别因素相关，它们都为接受者理解正文提前积累了经验、提供了基点。从而，在整体层面上，我们可以把小故

---

① 荣格等著:《人类及其象征》,辽宁教育出版社 1988 年版,第 135 页。

② 陈大康:《明代小说史》,上海文艺出版社 2000 年版,第 159 页。

③ 陈大康:《明代小说史》,上海文艺出版社 2000 年版,第 99 页。

④ 叶舒宪:《原型与汉字》,《北京大学学报》(哲学社会科学版)1995 年第 2 期。

事与正文的组合看作对经验的共时性的展示。①

第三，从接受角度看，"葫芦型"结构有着"借此形彼，无中生有"之妙，与中国古代"天人合一"的文化基本精神相贴合。中国古代天人合一的思想，充分肯定自然界和精神的统一，关注人类行为与自然界的协调，道德理性与自然理性的一致。受这一思想的影响，古代小说作家在创作中，常常表现出小说人物不可能背离或超越自然天命之理，只能在顺从的情形下演绎命运之数。因而，古代小说经常使用超想象的神话、鬼怪故事引出正文的故事，两者之间具有解释前世与今世因缘暗相关，在内容上还互相验证，这就让读者相信小说内容并非全部虚构，或许是有依据的。《说岳全传》开篇给我们讲了个神话转世故事：女土蝠撒臭屁，大鹏鸟啄死女土蝠，后来，女土蝠转世为秦桧之妻，大鹏鸟转世为岳飞；大鹏鸟又啄瞎铁背虬王左眼，啄死团鱼精，铁背虬王转世为秦桧，团鱼精转世为万俟卨；徽宗皇帝郊天表章误将"玉皇大帝"写为"王皇犬帝"，玉帝发怒，命赤须龙下界，转世为女真国兀术。而大鹏鸟、兀术转世，已被赋予了善、恶意义。善定胜恶，大鹏鸟为兀术克星，因此书中岳飞胜，兀术败，但最后大鹏鸟因食毒龙、发火自焚，其心也化为如意珠。同样，岳飞一生追求理想不怕牺牲、舍生取义的精神，和大鹏鸟自焚的寓意相一致。中国人相信生死轮回，转世投胎，所以就认为岳飞、秦桧夫妇以及兀术之间发生的恩恩怨怨是他们的前世的延续。开篇的神话故事就起了让读者信服的作用。

《水浒传》的天罡、地煞星宿下界聚合梁山，《西游记》中的孙悟空从大闹天宫的调皮少年到后来西天取经皈依佛门，《红楼梦》的宝黛情缘等诸多小说，都体现了天人合一的思想。

第四，从审美角度看，"葫芦型"结构符合古人所推崇的"和"的思想。葫芦体内中空，上下虽自成体系，却又气通回环，彼此呼应。在古代小说中，前面小故事与正文大故事和谐组合，相互映衬，相互补充。"即使是长篇小说，主次详略、虚实显隐间，也往往体现出作者的艺术匠心，情节的发展多是前有伏笔，后有照应，作者构思之精细和巧妙，随处可见。"②比如，《镜花缘》开篇就写唐太祖在篡夺隋炀帝江山的过程中杀戮过重，又伤残手足，被隋炀帝在阴曹控告。所以众神决议派一天魔下界扰乱唐室，任其自生自灭，以彰报施。于是心月狐就被派到凡间，托生为武则天。而在王母寿宴上，嫦娥与百花仙子结怨，并定下罚约。所以，嫦娥在心月狐下凡称帝前耍了个花招，使得百花仙子输约，被贬到人间。而正文就是对百花仙子、心月狐等仙人被贬到人间的记载。显然，正文是楔子的延续和补充。

《红楼梦》"葫芦型"结构上的谨严，除了从楔子中的两则神话故事窥知前后的贯通、照应的特征，甄士隐的故事同样有机地贯注于"葫芦"的上、下两部分。甄士隐、癞头和尚、跛足道人是出入于仙俗，来往于过去与未来世界之间的自由人。癞头和尚和跛足道人在尘世屡屡出现：第一次是要化英莲出家；第二次是化甄士隐出家；此后，又送"风月宝鉴"给奄奄待毙的贾瑞，以及在凤姐、宝玉被魇魔住时来持颂通灵宝玉，后来又给宝玉送玉，等等。甄士隐出家后，又在第一百零三回、第一百二十回等出现。这样，楔子和正文的内容就由

① 高辛勇：《〈西游补〉与叙述理论》，宁宗一、鲁德才《论中国古典小说的艺术》，南开大学出版社 1984 年版。

② 周先慎：《明清小说》，北京大学出版社 2003 年版，第 26 页。

这一僧一道和甄士隐三人联结成一个密不可分的整体，他们仿佛人类的先知，俯视着在滚滚红尘中迷惘困惑的芸芸众生，不时地提醒众人，希望众人早日从迷雾走出。同时，甄士隐的生活经历也给人一种命运无常、人生如梦的幻灭感和悲剧感，这也与开头神话故事中的悲剧情调相和谐，另外，甄家的破落经历暗示出贾家也将由于天灾人祸而由兴变衰，一败涂地。

第五，从延伸的角度看，“葫芦型”结构是以叠加的形式出现，即一个中空圆加另一个中空圆，顺着这种形式推理，许多中空圆连缀延伸，仿佛“竹子”般生长，生成许多的变式。《水浒传》的“品”字形结构、《西游记》的“串”字线性结构，属于“葫芦型”结构模式。《儒林外史》的“框形帖子式”结构从某种程度上讲，也是“葫芦型”结构的变化、连缀、延伸。

《儒林外史》第一回“说楔子敷陈大义　借名流隐括全文”，作者以元末诗人、画家王冕为原型——生活清贫，却不慕荣利；学高才富，却不求闻达；保全令节，逃避征辟，隐居山中。在楔子中，作者塑造了王冕这一理想人物，以“功名富贵”主题隐栝、总结全文。在小说正文部分，依然用“功名富贵”作为测试儒林士子人品的试金石。周进撞号板、范进发疯、匡超人与牛浦郎变节求达、杜少卿装病辞征辟、王玉辉劝女儿殉节等，无不以对“功名富贵”的态度作为透视人物的哈哈镜，凸现儒林世态。“《儒林外史》主体部分的内容颇丰和篇幅很长，却没有一贯到底的中心人物和完整情节，人物和故事都从琐屑的日常生活中‘集诸碎锦，合为帖子’，每个帖子‘颇同短制’，帖子与帖子之间‘连环套结’，仿佛籍装帧形制中的‘叶子’，容纳在一个总的主题框子里面，这种结构是‘框形帖子式’结构。”①

综上所述，中国古代小说的“葫芦型”结构就其形态而言，具有较强的民族特色；就其作用而言，能容纳丰富的内容，贴切跌宕多姿的情节。

（指导教师：徐向顺副教授）

① 徐向顺：《论〈儒林外史〉的逻辑结构形式》，《邵阳学院学报》2005年第4期。

“文本细读”在中国的发展趋势和批评实践研究

文学院 2010（3）　高　越

20 世纪 50 年代末，随着结构主义的出现，英美新批评逐渐式微。但新批评的衰落，并不意味着它的销声匿迹。相反，新批评“像哈姆雷特父亲的鬼魂，依然在指挥我们”①。它的学术思想和研究方法已经融入理论谱系之中，甚至得到了普泛式的运用。“文本细读法”就是其中的一点。

其实，就当时的情况而言，新批评并不是一个有着一定的组织、共同的纲领、严密的理论体系的流派。作为新批评重要人物之一的沃伦，就认为新批评“是过去（或现在）的一种被加以概括了的倾向”②。因此，新批评的批评家难免会在某些具体的理论问题上互相指摘，甚至在文学观点上也存在明显的分歧，但在批评方法上，“文本细读法”却得到了他们的共同认可。兰色姆就曾不无得意地说：“只有我们时代才能写出，其深度，其准确性，都超过了英语中以前任何批评。”③而在当下理论日益多元化的学术环境中，著名学者赵毅衡曾写道：“笔者在美国游学，就发现一个有趣的现象：凡是不想‘驱赶时髦文论’的教授，在教课时自觉不自觉地采用的还是新批评方法，尤其是细读法。某些教授引一些时兴理论，用一些时兴术语，但实际教课还是细读法。”④可见，“文本细读法”已经脱离了新批评的拘囿，不论新批评是否还盛行，亦不论新批评的某些观点如何遭人诟病，单就“文本细读法”来看，它的生命已超越了流派的更迭，经受了时间的考验。

就目前我国学界的研究现状来看，较著名的有 2001 年赵毅衡再版的《“新批评”文集》（百花文艺出版社），2009 年赵毅衡出版了《重访新批评》（百花文艺出版社），这是从宏观的角度审视新批评；有的专注研究某一位新批评成员的理论贡献，如刘燕的《现代批评之始：T.S.艾略特诗学研究》（《当代作家评论》2001 年第 2 期）；还有的从比较的角度研究新批评，如支宇的《“语义多重”与“符号自指”——英美新批评与结构主义文论的比较研究》

---

① 赵毅衡：《重访新批评》，四川文艺出版社 2013 年版，第 84 页。

② 张惠：《“新批评”及其在中国的“理论旅行”》，《社会科学家》2013 年第 5 期。

③ 赵毅衡：《重访新批评》，四川文艺出版社 2013 年版，第 1 页。

④ 李书：《淡化背景　细味语言——以易安词为例谈文本细读》，《赤峰学院学报》2008 年第 5 期。

(《四川外国语学院学报》2006 年第 6 期);当然也有专门研究新批评某一术语的,如支宇的《复义——新批评的核心术语》(《湘潭大学学报》2005 年第 1 期)。若在知网里在篇名一栏下以“文本细读”为关键词进行搜索,会发现教育教学研究的论文占大多数,剩余还有很大一部分是文学作品赏析,而真正有关文艺理论的却寥寥无几。

国内文艺理论学界对新批评的“文本细读法”关注度还有欠缺,鉴于此,笔者将采用比较研究的方法,将新批评语境下的“文本细读法”与国内语境下的“文本细读法”的理解和运用进行比较,来分析该研究方法在国内的发展趋势。

一、新批评语境下的“文本细读法”

“文本细读法”最早出现在瑞恰兹的《实用批评》这部著作中,新批评成员共同的批评实践奠定并填充了这一术语的意涵。尽管在后来的演变过程中,它的意涵在某些方面和层面发生了变化、移动,但不可否认的是,每一次流变都没有远离新批评所赋予的意涵。因此,为了清晰地梳理“文本细读法”的发展脉络和演变趋势,就有必要追溯“文本细读法”的源头,还原其最初的状态,让“文本细读法”回归到新批评的语境下。

反观新批评对“文本细读法”的阐释,其言说并非静态的,而是呈现出一个“从厚到薄,再从薄到厚”的动态流变。燕卜荪有一句名言就精确地概括了新批评对“文本细读法”意涵的定位,即“要拿着放大镜在字里行间寻找意义”。若对这句名言进行解构,就会发现它从三个维度上建构了“文本细读法”的意义框架。

“文本细读法”的意义框架是紧紧围绕“一个中心”搭建的,而这个“中心”也可以看作“文本细读法”的宗旨,即“文本中心论”。就新批评的初衷来看,“文本细读法”的提出是为配合“文本中心论”的观点服务的。在批评实践中运用“文本细读法”,就要对文本进行“三次切割”,也就是一个“从厚变薄”的过程。新批评通过“意图谬误”割裂了文本与作者的联系,通过“感受谬误”否定了读者对文本的解读。至此,新批评对文本的孤立仍然没有结束,大多数新批评成员都主张将文本从同类型的作品群体中分割出来。这样,单一的文本就成了一个自足体。可见,新批评的批评对象为“文本”而非“作品”,因此,它属于内部批评。

此外,新批评通过两条途径来对“文本细读法”意涵的建构从“由厚变薄”过渡到“由薄变厚”,这两条途径就体现在一个“细”字上。一方面,他们要在“字里行间”寻找意义。也就是说,他们并不是以宏观的视角来解读文本,而是将目光聚焦于微观细节,那些看似支离破碎的句子、词语更能引起他们浓厚的兴趣。另一方面,他们是拿着“放大镜”来审视文本的。可见,他们对文本的解读并非如“蜻蜓点水”般浮光掠影,而是要将字里行间隐藏的玄妙之处不断扩大,探幽发微,用精确细致的解读在那些微观细节上建构宏伟的意义空间。

其实,他们如此煞费苦心,最终还是要落实到“语义”二字上。也就是说,搭建形式与意义之间密不可分的联系才是他们阅读活动的最终归宿。新批评之所以在形式主义批评学派中生命力最持久,就源于它的理论思路和研究方法有别于其他的形式主义。新批评是从语义的角度讨论文学与语言的关系,而俄国形式主义、结构主义则侧重于分析语言形式和语言结构。可见,唯有挖掘出语言中丰富而细致的意义,“文本细读法”才真正实现了“由薄变厚”。

除此以外,我们还可以通过“望文生义”的办法来揭示“文本细读法”的意涵。“文本细读法”的英译术语为“Close-Reading”,巧妙的是,“Close-Reading”本身就是一个复义的例子。单词“close”作形容词时可译为“封闭的”和“精密的”,而这两个意思结合起来正好可以精确地概括“文本细读法”的意涵。

二、当前语境下的“文本细读法”

与一部文学作品的接受史研究相似,每一个理论术语同样有其接受史。尽管理论术语在历时接受过程中所发生的变化往往没有对文学作品的解读那么丰富,但由于理论术语在批评实践中的可操作性,以及其意涵的相对固定和明确,从而更易于探究理论术语的意涵在历时的演变中所发生的细微变化,以及这些变化所折射出的研究观念的转向。

若要分析“文本细读法”在接受过程中所发生的意涵“变形”,需要借鉴解释学“视域融合”理论的逻辑思路,采用“语境融合”的方式。也就是将新批评对“文本细读法”的解读作为这一术语意涵的“原型”,通过对不同语境下“文本细读法”所携带的意涵的比较,会发现“文本细读法”的意涵流变总体上呈现出“向外转”的趋势。这种“向外转”的趋势根据所处的概念层面的不同又可以分为两个方面。

一方面,这种“向外转”的趋势首先体现在“文本细读法”的内涵层面上。通过上文对这一术语在新批评语境下的审视,“文本细读法”最初有两层含义,即强调文学批评中的“封闭性”和“精密性”。但在新批评以后,学者在批评实践中使用这一术语时,会有意突出它对批评活动“精密”程度的要求,而试图掩盖甚至吞噬这一术语所携带的“以‘本’为本”的局限性。比如有学者这样阐释“文本细读法”的含义:“文本细读,从字面而言,就是直面作品,仔细地、认真地阅读、推敲文本,一点点地解析,一个个字地释疑,逐字逐句地摸索别人的行文思路,从每一个细节中寻猎意义的痕迹与线索。”①从上面的阐释中不难看出,作者通过一系列的动词和修饰语强调了运用“文本细读法”解读文本就意味着要对文本进行细致的解析,而对这一术语本身“封闭性”的一面却不着一字。此外,陈思和先生在谈到“细读文本”的方法时,提出了四点标准,分别是“直面作品、寻找经典、寻找缝隙和寻找原型”②。“直面作品”和“寻找缝隙”可以看出陈思和先生也强调要对文本进行精密解读,但“寻找缝隙”和“寻找原型”又显示出陈思和先生已经突破了新批评在运用“文本细读法”时对文本的束缚,试图建立文本与外界的联系。

其实人们对“文本细读法”内涵层面的取舍就是一个“趋利避害”的过程,最终还是要服务于文学批评活动。这样在很大程度上就规避了这一术语原本偏激的一面,使其自身的理论体系更具合理性,从而在更为广阔的领域中得以运用。“文本细读法”更为广泛的运用就体现在其外延层面的“向外转”。

---

① 李书:《淡化背景 细味语言——以易安词为例谈文本细读》,《赤峰学院学报》2008年第5期。

② 陈思和:《文本细读在当代的意义及其方法》,《河北学刊》2004年第2期。

所谓“文本细读法”外延层面的“向外转”，指的就是“文本细读法”已不再仅仅局限于文学批评的领域中，而是已经“嫁接”到其他领域的学术研究中并“开花结果”。王先霈先生曾在其《文本细读讲演录》一书中对“文本细读法”进行了三个角度的解释，分别是“一是把它看作一种文学教学方式，二是把它看作一种文学批评和文学研究的工作程式，三是把它看作一种文学阅读态度”[①]。徐克瑜先生也曾说道：“在近几年的文学研究、批评和教学中，关于‘文本细读’的呼声越来越高。”[②]可见，“文本细读法”在其理论轨迹中所发生的“向外转”的流变，不仅仅局限在概念的内涵层面上，更多地还体现在外延层面的拓展。有学者将“文本细读法”定位为“中国现代文学研究的一种精神”[③]，或许正是这种偏离操作层面的抽象的精神性意涵，使得“文本细读法”不断受到其他领域，尤其是语文教学领域的研究者的青睐。

从宏观的角度来看，“文本细读法”在内涵和外延两个层面上“向外转”的趋势，可以看作术语本身的意义框架“自洽”的过程。由于新批评在构建“文本细读法”的意义框架时，过分强调了对文本的精密解读，或者说是突出了文学批评的内部批评，这种批评实践的过度“向内转”，无形之中就需要一个释放的空间，而新批评又将其封闭于单一的文本之中，使得这一术语的理论框架显得那么不协调。在后来的批评活动中，那些不赞同新批评“文本中心论”的偏激观点，而又不否认“文本细读法”具有一定合理性的学者，就会在内涵和外延两个层面上不断完善这一术语，由此这一术语在意义层面上得以平衡。

三、“文本细读法”的多维度阐释

对“文本细读法”进行多维度的阐释，其实就是要将“文本细读法”与生俱来的“向内转”的特质和其在历时的流变中所渐生的“向外转”的趋势结合于文学批评活动中。事实上，不论“文本细读法”的意涵发生怎样的变化，运用“文本细读法”解读文本仍然离不开语言与语义的勾连。还应指出，此处还涉及一个“文本存在方式”的问题。新批评的“文本存在方式”论有两种代表性的观点[④]：一个是兰色姆的“构架—肌质论”，另一个是布鲁克斯的“有机论”。尽管这两种观点在当时得到了大多数新批评成员的认可，但在现在看来，它们要么是内容形式的“二元论”，要么是割裂了主体和客体之间的联系。因此，在当前语境下探讨“文本存在方式”的问题(此处的“文本”主要指文学作品)，就要避免产生以上两种偏颇，而要建立立体化和动态化的多维度文本。这种“多维度”体现在三个不同层次之上，且这三个维度是由小到大、不断递增的。

(一) 第一个维度——文本片段

运用“文本细读法”解读文本的第一个维度就是要细读文本的微观细节，就好比收集

---

① 王先霈：《文学文本细读讲演录》，广西师范大学出版社 2006 年版，第 1 页。

② 徐克瑜：《当前文学研究中的文本细读问题》，《文艺争鸣》2009 年第 3 期。

③ 陈思和：《文本细读在当代的意义及其方法》，《河北学刊》2004 年第 2 期。

④ 易蓉：《超越“新批评”的文学理论——韦勒克文学理论的重新审视》，《求索》2009 年第 6 期。

散落于漫漫沙滩的一粒粒珍珠，从而试图建构文本细节处横向或纵向的意义空间。

所谓横向上的意义空间，指的就是呈现在文本上的某处或多处微观细节，由于某种表达方式使其自身或相互之间存在某种张力，这种张力使得文本具有多种阐释的可能，甚至达到让人捉摸不透的地步。

请看下面两个例子：

花非花，雾非雾，夜半来，天明去。来如春梦不多时，去似朝云无觅处。

——白居易《花非花》

……

托尼既有些渴望又有些不安，他从未见过杰克叔叔这个样子。

“托尼，你要保持镇定，这件事对你来说不太容易理解。托尼，还记得那天你告诉我简搬到我们旁边的别墅做邻居吗？”

“是关于简？”他尖叫起来，心跳加速。

“托尼，这些年来没有人住在旁边那幢别墅……”

……

“杰克叔叔并不存在，我就是想告诉你这件事的，这些日子……”简喘息着，呼吸完最后一口气。

——苏吉特·马拉《想象》

白居易的《花非花》中的每一句都散发出无穷无尽的横向上的张力，这就源于诗人对比喻的巧妙运用。这首“博喻诗”共罗列了四种喻体：美如花却非花，朦胧如雾却非雾，如春梦般短暂，又似云雾般易散。诗人每说出一个喻体，就好似为本体揭去一层面纱，可最后，读者却失望地发现，还是无法明确得知本体到底是什么。原有的阅读期待在正常途径下被打碎后，读者就会另辟蹊径，将这四种不同质的喻体并列在一块，通过寻找它们之间的相似性来推测本体。尽管这样做还不能弄清楚本体的真面目，或许不同的读者还会得出不同的结果，但谁也不会否定这首诗的美，它的美就在于本体和喻体之间似近还远、似有还无的张力。

苏吉特·马拉的《想象》是一篇让人匪夷所思的短篇小说。这种匪夷所思产生于小说前后两个细节之间所形成的悖论而产生的张力。小说的前半部分通过杰克叔叔之口告诉读者托尼深爱的女孩简其实并不存在，而是托尼由于患有精神疾病幻想出来的。但后来简却死于托尼之手，并说出一个惊人的秘密——原来杰克叔叔并不存在，而是托尼幻想出来的。至此，小说戛然而止，留给读者的只有疑惑。联系小说的题目“想象”，我们不禁做出如下猜测：杰克叔叔存在，简不存在，简之死是托尼想象出来的；简存在，杰克叔叔不存在，杰克叔叔的一番话是托尼想象出来的；杰克叔叔和简均不存在，这个故事自始至终是托尼在自我意识中完成的；甚至还可以大胆想象，杰克叔叔和简都是真实存在的，不过他们因为托尼对对方的爱而相互嫉恨，并想借托尼之手置对方于死地，现实的残酷让作者多么希望这一切都是想象出来的。虽然无法明确哪种猜测才是正确的，但可以肯定每种猜测均没有远离文本。这种悖论所营造的广阔的意义空间，不仅不会拒读者于千里之外，反而会吸引读者反复细读文本。

通过以上的例子可以看出，运用“文本细读法”解读文本片段，可以深入挖掘文本的某一细节或细节之间存在的横向的意义空间，这种横向的意义空间指的就是文本存在多种阐释的可能，相互之间形成难以相互否定的张力。而读者煞费苦心消除这种张力的过程就是作者传达自己的意蕴和读者品味文学独特性的过程。

另外，运用“文本细读法”还可以构建文本细节处纵向的意义空间。这种纵向上的意义空间，指的就是文本中某处微观细节，尽管只有一种文字表达形式，可在语义层面上却呈现出纵向重叠的意义空间。这种纵向重叠的意义空间又可以根据不同的相互作用力分为两种。

一种是一个语义层面覆盖另一个语义层面，也就是说，某处文字表面上虽有两种意思，可这两种意思一虚一实、一真一假，最终传达的还是一种意思。例如：

> 杨家有女初长成，养在深闺人未识。
>
> ——白居易《长恨歌》

不了解唐朝历史的人不会觉得此句有何深意，但只要对唐朝历史有所了解，尤其是当时的唐朝人读到此句都会会心一笑。作者在此用曲笔，或许很大程度上是为尊者讳，可在无形之中也是一种反讽，在社会语境下所形成的深深的讽刺覆盖了文本表面的褒扬之意。

一种纵向重叠的意义空间指的是一种文字表达形式所建构的两种意义空间好似电影中的蒙太奇手法，互不干扰，并驾齐驱。而新批评所说的复义就具有这种效果。历来为人所传诵的名句“红杏枝头春意闹”（宋祁《玉楼春》），笔者认为就是复义的例子。王国维在《人间词话》中称赞此句“着一‘闹’字而境界全出”。但这一“闹”字到底为什么好，王国维先生也说得颇为含混。在我看来，“闹”字之所以好，就是因为这个“闹”字叠加了两种意境。一方面，若将“闹”字理解为形容词，那么它就是热闹、茂盛的意思，由此，一片火红的杏花景象便展现在读者面前。另一方面，若将“闹”字理解为动词，那么它就有了拟人化的意味，是春意在红杏枝头上闹腾、跳跃，这样静止的画面就动了起来，春天就好像一个小孩子一样活泼、可爱。

可见，运用“文本细读法”可以深入解读纵向重叠的意义空间，需要辨析的是，这两个语义层面的重叠是相加得一（反讽）还是相加得二（复义），唯有这样，才能准确阐释此处文本片段的内涵。

（二）第二个维度——文本平面

运用“文本细读法”解读文本的第二个维度就是要搭建文本的微观细节与文本整体之间的联系，在这种阐释模式下，文本就好比一匹绣有花纹的锦缎，人们在欣赏花纹之美的同时，还会因为它所处的位置以及与其他花纹的搭配而对整匹锦缎产生好感，同时，锦缎也不会因为绣有花纹而改变自身的纹理。

在这一维度之下解读文本，需要将目光从那些微观细节扩展到整个文本平面，不但要对文本的某些微观细节进行精确细致的解读，还要把握对文本的整体性解析。

下面以李煜的《虞美人·春花秋月何时了》为例，展示“文本细读法”在文本平面这一维度的运用。

春花秋月何时了？往事知多少。小楼昨夜又东风，故国不堪回首月明中。
雕栏玉砌应犹在，只是朱颜改。问君能有几多愁？恰似一江春水向东流。

这首词之所以历来为人们所传诵，除了因为文本所传达的故国之思和亡国之恨感人至深之外，很大程度上是因为这首词多处细节的精彩。最为人所称赞的是词的末尾那句异质远距的比喻，在此就不再赘述了。但除此以外，这首词在微观细节上，还有值得细读之处。比如，词的开头一句“春花秋月何时了”，好像大多数人都认为这是李后主对无休无尽的春花秋月的斥责，笔者看来，此处还有一解。此句中的“春花秋月”或许照应的是下面的“往事”和“故国”，指的是往昔南唐的美好景色。可现在词人已沦为阶下囚，自然看不到故国往昔的“春花秋月”了。所以词人不禁哀怨地问：“春花秋月，你们何时消失的呢？我还没有看够啊。”不论采纳何种解释，均可以体会到主人公哀怨的心绪。词的下阕中写到“雕栏玉砌应犹在，只是朱颜改”，这句不过是伤心欲绝的亡国之君在用欺骗的手法来安慰自己。试想，宋朝的铁蹄已踏遍了南唐的每一寸土地，雕栏玉砌怎还会完好无损，而李后主自己的身世恐怕也不只“朱颜改”这么轻描淡写就可以形容出来的。主人公对故国与自身的描述和现实之间形成了鲜明的对比。

在这一维度之下解读文本，还可以挖掘其内在结构的巧妙之处。具体到这首词来看，此词的上下两阙之间在纵向上相互映衬，但这一点似乎并没有引起人们太多的关注。具体来讲，词的上阕写的是过去之景和现在之景，构成一条时间轴；词的下阕写的是远方之景和眼前之景，构成一条空间轴。而时间轴和空间轴又在横向上相互并列，在此之中，过去的与眼前的，变化的与没变的，看得见的与看不见的之间相互映发，作者的惆怅感、愧疚心展露无遗。

通过以上的例子，可以看出，运用“文本细读法”解读文本平面可以同时兼顾文本的细节与整体。由于对微观细节的细读，避免了使自己的解读过于笼统；同时，对文本整体的把握，又不至于使自己的阐释显得支离破碎。此外，有时细节与整体的勾连还会达到意想不到的效果。

（三）第三个维度——文本链条

运用“文本细读法”阐释文本的第三个维度就是要打通文类之间的隔阂，将文本置于文学作品的群体当中，形成一条条纵横交错的文本链条。它们之间在内容或形式上，或呈现出共时性的比照关系，或存在历时性的承接关系。通过对“文本链条”的细读，有助于深化对单个文本的解读和梳理文学作品的隐性发展脉络。

在中国古代文学中，这样的例子俯拾即是，请看下面几个例子。

都来此事，眉间心上，无计相回避。

——范仲淹《御街行》

此情无计可消除，才下心头，却上眉头。

——李清照《一剪梅》

李清照的此句在形式上虽脱胎于范仲淹，但与前者相比，她的创新之处在于将静态的陈述变为动态的描述。读者仿佛真切地感受到丝丝愁绪萦绕于女主人公的心头，似乎刚刚忘却，却又眉头紧锁，难以排遣对远方人的思念。

人面不知何处去，桃花依旧笑春风。

——崔护《题都城南庄》

人面不知何处去，绿波依旧东流。

——晏殊《清平乐》

落花犹在，香屏空掩，人面知何处？

——晏几道《御街行》

晏殊此句对崔护诗的模仿痕迹比较明显，而晏几道就模仿得比较巧妙。其一，叙述顺序相反。崔护和晏殊均是因为难寻伊人倩影，才注意到桃花盛开，绿波东流。而晏几道词却记录了主人公寻找伊人的过程。街南树下，唯见落花，不见伊人；北楼之上，唯见屏风，不见伊人。其二，景物的感情色彩不同，崔护和晏殊是借乐景写哀情，而晏几道的此句情与景是统一的。伊人离去，似乎树头的花也伤心地纷纷掉落，华美的屏风亦觉自己失去了存在的价值。

矮纸斜行闲作草，晴窗细乳戏分茶。

——陆游《临安春雨初霁》

有约不来过夜半，闲敲棋子落灯花。

——赵世秀《约客》

你与我疾回疾转莫停留，我在这独守银缸慢慢等。

——蒲察善长《新水令》

这三句虽不存在前后承接或模仿的关系，但巧合的是，它们在表达方式上却存在异曲同工之处。这三位作者都将焦躁的情绪和闲适的心态并置，从而有意制造出矛盾的表述。这种表达方式有两种效果：一方面，两种心态看似矛盾，又都合理，因为它们的出发点不同。焦躁的情绪是事出有因，而闲适的心态好比“苦中作乐”，自我安慰；另一方面，这种悖论式的表述又可以形成横向上的张力，二者之间有一种相互作用，焦躁的情绪使得闲适的心态中蕴含着淡淡的忧伤，而闲适的心态又使得焦躁之感更富有感染力。

通过以上分析可知，前两例中的文本在形式上形成历时的承接关系，同时，形式的稍加改变就会产生不同的表达效果。而第三例中的文本在表达方式上呈现出共时的“抱团”现象。通过对文本链条的细读，有助于突破解读单一文本的局限，从而对某些文本的形式和内容有更为深入的解读。

四、总结与反思

综上所述，通过将“文本细读法”并置于“新批评”和“当下”两个语境之下，比较“文本细读法”在不同语境下的意涵，由此揭示出这一术语在中国历时的接受过程中，在内涵和外延两个概念层面所呈现的“向外转”的演变。并将这一术语运用到文学批评的实践活动中，从文本片段、文本平面、文本链条这三个维度对文本进行了阐释。以此证明了这一术语通过自身两股力量的“此消彼长”，使得意义框架不断完善，从而在文学批评活动中得到了更为广泛的运用。从“文本细读法”意涵的发展趋势中，可以看出，20 世纪所形成的“人本批评”、“文本批评”以及以批评理论为基础的文学批评这三种主要的文学批评类型，在后来的发展中，相互之间的界限日益模糊，同时，也反映出当代学者的研究理念日益走向包容和辩证。

还应指出，“文本细读法”在当前语境下的研究意义也是学者争论的焦点之一。许多学者都将对“文本细读法”的呼吁归结为对当下文学研究中所存在的“宏大阐释”①和“好大喜全”②的反拨。对此，我并不完全赞同。更为准确地说它们只是对“文本细读”某一方面的违背。试想，文学研究的粗浅是否也是对“文本细读”的违背？退一步来讲，难道“宏大阐释”与“文本细读”真的就那么格格不入、泾渭分明吗？事实上，当下的“文本细读法”已经突破了新批评所强加的“封闭性”的局限，在一定程度上已经能将微观的文学阐释和宏观的文学研究结合在一起。因此，笔者认为，在当前的学术语境中，人们对“文本细读法”呼吁，更多的是对理论“饱和”的反思和对严谨的学术态度的呼吁。

在当前的学术语境中，有些情况下人们对细读法的运用俨然已经脱离了新批评理论，以致“文本细读法”的意涵发生了“向外转”的趋势。但不可否认的是，不论“文本细读法”如何演变，仍然无法彻底摆脱新批评的历史语境，新批评也是文艺理论研究史上无法忽略的重要一环，如果没有新批评，我们无法想象当代文艺理论将呈现出怎样的面貌。虽然我们一再赋予新批评崇高的理论史地位，但这并不意味着新批评对于当代只有正面的借鉴，如果新批评是完美的，那么，或许也不会有今后理论的发展。新批评的缺点和很多文艺理论相似，都脱离不了“片面”二字，极端的文本中心主义限制了新批评派文学研究的视野，当擅长结构类型研究的结构主义登上历史舞台时，新批评也就无法避免地走向了末路。

（指导教师：盖生教授）

---

① 徐克瑜：《当前文学研究中的文本细读问题》，《文艺争鸣》2009 年第 3 期。

② 张德明：《经典在文本细读中诞生》，《名作欣赏》2006 年第 21 期。

现代文学

“现代文学用现代文学语言与文学形式，表达现代中国人的思想，感情，心理的文学。”这里选择的几篇优秀习作，或者讨论现代一类人物形象与社会文化关系，某一文学体裁与区域文化特征关系，或者讨论某一作家塑造的一类人物形象，或者揭示某一作家作品的美学价值。我们还特意选了一组与江苏作家有关的文学作品评论文章。希望通过作者的赏析，能让有心人更深体味我们这一区域的文化风情。

试论李宽定“女儿家系列小说”中女性形象及其塑造

文学院 2011（2）　余海燕

李宽定，贵州作家，《山花》编辑，1975 年开始发表作品，90 年代中后期投身于商海，结束了写作生涯。然而，短短 20 年内却出版了数本小说集，一度活跃在新时期的文坛。其中中篇小说：《小家碧玉》（1982）、《良家妇女》（1983）、《大家闺秀》（1983）、《山月儿》（1984）、《山林恋》（1985）、《山雀儿》（1986），与长篇小说：《荒林野妹》（1987）、《浪漫女神》（1989）组成了独具特色的“女儿家系列小说”。其创作立足于历史和现实之间，揭示妇女问题，集中刻画女性形象。虽然，学者们把目光多聚焦在蹇先艾先生的作品上，试图从其作其人的研究中挖掘黔北的文化宝藏，但这是不够充分的。所以，从黔北作家群入手，深探刻画女性的圣手李宽定，研究其人其作，有利于更为全面地了解黔北，挖掘黔北文化。

一　黔北女性群像

《良家妇女》本是李宽定的一部同名中篇小说集，我之所以借用这个词来概括黔北女性群像，是因为黔北的妇女诚如山涧泉水般纯洁、林中山花般美丽、崖边盘松般坚韧。正如《爱与价值》中小说人物严冬民所说：“我很欣赏你刻画人物的本事，特别是女性，她们勤劳、善良、对爱情坚贞、执着、忍辱负重、舍己为人，这些无疑都是值得歌颂的美德，是我们中国女性的好传统。”①显然，李宽定是肯定这些美德，赞美这些传统意义上的贤妻良母。然而，也不失批判效力。在“女儿家系列小说”中，李宽定塑造了“传统型和叛逆型两类女性”②，并通过她们的命运变化来展示赤子之爱与灵魂的真善美。为此，我遵照受教育程度，将传统型和叛逆型女性细分为三类，即旧式的传统型妇女、半新式的反抗型妇女和新式的浪漫型妇女。

---

① 李宽定：《李宽定选 2 · 短篇小说》，百花文艺出版社 2009 年版，第 213 页。

② 游友基：《中国社会小说通史》，江苏教育出版社 1999 年版，第 599 页。

（一）旧式的传统型妇女

这是一群了无争议的良家妇女。她们身处山村，恪守妇道，遵守“三从”、“四德”，屈服于“向来如此”的旧规陋习。这群妇女存在于李宽定“女儿家系列小说”的各个篇目中，如《良家妇女》中的易五娘、余杏仙，《山林恋》中的丫丫，《山月儿》中的庞学英，等等。

在此，我不得不先赞叹她们的美丽、温柔、勤劳与善良。

自古道“笑靨如花”、“女儿是水做的”，这无疑是形容妇女的美丽与温柔这个特点。在《良家妇女》中，李宽定用“像一枝杏花，比杏花还美”、“疏淡的眉毛，弯弯的，又细又长，像一钩新月”①来形容童养媳余杏仙的美丽。杏仙的美，不只是美在身，还美在心，着实柔情似水。易家山的姑娘个个都好生厉害着，可是杏仙不嗔不怒。面对年龄相仿的李开炳夜归，她悄悄留门，为他戴花。当小丈夫易少伟“吃醋”时，她哄着他，抱着他，以至于易少伟融化在她的怀抱，果真不与人说起她戴花的事情。如果说余杏仙和她名字是一样的“仙”，那么她也只是从了“人”，是养在家里的花朵，没有山间的野气。而从“山”的仙女，非《山林恋》中的丫丫莫属。她“像幽谷中一朵含苞的百合”，单纯而美丽，净白而不失为山花的温柔。自小没有父母的丫丫，与外祖父生活在一起，每天都会去山里守坟，夜晚便对着落雁塘唱歌，歌声婉转，动人心魄。对于“家花”与“山花”的论断之后，我不得不感叹《山月儿》中的庞学英，李宽定精选一句“门槛都被媒人踏破”反观了她的美、她的好，组成一派温柔宁静的妇女。

然而，美在青春，久在品行。对于这类女性具有的善良、勤劳这一美德，不加以赘述似乎不可行。且看《良家妇女》中余杏仙忍辱负重，任劳任怨；《山林恋》中丫丫为爱痴等，仁义尽至；《山月儿》中的庞学英心灵手巧，成人之美的小评后，不妨选择《山林恋》中丫丫做一个详细的叙述。少女时代的丫丫宛如沈从文先生在《边城》中塑造的翠翠，同样是没有爹娘，只有外祖父与狗相伴，可是她又不同于翠翠。丫丫的一生都被山外人牵制着，身在山林却一心等待山外人苗青。后来，为报答宋双对自己的好而献上自己，又为他生下女儿“雁雁”，独守山林。不管是苗青，还是守林人宋双，都见证了少女的青涩，也毁了这份青涩。追根究底，都是丫丫的外公青树民用执拗而原始的发誓仪式给丫丫上了“山在，人在”的枷锁，以至于丫丫着上了凝重的色彩。最后，自己曾救助过的丈夫吴为也不堪压抑而离去。平静的离婚，坚守的告别仪式都令人动容。青涩年华远去，丰满山妇暗淡，却成就了政治底片中的植树大王。这具被传统洪流浸泡的躯壳，不仅贴上“舍己为人”、“勤劳善良”、“执着”的标签，还升华为没有个人私欲的“女英雄”！更让她心心念念的苗青佩服起来。这无疑是一部女性成长史，一部大力赞扬善良与勤劳的宣传册。

可是，同属山林的几位妇女，或多或少地成了传统驯化下的躯体，习惯于听从长者的命令，是被动的存在，多活在别人的意识形态中，也多乐意接受所有苦难，认命的观念根植，变成了心里缺乏波澜的妇女。当然，有学者认为《良家妇女》中的余杏仙是在落后风俗的驱使下，完成的“大妻小夫”的模式。而这个模式伴随着杏仙个人情感的驱动，产生了对自由婚姻的追求而被打破，最终成功离婚。所以学者认为杏仙是觉醒的、是反抗的。可是

---

① 李宽定：《良家妇女》，北京出版社 1999 年版，第 9 页。

不然，杏仙会有离婚的念头是受开炳影响并由男性主导，整个离婚事件中，杏仙只是扮演着受害人与接受者的角色，是趁着时代洪流才完成的命运转变。而在李宽定发表的《乡民》中提到炳哥，更略述嫂子为生不出男孩而愧对夫家，由此推算，杏仙还是传统的，甘愿存于"夫权"之下。而接下来要叙述的半新式的反抗型妇女，她们也全都是好人，都是善良不已的女子，而李宽定也给予了她们坎坷不已的命运。

（二）半新式的反抗型妇女

这一类妇女存在于山林与小城镇之间，多表现在山林人走入城镇后产生的心理变化及支配的一切行为。她们多是无奈的、痛苦的、迷茫的。

《山雀儿》中的余家容承受了包办婚姻的无奈，一心念着表哥李铁头。为了走到一起，她开始了第一次反抗，意欲解除与刁小强的婚姻。恰逢婚姻法颁布，第一次很顺利地解除了婚姻，同时，开启了第二段婚姻。为了偿还彩礼钱，山雀儿进城打工，完成了山里人进城的套路。进城后的余家容见识了诸多新奇的事物，懂了什么是精神契合与感情融洽，对伴侣有了新的定义。返乡后的她，对照了新丈夫李铁头的举动，发现了夫妻间在精神上存在着巨大的鸿沟。彼时，她不再接受嫁鸡随鸡，不愿同床异梦，甚至感觉到这鸿沟延伸着整个土生土长的山林人与新式人民之间拥有的交流障碍。由此引发内心世界的矛盾，产生无人能懂的悲哀，导致"异类"的她最后选择了自杀。当然，余家容背负的仅局限于个人层面的压力，是受到了启蒙却无法自救，更无人相救的例子。而《荒林野妹》中筱山子却是因袭了两个家族的恩怨。就筱山子个人而言，她是受过教育的，追求自由恋爱的，也接受与家族仇人恋爱，可是命运一次又一次的捉弄，她想力挽狂澜，改变局况，可是却只见情形继续恶化。她无法通过个人力量去改变家族意识，正如山月儿无法通过个人努力获得平等一样。

《山月儿》中山月儿与父亲相依为命，因错划为"四类分子"而一直翻不了身，备受"龙生龙，凤生凤"思想禁锢下的"正常人"打压。而作为接受过教育的她，对人生有着自己的理解，对生活有着自救的追求。为抱不平，倔强的她与工作同志理论；面对虎患期间安排上山守苞谷的任务时，她顾及自尊，不去队里替父请假，而是选择撒谎骗父，一个人守苞谷，像个男子。而这只是山月儿的一面，倔强和仗义是她的特点，脆弱和疲惫也是她的特点。最终，在庞学英的爱情问题上，忙前忙后，牵线搭桥的山月儿不惜扮虎吓何家姐弟，入狱改造，精神已然呆滞。回来之后，父亲又用死亡作答。在"什么是对"与"什么是错"的矛盾中，无解而无奈的山月儿永久地躲进了深山，结束了叛逆举动。

这一类妇女，有主见，有个人意识，可是都是断断续续，间接得来的，并没有较为清晰、系统和坚定的价值观。这一类女性在传统封闭的社会里涤荡，最后连微薄的力量与微弱的气息都消失殆尽，淹没在封建的长河里。

（三）新式的浪漫型妇女

说到新式，字典的解释是"新出现的式样"，较之于常态，那就是具有一定的超前性。而说到浪漫，那便少不了热烈追求，也许最后可能收获个黯然神伤。可是，无论怎样，这群妇女都是真诚地为自己代言，为理想社会代言。

如果说山月儿的反抗行为是属于青春期的话，那么《大家闺秀》中惠晚秋的反抗举动便是半世人生的漂浮。同样是怀着真诚而异化于世，前者追求一份平等，后者追求一份平等的爱情。论其性格，可用学者何锐的话来概括，便是“她的思想性格与山月儿有近似之处，但彼此却绝不雷同。她性格中最突出的特点是执拗与独立精神”①。这便是惠晚秋，身为省教育厅长的千金，才高貌美，却破天荒地爱上了“乡巴佬”刘文志。而执意下乡的惠晚秋，为此承受了世间所有的污浊。在封闭落后的顶山城里，惠晚秋不听心上人刘文志的劝言，用个人行为去反对丧礼中“意思意思哭几下”的虚伪；穿惯了裙子的她，时尚依旧，还执意穿泳装下河洗澡，导致“破坏风水”，获得“儿马婆”的名号。为破解扑面而来的闲话，晚秋主动示好却被刘文志当作闲话的铁证，于是抛弃了她。然而，晚秋坚定地认为，真心实意总会被接受，时间会让顶山城民看清是非。因此，不顾劝阻，留在顶山城的教育行业继续奉献青春。最后，在新一轮的闲话里，新婚丈夫惠香村离家出走。

面对传统的桎梏与长久的愚昧，先进个人的真诚式叛逆总演化成了悲剧的故事。惠晚秋如此，追求浪漫的女大学生安琪也为“真诚”痛饮一杯。

《浪漫女神》中的安琪，青春、时尚、高雅，并且将“真诚”作为自己的价值观与爱情观，全身心地与作家叶子楠相爱。对于安琪，我并不认可学者梓子对“新潮女大学生”的分析。梓子认为《浪漫女神》中所写的女大学生热衷于“三角恋爱”，不介意充当“第三者”，并且大胆地偷食“禁果”。② 可李宽定的本意并不是宣扬这个思想，而是单纯地表现女性在逐爱过程中的真诚，即使有些反面现象，那也只是为了衬托真诚的女主人公。安琪与叶子楠看似的偶遇，实则是刻意的安排，在此暂且不做分析。女主人公安琪在初中时就崇拜叶子楠，喜欢他在作品里洋溢的真诚与勇气，于是主动出击，追到了这位中年作家。可是，叶子楠除了有家室外，还有着虚伪。在相处中，安琪发现现实里的叶子楠是伪善的，是退缩的，是顾忌名声的庸俗人。观照了同宿舍好友的感情史后，她给了叶子楠诀别信，看透了这一个安分的男人和一个不安分的灵魂的事实。这场理想中的惊心动魄的爱情，最后变成难以言表的悲伤。安琪是真诚的，可是在与现实的较量中，她过于理想，提及“奉献童贞”时思想的超前都不可遏制地激发悲剧上演。

所以，无论是旧式的、半新式的还是新式的良家妇女，在李宽定的笔下都是“真”的，也都晕染着“悲”。然而，对比鲁迅笔下那被压迫、被损害的妇女，李宽定笔下的这群妇女是幸运的，她们不是行尸走肉，她们还有一定的选择权，也可以做出适当的反抗；对比沈从文笔下那善良而淳朴的梦幻湘西妹子，李宽定笔下的妹子更具有生活气息，贴近时代；对比汪曾祺笔下的诗意、灵动的高邮姑娘，李宽定笔下的姑娘又是满带心酸、沉重的生命。无论是何种境遇，李宽定笔下的女性都披着黔北乡民那遥远而又清晰的面纱，吸引后继学者去揭面、解密。

---

① 梓子：《“新淑女性”真灵魂污染——评〈浪漫女神〉的功能失当》，《中国青年研究》1990 年第 1 期。

② 仲呈祥：《西南中青年作家论》，重庆出版社 1986 年版，第 40 页。

二 “和而不同”的人物塑造

李宽定用柔和的目光聚焦南国僻地，创造了良家妇女这一群像，为其倾尽笔墨。一个作家逆行于圈中，无可厚非是种能力。而一个作家想让自己笔下的人物形象争奇斗艳，更是一种令人赞许的行为。在“女儿家系列小说”中，李宽定就采用了“和而不同”的方法进行人物塑造。那么，“和而不同”中的“和”究竟指代什么？而“不同”又是如何体现的？

（一）同一底色：真诚与悲剧

前面已经分析了惠婉秋与安琪为真诚痛饮了一杯，因此，不难探析出尽心尽力的童养媳余杏仙是真诚却悲剧的；为爱痴等、独守山林的丫丫是真诚却悲剧的；仗义出手、匿迹村户的山月儿是真诚却悲剧的。为此，我将细致分析“女儿家系列小说”中几位妇女的历程。

《良家妇女》中余杏仙作为“童养媳”，孝敬“姐姐式”的婆婆，打心底没有想到“大妻小夫”实属婚姻压迫，还放下少女情怀，与“小丈夫”易少伟平静度日，俨然一位贤妻。随着又高又有劲的李开炳出现，使得杏仙情窦初开。料想，姐弟式的浓情与恋人间的蜜意、既定的道德法规与自然欲望的交锋，怎能不引起自我谴责！这种谴责只有真诚的人才会为之痛苦。虽然余杏仙走上了婚姻自由的道路，免走“沉塘”旧罚。在论文的第一部分就有分析，这余杏仙仅仅是因为幸运，而非性格中的叛逆走上的离婚。她，是被动的，其性格本身还是传统的。余杏仙仍旧是个悲剧人物，在《乡民》中可以得到佐证。而小说中还有一位同样曾是“童养媳”的婆婆，拥有着一段痛苦的婚姻。丈夫的异心、早年的守寡以及家中亲戚对田亩的觊觎，都令她蜷缩在自己的世界里。两个同病相怜的人，本应该互救，但为了家庭和睦，婆婆对这个仿若女儿的媳妇还是选择道德束缚。不得不说，婆婆的悲剧是内心矛盾的产物，是落后习俗的成品，更是自我禁锢的结果。

而《小家碧玉》中的白素，不谙世事，因美貌受到男人们的接近，冷玉欣冷中带暖，处处相助，林中路也是真心实意地爱着她。然而，无论是冷玉欣还是林中路都无法挣脱底层社会的潭渊，即无法给予白素一个家。要想安稳地生存下去，她就得自己努力争取、创造。为了在喧嚣的乡镇里度日，追求温饱的她相信令狐书记给予的工作。书记，本该是“为人民服务”的，却成了损害善良民众的枪手。于是，不情愿被令狐书记“卖”的她，转而“自卖”，相信文海的“苦肉计”，将命运交给了一个不熟悉的“能人”。心甘情愿迁了户口，随文海去了省城。白素的被动与被玩弄，无疑是女性的悲剧，因为她抱着的救命稻草都是个欺骗者！

尽管他们真诚地对待生活，对待身边的每一个人，可是也逃脱不了悲剧命运的洗劫。这种悲剧感的附着，来源于作者个人的经历。因为每一个有血有肉的人物形象，除了衣服和动作，更需要灵魂，而灵魂的来源则是作家的选择。每个作家在塑造人物的时候，总会考虑其在环境下的合理表现，这种变现不仅合理，也合乎人物的性格。在此，便不得不探讨作者其人。

在《大家闺秀》的后记中，作者说明了自己早年丧父，孤儿寡母艰难度日，身边围绕的多是姐姐、嫂嫂们。提到此，不免让人联想到《红楼梦》中贾宝玉的生活圈，真真一个女儿国，里面都是些弱女子，都是些薄命司。而李宽定“女儿家系列”小说也可谓“黔北女儿国”！在特定的成长环境中，李宽定对女子的感情深厚，对女子的形象也熟稔于心。于是，才对朋友说：“在我们中国，最可敬的是女子，最可悲的呢，也是女子。”可见，李宽定笔下所要呈现的将是可敬可悲的女性形象，正如前文提到的披着悲剧面纱的良家妇女。在《半世人生》中，李宽定写了《故乡三章》，以表达自己成长的心酸、家庭的痛疾。于是李宽定斟酌再三，在坚持发现她们的美、她们的真诚之外，也表现出愚昧和泪水。

然而，“巧妇难为无米之炊”，他想遵循自述“我所熟悉的那些女子，都是些最朴质的人。她们做着最平常的事，说着最平常的话”[①]的意愿，就得剔除杂质，选择技法。李宽定虽然不是写作的圣手，却也有自己独特的一套“枪法”。

（二）不同点染：选材与技法

就选材而言，李宽定将故事定位在乡村、场镇、小县城里上演，弥漫着浓郁的乡土气息。这也是李宽定笔下的黔北妇女能在文学画廊上占有一席之地的原因之一。而在对黔北乡土味的酿造中，作家进行了一场庞大的记忆拼接，如同学者们在对沈从文的研究中曾提出过“文学理想”一般。确实，逃避是任何人都有的技能，也是惯用伎俩。当作家在现实的生活中体悟残酷后，会搜集曾经存在过的、记忆中美好的东西来编制梦境，用以疗治自我心灵，也用来安抚同病相怜的读者。在此，不妨以“文学理想”的标签加之于李宽定的创作上，也好呼应他所追求的“从风俗民情当中，写出人性的美。通过小人物的平凡的命运，写出生活的诗”。

李宽定善于通过地方上的习俗、山歌、方言等能影响个人观念与性格的因素，一步步造就一方人的性格。而在小说中，这些方面的特色点自然而然地如同“外衣”披在人物身上，吸引读者去品、去悟。

因此，李宽定在对黔北风景的描写时常提及青山、绿水、好人家这些让都市人向往不已的景象。如《小家碧玉》中用“依山、临水，一条独街”、“起落三四里”来描写回龙镇。届时，挥笔写了回龙镇的辉煌历史，也平淡进入而今境况。入夜早憩，街道漆黑寂静，非繁华闹市，却也成一派祥和的景象；而《大家闺秀》中惠晚秋给肖玉玲写信说：“贞水河很清亮，清亮得可以看见水底的沙，沙上游着鱼”，“街道很窄，也不长，但是，却很整齐”。她赞美这个小城，爱那份纯净。当然，也是惠晚秋期待新生活的陈词。除却城镇，山林更是别有一番风味。在《山林恋》中描写落雁塘，万般诗意横生，景色如画。“细长的落雁塘，样子很像一片嫩绿的柳叶儿”，秋天里的水木交映，那雁便如“从彩虹中飞出来的”。这水乡桃园，仿佛就在暗示着如水一般轻柔、微凉、多波澜的感情。这感情的生发，依托于山间荡涤的曲曲山歌是最好不过的。

所以，李宽定在静态的山水景致中又注入动人的山歌、民谣，营造出更乌托邦的感觉。《良家妇女》中借李开炳之口唱山歌，“八月里头蚊子多，想起妹子睡不着；有心窗下来喊我，又怕你家狗咬我”，“她摸我的小雀雀”、“干妹子生的来实在好，走起来好像是水上漂”，等等。《小家碧玉》里定格白汉章逗女儿唱民谣“狮子歪歪，咚咚锵锵，抱个猫儿咬迷

① 李宽定：《大家闺秀》，百花文艺出版社1984年版，第334页。

羊……”，以直白、露骨的叙述求爱，生活琐事，来展示黔北儿女的“真”性情。

在语言的运用上，李宽定斟酌抉择一番，恰如其分地为乡土气息入味，遵照了鲁迅所说“各就各处的方言，将语法和词汇，更加提炼，使他们发达上去的，就是专化。对于文学，是很有益处的”[①]。因此，李宽定惯用一方人讲一方话，一方话显一方人。如《小家碧玉》中白素骂人“许你嘴上长个大疔疮”，听来戏谑不已，却是符合小家碧玉的言辞，说话的情景赫然入眼，有种林黛玉的味儿；《山月儿》中庞二娘说学英是“打死哑巴不开腔”等，形象地说出学英的性格软肋。可见，在“女儿家系列小说”中，多是满带地域色彩的语言。同时，李宽定也在作品中展示“打新郎官儿”、“哭嫁”、“嚎丧”“打闹台”、“杀跑羊”等风俗习惯，李宽定在展示风俗的时候，注意对细节的展示，颠覆“沈家店”模式。在此，我需要对“沈家店”进行一个说明，沈即沈从文，这是一派推崇沈从文美学思想的作家和学者冠名的词语。在此，补充一下学者钱荫愉对沈从文美学思想的总结。

> 强调的始终是一种未经现代文明或商业文化“污染”过的乡村的自在状态，而集中体现他作品文化形态特质的，应该说主要是一种人性的内容，尤其是一种自然的、古朴的、原始的人性的内容。[②]

李宽定在文学讲习所的时候曾“师从”沈从文，曾激动万分地读《沈从文小说选》，大叹是“真文学”。所以李宽定也算进了“沈家店”，追求人性美。只是积极追求创作个性的他，选择了用异样的眼光来看美的事物，对立了沈从文书写风俗美的套子。所以在《大家闺秀》中细致描写了惠晚秋随刘志文一起参加葬礼的这一情节时，晚秋会用“不像哭，也不像嚎，很像是唱”来形容“嚎哭”来看待丧礼，而传递出来的信息，多半是表达不认可，实属演戏行为，虚伪不已。但是，在我们的意识形态中，外来人进入异乡陌地所表现的多是惊奇于物、迷茫于事。李宽定在这个情节的处理上是遵照了普遍心理的，惠婉秋确实惊奇于封闭山村的习俗。然而，作者极力表现的是一种“异化思维”，即一种与沈从文“神同形异”的展现方法。惠婉秋参加葬礼的时候就像看热闹，边看还评价，对整个流程予以否定。她看到的不是葬礼的气氛，而是小山民污浊的心灵，这异于常人的关注视角必然导致了后来被孤立的局面。而对“打闹台”的关注，惠婉秋发出“公元前哪一个世纪的玩艺儿”的感叹，以及看人时“傻乎乎的，直勾勾地盯着你看”，也完全颠覆了正常人的想象。这里的惠婉秋不是一个看客，而是成为一个思考者；这里的惠婉秋不是一个人，而是加注了李宽定个性的解读。对于风俗而言，李宽定是在肯定浓郁乡风外，还对顶山城民的闭塞、落后进行数落。并且《良家妇女》中“大妻小夫”的陋习又展现出愚昧、落后，对《山雀儿》中“包办婚姻”也作为历史的遗留加以剔除，《山林恋》中大赞山林的同时，也用别样细致的“看山外人”与问卖山货补充式说明乡民的封闭的、顽固的信仰。因此，在政治风云来临时，山林人成了看客，转化成了一种行动。对于塑造惠婉秋这个人物而言，一个善良、真诚的女子成了异类，那必将是社会存在问题。所以，极端的反面书写造就了成功的人物形象，但并不是每一个作

① 鲁迅：《且介亭杂文·门外文谈》，《鲁迅全集》（第六卷），人民文学出版社 1981 年版，第 97 页。

② 钱荫愉：《李宽定与他的文学世界》，《山花》1987 年第 3 期。

家都可以用好这个技法。

那是因为，李宽定是擅长于写女性，却弱于书写政治时事。恰好此时已非彼时，李宽定知晓了新时期文学自 1976 年 10 月始发展起来后，拨乱反正和思想解放虽提供了大量回顾历史、反思生活的材料，文学理论上也关注起文学与政治的关系、文学中的人性、文学作为“人学”和人道主义问题。但此时的文学，与先前文学从军、从政有了不同，它已经转化为对生命的审美表达，关注于情感、心灵等非政治化的元素这一倡导。虽然没有在以前跟上文学的潮流，却随和了自己的文学理想，契合了他在《山月儿·后记》中所说的“我用喜悦的泪水，写过去了的那些日子”。所以，这个时期的李宽定发表的作品，尽管带有政治色彩，却更多的隐为背景，成为作品人物历经的坎坷。如《良家妇女》中余杏仙“婚外恋”，按旧习本会“沉塘”，然而是婚姻法拯救了她，让她得以离婚。在这里，婚姻法作为小说人物最后的稻草出现，稍显突兀，可是正因赶上时代变革才成就了一对有情人；《山雀儿》中余家容会两次解除婚约，也是在婚姻法存在之时，第一次破“包办婚姻”的旧习而与刁家解除婚约，第二次接受新知识，发现精神无法契合后而解除婚约。虽然余家容选择自杀，但是这都是城乡物质上和精神上的差异所致。她无法调试并消解山区农村将为之激起的公愤，也无法安抚自己苏醒的心灵，只能在包办婚姻和婚姻自由的交界处用自己的死亡来链接；《山林恋》中落霞山曾吸引“大炼钢”的山外人，又接受“干校”成员的劳动，最后成了省委和省人民政府嘉奖的地方。这些政治化运动都不是详细的、有针对性的描写，而是作为展示人物的一个侧面，使得情节能顺理成章地发展。

同时，借鉴其他学者的论断后，我竟然还发现了比用政治化运动作侧面推动情节、展现人物性格这一技法更高超的方法，这便是人物性格的对比。

暂且不谈《爱与价值》中曲玉芝与其妹性格的对比，仅看“女儿家”系列中旧式（未受过学校教育）、半新式（无明确导师）、新式（接受过高等教育）的人物对比。《良家妇女》中余杏仙的温柔与易家山姑娘的泼辣、厉害形成对比；《山月儿》中有主见、倔强的山月儿与胆小、懦弱的庞学英形成对比；《山林恋》中无私奉献、痴心绝对的丫丫与不甘平静、薄情寡义的吴为形成对比；《小家碧玉》中美丽、真诚的白素与丑陋、虚伪的文海形成对比，等等，都为突出主要人物的个性起了锦上添花的作用。

这应该就是管理学中提到的“思维导图”式创作技巧的完美化用，虚心写作的李宽定就是通过发散、对比才创造了一系列“和而不同”的人物形象。

三　形象的意义

前文已细致分析了这群“和而不同”的人物形象，并对其出现的原因进行了论述。李宽定的作品作为黔北文学的组成部分，除了继承蹇先艾、寿生、石果等先导的区域化描述和对“黔北笔会”、遵义“女子文学社”[①]的影响之外，亦有着实现创作理想、填补黔北世界的空白与丰富现当代文学画廊的独特意义。

实现了个人的创作理想。作家想创作出优秀的作品多半不会凭空造物，其有着个人

① 王刚：《新时期黔北作家群及其成因研究》，中国社会科学出版社 2012 年版，第 323 页。

的创作论，有个人的理念。在《创作，要从生活出发，从自己的实际出发》中，李宽定认为写好作品就要先准确把握生活，源于生活但高于生活，再去形成作家的风格，主张“从生活中获得的思想，才是作家的思想”①。李宽定曾说过自己“女儿家系列小说”中出现的人物多半是存在于现实生活中的，只是有着合成的因素加之适当的想象，赋予某种身份而已。就像《山月儿》中山月儿的原型，本是作者不经意间看到两位女孩子双双进山，在知道还是乳娃却已成“四类分子”低人一等的境况后，油然而生出一种同情。再加上，斗争的年代，自己的表姐曾因为成分不好而在学校受欺负，自己也听从母亲的话与她保持距离。最后，表姐的母亲去世，表姐便委身于一个相差 18 岁的男人，进山生活。反观山月儿，她有着和表姐一样的经历，成分不好、义务劳动、亲人去世、嫁给“大夫”、逃避进山。她“带着表姐的柔弱和那个村姑的倔强”②出现在文学作品当中，是作者记录生活的符号，也是作者创作的成果。同样，《小家碧玉》中的白素也是“合二为一”产生的，一是在家乡的街道上所看到的灯下守摊的女孩，二是在小镇上看到纳鞋底、卖豆腐干的女子，③于是就出现了《小家碧玉》开头中所写的那般。

然而，针对乡土地域文学来看，我想引入“乡愁”二字。“乡愁是生成于极端匮乏之上的唱叹与歌哭”，“是细细体悟乡不可返时的感伤与低徊”。所以，出生于桐梓的李宽定进入遵义师范，乃至下乡返城之后，对头脑中的那片故土会有别样的期盼。然而，回乡寻忆却只能感受物是人非，只能重温记忆，融于笔触，意欲写尽发生过的陈旧小事来定格生活。但是，乡愁是抽象不已的，也是“同情异文”的，李宽定通过个人创作实践与先导们提出的建议，寻到了一条适合于实现理想的道路。为女子作“画”，便成了李宽定独特的描绘领域。在这一领域当中，意气风发的李宽定挥笔描写出几十位女性，虽然都是些“良家妇女”，但是这类别中亦追求“同中求异”，即上文提到过的三类女性：旧式的传统型妇女、半新式的反抗型妇女和新式的浪漫型妇女；虽然都是些“良家妇女”，但是在人物塑造上面亦追求“同中求异”，即真诚与悲剧这一底色相同而选材和技法不同。无论是人物还是其塑造方法的不同，都是创作者个人追求自我超越、进行自我内心挖掘的尝试，也可以说是创作的理想。在这一点上，我想补充说明一下自己的臆断。经典之作《红楼梦》曾对无数优秀的作家产生了影响，张爱玲与林语堂那是不消说明的，而我此刻要说的就是李宽定意欲将《红楼梦》这一部经典散化成“女儿家系列小说”。前文我就提到白素有一点黛玉味儿，而细品余杏仙倒也有尤二姐的韵味。当然，这仅仅是个人一大臆断，并未过多地对比研究，但是，肯定的是李宽定所写的和曹雪芹展现的都是一群水做的女子，清澈又悲的哀怨。

填补了黔北世界的空白。在此，我必须声明一点：黔北世界不仅仅是个区域化的概念，其涵盖历史、文化、文学等方面。提及“空白”，它也不是空无一物，而是聚焦于盲区，即被忽视的部分。首先，新时期黔北作家群的先导们都着眼于历史洪流中的黔北人民，如蹇先艾关注“满目疮痍的旧贵州”，重在揭示，意欲批判；寿生运用方言，缔造“方言小说”，然而也只是描绘黔北旧时代这个大概念的缩影；石果亦是注重于乡土呈现的沧桑感，关注其

---

① 李宽定：《创作，要从生活出发，从自己的实际出发》，《山花》1986 年第 1 期。

② 李宽定：《创作，要从生活出发，从自己的实际出发》，《山花》1986 年第 1 期。

③ 李宽定：《创作，要从生活出发，从自己的实际出发》，《山花》1986 年第 1 期。

历史进程。即使小说家龚光融落墨在女性,但也只是叙述失落女性的一种追求,是“类”的概念。其形象较为单一,不仅平凡,还充满世俗化色彩,又大展理想男性的胸怀。相比较而言,李宽定笔下的这一形象,较为全面地展现了黔北山村、乡镇、县城的生活局况,并细致描写了生活于其中的数位女性,或如山间精灵,或似笼中金雀。加之,在塑造形象的方法上,尽着黔北乡音,为学者提供了方言资料。其次,在展现民风民情这一特点上,李宽定凭借自己淡泊的品质,静心描写黔北山水,一步一景,弥补了先导们忽略的独特的乡土环境,给人以异域的感觉。虽然讲述的故事不美好,笔下的女性也都以悲剧收场,但是在自然环境的描写上面,散发出澄净的特点,没有政治的硝烟。最后,乡土文学在自己的轨迹中运转,黔北文学的聚焦点也在自己的视域中迁移。那些先辈们所关注的摈弃、反思、呼吁都成为烦躁的过去,而专注于情节与心理的展示的李宽定则开始其乡土认同、乡土思辨到乡土批判的创作,并因为《良家妇女》而多次获奖,为黔北走出贵州而打开了一扇窗。

丰富了现当代文学画廊。这是本文作者观照于徐达先生对李宽定作品的评价基础上,反观文学史层面所作出的论断。“良家妇女”这一黔北妇女群像,不似盛行的“革命烈士”那般激情昂扬,不似早生的“任人鱼肉的女子”那般生死犹怜,亦不似同省文友那“失落女性”坠落男权世界的无望。李宽定笔下的女性是真善美的结合体,是油生于封闭却不与世隔绝的边远地区中,拥有中华美德并坚持终身的守护者。这样的一群女性,值得赞赏,值得追寻,只是依旧是要立足于时代现实才能不重蹈覆辙。无论徐达先生如何批评李宽定作品语言的粗糙、单调以及乏味,都不会影响其塑造出的形象价值。她们成为黔北妇女的代名词,走进了读者预设的印象,其作品中塑造的人物和黔北已是血肉相连,并将经久不衰。

李宽定虽然未坚持进行文学创作,并于20世纪90年代之后跻身商界,但是他依旧值得众人去熟知。他不仅侧面论及“妇女问题”的重要性与解决的艰难度,还深化了“妇女问题”的探究性。再次对比鲁迅这位文学巨匠,李宽定当然不及,可是能继承乡土文学的传统,无疑就是种伟大;对比沈从文这位文学大师,李宽定也应让步,可是能写出黔北风味而不受制于湘西叙述,本身就是种坚守与创新;对比蹇先艾这位黔北乡土文学的奠基者,李宽定应该恭敬,可是能弥补黔北女儿世界的空缺,诚然是一大贡献,值得骄傲。

所以说,李宽定的出现,丰富了地域文化寻根小说的内容,也为读者与学者打开一扇别样的窗,得以尽情一睹这神秘的黔北大地。

(指导教师:施军教授)

中国现当代文学中的“土匪叙事”

文学院 2009（6） 胡 浩

“土匪”这一文学概念可以上溯至战国时期，历史渊源悠久，文学含义和政治含义均十分丰富，“土匪”们的地位也始终随着政治的浮尘而变化着。“土匪”在中华文明前进的历史中从来就不曾远离过，如同文明社会的痼疾与之共生，直到现代民族国家和人民民主政权的建立与最终巩固，才逐渐退出了历史舞台，消失在并不久远的历史中。土匪虽从现实里消失了，却在另一个领域里浴火重生，那就是文学。在中国现当代文学中，土匪叙事丰富而驳杂，在从徐玉诺、艾芜到莫言、贾平凹等人近百年的土匪叙事谱系中，究竟隐藏了写作者怎样的文学想象？在逸出正常道德法律规范的土匪世界中又有着怎样的生存美学与价值关怀？“土匪叙事”这一源于“土匪”的叙事传统，正是本文探讨的热点所在。

一、土匪叙事研究综述

“土匪叙事”是现当代文坛的一枝奇葩，对于“土匪叙事”的研究近年来也都在如火如荼地进行着，切入角度愈来愈新颖，挖掘深度也逐渐加深。综而观之，总体上分为：(1)“土匪叙事”的主题研究；(2)“土匪叙事”的修辞研究；(3)“土匪叙事”的历史及人文研究；(4)“土匪叙事”在美学及社会学层面；(5)立足于“土匪叙事”作家群的一位作家或一部作品进行的分析。

首先是关于“土匪叙事”的主题的研究。罗凌云提出 20 世纪 30 年代到 80 年代中，一是逐渐疏离了之前文学话语中加给土匪的“魅魔化”标签；二是对“土匪”形象和叙事加以政治的改造、利用，塑造一种意识形态的符号体系和表述系统；三是“土匪”叙事的审美化倾向，并一定程度上诘问了官方史料的客观性。① 刘永丽认为在延安文艺整风之后英雄主义开始抬头，而土匪形象也通过土匪抗战的形式开始登上文坛，但他们与那个时代的英雄人物一样，尤其是新中国成立以后到“文革”期间大多都是符号化的全无自己的特点。②

① 罗凌云：《二十世纪土匪叙事的主题变奏》，西南交通大学 2012 年硕士学位论文。

② 刘永丽：《当代文学中英雄主义的发展流变》，《天府新论》2003 年第 4 期。

兰爱国提出土匪与农民的关系随着可以发生置换，在文学作品中也是如此。[①]

其次是关于“土匪叙事”的修辞研究方面。吴蓓提出新时期的“土匪叙事”是语言式的狂欢，作家们以“土匪”为口唱了一曲无拘无束的高亢赞歌。其中叙事的手法，除了“众声喧哗”，还有“我行我素”，不仅有应和现代审美的倾向，还有历史与现实、真实与荒诞相结合的成分，带着一股“邪劲”；[②]蔡翔发现与十七年文学中“土匪”的“匪可貌相”相比，新时期土匪描写在修辞上有了很大的进步和飞跃，人物也趋于完整和全面，并提出了土匪小说中“英雄主义已死”的话题；[③]罗维则指出十七年文学中对于人物描写的修辞是贫瘠的，并深入分析了这种修辞产生的原因以及对后世的影响。[④]

第三是关于“土匪叙事的历史及人文研究”方面。陈璐提出土匪从原本文人非议的对象（如俞万春的《荡寇志》）到成为文人推崇的对象，是以五四文学为分界线的，但是他们却只看到土匪对于旧制度、旧事物的破坏性，却鲜有看到他的现实危害；[⑤]石志敏认为土匪叙事承袭的是“侠文化”自古以来的脉络，并被作家修订而形成的具有独特个人色彩的文学种类，并且分析了侠与匪的联系与区别；[⑥]王达敏指出从 60 年代末到 70 年代，在西方曾经出现过一种“新的治史态度”，当时的许多年轻学者开始反对传统的史学仅仅注重历史上的大人物的倾向，他们提出历史学家应当关心普通民众。由此影响到了国内的土匪研究，这一股“土匪热”乘势而起；[⑦]许华则从历史和人文的角度，结合东北当地的历史和民俗，分析了“土匪叙事”中使用土匪隐话的特点与形成的原因。[⑧]

第四是“土匪叙事”在美学及社会学层面的研究。刘忠在《英雄 · 白痴 · 土匪——20 世纪中国文学主题研究之二》中提出，土匪叙事的蜂拥出现，是因为“不灭的英雄情结”造成的，同时也是一场由“审美”到“审丑”的大逃亡，土匪的“匪气”暗合了主体认知的彷徨，填补了英雄远去后给社会群众造成的心理空白，并且大胆预言了英雄模式的回归。[⑨]

第五是对“土匪叙事”作家群的一位作家或一部作品进行的分析。这样的分析往往很有深度，分析问题入木三分。《地域文化与莫言的小说创作》（周龙田）从对莫言家乡高密的研究入手，分析了《红高粱》等作中的地缘因素，以及莫言运用土匪叙事的起源；[⑩]《生命欲望的变态与张扬——〈五魁〉与〈红高粱〉比较》（田德芳）将莫言的《红高粱》与贾平凹涉匪作品中的名作《五魁》做了比较，分析其中土匪叙事各自的优劣得失；[⑪]《悲悯观照下的

---

① 兰爱国：《土匪与农民：乡土文学的两种人生模式》，《小说评论》1993 年第 8 期。

② 吴蓓：《中国式“狂欢”》，山东师范大学，2007 年硕士论文。

③ 蔡翔：《当代小说中土匪形象的修辞变化》，《当代作家评论》1997 年第 2 期。

④ 罗维：《匪可貌相——论十七年文学中土匪外貌修辞的政治美学意义》，《中国文学研究》2011 年第 3 期。

⑤ 陈璐：《“土匪”在五四文学语境中的新含义》，《文学教育》2007 年第 4 期。

⑥ 石志敏：《20 世纪 80 年代匪性文学与侠文化》，《中国文学研究》2001 年第 2 期。

⑦ 王达敏：《史学新思潮与文学新形象——论 90 年代小说中的社会土匪形象》，《安徽大学学报》1997 年第 12 期。

⑧ 许华：《东北土匪隐话的特点与形成》，《理论界》2009 年第 5 期。

⑨ 刘忠：《英雄 · 白痴 · 土匪——20 世纪中国文学主题研究》，《文艺评论》2002 年第 7 期。

⑩ 周龙田：《地域文化与莫言的小说创作》，《安康学院学报》2013 年第 4 期。

⑪ 田德芳：《生命欲望的变态与张扬——〈五魁〉与〈红高粱〉比较》，《石河子大学学报》（哲学社会科学版）2013 年第 2 期。

土匪世相——论沈从文作品中的土匪叙事》(罗维)深入分析了沈从文作品中土匪形象产生的原因与其中蕴含的深意,并顺带在社会学上分析了湘西匪患的成因;[①]《在历史的缝隙里窥视“土匪”的秘密》(王鹏程)着重立足于《青木川》这一篇作品进行了阐释和展开;[②]其他诸如王敏的《草莽群象:侠、匪、丐——赵本夫小说研究》、罗维的《论杨争光匪类小说的多重文化意蕴》、程义伟的《“土匪文化”与现代作家萧军的身份认同》均是不可多得的佳作。

综上所述,自80年代以来,尤其是近年来,土匪叙事的研究逐渐深入,涌现出了大量研究成果,角度立意各异,但在宏观把握与论述方面还有待挖掘。这些研究在为本文的研究打下基础之时又为本文的论述留下空间。

二、中国现当代文学中的土匪叙事叙事传统

在我国古代文学史中,在唐以前,“侠”与“匪”密切相关。即便是《水浒传》这样以绿林豪杰为主人公的土匪文章也少不了要加忠君爱国、替天行道的幌子,但还被清人俞万春的《荡寇志》口诛笔伐。

这种对土匪的批判,直到五四时期,对于土匪的价值判定才发生了一次大的颠覆。在内部纷争不断、外部日寇及帝国主义列强虎伺的时代背景之下,“土匪”这个名词由于对旧事物、旧秩序的破坏性,一跃成为文学界的宠儿,甚至变成文人争相推崇的对象。最有名的当属郭沫若的那一篇《匪徒颂》,整个诗歌就是土匪的狂欢,每一个章节都要歌颂三位“匪徒”,结尾还三呼万岁。在郭氏眼中,匪徒不再是传统意义上杀人越货的角色,而是具有改造社会意识的革命家。其他如林语堂的《祝土匪》、郁达夫的《给一个文学青年的公开信》也有崇尚盗匪的意识,真实地反映了五四文学人所普遍存在的反抗意识。

但这些多是利用了“土匪”的意象,尚未上升到土匪叙事的层面上。如果说近现代“土匪叙事”的滥觞,那我认为应该是鲁迅先生的《阿Q正传》了。虽然鲁迅先生的这一篇短篇白话文小说中并没有正面去描写“匪”,只是侧面地描写了闲汉“阿Q”的日常生活以及一些愚昧而麻木的心理活动,但其中关于“革命党”的问题,以及“造反”的问题,甚至是做贼还是不做贼的前后关系问题,却是在白话文小说之中首次引入,鲁迅先生恐怕也没有想到,阿Q虽是小贼身份,但其“后患”无穷。仅仅是这偶尔为之之举,最后竟然演化出了20世纪百花齐放文坛中的一枝奇葩:土匪叙事。

深受鲁迅影响的台静农在《红灯》中描写了农民德银铤而走险,从一个老实良善的“卖饺子”农民变成土匪的心理历程。台静农并没有描写土匪的生活、土匪的思想,而是将笔墨放到了德银年迈的老母亲身上,并且为德银设计的结局是“被砍头了”,可以说,从骨子里,台静农并未给土匪正名,也根本不想为他们正名,在他看来,做土匪是迟早要脑袋分家的,是应当剪除的社会异类。《红灯》中更多的描述是农民做了土匪之后造成的代价,以及乡土蒙昧中母爱的伟大,并未张扬土匪的“匪性”。

---

① 罗维:《悲悯观照下的土匪世相——论沈从文作品中土匪叙事》,《民族文学研究》2008年第2期。

② 王鹏程、袁方:《在历史的缝隙里窥视“土匪”的秘密》,《民族文学研究》2008年第2期。

真正以“土匪”为主角，以土匪生活场景为展示对象的是徐玉诺。《一只破鞋》、《到何处去》、《在摇篮里》描写的都是“匪患”。“在这里土匪犹如恶魔，它破坏了平安和宁静的农村宗法社会生活，然而具有现代意识的作家并没有把矛头单纯对准土匪，而是明显地向社会提出了自己的质问和困惑，对准了造成这兵变匪，匪变兵，兵匪不分的黑暗世界。”[①]徐玉诺童年时深受匪患侵扰，亲人因匪患而死，可如果论批判程度这些作品也许还不如鲁迅先生的一篇杂文来得有力，但其可贵之处便是开了现代小说写“土匪”的先河。在徐玉诺的《行路》中流露出来的一些不同的东西。在此之前的徐玉诺一直都是以一种匪患受害者的视角，对着匪患深重的社会予以带泪的控诉和批判，然而匪依然是一个远距离的没有进入具体审美观察的对象。到了《行路》这一篇小说时，这种视角发生了一些有趣而细微的变化。《行路》表现了土匪的一种生财之道：“截着大路搜夺行人的钱粮，同渔人闸堰捉鱼一样”，这种视拦劫路人如同抓鱼的态度，以及土匪们的人生快意，使“我”大开眼界，继而萌生了“恶”的意识，竟将恶意发向正在玩耍的孩子们。[②] 这种“以恶抗恶”的方式虽然是错误的，但是不难看出，从这里连控诉匪患血泪史的徐玉诺都开始用文字省察自己“土匪逻辑”是否存在合理性了。当然也有人说徐玉诺这是出于对土匪的反讽，是对于没有出路的生活和动荡不安的社会，使得作为知识分子的作者感受到来自生存和精神层面双重的压抑、绝望，而土匪以恶抗恶的生存方式换来的短暂而虚拟的人生快意由此而形成的一种与现实强烈的对比和反差。这样的逻辑下，似乎以恶抗恶的方式才是这个社会合理、痛快的生存方式，好像一下子让作者对于人与人、人与世界的关系有了一种新的定位，是作者第一次从文化和精神的层面思考匪的生存方式的尝试，并且“我”的萌生“匪性”说明在心理上知识分子理性向匪性人格的一种位移。[③] 正是应了闻一多先生引用英国人韦尔斯的那句话“大部分中国人的灵魂里，斗争着一个儒家。一个道家。一个土匪”[④]。

20 世纪 30 年代的作家不再满足于《阿 Q 正传》式的小偷小摸，不满足于《红灯》式的侧面描写，也不满足于徐玉诺式的远观想象……涌现出了一大批深入土匪之中，甚至是生活在他们中间的作品，他们或惋惜，或歌颂，或理解赞同，从人文主义的角度极大地丰富了土匪叙事的宽度与广度。

沈从文用生动的笔触为我们展现了一个新奇、绚丽多彩的“交织着野蛮和优美”的近代以来的湘西世界，而其中对于土匪的叙事尤其增加了人们对于这个陌生世界的想象。在《别一个国度里》被迫嫁给了大王，在旁人看来痛苦不堪，其实却过得十分幸福的女孩子叙说自己那温柔体贴如羔羊、雄强伟岸如狮子的土匪丈夫；《说故事人的故事》中有着美丽迷人却令许多男人不敢近身的传奇女匪首；《一个大王》中作为山寨大王出身，杀人如麻的刘云亭，后来给司令当了保镖，却因为一个女人而被司令杀了；还有《喽罗》里，我原本是作为绑票的可怜“肥羊”却与看守“我”的喽啰四傩感情极好，到了后来甚至发自内心地喜欢上了这样的肥羊生活……这些鲜活的人物可以说是让人恍如误入他国，又迥异于以前

---

① 罗维：《现代土匪题材写作第一人徐玉诺及其土匪叙事》，《湖南科技学院学报》2009 年第 2 期。

② 罗维：《现代土匪题材写作第一人徐玉诺及其土匪叙事》，《湖南科技学院学报》2009 年第 2 期。

③ 罗维：《现代土匪题材写作第一人徐玉诺及其土匪叙事》，《湖南科技学院学报》2009 年第 2 期。

④ 闻一多：《关于儒・道・土匪》，《闻一多全集》(第 2 卷)，湖北人民出版社 2004 年版。

那些关于土匪的道德观念和价值认同。这种与先前完全不同的土匪叙事，为后来的土匪作品开辟了广阔的天地。

艾芜的《南行记》自从1933年首次版之后，经久不衰，吸引了一批又一批的读者。《南行记》的艺术魅力不仅在于瑰丽而新奇的边塞风光，更在于他用生动而真实的笔触描写出了下层弱小者们的呻吟与反抗。

《南行记》中着力描述了新中国成立前的西南地区，一切为生活所困、为生活所弃的人，都有一个去处：滇缅边境。一来那里山高皇帝远，二来那里主宰的洋人官员和当地土司，对于"汉人自家的事情"，根本就是"不管你牛打死马，马打死牛"。《南行记·偷马贼》这里是强者的世界，"血盆里抓饭吃"，"刀头上过日子"，"不怕挨打就是本钱"。这是一个脱离了世俗道德框架的新奇的世界，也是一个蛮荒而近乎野蛮的边荒世界，在这里，偷马贼反而可以处处逞狠，贩卖鸦片的等于游山玩水，这里还有特殊的道德观念："认为最高贵的是偷马，其次是赶马驮货，最下贱的就是打扫马粪。"

喝过五四运动新墨水，又笃信蔡元培《劳工神圣》的艾芜，不但没有排斥和看不起这些下层人士，而是深深为他所发现的这片新奇世界所吸引，他深入其中创作出了富有特殊魅力的《南行记》人物谱系：有流落街头的伤兵乞丐，倒毙小巷的捶背师傅，燃指献佛的酒肉和尚，既有替人保镖的绿林大汉，也有狡猾机智的偷马贼……其中《山峡中》这一短篇里，一个敢偷敢杀的野姑娘，一个刀头舔血的女匪首——野猫子竟然也会在父亲面前撒娇，对"我"表示恋慕，描写出她既是一个土匪，也是一个普通人的真实情况，她也有一颗渴望安宁、憧憬幸福的心。这种生动准确、真实到细节的描写配合以牧歌式荡气回肠，竟是与沈从文的湘西系列不谋而合。

在20世纪30年代的作家中，另一位很有代表性的作家就是萧军。我很愿意将这位后来蜚声中外的大作家比作南宋的辛弃疾，他们都有丰富的军旅经验。在鸿篇巨制《第三代》中，萧军结合自身的经历，描写了20世纪初叶东北三省的社会状况与生活现实，其中最难能可贵的是，他用了很大的篇幅描写了东北"胡子"们的生活，对于东北特殊环境下形成的"胡子"们做了精心的刻画，展示了他们不为人知的一面：九一八事变后，国土沦丧，民族处于生死存亡的危急关头，黑暗的现实社会既逼迫了一些活不下去铤而走险的农民去做了"胡子"，也让一大批有民族责任感的"胡子"加入了抗日东北军，如有名的杨靖宇将军的抗日东北军，大部分兵员都是来源于"胡子"。《第三代》以浓墨重彩甚至歌颂的笔调，描写了东北山野上那群还带有着原始野性的人们，尤其是活跃在山野间的"胡子"，写他们的豪爽与凶残，写他们的讲义气而放荡不羁，写他们兽性与人性的奇特结合而造成的性格，写他们的心理，写他们的言行，写他们的宴席，写他们只有内行才懂的黑话，写强盗间的规矩……这些深入的描写是前一波浪潮中所没有的，也是以前的土匪叙事所欠缺的部分，这是现当代文学中罕见的，散发着蓬勃生命力和强悍杀气的画面感描写。

那么为什么"土匪叙事"会在30年代嬗变，变得由原本的远观变成近看，甚至是深入其中呢？不能不说，这样的跨越与这些作家们的生活经历是分不开的。沈从文早年曾经跟随过一支在湘西剿匪的队伍，目睹过以"剿匪"为名对无辜民众的戕害，又因为针对现代都市文化虚伪堕落本质的否定，而对民风淳朴的乡村世界表现出了主管偏爱而不自觉地加以深入了解和人格美化；艾芜则是在滇缅边境耳濡目染了那种"以强者为尊"的蛮荒世界，并对这样的文化观念习以为常，并且他还在创作之初就发下决心“打算把我身所经的，看见的，听见的——一切弱小者被压迫而挣扎起来的悲剧，切切实实地写出了出来，也要像美帝国主义那些艺术家们一样‘Telling The World’的”[①]。正是这样的创作理念，以及特殊的人生阅历，让艾芜笔下的底层人物乃至盗马贼，鸦片贩子和土匪都无比地真实而拥有了人性；萧军更是出生在辽西这样一个以“进营当兵，上山当胡子(土匪)”为荣的地方，又做过一段时间的军阀军官，对于土匪生活和军旅生活了如指掌。从萧军描绘自己的童年环境就可以看出：“他们鼓励着孩子们大胆，鼓励着孩子们蔑视任何秩序和成规……他们崇拜勇力……他们总企盼自己的孩子‘有出息’，成为一个非凡的轰天动地的能够高临万人的‘英雄’！不管这英雄是怎样获得来的。”“我的志愿是成为‘鞑子’，虽然没能实现，而我现在正在写小说，但我仍然珍惜这个愿望，希望有一天能够实现。”[②]萧军的这一从彻底的文化变革出发对自身文化的认定，恰恰更进一步证明了他与土匪的固有联系。但是，这种联系在萧军身上，主导因素无疑是积极的。这正是萧军较之同时代的作家，能够在历史动荡岁月成为特立独行的作家的重要原因。[③] 正是这些作家们共有的，特有的个性让20世纪30年代的土匪叙事迅速成熟起来，留下了无数让后世读者津津乐道，手不释卷的作品。

整体而言，20世纪30年代的土匪叙事有着积极、颂赞性的情感倾向，但萧军等人过于强调土匪这个群体对于旧社会体制的破坏性，以及他们的反抗精神，“英雄形象”，却忽略了土匪身上的如“自私自利”、“小农意识”、“愚昧残忍”等个体的或集群性的固有缺陷，有着偏激与狂热的嫌疑。此种情形在1949—1966年的十七年文学中发生了一次逆转。

“延安文艺座谈会”所导致的非知识分子化的文学运动，一方面使得小说日渐政治化，一方面也相对的民间化。[④] “除少数作品描写大兵团作战，大部分小说则将自己的注意力集中在那些较具传奇意味的故事上。而正是在这些故事中，‘江湖文化’得到了不同程度的复活。”[⑤]《烈火金刚》、《铁道游击队》、《林海雪原》、《红旗谱》等都在当时脍炙人口。只是这一时期的“民间化”依然受制于“革命化”的前提之下，一如封建社会的江湖气建立在“忠君爱国”的基础上一样。如《红旗谱》的作者梁斌这样说道：“我写这部书，一开始就明确主题思想是写阶级斗争。”[⑥]在这种思想的指导之下，也无怪《林海雪原》中会在传统的善恶分类之外又引入了阶级斗争的元素，将人物的善恶直接而粗鲁地与接受不接受无产阶级思想，和他们阶级成分联系起来，变成政治化的符号，甚至连人物描写都带有了鲜明的褒贬意味。

这应是沿袭了古代章回体小说人物描写上的杂质：脸谱化倾向极其严重。前者如《林海雪原》中对于座山雕的描写和梁斌的《播火记》中对李霜泗的描写，同样都是“匪首”，却因为一个是与日本人有过勾结，并做过国民党的旅长而变得邪恶无比，另一个则是后来接

① 艾芜：《南行记·原序》，云南人民出版社2002年版，第2页。

② 萧军：《我的生涯》，转引自《周立波选集》，北京大学出版社1959年版，第262页。

③ 萧军：《我的生涯》，转引自《周立波选集》，北京大学出版社1959年版，第262页。

④ 蔡翔：《当代小说中土匪形象的修辞变化》，《当代作家评论》1997年第2期。

⑤ 陈思和：《民间的浮沉》，《上海文学》1993年第1期。

⑥ 梁斌：《漫谈〈红旗谱〉的创作》(代序)，中国青年出版社1961年版。

受改编成为河北红军第一军第二大队大队长，而显得正气凛然。李霜泗的出场是这样描写的，“穿着雪白裤褂，戴着洋草帽，中等身材，消瘦脸，看起来像个文弱书生”①。十七年文学中人物的形象，人物性质与人物的外貌描写有着密不可分的联系，甚至是有着人物脸谱化的倾向，这种描写其实已经暗喻了这是一个正面的人物或将来会是一个正面人物。又如《林海雪原》中的“小白鸽”白茹与“蝴蝶迷”，一个“天真烂漫”，一个“脸像一穗带毛的干苞米，又长又瘦又黄，张着满口的大金牙”，一个善良温柔，另一个以杀人为乐，一个纯洁透明，另一个荒淫无耻……②

在这一时期，至善与至恶这两种极端的人物性格大范围地出现，继而呈现出鲜明至极而后世罕有的脸谱化趋势，可以说在十七年文学中，“土匪”这一文学形象被严重地政治化、妖魔化，土匪没有人性，只有兽性、魔性，大部分土匪与“正义势力”的斗争变成了近乎“神魔对抗”的模式，可以说是人物形象上的败笔与退化。即便是《林海雪原》中假扮土匪的杨子荣，他身上的草莽气息也只是为了增加正面人物的英雄气概，衬托他的机智和勇敢，而非为了描写土匪的“真性情”，所以最多只能算十七年涉匪作品中的一种另类的对“土匪”略显暧昧的风格路线，如此尚且被文艺界口诛笔伐，其本质上并没有为“土匪”正名和平反，而作者也丝毫没有想为“土匪”正名和平反的动机。

“文革”之后，意识形态对文学的强硬控制开始悄悄松动，人的尊严开始得到尊重，文学为“革命”服务的要求也开始式微，这样的情况下，知识分子们更多的开始呼唤价值观念的重建，这就是1985年开始的“寻根运动”。“寻根”相对具有乌托邦的重建冲动，当然，它已超越了社会政治的层面，更多含有的则是一种美学品质。在小说中，则要求“表现一种生与死，人性与非人性，欲望与机会，爱与性，痛苦和期待以及一种来自自然的神秘力量”，而更重要的则是“企图利用神话、传说、梦幻以及风俗为小说的架构，建立一种自己的理想观念、价值观念、伦理道德观念和文化观念”③。于是一大批描写“土匪”的文学作品以“寻根”的名义横空出世，土匪叙事由此走出脸谱化的阴影。莫言的《红高粱》，尤凤伟的《石门夜话》，陈忠实的《白鹿原》，贾平凹的《匪事》系列，苏童的《十九间房》，杨争光的土匪系列小说等尤为突出。正是这些作家的努力，让十七年文学中被完全异化的“土匪”以全新的面目重回文学视野。

在这一股寻根浪潮之中，莫言首开先河，对土匪另立别册，开始了对十七年文学中土匪“妖魔化”的逆袭！这是一本以抗日战争为背景却不同于任何一部抗日小说的“奇葩”。

《红高粱》第一章便昭示了写作者的与众不同的企图，政治、“成分”不再成为事物分类的根本依据，写作者开始以整体的美学眼光来把握对象。“他们杀人越货，精忠报国，他们演出过幕幕英勇悲壮的舞剧，使我们这些活着的不肖子孙相形见绌，在进步的同时，我真切感到种的退化。”④在这里，“杀人越货”和“精忠报国”十分耐人寻味，他们看似矛

① 梁斌：《播火记》，《梁斌文集》，人民文学出版社2005年版，第157页。

② 曲波：《林海雪原》，人民文学出版社1964年版，第18页。

③ 郑万隆：《我的根》，《上海文学》1985年第5期。

④ 莫言：《红高粱家族》，作家出版社2012年版，第3页。

盾，但真正了解他们内涵后，我们却一点都不难理解。“杀人越货”是土匪所为，“精忠报国”是土匪以生命向爱国主义献礼，前者赞扬的是为了活下去不择手段生命意志，后者夸耀的则是道德伦理，个性自由与民族气节，这种古怪的联盟怕只有在现当代的文坛才有统一的可能。①

虽然作者的雄心勃勃，但真正进入具体的写作语境时，其实更多的笔墨并不是去近距离地描写土匪，叙述他们的生活，而只是借由土匪去赞美高密乡上洋溢的如红高粱一般野性而蓬勃的生命激情而已。比如文中不止一次地提到“我爷爷”与“我奶奶”在高粱地里的野合，以及“我奶奶”与“罗汉大爷”的风流韵事时，“我”的态度是：“我奶奶是否爱过他，他是否上过我奶奶的炕，都与伦理无关，爱过又怎么样？我深信，我奶奶什么事都敢干，只要她愿意。她老人家不仅仅是抗日的英雄，也是个性解放的先驱，妇女自立的典范。”注入了“个性解放、妇女自立”的现代价值观念，以及作者这样不遗余力的表述，正是要突出作品的核心所在。②

《红高粱》的意义在于，与十七年文学截然不同的是：英雄人物也可以破“色戒”。在以前的作品之中，哪怕上溯到最早的绿林小说《水浒传》，奸淫好色永远都是英雄的大忌，甚至连宋江都是“对男女之事无什兴趣”，一百零八将中，唯一一个好色的好汉矮脚虎王英也不过是一个“打酱油”的角色，这样的情况在十七年文学中的《播火记》里也是如此，还是土匪的李霜泗竟然明令禁止手下晚上出门，因为是害怕出了奸淫的事情。沾不沾“色”变成了衡量一个正面人物还是反面人物极为重要的标准。而《红高粱》中，莫言毫不避讳地描写了“我爷爷”余占鳌和“我奶奶”戴凤娇在高粱地里的野合，也不持任何态度地描写了“我爷爷”余占鳌纳了“我奶奶”戴凤娇的侍女做了小妾——破了“色戒”的英雄依旧是英雄，只不过是更加贴近了人性的英雄。

而有些令人惋惜的是——莫言似乎不敢去写纯粹的土匪，还难以彻底绕过道德与社会规范的鸿沟，“我爷爷”由“绿林”转化为“英雄”就必须有“精忠报国”的中介，不然就只能是“草莽流寇”。③

或许莫言创作的时候缺了一点承认土匪合理性勇气，或许是少了一丝深究土匪现象的睿智，又或许是因为当时的社会风气尚未如21世纪这般开放，但单单从“土匪叙事”的角度来看，我认为莫言的作品并不是最佳的典范。

第二个要提到的就是尤凤伟的《石门夜话》。尤凤伟的书中讲述的是一个美丽却命途多舛的苦命女子和她生命中所遇到的几个男人的故事。看起来很俗套的设定却因为有一个关联了全篇的人物——二爷而点石成金。我们可以从字里行间看出尤凤伟对二爷的喜爱，以至于有人说：“尤凤伟眼中和心中的土匪被小说家的道德情感极大程度的宽容，作者似乎失去了评判的勇气和锐利。”④

文中的二爷被描写为身材高大，面皮白净，英俊如书生，手里把玩一把折扇。就这

① 张小燕：《论莫言笔下的英雄》，《太原城市职业技术学院学报》2011年第2期。

② 张小燕：《论莫言笔下的英雄》，《太原城市职业技术学院学报》2011年第2期。

③ 黄忠顺：《先锋小说与马原、莫言的小说》，《荆州师范学院学报》1999年第12期。

④ 丁帆：《中国乡土小说史》，北京大学出版社2007年版。

样，原本应该是暗喻自己人的描写无端被尤凤伟给了一个匪首，如果说莫言破的是土匪叙事中“英雄”们的心障，尤凤伟就是把面相也给破了。

在人性探险上，尤凤伟的《石门夜话》的确是有先验意味的一篇。作者巧妙地借助人物主人公“二爷”的土匪身份、借着他任侠的性格，以追求最原始的性与情欲为出发点，探求了人性本源的奥义，甚至以人物之口，为土匪逻辑辩论，诘问世俗的忠孝仁义。

但也许是尤凤伟的笔力不够，也许是他想要描写的太过宏大而难以施展，所以《石门夜话》除了在人性探秘和人物塑造上较为创新，其他地方并无太多长处。

接下来要谈的就是绕不开的陈忠实《白鹿原》了。可以说白鹿原的成功正是在于陈忠实塑造了“黑娃”的形象。虽然黑娃做土匪只是其中的一个情节，是他从“农民—革命者—土匪—国民党军官—共产党副县长”嬗变环节中的一环，但无疑是最富有吸引力的一环。他成为土匪完全是因为受了匪首“大拇指”的恩义，而他也出于感激和“义气”与大拇指喝了结义酒，然后用一场大哭来跟自己过去农民、农协带头人和革命者的身份完全告别，抱着“剩下的都是赚的”这样的信念，他带着喽啰打劫了白鹿原，打死了鹿老太爷，也打折了白嘉轩那“又硬又直”的脊梁，然后他以无尽的堕落与沉迷酒色来缓解自己内心那因为伦理道德违背而引起的惶惶与不安。此时的黑娃已别无人性，只有兽性，如一匹张着血盆大口、择人而噬的白狼。同时随着沙小娥被黑娃的父亲杀死，大拇指被人暗杀，他心中仅存的三样还让他是一个人的东西：对父亲的“孝”，对沙小娥的“爱”，对大拇指的“义”尽数毁灭。这时他逼问杀手的一系列方式变得无比极端，导致了众叛亲离，土匪团伙分崩离析的结果，最后在不能承受“带领兄弟们混出个人样”这样的重担之后，黑娃不得已接受了白孝文的招安，下山做了保安团的三营营长，结束了自己的土匪生涯，在“白狼”凶残到极致的顶端开始了向“白鹿”的转变。

可以说黑娃的描写的成功，与陈忠实大胆运用的“土匪叙事”有密不可分的关系，他对黑娃从匪前和从匪后的心理描写，打劫白鹿原之前和打劫白鹿原之后的心理与细节描写，以及他在山寨之中土匪生活的描写都非常精彩和到位，而黑娃对道德传统的叛离与复归也十分具有传奇性的色彩。

但是如若我们透过现象去看本质，我们就会发现，其实《白鹿原》通篇在黑娃这个人物身上探讨的既非人性与匪性，更非土匪与农民，而是在探讨儒家文化对人的影响。那么黑娃从农民最终到共产党副县长的过程其实说的是从儒家文化叛离到复归的这样一个过程，所以《白鹿原》虽是一部上乘的作品，却算不得土匪叙事中的上品。

苏童的《十九间房》再次叙述了一个“土匪”的故事。主人公春麦因为连年的战乱与灾荒，不得不铤而走险上山投了土匪。春麦的“落草”，可以说是为了能够让自己和家人活下去，但也可以说他是怀揣着一个做英雄的梦想去落草的。他希望能够重新塑造自己，用土匪的悍劲改造自己，并以此改变家人乃至村人对他的鄙视。然而在山上，他的境况却并未改变，他在山上的工作是——给金豹倒尿盆！“绿林”并未使他获得“英雄”的命名。

小说开头渲染出的一片迥异而阴沉的气氛，与《红高粱》中余占鳌的出场相比，春麦全无那种“英雄”的逼人气概，相反，在家人乃至村人的眼中，他仍然是“小鼠小兔”，是“没出息的货”。“进山”并未使他完成“身份”的转换仪式。最后他摆脱这一重“身份”依靠的却是最无奈而悲壮的手段：舍己救人。说到这里，足够可以看出苏童的这一本是一个“伪土匪”小说，着力点只在于一个懦弱的丈夫——春麦，是对传统土匪形象的一次解构。

杨争光是一位“写匪”的高手，他的土匪世界既宽且广，并不拘泥于为写匪而写匪。他将土匪视为一类人，作为一种人性的侧面，当作一种特殊的生存方式来描写。在他的笔下，既不是豪气干云的土匪英雄，也不是行为迥异，让人难以理喻的怪物，而是选择了一种与我们的生活很近的，甚至感觉就在我们身边的描写方式——将匪性与身边的人性结合起来。

韩子勇在《我读杨争光》一文中对杨争光的小说有如下精彩的评述：“在小说《黑风景》中，‘看瓜人’与‘吃瓜人’的争执与冲突稀松平常，却是一切最原始的出发点和导火索，在这里，土匪与农民或是平民在意识和身份不是被作者从主观上予以夸大和强调，不是在某种既成观念的笼罩下事先赋予人物的而是量，而是使事件不受干扰地得以恢复——恢复到既发时刻所可能具有的蒙昧状态：因为这部小说的叙述目标本来就不是为了演绎二个惊心动魄的民匪冲突的故事。只是事与愿违又或是作者的本愿本就是如此：在杨争光的作品中最紧张、最阴森、最令人毛发倒竖的人物并不是那些时而愚钝，时而暴虐、时而甚至有点天真顽皮的众匪，而是匪祸当前村民们的人性表演。”①

在我看来，他的小说其实更像是一个寓言，透露出的人性中某些阴暗的侧面，继而将匪性过度地拔高，上升到了“人性”的高度上！令人不寒而栗的同时，又有着过度“崇黑”之嫌。

那么接下来要提的是贾平凹。我认为描写土匪的小说之中，惟有他才算是真正的秋毫毕现。也许是因为商州自古就是一个出土匪的地方，所以贾平凹对于自己写土匪的功力也是特别的自信，甚至将这些作品串成了一部专由匪人匪事小说合成的集子《匪事》。

霍布斯鲍姆在《土匪》的第一页明确指出：他只研究一类土匪，“他们不是被公众舆论当作单纯的犯罪分子，而是作为英雄、战士、复仇者、保卫正义的斗士，也许甚至是解放运动的领袖，总之，他们受人赞美，值得帮助和支持”②。这类土匪就是“社会土匪”，中国百姓常常将他们称为“绿林好汉”。他们自己也经常以绿林好汉自诩，高举劫富济贫的义旗。这类土匪若具备了相当大的规模和组织形式，有明确的政治目的和经济要求，同时又有超越地方狭隘眼界的领袖人物，就会演变为农民起义，其主要人物就成了农民起义的领袖或英雄人物。第二种类型是恶匪。恶匪多为歹毒成性、欺压良善、滥抢滥杀的邪恶之徒。第三种类型是纯为生计所迫，在小范围内进行一般性抢劫，但不欺压良善，不烧杀奸淫的“季节性土匪”，也就是前面所说的“忙时为农，闲时为匪”的农民。当然，更多的土匪是混合型的，难以明确归类。那么如果跟这个时期所创作的，运用土匪叙事创作的“土匪小说”比对，我们不难发现，有幸被当代作家们，无论是莫言的余占鳌，还是尤凤伟的二爷，或是陈忠实的黑娃，甚至是苏童的春麦，凡被选中拿来作为土匪小说主人公的，多半都是那种离英雄人物最近的“社会性土匪”。那么恶匪呢？敢拿恶匪做主人公，真正去暴露匪性的负面的，只有贾平凹！恶匪在他的笔下虽不是值得效法的典范，却也有特有的作

① 韩子勇：《我读杨争光》，《文艺评论》1992 年第 8 期。

② 贝思飞：《民国时期的土匪·序言》，上海人民出版社 1992 年版。

用，“作者借他们批判了 我们民族文化中沉积的野蛮、暴力、自相残杀与互为谋害的民族劣根性。作者把他们放在一个特定的历史时空里，探讨了灵肉、人性兽性、道德人性，善恶、侠匪品质等在历史时空里的互为依存的关系和嬗变轨迹，展示了人性的复杂、民族文化的驳杂和民间文化(侠文化)的二元对立”①。

在贾平凹的短篇小说集《匪事》中收录了《美穴地》、《白朗》、《晚雨》、《五魁》四部短篇小说。贾平凹笔下的土匪们形象各异，在《美穴地》中他就成功塑造了一个恶匪的形象：苟百都。他起先是姚掌柜家的爪牙，是一个粗俗不堪、令人生厌的恶汉，为虎作伥，强拉来柳子言为姚家看“美穴地”来保姚家后代的昌盛。但是从字里行间，可以看出作者起先对他的描写还是比较中庸的，不难看出，他也是被封建阶级压迫而生出嫉妒之意、反抗之心。但是后来他因为嫉妒姚家的权势而坏了姚家坟地的风水之后，先是投奔唐景又自立门户，占山为王，攫得兵权的他如猛虎离山，开始肆意地破坏原本由封建社会原本社会制度所赋予上流人士的生活，以暴力掠夺走了姚掌柜的权势、金钱和美艳的姨太太。得到这些之后，苟百都人性的丑恶面愈加明显，重复着姚掌柜的作威作福、鱼肉百姓、横行乡里的暴行，并且变本加厉，甚至比有着封建礼教“伪善”廉耻的乡绅更加肆无忌惮。即便是他抢走四姨太的行为，也只是出于男人的本能，将她的美貌当作拥有高贵地位、强权实力的象征，而非当作对浪漫和美的自然追求。正是这些异化的心理，让他图谋害死柳子言又将跛脚的老娘掀翻在沟里弄死，以求得大富大贵。最终这样的倒行逆施，也让他被雷击而死，其中隐隐暗含着作者对神秘的天道公义的猜测与敬畏。可以说苟百都在这里是恶匪的代表，他是羡慕嫉妒恨封建势力的既得利益者而铤而走险的匪类。

说完恶匪苟百都，再来说一下侠匪——《白朗》中的白朗。他原本也不是土匪，而是寺庙里的和尚，在被主持猥亵之后，愤然杀死他而落草。他由于相貌俊美、武艺超群而成为白狼寨的寨主。他为了让百姓们能够吃上盐，不再受盐官的压迫，不惜带着部队长途跋涉去攻打盐田，最终因为酩酊大醉而被黑老七乘虚而入，被捉进狱中。在监禁之中，他又遭遇了另一重考验，美艳迷人的黑老七的压寨夫人，这是一种蓄谋已久的勾引，等待他的是一场致命的诱惑。但是他依旧凭借着自己的信念抵制住了诱惑，内心得到升华的同时，也感化了压寨夫人，帮助他杀死了黑老七，重新成为“王中之王”。然而就在他人生最得意的时刻，在庆功宴会上，真相一个接一个地揭开，他方才知道自己这“王中王”付出的代价究竟是如何的巨大，上到他自己的两个结拜兄弟，下到陌路相识的客栈夫妻俩都自发地保护着他，用各种各样的方式帮助着他，由此，白朗的侠义远扬可见一斑。更难得可贵的是，他顿悟了残杀的无谓与世事的虚幻，选择放弃俗世的浮名做了一个云游四方的苦修者。只是耐人寻味的是，民众却是更愿意膜拜那个他们自己潜心创造的“王中之王”，而对眼前这个现实的、真实的白朗不屑一顾，轻之贱之。白朗之前冲冠一怒为百姓，然后悟道参禅，选择成为真正的自己，无论是前者还是后者，无论是王中王还是苦行僧，白朗在文中都是一个“义”，一个“侠”的形象，这个“义”既是兄弟之“义”，也是苍生大义。侠匪，非白朗莫属。

《晚雨》之中的山匪天鉴，就初衷而言，天鉴是一个“仁匪”。天鉴杀死县官后自己上任的目的，是希望做一个爱民如子的好官。并且他也是执着地为民在做着好事，却屡屡遭到

---

① 罗维：《悲悯观照下的土匪世相——论沈从文作品中土匪叙事》，《民族文学研究》2008年第2期。

同僚的陷害与排挤，方才知道这官场之中的刀光剑影不仅比草莽更盛，而且更险，裙带关系牵连的官员们可以为了一己私利牺牲群众的利益。在他深爱的王娘被舆论夺去性命之后，他终在为官与做匪之间难以找到平衡，只能通过阉割的形式，革除自己的欲望和山匪的野性。他被官与匪两股力量撕扯为两半，最终郁郁而终。但总体来说，他为百姓做的实事却是许多，符合儒家"仁者爱人"的处世哲学，虽然是一个官场政治可悲的牺牲品。作者对于他这位山匪县令也是持一个褒扬的态度。

如果说在这批涉匪作品中形象最深刻，最耐人寻味、引人深思的，怕就只有那由善转恶的匪徒——《五魁》中的五魁。五魁本来并不是匪类，而是一个迎接新娘的驮夫，可以说在富家看来就是一个会说话的骡子而已，地位低下。然而美丽的新娘子却一下子让五魁产生了喜爱的感觉，偏又遇到唐景的喽啰劫亲，上演了一出深入虎穴，英雄救美的义举。造化弄人，被救回的柳家新娘却不是获得了幸福安康，而是面对残疾的柳少爷近乎残暴的虐待和凌辱，终于五魁再次忍无可忍，将新娘子抢了出来。但是他却没有想过要自己和她在一起，而是自甘卑微，要想把她送给一表人才的唐景。这种天真而一厢情愿的想法，最终葬送了他和她的幸福，失去了她之后的五魁一下子失去了向善的所有动力，坠落到极恶的深渊里。他成为比唐景还穷凶极恶的匪徒。

再说一说唐景，可以说这是一个有着白朗、荀百都和天鉴共同特点的匪首角色，却是介于善恶之间的土匪。他从不避讳杀人越货，他将财物分给自己的麾下，告诉他们这是应得的；他将血淋淋的人头直接斩下来示人；他也可以因为不慎"走光"而毫不犹豫地杀死自己的压寨夫人。第一点可以说他是一个类似白朗的侠匪，第二点可以说他是一个残忍不逊于荀百都的恶匪，第三点则是与天鉴一样看中风评："他容不得他的辖地有什么违了人伦的事情。"也正是这种风评害死了天鉴，害苦了唐景，而不自知。这样的角色在其他作家，甚至是匪事系列中的其他作品中都难得一见，而唐景还在《美穴地》中客串了一回"荀百都"一开始投靠后来又反出山门自立门户的东家，足见贾平凹对这个人物的喜爱。

在贾平凹的《匪事》系列作品之中，土匪形象之鲜活、生命活力之澎湃不逊于莫言，人性探秘的功底以《五魁》为最，胜过尤凤伟；关于儒家的思考深度不亚于陈忠实；人物塑造之丰富、复杂不逊于苏童；人性挖掘之深度不逊于杨争光，而对于匪性与人性的认知也是恰到好处。甚至他还拿起了过去五四时期徐玉诺等人对于"匪性"合理性的思索问题，可以说承上而启下，是现当代文学中土匪叙事的"上上之作"！

三、土匪叙事关键词：人文主义；暴力；英雄；民族话语

中国现当代文学中的"土匪叙事"自发轫之初就掺杂着人文主义对土匪群体的不断关注与渗透的过程，是自始至终贯穿着暴力、爱与欲望的过程；是英雄逐渐死去的过程；也是寻找民族脊梁，主张正义话语的过程。

首先，什么是"人文主义"？这在中国古代与欧洲都有各自的传统，中国的"人文"最早出自《易·贲卦·彖传》："彖曰：贲亨，柔来而文刚，故亨。分刚上而文、柔，故小利有攸

往，天文也。文明以止，人文也。观乎天文，以察时变。观乎人文，以化成天下。”①

在中国古代的“人文主义”强调的是：“人文”即圣人之文，对于天下的教化作用，遵守礼乐和圣人之文，以求获得人与自然的和谐。而新文化运动以来，国内学者们所使用的“人文主义”一词，多是英语 humanism 的中文译名。在西方的基本含义是指 14 世纪至 16 世纪文艺复兴的主导思想。文艺复兴时期的人文主义者强调关于人性、人的价值和人生幸福的思想，反对禁欲主义。这种理念则是完全承袭自西方的自然型人文主义，主张张扬人的个性，自然的人，维护人的欲望和本性。“在具体历史的发展中人文主义表现出了各种不同的存在形态，但大体上可以将其归属到这两个范畴：伦理型人文主义与自然型人文主义，而这两种人文主义类型在中西方的文化历史中都有着悠久的精神传统。”②

不难发现，我国古代认为的“人文主义”理念与西方的伦理型人文主义不谋而合。这种人文主义注重伦理对人性的规范。例如，在 18、19 世纪的德国，歌德、席勒是伦理型人文主义的代表。阿伦·布洛克在《西方人文主义传统》中涉及伦理型人文主义，他指出：“他们都对思想塑造生活的力量和个人自我修养的能力有着共同的信仰，认为个体可以修养(Bildung)到自己的内心冲突得到克服而与同胞和大自然和谐相处的程度。”③

我们不难发现，在我国的古代哲学体系之中，儒家虽然比较看重积极入世，偏重伦理道德，但尚且看重人与自然的关系，在董仲舒的新儒学之后一直讲究“天人合一”，也有着“食色性也”的训诫，这也是对人基于自然欲求的肯定，而“天人合一”也是道家追求的“道法自然”的另一种表述，表达意思其实都是既有着人伦规范的“道法”和“天道”，又不压抑人性中各种自然人性的释放，从而得到内心中情感与理智的平衡，这一点其实就是伦理型人文主义的主要目标。

自然型人文主义则是新文化运动后全面兴起的，伦理型人文主义与自然型人文主义在文学领域又表现为：伦理型人文主义创作与自然型人文主义创作的斗争自五四以来贯穿始终，至先锋小说等反人文主义作品出现消解，一刻未曾停止，并贯穿同是发轫于五四新文学的土匪叙事四次叙事传统的始末。

五四新文学中，以章太炎为首的“国粹派”与胡适、陈独秀等人代表的“启蒙派”分别代表了人文主义中的伦理型人文主义和自然型人文主义。这可以从他们阵营之间著名的“科玄论战”的发言看出来：国粹派和后来继承白璧德的“新人文主义”的学衡派主张“中国人今所最缺乏者，为宗教之精神与道德之意志”④，“吾人乃益感保存宗教精神与道德意志之必要”⑤，保存宗教精神与道德意志，即是保存伦理道德的前提下张扬作为人的个性与欲望；而启蒙派的胡适主张：“我们观察我们这个时代的要求，不能不承认人类今日最大的责任与需要是要把科学方法应用到人生问题上去。”⑥陈独秀更是宣称：“由此看来，世界

① 徐复观：《中国人文精神之阐扬》，中国广播电视出版社 1996 版。

② 王昉：《中国文学现代转型中人文主义倾向之类型分析》，《东岳论丛》2011 年第 12 期。

③ 吴宓：《吴宓日记》(第 3 册)，生活·读书·新知三联书店 1998 年版，第 364—365 页。

④ 吴宓：《吴宓日记》(第 3 册)，生活·读书·新知三联书店 1998 年版，第 550 页。

⑤ 胡适：《五十年来世界之哲学》，光明日报出版社 1998 年版，第 577—578 页。

⑥ 陈独秀：《科学与人生观序》，《科学与人生观》，黄山书社 2008 年版，第 151 页。

上那里真有什么良心，什么直觉，什么自由意志！……我们相信只有客观的物质原因可以变动社会，可以解释历史，可以支配人生观，这便是'唯物的历史观'。"①在这里启蒙派完全将人等同于自然的主宰，蔑视了一切的伦理和约束，而将人的一切行动完全排除了良心、直觉、自由意志等科学不能解释的问题，而全部归结为最本真的人性与欲望，必然是自然型人文主义的坚定拥护者了。

在新文化运动中，国粹派属于被打倒的一派，但随着政治运动的需要，以及后来人与自然的关系逐渐恶化，伦理型人文主义又有过抬头，不过这是后话不提。

既然自然型人文主义在新文化运动中占据主流，那么我们不妨拿新文化运动以后涉及土匪叙事的文学作品来浅析一下人文主义对文学作品究竟施加着怎样的影响。

从鲁迅先生的《狂人日记》开始，描写人的人文主义开始走上文学舞台。狂人具备了医学上所有妄想症患者的临床病理症状，足见鲁迅先生是在完全以理性，即自然型人文主义的影响下完成中国首部白话文小说的。而从《阿Q正传》开始，受到人文主义影响的作家们开始了对社会群体中这一类"异类"的关注和研究。通过鲁迅先生的分析，我们不难看出，鲁迅先生猜测中国人其实人人都是有"匪性"的并且与我们民族的劣根性纠缠在一起，难分难解，这也是十分理性的分析方式。比如阿Q与人发生争执时，最先想到的就是跟人打架，也就是诉诸"暴力"，而有便宜占时则一拥而上，受到压迫之后最先想到的不是官府，而是寄希望于造反的革命党，而做了革命党就可以做英雄，只可惜阿Q做英雄的理想只是想要把欺负他的人欺负一遍，而且还都只是停留在意淫的层面。但这只是土匪叙事的滥觞，是人文主义的浅入，可以看到，对于这些，基本都只是通过了阿Q的想象描写来完成，虽然仅仅是蜻蜓点水。但是对于后来的作品则是筚路蓝缕，以启山林。

而土匪这一文学形象似乎引起了广大作者的兴趣。显然，这些土匪虽然是社会异类，但仍旧是人，就具有人之本性与欲望。受到人文主义影响的作者们自然不愿意如鲁迅先生一般浅尝辄止，随后的台静农开始侧面描写"土匪"，小心翼翼地在文学作品中引入"土匪"这个乡土社会中的异类，徐玉诺的作品中则开始了正面描写土匪，并且开始思考匪性存在的合理性，土匪逻辑在当时社会的合理性，等等。正是有了这种带有保留的"认可"为20世纪30年代的土匪叙事带来了新的思想动力。所以在沈从文、艾芜、萧军等人的作品中，我们就看到了一个对土匪持美化，甚至赞美态度的文字。从人文主义的角度去考虑，虽然这些不轨于法的土匪是社会异类，但从本质来说，他们也是人，所以这批作家在作品中大胆地去走近他们的生活，向读者展示他们的喜怒哀乐，并承认他们作为普通人而具有的享受爱、温暖与关怀的权利和自由。至此，土匪叙事中的自然型人文主义已是达到了极致，甚至沈从文笔下的土匪都寄托了他对于人性本真的至高幻想，几乎提高到了一个乌托邦的地步。但自然型人文主义此时也终于在文学作品发展到极致之后遭遇了不能解决的难题：沈从文等人为代表的作家希望以这些描写人性本真的作品唤回都市中男女堕落而失去的本性，最终却是以乌托邦的破灭而告终。

十七年时期的土匪叙事起源于延安文艺座谈会以后新的文艺目标。应毛泽东同志要求，之前追求自然型人文主义的激进左翼作家们开始转而创作深入工农群众的，出于革命

---

① 阿伦·布洛克：《西方人文主义传统》，董乐山译，生活·读书·新知三联书店1998年版。

战争需要的作品。这样的作品当中，自然不能再宣扬“无组织，无纪律”，肆意妄为，率性而行的自然型人文主义，于是伦理型人文主义抬头，并在“文革”期间逐渐占据主流。这一时期的涉匪作品，如《林海雪原》、《播火记》等，其中或是不再以匪类作为主人公，或即便为匪也是有诸多禁忌：如《播火记》中的李霜泗，不劫穷人，不奸淫妇女，不抢附近村庄，等等，并且相信自己这样做是为了安慰母亲的在天之灵。可以看出，这里的诸多禁忌，正是伦理型人文主义所宣扬的良心、道德、自主意识，等等，在《林海雪原》中也是如此，即便少剑波对白茹一往情深，但始终没有超越过革命同志的友谊，以至于在 2010 年《林海雪原》改编成电视剧时，编剧大胆地加入了吻戏，并引来了很大争议。这种明显压抑人性的描写，早先的人文主义作品中是绝不会发生的，相信这也是自然型人文主义向伦理型人文主义转变的有力佐证。在新文化运动中被打倒在地的“伦理型人文主义”竟然在这样的情况下，由打倒他们的左派作家自己再重新树立起来，并且在很长的一段时间内都被奉为创作的铁律，不知新文化中启蒙派的先辈们做何感想。

“文革”之后，国家意识形态对于文学创作领域的控制逐渐松动，早已厌倦了伦理型人文主义来创作的作家们又悄悄地借着寻根的名义将自然型人文主义拿了出来。这方面的涉匪作品如之前上文提到的莫言等人。如《红高粱》中，我们又看到了敢于破“色”戒的英雄人物，敢于用欲望的热血去书写的故事；在《匪事》系列中，我们又看到了自然而近乎蛮荒的人性，欲望的原始表达；在《石门夜话》中对于人性隐秘的探寻……这些都是自然型人文主义在文学创作中的特征。只可惜好景不长，随后出现的先锋小说就旋即以非英雄化、庸常化，甚至物化、怪物化的方式手法体现着反人文主义的潮流，将人文主义不分伦理型还是自然型都绞得粉碎。“现代主义文学中，常见的是本能的人、物化的人、没有精神内涵的人，或者是处于焦虑、迷惘等消极心态下的人，现代主义形成了对人文主义与人道主义英雄与理想的反讽!”①

当然，伦理型与自然型的人文主义的类型划分只不过是依据作家创作的不同侧重点而已，并无完全绝对意义上的逻辑和哲学上的辨析，例如很多被划分为伦理型人文主义范畴的作家实际上也没有完全脱离自然型人文主义的创作描写，反之亦然，只是哪一种更占主体罢了。②

最后不得不提一提人文主义与最后一个议题：英雄主义的关系。鉴于欧洲人文主义的发展潮流，“19 世纪毕竟还是一个整体化的社会，强调对社会的改造，精神性仍然占有较大的权重，人道主义仍然是一种有效的协调因素，情感的人道主义在 19 世纪的文学中生气灌注，形成了繁盛的人道主义文学，它致力于书写大写的人、理想的人，引导社会进步的英雄或代表历史未来方向的真理的化身”③。追根溯源，这应该是深受人文主义影响的土匪叙事总是不缺乏英雄人物的原因之一吧。

---

① 易晓明：《人文主义遭遇技术社会——现代主义文学中人文主义的衰落》，《解放军艺术学院学报》2013 年第 1 期。

② 王昉：《中国文学现代转型中人文主义倾向之类型分析》，《东岳论丛》2011 年第 12 期。

③ 易晓明：《人文主义遭遇技术社会——现代主义文学中人文主义的衰落》，《解放军艺术学院学报》2013 年第 1 期。

谈完了人文主义，接下来影响土匪的就必然是伴随着土匪活动所不可缺少的“暴力”了。暴力活动是土匪得以立身的根本，而暴力活动的对象大多又是农村。所以谈论土匪是离不开农村、农民和土地的，一旦离开了土地，如果没有赖以谋生的手段，农民就急速转化成为土匪。“匪的生成，究其根本原因在于失业（农民则失去土地）导致的贫穷，匪患是贫穷和饥饿的产物。”[①]又如吴思先生在《血酬定律》中的观点：“饥民以性命博取生存资源，沦为盗贼，其根本原因是因为无法进行生产性劳动获取生存资源，于是只好而凭借暴。”[②]而土匪活动的形式也就造成了他并不是一个生产的过程，而是一个破坏的过程，土匪们对乡村尤其是农耕社会的破坏不仅是物质层面上的——土匪们获取的金钱、粮食、食物，甚至是女人都会迅速地被消耗掉，而且不可再生；更多的是对农民心理上的冲击，毕竟土匪行径对于安居耕种的农民来说诱惑力实在是太大了。如台静农《红灯》中的德银，原本只是一个卖饺子为生的农民，只是受了惯匪三千七的威逼利诱回来就“只吃了一碗饭，不停地叹气”，很显然，若不是土匪奢侈的生活、肆意的消费观刺激到了老实巴交的德银，这个农村小伙又怎么可能放弃原本平淡却贫寒的生活，铤而走险离开自己的老母亲去做土匪呢？毕竟土匪之中均贫富，等贵贱，只管消费，不用生产的生活方式对于农民的吸引力是巨大的。

对于人类来说，生存高于一切。仓廪实而知礼节，衣食足而知荣辱，如果活下去都不能够到，那就什么都不用再谈了。在伦理治国的中国，他们深知“一日为匪，终身为匪”的伦理训诫，所以，“上山”为匪的农民，若不是迫于万般无奈是不会铤而走险的。美国研究中国民国时期土匪的专家比林斯利肯定地说，土匪“是农民对压迫和苦难进行反抗的最普遍的方式之一”[③]。

而土匪们在打家劫舍的行为中所产生的“暴力”则被土匪叙事的作家们加以个人感情模式上的渲染，如徐玉诺等人的侧写和慎言，沈从文等人的人格修订和美化，《林海雪原》等站在意识形态的制高点对暴力行径的口诛笔伐，以及莫言等人出于对力量和火爆的迷恋而如获至宝地将暴力行径与暴力美学联系起来的行为。在莫言等人手中，杀人溅出的鲜血不是血，是血花，《红高粱》中的罗汉大爷即便是千刀万剐也可以是豪气干云的……另外在贾平凹的《匪事》中的《白朗》一篇，历史上确有其事，白朗军早期正是如文中所写那般每到一处，秋毫无犯，百姓箪壶劳军，并确有在陕西省境内作战时对人民秋毫无犯，劫富济贫，深受爱戴的相关记载：“义军过处，不自惊扰，而济以军火，供于粮食，开门投诚者，一律保护，不伤生命财产。”“对于劳苦群众尤为爱护……对于奸淫妇女，更属严格。”[④]这一点与贾平凹文中的白朗军行为一致，并且都深受爱戴，文中白朗离开白狼山长途奔袭盐田，为百姓可以吃上盐与历史上白朗从河南举事，转战陕西，帮助陕西人民脱离恶德官员魔掌之事暗合，“柴米油盐”中“盐”是百姓生活最不可缺少，又被官方垄断的物资之一，所以袭击盐田比喻白朗军入陕劫富济贫，恰恰合适，几可以认为是“文史互证”的暗喻了。但遗憾

① 菲尔·比林斯利：《民国时期的土匪》，上海人民出版社 2010 年版，第 262 页。

② 吴思：《血酬定律》，中国工人出版社 2003 年版。

③ 韩文具：《试论民国时期土匪的成因与危害》，《湘潮（下半年）（理论）》2007 年第 11 期。

④ 韩学儒：《白朗起义军在陕西的斗争》，《史学月刊》1965 年第 7 期。

的是，后来处境日渐困难，转战他省之后，军纪渐弛，如攻占洮州之后，“城中所有房屋大半已付一炬，葬身火窟者不计其数。人民以争欲出城，互相践踏而死者不可计数，各城门积尸高至数尺。城外商店被焚者亦夥，然死者则较城内多至数倍”[①]，在文中就没有类似的描写，显然是对这等暴力行径加以了修饰，这样的处理方式也算是陕西人民对于白朗义军的崇敬与怀念吧。

也就是说对于土匪们暴力因素的评价，是随着时代和社会环境的变迁而一直在变化着的。

接下来要谈的另外一个关键问题就是“英雄，民族与正义话语”了，原本土匪这一类魑魅魍魉与英雄、民族大义和正义是根本沾不上边的，相反的这些社会的异类是游手好闲和惯犯恶痞的集合，是应该剪除的异类、民族的败类和渣滓，甚至是邪恶而近乎妖魔化的一群。但是现在尴尬的现实却将他们分明是连在一起了——无论是现实中的，还是文学意象中的均是如此。那么土匪与英雄有什么共同之处，彼此之间又有什么区别呢？

在20世纪80年代以来的土匪叙事中，我们不难发现，有幸被当代作家们，无论是莫言的余占鳌、尤凤伟的二爷，还是贾平凹的白朗、唐景、天鉴，大凡被选中拿来作为土匪小说主人公的，多半都是那种离英雄人物最近的“社会性土匪”。

那么这能否看成知识分子对“土匪”这一文学形象的习惯性“修订”呢？就文学而言，每当需要涉及一些敏感的东西，知识分子就会进行“修订”。这一修订传统最初应是从史书“隐恶扬善”的写作风格而来，久而久之，又为现代文人所承袭，并进行着“现代”的发挥。

土匪和英雄的共同点在于他们都强而有力、叛逆，并能够拥有一定的民间话语和权威：英雄可以一呼百应，土匪亦可以用“义气”号召农民加入；那么区别也十分明显，英雄们有着人文的关怀，他们的初衷基本都是善的，他们有着善的内核，而土匪则来源复杂，鱼龙混杂，有仁义高洁之士，也有自私自利之徒。

那么土匪在文化作品中应该如何变成英雄的？首先，第一条路径就是：接受共产主义理想，参加革命。

十七年文学中梁斌在《播火记》中选用了匪首李霜泗作为主人公：张嘉庆受贾湘农委托，前往白洋淀“改造”土匪李霜泗，上级认为这个人虽然当过土匪，可是一向杀富济贫，可以改造。这里其实已经用“当过”这个过去式，来暗示了李霜泗在不久的后来成为河北红军第一军第二大队大队长的政治前途。因此，李霜泗的相貌描写完全不同于同一时期《林海雪原》中许大马棒、座山雕等人的形象描写，有关李霜泗的描写是较为复杂的，既有“阶级分类”成分的描写：“我家里受过土豪霸道的害，父母去世，人亡家败，逼得没有办法，才走上这条江湖道路”；也有传统“杀富济贫”的修订因素，“痛恨土豪霸道，同情庄户人家”，“不常作案，即便作案也不在本地，带着人出去二百里，找到那些出了名的大地主，大恶霸……那些有权有势的人家，打家劫舍，掳掠财物。水淀上人们并不觉得李霜泗可怕……遇到灾荒年月，他没有不帮助的，不是给些钱，就是给些粮米，在他觉得，只有这样修好行善，才对得起死去的母亲”。还有在个人品质上的修订，在“财”“色”两字上，他是一

① 刘汉东、王建吾：《白朗起义失败的原因究竟是什么》，《中州学刊》1985年第6期。

点不沾，而他妻子为了怕手下的兄弟“夜里出去糟害人，从不叫他们夜里出门”。“奸淫掳掠”通常是土匪的象征，如果说“掳掠”尚可注入“杀富济贫”的注释，那么“奸淫”则是无可容忍的。小说突出李霜泗的“不沾财色”，而使其发挥了道德的完整性。并且他在张嘉庆的一番劝说下立刻表示：“走了多年的瞎道儿。”表示愿意接受改编，衷心地接受了共产主义理想。

这样一番“修订”之后，一个接受了无产阶级理想，被共产主义理想改造的，在当时无限接近于英雄的“社会性土匪”就这样被作家们“修订”出来了！可是这样的“社会性土匪”，我们会发现，几乎所有“匪性”的缺陷：残暴，滥杀，奸淫掳掠，对社会的破坏性……全部都被“修订”过滤了，留下来的是什么呢？与其说是一个英雄化的“土匪”，倒不如说是一个乌托邦式的英雄和人造的“圣人”！与这个接受了“共产主义理想”而成圣的社会性土匪相比，被最终消灭的座山雕就显得无比讽刺了。但顺我者昌逆我者亡，接受共产主义理想与否在那个时代，是能否成为英雄人物的唯一标杆。

那么土匪变成英雄的第二条途径就是：扛起民族大义的旌旗。

无论是萧军在《第三代》中出山抗日的胡子，还是莫言笔下袭击日本人车队的余占鳌，哪怕是为保护游击队员而死的十恶不赦的山匪头子，无一例外，都可以得到作者冠以的“英雄”头衔，以及读者心悦诚服的赞赏。为什么会有这样的变化，只能说民族大义实在是太过崇高了。

《红高粱》中冷支队长说：“只要你把杆子拉过来，给你个营长干。枪晌由五旅长发给，强似你当土匪。”“我爷爷”勃然大怒，说：“谁是土匪？谁不是土匪？能打日本鬼就是中国的大英雄。”[①]在这里，我们看到了中华民族的民族整体利益远远凌驾在个人恩仇和狭隘的政治观念之上，抗击日寇并不是受到什么主义，也不是因为外在的压力，而是纯粹出于个人的伦理需要，在面对外民族压迫时，能够舍下本民族的纷争，以及个体的利益去有利于民族整体，很多普通人难以做到，做到别人无法做到的事情，在日常生活中就拥有了被尊敬的第一步，在文本话语上也就完成了土匪到英雄嬗变的前提。

但是这样的描写又有一些令人感觉讽刺的地方，这不禁让我想起之前唐代诗人们的套路。陈平原先生在《千古文人侠客梦》中写道：“唐人游侠诗有两种模式，一以王维《少年行》为代表，一以李白《白马篇》为代表。前者‘狂荡一征战一受赏’：后者则‘狂荡一征战一功成不受赏’。游侠依然还是游侠，照样‘归来使酒气’，并不以功名富贵为意。可大量诗作还是希望游侠儿立功受赏，狂傲不羁的李白也有‘丈夫赌命报天子，当斩胡头衣锦归’（《送外甥郑灌从军》）这样颇为世俗的诗句，余者可想而知。固然可从时代风尚找到游侠儿从军且立功受赏的‘客观依据’，但文学形象的转换其实是一个同样重要的因素。‘衣锦回’也罢，‘赐侯印’也罢，都是为了让文明社会重新接纳‘不轨于法’的游侠儿。游侠的‘意气’固然使人称羡，幸得有边关战事，‘发奋去函谷，从军向临洮’，成了游侠儿重归文明社会的最佳途径。征战归来的游侠儿，俨然成了民族英雄，完全值得诗人称颂。至于结局是‘隐蓬蒿’还是‘赐侯印’，其实无关紧要。”[②]那么我们不妨将抗日看成抵御外侮，那么作

① 莫言：《红高粱家族》，作家出版社 2012 年版。

② 陈平原：《千古文人侠客梦》，北京大学出版社 2011 年版。

家们笔下的这些"英雄"也好,"土匪"也罢,不妨当作"游侠儿",如果不与民族大义沾边,不合"精忠报国"依旧"不轨于法","难容于世"。

那么让土匪成为英雄的第三条途径是什么呢?那就是执掌民间的正义话语。

这一点可以从贾平凹笔下的《白朗》看出,白朗无疑是一个成为英雄的"土匪"。据史载,白朗起义是确有其事的,带领三十多万众横扫数省,声势十分浩大,当时在民间就流传着"白朗来,三年之间均贫富"的童谣,一如当初李自成起兵时的"闯王来了不纳粮"一般,足见这一场起义在民间是得到了正义的认可,但是在起义被剿灭之后,他却依旧得了一个"大匪"的称号。文学作品中白朗英雄地位的确立,则是通过他为了让盐田的百姓吃得起盐,带领部队跋山涉水袭击了盐田,杀死了当地恶德的官员,将盐分给了百姓。在中国伦理之中,官一向是处在正义的一面,而匪由于处在官的对立面,处在被邪恶,被妖魔化的地位。但是一旦官在民间视野中成为"非正义",那么与之对立的"匪"如能站出来与其对立,便轻而易举地获得了民间正义话语的执掌权,便可以获得民间的认可、支援和同情。

到了这里,土匪成为英雄不再需要凭借政治上的修订,无须接受某某主义,也无须出去与外族侵略者拼命,更多的评价标准是:他的人格是否健全,甚至连人格是否健全都无所谓了,更多的是看他是否愿意站在民间正义的立场上去为人民代言和伸张正义。

土匪变成英雄的途径还有一条,那是苏童在《十九间房》里告诉我们的:舍己救人。春麦作为一个软弱的丈夫、一个熊包的土匪,最终他获得自身人格升华的途径就是:舍己救人。但这已不独是土匪,任何舍己救人的都可以成为英雄。

至此,土匪叙事的浪潮渐渐低澜,原本高涨的英雄主义情结也逐渐退潮,在"土匪叙事"退幕的舞台上,我们还看到了庸碌的平凡人,甚至是痴呆者、弱智者也接连登上了文学创作的舞台。如果说平凡人还有成为英雄的潜质,那么痴呆者、弱智者则全然与"英雄"无缘了。可以说世纪末的土匪叙事,是对文坛"英雄主义"的一次回眸。

但是我们不应对英雄的退场唏嘘叹息,如前文所说的,当社会需要改造,需要大的理想和引导社会进步时,比如当今中国正是又到了一个社会变革的"大时代",也是实现"中国梦"的跨时代,相信在合适的时机,人文主义文学必会破开现代主义文学颓废、消极而无助迷茫的雾障,再次带着闪耀着人性、理想和真理光辉的英雄人物王者归来!

（指导教师:李相银教授）

水文化传统与新世纪扬州水乡诗歌创作
——以子川、陆华军诗歌创作为例

文学院 2010（4） 陈 晨

“故乡在哪/他们不停地问/会有来生吗/而我只知道/一切失去的美好/都可以称之为故乡/故乡是一种心情/不停遭受折磨的一部分是肉体/是一种不可分割的原始欲望……”①扬州诗人花园克荠道出了所有羁旅异乡的扬州诗人对故乡的情丝，这种情丝深植于扬州连绵不绝的水系之中，随逝水而去，融覆水而难收。

一、概念界定

（一）地域文化、水文化

马克思主义唯物史观认为社会存在规约社会意识，社会存在是社会意识内容的客观来源，从古至今，不管人们对于文化作何种纷繁复杂的界定，大体而言，文化的概念总是与社会意识范畴若即若离并受制于社会存在。因此，明晰地域文化的概念，必须首先了解地域文化地理特征的形成原因。李慕寒、沈守冰在《试论中国地域文化的地理特征》中有详尽的介绍，总的说来，“地域文化的形成是经过长期历史的发展演变而成，而地域文化的地理特征，其形成原因主要是受自然地理因素，人文地理因素及两种因素综合影响的结果”②。自然因素与人文因素是其形成的两个基本维度。

其次，要明确地域文化的研究范畴，南京大学教授白欲晓在其《“地域文化”内涵及划分标准探析》中指出：“地域文化研究仍属于文化研究的范畴，它是以文化为中心的考察文化的地域属性和特征的研究，而非以地理为中心的探讨地理环境如何影响和作用于文化的文化地理学研究。”③同时他还指出：“地域文化研究总是从‘地域’出发，对其他文化要

① 花园克荠：《故乡是一种不可分割的原始欲望》，《扬州诗歌》2013 年第 1 期。

② 李慕寒、沈守兵：《试论中国地域文化的地理特征》，《人文地理》（季刊）1996 年第 1 期。

③ 白欲晓：《“地域文化”内涵及划分标准探析》，《江苏社会科学》2011 年第 1 期。

素的分析和说明总是关联着'地域'而展开的。"①从以上可得知地域文化是以"地域"这个地理要素为基本出发点并辅之以其他文化要素的文化研究。

最后，对于"地域文化"这个概念，北京师范大学刘成纪指出："地域文化是一个相对的概念，它的存在受到更具广延性的文化共同体的限定。比如，在人类文化这个具有普遍性的概念之下，中国文化只可能被视为区域性的文化，而在中国文化之下，所谓的地域文化则必然是中国之内各种文化形态的地域构成。"②但是，地域文化"从根本上讲，就是被人类生存的地域决定的文化。河流、气候、地形、植被等自然因素通过对人性及其生活方式的塑造，进一步影响了某一地理区域的文化状况"③，从这个概念中可以窥视出地理要素在其中所起的基本作用。

综上所述，无论从地域文化的形成因素、研究范畴还是既定概念，都可以看出地理要素在其中所起的奠基作用。当然，不容忽视的是，这里的地理要素并不是孤立于各种人文文化要素而单独存在的纯粹的地貌特征，而是混合了各种人文要素内涵的地理性特征，水文化作为地域文化的组成部分，既区别于其他地域文化而独有个性地存在，又受地域文化总概念的制约。

"水文化是对传统水功能的一种延伸和升华。它将水与生态、水与城建、水与生活、水与文化等紧密联系，构建起具有水特征的文化形态。水文化内涵丰富，它包括水精神、水哲学、水艺术、水治理、水经济、水建筑、水交通等。"④从王志军的这段论述中可以得知水文化是个有较大包容性的文化概念，它涉及生活的方方面面，从物质到精神，从人文到科学，等等，但总的来说是包蕴物质形态与意识形态两大方面。

游宏滔和王士兰对水文化的断想与王志军相似，他们认为"'水文化'简单地讲就是一切与水有关的生活方式，其中包括物质实体（水及与水有关的物质载体）和水对人们生活与精神的影响"⑤。水文化不仅包蕴有物质形态与意识形态两大方面，而且物质形态在其中起着基本前提的作用。而水利部的靳怀堾先生对水文化的定义已上升至民族文化的更高层次，水文化就是"有关水的文化或是人与水关系的文化。再进一步也可以说水文化是人们在水事活动中创造物质财富和精神财富的能力与成果的总和，或是说民族文化中心以水为轴心的文化集合体"⑥。靳怀堾对水文化的初步定义更侧重于意识形态方面，然而即使这样，以水为物质载体的前提仍是不可忽视的重要基点。强调水为基本物质载体，一方面与水的物质特性有关，另一方面与地域文化强调"地域"为基本出发点的规约有关，而其精神财富是物质特性更高程度的创造，因此，物质特性是基础，精神特性是升华。本文无意对"水文化"这个概念进行刨根究底的查问，也不想给它束以条框的约束，它只是作为本文论述的一个切入点，我想探究的是这种文化是如何参与到诗人的诗歌创作过程并留下自己的影子的。

---

① 白欲晓：《"地域文化"内涵及划分标准探析》，《江苏社会科学》2011年第1期。

② 刘成纪：《关于地域文学研究的三个问题》，《华北水利水电学院学报》(社科版)2007年第6期。

③ 刘成纪：《关于地域文学研究的三个问题》，《华北水利水电学院学报》(社科版)2007年第6期。

④ 王志军：《建设扬州水文化城》，《现代城市研究》2005年第8期。

⑤ 游宏滔、王士兰：《江南水乡城市水文化探析》，《上海城市规划》2007年第6期。

⑥ 中国水利文学艺术协会编：《中华水文化概论》，黄河水利出版社2008年版。

（二）扬州诗歌、水乡诗歌

关于扬州诗歌，本文特指扬州籍诗人创作的诗歌。而对于诗歌创作的主体则限定为出生于扬州并且至少青少年时期是在扬州成长的作家。“生于斯长于斯的本籍地域作家，是建立‘地方性知识’的中坚。通过对这些作家作品的研究，我们首先可以比较不同地域的家族文学……其次，我们可以勾勒不同地域的文化人格……其三，我们可以解码不同地域的原型意象。”[①]这对于文学的研究无疑有很大的价值。

水乡诗歌的概念阈限在以往的研究中并未涉及，因此这个概念缺少一种“历史规定性”，为论述更加具备学理性，本文将对这个概念加以宽泛的限定，所谓的“水乡”主要包括两个方面：一是“大水乡”扬州，“扬州是一座滨水城市，境内河湖广布，水系发达，襟（长）江枕淮（河），中含宝应湖、高邮湖、邵伯湖，京杭大运河纵贯南北，因‘州界多水，水扬波而得名’。‘绿杨城郭是扬州’等佳句，真实记载了扬州生态与环境的传统特征，展现了其奇特的文化品位。扬州这座城市缘水而发，因水而兴，曾有过商通四海、富甲天下的兴盛，在扬州 2500 年的历史演变中，积淀了深厚的文化底蕴，而水文化则是扬州文化的‘根’，更是城市的‘魂’”[②]，因此把扬州定性为水乡是符合事实的。二是“小水乡”里下河，主要是子川、陆华军所生活过的高邮、江都里下河地区，这里河网密布，水道纵横，是闻名中外的苏北里下河水乡地区。由此观之，无论是围绕“大水乡”扬州还是“小水乡”里下河为中心的诗歌创作，都会受到该地区地域文化的影响。

（三）关于文化传统的说明

传统在一定意义上来说，类似于一种“文化心理积淀”，传统意指那些从古代延续到现代的某种根本性的东西。它有过去、现代、未来三种存在的时间形态。在此基点上，区分文化传统与传统文化对文本来说是十分有必要的。关于这两者的区别，前人多有论述，有一种较为普遍的观点：文化传统是一种精神层面的文化，它是一种现实的存在；而传统文化是一种既有精神层面又有物质层面的文化，它是历史的存在，这是一种较为简单的说明。当然，具体到它们自身的理论阐述，它们在哪些方面存在差别，又怎样在历史的沿留中“纠缠不清”，暧昧地存在着，被人误解从而混为一谈，不是本文论述的重点。本文选择水文化传统而不是传统水文化作为论述的关键点，是因为水文化传统作为一种现实的观念性的存在，对子川、陆华军两位诗人的影响是确切的、真实的，是一种“现在进行时”的影响，以水文化为“触点”，激发诗人无尽的创造力，以此缅怀对故土的思念。“水文化传统”作为文本的一条线，其展开形式有主线、副线之分，主线关键点是“水文化”，倾向于剖露水文化传统的现实性存在的影响及表现，而副线关键点是“传统”，意从“史”的角度去简单探讨这种“历史沿革”的由来与发展。

---

① 刘保亮：《论地域作家的文化身份》，《甘肃社会科学》2013 年第 1 期。

② 李春红、缪宜红、吕为龙、闫伟：《水托起扬州之魂》，《中国水利》2006 年第 1 期。

二、研究综述

对于新世纪以来扬州文学的研究，目前正处于初步研究阶段，虽然成果数量不多，但研究成果精良，在一定程度上，反映了扬州文学的基本发展概况，当下，新世纪扬州文学研究主要有三种研究趋向，现简略地梳理一下。

一是期刊研究。期刊研究的对象大多是扬州本土的著名作家，如靳新来、范钦林《汪曾祺的文化人格与维扬水乡文化》（《泰山学院学报》2010 年第 5 期），靳新来《汪曾祺的水情结与小说文体创新》（《中国现代文学研究丛刊》2012 年第 2 期）等。此外，对于新世纪部分创作活跃的作家也给予了一定的关注，如孙德喜《现代思者的焦虑：庄晓明诗歌论》（《诗探索》2012 年第 3 期）、庄晓明《不断延伸的诗意空间——浅说李景文的小说》（《扬州文学》2006 年第 2 期）等。

二是地方性刊物的专门研究。在扬州主要是《扬州文学》、《扬州诗歌》等，这些地方刊物有专门聚焦于本土文学状况的研究，包括“个体对象”研究和“群体对象”研究，因此极富参考价值。

三是学术论著中的相关研究，立足于历史扬州和现实扬州的沟通与交融，以百年扬州历史为背景，新世纪文学作为其中的部分研究对象。如苏保华《扬州文学镜像研究》（社会科学文献出版社 2009 年版）、王澄霞《扬州女性文学形象百年回眸》（社会科学文献出版社 2009 年版）等。

对于新世纪扬州诗歌的研究。学术论著的相关研究还处于空白期，大部分散见于期刊网与《扬州诗歌》中，以“个体对象”研究为主，“群体对象”研究目前还没有。且多数是在文学审美层面进行研究，而从文化角度研究扬州诗歌的还没有，因此，本文拟从水文化角度入手，以地域文化为切入点，探究水文化对作家、作品的影响。关于从水文化这种地域文化或区域文化入手的原因，正如严家炎所说：“从区域文化的角度研究 20 世纪中国文学，并不是要为各个地区撰写 20 世纪文学史，而是要选择那些有明显区域文化特征的重要作家、文学流派或作家群体作为研究对象，探讨区域文化怎样渗进了这种文学，为这种文学打上了多么独特的印记。”①严家炎在 20 世纪对区域文学的研究思路对 21 世纪的文学研究依然具有强大的号召力，本文以此为出发点，试图考察地域文化物质层面在诗人艺术构思的心理机制的形成方式、展现姿态中所扮演的角色，探讨它精神层面如何参与文本的审美建构并且在形象与意蕴层面展开与文本的“平等对话”，形成完美架接。而在“时代性”与“历史性”上，一方面，思虑作家水乡题材诗歌创作中的“失误”并重点探求隐匿于诗歌骨骼肌理中的时代性问题；另一方面，从“史”的角度，对文化传统做一个恰如其分的说明。

---

① 严家炎：《20 世纪中国文学与区域文化丛书》总序，《理论与创作》1995 年第 1 期。

三、水中的乡愁——想念故乡的三种方式:记忆、想象、怀旧

(一)“总也走不出的凹地”[①]——水乡记忆空间

“‘故乡’是个体经验与自然地理位置相结合的产物。任何社会成员都会在成长过程中建立起环境认知,并由于主观情感的作用而对朝夕相处的地理环境产生心理依恋,在此基础上建立起明确的地方认同感,‘故乡情结’因此而具化为一种‘恋地情结’。”[②]因此,“具有丰富文化内涵的‘故乡’,从来不是一个抽象的概念,它总要依附于特定的地域而存在,在特定的地缘关系中体现。在个体作家心目中,故乡以家庭为中心,以家人和家山两大系列构成,前者包括父母兄弟姐妹等家庭成员,并且可以扩大到邻居乡人,后者指孕育自己生命的那片土地以及工地上的山丘河流、地形地貌、气候特征,甚至包括房前屋后的草木花果。”[③]子川、陆华军笔下的苏北里下河水乡是一片著名的凹地,这里河网密布,河道纵横,大大小小的河脉如绣娘的云锦线将诗人的乡愁深深绣进这片凹地,纵使承载着过去记忆的河流一遍又一遍地溢出凹地,乡愁也永远逃离不了凹地的羁绊,它已经植根于凹地的血脉中,“凹地情结”就是诗人乡愁显露的表征。

“在一些学者的分析中,乡愁既是一个时空概念,也是一个文化概念。首先,从心理学的角度而言,乡愁是人类羁旅异域的一种普遍心理状态。所以,乡愁首先是个距离概念,离乡愈远愈浓烈。其次,乡愁的内容和对象往往是记忆中的昨日人与事,是个时间概念。与此同时,乡愁还是个文化概念。因为对海外华人而言,‘故乡’不仅是狭义上的出生地域是籍贯地,更包括了广义的精神家园。”[④]如果说乡愁是以思乡之心为圆心向外辐射的圆形文化场,那么诗人的精神逃逸和乡情眷恋就永远是盘根错节的思心半径的无限延伸。这就决定了当乡愁指涉为时间概念时,昨日人与事总在记忆的缠绕中氤氲不散,诗人永远处在“在路上”的写作状态。“我不是归人,是个过客”[⑤],当诗人郑愁予满怀诗情向故乡布告着自己的爱情宣言时,“马蹄达达”,“跫首不项,三月的春帷不揭”,[⑥]诗人终究没能揭开故乡窗扉紧掩的心,“错误”终究美丽,因为诗人跨越了乡愁的围场,扮演了过客的角色。而在诗人子川笔下,“流浪者”与故土即远即近的疏离状态,决定了诗人“在路上”的写作状态,在子川《故里》中,诗人以哲学之思引导作家走进回忆的通道:“古运河/千百年来,毫无倦意地流淌/似乎也没有变宽”[⑦],故土依旧,在儿时的空气吸引下,“我”来到“冬日里,小

---

① 子川:《子川诗抄》,远方出版社 2004 年版,第 116 页。

② 周晓琳、刘玉平:《空间与审美——文化地理视域中的中国古代文学》,人民出版社 2009 年版,第 69—70 页。

③ 田崇雪:《绪论:悲剧精神与华语诗学》,《无边的乡愁:悲剧精神与华语诗学》,东方出版中心 2012 年版,第 67 页。

④ 田崇雪:《绪论:悲剧精神与华语诗学》,《无边的乡愁:悲剧精神与华语诗学》,东方出版中心 2012 年版,第 6—7 页。

⑤ 郑愁予:《错误》,《现代汉诗 100 首》,蔡天新主编,生活·读书·新知三联书店 2007 年版,第 98 页。

⑥ 郑愁予:《错误》,《现代汉诗 100 首》,蔡天新主编,生活·读书·新知三联书店 2007 年版,第 98 页。

⑦ 子川:《子川诗抄》,远方出版社 2004 年版,第 8 页。

城街头”，看见“新砌楼房与拓宽的道路，”然而“令我难以辨认/来往行人，没有一个认识我”[1]，故乡与“我”产生了隔膜，诗人不得不伪饰以“流浪者”的面具，假想自己为“一条干涸多年的鱼”，饱经“险滩”、“风浪”，仓皇地闯入久已思念的故乡却难以获得理所应当的“文化身份”，身体回归故乡的失败刺激了诗人在精神上聊以自慰的“人格伟大化”，诗人只能狼狈不堪地匆匆逃离。在这里，故乡变得充分物质化，“新砌楼房”、“拓宽的道路”使得故乡成为追求现代性的象征，这个“新”城市是诗人不得不逃离的一个重要原因。这种“归来者的流浪人”形象是子川诗歌里过客的典型形态，如果说《故里》代表着一种匆匆过客者的姿态，那么《夜归》里的流浪者则代表了另一种过客姿态，在这里，故乡不再是一个实在的召唤，而存在于诗人扑朔迷离的意念中。诗人以满怀激情的笔调畅想了故园母亲张开双臂迎接游子的情形，大雪纷飞，“用飞蝗一样的雪箭，乱射当初背弃了乡土的孟浪”[2]，虽然“车窗玻璃替我抵挡住肉体上的打击”[3]，“我”的心依旧“脆弱”，然而“故土裹在风雪中”，默默守候，等“我”归来。无疑，诗人把故土“神圣化”了，个体的母亲形象已经衍生为一个包容一切，默默坚守的集体性“大母亲”形象，诗人用宏大的笔触缓缓挑出心中躁动不安的思绪，心里“那些朝三暮四的生长，总想走出去的冲动”[4]。在蠢蠢欲动，故乡在何处驻足等候，诗人并没有回答。抒情就这样戛然而止，故乡隐入虚无缥缈之中，诗人也成为漂泊在城乡之间的“无根者”。这种在城乡之间漂泊无依的宿命一定程度上可以看作新世纪文学中“亚乡土叙事”主题的变异在诗歌中的体现。“与传统的乡土叙事相比，亚乡土叙事中的农民已经由被动地驱入城市变为主动地奔赴城市，由生计的压迫变为追逐城市的繁华梦，由焦虑地漂泊变为自觉地融入城市文化，整个体现的是一种与城乡两不搭界的‘在路上’的迷惘与期待。”[5]当逃离的主体由农民置换成农村青年（“我”或子川），不难发现，“在路上”的迷惘已演变为诗人与故乡格格不入的困惑。回归的主体精神意志力的“脆弱”而回归的客体又是虚无缥缈的存在，这样的回归是“虚妄的”、“不现实的”。值得注意的是，子川在创作诗歌时并不在扬州，他的诗歌基本上都是“异乡的产物”，因而作家“原乡”身份的抽离与内在情感归属的“模糊”所造成的归乡现代性焦虑就是一个不容忽视的问题。身体上回归失败之后，作家再一次经历了精神上回归的失败，这种“双重的阻隔”让我们可以窥见“异乡之子”在新世纪乡土叙事上回归乡土的不可现实性。就如雷达所说：“在乡村，谁也没有办法抵御现代化浪潮的席卷，离开了乡村的年轻人再也不愿意回去，不但身体不愿意回去，精神也不愿意回去。而我们今天的中国文学有多少已经把这个现实写出来了呢？”[6]子川的写作意义之一就在于此，他不仅写出了回归乡土失败的客观现实性问题，也写出了在这客观现实性背后所存在的诗人主观意念上的精神意志、情感归属的“失位”，暴露现实是在诗意地描写悲哀，是一种艺术真实。

当乡愁指涉为时间概念时，子川、陆华军都把记忆指向了一种历史意识。“文学与历

---

① 子川：《子川诗抄》，远方出版社 2004 年版，第 8 页。

② 子川：《背对时间》，江苏文艺出版社 2007 年版，第 164 页。

③ 子川：《背对时间》，江苏文艺出版社 2007 年版，第 164 页。

④ 子川：《背对时间》，江苏文艺出版社 2007 年版，第 164 页。

⑤ 雷达：《新世纪文学的精神生态和资源危机》，《当前文学症候分析》，作家出版社 2009 年版，第 19 页。

⑥ 雷达：《新世纪文学的精神生态和资源危机》，《当前文学症候分析》，作家出版社 2009 年版，第 20 页。

史交错时，文学不仅在‘经验’的层面上为历史提供记忆，还须在‘存在’的意义上为历史提供意义。因此，伟大的文学，不仅是一种历史见证，同时还具有‘历史性’的意义。它提供了对于历史记忆的有力批判。”[①]用历史给记忆编年，不仅仅是为记忆展开者的历史回溯作一个恰当的凭注，更是为特定时间与空间构筑的历史经验提供价值和意义的依据。因此，子川将饱经沧桑的目光瞩目于1970年“突突”闯进记忆的小火轮，陆华军把跃跃欲动的情丝系于1985年永恒的周西粮管所，在时间的链条上展现历史空间的“二度搭建”。

历史回溯的目光是子川、陆华军展开历史记忆的根本基点。子川的《1970年组诗》是以中年体验去回溯一个1970年里下河农村少年总也走不出凹地的梦魇，1970年夏天的大水，另一个乡村少年的黑眼睛里满是惊讶：“原来平时走来走去的乡间，竟是那样的地凹！从那时起，走出凹地就成了我始终的追求，然而，那是一片总也走不出的凹地。”[②]《小火轮》、《青黄不接》、《洪水》等无一不是对1970年特定历史事件的沧桑定格，在特定的历史维度中，诗人展开了其诗性的人文关怀，历史成为远去的背景，渲染的帷幕，对故乡的“可怖”与阴魂不散的“既眷恋又憎恶”的情感追求是隐含的创作目的，莫言的“恨透故乡与爱透故乡”也印证了子川对故乡的复杂心态。而陆华军则以青涩的历史回溯目光扫描着1985年的周西粮管所，以轻妙的笔触勾勒下故地“蓝蓝的天、高高的粮垛、粜粮的船、天空是水做的/天空是另一种河流”[③]，故土仿佛清水出透的纯净世界。因此，陆华军的历史回溯更多夹杂着对故土的依恋，有一种孩子似的俏皮性隐藏在字里行间：“周西粮管所/高高的粮垛，一个乡的最高建筑/麻雀和麻雀的亲戚/住在上面/不化妆、不请客、不腐败、不寂寞。”[④]“从粮垛这边　绕到那边/常可以碰上丢铜板和抽陀螺的我们。”[⑤]短句的紧凑拼贴营造一种欢乐跳跃的氛围，历史批判的隐含者远远退回幕后，历史批判者的隐匿无形中凸显了叙述者的声音的单一性，然而单一性的背后也表现了历史的别一侧面，也就是优美。

胡塞尔说过：“回忆不等于期望；然而，它的视域——这是假定的——却指向于未来。随着回忆过程的发展，这一视域不断地向新的领域拓展，变得越来越丰富，越来越生动。从这一观点看，这一视域充满了被回忆起来的事件，这件事件永远是新的。”[⑥]历史记忆的不断翻新使子川注目于那片凹地时隐隐透露着文化审视的意味，在现实批判视野中去审视那段“青黄不接”的岁月，因此隐含的情感表达者时时跳出诗歌文本表达出自己的声音。《二胡曲》中开头：“是月光，是闺怨，是秋树下老泪纵横/黝黑泥土的一声声叹息。”[⑦]“老泪纵横”、“一声声叹息”表面上是历史中的里下河在哀怨中叙说自己苦难的痛苦表达，深层次其实是子川自己的现代人角色融入隐含的作者身份中所吐露的叙事表情。“1970年的

---

① 王侃：《年代、历史和我们的记忆》，余华等著《文学：想象、记忆与经验》，复旦大学出版社2011年版，第151页。

② 子川：《走进诗歌的2005年》，《诗刊》2005年第11期。

③ 陆华军：《水岸》，江苏文艺出版社2010年版，第27页。

④ 陆华军：《水岸》，江苏文艺出版社2010年版，第26页。

⑤ 陆华军：《水岸》，江苏文艺出版社2010年版，第26页。

⑥ 胡塞尔：《内在时间意识现象学》，杨富斌译，华夏出版社1999年版，第54页。

⑦ 子川：《背对时间》，江苏文艺出版社2007年版，第159页。

二胡曲令我热泪盈眶/我的心中从此多了一把二胡/若有若无地奏出悲声”[①],二胡曲的悲声实际上是子川心声的抽象表达,子川在文章里曾回忆道:“里下河留给我的记忆,似乎也是与低洼、潮湿、贫困、保守这样一些内容联系在一起。”[②]

正如张搏在《记忆与遗忘的重奏》中所提到的记忆形式那样,子川无疑是一个福克纳式的记忆背负者,偏执地攀爬于历史的藤蔓,忍受痛苦,持守痛苦,咀嚼痛苦,在《青黄不接》中叙写中年淡定:“许多年后,把青黄不接告诉儿子……曾经忍受了无数饥饿的胃子/也填满来不及消化的油腻。”[③]而陆华军则选择了米兰·昆德拉式的记忆方式:彻底遗忘苦难,把苦难抛却,让历史着一身“便装”,历史的不同角色在作家个体性的差异中进行代际性地演变,历史无须成为道德感的“帮凶”,理解历史、同情历史有利于我们对乡愁历史的多样诠释。

当我们明晰了子川与陆华军诗中的乡愁的距离概念与历史概念,思维中就会建构起一个水乡的记忆空间,这是诗人的“精神凹地”。在现实社会中,里下河的水绵延不绝,几千年来平静地在苏北水乡流淌,从未溢出凹地,在 21 世纪的今天,里下河水乡的重镇高邮、江都都已加强对里下河的整治与保护,里下河的水系得以继续完善。水文化的物化形态塑造了独特的现实凹地也催生了诗人心中的精神凹地,水文化作为情感接受媒介,在这里扮演了“守门人”的角色,将诗人的情保留在“过去式”,水乡凹地永存,也许就是诗人水乡记忆空间永远为故乡留出空白的原因。

(二)“流水是读不完的后记”[④]——水乡想象空间

水是一种能够激发想象的物质实体。“水把各种形象聚合在一起,溶解实体,在想象的非客观化使命中,在它的吸收使命中,帮助了想象。水还带来了一种句法结构,形象的持续连贯,以及形象的温和的运动,这种运动激发同事物连在一起的遐想。”[⑤]因此,“水呈现在我们面前犹如一个完全的存在:它有躯体,灵魂,声音。水也许胜过其他任何一种本原,它是一种完整的诗的实在。不管水的景观何等多姿多彩,水的诗意却是具有一致性的。”[⑥]水的灵巧多变、随意赋形在诗人的诗性想象中“飞翔”与“变形”,生发出曼妙的、奇异的花朵,在这里,水不仅仅是承载物质的载体,更是一种富于情感的灵性事物,有着诗意灵魂的内在机制的植入和无限生长的想象的青苔。内蕴着的想象的花苞与诗人的诗性气质交相辉映,成为诗人创作动机的原驱力和艺术构思的心理机制的“易感点”,地域文化作为情感触发媒介,在这里扮演了“助推手”的角色。

在面对水与写作的关系时,陆华军很坦诚地说道:“我的诗歌主要来自我所生活过的乡村,我天真的童年、懵懂的少年时期。在江苏江都一个叫周西的地方,那里的水声、柳絮、炊烟、花开花落、父亲的草帽、铁匠铺的炉火以及农事里的点点滴滴构成我诗歌的主角

---

① 子川:《背对时间》,江苏文艺出版社 2007 年版,第 159 页。

② 子川:《水生薄荷,清气悠远——高邮人心中永远的汪曾祺》,《北京文学》2012 年第 5 期。

③ 子川:《背对时间》,江苏文艺出版社 2007 年版,第 156 页。

④ 陆华军:《水岸》,江苏文艺出版社 2010 年版,第 176 页。

⑤ 巴什拉:《水与梦——论物质的想象》,顾嘉琛译,岳麓书社 2005 年版,第 14 页。

⑥ 巴什拉:《水与梦——论物质的想象》,顾嘉琛译,岳麓书社 2005 年版,第 14 页。

和宁静的基调。”[①]可见，水乡世界里的景物已成为他诗歌的重要题材内容，宁静、平和的水乡意境已幻化成其诗歌内在的情感空间，正是在这种冲淡平和的娓娓叙述中，陆华军展开了他别样的诗性想象。

陆华军的诗歌想象有如扬州园林般构思精巧，奇特机警，“小”而“精”是他诗歌想象的最大特点，他往往对想象事物细致性地抽丝剥茧，裸露出事物的本质内核，寥寥几笔将事物变形到极致，在巨大的荒谬中彰显事物的神韵。《乡村笔记》中：“落潮了，芦花高耸/像一座望眼欲穿的寡妇村。”[②]将芦花想象成寡妇村可谓前无古人，佯谬手法的恰到好处的运用，看似荒诞不经，实则内藏玄机，小小的芦花在落潮的宏大帷幕下高耸，孤单地延续着生命的传递，是那么孤傲而富有悲剧性意味，就像寡妇村于历史的无言中在诗人内心进行某种悲剧的演绎，这其实是暗示了乡村的苦难的绵绵不尽。“从绵袖中抽出的/手和冻疮/冻疮要比手大，腊月/村子与村子之间的路/都有着霜的牙齿。”[③]在这里，诗人将小小的冻疮变形放大，将广袤的霜变形缩小，在这一张一弛的巨大伸缩中，注入语言的张力，乡村的苦难得到了淋漓尽致的展现。这种苦难的“巧妙构思与叙述”有别于早期白话诗人的苦难铺陈，早期白话诗对苦难无所不用其极的渲染在这里成为“艺术的苦难”，艺术技巧的巧妙运用使苦难在精练的话语中言有味而意无穷。

余华说过想象力的一个重要准则，就是要有深刻的洞察力，洞察力的获得是建立在深刻的现实基础之上的，想象是建于现实之上的飞翔。作为艺术构思的心理机制的想象，是熔铸了过去的现实经验和现在新刺激物，从而产生新的“象”的一种创造过程，现实之景便成为无可撩拨的屏障，成为诗人想象的基底。古代驻扬文人汉大赋名家枚乘的《七发·观涛》中就有对广陵潮的奇特想象：“疾雷闻百里；江水逆流，海水上潮，山出内云，日夜不止……其波涌而云乱，扰扰焉如浑之腾装。其旁作而奔起也，飘飘焉如轻车之勒兵。”[④]如今，广陵潮湮灭于历史的陈迹中，但“观涛起兴”的传统却一代代延续，而观涛起兴的基础就在于有现实的依据和可能。

如果说陆华军的想象的现实依据是故乡的一花一草一木，是实在的景，子川的想象的现实依据则是一种依据现实而形成的虚幻之景，具有一种内蕴的真实性。《想起大山》是子川遥寄乡思的典范：“我确实攀爬过这样的大山/‘确实’这种词语，令人看出端倪/苏北，里下河，我的出生地/一马平川的里下河/有着无限多的河流，桥梁，与舟楫/那是一片著名的凹地/想象的空间无比深邃。”[⑤]里下河是一片深深的凹地，大山只是诗人虚拟出来的一个意象，被置放于广阔缥缈的虚拟想象里，一切现实背景都是虚空而深邃的，这是“虚”景之境，然而“年复一年。分担我早年忧郁的/是关于大山的想象”[⑥]，大山，已充分拟人化，作者在文本中隐形地插入一个无言的叙述者，并与之展开一场只有“倾诉”的对话，在这里，作者迅速切换场景，由“我”想象的“虚无之境”转换为“大山之象”，抒怀感伤也找到了

---

① 陆华军：《陆华军诗语》，《扬州诗歌》2008年第1期。

② 陆华军：《水岸》，江苏文艺出版社2010年版，第6页。

③ 陆华军：《水岸》，江苏文艺出版社2010年版，第6—7页。

④ 马家鼎选注：《扬州文选》，苏州大学出版社2001年版，第62—63页。

⑤ 子川：《子川诗抄》，远方出版社2004年版，第34页。

⑥ 子川：《子川诗抄》，远方出版社2004年版，第34页。

真正的情感寄居地。大山更像是一位会倾听的老友，默默聆听，默默坚守，无形中卸去诗人忧郁的重担。事实上大山是一种创见意象，承担影响抒情主人公情感分流的功能。这种创见意象在子川诗中很常见，是诗人理性幻想的产物。对于创见意象，童庆炳有过精当的概括，“在普通的心理学中，一般把指向未来的想象称为幻想。但在文学创作的艺术想象生成的心理机制中，幻想是指对真实生活的最大限度的超越。它即指作家按生活逻辑编制的艺术形象、形象体系，也指作家按主观愿望需要所产生的奇特、怪诞的想象。”①可见，想象未可脱离现实而单独存在，子川在现实中情感无处寄托，便幻想出一个依附现实的情感寄居地，这又仿佛“切实”存在着，在这一“实”一“虚”的交错后置中，诗人洒脱不羁的诗性气质便在朴实无华的抒情里徐徐吐露了出来。

注目于今天 21 世纪的文化语境，经验主义和“文学应走向时代和民众”的时代潮流对文学的想象力进行着轮番轰炸。在如今这个想象力匮乏的年代，想象力在狭窄的生存境地中苟延残喘。相比之下，子川和陆华军坚守想象力的精神就显得弥足珍贵。这种想象力寄居于子川、陆华军的水乡题材的诗歌创作中，衍生出一个诗性的想象空间：干净、纯粹、单纯，仿佛一个乡村苦难与欢乐的自我演绎，无情地将现代社会里的经验符号拒之门外，这就是诗人一种回复单纯的努力，犹如王侃在《想象之谜》中谈到如何去守护苟延残喘的想象力：“只有一条路：让自己回复单纯。单纯是一种童年气质，单纯是‘人情练达’的反面。”②

“假如/江南水乡是一本诗/流水是它读不完的后记”③，陆华军事实上道出了流水与诗最根本的联系：流水已然成为水乡诗歌的灵魂，只要流水依旧，诗人的乡情就依旧，诗性想象力的喷发就依旧。很显然，作为情感触发物的水已经成为连接现实世界与想象世界的“中间人”，扬城连绵千年的流水文化已暗中成为孕育诗人不羁的想象力的温床。

（三）栖居于会呼吸的河脉——水乡怀旧空间

羁旅之人最惧怕时间的有限性，“逝者如斯夫，不舍昼夜”，时间如逝水在昼夜轮番交替中仓皇逃走，并挟持所有有关过去的记忆，怀旧，不失为一种弥补记忆缺失的好方法。诗人“作为怀旧的主体，他又无法完全脱离现在，他只能真实地生活于现在，过去对于他毕竟已经流逝而去，渐行渐远。只有面对远去而不再复归的生活，只有生活于现在而与过去拉开了距离，并体验这因时间流逝所遗弃下的距离，人才会产生人生几何的无限感慨。但是，这两种本原相互远隔的时间却又在怀旧中奇妙地突然相遇，并交织、叠加、融合在一起，在作者的创作和读者的阅读过程中，转化为当下的感受”④。可见，怀旧复活了过去死寂的记忆，沟通了过去与现在两大时间空间，并在脑海中呈现鲜活的印象，在一定程度上可以说诗人对故乡的回望与眷念都是怀旧之作。

在诗人的构思机制中，记忆大部分是用现在鲜活的经验参与到过去事件的重构，赋予

① 童庆炳：《维纳斯的腰带：创作美学》，中国人民大学出版社 2009 年版，第 322 页。

② 王侃：《想象之谜》，余华等著《文学：想象、记忆与经验》，复旦大学出版社 2011 年版，第 60 页。

③ 陆华军：《水岸》，江苏文艺出版社 2010 年版，第 176 页。

④ 马大康、叶世祥、孙鹏程：《文学时间研究》，中国社会科学出版社 2008 年版，第 46 页。

过去以灵动、清新的现代气息，其基点是过去式体验，想象是过去经验与未来玄想的奇妙组合，是把过去、现在、未来推向一个未可知的虚幻世界的神秘手段。而怀旧则是立足当下，体验过去的现代生活感受。因此，怀旧的心理机制是贯穿子川、陆华军水乡诗歌写作的总机制，这种心理机制的形成与扬州水文化有着极其密切的关系。

追根溯源，"扬州曾有'东方威尼斯'之称。由于城外大河贯通、城内河道纵横，于是便呈现了滨水而建、房舍临水而筑的空间布局和建筑特色，以至古运河、小秦淮河、汶河、城河、保障河等河道两岸人聚商拥，呈现千户人家尽枕河，万户商铺向水开的水城风情"[①]。水城形态造就了扬州独特的地理空间格局，奠定了扬州文人最基本的生存境地。子川、陆华军从小在"水"的滋补下成长，童年稚气的幻想，退却了世俗的浮云，更接近了一种维柯所说的"原始思维"，他们能够真切地记录下生命的原始气息，在诗性审美形成的最初源头，于心理格局中埋下自然风貌的原始种子，是里下河的自然风情孕育了诗人亲近自然的本性。水乡的一草一木，已然成为他们人生风俗画中浓墨重彩的几笔，年长后，行走异乡，羁旅愁思的最大羁绊就是故乡的"一草一木"。因此，水文化为子川、陆华军的怀旧提供了诗性创作的题材。在诗人创作的发生阶段，为艺术发现提供了材料的储备，形成了浸润诗人独特情感感受的主体性的材料。不同于记忆和想象所扮演的"守门人"、"助推手"的角色，水文化在这里无疑幻化成了一位尽心尽职的"服务员"。

综观陆华军的水乡诗歌创作，无一不是对故乡一草一木的追忆与怀念，很多诗篇是纯景式的抒情，"蝉声从莲蓬中爬出来/挂满水面/一根水草幽幽地抬头……荷叶是坐不完的鞍"[②]，"茉莉花开阳光喊遍了河沿/谁能打开这缠绵馨香的纽扣/让沉浮千年的古镇　一览无遗"[③]，"水鸟一生朦胧/在靠近檐角的瞬间/偷窥了桃花长出胭脂的脸"[④]，"势不可挡的青草/闯进了夏天的水/它们是怎样一下子越过了/码头上的青石"[⑤]，"风中芦花/谦卑的乐手/芦花吹出了叶凉如水/虫鸣的欢呼已攀过/多年前乡村的马车"[⑥]……"荷叶"、"茉莉"、"水鸟"、"水草"、"芦花"是乡村永恒的自然地标，浸润了江南水乡柔美清丽的水性特征，陆华军用蘸满纯情的笔墨绘制了一幅幅淡雅、明亮的水墨画，这是一个不受世俗浸染的、自给自足的水乡乌托邦世界，又是其童年桃花源境界的诗意显现，作为隐性抒情主人公陆华军，在诗作叙述中没有流露出任何价值判断，只是拉长叙事镜头，作含情脉脉的远远观望。在这远远观望的背后，寄托的是诗人美好的乡情怀念和故乡审美化的内在诉求。

子川的诗作中也不乏纯情的写景片段，《冬日的菱塘》里子川就用一副清透的笔墨描摹了一幅充满诗情画意的冬日菱塘图："你无法想象一大片茂密的菱叶/将在眼前的冰面/丛生。蔓延。开白色花/仿佛一夜之间/突然就抬起了菱角/采菱的小船，采菱女，环飞的红蜻蜓/把一年一度的喧闹/留给了夏天。"[⑦]冬日的萧索因菱塘生机的复现而抹上了一层

---

① 李春红、缪宜红、吕为龙、闫伟：《水托起扬州之魂》，《中国水利》2006 年第 1 期。

② 陆华军：《水岸》，江苏文艺出版社 2010 年版，第 3 页。

③ 陆华军：《水岸》，江苏文艺出版社 2010 年版，第 11 页。

④ 陆华军：《水岸》，江苏文艺出版社 2010 年版，第 4 页。

⑤ 陆华军：《水岸》，江苏文艺出版社 2010 年版，第 17 页。

⑥ 陆华军：《水岸》，江苏文艺出版社 2010 年版，第 48 页。

⑦ 子川：《背对时间》，江苏文艺出版社 2007 年版，第 52 页。

清丽的色彩，朦胧的思绪中满是白色花的纯洁和有关菱角的美好想象，质朴的语言中弥漫着挥之不去的浓浓的乡土气息。

然而这种纯景片段的描述在子川诗中还是少数，大多数对乡景的怀念在纯情的外裹下蒙上了一层淡淡的中年体验的沧桑。《情歌》里："芦柴花不知飘向哪里/叶已枯败，灰黄的芦柴瘦了许多/我的落寞倒映在水中/秋天的风，在前面走走停停。"[①]昔日的芦柴花早已落败与我"凄凉"的心境遥相呼应，在秋天的帷幕下更显悲怆。"唱《拔根芦柴花》的妹子/两根小辫子在我记忆里晃动/眼前，是一个搀着孙子的外婆。"[②]情歌里已渐渐渗入人事的沧桑，往事不可追，童年纯洁的情愫只能是一种不可掀开的情感积淀并随着岁月的成长而被无情地压制以至于吞噬。《风车》里为我们塑造了一个在冬日里屹然耸立、孤傲的风车形象："落叶木脱尽外衣/瘦下了许多/里下河圩堤上/风车耸立/天地间一个大轮盘。"[③]笔触苍凉、简约，仿佛诗人与风车一样都遗世独立于另一个世界，因而，怀旧是"沉积的经验"的诗意化表达，是在回忆的基底上对现实进行的"二度再现"，而在另一些诗篇《高旻寺》、《将离草》中，对于大水乡扬州的景"高旻寺"、"芍药"的怀念，已由写景描写代替叙事描写，当然，世态人情依然是诗歌的主导部分。

子川和陆华军对水乡之景如此钟爱，大抵像周作人所说的那样："我是在水乡生长的，所以对于水未免有些情分。学者们说，人类曾经做过水族，小儿喜欢弄水，便是这个缘故。我的原因大约没有这样远，恐怕这只是一种习惯罢了。"[④]乡村之景已成为两位诗人内心深深的思念，一种不可分割的原始欲望，这种"水情结"的种子在怀旧的刺激下开始萌芽、生长，直至枝繁叶茂、根深蒂固。

记忆、想象、怀旧是诗人想念故乡的三种方式，也是三种艺术构思的心理机制，这三种方式为我们构建了三种想念空间，当然这三种想念空间也不是完全独立的，也存在着相互渗透的情景。在这里，水文化以三种迥然的姿态渗透进了作家的创作中。首先，水的流动性、绵延不绝性内植于诗人的过去式体验中，成为记忆"不断奔跑"的内核，水在记忆之下，顺水推载着记忆向未来突进，记忆以无可限制的加速度前行的同时由逆水带来了乡愁的阻碍，填补了沿途可以"慢下来"观看风景的遗憾；人在凹地中，千年之水也逃离不了"凹地"的宿命，决定了记忆永远在过去时态中记录下沿途风景，慢慢积累情感，这是一个"储情"的过程。其次，水的灵巧多变、随意赋形激发了作者的诗性思维，想象在思维的不断扩散中产生，在想象空间的不断构筑中，情感缓慢地释放出来，成为空间构筑的"一砖一瓦"，幻化乌托邦由此产生，这是一个"释情"过程。最后，凝动的水所带来的静态美，让我们更清晰地在镜像中窥见自己的本真，也清晰地看到了过去的一切，作为生活中的物（包括水乡世界的一切自然生物），故乡的一切为作家的怀旧提供了写作素材和怀旧基点，成为孕育、推进作家创作的重要媒介。如果说水文化作为物质性载体在作家的身上表现得还很间接，那么其在诗歌文本风格的体现上，则显得直接、明了。应该说是水韵托起了诗人们

① 子川：《背对时间》，江苏文艺出版社2007年版，第98页。
② 子川：《背对时间》，江苏文艺出版社2007年版，第98页。
③ 子川：《背对时间》，江苏文艺出版社2007年版，第56页。
④ 周作人：《水里的东西》，《周作人散文全集5》，钟叔河编订，广西师范大学出版社2009年版。

别样的思绪，塑造了子川、陆华军的“维扬诗风”的水性特征，以下，我将从四个方面具体阐释水文化对文学审美特征的塑造。

四、逝水之思——“维扬诗风”的水性特征

（一）重文轻实、沟通古今的文风传统

扬州自古水运繁华，枕江抱淮的优越的地理位置，大海文化、运河文化、湖泊文化、长江文化的多元熏陶，赋予了扬州清新的“水性”气息，也带动了扬州盐运的发达。“水之扬州的人们往往重文轻实。历史上的扬州自隋唐以来便是中国东南最繁华的城市，到了清代更是富足一时，成为巨富盐商和著名文人的聚集地……富裕的商贾们不但不惜高价搜集古今书画工艺品、天下善本书籍，而且置学田，办书院，捐资府学，或在他们的亭园内召集诗人。画家、书法家、思想家、学者举为诗文之会，探讨学术。”①古代扬州因水运交通的发达，虽几经屠城却又数度繁华，经济的富足推动了文化的繁荣。“淮左明都，竹西佳处……二十四桥仍在，波心荡、冷月无声”②、“三分明月、十里红楼。绿水芳塘浮云榜”③、“画浆船头荷叶大，玉萧桥上柳花轻，山送过山青”④，是扬城之水送来了古代文人对扬州的连绵歌咏，因此，古代的扬州在诗海的浸润下变得摇曳多姿，风华绝代，李白的《黄鹤楼送孟浩然之广陵》中的“烟花三月下扬州”在历史的璀璨星光中成为世人争先来扬的最佳宣传语。到了现代，被幽幽水道围绕的广陵老城区“有一千多人习弹钢琴，有五千多人喜弹古筝，每年还有一千多人角逐书画等级考试”⑤。重文的文化传统在水运的滋润下从古代承续到了当下，在这种文化氛围的笼罩下，子川、陆华军的诗歌就荡漾着浓浓的水性气息

（二）柔性笔触、灵性内蕴的写作特征

“主柔”特征是扬城之水的主要特征，典雅素丽的瘦西湖，细密绵长的北城河，清秀淡颜的汶河，风情万种的小秦淮河，还有那无数涓涓细流互相依偎而形成的里下河，无不风姿绰约，柔情备至。在扬州2500年的水文化历史中，除了广陵潮造就了扬州水文化历史中“恢宏”的一面，其余的扬城之水都在安静的姿态中默默流过历史的岩层。水是生命之源，它依附于自然地理的环境而存在，影响着人类的生存与繁衍。在古代，傍水而居成为最自然的生存形态，因此，在诗意的画舫中歌咏的诗人不可能不受到环境的影响。丹纳在其《英国文学史》序言中就谈到了环境对于人的制约作用：“因为人在世界上不是孤立的；自然界环绕着他，人类环绕着他，偶然性的和第二性的倾向掩盖了他的原始的倾向，并且

① 柯灵：《民俗视野中的清代扬州俗文学》，上海社会科学院出版社2006年版，第86页。

② 李保华选注：《扬州诗咏》，苏州大学出版社2001年版，第90页。

③ 李保华选注：《扬州诗咏》，苏州大学出版社2001年版，第99页。

④ 李保华选注：《扬州诗咏》，苏州大学出版社2001年版，第140页。

⑤ 赵昌智主编：《扬州文化通论》，广陵书社2011年版，第341页。

物质环境或社会环境在影响事物的本质时，起了干扰或凝固的作用。”①在其著作《艺术哲学》中丹纳也强调了环境对人的影响，进而对文学创作产生影响。在水乡之水孕育下长大的诗人子川和陆华军理所当然会受到水的气质的熏染，形成一种带着朦胧水汽的柔美、灵性的特征。

子川《想象的田野》是诗人对故乡发表的真挚爱情宣言：“那亲爱的小径，曾经是我与世界的唯一纽带/那天，你让你背影朝着我/我望着你，像春天望着没有返青的树/河流把美丽裂成两片风情/一滴很瘦很瘦的泪/从夏天流到了秋天。”②诗人用充满柔性的笔触细腻地描绘出了“我”那颗因季节更替而“绝望”的心，在朦胧的怅惘里，背影远逝，泪流成河，“爱”是如此短暂，让人心疼。而在《光脚板的梦》中诗人的情愫在灵动的语言中活脱脱地泛着波韵：“常会想起泥泞的乡间小路/想起来依旧满是喜欢/那泥泞如今还在吗/乡间的小路/已淡忘，脚掌上粗糙裂纹/终难改变。”③语言干净、纯粹，闪耀着水的清透，在朴实真挚的柔情絮语中编织着故乡的梦。这是一种烂漫的抒情的美，在陆华军的水乡诗歌中也时常泛着这柔情的风情，《故园，母亲》中诗人的柔性笔触将这种烂漫渲染到了极致：“让干净回到空气中　让鸟儿俏丽/让雨季更瘦　像一个孩子短暂的宁静/雪就要来了，在夜晚，在空中/雪　剪出一只只翻飞的白蝶……你也是那只忧郁的白蝶吗/我在今夜零点的右边想你/让洁白和温馨回家。”④抒情化的语言仿佛经过清水的濯洗透露着水晶的透明，轻盈的叙述语调在独白的密语中显得灵动、可爱，“雨季”、“孩子”、“雪”、“白蝶”是浸润着纯洁的抒情意象，鲜活的意象在语言的符号里跳着欢快的舞蹈，为诗意增添了童年的情愫。然而，值得注意的是，在陆华军其他诗作中，这种烂漫由于过度膨胀而造成语句的冗长、抒情的泛滥。无节制的情绪喷发无疑对诗美有一定的损害。

（三）闲适格调、幽幽古韵的内在表现

老子《道德经》言曰：“上善若水。水善利万物而不争，处众人之所恶，故几于道。居善心，心善渊，与善仁，言善信。”⑤水在中国传统文化中已经衍化为一种与人为善，闲适从容的人格象征。清代学者钱咏在《履园丛话》里曾谈到：“余谓天下之势力，莫过于扬州；扬州之势力，莫过于商人。”⑥扬州在历史上几度繁华，“十年一觉扬州梦”⑦、“画舫载来歌舞梦”⑧就是对古之扬州奢靡的生动注脚，扬州的繁华梦是商人铸就的，更是连绵不绝的扬州各大水系的赫赫之功。水文化为扬州赢得了“轻扬”的美名，然而正是由于优越的水上地理位置，扬州也成为历代王朝争战的沙场，兵家必争之地，“水”带来了扬州的繁荣也带来了毁灭的命运，即使如此沉浮，扬州文人也始终保持“上善若水式”的闲适从容的心态，

---

① 丹纳：《〈英国文学史〉序言》，马奇主编《西方美学史资料选编》（下），上海人民出版社 1987 年版，第 689 页。

② 子川：《子川诗抄》，远方出版社 2004 年版，第 63 页。

③ 子川：《背对时间》，江苏文艺出版社 2007 年版，第 82 页。

④ 陆华军：《水岸》，江苏文艺出版社 2010 年版，第 14 页。

⑤ 老子：《道德经》，李广宁译注，中国纺织出版社 2007 年版，第 27 页。

⑥ 钱咏撰：《履园丛话》，中华书局出版 1979 年版，第 556 页。

⑦ 李保华选注：《扬州诗咏》，苏州大学出版社 2001 年版，第 51 页。

⑧ 李保华选注：《扬州诗咏》，苏州大学出版社 2001 年版，第 222 页。

“逆浪故相邀”是一代文人内心波澜不惊的生动写照。

子川的诗作中充满了闲适从容的格调。《油菜花开》记述了子川看油菜花开的经历：“第一次看油菜开花/我十五岁，在庄稼地/油菜花再开四十回，我就五十五岁/记得五十五岁是鲁迅的忌年/油菜花像一艘渡船/一程一程地摆渡我过去/那一年，我扔了农民这件破衣衫/油菜第十回开花/开出一地遗憾。”[①]诗人以中年从容的心态面对时间的流逝，“一程一程地摆渡”折射出了诗人略带忧伤又显超然的精神气质。《将离草》中诗人对误了花期的芍药淡然处之：“凋零就凋零吧/譬如激情释放后/一次安然憩息”[②]，诗人并没有因花容憔悴而默然惋惜，而以乐观平和的态度看待这一自然现象，显现了豁达的心胸。这种写作特色无疑与他的中年写作的心态密切相关，中年是一种独特的人生境界：风华正茂成为过眼云烟，走过春天的果实累累，走过夏天的凉风习习，正在步入秋天的成熟与稳重，人生失意无南北，秋天是披荆斩棘后的淡定与宽容，是闲适从容的内在特性。

陆华军诗歌中的闲适格调更多体现在诗歌画面的呈现上，《雨中的白头翁》对白头翁“在树林间歇脚”的惬意描绘安静平和，《乡村笔记》中对杀猪场景的“审丑”描摹，诗人以“特写”方式，将快速的杀猪之“动”与慢速的雪落之“静”巧妙结合，视觉效果与听觉效果的交错糅杂，营造出一种独特的静谧氛围：“一只猪绝望的嚎叫/静得就像棉花一样”[③]，给人以特别的触感。《纳鞋底的婆婆》诗人将笔触伸向里下河农村的贫苦大众，在不断流逝的时间中为我们平淡地刻画了一幅静止的画面：“眼花的婆婆/坐在树下纳鞋底/纳进去又扯进来/把这种千层底的鞋底/收拾得严严密密。”[④]从容的叙述中叙写着乡村年复一年的苦难。陆华军这种委顺自然、听命自然的人格姿态在无形中与陶渊明的“南山人格”相对接，“陶潜诗文的‘人格之归，’是在‘形’、‘影’、‘神’的人格对话中完成的。形与影要诉说的，是‘营营以惜生’之苦；神，则要以自然之道，消释形与影的关于生存的苦痛与焦虑。热爱自然，顺其自然，委运于自然造化（着重号为原文所加）——这是陶渊明所构建的‘南山人格’的真谛”[⑤]。陆华军将这种“南山人格”真谛熔铸于自己的人格姿态中，他的“行”与“影”诉说的是民间原生态所造成的物质贫乏，而他的“神”，则是道家“无为”、“超脱”的遁世之美。

柔性、连绵的扬城之水是孕育古典主义的温床。陆华军的诗颇有我国唐诗、宋词、小令的韵味，浓浓的古韵风情弥漫在陆华军的诗作中，刻意制造出一种典雅的古典氛围。“落日久叩门扉　邻家犬吠/要赶在小雨之前/唤一把蝴蝶回家”[⑥]，在宋词的婉约气质中别露水巷江南韵味，江南的景铸就江南的情。野松评价陆华军诗歌时说道：“华军近期的诗歌语言……把当今民间用语的诙谐调皮、机灵生动与传统诗歌语言的佯谬性、代指性有效地融合起来，从而达到主体对客体的独特审美创造与展示。”[⑦]“一缕稻香洗白了镰/无

① 子川：《背对时间》，江苏文艺出版社 2007 年版，第 22 页。

② 子川：《背对时间》，江苏文艺出版社 2007 年版，第 83 页。

③ 陆华军：《水岸》，江苏文艺出版社 2010 年版，第 8 页。

④ 陆华军：《水岸》，江苏文艺出版社 2010 年版，第 33 页。

⑤ 李建中：《魏晋文学与魏晋人格》，湖北教育出版社 1998 年版，第 18 页。

⑥ 陆华军：《水岸》，江苏文艺出版社 2010 年版，第 13 页。

⑦ 陆华军：《水岸》，江苏文艺出版社 2010 年版，第 248 页。

数缕稻香来织锦”[①],“蛙鸣异口同声,一锅开水呢/把一蓬野鸡押住/惊悸的梦魇”[②],古韵风十足。这种古韵风的形成显性表现一方面是其自身的古典文学素养的积淀在暗中涌动,另一方面是接受着扬州独特的地域文化熏陶的结果。而隐性方面则与扬州诗文化传统在扬州文人风格气质中的内在植入有关。

(四)开放技巧、质朴民俗的个性展现

“汉唐时代的古长江在扬州附近汇入大海,江海交汇处形成弯曲喇叭形的河口,古城广陵恰好处在河口北侧。广陵以东河口骤然开阔,泥沙淤积,沙洲散步,海潮上溯,波涛澎湃。”[③]开阔的地理位置造就了扬州文人兼容并包的姿态,并以开阔的视野缔结古今中外的文化,在21世纪全球化的语境中,这种“海纳百川”的心态尤其重要。

子川、陆华军并不是坚守故土的守林人,他们时时以眺望的姿态“关照”西方文明,有所择取的“善”用西方文学中的现代技巧,而不是全盘吸纳,“俯首称臣”,并保持与时代的一种“有距离的美”。化抽象为具体在两位诗人的诗作中很常见。“一方方金黄色的记忆/镶在里下河的镜框”[④]、“单薄的绿意”[⑤]、“方言　瓷器一样地亮”[⑥],“金黄色的记忆”、“单薄的绿意”、“瓷器一样亮的方言”,将抽象的概念事物化更有一种感知生活的亲近。“芦花吹出了夜凉如水”[⑦]、“淡紫的风,走过阴天一只灰蝴蝶的睡眠”[⑧],“夜凉如水”、“淡紫的风”通感手法的巧妙运用,多种感觉的交错糅杂,仿佛里下河的浓郁风情不经意中“纷至沓来”。“牛进屋了。冬天,牛的节日”[⑨]、“杯子里的蘑菇已经采净/大地金黄/姑娘　清澈/永不褪色的泥鳅非常健康”[⑩],省略与跳脱手法的运用,似乎给句子或段落之间造成一种突兀之感,却造就了一种意味深长的情韵。“哥哥是只黑乌鸦/哥哥是只黑乌鸦/水的轮廓清晰起来”[⑪],“宁静是位独裁者/鸟鸣,有备而来的一粒粒子弹……宁静是位独裁者/鸟鸣,有备而来的一粒粒子弹”[⑫]。重复手法的运用,给诗句增添了一种整齐的质感……各种现代手法的运用,使得子川、陆华军的诗既保有本土特色,又紧跟时代步伐。

水孕育了生命也在创造着性格。“汪曾祺在本世纪末对‘水’的寻根,其意义是相当独特的。这表现在,首先汪曾祺对‘水’的意识,逾越了自然欲求的境域。即他并不是把‘水’作为一般的自然对象,借助于‘审美’,表达一点简单的情感冲动——看起来,他对‘水’的意念,是与乡土的怀想混合在一起的,要仔细分别它们之间不同的层次,确实不太容易,不

---

① 陆华军:《水岸》,江苏文艺出版社2010年版,第44页。

② 陆华军:《水岸》,江苏文艺出版社2010年版,第4页。

③ 顾人和:《扬州地域文化精神》,《城乡建设》2004年第12期。

④ 子川:《背对时间》,江苏文艺出版社2007年版,第88页。

⑤ 子川:《背对时间》,江苏文艺出版社2007年版,第162页。

⑥ 陆华军:《水岸》,江苏文艺出版社2010年版,第13页。

⑦ 陆华军:《水岸》,江苏文艺出版社2010年版,第48页。

⑧ 子川:《背对时间》,江苏文艺出版社2007年版,第51页。

⑨ 子川:《背对时间》,江苏文艺出版社2007年版,第54页。

⑩ 陆华军:《水岸》,江苏文艺出版社2010年版,第37页。

⑪ 陆华军:《水岸》,江苏文艺出版社2010年版,第41页。

⑫ 陆华军:《水岸》,江苏文艺出版社2010年版,第55页。

过有一点都比较清楚,汪曾祺非常明白他是在与'水'的依存关系中确认了'水'对他的精神性格的滋养,或者说是'水'养'活'着他。这里更多地反映了他对个人生存性质的体察,而不是满足于那种表层的怀乡者的抒情需要,其次,逾越了个人主观的'思'的境域。也就是,汪曾祺意识到的'水',已不仅仅作为与人的存在方式相对应的形态,被'鉴戒',被'评价',而是作为对人的姿态性的'规范',从而具有更为普遍的、客观的精神文化价值。"[①]汪曾祺在其故乡高邮那片里下河水乡生活了19年,里下河之水已经潜化为精神怀乡的滋润剂,在文化审美中塑造着汪曾祺"平和淡雅"的人文个性,《受戒》、《大淖记事》是他尽心歌咏的里下河民俗生活的谣曲,规避时代政治侵扰,自甘一隅的创作心态使他自觉站在民间立场为民"立传",故乡风俗仿佛成为他文学创作独特的内在肌理,并且化为潜在的创作因子渗入所有的创作中,子川和陆华军与汪曾祺是何等相似,尽管两位诗人在抒写故土风情时还身处异乡,但"各具不同的地域风貌却又贯穿一种稳定的品格,变化中仍有着不变的恒常……固守不移的眼光和手笔:倾心凡人小事,书写质朴天真——作者的这种文化心理定势转化或投射于所有创作之中,使其所有作品都呈现出一种特定的文化意味"[②]。和汪曾祺一样,子川乐于把真、善、美的秉性赋予里下河淳朴的少女,所以子川的目光会注视到那唱《拔根芦柴花》的妹子,曾经给"我"唱情歌的女孩如今已是一个搀着孙子的外婆,"两根小辫子在我记忆里晃动"[③],哀婉的情歌,淡淡的忧伤。"那梳着油亮亮的黑辫子"[④],织毛衣的十五六的妹子,与一家人在火盆边取暖。那插秧归来,泛着轻舟的妹子在芦丛风中寄情于悠悠的《芦江怨》。而陆华军则把视角洒向那生活贫困的底层民众。纳鞋底的婆婆"坐在树下纳鞋底/纳进去又扯出来/把这种千层底的鞋底/收拾得严严密密"[⑤],"铁匠的胳膊,是春天的发动机/乡村铁匠铺叮叮当当/迸出桃花"[⑥],"暗暗抵御着什么/当他们在灶膛里滚动身躯/我会想起农妇刘二芬/在泥土里最后的滚动"[⑦],陆华军用沉痛而质朴的笔触道出了民间的疾苦和乡间自生自灭的原始宿命。

除了对民间人物的塑造之外,民俗场景的描绘也给诗作增添了不少地方特色。子川《火盆》就以素描勾勒出冬日里里下河农家围绕火盆取暖的场景。"火性未死的草木灰、围坐的婆娘纳鞋底、十五六的妹子,学着织毛衣"[⑧]等场景的和谐拼接,营造出浓浓的生活气息和质朴民风,是里下河独特风景的标签。

通过以上分析,我们可以知道维扬诗风有其"重文轻实、沟通古今"的优秀文风传统,有"柔性笔触、灵性内蕴"、"闲适格调、幽幽古韵"、"开放技巧、质朴民俗"的三大表现特征,这些都是在水汽渐染下诞生的维扬诗风的独特个性,也正是这些个性构成了诗人记忆空

---

① 费振钟:《江南士风与江苏文学》,湖南教育出版社1995年版,第199页。

② 张家恕:《从汪曾祺的创作看地域文化影响的不变与变》,靳明全主编《区域文化与文学》,中国社会科学出版社2003年版,第151页。

③ 子川:《背对时间》,江苏文艺出版社2007年版,第98页。

④ 子川:《背对时间》,江苏文艺出版社2007年版,第51页。

⑤ 陆华军:《水岸》,江苏文艺出版社2010年版,第33页。

⑥ 陆华军:《水岸》,江苏文艺出版社2010年版,第40页。

⑦ 陆华军:《水岸》,江苏文艺出版社2010年版,第61页。

⑧ 子川:《背对时间》,江苏文艺出版社2007年版,第51页。

间、想象空间、怀旧空间的形成因素和表现手段的凭借之物。如果说诗人想念故乡的姿态是建构乡情大厦的混凝土，那么，维扬诗风就是混凝土的原始制料和大厦的钢筋。

五、海德格尔的“寓言”：“诗人的天职是还乡”[①]

（一）亲近本源：不是执拗于“常”，而是前瞻于“变”

海德格尔对诗人还乡做过精辟的见解：“接近故乡就是接近万乐之源（接近极乐）。故乡最玄奥、最美丽之处恰恰在于这种对本源的接近，绝非其他。所以，惟有在故乡才可亲近本源，这乃是命中注定的。正因为如此，那些被迫舍弃与本源的接近而离开故乡的人，总是感到那么惆怅悔恨。既然故乡的本质在于她接近极乐，那么还乡又意味着什么呢？还乡就是返回与本源的亲近。”[②]故乡与我们有着深深的血缘联系，当我们羁旅归来，亲近故乡时，会有叶落归根的安稳感，即使身在异乡，想象中的故乡也会与我们心灵本源产生碰撞，然而不可忽视的是，身处异乡的精神还乡始终与故乡本源之间隔有一道厚厚的屏障，那多半是由童年经验的原始欲望制约而成的，所以我们会看到陆华军笔下那一成不变的充满南国温润水性气息的里下河水乡，那只有风车、芦花、水鸟的乌托邦世界，我们会看到子川笔下的一直投注的乡土已逝的哀婉、忧伤的气息和内蕴的中年体验的沧桑，似乎是一成不变的精神还乡图在我们脑海中建构了固定的坐标，诗人在复制着自己的审美模式而陷入重复的牢笼。

陆华军和子川在水乡诗歌的创作中已形成自己的风格特色，陆华军以灵巧、轻盈、别致而别有风味，子川则以诗思深厚、抒情性浓郁而独特，然而陆华军因诗思的欠缺而略显轻巧，子川因情感模式的略同而有重复感，更为重要的是，两位诗人缺乏对 21 世纪新的文化语境下的水乡世界的关注，所以诗情目光应从“过去式”转为“现在式”。初期新诗重要的理论家废名在为新诗自我命名的过程中，就谈到新诗确立的两条标准，首先是情与文的关系，再是诗歌的当下性问题，由此两条，构成废名所说的“内容是诗”的定位。撇开情与文的关系不谈，诗歌的当下性是一个不容忽视的问题，所谓“一时代有一时代之文学”，内容的“新”是现代性的重要体现。“沉湎过去”很容易落入题材单一、内容陈旧的圈套，走上旧诗的老路，新诗从诞生初期就开始了新诗现代化的探索，郭沫若从“古诗”到“新诗”到“新新诗”的畅想，朱自清的“新诗现代化与社会现代化”的齐头并进，袁可嘉构想了新诗现代化理想蓝图，在九叶诗人的诗歌中大放异彩。新时期，诗人徐迟再次拉起了新诗现代化的大旗，在《新诗与现代化》的演讲中生动论述，到了新世纪，展现在我们诗坛面前的是一个更加新的世界，这样一个“狂飙突进”的新鲜社会是否启示子川、陆华军的诗情目光的转变？

然而，值得肯定的是在这执拗与前瞻中，子川与陆华军一直沿用的平民视角。回归“民间”是一种诗歌的表现手段也是诗人“英勇人格”的展现，在新世纪诗歌创作大流中，表

---

① 海德格尔：《人，诗意地安居：海德格尔语要》，郜元宝译，广西师范大学出版社 2000 年版，第 69 页。

② 海德格尔：《人，诗意地安居：海德格尔语要》，郜元宝译，广西师范大学出版社 2000 年版，第 69 页。

现时代生活经验已经成为主流，“日常诗学”成为人们普遍创作倾向，而子川、陆华军却把视角投向了那淳朴的民间社会——里下河水乡，投向了扬州城市内最普通的一花一草一木，他们以平视民间的姿态书写了“寻常百姓家”，展现生活最本真的存在，这种平民视角是值得肯定的存在。回归民间应当成为当代诗人一种自觉的努力，而不仅仅是一种喧嚷的口号。在新诗的诞生源头，早期白话诗人就为诗歌是贵族的还是平民的而“分营对垒”、“唇枪舌战”，而到了一百多年后的今天，陈思和、王光东等学人对“民间”的构想逐步成熟，让我们不禁设想文学是不是离我们大众太远了？当我们重新思考90年代诗歌界那次“民间写作与知识分子写作”的“刀锋相对”，我们仍能发现其残存的意义，至少所谓“民间”是文学，更确切地说，是诗歌当中一个重要的组成元素。

（二）还乡天职的现代性意义：“南方诗学”话题的潜在呼应

近年来，“南方诗学”话题成为江苏诗坛的一个热点话题，关于地域性和文化根性的强调是否有必要以及“南方”、“北方”的划分可行性等问题的探讨一直争论不休。我个人认为“南方诗学”话题的提出还是具有一定的价值的，而对诗歌中的“南方”性的肯定是具有时代意义的。诚如霍俊明所说“南方”的价值就是“从文化地理学意义上强调南方诗人的‘出生地’（包括精神上的）和环境对于一个作家的重要影响以及时代意义”[①]，从这个角度来说，水文化对于扬州诗人的影响无疑是巨大的而且具有“南方性”的。“全球化和城市化是以消弭地区特征、文化区域、民族根性和地理景观甚至个体思想方式的‘地方化’和差异为前提和代价的，我们已经目睹了个体、差异性和地方性、民族性在这个新的‘集体化’时代的推土机面前的脆弱和阵痛。”[②]南方诗学的提出，一定程度上保证了地方性、民族性的“差异”的延续，保证了本土经验在当代艰难生长的可能，也保证了诗歌多元化的生存语境，这对于诗歌的发展是相当有利的。而对于个人来说，“南方性”的强调更是一种对本土文化的精神认同。“当下文学，特别是诗歌写作中的‘南方性’或者‘南方精神’更多不是和‘北方’的现实性相对抗，而是一种拟想中的文化或者文学江南的崇古、慕古的认祖归宗。”[③]

子川、陆华军的水乡诗歌创作是对南方诗学问题提出的一个潜在的回应，一方面，扬州水文化在江苏水文化中的独特性是不言而喻的，扬州因水得名，因水而始，因水而建，因水而兴，因水而亡，因水而再次生生不息，这在江苏是一个特例，因此，水文化对扬州诗人的影响是巨大的，扬州水乡诗歌创作也因水文化的独特而染上扬州本土地方特色。另一方面，水乡诗歌创作只是子川、陆华军诗歌创作的一部分，并不是全部，所以，他们的诗歌既保证了“南方”性，又保证了“时代”性，“在南方”写作无疑是值得肯定的。

① 霍俊明：《后社会主义时代的南方诗学——江苏新世纪十年诗歌的一个侧面》，参见江苏作家网 http://www.jszjw.com/。

② 霍俊明：《后社会主义时代的南方诗学——江苏新世纪十年诗歌的一个侧面》，参见江苏作家网 http://www.jszjw.com/。

③ 何平：《江苏新世纪诗歌研讨会(发言记录整理稿)》，《诗歌月刊》2010年第8期。

（三）还乡天职的时代“悲剧”：诗歌——小众时代狂欢的探戈

子川和陆华军在饱经世事后写下充满温情的水乡诗篇，之所以诗情如此丰沛，如海德格尔所说：“他早已而且许久以来一直在他乡流浪，备尝漫游的艰辛，现在又归根返本。因为他在异乡异地已经领悟到求索之物的本性，因而还乡时得以有足够丰富的阅历。”[①]至此，我们看到了两位执守诗的精神家园的平凡诗人的努力。然而这种努力是否有人承认还是一个悬而未决的问题。

随着近年来大众消费文化的钳制、电子媒介的突进式的崛起、纯文学出版发行的尴尬等外界文化语境的影响，文学内在审美也在悄悄改变，精英化的审美越来越走向民间化的粗制滥造，这当然只是其中一部分作品的蜕变，与之相应的另一个极端是越来越多的作家写作进入艺术的沉潜状态，一方面，作家的创作进入艺术锤炼的最好状态；另一方面，纯文学也被“束之高阁”，诗歌作为纯文学中的“精英文学”，虽然有诗歌创作民间化的努力，但是还是在这样的背景下逐渐被边缘化了。在文学评论方面，以文学接受的对象来看，地方性诗群数目众多，各省均存在相当数目的诗人，评论家对其考量存在一个“筛选”和“打磨”的过程。好的作品必须经得起时间的沉淀和历史的检验，基数大，考量周期短。当然也出现了一个新亮点，研究评论的文章散落在正规期刊网上，大量评论性文字集中于诗人的博客中，文学评论变得“亲民”起来。而以读者为接受的消费群体，更因为这种精神消费与物质现实的“隔膜”太深，无法融入快节奏的生活节拍而放弃此种消费。从另一个角度看，往前纵伸，在文学传播这条链条上审视，在文学创作进入文化市场之前，就因为不成熟的生产机制而“先天不足”，产量小、宣传弱、传播渠道狭窄、地方扶持不够，相当程度地缩小了地方诗歌的生存空间。马铃薯兄弟在《扬子江》诗刊改版时的笔谈中说道：“现代诗歌自然是属于小众文化，小众文化的自我意识很重要，如果我们硬要与时代相拗，去追求某种一呼百应、人人诵读的诗歌，要么是一种乌托邦，要么就是犯迷糊。”[②]因此，边缘化并不是坏事，只是诗歌在现代语境中发展道路的一次改变，子川、陆华军的诗歌无疑是诗歌小众时代的产物。在海德格尔的寓言的召唤下，还乡的过程成为他们精神蜕变之旅，他们无疑离时代更远了。在这样的生存背景下，撇去外在力量的扶植，只有不断提升诗歌自身的艺术，即使是诗歌的小众时代，这些扬州诗人的诗歌创作也会大放异彩。

六、新世纪扬州水乡诗歌创作的路标：子川、陆华军诗歌创作的文学史意义

（一）继往开来：开创新世纪扬州诗歌“风景画、风俗画、风情画”相结合的诗歌写作范式和清秀婉约的“汪曾祺式诗风”

“风景画、风俗画、风情画”是丁帆在《中国乡土小说史》中所指出的现代乡土小说的美

① 海德格尔：《人，诗意地安居：海德格尔语要》，郜元宝译，广西师范大学出版社2000年版，第69页。

② 李少君、张清华、汪政等：《拒绝平庸：诗歌小众时代的精神对话》，《扬子江评论》2011年第4期。

学特征。风景画体现的是某一地域的地方色彩，包蕴着象征地域文化的地域载体，负载着区别于其他文学的独异性特征。风俗画"原是指绘画的一种题材，从广义上来说，它泛指日常生活场面；从狭义上来说，风俗画把各种主观属性的如戏剧性、历史性、礼仪性、讽刺性、说教性、浪漫性、感伤性和宗教性等成分压缩到最低限度，而把注意力集中在对人物典型、服饰和环境的准确观察以及色彩、形式和结构的美与分寸上"①。风情画"更带有'人事'与'地域风格'等方面的内涵，是带有浓郁的地域纹印的'风景画'和'风俗画'，以及在这一背景下的生存场景、生活方式、文化习俗、民族情感及人的性情的呈现和外露"②。这种美学特征不仅是乡土小说独有的艺术特征，在子川、陆华军的水乡诗歌创作中也有很好的体现。可以说，在新的文化语境下，子川、陆华军对这种美学特征的外在继承与内在发展一方面丰富了他们诗歌创作的艺术特征，另一方面也开创了新世纪扬州诗歌"风景画、风俗画、风情画"相结合的诗歌写作范式。

外在继承指对"三画"在文本中的表现方式的继承。子川的《冬日的菱塘》很有代表性：在冰冻的菱塘中，不远处："生长着荸荠和茨菰的水田/有倾圮的荠荇冻僵在风里"③，这是扬州冬日菱塘最具普遍性的风景画。然而在这种恶劣的条件下依然顽强生存的荸荠、茨菰与支荇，无疑是里下河顽强生命力的象征。"夏天，邻家妹子蹬翻了采菱船/呛着了水/我够她出水时/精湿花衣衫勾勒出来的线条/令她的身子毕现/从此，邻家妹子看见我总满脸通红/直到她坐上嫁船的那个冬天。"④子川以回忆的笔触动情地记述了一次"英雄救美"事件，在充满温情的画面中谱写人性的美好与善良，不被菱塘吞噬的美丽的线条，那个坐上嫁船的冬天，生命在严酷的突进中绽放着美丽，这种风情画的描绘，涂上了生命严厉的色彩。

而内在发展是指对"三画"在文本中表现方式的变异，诗人不再局限于对现在或过去场景的复现，不再以一种"遵实"的眼光俯看现实，而更多的以一种想象的美好在虚拟中重构乡间风俗的美好。"你无法想象一大片茂密的菱叶/将在眼前的冰面/丛生。蔓延。开百色花/仿佛一夜之间/突然就抬起了菱角/采菱的小船，采菱女，环飞的红蜻蜓/把一年一度的喧闹/留给了夏天。"⑤乡间采菱图在诗人的想象中清新、纯净，想象的视角为画面增添了一种朦胧的意境美，这种视角的转换在子川、陆华军的水乡诗歌创作中很常见，一方面是对传统"三画"遵实表现方式的反拨，另一方面也给画面的展示增添了层次感。

在中国当代文学的发展历程中，扬州作家汪曾祺的文学作品无疑是"三画"理念的最佳诠释者，在80年代主流文学的"涛涛洪歌"里，他的《大淖记事》、《受戒》等诗化小说将风景画、风俗画、风情画浸润于水生薄荷的清气之中，毅然唱出了最婉转清丽的一曲，引起了文坛极大的轰动，正如严家炎所说："它标志着一种美学规范的回归……其中最重要的原因就是作家对于富有地方色彩和异域情调的视觉性很强的风俗、风情、风景的刻意描

① 丁帆等：《中国乡土小说史》，北京大学出版社2007年版，第22—23页。

② 丁帆等：《中国乡土小说史》，北京大学出版社2007年版，第24页。

③ 子川：《背对时间》，江苏文艺出版社2007年版，第52页。

④ 子川：《背对时间》，江苏文艺出版社2007年版，第52—53页。

⑤ 子川：《背对时间》，江苏文艺出版社2007年版，第52页。

摹。”[①]二十多年后，扬州诗人子川、陆华军接续与发展了汪曾祺的这种美学风格，在新世纪众声喧哗的诗歌生态中自甘于一隅作诗性江南的浅吟低唱，进入艺术创作的沉潜状态。作为扬州水乡诗歌创作的领军人物，“三画”的扬城内容特色与“维扬诗风”的水性气息的风格特征的巧妙结合，在新世纪诗歌中开创了独特的“汪曾祺式诗风”：淡淡水性气息的外裹中包蕴着言有味而意无穷的风俗特色和地域文化氛围。诗化写作的精髓在子川与陆华军的水乡诗歌创作的血脉中涌动并且变异出新的“骨骼因子”，百年后，成为扬州风俗地域文化的鲜活印证。

（二）奋勇争先：江苏诗歌“地域性”写作的典范——水韵诗歌的新世纪继承者

水的风韵托起了扬州诗歌的繁华，从古至今，无数诗人因仰慕扬州而来到这片土地并且留下了千古传颂的优秀诗篇，铸就了扬州“雅”的风俗。清初，水上诗会“红桥修禊”的开启，成就了历史上扬州文人第一次聚集的佳话。“晋代大书法家王羲之的《兰亭集序》里曾记述：‘暮春之初，会于会稽山阴之兰亭，修禊事也。’后来迷信色彩逐渐淡泊，成为文人雅士相聚郊野、游春赏景、吟诗唱和的盛会。”[②]从此在王士祯的领导下，红桥之上流传下绵绵不绝的动人篇章，这是水韵诗歌的第一代继承人。康熙年间的“冶春诗社”承续着红桥禊会的传统，一群诗歌精灵在红桥西岸的红桥茶肆组建了这个诗歌群体，依水而咏，缘水而歌是文人依旧的缱绻情丝，而在扬州的瘦西湖和香影廊水畔深情诵咏的“冶春后社”则造就了扬州诗人群体诗性绵延的最后一代绝响。可以说“冶春诗社”和“冶春后社”是水韵诗歌的第二代继承人。然而，因为种种历史原因、社会原因，水上诗咏在20世纪的扬州形成了一个文化断裂，整整一百多年陈迹在世人的遗忘中。遗忘并不等于失忆，一百多年后，扬州文人又再续了“红桥修禊”的水上神话：2011年，“由瘦西湖风景区、《扬子江》诗刊、扬州市作家协会联合举办的‘风雅无际歌诗传薪——国际诗人2011蜀冈瘦西湖雅集’活动在西园曲水举行，再现了古人‘红桥修禊’的佳话。著名国际华语诗人杨炼，英国著名女诗人帕斯卡・葩蒂，中国著名诗人、诗歌评论家唐晓渡，中国著名诗人肖开愚，当代著名诗人、《扬子江诗刊》主编子川，著名学者何言宏等参加……活动发起人著名国际华语诗人杨炼表示：‘扬州是一个文学重镇，我们都记得‘烟花三月’、‘二十四桥明月夜’这些古典的精美的诗词。扬州是一个汇合点，把古今中外的诗歌词的创造力聚焦在一起。修禊仪式本身就是这样一个核心的标志和象征，我想其影响力和将来的延伸会是全方位的。’”[③]红桥修禊的重新开启，不仅延续了断裂了扬州一百多年的水上诗咏的传统，也开创了扬州新世纪水韵诗歌的新格局。

在21世纪的今天，在扬州诗人庄晓明的推动下，2008年扬州诗歌民刊《扬州诗歌》出版。“正是在他的大力推助下，一批扬州诗人及其作品脱颖而出，集体亮相。于是我们看到了庄晓明、子川、华海、朱朱、董迎春、陆华军、童嘉通、曹利民、申维、姜长荣、靳芳兰、钱爱扬等及其优秀作品。这些诗人虽然未必都生活在扬州，但是他们都是由扬州这块土地

---

① 丁帆等：《中国乡土小说史》，北京大学出版社2007年版，第297页。

② 陈晓梅、秦扬：《胜水撷芳：扬州名水》，广陵书社2005年版，第167页。

③ 参见中国江苏网 http://jsnews.jschina.com.cn/system/2011/12/03/012215426.shtml。

养育成长的，都是喝长江水或者大运河水长大的，因而他们的诗饱含着江南文化的水淋淋的灵气，洋溢着里下河水乡的神韵。”[①]如董迎春的《水诗》组诗、华海的生态诗、庄晓明《水中的乡愁》等。“扬州诗派”在叶橹先生和诗人庄晓明的推动下展现着它的独特风貌，也许孙德喜先生并没有希冀这些扬州诗人能够形成一个流派，他更希望这些诗人在今后创作中保持着诗作的本土特色，不论是大水乡扬州还是小水乡里下河，扬州诗人的水乡诗歌创作都与扬州独特的水文化密切相关，闪烁着扬州水文化的独特情韵，他们诗作中出现的“水性”的群体性特征理应得到关注，他们无疑是水韵诗歌的第三代继承人。

在这些诗人中，子川与陆华军在一定程度上对水乡诗歌创作投入最多，成果也颇丰，他们以“地域”与“乡情”两大基本元素建构水乡诗歌创作的主体框架，以鲜活的时代印记作为其创作底色，创作出了属于扬州本土地域特色的水乡诗歌，他们已经成为扬州水乡诗歌创作的两座地标，造就了水韵诗歌的高峰，已经成为扬州地域文学创作的城市名片。在整个江苏的诗歌格局中，这种地域性的诗歌传统的百年延续恐怕还是特例，他们的创作无疑已经成为江苏诗歌“地域性”写作的典范。

（指导教师：李相银教授）

① 孙德喜：《一个新的诗歌流派在崛起》，参见：新浪博客 http://blog.sina.com.cn/sundexi1960。

平凡却不失独特的人生
——赵本夫小说人物论

文学院 2010（4）　侯侣伶

赵本夫是江苏籍作家，擅长于小说、散文创作。至今年为止，赵本夫已创作了中短篇小说《买驴》、《涸辙》、《狐仙择偶记》、《仇恨的魅力》、《绝唱》、《走出蓝水河》、《蝙蝠》、《天下无贼》，等等。长篇小说有很著名的地"母三部曲"《黑蚂蚁蓝眼睛》、《天地月亮地》、《无土时代》、《刀客与女人》等作品，成果丰硕。赵本夫从 80 年代开始创作，其《买驴》、《狐仙择偶记》引起广泛关注。随后 90 年代的长篇小说"地母三部曲"更是引起文学界的评论。笔者收集了关于近年来对赵本夫小说的研究资料并对其进行了整理，于此先对赵本夫小说研究做简单的综述。

（1）关于作家创作思想的研究

故乡土地对一个作家的影响是莫大的，甚至这些会成为一个作家的文学创作的灵感来源或者是独特的文学创作资源。赵本夫小说中的乡土情结就来源于他的故乡——黄河古道，他一直把故乡的风土人情置于小说中，逄增玉、姚树义写到"所以有称他为真正的中国作家，赵本夫的写作有很强的乡土意识"[①]。这些研究中突出作者小说的情感所系，"作品以其对田园牧歌生活的怀恋和对人性的善与美的执着追求体现出浓郁的'乡土情结'"[②]。赵本夫小说创作的根在他的家，赵本夫的创作之所以有自己的风采和个性，那都是因为小说里含有脚下的土地，有一种乡土情结。刘颖在《赵本夫与苏北文化初探》中明确：赵本夫是苏北文化的传播者，作品之中透露了浓厚的苏北乡土气息。[③]"赵本夫的文学创作深受乡土文化的影响"[④]，乡土情结是他的小说特色也是小说的魂灵所在。在邹云

---

① 逄增玉、姚树义：《地域文化与乡土叙事的"地方志"——赵本夫乡土小说特色论》，《扬子江评论》2007 年第 5 期。

② 王世娜：《寻找"心灵之土"——赵本夫的〈无土时代〉的"乡土情结"浅析》，《和田师范专科学校学报》2011 年第 30 期。

③ 刘颖：《赵本夫与苏北文化初探》，《辽宁工程技术大学学报》（社会科学版）2007 年第 6 期。

④ 赵斌：《赵本夫〈即将消逝的村庄〉中城市魅惑下的"乡土坍塌"》，《沈阳农业大学学报》（社会科学版）2011 年第 2 期。

虹的《挥不去的乡土情结——孙继泉乡土散文与赵本夫〈无土时代〉的比较阅读》[①]中写到了作家赵本夫关于乡土的写作，在其作品中不断地以乡土情结作为重点，作家用这种方式来表现对人类生存境况的关怀。除此之外，赵本夫的小说还有一个广大的主题，体现人性，赵本夫的小说在成长中进入更深的心理层次，以表现他反复思考的人类生命意识的母题。徐庆宏、常漪在《〈天下无贼〉中的成长主题》里，明确这部作品对人性的挖掘与赞扬。

（2）关于文本模式以及艺术的研究

首先是叙事模式上探索：赵本夫在小说创作中，从短篇、中篇再到长篇，在其创作经验的不断积累、手法逐渐娴熟，小说的叙事上也是越来越成熟的。有研究者认为"赵本夫是新时期较早尝试运用象征进行小说创作实践的作家。他的小说象征呈现三种叙事形态：现实象征，关注社会历史；文化象征，描写土地与自然的关系；哲理象征，探究人性与生命，表达出对整体人类发展命运的关怀"[②]。他的小说在叙事的策略上很有讲究，从叙事学理论出发，小说主要有"叙事主体"、"叙事视角"、"叙事形态"这三个角度的探索。其次是小说的艺术研究：吴义勤在《另一种南方写作——赵本夫论》里，认为"《地母》也是赵本夫整个创作道路的一次艺术总结，它是赵本夫小说一贯主题的延伸与深化，是他小说艺术探索成就的一次集中展示，它标志着赵本夫小说创作的新境界与新高度"[③]。吴俊《中国作家赵本夫》[④]指出赵本夫的小说有着笔记和传奇两个方面的创造性，这是一种文学资源与艺术的体现，在何振邦的《赵本夫短篇小说艺术琐谈》中对赵本夫作品艺术探讨中也有着和吴义勤一样的看法。

在众多研究中，对其小说人物的归纳分析尚属薄弱之点，这正是本文的出发点。在赵本夫的文学世界中，积极的追逐者、消极的悲剧者、安于现状者构成其人物谱系。

一　积极的追逐者

小说一次次以黄河故道为背景，一次次展示了黄河古道上的人对土地的热爱，以及他们对土地、家园的守护和捍卫。赵本夫对黄河古道有着一种别样的情怀，他的作品中总是透露出一种热爱、怀念土地、家园的气息，而最具代表性的是他的长篇小说"地母三部曲"，即《黑蚂蚁蓝眼睛》、《天地月亮地》、《无土时代》。作者的这些感情往往又置于小说的人物身上，在写作中以寄托自己内心的真实情感。柴姑是贯穿了整个"地母三部曲"的人物，也是对土地具有巨大情感的人，柴姑一路从东北的大森林闯来，为了某种使命。柴姑的出现就是奔跑而来的，一路磕磕碰碰，这就预示了她日后的生活，注定劳碌。悄然地出现在黄河故道的那个小石屋中，一阵黄河的泛滥、冲击、洗礼使得她从官员手中买下了第一块土地，划圈为界。"正是从那一刻起，柴姑开始痴迷于土地，并最终献出了一切。"柴姑证明人

---

① 邹云虹：《挥不去的乡土情结——孙继泉乡土散文与赵本夫〈无土时代〉的比较阅读》，《无锡技术学院院报》2009年第2期。

② 施军：《论赵本夫小说象征的叙事形态》，《扬州大学学报》（人文社会科学版）2012年第3期。

③ 吴义勤：《另一种南方写作——赵本夫论》，《当代作家评论》2001年第6期。

④ 吴俊：《中国作家赵本夫》，《当代作家评论》2006年第2期。

的生存欲望是强大，她有着强烈的生存意识，尽管是身陷狼群的攻击，或是遭遇土匪的强奸，或是遭到夺子的威胁，柴姑都没有绝望，强烈的生命意识致使她首先考虑到自身和族类的生存可能性，并不惜以牺牲肉体和孩子为代价。也许会有人认为她在某些生死攸关的情境中所做出的妥协和让步是一种消极懦弱的行为，但是恰恰相反的是这种退让与取舍是超越个体生存欲望的群体生命意识之使然。作者将她设置于那样一个追寻，然后守护的环境中，一个女性用自己的肉体以及骨肉，保住了种族的安全，已经超越了个人面对生活生死的界限。以强悍的行动反抗着环境给以的灾难，这种有着深度信仰的行为以及异样的经历造就了她独特的人生，注定了不断追逐。

既然是生存，就跟生活分不开。在生活的平行线上，谁都有追逐的权利，只是看个人的觉悟怎么样。赵本夫的小说有一种正能量的存在，自然不缺乏正面的人物，《混沌世界》的岳地龙是个身藏正能量的人。一个乡下孩子，考不上大学，消弭了几天后，决定到一个谁也看不起他的镇上去做自己热爱的事情——开书铺，在那种大部分人只喜欢听书不喜欢看书更不提买书那么奢侈的环境下，他的选择就像炒股一般，是极具挑战性与危险性的。可现实不会去扼杀那些敢于怀揣梦想并且积极实践的人。他的书铺遭人毁坏，他愤怒，但是理性依然大于他的愤怒，重新把书店开起来，因为他心中有一个很大的理想——把书店开到国外去！外乡人依旧被人看不起，书店依旧没有热火的光景，可是岳地龙有着梦想，有着坚定的信念，生活确实为难了他，却没有将他击倒。《刀客和女人》中的黑虎娘，她是为歹人垂涎于自己的美貌而不得，所以歹人将其夫杀害，让她成为寡妇。虽然知道了是谁所为，但为了使自己和黑虎能活下去，她忍气吞声，苦而不言。权势的压迫或许使得孤儿寡母陷入苦难之中，但是她没有一味地忍让，最终她为了儿子黑虎的选择，毅然决然地击退内心的矛盾心理，为了儿子奋不顾身，显然，她是在对命运的不公做出坚决的反抗。“这个柔中寓刚、善良而有血性的女人，终于也下了决心，就是赴汤蹈火也要走这一遭。”①时代是可以造就人的，也是可以毁掉人的，有人感叹乱世民不聊生，也有时势造英雄之说，对于生活环境所赋予的，可以接受，也可以反抗。

疯子、傻子的形象在文学作品中是比较常见的形象，这种形象可以比较客观地显示出作家对人类真实生存状态的探寻，又可以让读者的心灵感受无法回避的震撼。傻子、疯子在小说中都是受迫害的，大多是从身体的摧残开始，面对肉体的折磨，他们只是麻木地承受，人类不了解他们的内心，脸上总是麻木的表情。他们便是人们眼中的弱者，孤独而忧伤的灵魂游离在众人之外，但是他们在某一个方面却有着常人无法触及的韧性。尤其是他们在追求内心的想法时更是狂热的，用他们自己的方式死死地捍卫住生活欲抢夺的那份信仰和人生最动人的坚韧。

《无土时代》里天易显得特别的怪异，不论是穿着还是行为，常常让人捉摸不透，同时他还很孤独。他从来都不与同龄的伙伴玩，常常目视远方，不知道在想什么，眼神空洞。“事实上，真正有思想的人都是孤独的，在孤独中才有智慧。孤独常伴随着人类的成长，在孤独中又更能追问和探索到问题的根本所在。”②这个孤独的人，有一天他走出了草儿洼，

---

① 赵本夫：《刀客和女人》，作家出版社2011年版，第120页。

② 赵本夫、沙家强：《文学如何呈现记忆——赵本夫访谈录》，《南京师范大学文学院学报》2009年第4期。

再也没有回来过。在《无土时代》里的石陀，木城出版社的总监以及政协委员，在作品里石陀就是天易的化身。他对雨有种疯狂的喜欢，对土地有着热忱，在雨中漫步提着雨伞不打开呆呆地站在那里。他总是不断地写提案："拆除高楼，扒开水泥地，让人脚踏实地，让树木花草自由生长。"他的爱雨行为总被嘲笑和不屑，他的提案更如痴人说梦，木城的人认为这是疯子的行为，他的举动就是一个笑话。当一个人的行为都不被周围的人理解的时候，如果能寻觅一个知音，他会不顾一切，石陀欣赏柴门但是柴门却是个不确定的人物，有或者没有谁都不知道。石陀就坚信有这个人，因为柴门所写的东西就是石陀的理想的最好诠释。石陀坚持寻找柴门，这种行为所有人都反对，还有他一个木城出版社的总编，但是他所居住的环境是与他的身份极其不相符的或者干脆可以认为它们就是两个极端。他常常在那件蓝色长衫里藏着一个小铁锤趁无人之际匆匆忙忙地去撬马路让泥土露出来，他的怪异行为让知道这个秘密的人觉得很不可思议。行为怪异让别人猜不透又很恐惧。石陀看到了常人看不到的东西或是看到却不敢承认的东西，他置身于城市之中感到了人性的扭曲和种种丑陋，都市使人精神紧张，内心慌乱，他们没有满足感没有安全感没有幸福感甚至为了某种欲望而没有羞耻感，石陀看到了这些，所以他常常很呆，很困惑，不知道为什么城市的人会这样，人离开了土地怎么就变成了这样。土地很重要，假如没有了土地人性也许是会扭曲的。在现代化的时代，一个城里人对土地的爱恋超出了正常人想象，许多人是不明白他的。天易也不会去理会，相反，他的行为给人一种"他人笑我太癫狂，我笑他人看不穿"的讽刺。任由着世界千变万化，始终不放弃追寻的脚步。《天下无贼》的看点并不只有那些良心未泯的贼，值得一提的是傻根。在这个社会中许多人几乎都经历了一场社会洗礼：由善到恶。每个人从最初的纯真走向圆滑，从天真的自我走向复杂的社会，从善走向伪善，甚至发展到极端的恶的本性的迷失。只有傻根执着地追逐守护着即将被伪善覆盖的"人之初"——善。傻根在火车站大喊："哎，你们谁是贼啊，站出来给俺老乡看看！"这是很蠢的举动，正是这样的蠢让人看到了傻根内心的坚持，生活可以将人染成各种颜色，但是执着的守护，便使纯净的心灵不受其他颜色的侵蚀。傻根用他的"傻"反抗着社会的侵蚀，不管人们对他傻的行为认同与否，这都是傻根自己的反抗方式。

傻和疯的行为没有用什么明显的界限，只不过疯子更让人觉得疯狂、可怕。同时常人会带着一种难过而又羡慕的心理看待他们，因为是疯子，所以想怎么表达内心的真实都可以。不管多么狂热，人们都觉得是正常的。而社会的混沌，让本该正常的人也有着疯狂的举动。猫猫是《混沌世界》的人物，处于一个不怎么开化的时代，却穿着开放，敢做敢当。高考落榜后，她没有放弃自己而是继续追寻自己的理想，开了一家和时代潮流不相符合的裁缝学校，大批学员跟她学习技术，红极一时的她却卷入了一场可怕的议论当中，社会上出现了种种误会、种种争吵：夫妻因为对方时尚得不合时代的着装而相互猜疑。因为这些家庭出现了破裂，离婚率增多。最后有人把一切的根源归结于猫猫，归结于她所带来的时尚。因为人们本就爱美却又不敢创新、突破而产生的种种矛盾，而社会上的伪君子将自己龌龊的心理表现出来后又不敢面对，于是将祸水引到那个大胆追求美的猫猫身上，于是猫猫成了替罪羊。当社会出现不合理的事情时总得找个人承担，以让社会上的人心理舒服。但那个替罪羊依然风生水起，而没有设想中的一蹶不振。人们便说她不正常，猫猫追求时尚，寻找内心需求的行为近乎疯狂执着于内心对美的狂热，对生活品质的追求。假如人们给一个人扣上一个莫须有的帽子时，那个人不是悲痛欲绝地悔过或销声匿迹，而是继续不顾暴风雨向前冲时，毫无疑问，她是敢于追求内心需求的疯子，更是社会逼迫下的一个积极的、越挫越勇的疯子。

这些看似与这个文明社会格格不入的人物用自己的执着追寻着各自的理想。以一种不寻常的角色去寻找，正常人看着稀奇，会引发一些人的评论，但是在评论之时，不寻常的举动其实已经渗入他们的内心，或多或少已经影响了他们的价值观。赵本夫笔下的疯子、傻子这样的非正常人别有一番作用，在扮演着世人皆醉我独醒的角色，是病态社会中的战斗者，他们疯狂的行为、敢于攻击社会的言语，敢于揭示那种人人心里都明白或都有却不敢实施的想法。用非正常人的形象来揭示社会、人性的丑陋使得那些所谓的正常人心里易于接受，正常人常想因为那些人都是傻子疯子，所以什么都就正常了。正常人常会同情又包容他们疯狂而堕入非理性的行为，使得原来被人排挤的行为变得顺其自然，也更好地做出了一般正常人不敢做却想做的事，关键是能折射出正常人内心深处的羡慕行为。小说成功地塑造了这种非正常人的形象，在这些人身上寓意着某些不易言说的社会真实，就像有进步就有落后，有聪明就会伴着所谓的傻，有正就亦有邪，事物总有着正反面，人也一样，一群奇特的怪人在小说中演绎着社会生活中的人间悲喜剧。同时这些带有寓意的人物行为还带有讽刺意味，讽刺着那些不敢追寻的人。

二　消极的悲剧者

赵本夫的小说中常常有一种悲天悯人的情怀，小说中总有一些人物既让人怜悯、同情又让人有种恨铁不成钢的愤怒。生活环境不可以选择，是好是坏它都在那里，不会改变。但是生活方式，人生道路这种客观的因素是可以根据自己的追求作出挑选的，然而生活中总是有着一些消极怠倦的人，面对屈辱、挫折，或是委曲求全，或是无动于衷，或是自甘堕落，最终将自己的人生悲剧上演，深深地刺痛了读者的心。

小说中经常会出现悲剧女性，而这些女性在现实生活中始终像困在网中的鱼儿，或顺从命运成为悲剧，或是为了生存作一阵抗争，却很少能挣破生活的网，游向自由快乐的彼岸。女性悲剧在作品中很是明显，但并非弱者就为女性，而是有时候女性选择了作为生活的弱者。《混沌世界》的次要人物梨花，因为反抗家里安排的婚姻而自甘成为妓女，不料便成了名妓。这时的她已经身不由己，不仅身体遭到蹂躏，精神也受到伤害。终于她勇敢地逃走了、幸运地被救了，却最终爱上了救命恩人，但因为自己是妓女的身份而始终不敢透露那份情感，害怕玷污了对方。最后削发为尼，直到老死也没能和爱慕之人在一起。与其说这是一个由封建制度造成的悲剧，不如说这是人物自己选择的错误，梨花选择保护自己的方式是极端的，既然可以逃走，为什么偏偏选择糟蹋自己的肉体来保护自己。然而，因为这个而造成悲剧的不止梨花，还有短篇小说《蝙蝠》中的冉老太。她每接一个客人就留一条布条，以至于她手中有几大捆布条，而这些屈辱的证据阻挡了她追求幸福的勇气。本可以和救她的挑水夫一起生活的，但因为要解决饥饿问题并减轻挑水夫的负担，她选择进了妓院。直到老，她和挑水夫一个住南一个住北，永远相隔一堵墙。

短篇小说《雪夜》，一个荒唐的父欠赌债女儿用身体偿还，活生生地将花一样美丽的玉子摧残。她没有精力和心爱的人在一起，“她知道受骗了。她活过，爱过，也生了孩子。一个女人一生的事情都做完了，还有什么呢”①。玉子选择以死来解脱。《刀客和女人》中的玉梅，她恨自己的丈夫，却被愚蠢的三纲五常束缚，不敢反抗；她爱着木匠，却不敢牺牲自己的名声跟他远走他乡，最后是默默承受着丈夫和其他女人的折磨、欺负，直到落到被残害而死的悲剧。“地母三部曲”中讲述了这样一个故事，在民间社会的最底层，小迷娘的性意识要比其他同龄的孩子要早，在性欲被诱发之后，她甚至压抑不住强烈的冲动欲望，主动来到四季春州馆，但是她内心对性的美好被嫖客击碎，获救之后，一直对她心怀不轨的老兵拐子还是将她占有了，“从此她失去了羞耻感和畏惧心，失去了朦胧和幻想，剩下的只有赤裸裸的浮荡”②。从此，她所剩下的只有放逐，直到下体溃烂，永居蛇塔。生活在民间的底层，身处水深火热之中，或是被环境压得奄奄一息，或是随着生活放弃自己，这没有对与错的苛责。只透露了一些女性在不负环境的重荷之下的无奈，演绎了一幕悲剧。

人物的悲剧不是无端形成的，它与社会、时代密切相关，这些能撑起一片天的男性出现在小说中的时候，赵本夫却将他们置于一个巨大的社会牢笼里面，他们挣扎，他们寻找，他们妥协、堕落，最后在费尽力气后倒下。

悲剧的酿成不仅是环境造就的，与他自身角色扮演出现分裂也脱不了关系。这种自身分裂的情况又是因为自身的价值欲望得不到满足而加剧。《刀客和女人》中的欧阳岚就是因为自身与环境的限制而自己酿成了一个悲剧人生，他本是饱读诗书的人，准备走科举之路，却因宣统下台，这个愿望破灭后，娶妻欲生子，又因自身原因无子嗣，而对母亲的责骂，他表面安慰，说自己命不好，夜里却以残酷的方式折磨自己的妻子以发泄自己内心的不满，这种表里不一的变态心理，使得他坠入悲剧的深渊。因为是个伪君子，所以扮演双重角色是很痛苦的，但他却跳不出自己划下的那个圈。娶了个二房，后来发现那是别的男人穿下的破鞋，恼羞而不敢怒，因为这个二房是一包祸水，与他的前途有关。在他与二房远行回来后，多年不育的大房却生了个女儿，一个和他没有关系的女儿，从此，他觉得生活把自己戏耍了一番，对女人、对自己、对生活他的心里都是填满了怨恨。当他决定摘下假面具，“再也不用装成一个文质彬彬的儒生，再也不必为虚假的名誉伪装自己了”。而这个时候的他离死亡也就不远了。欧阳岚是被封建的思想毁的，还是被女人害的？这都是值得思考的，有一点不用怀疑，他选择承受母亲的荒唐安排，选择了用虚荣伪装自己，当一切不受控制的时候，生活里只有怨恨，伪善的行为、随心所欲的放逐终将他推上了悲剧的风口浪尖。另一个与欧阳岚对立的人物黑虎，在小说中本该是胜利的一方，有着一个美好的结局，但黑虎自从遇到了珍珠，人生就变了，参加土匪，四处流浪，居住于墓穴，如行尸走肉。“文革”过后，即使回到自己的家乡看到心爱的珍珠，却选择逃离，愚昧的思想让他觉得自己该和划分为地主阶级的珍珠分清界限，一生为了珍珠，最后却不敢靠近，选择开茶馆赎罪。直到老死。一个本该有反抗能力的人，走不出自己内心的挣扎，这或许和善良的本性有关，可更多的是面对生活的复杂、压迫之时，主动放弃了最珍贵的东西——追求的勇气与权利。

---

① 赵本夫：《天下无贼》，作家出版社 2011 年版，第 160 页。

② 赵本夫：《黑蚂蚁蓝眼睛》，作家出版社 2011 年版，第 78 页。

“文革”是靠近这一年代的人的可怕的梦魇，自然这就成了作家们笔下的题材，赵本夫对于这个时期也有着自己的想法。《走出蓝水河》的野孩徐一海，在走出蓝水河之前野孩总是被人欺负，被人当发泄工具一样扇他耳光。上学后他还是同学们取笑的愚弄的对象，徐一海忍着，或是说他不在乎这种取笑，他功课优秀，总是一个人游离于同学之外，或站着坐着，匆匆走着忽然又停下来，像忘记了什么又像在寻找什么，最终他什么也没有找到，人们以为他有问题。但“文革”里，他反抗了，努力了，为了他暗恋的梅老师，最后抵挡不住时代的动荡，他的反抗随着他心爱的梅老师的死去也就死去了。终于拖着双腿又回到了本已经离开的蓝水河旁，木讷地接受父亲与自己媳妇的骨肉，回到蓝水河边编筐。直到最后木讷地重复着看羊、编筐的事情。一个具有反抗意识，本是敢于斗争的人，如今不复返，他放弃了抵抗，回到最初的混沌状态。任由不知该称之为兄弟还是儿子的人呼来唤去，卑微得不像那个结实的徐一海。其实能够忍受不是一件坏事，但是过分的忍让就是铸就不良的后果，换句话说别人的强势跟自己的懦弱脱离不了关系。

其实不管是男人女人，在生活的大流中都有不一样的困境，是选择在风浪里搏击、翻滚直到倔强地站着，还是放弃追求，坠入云霄，回归最初，承受痛苦。这没有任何的对错评判，只是不同的选择会有不同的人生结局。积极和消极的人物在赵本夫的小说里，没有绝对的赞扬与批评色彩，他只是呈现人物面对生活的一个状态。然而，他也塑造了一些处于积极和消极之间的一种人物——得过且过。得过且过在现代汉语中有点贬义的意思，但放置于赵本夫的小说里，这只是一个平凡的生活状态的选择，没有褒贬之意。

三　安于现状的人

无论是怎么样的人，他都有着一种强烈的归属感，渴望着安稳。不争不抢，不卑不亢，一旦有所认定就只生活在自己的世界里。只扫门前雪，不顾他人瓦上霜的人亦是自由的。

在“地母”中，江伯也算是一个比较特殊的人物，他随着柴姑的出现而出现。他便是被黄河泛灾所洗礼后的幸存者：江伯，江伯遇到了柴姑，两个人都似乎对土地有着一致的看法，不同的是江伯只是为了维护现在所拥有的，江伯为了柴姑的土地忙前忙后，换句话说他其实是为了自己内心的家园而辛勤忙碌。江伯是一个在黄河泛灾后经历过被人贩子绑架的老头，一个人一旦年过半百且经过波折后就很容易就想找个地方过个安稳的生活。江伯就是这样的人，他再也不想居无定所，他说：“往哪走？还没有野够。”就这样，这个对于柴姑来说像父亲一样的老管家，他一直用自己的智慧和经验帮助柴姑侍弄土地，他喜欢这样的生活，守住现在的安宁。另一个和柴姑相关的人，老三，他并不喜欢土地，在走出草儿洼之后他没有再回去过。他是一个没有什么心机的人，一个没有什么心机的人必然也不会想太多的。用柴姑给的黄金开了客栈，他就不再追求什么，“他对眼前的日子很知足”。学着城里人样子，学他们走路、说话、泡茶、起坐。学得很像，遇到一个让他没有任何心理障碍的女人——睫，只想跟她生个儿子。追求的简单，让老三的生活也就简单了，其实他算是草儿洼里最简单、幸福的人。社会一直在变，但有些东西却一直不变，比如对土地的喜欢，就是单纯的喜欢。《混沌世界》中在岳庄的岳老六也在为自己的土地忙得不亦乐乎，岳老六固执地认为“土地是庄稼人的立身之本”，“他常把这个道理教给儿子，金饭碗,银饭碗都不如泥饭碗结实”。[1] 确实,岳老六用他的观念和侍弄土地的行为度过了饥荒的三年并且救了不少邻居,所以土地在他那里不仅仅是一份土地,更是一种情感,一种宗教! 人对于一种东西的信仰是很神圣的,而且这种神圣又是谁也无法动摇与侵犯的,岳老六就有这一种信仰,他对土地的爱是深沉的。他几乎把土地都背在背上,土地与庄稼把他的背都压成了一张弓,他也不丢弃他的“信仰”,宁愿一辈子收着土地然后把一把骨头还给土地。岳老六对土地的爱可以在他的儿子岳地龙身上体现出来,首先是他给儿子取名为地龙就可以看得出来他对土地的爱。其次,岳老六觉得儿子考大学开书铺都是玩,唯独侍弄庄稼才是正经事。最后地龙没有按照父亲的想法走时,岳老六心里是惶恐不安的,他甚至梦到了祖宗从坟里面跳出来指责他为什么没有守护好土地,警告他不能把土地给丢了。岳老六的心里是难受的,日有所思才会有所梦,可见土地在岳老六心里的分量。他一面经受住心里的矛盾压力,一边默默地用年迈的身躯托起土地,“他不知道自己还能守住土地多久,但他会守着忠诚地守着,一直到死……”[2]。他就是爱现在的生活,就是爱脚下的土地,这何尝不是一种简单的生活方式,简单的追求。

综上所述,可看出赵本夫小说中的人物形象覆盖面非常广泛,有善良的、可悲的、强大的、具有寓意的。所涉及的角色也不少,有着历史悠久群体草莽类:侠、匪、丐,也囊括中国正统社会认同的士、农、工、商。赵本夫不偏向于塑造任何一类,只是将这些人放置在比较真实的社会环境里,以管窥他们的生活状态以及人生选择,从而让读者窥探到了他们的不同人生态度,洞悉着这些平凡的人酸甜苦辣的别样选择。值得一提的是赵本夫始终站在人性的高度来塑造这些人物的形象,揭露人性的恶与凶残时,也不忘赞扬人心底本就存在的善良、柔弱。这样一种悲天悯人的情怀使得作品中的人物都有血有肉。

（指导教师:陈树萍教授）

---

① 赵本夫:《混沌世界》,作家出版社 2011 年版,第 67 页。

② 赵本夫:《混沌世界》,作家出版社 2011 年版,第 70 页。

凝重、旷远、丰厚：乡土大地的赞美诗

——孙惠芬新世纪乡土小说论

文学院2007（5） 陶 冶

关于乡土文学的概念历来争议颇多，概念的范围限定亦不十分明晰。自鲁迅以来，诸多学者都曾尝试为“乡土文学”下定义做诠释，结果却使得概念的外延不断扩大、内容不断丰富。随着新世纪的到来，乡土文学的概念也发生了改变，更有学者为之冠名为“新乡土文学”。无论乡土文学的概念是否统一，但有两点是可以肯定的：一是作家的创作立足乡土，二是作家以农民为叙述对象。“新乡土文学”自然就是：用新的眼光观察和书写当下发生的巨大变化的乡土，包括人与人、人与社会、人与自然、人与生产资料之间新的关系；作品所表现的人，也将不再只是传统意义上的农民，还包括那些长期游走于城乡之间的企业家、知识分子、乡镇干部、艺人以及那些还未来得及脱去“土”气的城市农民工。①

孙惠芬无疑是“新乡土文学”的代表作家之一，她的创作从一出场就打着“乡土小说”的大旗，在近三十年的创作中一直忠实于脚下的土地，以记忆里的辽南乡村和村民为核心，着重书写新农村的变迁和新时期的农民生存及心理状态，创作了诸如《歇马山庄的两个女人》、《民工》、《歇马山庄》、《吉宽的马车》、《秉德女人》等优秀的乡土小说。

进入21世纪，孙惠芬在乡土小说的创作上开拓了新的领域，呈现出新的美学特征。本文首先对近十年孙惠芬小说研究情况进行综述，然后以孙惠芬2000年以后创作的《歇马山庄的两个女人》、《歇马山庄》、《上塘书》、《吉宽的马车》、《秉德女人》等代表作品为主要考察对象，走进孙惠芬笔下的乡土世界，探寻农民进城的历史意义，审视新世纪乡村女性的出路，为新乡土小说创作和研究提供持续有效的文化资源。

一、三重镜：孙惠芬小说研究综述

孙惠芬的创作在辽宁省、东北作家群里，甚至在当代女性作家中独树一帜，她的作品曾获鲁迅文学奖、曹雪芹长篇小说奖、女性文学奖等诸多殊荣，孙惠芬受到了读者和研究者的广泛关注。根据孙惠芬三十年的创作实绩，研究者们在原有研究成果的基础上继续

① 文能：《关于对新乡土文学的界定》，《中国图书商报》2007年4月8日。

深入与开拓，使得孙惠芬小说研究不断完善，研究成果不断填补中国当代文学研究的空白。笔者对近十年关于孙惠芬的研究状况做了整理与统计，对七十余篇学术论文进行分类与总结，发现对孙惠芬的研究主要集中在以下四个方面。

（一）关于“城乡矛盾”的书写

孙惠芬生长在乡村，生活在城市，她在城乡的夹缝中“双向触摸”，①“城乡之间”成为其创作的中心主题，城乡之间的冲突成为其思考的核心内容。她以辽南乡村为叙述背景，真实地展现了辽南乡村遭遇现代文明冲击的时代变迁，真实地描述了辽南农民在现代化进程中的生活困境。研究者们敏锐地捕捉到孙惠芬笔下存在于城乡夹缝中的世界，认为她的“小说有着丰富的内涵：情感与理智的矛盾，乡情与市风的对立，两种价值观念的冲突”，城乡之间的冲突使得“作品形成了一种内在的张力，从而给读者提供了一个广阔的思考空间”。② 研究表明孙惠芬面对城乡之间矛盾冲突的叙述极具张力。

有研究者指出，孙惠芬是用进城农民的命运来言说城乡之间的矛盾冲突的。在孙惠芬的笔下，很多生动的人物形象都拥有进城的情结，裹挟着“向城求生”的情绪。由于在孙惠芬的笔下农民工形象占据大部分位置，因而对孙惠芬作品中的农民工形象的剖析也成为近年来研究的热潮。孙惠芬的乡土小说同其他“乡下人进城”题材的小说一样阐释乡下人进城原因，展现乡下人进城后的生存困境，叙述乡下人进城的悲剧性结局。不同的是，孙惠芬在此基础上着力描绘农民的精神特质，表达对抛弃土地的人类的悲悯之情，她力图从中找到新的突破，试图重新塑造农民形象，尝试“对农民工题材的突围性书写”。③

还有部分研究者认为，孙惠芬是用一颗博大的仁爱之心看待城乡之间的冲突。面对乡村现代化以不可阻挡的趋势涌来时，我们必须勇敢地面对新乡村的困境、焦虑和不安。在孙惠芬笔下的新乡村，没有血腥和暴力，更多的是乡下人与土地的黏合、乡下人与城市人的冲突、乡下人与命运抗争。我们幸运地看到，作品虽然具有强烈的城乡冲突，可作家在面对冲突时，在面对固守与改变两难选择时并不困惑，她甚至用乐观平和的心态去看待乡村巨变。正如评论家刘建海所说，“在孙惠芬笔下，乡村和城市并不是对立的而是相互交流、沟通的，面对着变革时代乡土社会中的‘常’与‘变’，孙惠芬采取了更为冷静和平和的态度。”④

（二）关于“散文化风格”

孙惠芬凭借细腻的笔触步入文坛，她的文学语言早已刻上“落笔于细致，着眼于深刻”的烙印，⑤她的作品一度被评价为具有散文化的美学特征。在近几年的研究中，对孙惠芬作品中张显的鲜明的语言特点却褒贬不一。张赟认为“孙惠芬小说具有的散文化特点是

① 刘金冬：《在城市与乡村的夹缝中“双向触摸”孙惠芬小说论》，《大连大学学报》1999 年第 3 期。

② 刘金冬：《在城市与乡村的夹缝中“双向触摸”孙惠芬小说论》，《大连大学学报》1999 年第 3 期。

③ 雷霖：《从有到无：心灵秩序重建的凌空之舞——论〈吉宽的马车〉对农民工题材的突围性书写》，《中国文学研究》2008 年第 3 期。

④ 刘建海：《构筑当代新乡村的精神版图——评孙惠芬的〈上塘书〉》，《理论与创作》2007 年第 2 期。

⑤ 文昕：《落笔于细致，着眼于深刻——读〈静坐喜床〉》，《海燕》1982 年第 5 期。

由她自身的性格气质决定的，也就是说她在这种写作方式上找到了与她自身的文化心理结构和艺术趣味相一致的东西”。正是这种“‘特异’之处才使她成为个性鲜明的‘这一个’”[①]。曹民光也认为“《歇马山庄的两个女人》表现了作家精湛的叙事艺术”，这种叙事艺术包含灵活多变的“第三人称全知叙事视角”、“作品匀称规整的叙事格局”和“诗意浓郁的叙事笔调”。[②] 这正是孙惠芬小说叙述散文化的具体体现。然而，也有研究者对此提出异议，认为这种语言特点会带来叙述困境。比如，周立民批评《歇马山庄》的“语言繁重，缺少节制，叙述声调的单一，使作品一览无余，也少了许多韵味和开阔的想象空间，极大地损伤了这部作品的艺术气质”[③]。李振红也认为其语言虽然细致动人，却“成为小说文体的累赘和读者的阅读障碍”，她指出这种繁重“突出地表现在两个方面：一是过多的心理描写，二是不加节制的观念化语言”。李振红认为“女性作家在写作中，应该用理智来调节细腻丰富的感情”[④]。可在笔者看来，孙惠芬的语言属于干净流畅、细腻动人的类型，不知语言繁重是否是其语言走向削繁就简、寻求突破的某一阶段？换言之，又有谁知道削繁就简后的语言就一定适合作家内心的表达呢？孙惠芬自己也认为“不是我在驾驭语言，而是语言在驾驭我”[⑤]，我们必须承认这种“被驾驭”是一种不被雕琢的自然之美，是一种尊重内心真实感受的情感流动，于是孙惠芬的“小说便在心情里疯长”[⑥]，形成了她独特的语言风格和叙述特点，孙惠芬乡土小说“散文化”的独特的美学特征由此形成了。

（三）关于“文体实验”的评价

2002年，周立民在谈及长篇小说时尖锐地指出辽宁省文学创作的症结，他说：“尤其是长篇小说创作，固有陈旧的叙述方式，缺乏自觉的文体意识，曾使很多辽宁作家和作品本应有更高的艺术水准却始终无法向上攀升。”[⑦]让我们欣喜的是，2004年孙惠芬推出了自己新的长篇小说《上塘书》，她采用了新的文体形式——地方志。评论家杨扬认为，这种文体的改造是自觉性的，是“作者有意识地对小说文体的张弛空间有了某种改写的欲望”[⑧]。孙惠芬正是用地方志的形式创造了她心中的上塘的乡土世界，也只有通过地方志的形式才能鞭笞出她心中的全部情感。而评论家樊义红在肯定了地方志书写形式的新颖和独特的同时，指出了这种介于文学与历史之间的书写所隐含的弊端：一是作者“无形之中扮演了一个无所不知的全能上帝形象”，“没给读者留下再度解释的机会和空间，说得太满了”；二是“对人物形象的忽视”。[⑨] 评论界对其态度的褒贬不一，正是研究逐步深入化的体现。无论孙惠芬这种文体实验是否成功，我们看到的现实是，孙惠芬正在为全新的叙

---

① 张赟：《心灵的道路无限长——谈孙惠芬的小说创作》，《小说评论》2007年第2期。

② 曹民光：《永远的伤痛　动人的篇章——读孙惠芬〈歇马山庄的两个女人〉》，《名作欣赏》2004年第1期。

③ 周立民：《叙述和叙述之外——辽宁省近年长篇小说创作管窥》，《当代作家评论》2002年第3期。

④ 李振红：《自我失控的思想呓语——孙惠芬小说创作浅论》，《中华女子学院山东分院学报》2009年第2期。

⑤ 孙惠芬：《语言》，见《城乡之间》，昆仑出版社2004年版，第52页。

⑥ 孙惠芬：《小说在心情里疯长》，见《城乡之间》，昆仑出版社2004年版，第50页。

⑦ 周立民：《叙述和叙述之外——辽宁省近年长篇小说创作管窥》，《当代作家评论》2002年第3期。

⑧ 杨扬：《一部小说与四个批评关键词——关于孙惠芬的〈上塘书〉》，《当代作家评论》2005年第2期。

⑨ 樊义红：《〈上塘书〉：介于文学与历史之间的书写》，《当代文坛》2006年第2期。

述方式进行自觉的文体实验，例如，近年出版的长篇小说《吉宽的马车》和《秉德女人》，他们的创作均是以人物命运为核心，具有史诗性的文体特征。可见，孙惠芬正在朝着全新的文体实验不断努力着，而文体实验的前提一定是自觉的，是符合并适应作品内容的叙述和个人情感的表达的，如此看来，文体的自觉实验也已成为当代长篇小说发展与进步的具体体现。

（四）关于“女性写作”

近年来，对孙惠芬的研究除了集中在“乡土写作”之外，更多的是集中在“女性写作”方面。作为女性作家，孙惠芬凭借女性独特的视角关照乡土，在城乡之间撒播女性细腻的情感，用心灵的情感律动构架她一部又一部的著作。研究者们以“女性”为切入点，阐释了孙惠芬在女性主义理论笼照下表现出独特的创作风格。普遍的看法是孙惠芬在政治和史诗的叙述中，更看重生命的书写。在孙惠芬的笔下没有哀伤与绝望，更多的是用历史的眼光、用真诚的内心体察乡村巨变。研究者认为，孙惠芬小说中展现了全新的女性主义色彩：她关注极少数人关心的乡村女性，她呼唤两性之间平等对话，她追求生命的永恒品质。这种女性写作不同于“身体写作”、“私人化写作”，她成功地“把农村题材创作纳入女性主义文学视野”。[①] 这使得孙惠芬的创作视野得以拓展，使得女性主义文学内容更为丰富。

研究者特别关注孙惠芬笔下的女性人物形象，投入大量笔墨分析解读作品中的女性形象，认为孙惠芬常以感性的文字描述乡村女性生活点滴，对女性人物进行心理上的深度刻画。评论家韩春燕就结合《舞者》、《给我漱口盂儿》、《春天的叙述》中“奶奶”的形象，分析长篇小说《秉德女人》中的主人公秉德女人的前生今世，认为“‘奶奶’形象既是秉德女人这个人物形象的前生，也算是秉德女人的后世了”[②]。在诸多研究中，对《歇马山庄的两个女人》中“姐妹情谊”的研究尤其引人注意。评论家张楠详细阐释了《歇马山庄的两个女人》中的两个女主角——潘桃和李平之间的“姐妹情谊”由产生到终结的全过程，并且剖析了其中的原因，总结了“在传统的农业文明与都市工业文明的碰撞与激荡过程中，萌发女性意识的个体惟有自尊自爱，建立起自主自强的内心法则，实现同性之间的真正的理解尊重与呵护，姐妹情谊才有从女性主义理论虚妄的神坛走入凡俗的可能”[③]。评论家何向阳将“姐妹情谊”理解为“是介于友情与爱情之间的一种情感私密相通的精神关系”[④]。可见，对孙惠芬作品中的乡村女性群体的分析，用女性主义思想解析孙惠芬的创作，在今天已经有了较为丰富的成果。不能不说，正是作家、读者、评论家对乡村女性这个特殊群体的特殊关怀，让作家的创作更加丰富，思考更加深刻，也让我们对女性命运更加关注。

此外，研究者对孙惠芬小说中的乡村伦理、辽南民俗、原型变形、权力欲望解读等方面研究也颇有成绩。徐晓芳认为，在《歇马山庄》中月月、小青、买子的爱情故事是翁古城和

---

① 黄柏刚：《把农村题材创作纳入女性主义文学视野——由孙惠芬的创作和对其批评所想到的》，《太原师范学院学报》（社会科学版）2004 年第 3 期。

② 韩春燕：《秉德女人的前生与后世——读孙惠芬长篇小说〈秉德女人〉》，《辽河》2011 年第 2 期。

③ 张楠：《乡村文明·都市文明·姐妹情谊——读孙惠芬〈歇马山庄的两个女人〉》，《名作欣赏》2004 年第 3 期。

④ 何向阳：《歇马山庄里的“姐妹情谊”》，《名作欣赏》2008 年第 9 期。

姑嫂石篷这两个传说原型的变形和置换。[①] 栗丹认为,孙惠芬小说“深刻地揭示了人的内心世界,展示了人性的复杂以及人的灵魂在欲望主使下的扭曲、变形、无奈、静美”[②]。

综上所述,近年来对于孙惠芬的研究可以说是逐步深入、精准剖析,并且向着多元化方向发展。批评家正与作家相互促进、一同成长,作家对作品不断突破的同时,批评家也从中不断找寻新的内容,他们共同打造了孙惠芬凝重、旷远、丰厚的乡土世界,作家、批评家、读者三者的对话形成了孙惠芬乡土世界里的三重镜面,三者互为关照,甚至共同营造了当代文坛多姿多彩的大气候。笔者认为,虽然研究者们对孙惠芬的研究已经非常全面而深刻,但是,笔者发现目前还存在某一些问题不够深入的情况,因此下文将在前人研究的基础上,对孙惠芬的乡土世界、农民工和乡村女性命运等问题作进一步深入研究。

二、歇马山庄:孙惠芬的乡土世界

萧红叹息呼兰河的生死场,沈从文孕育了湘西的长河、贾平凹低吟着商州的秦腔、莫言沉迷于高密的红高粱……似乎每一位作家的身后都存在着一方厚实的土地,都有一个代表着他们,又被他们代表着的世界。我们甚至无法判断,到底是独特的地域文化造就了这些独具特色的作家,还是作家们塑造了与众不同的乡土特质?

孙惠芬也不例外,她也有自己的乡土世界——歇马山庄,然而独特的乡土世界的营造的过程却不那么简单。2000年以前,孙惠芬的小说中反复描绘的是辽南地区相互簇拥的村落,那里荒芜的土地、光秃的山冈、低矮的土房和低洼不平的道路共同构成了孙惠芬乡土小说单一而平淡的文化背景。孙惠芬介绍说,“我在最初的写作中,凡写到故乡,都以十里洼相称”,“从海边到山咀子,要走十里土道,而这十里土道的路程,是一程一程洼下去的,是一点点走向了盆底,走向了一个很小的地方”。[③] 从她的出生地山咀子到海边的小镇之间是一条十里长的土路,是这条低洼不平的土路帮助山咀子通向外面的世界,也正是这条土路帮助孙惠芬第一次走向了外面的世界。这些独特的乡村记忆,为日后孙惠芬打造独特的乡土世界奠定了真实的生活基础。而此时,孙惠芬对进行地域性的创作目标并不明确。直到2000年,“歇马山庄”在长篇小说《歇马山庄》中正式出现,它以一个文学世界里虚幻的地名正式亮相于孙惠芬的创作内容之中,出现在人们的阅读视野之中,受到了评论界的广泛关注。这里位于辽东半岛南端、黄海北岸,距离海边十几里、直通各个海港、商人云集,是一个以薛礼征东传说命名的村庄。这是北方乡村的代表,一个更加广阔的,同时又具有一定的历史文化底蕴的村落,是一个颇具典型性的文学意象。2002年,理论家李敬泽将孙惠芬的中篇小说题目《两个人》改为《歇马山庄的两个女人》时,“歇马山庄”的概念在孙惠芬的创作中陡然确立起来,营造属于自己的乡土世界的意识在孙惠芬的脑海里陡然明晰起来。对此,孙惠芬表示,“感谢李敬泽先生改的《歇马山庄的两个女人》,大

---

① 徐晓芳:《原型的变形——评孙惠芬的长篇小说〈歇马山庄〉》,《内江师范学院学报》2004年第3期。

② 栗丹:《欲望的文化审视——论孙惠芬小说创作的欲望主题》,《渤海大学学报》(哲学社会科学版)2006年第1期。

③ 孙惠芬:《出生地》,见《城乡之间》,昆仑出版社2004年版,第5页。

俗大雅，这不重要，重要的是，我曾写过一部长篇小说《歇马山庄》，是他将‘两个人’很小的一股地下暗流通向了歇马山庄，通向了更广阔的乡村田野，使她们在我的创作中有了更宽广的脉络和走向。”[①]由此可见，打造属于自己的乡土世界——“歇马山庄”的创作意识让孙惠芬的书写更加深刻、开阔与持久，她完全跳出了“十里洼”的单薄和浅淡，向着更凝重、旷远、丰厚的领域迈进。自此以后，孙惠芬创作出如《民工》、《歇马山庄的两个男人》、《狗皮袖筒》、《一树槐香》、《天河洗浴》、《三生万物》、《燕子东南飞》等多部与歇马山庄相关的小说，甚至在长篇小说《上塘书》中选用“地方志”的形式酣畅淋漓地描述了歇马山庄的下属村庄“上塘”的方方面面，全方位地向读者描绘了她心中的上塘、她心中的歇马山庄，构建了她心中北方乡村一派沉寂、寂寥与旷芜的生活图景。孙惠芬有意识地打造了“歇马山庄”，打造了属于自己的乡土世界，为北方乡村的历史图卷增添了新鲜的土壤。

孙惠芬对“歇马山庄”乡土世界的打造，决定了她的乡土小说具有的内在相通性，同时，让其创作题材来源和创作情感更加具有内在的同一性，具体表现在典型环境构造和典型人物形象塑造两方面。

（一）鲜明的地域特色

孙惠芬从历史背景、文化习俗、伦理道德等方面描绘了歇马山庄的地域性特征，向读者展示了北方山庄独具一格的物质与精神风貌。

通过孙惠芬描绘的庞大的历史背景，我们看到现在、遇见过去、展望未来，是历史让小说有了厚重感与穿越性。歇马山庄的历史是被“薛李歇马”“姑嫂石”“翁古城”的传说所充溢的历史，甚至隐射和影响着小说主人公的命运。例如，《歇马山庄》中的月月和小青这一对姑嫂可以说就是对“姑嫂石”传说原型“置换变形”的再创造。[②] 歇马山庄的历史还包括歇马山庄人自己创造的历史，小说通过故事主人公的叙述让我们了解到山庄各个家族的过去。例如，翁家是个重视教育的家族，是懂规矩、重教养的书香门第，可是生活却一直落魄；宁木匠家祖的手艺具有历史的沿革与传承；吉宽的父辈也是赶马车的，有着和吉宽一样懒惰的品性。歇马山庄的历史更是整个国家的历史，例如，《秉德女人》中所描绘的一系列历史文化背景和国家政治变迁，它们彻底改变了秉德女人的个人命运，更影响了整个辽南乡村村民的生存状态。日军侵华、自然灾害、十年“文革”等这些看似遥远的沉重历史却真实地发生在辽南乡村。厚实的土壤养育了淳朴踏实的村民，滋润着他们沉重的历史，歇马山庄在一个个家族的簇拥下形成了一个完整的村落，每个家族的厚重的过去沉淀为今天歇马山庄厚重的历史。

通过孙惠芬笔下歇马山庄的文化习俗，我们看到了一个充满勃勃生机和浓烈人情的乡土世界。第一，乡下人看重过年，歇马山庄人在年味中彰显“过日子”欣欣向荣的气息。孙惠芬在多部作品中不止一次地写到，乡下人蒸糕的热气腾腾的景象。例如，《一树槐香》里的二妹子与丈夫在蒸汽中的黏合，《春天的叙述》中新媳妇帮助婆婆制造生活的热烈气氛，《歇马山庄》里的月月在公婆面前大展厨艺本领，《吉宽的马车》中的农民工衣锦还乡

---

① 孙惠芬：《关于〈歇马山庄的两个女人〉》，见《城乡之间》，昆仑出版社 2004 年版，第 55 页。

② 徐晓芳：《原型的变形——评孙惠芬的长篇小说〈歇马山庄〉》，《内江师范学院学报》2004 年第 3 期。

时，亲朋好友热烈相迎的热闹非凡。亲密也罢、伤怀也罢、其乐融融也好，人物的一切言语和情感都是在蒸汽中显现，歇马山庄村民欣欣向荣的日子也在其中彰显。第二，乡下人看重喜事丧礼，其中的习俗也颇具北方乡下的讲究与排场。例如，在《歇马山庄的两个女人》中，作者有意识地介绍了新农村的婚礼，潘桃和李平不同风格的婚礼形成了冷暖的对比，是传统与现代的对立，更是新旧两种思想的碰撞；又如，在《歇马山庄的两个男人》里，作者着力描绘了乡下办葬礼的繁杂过程，全村人为一个传统的葬礼忙碌的过程中呈现出浓重的乡村风俗文化。这些丰富而庞大的文化特质使得歇马山庄更加真实。

通过孙惠芬对山庄伦理道德的描述，我们看到孙惠芬与众不同的乡村伦理道德观，她对乡村里背离正常伦理道德的村民没有埋怨，也没有直接给予评判，而是用一颗平和的心，真实、真诚、真情地书写与描摹。例如，《歇马山庄》中月月为了爱情背叛丈夫，甚至背叛了整个家族；再如，《吉宽的马车》中黑牡丹为了生存，妖娆生活；许妹娜为了真挚的爱情不惜放弃自己的贞洁。歇马山庄的女人不守妇道，男人风流成性，妯娌间争风吃醋，叔嫂间暧昧不清……唏嘘之余，给读者留下冗长的思考，这种背弃与颠覆似乎不值得读者做更严厉的批判，它真实地反映着生活，真实地透露出土地之上的村民可爱率真的一面，更真实地折射出人性的原始之美。经过我们冷静的思考之后，发现这不正是孙惠芬对乡土暗中怀有的悲悯之情吗？这是她对人类原始生命力的关注，对人的生存困境的思索，也是对乡村道德命运的深深关切。

然而，我们绝不能仅仅从以上历史、文化、道德三种尺度单一地评判或划分孙惠芬的乡土小说，这样的划分稍有不慎就会将小说拆解与割裂。细细品读，我们惊讶地发现孙惠芬小说本身就具有一种内在的完整性，她将历史、文化、道德三者有机结合，自然相融，多元立体地打造出歇马山庄真实的乡土世界。

（二）清新的农民形象

在打造歇马山庄庞大的历史、习俗与伦理的同时，孙惠芬塑造了一批典型而清新的新农民形象，他们成为歇马山庄的代表，与典型环境一起构架起了北方乡村独特的乡土世界。例如，《春天的叙述》里的公公、《给我漱口盂儿》里的奶奶、《蟹子的滋味》里的母亲和婆婆，还有《歇马山庄》里的老村长林治帮、古淑平，《上塘书》里的宁木匠、张五忱等老一辈农民形象。他们保守顽固、沉默安稳，但忠实于脚下的土地，老一辈的农民代表着歇马山庄的过去和传统。

在孙惠芬的作品里尤其引人注目的是新一代的农民形象，他们更敢于冲破传统的枷锁，为梦想、为爱情、为事业，渴望城市，却不舍故土，这一代的农民身上多了几分执着与坚强、率真与任性。正是由于孙惠芬对农民本身怀有爱恋之情，她笔下的农民形象才更加真实动人、传神生动:第一，农民懂得承受。无论生活多么清苦，秉德女人始终坚持为维持一家人的生计四处奔波，默默承担，从不怨天尤人。《吉宽的马车》里的黑牡丹与秉德女人一样拥有坚强、乐观、开朗的品德，他们的骨子里有一股力量，支撑他们渡过一个又一个难关，由内而外散发出的坚毅的品质，让他们的形象更加高大。第二，农民懂得担当。吉宽经历了弃车进城、装修生意失利、饭店生意开张等等起伏变化的城市生活，可是面对合伙人的妹妹，吉宽没有背叛最初的诺言，面对黑牡丹的帮助，吉宽没有忘记同乡人的恩情。

他们为人正直,敢于担当,他们心地善良、内心质朴,这些难得的品质让农民的形象更加令人尊敬。第三,农民内心豁达。无论是留守农村的农民,还是进城务工的农民工,面对苦难,面对艰辛,面对清苦的生活,这些农民始终都用一颗豁达的心灵面对周遭的一切。比如,《歇马山庄的两个女人》中的潘桃是个伶牙俐齿的小媳妇,面对从城市来的小媳妇李平,的确心怀嫉妒,可正是她的嫉妒心理和行为,体现她们的真实与可爱,也正是如此,才让寂寥的乡村生活有滋有味;再如,二妹子的小餐馆,总是那么有声有色,热闹非凡,她们的乐观让原本清苦艰辛的生活多姿多彩。这些轮廓特别、个性鲜明、形象丰满的农民形象既充实了孙惠芬歇马山庄的文学世界,也丰富了乡土文学的人物长廊。只有歇马山庄厚实的土地才能孕育出极具北方特质的村民,也唯有这些淳朴的村民能存在于这寸荒芜旷远的土地之上,他们相互依存,相互呼应,已然融为一体,成为典型的孙惠芬乡土世界。

孙惠芬打造自己特殊的乡土世界时,用细腻的笔触描摹歇马山庄的风貌,用人道主义的情感关照歇马山庄人的生存。她在回忆自己的出生地山咀子时这样写道:"每个人的内心深处,灵魂深处,都要有那样一个地方,它让你看到你在这个世界最初的模样,看到你与这个世界关系的缔结和形成,从而,让你无时无刻不在逃离它,让你在逃离的同时,又无时无刻不在怀念它。"[①]由此可见,孙惠芬对乡土怀有强烈而真挚的爱恋之情,她将深沉的爱恋投入她眷恋的土地之中,用人道主义情怀关照着那里的乡土乡民。我想,只有内心怀有大悲悯的人才能将她全部的爱恋投入作品中,投入笔下的乡土之上,投入笔下的动人的人物命运之上,也只有内心怀有大悲悯的人才能创作出打动读者的作品,创作出流芳百世的著作。

三、农民进城:孙惠芬的城乡焦虑

随着社会转型,农民工形象慢慢浮出水面,开始登上历史舞台,进入大众的视野,农民工群体的生存状态与影响正逐渐成为社会各阶层关注的焦点问题。经济学家和社会学家们往往从物质层面进行关注:农民工牵连着户口、劳动保障、经济效益、犯罪、交通等一系列问题。作家的触觉是敏感的,他们牢牢把握历史的命脉,将目光投注于这个时代的巨大变迁之中,一时间底层文学、打工文学、农民工文学纷纷涌现,乡下人进城日渐成为文学创作的主体和文坛讨论的热点。

作为一个出生在60年代、生活在城乡之间的女作家,孙惠芬务过农,当过工人,她用真实的生活经历见证了时代的变迁和社会的转型,她对待农民工问题有着极其特殊而真诚的见解,这些深刻的思考都深深扎根在辽南的泥土里,渗透在她一部又一部的底层文学的叙述中。纵观孙惠芬乡土小说创作实绩,农民工题材的小说占据绝大部分的地位,字里行间呈现出一位女性内心温柔的细腻与博大的怜悯,对社会现实怀有深深的焦虑之感。进城农民扮演着诸多角色,具体体现在以下两个方面:

第一,浮躁乡村的牺牲者。20世纪80年代,可以说是这一个极具历史意义的时间点,乡土中国经历改革开放走向世界、走进现代文明,此前的和此后的时间形成断裂,此前

---

① 孙惠芬:《出生地》,见《城乡之间》,昆仑出版社2004年版,第5页。

的中国封闭而保守，此后的中国社会发生了巨大的时代变革："乡下人纷纷涌到城市，土地一天天荒芜下来，乡村一日日寂寞下来，千百年来坚不可摧的乡下人对土地的感情开始动摇并迅速淡漠，土地作为乡下人的精神、物质家园已经不复存在，这就是今天中国的社会现实。"①原本一村一舍、一片农田，平淡却热闹、慵懒却自由，淳朴的村民使用最原始的交通和通信，拥有最传统质朴的民风，依靠最悠久的血脉相传，而工业风暴的突然来袭，改变了村民的生活状态，电话代替了正常的交通，电视为农民开启通向外界的新窗口，它同时改变了村民的思想情操与伦理道德，人们对金钱和欲望的仰望空前绝后。设想没有现代文明的侵袭，孙惠芬小说里的人物命运是否又会发生巨大的逆转：如果没有城市财富和颜面的诱惑，如果父辈不强求晚辈真正离开乡土，鞠广大不会因为儿子考不上大学而伤心欲绝，此后也不会出现一系列的命运悲剧；如果没有民工父子的背井离乡，等待鞠福生归乡绝不是为留守家中疲劳致死的母亲筹办葬礼；如果没有"非嫁城里不可"的许妹娜，即使内心拥有人类原欲的驱动力——爱情，懒人吉宽也不可能为了爱情进城，更不可能具有"有钱就能买来爱情，别的什么都是瞎扯"的荒谬思想，自然在城市里的一系列人间悲剧也不会发生；正是在拜金主义、消费主义、享乐主义等城市文明的冲击下，原本安宁的乡村和原本面朝黄土的农民变得浮躁不安，传统乡村伦理观念发生蜕变，而鞠广大、吉宽、林容真、许妹娜、黑牡丹、小青、李平等农民却选择背弃安身立命的土地，远离了田园牧歌的祥和，作为现代文明的追梦者、淘金者、逐梦人，他们纷纷涌入城市，痛不欲生却无路可退，悲哀地成为浮躁乡村的牺牲者。

第二，城市异面的承担者。孙惠芬小说中的农民一方面选择对乡村物质上的逃离，一方面却在接受城市对自己精神上的背弃。他们的生存困境反射出城市文明陋习下现代化的异面。比如，《民工》里的鞠广大父子，在公交车上遭遇横眉冷对、千夫所指，人间的辛酸冷暖在小小的公交车里上演，人性最丑恶的一面却是在城市人与农村人的接触之中诞生；比如，《歇马山庄》、《歇马山庄的两个女人》、《吉宽的马车》等作品里的乡村女人，都遭遇被有钱有势的城市男人玩弄的经历，城市文明笼罩下的人性丑恶，在柔弱女人与空虚男人的交易中凸显；再如，《吉宽的马车》中甚至出现"鸡山"这样的城市异面，这里可以满足身体的饥渴，却永远无法弥补心灵的伤口。由此可见，进城农民无一例外地成为城市文明变异的灾难承担者，他们甚至感受不到城市对自身的认可，因为无钱无势无地位，也没有牢固的物质基础，最终进城农民沦落为逃离乡村又被城市抛弃的"漂泊者"。纵然城市文明正在不断发展进步，可是"无根"意识却在"漂泊者"农民工的心里不断滋长，我们不禁思考：难道"无根"意识仅仅体现在农民工一族中吗？同样作为漂泊者的、生活在快节奏的都市中的城市人，难道就没有如此真实的感受吗？城市的快节奏让每一个城市人感受不到自己的灵魂，在金钱与利益的驱动下，在快速的争夺中，谁还会有时间思考自己，谁还会时常与自己的灵魂对话？只不过，城市发展的弊端，却是由最为脆弱的群体——农民工为此买单。

孙惠芬的乡土小说中，还有很多鲜活的农民工形象成为社会转型时期"乡下人进城"群体的代表人物。以《吉宽的马车》中的吉宽为例，他不仅是浮躁乡村的牺牲者，而且成为城市异面的承担者：

---

① 孙惠芬：《在街与道的远方——乡土文学的发展》，《朔方》2010年第12期。

> 正是因为有了二嫂的不安和愚蠢，才挑起了我的不安和愚蠢，才有了我从乡村延伸出去的长长的道路。①
>
> 我四处张望，一只刚刚拱出地皮的蝗虫一样探头探脑，之后朝一条有着拥挤车辆的大路走去……城市的世界是阔大的，但它的阔大是有边的，出了这个边还有那个边，是有边的无边……在有边得世界里撞来撞去，我像一个没有任何智商的孩子。②

因为乡村里的浮躁不安和对爱情的憧憬，懒汉吉宽弃马丢车，远离故土，开始了一生的城市漂泊，面对城市的车水马龙，他悲哀地像个"傻子"，惶恐不安，无处藏身。吉宽"顺理成章"地成为浮躁乡村的牺牲者，又"理所当然"地成为城市文明异化后的悲剧承担者。吉宽的进城经历引出了农民打工艰辛、装修生意失利、饭店经营独特等一列农民进入城市生存经历变化。他经历了惶恐、压抑、辛酸、痛苦的磨难，可是城市依然不属于他们。吉宽的形象是众多农民工的代表，他进城的经历成为诸多农民进城生存困境的缩影。孙惠芬用一个农民懒汉的视角全新阐释了农民进城题材，字里行间暗含对城市漂泊者的悲悯之情和对农民工生存困境的焦虑。

作为一个处于转型期的作家，孙惠芬的乡土小说侧重于表现"中国现代乡土文学的精神内核，对愚昧落后的乡村和麻木的心灵的关照和揭示"，内容上着重"表现为对在落后的乡村和土地上挣扎、苦熬的人们生存意志的塑造，表现为对在挣扎、苦熬中对外面世界充满向往的人们心情的抒写，表现为人在不断的苦熬、挣扎和对抗中形成的独特的民风民俗、道德伦理、宗法制度、价值观、人生观"。③ 尽管如此，孙惠芬表示："不管世界如何变化，作为文学，有一点必须坚守，那就是对人的精神困境的探索，对人的生存奥秘、人性奥秘的探索。揭示人性困惑和迷茫的历史，是作家永远的职责。"④众多像吉宽一样的进城农民的经历，真实地反映着整个当代农民工群体，吉宽们的生活经历俨然成为农民工群体生活状态的充足体现，吉宽们的心路历程，表现的正是人类对精神的伊甸园的寻找，正是对突破精神困境的勇敢探索。总结至此，不禁想起，孙惠芬对弱势群体的悲悯就好比鲁迅先生博大的胸怀，鲁迅先生"出走后会怎样"的预言，在今天看来绝不仅仅是妇女命运的预兆，其中还包括绝大部分的社会弱势群体，甚至包括作为漂泊者的农民工。

"乡土"与中国作家之间始终存在一种尴尬的关系：当代中国像孙惠芬一样关心关注乡土中国的作家不在少数，他们一方面对城市文明的日新月异表示深深向往，却对城市文明的冲击心怀不安；一方面对逝去的田园牧歌表示深深叹惋，却对传统的墨守成规欲言又止，当代作家唯有在欲说还休的尴尬境地里，苦苦寻找乡土文学的未来。我猜想，乡土文学的未来将在放缓经济增长以保证人民生活质量的新政策中得以重见天日，孙惠芬对农民工生存状态和未来命运的焦虑，正是中国作家对现实超乎寻常的敏感性的体现，我们期待一个新的转型期，城乡的均衡发展将为中国百姓带来福音，我们更期待，对乡土中国怀

---

① 孙惠芬：《吉宽的马车》，作家出版社 2007 年版，第 5 页。

② 孙惠芬：《吉宽的马车》，作家出版社 2007 年版，第 51 页。

③ 孙惠芬：《在街与道的远方——乡土文学的发展》，《朔方》2010 年第 12 期。

④ 孙惠芬：《在街与道的远方——乡土文学的发展》，《朔方》2010 年第 12 期。

有特殊情感的中国作家用他们敏锐的洞察力和大悲悯的情怀为当代文坛带来福音。

四、女性命运：孙惠芬的特殊关怀

孙惠芬善写女人，关心女性生存状况，对乡村女性的特殊关怀颇为引人注目。在孙惠芬的作品中，诸多乡村女性的命运构筑成了一部20世纪80年代到21世纪初中国乡村女性命运的变迁史：从《伤痛故土》里的月萍到《保姆》中的翁惠珠，从《女人林芬和女人小米》里的林芬、小米到《歇马山庄的两个女人》中的潘桃、李平，再到《歇马山庄》里的月月、小青，《吉宽的马车》中的黑牡丹、许妹娜，以及《秉德女人》中的秉德女人。这些乡村女性命运的变化和思想意识的变迁展现了乡村女性对都市文明的渴望与追求，最终沦落为被现实残忍抛弃的命运，反映出新时代乡村女性对人性解放的渴求和女性解放历程的艰难。

我们截取这段变迁史的一个横断面，发现孙惠芬不仅叙述了女性解放的艰难历程，更反映了中国乡村女性在不同阶段的基本状况和面貌，这些女性形象正是20世纪中国祖孙四代人的代表：奶奶的经历成为传统乡村女性命运的影射，母亲和婆婆的形象是广大劳动妇女的安于现状、勤恳劳作、勇敢克服困难的代言，青年女性的遭遇则是冲破伦理、突破禁锢的年轻人命运的写照，而在他们的子女身上，仿佛预见的是更具时代烙印的乡村女性的未来。纵横编织而成的网囊括了整个中国乡村女性在面对城乡文化冲击时的艰难抉择、命运的变迁和思想解放的历程，编织成为禁锢女性前途的牢笼。审视孙惠芬笔下的乡村女性经历，不难发现，孙惠芬设计的新世纪乡村女性的出路通常有三种：一是对乡土的坚守；二是对乡村的逃离；三是重归故土。

首先，坚守乡土者。面对城乡文明冲撞，更多的乡村女性选择固守乡村那几亩薄田、几宅草房。传统的伦理道德约束了她们身体和内心，她们认为自己生来是为父亲、为丈夫、为儿子奉献青春甚至一生的劳苦女人，甚至不认为自己劳碌辛苦，而相信这是命运的安排；农民忠实于土地的意识告诫她们，不要想着外面的世界，厚实的土地才是她们的生活全部，对土地忠诚，土地自然会回馈给她们一生富足。所以，在面对现代文明的冲击时，更多的妇人采取保守观望的态度，例如，在《蟹子的滋味》中，母亲和婆婆面临着自己对自己解放的困境，面对蟹子的美味对她们身体和内心的诱惑时，她们表现出的则是隐忍与回避。孙惠芬说："像我们母亲那一代人，她们中有的，一辈子不了解自己身体里的欲望，包括对物的欲望。"[①]因为不了解，因为传统道德观的束缚，因为内心缺少勇气使得母亲一辈的乡村妇女在面对现代文明冲击时依然固守在自己的田地，绝对不肯向外多看一眼，多走一步。

其次，逃离乡村者。一心想走出乡村的乡村女性在孙惠芬的小说中占了大多数，她们中很多人选择逃离乡村、走进都市，而更多的人则是对外面的世界充满了仰望和期待，却始终没有勇气走出去。城市对乡村的诱惑不仅是金钱的诱惑，更有城市文明的冲击引起了乡村人内心对现代性生活的骚动与渴望。"进城"成为乡村女人寻求自我满足感和生存权的唯一方式，是金钱的欲望引诱和摆脱乡土求得另一种方式的生存。比如《吉宽的马车》中的二嫂，一个"生性离不开男人"的女人不舍得丈夫、儿子外出打工，可面对即将嫁入

① 孙惠芬：《关于〈蟹子的滋味〉》，见《城乡之间》，昆仑出版社2004年版，第57页。

城里的许妹娜还是忍不住拉长问短。二嫂们的一代在思想上已经有意识地渴望看到外面的世界，渴望告别乡村的苦难，渴求摆脱宿命的束缚。再如，《保姆》中的翁惠珠、《岸边的蜻蜓》里的梅花、《歇马山庄的两个女人》中的潘桃和李平、《歇马山庄》中的月月和小青、《吉宽的马车》中的许妹娜和黑牡丹，这些年轻的少妇无一例外把进城当成自己的梦想，把嫁个城里人当作自己人生的终极目标，用许妹娜的话说就是“最大的理想就是嫁个有出息的男人”。可见，“进城”似乎成为歇马山庄的“意识形态”。可悲的是，乡村女性追求现代文明的生存权与金钱的满足感的本质竟然需要丧失人格独立与平等的代价，这种追求依然没有脱离乡村女性陈旧的思想，她们的内心依然是依附于男人的出走，她们逃离了乡村的男人，自以为告别了乡村、贫困、压迫，自以为拥有了自由、财富、华丽，却不知正一步步走向城市男人的束缚与鄙夷，正在走向城市生活的无助和悲苦。许妹娜们即便是有勇气、有意识脱离乡村，渴求解放，也绝对不是思想上的完全解放，最多是追求物质上的浮华。因为她们没有更为宽阔的文化背景、没有深厚的教育基础，她们曲解了现代文明的含义，盲目地追求解放、摆脱乡村，殊不知还有更大的苦难等待着她们，诸如在工厂、在饭馆、在有钱男人的臂膀里一点点沦陷。

第三，回归故土者。当生活的枷锁又重新束缚了逃离乡村的女人的手脚，当她们不再期许男人给予的未来，当她们发现自己与城市文化之间存在着巨大的隔阂，她们又重新回归故土，渴求厚泽的土壤给予她们安慰，包容她们的虚荣和欲望。《歇马山庄的两个女人》中的成子媳妇李平曾经在城市里拥有一份看似待遇不错的工作、一份独立的经济来源，可是，她爱上了自己的老板和老板殷实的财富，在盲目的爱情面前，在诱惑面前，她丧失了自己独立的人格，最终沦为娼妓。李平对城市男人的绝望换得重新回归乡村的命运，她清醒地认识自己到与城市文明的差距，不再奢求依靠城市男人的恩赐来改变自己的人生和命运，她选择了一个乡下男人、一个乡村家庭，最终回到农村做起了贤妻良母。我们看到乡村女性在“渴望—出走—回归”的道路上徘徊，在吃过亏、受过难之后，她们终于可以安心于自己的宿命。日渐清醒的乡村女人，她们的出路究竟在何处？乡村，还是城市？我想，至少在今天，在这个正在急剧变化的时代，并没有一个准确的答案。

诸多性格各异、血肉丰满、命运不同的女人鲜活地生在孙惠芬的笔下，然而这些乡村女人的命运却总是逃不出以上三种命运的安排，甚至有些乡村女人一个人的一生就囊括了“渴望—出走—回归”一波三折的命运。比如《秉德女人》中的王乃容，从她一出场就暗含悲剧的暗流。一张世界地图勾起少女王乃容对外界的渴望，这种一生一世的渴望甚至在她被迫成为秉德女人时，都不曾泯灭；少女的美好梦境转变为残酷的现实，都缝补在一块一直未绣完的绣布上：

> 倒是有一件东西她始终搁在身边——那块绣布。她把它挂在毛巾杆上，动辄就打开来细细地看，之后将它长时间抚在肩上和胳膊上，仿佛那里有一条通着以往大小姐派头的潜流——那上边确有许多弯曲的河道，是她画了但还没有绣出的线条，这些未完成的线条，预示着那些河流变成了死水，她曾经的梦想已经被死水阻断了！①

---

① 孙惠芬：《秉德女人》，湖南文艺出版社 2010 年版，第 11 页。

少女对城市对世界的幻想在父亲的字条“永远不要回头，这是上帝的旨意”里彻底破碎，一个乡村女人的心路经历了从渴望出走到安于土地；秉德女人甚至秉德女人的血脉延续都经历着“出走—回归”的艰难历程，无论是去过一次沈阳的秉德女人，被送给日本人的承民，还是自己出去闯荡的承国，无一例外地又回到了农村，扎根农村。一个乡村女人一生的命运波折艰辛，与国家命运环环相扣，在“渴望—出走—回归”的道路上，历经磨难，又顽强绽放。

虽然孙惠芬在近几年的创作中让很多乡村女性最终回归农村，可是她并不认为回归乡村一定是乡村女性的出路，她的作品无一例外地以悲剧的形式结束乡村女性命运，无论是在乡村还是在城市，乡村女性依然还没有摆脱家庭的附庸、男人的附属品、生育的工具的命运。从裹脚布到高跟鞋，从男性的附属品到生活的劳什子，乡村女性思想和命运在现代文明的冲撞下一步步得以解放，然而她们真的告别物质与道德的奴役，开始真正地追求自我、追求个性自由，追求平等对话了吗？她们逃离乡村走向城市文明，这是否又在走向另一个束缚她们的窠臼？乡村女性的命运又能否得以真正的解放，而不是坠入了更为艰难痛苦的深渊？幸好有孙惠芬，她细致的笔调、悲悯的情怀，她真切地关心着她们，时刻关注她们的命运和思想的变革。在中国，“妇女的改变或真正的解放只能依赖于社会的进步，没有社会的改变就不能达到任何人的改变”[①]。我们真心期待这一天的到来。

孙惠芬的创作是生命的书写，是依靠情感的律动完成的写作，她为读者打造了一幅北方乡村凝重、旷远、丰厚的乡土画卷，勾勒出黑土地上淳朴的农民和新时代的乡村巨变，是一首首乡土大地的赞美诗。看她的文字给人的感觉就好似辽河的一条平缓的支流，只是静静地流淌，不急于奔腾地流向大海，需要在陆地上一点一点积蓄着力量，平和地孕育情感、壮大气势、滋养着读者的心灵，最终奔腾入海。我们期待着孙惠芬在原有创作的基础上有新的突破，创作出更多的精彩作品。

（指导教师：李相银教授）

① 陈晓兰：《交叉与错位：西方理论与中国实践》，见《女性主义批评与文学诠释》，敦煌文艺出版社 1999 年版，第 96 页。

语 言 科 学

吕叔湘认为语言研究要做到实事求是。实事就是掌握材料，材料可靠；求是就是找出规律。事实要与理论结合起来，“正确的理论能引导你去发现事实。”这里选择的几篇优秀习作，或者讨论某一语法现象与对外汉语教学的关系，或者讨论某一地区特殊方言现象，或为历史上某一语言作品反映出来的通语语言发展事实。希望有心的读者发现语言研究中共时描写与历时演变之间的关系，理解方言与通语之间的关系，语言事实与汉语教学之间的关系。

留学生习得量词“条”的偏误分析

文学院 2011（7） 王珍媛

一、研究的背景和意义

大部分印欧语系语言用名词的单、复数形式来描述名词的量。与之不同，现代汉语不大用表示语法意义的词形变化，而是用丰富的量词来表示计量单位。这是现代汉语的特点，也是外国留学生学习汉语的难点。以量词“条”为例，在“现代汉语语料库词语分词类频率表”中，量词“条”排在第 288 个，仅次于量词“个”，出现次数为 3906，频率为 0.0409，累积频率为 43.524。由此可见，量词“条”的使用频率是很高的。

为了帮助学习者更好地理解运用，教者提出了诸多方法和技巧，学者们的研究也发表了大量的观点和教学法。但在对外汉语量词的教学中，“数词＋量词＋名词”的组合机制里，量词“条”的选用出错率还是居高不下。

朱晓军在《认知语言学视角下的汉语个体量词搭——以“条”为例》(2006)中，阐述了个体量词和名词的组合关系。他把与“条”组合的名词看成由核心到外围的辐射状范畴。核心名词即典型范畴，可通过隐喻、暗喻和意象图式转换推导出外围名词。与朱晓军的观点不同，孟繁杰在《量词“条”的产生极其历史演变》(2009)中，基于大量的古文献资料，阐述了量词“条”产生和发展的过程。他指出“条”的本义和引申义均为名词，到了东汉早期才虚化为量词，这与之前的“条”的语义是一线发展而来的观点相悖。而且他认为虚化后用于条状物的量词“条”最初搭配的不是“树木”类名词而是“路”、“绳”等，最后还分朝代总结了量词“条＋名词”的组合规律，具有很大的借鉴意义。牛芳芳、丁崇明在《量词“段”与“节”、“条”、“件”辨析》(2010)中，从量词“段”的语义入手，提出“一段＋名词”虽然可以表示事物整体的一个部分，但是更侧重于表示事物在时间和空间上的跨度。[①] 并且把量词“段”与量词“节”、“条”、“件”分别进行了比较，探究其搭配规律。

以上对于量词“条”和量词“条”与其他量词的比较研究大多基于文献资料或实践，有一定的理论基础，对本课题的研究具有很大的参考意义。过去关于量词“条”的研究多从

---

① 牛芳芳、丁崇明：《量词“段”与“节”“条”“件”辨析》，《现代语文》(语言研究)2010 年第 9 期。

语义和搭配入手，少有基于中介语语料库的偏误分析和对比研究。本文选取北京语言大学 HSK 动态作文语料库、中山大学汉字偏误连续性中介语语料库和暨南大学留学生书面语语料库三大中介语语料库的错误语料进行筛选分析，并提出相应的对外汉语教学策略，希望能对学习现代汉语的留学生有所帮助。

二、量词“条”的语义和常用搭配

“条”的用法比较广泛，作量词时，它的可搭配名词也多种多样。《说文解字》中“条”的解释是“條：小枝也，从木攸聲，徒遼切。”[①]吕叔湘的《现代汉语八百词（增订本）》中“条”的解释是：[量]（1）用于长条形的东西；（2）引申用于人体；（3）用于某些抽象事物。[②] 以上我们知道“条”的本义是“树枝”，可用于称量长条形的事物。学术界也有相关的研究，孟繁杰曾就大量的文献语料提出：“‘条’首先是由本义引申为‘条令、条款’，本义及其引申义均为名词，之后分别从本义和表‘条令、条款’的引申义分两条线虚化为量词，由本义虚化而来的量词用以称‘条状物’，由引申义虚化而来的量词用以称量‘分项的抽象名词’。”[③]这点与前人的观点相悖，但是他的分类有很大的参考意义。在此，我们综合前人研究，将量词“条”用以称量的名词分为两大类：（1）长条形的实物名词，（2）具象化的长条形抽象名词。十小类：1. 长条形的实物名词（a 地理、b 动物、c 植物/木质、d 人物、e 身体部件、f 布帛、g 事物）；2. 具象化的长条形抽象名词（a“路”的暗喻、b 信息集成/载体，大多呈线性排列或是有时间上的延伸、c 命/心）。如图 1 所示。

- 条
  - 实体
    - 地理：河流、瀑布、山脉、沟渠、路、街、胡同、航道、走廊、缝
    - 动物：狗、狼、龙、蛇、鱼、蚕、黄鳝、泥鳅、毛毛虫
    - 植物/木质：树枝、杨柳、藤蔓、海带、黄瓜、船、长凳
    - 人物：好汉、光棍
    - 身体部件：皱纹、眉毛、尾巴、鼻涕、大腿、胳膊、肋骨、肠子、染色体、青筋、血管
    - 布帛：裙子、围巾、领带、裤子、毯子、毛巾、床单、被子
    - 事物：线、绳子、鞭子、铁链、手链、项链、扁担、斑纹、皮带、伤痕
  - 抽象
    - 生路、出路、思路、线索、热线、途径、捷径、渠道
    - 信息集成/载体：信息、消息、指示、情报、新闻、广告、标语、法令、罪状、纪律、决策/议、规定、规则、原则、定律、理论、建议、妙计、经验、理由
    - 性命、心

图 1

三、留学生习得量词“条”的偏误分析

本文选用的偏误语料主要源于部分外国留学生（1992—2013 年）的作文。北京语言

① 许慎：《说文解字》，中华书局 2013 年版。

② 吕叔湘：《现代汉语八百词》（增订版），商务印书馆 1999 年版。

③ 孟繁杰：《量词“条”的产生及其历史演变》，《宁夏大学学报》（人文社会科学版）2009 年第 1 期。

大学HSK动态作文语料库和暨南大学留学生书面语语料库中有关“条”的语料共检索到2075条，中山大学中介语语料库中有关“条”的文章共检索到398篇。由于选材方法有限，本文选取这三大中介语语料库中量词“条”的有错语料220条进行偏误分析。文中，我们把偏误类型大致可分为遗漏、误加、错别字和量词误用四类。

在这里要特别说明的是：

1. 关于量词“條”使用，HSK中有24处，本文并没有归为偏误。因为有的文章是通篇使用繁体字。

2. “这条{CD件}裤子当时特[B待]别流行。”这句话在HSK动态作文语料库中被标记为“多词”，但是笔者发现原始语料是“这件裤子当时待别流行”，应标记为“错词”。

3. 这里的“误用”是指在与名词的搭配中，应当用量词“条”而误用了其他量词，或者是应当用其他量词却错选了“条”。

（一）筛选分类

1. 遗漏，有28例

① 突然一{CQ条}以前不{CC没}存在的{CD一条}河从山上流下来，大家都{CJX}一看就无比高兴地跳[B挑]起来。(HSK)

② 听说状元树是一位学生走过这路，当了状元后他种了这棵树。(暨南)

③ 从这路一直进来的话就能看到我们每天学习的教学楼。(暨南)

④ 在那边他可以买一件T恤/Vg衫/Ng啦、内裤啦、一条裙子，他那儿他会换一下湿的衣服。(中山)

2. 误加，有8例

① 还有感到有点儿遗憾，因为黄山的条路坑洼不平，不好走。(暨南)

② 那些条鱼表示爸爸妈妈和孩子们。(暨南)

③ 我迷上了稻子的香味，迷上了那个红彤彤的太阳，也迷上了那条紫红的天涯和鲜黄的田野的风景搭配。(中山)

④ 我一听，就笑了一条：“哈哈，那好，我们看一下，你们能当什么样子的妈妈！”(中山)

⑤ 有的人亭子里一直休息，有的人看一条湖，我们玩儿然后去北门回家。(中山)

3. 错别字，有4例

① 这样就可以解决双方的一些问题，而且更重要的一条{挑}是儿女们用更多的时间和父母一起谈话，我想这会解决代沟的问题。(HSK)

② 她吓了一条{跳}问为什么？(中山)

4. 量词误用，有180例

(1) 量词“条”和“个”的误用，占60例。

① 我小的时候母亲非常漂亮了，可是她现在很晚回家来没有力气睡在{CC着}床上，我发现几条{CC个}皱[Pzhou]纹。(HSK)

② 一年多以内我常常找爸爸的朋友，因为我要回家，但是我不知道在那个地方，也不知道在哪个路，而且我的柬埔寨语不好，我一个人生活，自己育自己很幸苦，无论遇到什么困难我也不放弃回柬埔寨。(暨南)

③ 我们随着人流的方向一边拍摄一边前进，很快就转向了大路边的一条巷口。(暨南)

④ 原料：400 克牛内、半个洋葱、2 个番茄、半个青甜树、1 条辣椒、黑碎湖椒、初榨榄芥花籽油、盐。(中山)

⑤ 其实每个人的道路很曲折，可是那条悲欢离合的故事令我感受很奇怪的感情。(中山)

⑥ 平时我们一般吃切成小块的，但这样我们不切断，把这条很大的粗紫菜饭卷一个人吃下去。(中山)

⑦ 每个柜/Ng 上有一条名，上面写了(内服，袜子)、(书料)、(冬天的衣服)、(夏天的衣服)、(帽子)这五个。(中山)

⑧ 进了学校里面首先我不相信这是学校，因为学校里面有很多很多树，还有几{条}小湖让我觉得像是在公园一模一样。(中山)

⑨ 常见整{条}村落的居民从事手工艺的生产，旅行者能选购卖，这是旅行者的天堂。(暨南)

(2) 量词“条”和“件”的误用，占 28 例。

① 在中国学习汉语也是一{条}非常快乐和有意义的事情。(暨南)

② 从教堂我们又去了北京路，在北京路我买了两个小皮包打算要送给姐姐还有买了一{条}spalding 的衣送给大哥。(暨南)

③ 左边就是一架我最爱惜的照像相机，右边就是几个护肤液，那书架下墙，挂着每天看的月历，贴着三个朋友的照片，桌子右上角摆着一箱卫生纸，一个咖啡杯子、几个即冲咖啡，桌子右边不家一个衣柜，上面挂着一件{条}手巾、两个帽子 ，里面放着平常穿的衣服，衣柜旁边放着一个小桌子，上面放着红色的 电话。(中山)

④ 她总是穿着一{件}牛仔裤和一件汗衫看起来年轻多了，但是她已经 60 多岁了。(中山)

⑤ 你那{件}从北京路买的白色时髦裙子我很喜欢。(中山)

⑥ 每个个家门口有一{件}船。(中山)

⑦ 现在只有这{件}水道剩下。(中山)

(3) 量词“条”和“根”的误用，占 20 例。

① Austin 的外貌就是一头乌黑油亮的头发，一双明亮的大眼睛，一{根}粗重的眉毛，鼻梁挺直，海口的嘴巴，中等的个子，身子矫健的身材，黝黑的脸色，炯炯有神的目光，很活泼风貌。(暨南)

② 丽丽最有意义的礼物是一{条}长笛，就是一种乐器。(中山)

③ Austin 个子矮，但肩膀宽敞、还有因遗传的原因他的头发跟妈妈结婚之后就慢慢没有了，现在差不多只有几{条}，几{条}也都是白色的。(中山)

④ 丽丽想想新的漂亮的鞋，心里高兴，出门之前她先用放在身边的草棍儿量了量脚的尺寸，量好以后把那{条}草棍/Ng 扔掉，随后就换 最喜爱的衣服、穿上鞋、化妆、最后戴上帽子，转身走出了家门。(中山)

⑤ 桌子上有一{条}长笛，就是爸爸妈妈买给丽丽的。(中山)

(4) 量词“条”和“座”的误用，占 14 例。

① 如果我们站在那{条}弯弯的小桥上，就能感受到柔柔的风吹过来，看到蓝蓝的天

空，树上的小鸟呱呱叫。（暨南）

② 坐了大概 30 分钟左右大家下船去走一走，我们穿过一{条}小桥，从这边差不多可以看到全部公园的风景。（中山）

③ 从泰国到老挝〈达〉大概十几个小时，开车过一{条}桥叫《泰老友谊桥》，如果你想从泰国东北边进老挝的话，坐车到泰国廊开省，然后开到万象县。（中山）

④ 湖里的玉山届和一{条}小红桥也有灯亮发光。（中山）

⑤ 我家的左边有一个很大的电影院，要是去那儿我应该过一{条}桥。（中山）

(5) 量词“条”和“道”的误用，占 13 例。

① 接着一站是梅关古道，这坐山是属于历史上很多各人的轨道。这条梅关古道建设于唐朝的张九龄，为了建好这条{道}路他的妻子牺牲自己和肚子里的生命而自杀，为了纪念张九龄的妻子，人们就健了一坐夫人寺。（暨南）

② 他长得非常帅：今年 40 多岁，一米八的个子，剪着短发，两道细长的眉毛，眼睛明亮，鼻梁挺直，身体强健；爱酷跳舞，笑微微地望着我，让我感到很亲切。（暨南）

③ 这时我已经受不了在广州逛街〈了〉QS，而且又那么脏。我终于感受到在〈一道〉{一条}〈轰轰烈烈〉{闹哄哄}的街会那么〈凡〉{繁}忙，街上〈堆 〉{挤}满了人，到处都〈黑发〉{黑压压}〈一片〉，看着像一大群蚂蚁在抢饭吃。（中山）

④ 他写很多文学作品，诗品有一些很有名的作品是《判决殖民法制度书》、《革命的〈条〉{道}路》、《囚里日记》……。（中山）

⑤ 我的家后面是一{道}很宽的马路，虽然很多汽车，但是我的朋友们指定了那道成为比赛摩托车的场所。（中山）

(6) 量词“条”和“张”的误用，占 6 例。

① 坛子外面有一{条}纸写：“白银三百两”。（中山）

② 进餐厅就可以看到在墙上贴着一{条}虎皮，灯光是＜篮＞CBZ[蓝]色。（中山）

③ 她房间有一个大招贴，一进就会看见那{条}招贴，这个是一个最吸引的东西之一。（暨南）

④ 他的房间很简单，只有一个衣柜，一个床，一{条}书桌。（暨南）

(7) 量词“条”和“只”的误用，占 5 例。

① 这样的生活会像一条{CC 只}离开了水的鱼，无法生存下去。（HSK）

② 谢幕以后我才知道那些表演者们，有的是耳朵听不见了，有的是眼睛看不见了，有的只有一只手，有的只有一{条}脚，对我来说非常可怜呀。（暨南）

③ 一{条}带哨的风筝在空中好像是在唱着什么歌。（中山）

④ 希望大家能够制作一{条}风筝属于自己的。（中山）

⑤ 还在房间乐观的孩子，他们两个看到乐观的孩子高兴极了，他微笑说：“父母不能骗我，给我饲料必定有一{条}动物！”（中山）

(8) 量词“条”和“支”的误用，占 4 例。

① 日很自信，要去之前还便点三{[条]}香向老天爷祈祷。（暨南）

② 发生了这件事以后我从来都没有再慢慢进入一{条}队了。（暨南）

③ 如果以后有机会，他想带上爸爸，妈妈，哥哥，弟弟和一{支}狗去那里玩玩。（暨南）

(9) 量词“条”和“种”的误用，占4例。

① 比如说[F 說]人们看到或读[F 讀]到某一条{CC 种}新闻[F 聞]的时[F 時]候，可以谈[F 談]一谈[F 談]自己的想法。(HSK)

② 现在她在外国留学也是{CD 个}自己选[C]的一条{CC 种}路。(HSK)

③ 爱好是爱好，但是对非吸烟者来说，烟味就是一种{CC 条}焦[C]味。(HSK)

④ [BC]不过，如果大家按照这种{条}说法抛弃他们的话，烟民只{CQ 会}增加，最后谁来负责呢？(HSK)

(10) 量词“条”和“篇”的误用，占3例。

① 从那条文章我们能了解现在这个市的趋向从保护吸烟人的权力转到了到保护不吸烟人的权利。(HSK)

② 那条文章里提出的措施是在公共场所边走边抽烟的人将被罚款。(HSK)

③ 我在有生命的时候写一条文章，万一得了不治之症，按照本人的要求做“安乐死”。(HSK)

(11) 量词“条”和“块”的误用，占3例。

① 这本书告诉我们的地方什么都没有，[BC。]只立着一块{CC 条[C]}牌[C]子{CJy}。(HSK)

② 但是那个药应该和一{[条]}肉蒸的。(暨南)

③ 请你把500克的牛肉切成十几{条}。(中山)

(12) 量词“条”和“片”的误用，占2例。

① 做椰子糕需要生粉、粘来粉、面粉、白糖、盐、水和一升的椰汁，还要准备几{条}香兰叶子。(暨南)

② 但是做椰汁糕也有很多异样，如煮时加一两条香兰搅在一起。(暨南)

(13) 量词“条”和“句”的误用，占2例。

① 那99颗星星上写着99{[条]}他想对我说的话，我每天打开一颗来读。(暨南)

② 大约有半个月开学后，他听到一条闲话流传在同学之间。(暨南)

(14) 量词“条”和“匹”的误用，占2例。

① 在草原我租了一{[条]}马，骑到草原山上去。(暨南)

② 一{条}马要跑就跑，像我妈，她想做的事一说做就去做。(暨南)

(15) 量词“条”和量词“首”、“封”、“部”、“列”、“门”、“股”、“份”、“堵”、“串”、“头”、“粒”、“点”、“样”、“幅”的误用，各占1例。

① 整首{CC 条[F 條]}歌曲都在一直重复[B 覆]{CJ－dy 几个}词[F 詞]句，没什么[F 麼]内容，大家都在想这[F 這]种[F 種]歌[BD，]也能拿出来唱啊！(HSK)

② 现在的年轻人发短信随手就发一条{CC 一封}，也不觉得麻烦。{CP 不仅在先进的电器{CC 电机}。(HSK)

③ 现在年轻人在网上聊天投入了大量的感情，有一条{部}新闻报道{报告}了几个年轻人开始在网上见面，[BC。]后来在外面见面。(HSK)

④ 流行音乐，[BC、]在我心目中，[BC、]是一个条{CC 门}[BD，]{CJ＋sy 打开}{CD 了}离开苦闷学业的道路。(HSK)

⑤ 我[C]刚{CJX}坐的那条车刚出发，大家都拿出自己的烟盒就吸起来，我觉得头晕。(HSK)

⑥ 她们的尸体被火灭后，大家看到两股{条}浓烟慢慢升到海的空中交融在一起。(暨南)

⑦ 她曾经在小学教过几年，对语言非常感兴趣，现在除了汉语，她还会说广东话，她认为自己能胜任这份{条}工作。(暨南)

⑧ 一{条}红色砖头的墙把克里姆林官周围外面，克里姆林官和红场就是莫斯科的中心，对俄国人最喜欢的地方，红场的风景非常美丽，莫斯科人和旅客很喜欢在那照相。(中山)

⑨ 他们正在聊天的时候，他们的孙子不一会儿看见了一位卖 糖葫芦的人而想吃一{条}糖葫芦，所以他们都把一个糖葫芦买了，而送给他们自己的孙子让他们的孙子吃。(中山)

⑩ 买这{条}牛吧，它有力气，劳动力也很强。(中山)

⑪ 他们还买了两{条}果粮[糖果]，每个人吃一根。(中山)

⑫ 因为有一{条}冷，所以冬天也有点湿。(中山)

⑬ 然后再进市场里去，一看到里面，我大吃一惊，里面有很多各种各{条}的肉 。(中山)

⑭ 书柜对面有一张衣柜，衣柜里装着衣服，衣柜旁边有大的窗户，窗户上挂着两{条}窗帘。(中山)

(二) 统计和偏误原因分析

1. 基于三大中介语语料库的量词"条"偏误类型统计分析

表1　量词"条"错误类型统计表格

	数量	百分百
遗漏	28	13%
误加	8	4%
别字	4	2%
误用	180	81%
总计	220	100%

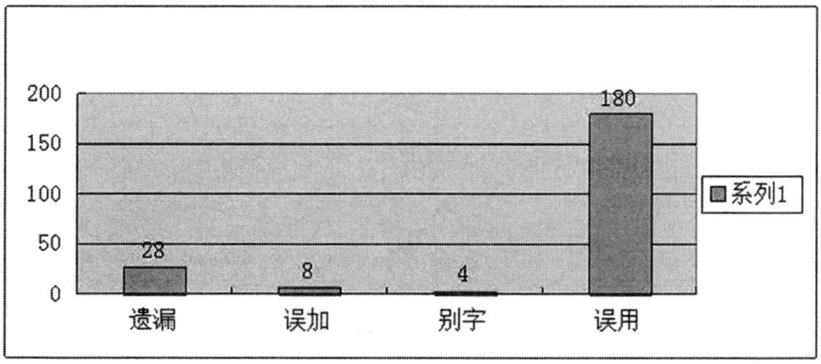

图2　量词"条"的错误类型柱状图

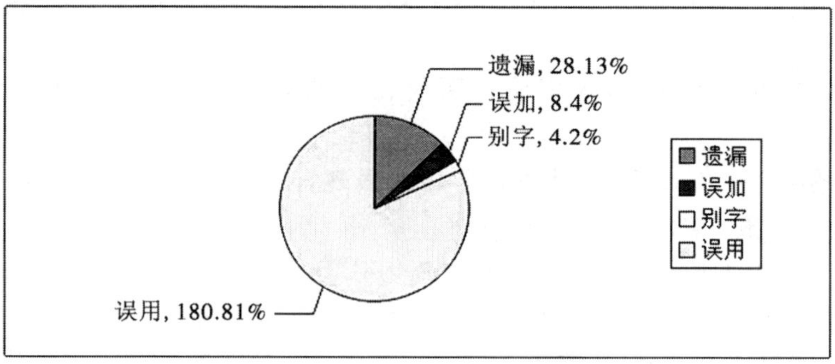

图 3　量词"条"的错误类型饼图

从上面的图表中我们不难看出，在 220 条使用量词"条"出错的留学生作文语料中，"别字"较少，仅 4 例，占比约 2%。通过观察语料我们发现，这四个"别字"错的毫无规律可言，应当归为"失误"。所谓"失误"，是一种偶然发生的口误或者笔误，毫无规律性可言。而我们这里要谈的"偏误"，则是由于学习者掌握目的语不牢固而产生的规律性错误。

"误加"次之，共 8 例，占比约 4%。这是由于学习者因目的语知识负迁移而造成的一种过度泛化现象，即"学习者把他所学的有限的、不充分的目的语知识，用类推的办法不适当的套用在目的语的新语言上，造成了偏误，也称为过度概括或过度泛化"①。这里属于量词的过度泛化。

"遗漏"共 28 例，占比约 13%。这大多是由于学习者母语负迁移造成的。刚接触目的语的学习者，由于对新语言不熟悉，在学习目的语的过程中，往往会有意识或无意识地依赖母语的知识。如很多母语为印欧系语言的学习者，在他们的第一语言中，"这条街"他们会说"this street"或者"the street"，"一条街"他们会说"a street"，基本上不用量词。所以他们在学习现代汉语的时候，会经常遗漏量词。

"误用"共 180 例，占比最大，约 81%。这里的误用是指量词"条"和其他量词的误用，也是本文的研究重点。造成误用的原因有很多，可能是由于学习者自身的原因，如母语负迁移、目的语知识负迁移、文化因素负迁移，等等；还有可能是外部因素造成的，如教师不严谨的授课、教材的不科学性、课堂训练的偏差，等等。

2. 量词"条"与其他量词的错用统计分析

表 2　量词"条"与其他量词的偏误统计

	数量	百分百
个	60	33%
件	28	16%
根	20	11%
座	14	8%

① 刘询：《对外汉语教育学引论》，北京语言大学出版社 2000 年版，第 195 页。

续 表

	数量	百分百
道	13	7%
张	6	3%
只	5	3%
支	4	2%
种	4	2%
篇	3	2%
块	3	2%
片	2	1%
句	2	1%
匹	2	1%
14 个量词	14	8%
总计	180	100%

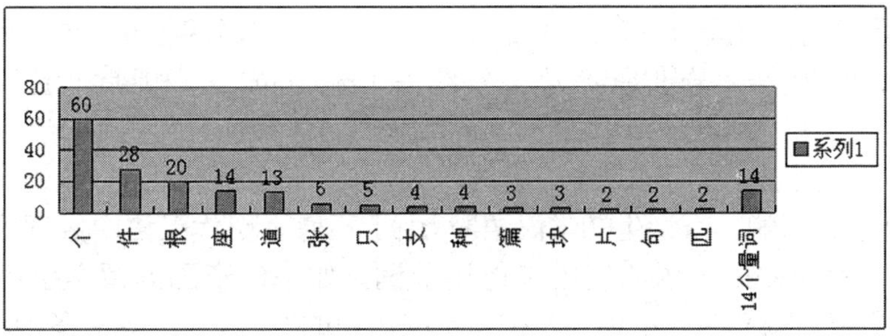

图 4　量词"条"和其他量词误用统计柱形图

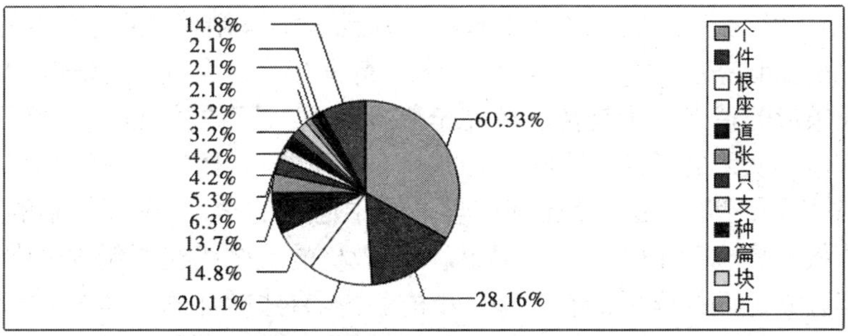

图 5　量词"条"与其他量词误用统计饼图

语料中有关量词"条"与其他量词的误用有 180 例。根据图表我们发现量词"条"与量词"个"的误用最多，共 60 例，占比约 33%。"个"作为中介语使用频率最高的量词，有"万能量词"之称。我们经常会看到留学生写出这样的搭配："一个生命、一个路、一个事情……”其实量词“个”也有禁区，它的万能是相对而言的。量词“个”不能和表气体等没有固定外形的不可数名词搭配；不能用于“物理”、“法语”等类似的专有名词；不用于“杂志、军火”等抽象的表集合的概念类事物，不能用于方位名词和时间名词。

量词“条”和量词“件”的错用共 28 例，占比约 16%。其中主要偏误是量词“件”与“裤子、裙子、围巾”的搭配。如“一件裤子、一件围巾”等。

量词“条”和量词“根”的错用共 20 例，占比约 11%；量词“道”的错用共 13 例，占比约 7%。“条”与“根”这对近义量词语义相近且界限模糊，是对外汉语量词“教”与“学”的难点。就与名词的搭配而言，二者有一个共同特征，都可以用以称量长条形的事物。而且它们搭配的名词还有交叉。如“一条线”和“一根线”、“一根眉毛”和“一条眉毛”，等等。就短语而言，量词“条”和“根”貌似都适用，但是放到语境中就不一定了。如 a.“她有一双美丽的眼睛，两条弯弯的柳叶眉”，这里的“条”不能用“根”代替，形容的是眉毛的整体。b.“她的眉毛很漂亮，但是有几根太长，需要修一修”，这里的“根”指的是整条眉毛中的几个个体，不能用“条”代替。量词“条”称量的名词有细长形的特点，而量词“道”称量的名词较“条”具有一定的宽度。具体的量词“条”和“根”、“道”的辨析见下文。

量词“条”和量词“座”的误用共 14 例，占比约 8%。语料中错用的搭配比较单一，我们发现主要是“一座桥”被错用为“一条桥”。量词“条”和量词“张”的错用共 6 例，占比约 3%；和量词“只”的错用共 5 例，约 3%；量词“条”和量词“支”、“种”的错用分别是 4 例，分别约占 2%；量词“条”和量词“篇”、“块”的错用分别是 3 例，分别约占 2%；量词“条”和量词“片”、“句”、“匹”的错用分别是 2 例，分别约占 1%；量词“条”和量词“首”、“封”、“部”、“列”、“门”、“股”、“份”、“堵”、“串”、“头”、“粒”、“点”、“样”、“幅”的错用分别是 1 例。

偏误的原因有很多，有可能是学习者的内因，也可能是外部因素导致的。

母语负迁移的影响。留学生初学汉语时，由于不熟悉现代汉语中量词的语义和组合规律，往往会自发地依据母语的规则来选用量词。如来自泰国的留学生经常误用量词“只”，因为泰语中的“ตัว”在计量动物时相当于汉语中的“只”，可以搭配多种动物，如“ปลา(鱼)、หมู(猪)”等。所以他们会将“一条鱼”写成“一只鱼”。

目的语知识负迁移。留学生在学习汉语一段时间后，已经掌握了一部分现代汉语语法规则，但是由于学习者本身内化规则不够充分或是不够精确，便会产生使用不当的现象，由于过度泛化而造成偏误。如留学生在学习量词“条”之后，通常都知道“条”用以称量的事物具有长条形的特点。于是在没有完全掌握量词“条”语法规则的情况下，他们会将“条”用在所有他们认为的长条形事物上，如“一条马”、“一条桥”、“一条鸡毛”，等等。

当然，这其中不乏文化因素负迁移和学习者不恰当的学习、交际策略的影响。而且，由于对外汉语教学是一门比较年轻的事业，相关教材的编撰还在不断改进中，学者们对于量词“条”和其近义量词的辨析仍有一些小小的争论，有些教师的教学方法不够严谨科学，等等，这些外部因素都有可能导致留学生在学习现代汉语量词的时候产生偏误。

四、量词“条”的对外汉语教学初探

对外汉语教学是一门比较新的学科，一切都在不断改进中，有关现代汉语语法的问题一直都是对外汉语"教"与"学"的难点,至今都尚未解决。而量词是现代汉语中一直存在的词类,不论是刚开始学习汉语的留学生还是高级阶段的留学生,每个阶段都可能遇到。我们知道,就以汉语为母语的人而言,只要掌握一般规律就能够熟练使用汉语了,但是对于那些把汉语作为第二语言来学习的留学生来说,这就并非易事了。如果他们只掌握学习汉语的一般规律的话,往往会出现偏误现象,这是鲜少会发生在以汉语为母语的人身上的。因此不断地研究留学生在汉语习得过程中的偏误现象成为必然,找出学生产生偏误的原因,对症下药,才能有针对性地提高对外汉语教学的质量。在长期不断的对外汉语教学研究中我们发现,对外汉语词汇教学的目的,就是要培养外国学生识字、辨字、选词的能力。[①] 以量词"条"为例,对外汉语教学应根据不同的教学对象,不同的教学阶段,不同的教学目的采取有针对性的、行之有效的教学方法。

(一) 初级阶段

这个时期,学生刚接触汉语,对现代汉语的语法规则不是很了解。教师应给学生灌输现代汉语中量词的概念,主要教学目的是让学生能够"识词",掌握"条"的字音、字形、和字义。

在学生了解量词是现代汉语中必不可少的语法词汇后,教者在教学过程中,应综合运用情景法、听说法和视听法等让学生在具体情境中先有"量词+名词"模糊概念。再从量词"条"用以称量的细长条形具体事物开始教学,如"路、河、蛇、黄鳝、绳子"等明显可抽象化成长条形的事物入手,结合图片、实物,让学生对于量词"条"用以称量的事物有一个概念,知道可与量词"条"搭配的事物大体上是什么形态,通过大量的语言环境让学生多说多练。

在这一阶段,学习者把现代汉语量词中的"条"看成一个简单的用来搭配具有明显长条形特征的事物的词。教学过程中我们发现,学习者使用量词"条"的频率不是很高,甚至避免使用,经常会出现错字。学习过程中,留学生在初步接触汉语语法规则时,难免会依赖母语知识,当目的语和母语的语法规则出现冲突时,就会产生偏误现象。这是学习者在学习第二语言过程中常见的问题,不同母语的学习者,偏误现象存在差异,教者应引导学生多加练习,有针对性地根据不同对象因材施教。

(二) 中级阶段

处于这个阶段的学习者对于量词"条"的概念和搭配规律已经有所了解,教师可以教一些"裙子、被子、床单、围巾、狗、狼、胳膊、嗓子"等不明显的长条形具体实物,主要教学目的是让学生在"识词"的基础上学会"辩词"、"选词",尤其是一些近义量词的选用。

当留学生对量词"条"的概念意义和组合规律有了深入的学习后,其使用频率也势必会有所增加。这时学习者会发现一些量词与"条"语义相近、界限模糊,很难区别,有时还会存在交叉现象。在这个阶段,教师应给将量词"条"与名词的搭配规律和技巧总结给学生,并结合实物、具体语境来引导学生区别量词"条"和其近义量词的差别。例:a. 量词

---

① 赵金铭:《对外汉语教学概论》,商务印书馆 2013 年版。

“条”和“根”，我们知道二者都可以以称量长条形事物，如“一根线”和“一条线”。不同的是量词“根”可以用来称量一些有根植物（一根韭菜、一根葱、一根豆芽等），从而引申用于人和动物的毛发（一根白发、一根汗毛、一根鸡毛等），三维圆柱体的特征比较明显①；量词“条”可引申用于人体、动物，用于一些可具象化的抽象事物，二维长条形特征比较明显②。如平面上的线用量词“条”（画一条直线），实体的线用量词“根”（把那根黑色的棉线递给我）。b. 量词“条”和“道”，也都可以用于长条形的东西，如“命令、彩虹、疤痕、眉毛、沟、防线”等。不同的是量词“条”用以称量的事物更具线性特点；量词“道”有用以称量的事物具则有一定宽度，还可用于一些关口类表阻碍的事物（一道哨卡、一道门槛），或是称量一些表工序、手续、题目、菜等。其中“一道难题/流程，给人的感觉如同过关，要攻克一道难关在攻克另一道关”③也类似于阻碍。此外还可以用于“闪电、阳光”等，这是量词“条”所不具备的。

这个时期的学习者会意识到量词“条”可以和诸多不同种类的名词搭配，甚至有的事物看上去并非具有明显的长条形特征。教学过程中我们发现，学习者开始大量地使用量词“条”，并出现了目的语负迁移的现象，当然，这也可能受到学习者的学习策略、学习环境和文化因素的影响。例如“还感到有点儿遗憾，因为长城的条路坑洼不平，不好走”，这里的路前面不需要量词“条”，属于量词的过度泛化。教者应根据学生的学习进度改善教学策略，不再是一味地教授、作业，应设计不同情境让学生直观简单地掌握辨别近义量词的方法，学会根据交际环境的不同选择最佳量词。

（三）高级阶段

这个阶段的学生对量词“条”与实物的组合规律已经基本掌握。教师可以指导学生学习量词“条”与具象类抽象事物的搭配，以及一些特殊的搭配，如“一条指示、一条罪状、一条好汉、一条光棍”等。

学习者经过一段时间的学习后，已经可以掌握量词“条”的大部分用法了。教师要设计具体情境引导留学生多使用量词“条”和引申抽象名词的搭配，如“一条妙计、一条广告、一条建议、一条心”等。

在这个阶段的学习者可能产生困惑、不能理解的现象。对外汉语教学过程中就可以发现，留学生较少使用量词“条”+引申抽象名词。此时教者应充分引导学生的抽象思维，例“一条信息”中的信息是有具体内容的，可以看成一个个文字的线性排列，是一种抽象的长条形。

结 语

现代汉语量词“条”，在汉语中是使用频率和出错率都比较高的量词。本文对量词

---

① 刘艳生：《透视量词“条”和“根”》，《语文学刊》2013 年第 16 期。

② 刘艳生：《透视量词“条”和“根”》，《语文学刊》2013 年第 16 期。

③ 张敏：《名量词“道”与“条”的辨析》，《湖北教育学院学报》2006 年第 7 期。

“条”的语义和组合机制进行了探讨，将与量词“条”搭配的名词分为两大类、十小类。再利用案例分析法和归类统计法，先对三个中介语语料库中留学生使用量词“条”出错的语料进行分析、归类，并就偏误原因进行分析得出以下结论：(1) 留学生量词“条”的错误类型主要有：遗漏，误加，别字，误用四类。其中量词“条”与其他量词的误用中，和量词“个”的错用最多，依次分别是量词“件、根、座、道、张、只、支、种、篇、块、片、句、匹”等。(2) 主要原因是母语负迁移、目的语知识负迁移、学习策略不科学，当然此处不排除外部因素的干扰。最后文章就对外汉语教学中量词“条”的教学进行了分阶段探讨，其中在量词“条”和量词“根”、“道”的辨析中，我们发现：“条”称量的事物有“长条形、线性、易弯曲、趋向二维平面”的特征；“根”称量的事物有“长条形、三维立体、偏硬”的特点；“道”称量的事物有“有一定宽度的长条状、阻碍、平面”的特点。我们认为对外汉语的量词教学应有针对性地根据不同对象、不同阶段、不同教学目的来进行。在教学实践中，教师和学生都是关键因素，教者应把握好大方向，设计多元化教案，有的放矢地引导学生，发现偏误，及时纠正。最后笔者相信中国今后的对外汉语教学事业会不断进步。

(指导教师：力量教授)

《逆臣录》疑问句研究

文学院 2008（2） 陈梦瑶

1. 引　言

《逆臣录》五卷是明初蓝玉党人的供词，每份供词前有招供人的姓名，年龄，籍贯，身份及与蓝玉关系等介绍。本书不仅是研究明史的宝贵资料，更是反映明初近代汉语状况的重要语料。遗憾的是，目前语言学界除了张美兰、刘君敬从词汇史角度考察了书中的新词新义、《汉语大词典》失收的词条及义项，杨帆语法史方面对《逆臣录》中高频出现且具有新用法的“是”字用法进行了探讨之外，刊布的《逆臣录》语言研究成果所见甚少。本文旨在对《逆臣录》中的疑问句和疑问词进行比较系统的考察。《逆臣录》目前仅存明红格抄本，藏于北京大学图书馆，本文依据王天有、张何清点校版《逆臣录》(北京大学出版社 1991 年版，例句后括号内的数字即所在页码)。在《逆臣录》中，选择问句运用较少，仅一例“知他是虚是实”，用法与其他时期选择问句无太大差异，故本文不再作具体考察。

2.《逆臣录》是非问句

2.1　是非问句是要求对整句话反映的内容作出肯定或否定回答的疑问句形式。 是非问在结构上跟一般的陈述句相同，只要语调变为升调，或者带上疑问语气词，陈述句就变为疑问句

《逆臣录》中是非问句共 31 例，根据是非问句中有无标志语气词，将《逆臣录》中是非问句分为有明显句末语气词的是非问句及无明显句末语气词的是非问句。疑问语气除隐性的用语调表达之外，更主要是通过句末语气词表达。在《逆臣录》的是非问句中，出现两个疑问语气词，分别是“么”和“则个”。其中“么”占了绝大多数。

具体情况见表 1。

表 1

是非问句总数	有无句末疑问语气词	频次	比例	语气词	频次	比例
	有	17	54.8%	么	16	94.1%
				则个	1	5.9%
31	无	14	45.2%			

2.2 句末语气词为“么”的是非问句有 16 例，如

(1) 我日前寄书与你，曾收拾人马么？(146)

(2) 酒毕，本官言说：“以前征北时，与你的马有孳生么？”(150)

语气词“么”来源于肯定否定叠用的反复问句中处于句末的否定词的虚化，主要是“无”。在汉语史中，“么”先后出现过“无、磨、摩、嘛、末、吗”等写法。“无”在中唐以后的诗歌中已经可以见到，“磨”和“摩”在敦煌文献中出现，宋代以后，“么”成为最常见写法。金元偶有写作“嘛”、“末”，“吗”的普遍使用是清代中期以后的事情。蒋绍愚认为自唐代以来，尽管语气词“么”书写形式交相更迭，但在口语中的实际音值基本没有太大变化，书写形式更迭主要是为了更准确地反映不同时期该词的实际语音。[①]《逆臣录》中是非问句句末语气词只有“么”的形式，其他书写形式均未出现。与《逆臣录》几乎同时期的《三遂平妖传》，是非问句共 49 例，句末有疑问语气词的有 42 例，语气词也呈现单一化，仅限“么”。《老乞大》41 例是非问句中，有疑问语气词的占 37 例，其中 35 例为“么”。[②] 由此可以看出，到《逆臣录》所处的明代，古代汉语所用的疑问语气词已不适合近代汉语的使用逐渐消失，“么”崛起并占主导地位。

在元明时期，“么”除询问和反诘以外，还具有表示揣测或商量的语气。句中配有“怕”“敢”等语气副词。[③] 这种情况在《逆臣录》中也有所表现，如：

(3) 我有句话敢与你每说么？(130)

同时期的《水浒全传》中也有类似用法，如：

(4) 你二位敢不是打猎户么？(《水浒全传》第八十六回)

为了考察《逆臣录》“么”的语言属性，我们调查了使用者的分布问题，具体见表 2。

表 2

使用者及其籍贯	频次
蓝玉(安徽凤阳定远)	13
萧用(安徽凤阳定远)	1
庄成(安徽凤阳寿州)	1
月鲁不花(蒙古)	1

① 蒋绍愚、曹广顺:《近代汉语语法史研究研究综述》，商务印书馆 2005 年版，第 278 页。

② 冷艳清:《三遂平妖传疑问句研究》，曲阜师范大学研究生论文，2007 年。

③ 向熹:《简明汉语史》(下)，商务印书馆 2010 年版，第 740 页。

疑问语气词“么”的使用者主要集中于安徽凤阳地区，但在蒙古地区也有出现。据地域分布来看，南北均有使用。明代意大利传教利玛窦在《利玛窦中国札记》中对明代官话有所描述，如：“各省的方言在上流社会是不说的”、“这种官方的国语用的很普遍，就连妇孺也都听得懂”。[①]《逆臣录》中“么”的使用者均为明朝官员，应属上流社会，且考虑到当时国语的普遍性，可以大致推测四个使用者使用的应为明初官话。在同时期的《老乞大》中，“么”出现35例，张安生认为《老乞大》是元末明初朝鲜人学习汉语官话的口语教材，[②]应为明初官话编写而成。据此可以推测“么”的使用在明初并无地域分布的限制，应属官话无疑。

2.3　句末语气词为“则个”的是非问句有1例，如

(5) 蓝玉道：“天下大势军马都是我掌定了，陶文你从前气死开平王，我和你都是老诚，你今同我两个摆布则个？”(46)

“则个”为复音语气助词，用法略表示委婉，商量，解释的语气，用于句尾，不承担疑问语气。也写作“则个”、“子个”等。是由语气词“著”发展而来。除了有“著”祈使语气的用法，还表限制语气，停顿语气和疑问语气。“则个”是宋代开始应用的新兴词，最早见于宋代文献《全宋词》，金元是使用的黄金时期，到了明代仍然使用，但在口语使用中较金元时期已有衰弱之势，在明中后期可能已经从口语中消失，清朝初年的一些戏曲和小说中偶会出现“则个”，但也只是对前人的模仿，在清代后期的小说中已经消失。[③]《逆臣录》作为明代供词，其口语材料的性质决定了其中“则个”极少的出现频率。

3.《逆臣录》特指问句

特指问句是指说话人对事物的某一部分有所不明，用疑问代词或疑问代词的复合形式把这一部分作为疑问焦点提出来，要求对方针对疑问焦点作出具体回答以提供新信息的疑问句。《逆臣录》中特指问句共316句。

特指问句的主要标记就是疑问代词和疑问代词的复合形式。据此为依据，现将《逆臣录》中特指问句分为询问人、询问物（事）、询问原因、询问数量、询问时间、询问处所、询问情状、询问看法、询问方法9大类，具体又以疑问代词分小类，具体情况见表3。

表3

种类	人	物(事)	原因	数量	时间	处所	情状	看法	方法
频次	39	31	59	7	7	24	22	107	20
比例	12.3%	9.8%	18.7%	2.2%	2.2%	7.6%	7.0%	33.9%	6.3%

① 叶宝奎：《〈洪武正韵〉与明初官话音系》，《厦门大学学报》1994年第1期。

② 张安生：《宁夏同心话的选择性问句——兼论西北方言“X吗Y?”句式的来历》，《方言》2003年第1期。

③ 孙锡信：《近代汉语语气词》，语文出版社1999年版，第154页。

3.1 问人的疑问代词

特指问句中疑问代词作询问人使用的问句共39句。作疑问代词的主要有"甚么""谁""何人""那个"。具体情况见表4。

表4

疑问代词	甚么	谁	何人	那个	那一个	合计
频次	12	15	1	2	9	39

疑问代词"哪"和指示代词"那"在汉语史上一直写作"那",五四时期以后,人们为区分,才提倡写"哪"。疑问代词"那个"相当于现代汉语中的"哪个",又作"阿那个",中唐以前罕见,较多使用于晚唐五代文献。但宋代以后,除禅宗文献外,一般只作"那个"[①],如:

(9) 有不花言问:"有那个官人说?"(6)

在晚唐五代时期,"那个"并不等同于"那"加量词"个",有尚属词尾的性质。后来"那个"的"个"量词性质明确化,所以又作"那一个",这种形式用于反问句形式时,表否定,"那一个VP"就等于"没有一个VP"。[②] 如:

(10) 你见本朝文官那一个有始终?便是老太师,靖宁侯也罢了。(53)

《逆臣录》中"那个"具有疑问指示作用,而"那一个"具有疑问指称作用。

3.2 问物(事)的疑问代词

特指问句中疑问代词作询问物(事)使用的问句共31句。作疑问代词的主要有"甚么""甚""何"。具体情况见表5。

表5

疑问代词	甚么	甚	何	合计
频次	23	6	2	31

3.2.1 "甚么"作疑问代词

以"甚么"作疑问代词询问物的特指问句共23例,如:

(11) 不花言问:"庆孙,如今家里有甚么事?"(5)

(12) 是不花问说:"他道甚么来?"(113)

跟"甚么"相当的词字唐代时始见。近代汉语时期它曾有过各种标写形式:是末、是勿、是没、甚、甚末、甚么、什么等。在这些形式中"是物""是没""是勿"出现最早,在天宝年间完成,唐代"甚"的形式尤为多,五代产生了"甚摩""什摩"的写法,《逆臣录》中所用的"甚么"的写法至宋代才开始出现。书写形式变化反映其语音变化,"是勿"中的"勿"本是明母字,在唐代"勿"变入微母,而"没"在后世一直是明母,这样就改用"没"标写这个疑问词的第二个音节,"没"入声尾消失,与明母模韵的"谟"或明母果戈的"磨""摩"等具有相同音

---

① 冯春田:《近代汉语语法研究》,山东教育出版社2000年版,第160页。

② 冯春田:《近代汉语语法研究》,山东教育出版社2000年版,第160页。

值，便改用“摩”记音，宋以后由于语音变化又改用“么”。《祖堂集》里的“什(甚)摩”是当时泉州一带使用的标记，是后来的“甚么”的直接前身。①

另外，在这类句中出现了语气词“来”。“来”在元明之前已有使用，现代犹存在一些方言之中，在元明时期达到鼎盛。《逆臣录》疑问句中的“来”主要出现在特指问句中，有的类似于现代汉语中的“了”，有的类似于“的”，有的类似于“呢”。用“来”的疑问句疑问程度偏高，问话者语气强劲，强调前面的信息或疑问点，进而有某种加大夸张某种口气的作用，隐含着你必须回答的命令。②

在《元曲选》中出现了类似用法，如：

(13) 你梦见甚么来？(墙头马上)

3.2.2 “甚”作疑问代词

以“甚”作疑问代词询问物的特指问句共6例，如：

(14) 是伯章唤到曹真受近前问说：“你知道公与蓝大人商议甚事？”(15)

(15) 有陶指挥说道：“你回来了，他家有甚财物？”(170)

“甚”从形式上看是“甚么”的缩略形式，但就“甚么”和“甚”在文献中的分布情况而言，综合得出，由“是(什)没”到“甚么”和“甚”，先行一步的是“甚”，“甚”是“是(什)没”的上一个字字音受下一字声母的影响而为- m尾音节的结果，“没”系字的音节消失，而“甚没(么)”则是“是(什)”字韵尾受“没”系字声母影响变为- m尾音节，但“没”系字的音节仍未丧失的形式。③

3.3 问原因的疑问代词

特指问句中疑问代词作询问原因使用的问句共59句。作疑问代词的主要有“做甚么”“怎么”“如何”“何为”“怎地”“何”“怎”“怎敢”。分布见表6。

表6

疑问代词	做甚么	怎么	如何	何为	怎地	何	怎敢
频次	15	5	12	1	2	4	18

3.3.1 “做甚么”作疑问代词

以“做甚么”作疑问代词询问原因的特指问句共15例，如：

(14) 有察罕不花言问定住：“你讨这弓箭刀把做甚么？”(4)

(15) 是仁问说：“蓝大人来请老官人做甚么？”(37)

询问原因的疑问代词“做甚么”与询问事物的“做＋甚么”同形，但鉴于上下语境及回答，可以判定两者有区别。“做＋甚么”疑问点在于“甚么”，所以属询问事物类，而“做甚么”疑问点在于“做”，问者询问的意图是为何做，所以属询问原因类。

---

① 叶建军：《祖堂集疑问句研究》，中华书局2010年版，第58页。

② 常萍：《元曲选宾白的疑问语气词》，《甘肃广播电视大学学报》2008年第1期。

③ 冯春田：《近代汉语语法研究》，山东教育出版社2000年版，第188页。

"做甚么"用于询问原因已见于宋代,如苏轼《答参寥书》①:

(16)若是至人无一事,冒此崄做甚么?

3.3.2 "怎么"作疑问代词

以"怎么"作疑问代词询问原因的特指问句共5例,如:

(17)庆孙你早晚根着,怎么不说?(4)

(18)是徽问说:"你今日怎么得暇?"(51)

"怎"及其复合形式是近代汉语新兴的疑问代词。关于"怎"及其复合形式的来源,目前没有统一。日人《禅语辞书类聚·禅学俗语解》:"怎生,与'作么生'同。《字汇》:'怎,犹'何'也'。张相认为:'作么,即"作甚么"之省文,犹怎么也。'"高名凯则指出:禅宗语录的"作么"多半有"作甚么",即现代的"干吗"之义。周法高则认为:"'作么'即后来的'怎么','作'、'怎'的声母皆属精纽者。"吕叔湘认为"怎么的来源曾经有过种种附会,其实是很平淡无奇的。禅宗语录里有多至不可胜数的'作么'和'作么生',很明显的,'怎'只是作字受了'么'字的声母影响而生的变音,而怎生是怎么生省缩的结果"。而冯春田认为分析"怎么"的来源应该结合语法分布来分析,最有资格演变为后来疑问代词"怎么"的是作主语和作动词修饰语的"作么(摩)"。②

"怎么"在宋代偶见用例,在元明才得到较大发展,可作询问和诘问。《逆臣录》中"怎么"只出现在询问事由之中,且都做谓语修饰语,较为单一。

"怎么"也有时候用于非问,表感叹的例子,但只见于明代。③ 如:

(18)袁彬放声哭说:"罢了!我家里母老年,无人侍养,怎么好!"(《正统临戎录》,378页)

在《逆臣录》中也出现了这种用法,校对者为之加上了问号,认为其是疑问语气,但结合上下文,并且与上例比较,可以认为其是感叹语气。例:

(19)如今台里有人来,说大人每日请众人吃酒,商量谋反,怎么好?(6)

3.4 问数量的疑问代词

特指问句中疑问代词作询问数量使用的问句共7句。作疑问代词的主要有"多少""几"。

"多少"为反义语素构成的疑问代词,用于询问数量,来源于表示"多还是少"的并列短语"多少"。短语"多少"到唐代形成,在西晋出现。④ 在形式上"多少"曾经也可以写作"多小"。在用法上,"多少"后面一般不出现量词,但可以出现名词。如:

(20)有何指挥言说:"大人借多少马?"(107)

"多少"后面没有别的语法成分的如:

(21)凉国公说:"七十名内选得有用的多少?"(113)

---

① 向熹:《简明汉语史》(下),商务印书馆2010年版,第647页。

② 冯春田:《近代汉语语法研究》,山东教育出版社2000年版,第197页。

③ 冯春田:《近代汉语语法研究》,山东教育出版社2000年版,第224页。

④ 太田辰夫:《中国语历史文法》(修订译本),蒋绍愚、徐昌华译,北京大学出版2003年版,第141页。

3.5 问处所的疑问代词

特指问句中疑问代词作询问处所使用的问句共 24 例，作疑问代词的主要有“那”“那里”。

3.5.1 “那”作疑问代词

以“那”作疑问代词询问处所的特指问句共 12 例，如：

(22) 本官问说：“这几个官人是那一卫的？”(104)

(23) 本官问道：“老陈你先在阶州守御，如今见在那一卫？”(137)

关于“那”的来源，吕叔湘先生认为有别择作用的疑问代词“哪”从“若”字变来的，询问事理的“哪”起源在汉魏之际或更早，它很可能是“若何”的合音。[①] 王力先生则认为疑问代词“哪”：“在先秦时代就产生了。《左传》宣公二年：‘弃甲则那。’杜注：‘那，犹何也。’顾炎武认为‘那’是‘奈何’的合音。到了东汉时代，词意稍变，等于现代汉语表示反问的‘那’。”[②]冯春田先生认为疑问代词“哪”是由“‘若何’变为‘奈何’，又音变为‘那何’。”[③]王力先生、冯春田先生都认为无论是别择作用的“哪”还是疑问代词“哪”都起源于同一个词。

3.5.2 “那里”作疑问代词

“那里”大概形成于晚唐五代时期，“阿那里”为较早期形式，除禅宗文献外，疑问代词在宋代以后只作“那里”。“那里”有询问和反问两类。用于询问的，如：

(24) 有察罕不花言问：“你将马骡那里去？”(4)

(25) 本官言问：“这老儿那里来的？”(77)

“那里”绝大部分是询问处所，这与其复合成分“里”有关。“那里”用于反问，晚唐五代罕见。“那里”用于反问要略迟于询问，到宋代以后，“那里”用于反问才多起来。在句中均表示否定。[④] 如：

(26) 俺比先在草地里时遇着大人，今日好的日子呵，杀牛宰马，尽着俺受用，那等快活那里有？(21)

3.6 问情状的疑问代词

询问情状即询问人或事物的状况等。特指问句中疑问代词作询问情状使用的问句共 22 例。作疑问代词的主要有 “如何”“怎么”。

在《逆臣录》中，有一些含有“如何”的陈述句形式与含有“如何”的询问情状特指问句十分相似，点校版给之加上了问号，但结合上下文下比较，可得知句子没有疑问语气，如：

(27) 至洪武二十六年正月失记日期，有陶指挥往蓝玉家饮酒，回家本官言说：“你几个小厮，早晚去蓝玉家，看他如何？”廉同快行王聚、许旺，力士薛才、杨福儿、王广儿听从，时常前去蓝玉直房内打听事情。(175)

---

① 吕叔湘：《近代汉语指代词》，学林出版社 1985 年版，第 246—264 页。

② 王力：《汉语语法史》，商务印书馆 2005 年版，第 84 页。

③ 冯春田：《近代汉语语法研究》，山东教育出版社 2000 年版，第 120 页。

④ 冯春田：《近代汉语语法研究》，山东教育出版社 2000 年版，第 164 页。

“看他如何”在此处虽表面看上去有疑问代词“如何”，但“如何”此处作“看”的宾语，从前文的语气和后文内容可以看出说话的人并没有提出问题，没有疑问，只是在发布命令。

(28) 吕升言问：“梁官人那里监盖寺院生活做得如何？”梁丙进回说：“生活未得了，领了些囚人，都留在你孝陵做工。上位有旨，再不要领囚去。日后盖不起时，也是个死。”(297)

例(28)其中“做得如何”，与例(27)中“看他如何”结构相似，“如何”也是作“做”的宾语，但结合后文的回答，可以推断出上文是询问情状的特指问句。

在《逆臣录》中“不知××如何”也存在着这种歧义现象，要结合上下文排除。

3.7 问看法的疑问代词

特指问句中疑问代词作询问看法使用的问句共107例。作疑问代词的主要有“如何”“怎么”。

在《逆臣录》中，“如何”用于询问看法，主要是以5种组合的方式反复出现，如“心里如何”“心下如何”“意下如何”“意里如何”“意思如何”。如：

(29) 我有一句话对你众官人商量，不知你心里如何？(21)

(30) 已与众头目每商量摆布定了，未知官人每心下如何？(22)

(31) 教我收拾人马，也与他接应，尊叔意下如何？(68)

(32) 我在一句话对你众官人商量，不知你每意里如何？(70)

(33) 你每意思如何？(228)

因为《逆臣录》为罪犯口供，所以事实有很多雷同重复之处，询问看法的特指问句也出现许多完全一致的句子，重复率较高。

3.8 问方法的疑问代词

特指问句中疑问代词作询问方法使用的问句共18例。作疑问代词的主要有“如何”“怎生”“怎么”“怎地”“怎的”。分布见表7。

表7

疑问代词	如何	怎生	怎么	怎地	怎的	合计
数量	8	1	3	4	2	18

其中，“怎生”作疑问代词，由宋至清的分布情况见表8。

表8

作品	频次
《全宋词》(宋)	94
《窦娥冤》(元)	19
《老乞大》(明)	8
《儒林外史》(清)	2

“怎生”来源于“作勿生”,“怎生”是“作”字受第二个音节“没、物”的影响,发生了音变,而带上了一m尾。“怎生”产生于“作么、作么生”之前,也在单个“怎”字出现之前。[①] 冯春田先生认为,从词源上来说,“怎”应是“怎生”的缩写,而不是“怎”缀以词尾“生”而形成“怎生”。[②] 元代以后“怎生”很少用了[③],由宋至清使用频次逐渐减少,在《逆臣录》之中也仅出现一例。如:

(34) 与大人出力气,如今不知怎生用着小人。(118)

4.《逆臣录》正反问句

正反问句又称反复问句。由于这类问句一般是用谓语或谓语中的一部分组成肯定和否定叠合的形式进行提问,要求答者从肯定项和否定项中挑选其中的一项回答。

在先秦的正反问句中,否定词只限于“否”,汉魏六朝沿用“否”,并还是用“不”“未”,以“不”为主,唐宋时期在此基础上又增添了“无”,元明时期在“否”“不”“未”“无”基础上,又增加了“不曾”“未曾”“没”,清代继续使用“不”“不曾”“否”,增加了“没有”。[④]《逆臣录》中正反问句中的否定词沿用了古汉语保留下来的“否”,并且也使用了近代汉语,尤其是元明时期出现的“不曾”,但数量很少,还是以“不”为主要否定词。

《逆臣录》中正反问句共 9 句。按结构分成以下几类:

4.1 “VP 不曾”式

文中只有 1 例,如:

(35) 问景川侯:“我父亲教你四川带将军器来到不曾?”(14)

“VP 不曾”式着眼于动作的过去,询问某行为动作是否已经完成。这种格式往往在动词短语前后有表示动作完成或趋向的形态标志。

4.2 “VP 不 VP”式

文中有 6 例,如:

(36) 不花言问:“这等事成不成?”(6)

(37) 特地叫你每来商议,不知你每从不从?(79)

“VP 不 VP”式还有一种省略形式,即将谓语后一部分省去,只重复前一部分,如:

(38) 刘指挥你肯随我不肯?(112)

4.3 “VP 否”式

文中有 2 例。如:

(39) 今日特唤你每来商量此事,未知你众官人从否?(28)

---

① 蒋绍愚、曹广顺:《近代汉语语法史研究研究综述》,商务印书馆 2005 年版,第 61 页。

② 冯春田:《近代汉语语法研究》,山东教育出版社 2000 年版,第 212 页。

③ 蒋绍愚、曹广顺:《近代汉语语法史研究研究综述》,商务印书馆 2005 年版,第 61 页。

④ 李思明:《正反选择问句中否定词发展初探》,《安庆师范学院学报》1984 年第 1 期。

(40) 有人说称他要谋反，未知是否？(218)

这种形式是上古汉语的遗留用法，在《逆臣录》中出现频次已经极少。与《逆臣录》同时期的《老乞大》、《朴通事》在正反问中出现了否定项语义虚化的现象①，在《逆臣录》也发现了1例正反问句具有否定项虚化的现象。如：

(41) 至二月初五日，见有蓝大舍到于船上，问景川侯："我父亲教你四川带将军器来到不曾？"景川侯回说："上覆你父亲，我带来了。"(14)

在这种正反问句中，正反问句的语义焦点在肯定项上，否定项成为一种陪衬。否定项虚化但仍保留否定项是因为，汉语选择性问句在结构上是由两个是非问句合并"派生"的，正反选择问就是由一个询问肯定项的是非问和一个询问否定项的是非问合并而成的选择问，合并之后，否定项承前省略了部分成分，仍保留了否定项的部分特征。② 正反问句的否定项语义虚化从中古就开始产生，当时正反问句主要是以 VPNeg 的形式表示，部分反复问句开始分化，有一些否定项完全虚化为句末语气词，这在探讨"么"的起源中有所涉及。柳士镇先生指出"'不(否)、未、非'等疑问副词用于句子末尾，其功能总体仍是表示正反问句否定方面，具有否定意义。不过少数用例中这类否定副词正在逐步丧失实义，向句末语气助词的方向转化"③。在《逆臣录》中出现的这种否定项语义虚化是一种不完全虚化，句末的"不曾"并未完全虚化成句末语气词，仍保留了否定项一些特征，只是语义焦点集中在了肯定项。这种现象在魏晋时期萌芽，在元末明初时已经较为普遍。④

5. 结　语

《逆臣录》源自明初的罪臣口供，为研究明代语法词汇情况提供了大量的口语材料。通过上述对于《逆臣录》疑问句的统计和分析，可以发现，《逆臣录》存在是非问句、特指问句、正反问句、选择问句等四种句型，其中特指问句频率最高、功能最全，选择问句最少，只有一例。这也许跟《逆臣录》的内容(讯问和口供)有关。而在在疑问语气词和疑问代词的使用上，《逆臣录》对古代汉语的沿用虽有，但已经非常少了，同时一些新兴用法和疑问代词，如"怎地(的)"等都已经初步使用。这些表明，《逆臣录》具有较为鲜明的近代汉语特色和官话特色。

参考文献

[1] 刘君敬：《〈逆臣录〉词语考释四则》，《语言研究》2009年第2期。

[2] 杨帆：《〈逆臣录〉中"是"字用法浅析》，《萍乡高等专科学校学报》(哲社版)2008年第4期。

[3] 张美兰：《简论〈逆臣录〉在明代词汇研究中的价值》，《汉语史学报》第2辑，上海教育出版社2002年版。

(指导教师：陈年高副教授)

① 常萍：《元曲选宾白的疑问语气词》，《甘肃广播电视大学学报》2008年第1期。

② 韩冬梅、朱富林：《〈老乞大〉〈朴通事〉正反选择问句否定项的语法化》，《甘肃高师学报》2010年第3期。

③ 柳士镇：《魏晋南北朝历史语法》，南京大学出版社1992年版。

④ 韩冬梅、朱富林：《〈老乞大〉〈朴通事〉正反选择问句否定项的语法化》，《甘肃高师学报》2010年第3期。

江苏方言动补结构特殊用法初探

文学院2011（4） 季 薇

1. 关于补语的性质和分类

汉语的补语自从1924黎锦熙首次提出“补足语”的概念后，就一直成为学界研究的重点，而各家对补语的看法也有很多分歧。黎锦熙将补语看作句子后附附加成分，有两种类别：其一是动词、形容词常直接附加在动词后面，动补结构相当于一个复合动词；其二是用特别介词“得”来引入副词的附加语，以表示动词或形容词所达到的效果或程度。王力认为补语是放在其所限制的次品之后的，所以称之为末品补语。朱德熙认为补语是动词、形容词的补充成分，它的作用是作为“怎么样、多少、多久”之类的问题的回答，用以指出性状的程度、动作的结果、动作的延续的时间等。虽然各家对补语的解释各有不同，但是都指明了补语对前面动词或形容词的补充说明作用。[①]本文采用黄伯荣、廖序东的说法，补语可以用来说明动作、行为的结果、状态、趋向、数量、时间、处所、可能性或者说明性状的程度。[②]

补语的种类分法也多种多样，有的根据形式分类，有的根据意义分类。朱德熙从形式的角度来看，根据是否带补语标记，将补语分为粘合式和组合式两类。从意义的角度来看，可以把补语分为表达结果和表达程度这两个类别。另外，传统上对结果补语和程度补语的区分，只是对黏合式动补结构所做的语义区分。但实际上对于某个事件，可以强调其表现出来的状态，也可以强调其所达到的程度。

本文依旧采用黄伯荣、廖序东的分法，以语义类别为纲，将补语分为结果补语、趋向补语、情态补语、程度补语、可能补语、数量补语和时地补语七类。[③]

---

① 李锦姬：《现代汉语补语研究》，复旦大学2003年博士学位论文，第7页。

② 黄伯荣、廖旭东：《现代汉语》（下），高等教育出版社2007年版，第69页。

③ 黄伯荣、廖旭东：《现代汉语》（下），高等教育出版社2007年版，第69页。

另外，本文采用了力量、晁瑞、许彩云三位老师联合编写的《现代汉语语法研究》补语部分的语法例句，并借鉴了相关语法意义的归纳，特此说明。[①]

2. 江淮官话泰如片东台话动补结构特点

2.1 动词和补语之间的“呃”

普通话中动词和补语已经高度融合了，以至于有学者甚至想把动补结构看作复合动词。但在方言中还保留着补语依附动词体标记的情况。“呃”就是江淮官话区泰如片盐城东台的一个常用而独特的标记。

2.1.1 在结果补语前表示动作发生

(1) 苍蝇打死了。——苍蝇打呃死呃了。

(2) 鸡蛋煮熟了。——鸡蛋煮呃熟各了。

(3) 事情说清楚了。——事情说各清楚呃了。

(“各”为“呃”的条件变体，受前面韵尾[k]的同化影响)

上述例句中的“呃”是一个完成体的标记，表示动作造成一定结果。一般与动补结构之后的“呃 2”同时使用，形成“O＋V＋呃$_1$＋C＋呃$_2$(了)”的句法格式。

2.1.2 在数量补语前表示过去发生过的情况

(4) 他看了两眼。——他望呃两眼。

(5) 去年他在北京住过几天。——他去年子在北京住呃几天。

这种标记一般用在可持续性动词和数量补语之间，而且用于过去时，相当于普通话中的“了”或“过”，即既可以用于完成体，又可以用于经历体。

但是要注意的是，经历体只能出现在陈述句，不能出现在疑问句中。比较下面两句话：

(6) 你吃完饭了吗？——你饭果曾吃各(“呃”的条件变体)好了啊？(完成体，用“呃”)(“果”＋动词，东台方言中选择疑问句的表达方式，如“果”＋“是”，相当于“是不是”；“果”＋能，相当于能不能；“曾”，东台方言中过去时的标志，意思类似于“曾经”。)

(7) 你吃过烤鸭吗？——你果曾吃过烤鸭？(经历体，不用“呃”)

之所以会出现这样的情况，是因为在陈述句中，“过”的经历体意味没有那么浓重，可以换用成完成体的“了”，而意思不发生大的变化。所以归根到底，“呃”可以是用于过去时的体标记。

2.1.3 在时地补语前表示动作的起点发生在过去

(8) 结婚的日子定在 30 号。——结婚的日子定呃猜 30 号。(“猜”，“在”的方言发音，下同)

(9) 老张住在东城。——老张住呃猜在东城。

---

① 力量、许彩云、晁瑞：《现代汉语语法研究》，南京大学出版社 2013 年版。

“呃”在动词和表示时间、处所的介词短语之间充当一个体标记，不充当任何句法成分。该动作可以是发生在过去的动作[如例(8)]，也可以是从过去一直延续到现在还可能继续延续下去的动作[如例(9)]。不管动作是否可以持续，该动作的起点都发生在过去。

而且只有表示时地的介词短语作补语时，才会用“呃”引进，若是该介词短语作状语，则不用“呃”，如：

(10) 老师在黑板上写字。——老师猜在黑板上写字。

对于还未发生的动作，一般不用“呃”，但是也有一种特殊用法。

(11) a. 把U盘插到电脑上。——把U盘插各电脑上去。(“各”是“呃”的变体。)

b. U盘插在电脑上。——U盘插各呃在电脑上。

c. 在电脑上插U盘。——无此说法。

a句的动作尚未发生，普通话用介词“到”表示动作的目的地，东台方言中可以用“呃”来引进时地补语，但是在时地补语后面要缀上一个表示趋向的“去”表示此动作尚未发生，承担“未然”这一语法意义的是“去”而不是“呃”。

b句的动作已经发生，普通话用介词“在”表示此状态的处所，自然可以用“呃”来引进处所补语。

c句的处所短语是作状语。东台方言中表示限定或修饰的成分不经常用状语来表示，除非是在对话中，该状语是疑问焦点时，才有可能采用这种句式。比如：

(12) ——在哪里插U盘啊？

——在电脑上插U盘。

(13) ——在哪里吃饭啊？

——在家里吃饭。

若不是在这样的对话语境中，例(12)一般会说成例(11)的a句或b句，例(13)一般说成“嗯嘎去吃饭。”(“嗯[上声]”，“我”的方言发音；“嘎”，“家”的方言发音。)

2.1.4 在趋向补语前表示动作有方向性

(14) 青蛙跳到水里去。——青蛙跳呃水内去呃。

(15) 你先把钱拿去。——你先把钱拿呃去。

2.1.5 盐城东台话的“V呃”与盐城市区话的“V了”

根据蔡华祥《盐城方言研究》[①]，在盐城市区方言中，有一个与东台方言作用相似的“了”，可以用于引进结果补语，形成“V了C了/特”的句法格式，而且这一句法格式的凝固程度很高。第一个“了”是标记结果补语的“了”，仅仅起一个标记或连接的作用。第二个“了”(包括“特”)是表示完成的动态助词。这一点与盐城东台的“V＋$呃_1$＋C＋$呃_2$(了)”的结构(2.1.1)十分相似。而且“呃”“了”“特”在方言中发音也很相似。在引进结果补语方面，这两种句法结构似乎可以看作同一种。

“V了”也可以用于引进趋向补语。但是盐城话中的“了”作为趋向补语的标记并不具有强制性，例如“你先把钱拿去”也是合法的。在这一方面，东台话的“呃”的强制性要远远

① 蔡华祥：《盐城方言研究》，中华书局2011年版，第289页。

大于盐城话。

盐城话中的"V 了"还可以标记状态补语。例如:"他说话说了快凶呢。"(意为,他说话说得可快了。)"家内收拾了清清爽爽的。"(意为,家里收拾得干干净净。)但是东台方言中,状态补语与普通话一样都是用"得"引进的。

2.2 东台方言中趋向补语的特点

2.2.1 趋向补语中双音节占优势

(16) 他拿来一支笔。——他拿呃一支笔过来。(加上"呃")
他拿过来一支笔。(将单音节补语改为双音节)

(17) 他摘下那个苹果。——他把那个苹果摘各呃来。(在动词和趋向补语之间加"呃",并将句子改为把字句)

(18) 他往口袋塞进了一百块钱。——他往袋呆塞呃一百块钱。(直接用"呃"代替趋向动词)("袋呆",意为袋子里。)

(19) 他抓起两个鸡蛋。—— 他抓呃两个鸡蛋起来。(在动词后面加上"呃",并将趋向动词移到受事之后)
——他抓起来两个鸡蛋。(将单音节"起"补足成双音节的"起来")

在东台方言中,并非所有趋向动词都可以直接作趋向补语,例如没有趋向补语"到,拢,开"。在东台话中,趋向补语必须是双音节或多音节的,常带"来,去,起来"。对于一些单音节的趋向动词要对它们作或多或少的处理,要么在前面加上"呃",要么在后面添上"来,去,起来"等。

2.2.2 复合趋向补语和非处所宾语的位置关系

在普通话中,复合趋向补语和非处所宾语有三种位置关系,我们以"他拿出来一本书"为例。以下举例依照陆俭明①的分类:

X:他拿出来一本书。

Y:他拿一本书出来。

Z:他拿出一本书来。

在东台方言中,Z 语序是不合法的。也就是说复合趋向补语在东台方言中是不能拆开使用的,必须连着用在宾语前面或者后面。

3. 吴语区苏沪嘉小片的无锡话动补结构的特点

在无锡我们调查了两个语言点——无锡江阴和无锡惠山。发现这两个语言点之间存在着一些与普通话不同的共性。

---

① 陆俭明:《动词后趋向补语和宾语的位置问题》,《世界汉语教学》2002 年第 1 期。

3.1 动词和补语之间的“的”

3.1.1 在趋向补语前面表示新情况的出现

(20) 打来一个电话。——打的来一个电话。

(21) 拿走这本书。——弩的跑这本书。(“弩”,“拿”的方言发音。下同)

“的”用在动词和趋向补语之间,表示动作发生在刚刚过去不久的过去,即刚刚出现的新情况。趋向动词表示该动作的方向。而且“的”前面的动词是必须有方向性的,如“拿”“抢”“送”等。

但是要注意这种“的”只出现在陈述句中,不能出现在祈使句中。陈述句表示出现一个新情况,事情已经发生;而祈使句表示一个命令,事情尚未发生。二者不可混淆。如:

(22) 他拿来一支笔。(陈述句)——俚拿的来一支笔。(“俚”,“你”的方言发音。)

拿一支笔来。(祈使句) ——拿一支笔过来。

3.1.2 在时量补语前面表示动作引起的状态的持续

(23) 他们结婚一年多了。——他多结婚的一年多了。(“他多”,“他们”的方言说法。)

“的”用在非持续性动词和时量补语之间,表示该动作引起的状态从过去一直延续到现在,还有可能继续延续下去,是一个持续体的标记。

3.2 动词和补语之间的“了”和“了的”

3.2.1 在时地补语前面引进动作发生的时间、处所

(24) 这件事发生在下午三点。——这件事情了的午昼头三点钟发生个。(“午昼头”,“下午”的方言说法。)

他生在淮安。——他了淮安养出来个。

“了”相当于普通话中的“在”,放在动词后面,引进时地补语。

但是,要注意这个“了”一般用于过去时,当用于未发生而即将发生的事情时,会有不同的用法。比如:

(25) a. 把遥控器放到电视机上。——弩遥控器放了电视机上去。[方言里弩(拿)有处置义。]

b. 遥控器放在电视机上。——遥控器放了电视机上。

(26) a. 把青菜放到篮子里。——弩把青菜放了篮篮头里。

b. 青菜放在篮子里。——青菜放了篮篮里。

例(25)(26)的 a 句都是动作未然,所以除了“了”之外还使用了其他语法手段来承担“未然”的语法意义,如用“把”字句(例 25、26),在处所补语后面加上趋向动词“去”。

例(25)(26)的 a 句都是动作已然,所以“了”放在动补结构之间,既起到了介词“在”的引进作用,又承担了完成体体标记的任务。

我们发现在这一点上,无锡江阴的“了”与盐城方言的“呃”引进时地补语时的用法有相似之处。根据现有的对于江苏方言分界线的研究,无锡江阴处于江淮官话区和吴语区的分界线附近,所以可能受到江淮官话的影响。南京大学顾黔教授从长江两岸江淮官话

与吴语区的语音、词汇角度，划出的两大方言区的分界线，将江阴归入吴语区。但她同时指出“方言情况相当复杂，根据一个标准划出的单条同言线，往往只能部分地反映官话和吴语的分界”①。因此，在动补结构中某个中缀的相似用法只能给我们不同方言相互影响的启示，到底江阴方言更适合归入哪个方言区，还需要更多的事实例据。

3.2.2 表示范围

(27) 大棚室温保持在二十度到二十五度。——大棚室温保持了的二十度到二五度之间。

“了”在无锡江阴大致相当于“在”，而表示范围的语法意义则是由“的”承担的。

3.2.3 用在有方向性的动词后面表示动作的终点

(28) 他爬上树去。——他爬了的树上去个咧。

(29) 他走进房子来。——他跑了房间里来。

(30) 他跑过街去。——他跑了路对面去。

3.3 无锡江阴的“着”

3.3.1 在时量补语之前表示动作的持续

(31) 他在路上整整走了三天。——他了在路上跑着整整三日天。

句子动词为持续性动词，“着”引进时量补语，表示动作持续的时间。

3.3.2 表示动作与某个标准相差的时间

(32) 这趟车晚点两分钟。——这班车暗着两分钟。

3.3.3 在动量补语前表示动作发生次数

(33) a. 我说过三遍。——我说着三遍了。

b. 他看了两眼。——他望了我两眼。

要注意“着”只能用于经历体，不能用于完成体。所以在 a 句中才在动量补语后面又加了一个“了”。

3.3.4 表示实现预期或达到目的

(34) 他买上了新汽车。——他买着的新汽车咧。

(35) 他考上了大学。——他考着大学个咧。

(36) 他找到了钥匙。——他寻着钥匙个咧。

这里的“着”是一个完成体的标志，主要表示预期目标的实现。

3.4 无锡江阴的“了该”

(37) 他们议论上了。——他多他们他们了该讨论。

(39) 她唱上了。——她了该唱歌咧。

(40) 群中响起一片掌声。——一大群人了该拍手。

(41) 他们聊起从前的事儿。——他多他们了该讲老早头的事情。

---

① 顾黔、史皓元、石汝杰：《江苏境内长江两岸江淮官话与吴语边界的同言线》，《语言研究》2009 年第 3 期。

在江阴方言中，不用趋向动词“上”“起”表示从无到有，且发生不久的状态，而用“了该”，这里的“了该”应该是一个起始体的标志。

3.5 无锡方言中趋向补语的特点

3.5.1 双音节占优势

(42) 门前开过一辆车。门口头开过去一部车子。(无锡江阴)

(43) 他拿来一支笔。——他弩的来一支笔。(无锡江阴)

(44) 他拿出十块钱。他拿出来十块洋钱。(无锡江阴)

(45) 他送去两瓶酒。——他送的去两瓶酒。(无锡惠山)

(46) 他从井里吊上一桶水。——他从井里吊上来桶水。(无锡惠山)

(47) 他抓起两个鸡蛋。——他抓出来两个鸡蛋。(无锡惠山)

3.5.2 复合趋向补语和非处所宾语的位置关系

一般情况下，吴语区方言是不允许Y语序和Z语序存在的，但是用于祈使句时，则可以放宽限制，可以使用Y语序。

(48) 他端下去一碗水。√　　*他端一碗水下去。(陈述句)
　　你端下去一碗水。√　　你端一碗水下去。√(祈使句)

4 吴语区苏沪嘉小片苏州平江话的动补结构特点

4.1 苏州平江的“则”

4.1.1 在时量补语之前表示动作的持续

(49) 他在路上整整走了三天。——倕拉浪路浪厢整整走则三日天。

(“拉浪”，相当于“在”；“浪厢”，相当于“上”)

句子动词为持续性动词，“则”引进时量补语，表示动作持续的时间。

4.1.2 在动量补语前表示动作发生次数

(50) 他看了两眼。——倕看则两眼。

(51) 我说过三遍。——我讲则三遍。

“则”后面加数量补语(包括动量补语)时，是一个完成体的标志。

4.2 苏州平江的“拉浪”

(52) 去年他在北京住过几天。——旧年倕拉浪北京住过几日天。

(“旧年”，“去年”的方言说法。)

(53) 这件事发生在下午三点。——诶张事体发生拉浪下半日三点。

(“诶”，“这”的方言说法；“张”，“桩”的方言发音；“事体”，“事”的方言说法。)

(54) 他生在淮安。——倕养拉浪淮安。

当与处所名词或者时间名词组成介词短语时，“拉浪”相当于普通话的“在”。

4.3 平江方言中趋向补语的特点

4.3.1 双音节占优势

(55) 他送去两瓶酒。——俚送得去两瓶老酒。

(56) 他从井里吊上一桶水。——俚从井里里厢吊上来一桶水。(“里厢”,“里面”的方言表达。)

(57) 他摘下那个苹果。——俚采则个只苹果。

(58) 他往口袋塞进了一百块钱。——俚往袋袋里厢里面塞则一百块钱。

4.3.2 复合趋向补语和非处所宾语的位置关系

在平江方言中,允许 X 语序和 Y 语序存在,但是若是采用 Y 语序,则必须在动词后面加上一个“则”。

(59) 他钉一颗钉上去。俚钉则一只钉子上去。

(60) 他搬一箱书进来。俚搬则一箱书进来。

(61) 他递一瓶水进去。俚递则一瓶水进去。

(62) 他掏一块表出来。俚摸则一块表出来。

5 吴语区毗陵小片常州金坛话的动补结构特点

5.1 金坛方言动补之间的“的”

5.1.1 在动词后面表示结果意义

(63) 他买上了新汽车。——他买的新汽车咧。

(64) 他采下一朵鲜花。——他掐的一朵花。

(65) 她生下一个男孩儿。——她生的一个男孩。

虽然都是表示结果意义,但是三个例句的结果意义还有细微差别。例(63)表示实现预期或达到目的的结果意义,例(64)和例(65)表示分离、固定的结果意义。

5.1.2 在时量补语之前表示动作的持续

(66) 他在路上整整走了三天。——他在路上整整走的三天。

句子动词为持续性动词,“着”引进时量补语,表示动作持续的时间。

5.1.3 在动量补语前表示动作发生次数

(67) 他看了两眼。——他看的两眼。

(68) 去年他在北京住过几天。——去年头他在北京住的几天个。

“的”也用在过去时中,是一个完成体的标志。

5.1.4 引进时地补语

(69) 他生在淮安。——他生的淮安。

(70) a. 把遥控器放到电视机上。——把遥控器放的电视机上头。

b. 遥控器放在电视机上。——遥控器放的电视剧上头。

(71) a. 把青菜放到篮子里。——把青菜放的篮里开。

b. 青菜放在篮子里。——青菜放的篮里的。

例(70)(71)的 a 句都是动作未然,所以除了“的”之外还使用了其他语法手段来承担“未然”的语法意义,如“把”字句[例(70)、(71)],处所补语后面的趋向动词“开”。

例(70)(71)的 a 句都是动作已然,所以“的”放在动补结构之间,既起到了介词“在”的引进作用,又承担了完成体体标志的任务。

5.1.5 引进程度补语

(72) 天气热得很。——天热到的不得了。

(73) 他坏透了。——他坏到的不得了。

引进程度补语时,若程度补语是“不得了”,那么就在作谓语中心的形容词后面加上“到”来引进一个程度,而“的”是动补之间的边界。当程度补语不是“不得了”时,一般在整个动补结构之后加上“的喂”“的咧”,这时候“的”更像是一个起结句作用的助词。

(74) 我心里憋得慌。——我心里憋得开的喂。

(75) 鬼天气讨厌死了。——这个天讨厌死的咧。

5.2 复合趋向补语和非处所宾语的位置关系

在金坛方言中,允许 X 语序和 Y 语序存在,但是若是采用 Y 语序,则必须在动词后面加上一个“的”。

(76) 他钉一颗钉上去。——俚钉的一只钉子上去。

(77) 他搬一箱书进来。——俚搬的一箱书进来。

(78) 他递一瓶水进去。——俚递的一瓶水进去。

(79) 他掏一块表出来。——俚摸的一块表出来。

6 江苏方言的方言特点分析

6.1 动词和补语之间的虚词

6.1.1 汉语动结式的产生

根据吕叔湘(1955)①、梅祖麟(1991)②,尤其是石毓智(2003)③的考察,中古汉语存在一种广泛使用的可分离式动补组合结构,梅祖麟(1991)、蒋绍愚(1999)④、石毓智(2003)⑤等均认为该组合的推动力首先来自“V 而 V”连动结构中“而”的衰亡。汉语动结式主要是由原来的及物动词性并列结构(也可以说连动式)发展而来的,即上文所说“V 而 V”结构。

---

① 吕叔湘:《把字用法的研究》,《汉语语法论文集》(增订本),商务印书馆 1955 年版,第 44—125 页。

② 梅祖麟:《从汉代的“动、杀”“动、死”来看动补结构的发展》,《语言学论丛》1991 年第 16 辑,第 36—112 页。

③ 石毓智:《现代汉语语法系统的建立》,北京语言大学出版社 2003 年版,第 36—134 页。

④ 蒋绍愚:《汉语使动式产生的时代》,《国学研究》(第六卷),北京大学出版社 1999 年版,第 78—89 页。

⑤ 石毓智:《现代汉语语法系统的建立》,北京语言大学出版社 2003 年版,第 36—134 页。

其后项原来大多是及物动词或者形容词的使动用法，结构体的两项都是句法核心并且在语义上也是平等的。后来，随着使动的衰弱，使动用法的形容词的使动意义逐渐消失，成了不及物的形容词，而原来是及物动词的后项也慢慢减弱了及物性，和在意义上相应的不及物动词合流。[①]于是前一个动词继续保持及物能力而后一个动词随着及物性的降低，意义也在逐渐虚化，逐渐演变成我们今日所称的补语，并且对前面的动词有依附倾向。

陆俭明早在 1990 年就说："一般都把述补结构跟主谓结构、述宾结构、偏正结构、联合结构放在同一个平面上来描写，实际上它跟那四种结构不同，突出的一点就是述补结构是一种缩略型结构。"[②]动结式的特殊性就在于它的缩略性——从形式上看只有一层表述，从逻辑上看却有两层表述。这其实是"V 而 V"结构从古代汉语到近现代汉语演变的一个语法化过程。

6.1.2 江苏方言动补结构之间的虚词

普通话中动词和补语已经高度融合了，以至于有学者甚至想把动补结构看作复合动词。而在方言中还保留着补语依附动词的体标记。

钟书能认为动补构式的发展实质是动词和结果成分通过重新分析而使其间的边界消失。边界的消失不可能是一蹴而就，必然是循序渐进的。[③] 所以古代汉语中"V 而 V"结构随着后一个 V 的及物性减弱，逐渐变为"V 而 C"的低度融合格式，又逐渐变成"VC"的高度融合格式。在这一从松散到紧密的语法化过程中，方言的发展要普通话慢些，江苏方言中动补结构之间的各种体标记可以看作动补结构语法过程中"而"的替代品。它们不充当任何句法成分，主要是起一个将动词和补语隔开的边界的作用。

通过对动补结构有关句法成分的虚词的考察，我们发现江淮官话区和吴语区的虚词比较丰富，而且在二者分界线附近，如无锡江阴和无锡惠山，还有同时受官话和吴语影响的现象出现。还受到官话和吴语的双重影响。

从语音层面看，这些虚词往往开口度比较大，发音容易，可以从原本发音相对困难的字音过渡到相对容易的字音，从而更轻松地继续或结束句子。

从语法层面看，动补结构之间的虚词往往是表示不同的体标志，如完成体、经历体、起始体、持续体等。而动补结构之后的虚词往往有成句和表示语气的作用。

从语用层面看，当这些虚词用于动补结构之间，往往有提示语意焦点的作用，即提醒受话人注意下面的补语；当这些虚词用于句末，往往有暗示句子完结和表达说话者语气的双重作用。

通过上述例句我们可以看出，虽然动补结构之间的虚词有多种语法意义，但是每个语言点只有固定的为数不多的词缀，有的可以同时用在动补结构之间和之后。这有限的虚词承担了丰富的意义，具体的意义要根据说话情境来判断。这体现了语言的经济性。

在口语中，这种判断往往是迅速完成的，几乎不会被人察觉。说话双方的注意力都集中在实词表现的意义上。如果删去这些虚词，也能大致理解这些句子的意思，只是说起来

---

① 石毓智：《汉语发展史上的双音化趋势和动补结构的诞生》，《语言研究》2002 年第 1 期。

② 陆俭明：《述补结构的复杂性》，《语言教学与研究》1990 年第 1 期。

③ 钟书能：《现代汉语动补构式的标记性研究》，《当代外语研究》2012 年第 1 期。

不顺口。因此有这样一种可能——这些虚词的产生最初不是为了增加语法意义，只是为了发音方便。只是在语言发展过程中，这些音节被固定下来，应用在不同的语境中，就承担了不同的语法意义，逐渐语法化。这也符合语言发展成熟的规律。

6.2 趋向补语语法化的不完全

朱德熙认为V＋趋向动词是动补构式的一个小类，如“小明走进房间来”、“我举起来一块大石头”。石毓智认为从历史渊源看，动趋式与可分离式动补组合结构相似，其补语也是出现在受事宾语之后。在动趋式中，补语表示的是程度而非结果，动词与补语的融合程度缓慢，而可分离式动补组合结构在14世纪左右动词与补语已经达到高度融合，但是这个时期的动趋构式中动词与补语之间仍然可以插入其他句法成分。[1] 在方言中，我们也可以发现趋向补语的语法化的不完全。

6.2.1 趋向补语中双音节占优势

在江苏方言中，并非所有趋向动词都可以直接作趋向补语，尤其是一些单音节的趋向动词“起、过、到、拢、开”在方言中基本不能使用。双音节趋向动词明显占优势，即便是要使用一些单音节趋向动词，也总要对一些趋向补语作或多或少的处理。

(80) 他拿来一支笔。——
他拿㞎一支笔过来。(盐城东台)
他拿过来一支笔。(淮安金湖)
他拿了一支笔过来。(淮安市区)
他拿的来支笔。(无锡惠山)
他拏的来一支笔。(无锡江阴)
俚拿得来一支笔。(苏州平江)

(81) 他从井里吊上一桶水。——
他从井里吊㞎一桶水上来。(盐城东台)
他从井里拎上来一桶水。(淮安金湖)
他从井里吊上来一桶水。(淮安市区)
他从井捏吊的桶水上来。(常州金坛)(“捏”,“里”的方言发音。)
他从井里吊上来一桶水。(无锡江阴)
他从井里吊上来桶水。(无锡惠山)
俚从井里里厢吊上来一桶水。(苏州平江)

表示结果意义、分离意义和实现意义的趋向动词也是如此。若是没有补成双音节的补语，那么一定是单音节补语后面有介词凑足音节。这些音节不仅承担一定的语法意义，而且有凑足音节的作用。

(82) 正赶上庙会。——
正好赶上㞎庙会。(盐城东台)
正好赶上庙会。(淮安金湖)

---

① 石毓智:《现代汉语语法系统的建立》,北京语言大学出版社2003年版,第96页。

正好赶上庙会。(淮安市区)
时巧碰着庙会。(无锡江阴)
正好碰着庙会(无锡惠山)
正好是集场。(常州金坛)
正好赶上则庙会。(苏州平江)
(83) 他采下一朵鲜花。——
他把一朵花摘下来。(盐城东台)
他摘下来一朵鲜花。(淮安金湖)
他摘下来一朵花。(淮安市区)
他掐的一朵花。(常州金坛)
他采下来一朵鲜花。(无锡江阴)
他采下来朵花。(无锡惠山)

原本是双音节的趋向补语自不必说,为什么在方言中,一定要把单音节换成或者补足成双音节呢? 个人认为这与动补结构的形成有关。石毓智①考证,动补结构的语法化步骤可描写如下:

第一步中古汉语里存在一个广泛应用的可分离式动补组合,其抽象格式为:V+X+C,X=受事名词、副词或者否定标记。

第二步在双音节语音单位的作用下,如果两个单音节的V和C没有X相隔,即两者紧邻出现,它们就会融合为一个韵律单位。

第三步当大量的动补组合发生了融合。就会产生一种强大的合力,导致新的语法结构——动补结构的产生。与此同时,原来可分离式动补组合随之消失。

如果这种考证是正确的,那么我们可以猜想是在方言中,动补结构有原来古代汉语动补组合结构的残留,即动词和单音节补语不单独相连,因此加上一个凑足音节的虚词,如"呃""的"等。

6.2.2 趋向补语和受事的位置关系

在普通话带趋向补语的句子中趋向补语与宾语一般有三种位置关系:
S+V+C+O(他提上来一桶水);
S+V+O+C(他提一桶水上来);
S+V+C_1+O+C_2(他提上一桶水来)。

在江苏各地方言中,第一种语序是最常见的。第二种语序是有些地方可以允许的(如中原官话区的徐州铜山、江淮官话区洪巢片的淮安金湖、泰如片的盐城东台),但若是使用第二种语序,有的方言会有一些限制。比如盐城东台会在动词后面加上一个"呃",苏州平江会在动词后面加上一个"则"。而第三种语序是不合方言语法规范的。

陆俭明教授提出:当宾语为受事宾语时,要分带"了"和不带"了"两种情况。我们仍旧以"拿出一本书来"为例。当带"了"时,我们能说"拿出了一本书来"、"拿出来了一本书"、"拿了一本书出来",即X、Y、Z三种格式都可以成立。当不带"了"时,我们再分有无数量

① 石毓智:《汉语发展史上的双音化趋势和动补结构的诞生》,《语言研究》2002年第1期。

词两种情况。当有数量词的时候,三种格式均说得通。当没有数量词时,我们仍旧可以说"拿书出来"、"拿出书来",但"拿出来书"就很少这样说了。也就是说,在没有数量词时,Y和Z的说法是成立的,但X格式是不能成立的。[①] 按照朱德熙[②],X格式的宾语只能是无定宾语;无定宾语可放在及物动词和不及物动词的后面,跟复合趋向补语一起组成Y格式,而有定宾语只能放在及物动词之后,跟复合趋向补语一起组成Y格式。无定有定都能采取Z格式。带了数量词的宾语通常是无定宾语,而没有带数量词的宾语往往是有定宾语。

我们发现,在江苏方言中,X语序是可以正常使用的。使用Y格式一般要在动词后面加上一个完成体的体标志,如东台话的"呃",平江话"的"等,其作用约相当于普通话的"了"。Z格式一般不能使用。至于受事,则是有定无定都可以。

6.3 动结式中受事的位置

6.3.1 关于受事的语法地位

如何界定一个成分在句中的地位,它是话语成分还是句法成分?这便涉及如何鉴别话语成分和句法成分的标准问题。

石毓智指出了鉴定话题和句子主语的三大标准,在这里简单介绍。

第一,在汉语句子中,常见的焦点化手段就是在一个句法成分前加焦点标记"是",绝大多数句法成分都可以用"是"来凸现焦点性,而不需要像话题化一样,将该成分移位到话题的位置。所以如果一个成分可以用焦点标记"是"来凸显其焦点性,则该成分不是话题,而是一个句法成分,反之则是话题。

第二,如果一个句子成分可以用疑问代词提问,则不是话题,而是句法成分,反之则是话题。

第三,话题是个话语成分,是在句子中才出现的成分,而主语则是个句法成分。所以主语可以进入从句,而话题则不能。[③]

石毓智提出这三条标准,对区分普通话的主语和话题是有效的。

当我们用石毓智提出的三条标准来验证时,发现这些动结式中的受事能够满足上面第二和第三条标准。以"饭吃完了"这句话在盐城东台话中的说法为例:

根据第一条,"是饭吃掉呃了"不能说;

根据第二条,"什么吃掉呃了?"可以说;

根据第三条,"当饭吃掉呃了的时候,我们就没办法了"也可以说。因此,受事"饭"是一个句法成分。这说明在这样的句子中,前置的受事名词话题性较弱,具备的句法成分的性质居多。

在江苏方言中,不同的地区动结式中的受事处于什么句法位置,有不同的情况。

---

① 陆俭明:《动词后趋向补语和宾语的位置问题》,《世界汉语教学》2002年第1期。

② 朱德熙:《语法讲义》,商务印书馆1982年版,第129—130页。

③ 石毓智:《汉语的主语与话题之辨》,《语言研究》2001年第2期。

6.3.2 受事必须处在主语位置的

普通话的动补结构，结果补语处于受事前，或者受事后均可。例如“字写错了”(补语“错”处于受事“字”之后)、“写错字了”(补语“错”处在受事之前)。但是在江苏方言中，有些区域结果补语不允许出现在宾语后面。特别在江淮官话泰如片，以我们调查的盐城东台话为例(以下划 * 的句子为东台方言不能说的句子)：

(84) 饭吃完了。——饭吃掉呃了。(盐城东台)
*吃完饭了。

(85) 鸡蛋煮熟了——鸡蛋煮呃熟各了。(盐城东台)
鸡蛋煮熟了。(淮安市区)
*煮熟鸡蛋了。

(86) 字写错了——字写呃错呃。(盐城东台)
字写错得了。(淮安市区)
*写错字了。

(87) 桌子撞翻了。——桌子撞呃翻掉呃了。(盐城东台)
桌子撞翻得了。(淮安市区)
*撞翻桌子了。

6.3.3 受事不一定处在主语位置的

吴语区可以出现较为灵活的处理，受事处于主语位置为常。主要是常州金坛、无锡惠山、苏州平江。在江淮官话区也有一些地方以受事处于主语位置为常，如无锡江阴、淮安金湖。

(88) 苍蝇打死了。——把苍蝇打死的。(常州金坛)
苍蝇被打死了。(无锡惠山)
苍蝇打撒个咧。(无锡江阴)
把一只苍蝇打/拍死了。(淮安金湖)

打死了一只苍蝇。——打死的一个苍蝇。(常州金坛)
打死落一只苍蝇。(无锡惠山)
打撒一只苍蝇。(无锡江阴)
打/拍死一只苍蝇。(淮安金湖)

(89) 字写错了。——字写错的咧。(常州金坛)
字写错咧。(无锡惠山)
字写错个咧。(无锡江阴)
字写错的了。(淮安金湖)

写错字了。——写错字咧。(常州金坛)
写错字咧。(无锡惠山)
写错字个咧。(无锡江阴)
写错字了。(淮安金湖)

当我们用石毓智提出的三条标准来验证上面的例句时，发现这些受事能够满足上面第二条和第三条标准。也就是说这些受事也在句子中占据了一个句法位置。但是刘丹青又指出浙江吴语里的受事有强烈的次话题化倾向，并且次话题有泛化的趋势，[1]然而他并没有就这个问题作很细致的分析。要判断一种方言里某种语言现象的句法属性往往存在很大的难度，拿前置受事问题来说，能不能用前置受事结构表达是一回事，但是实际使用中倾向于用这种结构表达又是另一回事。因为在当今的吴语中，受事还存在与前置受事平行的其他句法投射，那么说吴语的人在说话时就不一定非得用前置的方式来表达受事。因此我们不能仅凭浅层次的调查就说这种语言现象就是该地区方言一种固化的语言表达方式。

6.3.4 受事必须处于宾语位置的：

(90) *苍蝇打死了。(必须说"打死了一只苍蝇。")

(91) *桌子撞翻了。(必须说"撞翻桌子了。")

徐州铜山方言中受事必须处于宾语位置。受事处于动补结构之后，最容易取得合法的句法位置，即成为受事宾语。这一点铜山方言与普通话基本一致。

6.4 动结式对把字句的依赖性

通过进一步分析可以发现，受事不一定处于主语位置的地区对结果补语各种说法的接受能力比较强，可以用 VCO 的正常语序，可以用 OVC 的倒装语序，也可以接受"把＋OVC"的把字句。不管在陈述句还是祈使句中，这三种语序都是通用的。

而受事必须处在主语位置的地区，对把字句有一定的依赖性。尤其是在祈使句中，必须用把字句来表示祈使语气。

(92) 把他拉住。——把他拉住呃。(盐城东台)
把他拉着。(淮安市区)
*拉住他。(淮安市区、盐城东台)

(93) 把他叫醒。——把他喊呃醒呃。(盐城东台)
把他喊起了。(淮安市区)
*叫醒他。(淮安市区、盐城东台)

(94) 把这本书拿走。——把这本书拿呃走。(盐城东台)
把这本书拿走/把这本书拿过去。(淮安市区)
*拿走这本书。(淮安市区、盐城东台)

6.5 江苏方言是否存在 SOV 语言

正如上文所说，在一些地区受事必须处于主语位置，而且可以看作占据了一定的句法位置。我们能不能说这些地区的语言是 SOV 语言呢？在这一点上，刘丹青针对江浙吴语有过相关的论述。他指出吴语里的受事比较倾向于话题化，他列出的吴语受事句法投射等级如下：

---

① 刘丹青：《论元分裂式话题结构初探》，范开泰主编《语言研究再认识——庆祝张斌先生从教 50 周年暨 80 华诞》，上海教育出版社 2001 年版。

宾语化＞次话题化（STV）＞主话题化（TSV）＞状语化（“拿”字句）[1]

但是刘丹青又指出浙江吴语里的受事有强烈的次话题化倾向，并且次话题有泛化的趋势，[2]然而他并没有就这个问题作很细致的分析。要判断某种方言里的某种语言现象的句法属性存在很大的难度，以前置受事问题为例，能不能用前置受事结构表达是一回事，实际使用中是否倾向于用这种结构表达又是另一回事。因为在江苏方言实际使用中的前置受事表达的限制性，我们认为江苏方言中能使用 SOV 语序的地区方言不能被看作 SOV 语言。我们以其中的盐城东台话为例说明一下。

首先，虽然大多数有定或类指的受事在一些地区的方言中可以较为自由地充当次话题，但无定的受事作句子次话题还是受到限制的，无定受事通常都处于动词后，形成 VO 语序。东台话可以说“那只苍蝇打死呃了”，却不能说“一只苍蝇打死呃了”，只能说“打死呃一只苍蝇”。因为“那只苍蝇”是有定的，因此可以处于主语位置，而“一只苍蝇”是无定的，因此只能处于宾语的位置。

其次，SOV 语言的格标记十分丰富，以有效区分句法位置相邻的主语和宾语，但是在这些地区的方言中，至今没有看到这样的格标记。

此外，在受事必须处在主语位置的地区，对把字句有一定的依赖性。尤其是在祈使句中，必须用把字句来表示祈使语气。因此 SOV 语序并不是一种十分自由的语序，它总要受到这样那样的限制。

因此，目前只能说江苏方言中可以存在 SOV 语序，而不能说它们已经是 SOV 语言。

7. 结　语

动补结构原本就是汉语中很有特色的一个语法结构，在江苏方言中，这种结构又表现出方言特色。总的来说，中原官话区和普通话比较接近，而江淮官话区和吴语区和普通话的差别较大，尤其表现在丰富的虚词上，本文的重点也在于讨论各地方言中独特的虚词在不同位置上的不同作用。除了虚词外，江苏方言在语序上也有和普通话不同的地方，主要表现在带趋向补语的句法结构中受事的位置和带结果补语的句法结构中受事的位置。

本文本着实事求是的原则对方言现象进行了描述分析。但是调查的方言点数量有限，尚不能代表全部江苏方言。因为笔者能力有限，尚不能发现中原官话区的特殊现象，所以未对这一方言区进行描述。

（指导教师：晁瑞副教授）

---

① 刘丹青：《论元分裂式话题结构初探》，范开泰主编《语言研究再认识——庆祝张斌先生从教 50 周年暨 80 华诞》，上海教育出版社 2001 年版。

② 刘丹青：《吴语的句法类型特点》，《方言》2001 年第 4 期。

表过去类时间副词的偏误分析与教学策略

文学院 2010（7） 郭筱旭

一、关于前人对时间副词研究的综述

时间副词是汉语中比较重要的一个词类，在传统语法界也常受到学者们的重视，因此时间副词的本体研究成果颇丰。近年来，由于对外汉语教学实践的发展，学者们也加深了对对外汉语教学中的时间副词的研究。本文将从这两方面对对外汉语教学和研究中取得的成果作一个简要的概括。

首先是时间副词本体研究方面的成果。不同的语言学家对于时间副词范围的划定有着不同的观点。其中主要有四方观点比较具有代表性：(1) 黎锦熙在《新著国语文法》中较早地对时间副词进行了研究，他参考了西方语言语法体系的"时态"标准对时间副词进行了分类，提出关于"定时"与"不定时"的概念。(2) 王力在《中国现代语法》中也对时间副词进行了分类，他参考了黎锦熙提出的"时"的观点将时间副词分为八大类。(3) 80 年代后，陆俭明和马真对时间副词进行了深入的研究，在《现代汉语虚词散论》中提出将副词分为定时和不定时两大类，又将不定时时间副词分为 18 个小类，得出大多数时间副词不是表示"时"而是表示"态"的结论，并把"时"、"态"作为区分相近时间副词的重要依据。(4) 张谊生在《现代汉语副词探索》中从三个层次、四个角度对时间副词进行了划分，他的分类方法也对时间副词的研究具有重要影响。除了探讨时间副词的分类以外，语言学界在时间副词的用法上也颇有研究。如王红斌的《时间副词对动词的持续义和非持续义的影响》探讨了时间副词对"持续性和非持续性动词＋时量宾语"这一格式中动词的持续义和非持续义的影响以及对时量宾语隐现的制约作用；陈郁玲在《现代汉语时间副词研究》中，从句法、语义、语用三个平面对现代汉语进行了研究，等等。

其次是时间副词对外汉语教学研究方面的成果。随着对外汉语教学活动的开展，这方面的理论也逐渐进入人们的视野。如脱傲在《时间副词在对外汉语教学中的句法语义分析》中对"就"和"才"、"在、正在、在"以及"一直"和"从来"这三组常用的时间副词进行了偏误分析。何一薇在《时间名词、时间副词之偏误分析》中针对日本学生使用时间副词、时间名词情况进行了偏误分析。辛永芬在《留学生在使用"已然"类时间副词和"了"共现与否时的偏误分析》中分析了这二者是否能同时出现、留学生使用这些词出现的偏误情况以及造成这些偏误的原因。这些成果主要是从留学生使用时间副词时所产生的偏误方面进行研究的，而随着对外汉语教学和研究的不断深入，一些语言工作者开始从对外汉语教学策略的角度研究时间副词的使用和教学。如王文娟的《对外汉语时间副词教学中的语境利用》主要探讨了语境在教学过程中的重要作用。她认为在时间副词的教学中，教师应当充分把握该词所处的语境，运用语境理论来进行解释该词的词义和用法，使学生可以在具体语言情境中掌握该词的具体用法。陈晓桦的《“在、正、正在、呢”的语义特征、句法功能及其教学次序》着重对时间副词“正在、正、在”及语气助词“呢”表示动作进行的语义特征及句法功能做了归纳和分析，并将研究成果运用到对外汉语教学中，探讨符合学习规律的教学安排，提出讲解这四个词时的顺序，并对其核心语义及句法功能作了突出的讲解。关于教学法方面的研究成果更多地体现在已经出版的著作上。如刘月华和潘跃的《实用现代汉语语法》、陆庆和的《实用对外汉语教学语法》等都对时间副词的用法作了比较。

虽然学者们对于时间副词的研究取得了丰硕的成果，但是仍然还有一些问题需要讨论。在以往的研究成果中，学者们并没有对表示过去类的时间副词进行具体、集中的讨论和比较，但是这些副词在实际使用中频率很高，留学生在使用这类时间副词时也常常出现偏误。因此本文将这些表示过去的时间副词集中起来进行系统分析和对比，并通过一些教学手段达到区分它们的目的，希望能为对外汉语教学提供一些参考。

本文以陆俭明、马真在《现代汉语虚词散论》中对时间副词的分类为标准，选取其中的一个小类即表过去的时间副词进行分类考察。陆俭明、马真在书中列举了 15 个表示过去的时间副词，本文选取了其中留学生较常使用的 5 个时间副词“曾经”、“从来”、“一向”、“向来”、“终于”进行对比分析。

二、表过去类的时间副词的偏误情况分析

（一）偏误统计

为了了解留学生使用这些词语的情况，我们利用了北京语言大学 HSK 动态语料库中的语料进行了分析研究，具体见表 1。

表 1　表过去类时间副词偏误情况统计表

	曾经	终于	从来	向来	一向
总句数	390	390	400	23	69
偏误数	97	127	97	7	13
偏误率	24%	33%	24%	30%	19%

从表 1 中我们可以看出留学生在使用这些词时的偏误率较高。偏误率最高的是“终于”，为 33%，其次是“向来”，为 30%，接着是“曾经”和“从来”，为 24%，最后是“一向”，为 19%。而从使用频率看，“曾经”、“终于”、“从来”三个词的使用句数最多，频率最高，“向来”和“一向”则比较低。我们将在下文讨论留学生产生这些偏误的类型、造成的原因，并尽可能地找出解决策略。

（二）偏误类型

1. 误用

通过分析语料，我们发现留学生在使用这五个词时都会出现误用的现象。例如：

（1）＊我的学生**已经**说过："我从来没见过一位这样忘我地工作的老师。"

例(1)中，应该把"我的学生已经说"中的"已经"改为"曾经"。吕叔湘在《现代汉语八百词》中比较过"曾经"和"已经"的用法，他认为"曾经"所表示的动作和情况现在已结束，"已经"所表示的动作和情况可能还在继续。① 该例句中我的学生所说过的是过去发生的且已经结束的事情，因此"说过"前面用"曾经"比较合适。

（2）＊刚结婚的时候，我妈以为辛苦**才**完了。

例(2)中的"才"应该改为"终于"。吕叔湘认为"终于"表示经过较长过程最后出现某种结果，且较多用于希望达到的结果。② 这句话要表达的意思正是经过了结婚前这样一段较长时间的辛苦，最后达到"辛苦终于完了"这样一个好的结果。所以，正确的句子应该是"刚结婚的时候，我妈以为辛苦终于完了"。

（3）＊我**从来**有这样的信念。

（4）＊拿我的例子来说，我的父亲从来没有跟别的人吵过架，**从来**是用别的、平静的办法去处理这样的问题。

例(3)中的"从来"应该改为"一直"，例(4)中第二个"从来"应该改为"向来"。虽然这两个例句，一个是"一直"的偏误，一个是"向来"的偏误，但是它们的偏误都是把时间副词误用成了"从来"。"从来"的意思和"一直"、"向来"都很接近，特别是和"向来"接近。很多词典或者对外汉语教材上都用它们相互解释，因此难免会造成留学生的偏误。但它们仍然有一些差别，最明显的差别在于"从来"多用于否定句，而"一直"和"向来"多用于肯定句，再加上"一直"修饰动作行为时更强调一种持续义。③ 因此，把例(3)的"从来"改为"一直"，例(4)中第二个"从来"改为"向来"更加符合汉语的习惯。

（5）＊回国后，**一向**在新加坡旅游局任职，至今已有五年工作经验。

这句话中的"一向"应该改为"一直"。虽然副词"一直"和"一向"都可以表示行为状态在较长时间里的持续，有时可替换，但是"一向"很少与时段词语共现，而"一直"则常与时段词语共现。在例(5)中开头的"回国后"是一个时段短语，因此后面的时间副词应该改为"一直"。

通过以上对错误例句的分析，我们发现留学生在时间副词误用方面的偏误主要是由近义词语的混用造成的，因此在对近义时间副词用法的辨析方面，还需要留学生们加强训练。

2. 乱序

（6）＊过了几天，**终于**我的愿望实现了。

（7）＊**终于**他父母请大夫对孩子进行"安乐死"。

（8）＊**终于**他们答应了第二个和尚。

---

① 吕叔湘：《现代汉语八百词》，商务印书馆 1999 年版，第 111 页。

② 吕叔湘：《现代汉语八百词》，商务印书馆 1999 年版，第 687 页。

③ 丁石林：《时间副词"从来"和"一直"的对比分析》，《琼州学院学报》2012 年第 4 期。

(9) * **曾经**他在中国留学过几年。

(10) * **曾经**我学过四年茶道。

(11) * **从来**我自己没见过吃饭有困难的生活。

这六个例句中，都存在时间副词的语序问题。在我们所考察的五个词中，语序问题主要集中在“终于”、“曾经”和“从来”这三个词上。时间副词在句子中的常规位置是放在主语后、谓语前，而这六个句子中的时间副词都放在了主语前面，因此造成了语序上的偏误。所以，例(6)中的“终于”应该放在“我的愿望”和“实现”之间；例(7)中的“终于”应放在“他父母”和“请”的中间；例(8)中的“终于”应放在“他们”和“答应”中间；例(9)中“曾经”应放在“他”和“在中国”之间；例(10)中“曾经”应放在“我”和“学过”之间；例(11)中的“从来”也要放在“我自己”和“没见过”中间。

3. 赘余

(12) * 我**曾经**没有想过这件事，但现在想，这个问题应有必要谈谈。

(13) * 我国**从来**一直重视学习。

(14) * 我长大后**从来**连一个句子也没写过。

例(12)应该把“曾经”去掉，例(13)、(14)应该把“从来”去掉。刘月华等人在《实用现代汉语语法》中提到“曾经”表示过去发生过某动作行为或状态，并在说话之前已终止。表示否定时，一般用“没(没有)”来替代“曾经”。① 很明显，例(12)中把“曾经”的否定式用错了，因此应该把“曾经”去掉。例(13)中“从来”和“一直”重复，从句义上来看，“一直”更强调从开始到现在再到将来的一种持续义，描述了一种客观状态，即我国不仅以前重视教育，现在重视教育，以后也将会一直重视教育，因此此句中应该删去“从来”。例(14)中有一个表示时间的短语“长大后”，表达的是长大后连一个句子也没写过，而“从来”表示的意思是从过去到现在都是如此，与句中语义相矛盾，因此应该删去“从来”。

4. 遗漏

这里所说的遗漏并不是时间副词的遗漏，而是与其搭配的助词的遗漏。具体见表2。

表2　与部分时间副词搭配的助词“过”和“了”的遗漏率

	偏误数	缺“过”/“了”	遗漏率
曾经	127	69	54%
终于	127	57	58%
从来	97	59	61%
向来	7	0	0
一向	13	0	0

从表2可以看出，遗漏助词主要体现在含“曾经”、“终于”以及“从来”这三个词的句中。具体表现为“曾经”、“从来”后面缺“过”，“终于”后面缺“了”。例如：

(15) * “安乐死”这个问题**曾经**在我国日本也**引起**很多的争论。

① 刘月华、潘文娱：《实用现代汉语语法》，外语教学与研究出版社1983年版，第227页。

(16) ***曾经影响**我的人很多。

(17) *我善于演讲，**曾经**在演讲比赛中**夺冠**。

(18) *过了几分钟，他**终于**把孩子**救出来**。

(19) *11月13号，姐姐**终于**和一个男人**结婚**。

(20) *可是他一直鼓励我，最后我**终于参加**这课程。

(21) *我记得他对我一直很温和，**从来**没**打**我。

(22) *他**从来**没**反对**我，一直相信我。

(23) *他**从来**没有叫家里人**烦恼**。

例(15)应该在"引起"后面加"过"，例(16)在"影响"后加"过"，例(17)在"夺"和"冠"之间加"过"。"曾经"表示从前有过某种行为或情况。以例(15)为例，在这句话中，表示的就是对这个问题的争论到目前为止已经结束了，即"曾经"所表示的动作、行为或事件只有完成性而不具有延续性。而动态助词"过"有表达"完成＋不延续"的意义，因此句中的"引起"后的"过"不能省略。同样，例(16)、例(17)中的"过"也不能省略。例(18)应该在"救出来"后面加"了"，例(19)在"结婚"后面加"了"，例(20)应该在"参加"后面加"了"。

时间副词"终于"通常和"了"同时出现，构成一种固定式。"了"用在动词后面经常表示动作已经完成或者事态有了变化。在例(18)中"救出来"这个动作是已经完成了的，且把孩子救上来也使事态发生了变化，所以"救出来"后面的"了"不能省略。例(19)和例(20)也是这样。例(21)中"打"后面加"过"，例(22)中"反对"后面也要加"过"，例(23)中"烦恼"后面也应该加"过"。

以上偏误类型我们作了具体统计，见表3。

表3 表过去类时间副词偏误类型统计

	曾经	终于	从来	向来	一向
偏误数	97	127	97	7	13
误用率	9%	14%	27%	100%	100%
乱序率	16%	31.3%	6%		
赘余率	15%	0.7%	6%		
遗漏率	57%	54%	58%		

由表3可以看出，遗漏率在整个偏误率中所占比例是最高的。留学生在使用这些时间副词时经常出现少"过"或者少"了"的情况。

(三) 偏误原因

首先我们要知道，偏误不同于失误。偏误是指由于目的语掌握不好而产生的一种规律性错误，它偏离了目的语的轨道，反映了说话者的语言能力和水平。① 例如我们上述所列出来的偏误都是一种规律性的错误。这些不是一个人偶然犯下的错误，而是学习者在学习过

① 刘珣：《对外汉语教育学引论》，北京语言大学出版社2012年版，第191页。

程中都可能出现的错误。说话人意识不到也无法改正，如果不及时纠正，同样的错误以后还会再次出现。甚至有可能这次纠正了，下次还是会犯。因此我们就需要对学习者在第二语言习得过程中所产生的偏误进行系统的分析，从而帮助他们更好地掌握目的语。

第二语言学习者偏误的来源是多方面的，本文主要从以下几个方面加以分析。

1. 时间副词本身的复杂性

通过对留学生的语料进行分析，我们可以发现，由于汉语中存在大量的时间副词，再加上它们的用法比较灵活多变，留学生们在使用它们时往往存在很多问题，很难在短时间内准确地掌握它们的用法和意义。它们在使用过程中，容易用错位置，产生赘余，还容易滥用或者丢失与之相搭配的助词等。如之前提到的"了"和"过"的缺失就部分地体现了时间副词在使用上的复杂性。

2. 母语负迁移

母语的负迁移是指学习者在不熟悉目的语的情况下，依赖母语的知识，从而使同一母语的学习者往往出现相同性质的偏误。对于初学者来说，这是他们产生偏误的主要原因之一。①

第一语言的语法对第二语言的干扰十分明显。以使用英语为母语的学习者为例，英语中时间副词的位置和汉语并不相同，如：

(24) At last they won their freedom.

他们终于赢得了自由。

(25) Finally he succeeded in his experiment.

他终于试验成功了。

从这两个例句中可以看出母语对语序的负迁移。在英语中表示"终于"义的时间副词"at last"和"finally"经常是放在句子开头，而汉语中的"终于"则是放在句子主语和谓语之间，这就造成了以英语为母语的学习者造出"(6) * 过了几天，终于我的愿望实现了。"这样偏误的句子。

除此之外，母语的负迁移还体现在汉语中的时间副词过多，而英语中的时间副词较少上。据陆俭明、马真统计，现代汉语中的时间副词大约有 130 个，远远多于英语中表示时间的副词。而且在英语中表示过去的时间副词并不是一定要出现，但也能表达过去的意思，大多数情况下它们可以隐含在句式中。如：

(26) I've never seen him before.

我从来没有见过他。

(27) we have never heard of such a thing.

我们从来没听说过这种事。

(28) The town has twice been rubbled in battle.

这个城镇曾经两次毁于战争。

(29) He has taken part in a major battle for oil.

他曾经参加过石油大会战。

① 刘珣：《对外汉语教育学引论》，北京语言大学出版社 2012 年版，第 194 页。

例(26)、(27)、(28)、(29)中英文和中文所表达的意思是相同的，但在中文中则出现了“从来”、“曾经”这两个表示过去的时间副词，表达过去发生过什么的意思，而英语中则只要用“have+过去分词”或者其否定形式就可以表达同样的意思。可以看出，在英语中，不使用时间副词也可以表达完整的含义，而在汉语中如果去掉时间副词：“我没有见过他”、“我们没听说过这种事”、“这个城镇两次毁于战争”以及“他参加过石油大会战”，那么这些句子的意义就不那么完整、精确了。

3. 目的语知识负迁移

学习者把他所学的有限的、不充分的目的语知识，用类推的方法不适当地套用在目的语新的语言现象上，造成了偏误，也称为过度概括或者过度泛化。[①] 在本文所考察的对象中，最典型的情况就是“了”和“过”的滥用。由于汉语中缺乏严格意义的形态变化，语序和虚词是最重要的语法手段，因此常与表示过去的时间副词共同出现的“了”和“过”就会经常出现滥用的现象。例如：

(30) *我也曾经羡慕了乡村的生活。

(31) *我终于决定了打个电话。

(32) *他曾经说过：“人要有礼貌，要尊敬老人。”

(33) *另一个人从来不重视过爱。

在这四个句子中，例(30)和例(31)中的“了”应该去掉，例(32)和例(33)中的“过”应该去掉。在例(30)和例(31)中“羡慕”和“决定”都属于短暂动词，后面不能加具有持续义的“了”。而例(32)中“他曾经说过”后面是直接引语，整句话强调他当时说话时的状态，因此也不用加“过”。而例(33)中所表达的是一种持续义，表示从过去到现在都不重视爱，加上表示“完成”意义的“过”与句义相矛盾，因此要去掉。

从这四个例子中可以看出，留学生在学会“过”和“了”的动态助词的用法后，就会认为凡是表示过去意思的都要使用“了”和“过”，从而忽略了整个句子的意义，造成“了”和“过”的滥用。

除了“了”和“过”的滥用以外，还有一种有过度泛化造成的偏误在语料中反复出现。即在考察“向来”和“一向”的偏误时，常常看到这样的偏误：

(34) *一向以来，我的性格总是带着几分懦弱，事事都委曲求全，认为多一事不如少一事。

(35) *一向以来，(我)与老板、同事的关系都保持得很好。

(36) *至于那些锦上添花的朋友，一向以来我都避他远之，何苦自讨苦吃呢？

(37) *一向以来对清朝，一个由非汉族所统治的朝代，有一种不好的印象。

(38) *虽然你们一向来身体都好，但我还是希望你们保重身体。

(39) *我可以说一向来都以诚待人，对得起良心。

在对“向来”和“一向”进行考察的过程中，我们经常会发现留学生将“向来”或者“一向”用成“一向以来”和“一向来”。留学生使用这样一些汉语中没有的词，部分原因是上文所提及的过度泛化，在学习了“一直以来”的用法后他们过度泛化出了“一向以来”的说法，并运用到句子中，从而出现了这种偏误。

---

① 刘珣：《对外汉语教育学引论》，北京语言大学出版社2012年版，第196页。

4. 交际策略的影响

交际策略是学习者为顺利进行语言交际活动(即理解对话者的意图和表达自己的意思)有意识采取的计划措施或方法技巧,是语言使用者交际能力的一部分①,它也是造成留学生在交际中产生偏误的原因之一。西方学者把交际策略主要分为15类,在我们所考察的语料中所涉及的只包括造词和回避两类。

首先是因为造词的交际策略而产生的偏误。继续分析例(34)—例(39)的例子,我们可以发现造成像"一向以来"和"一向来"这样的偏误的原因还有交际策略方面的原因——造词。这种造目的语中并不存在的词语的现象在学习策略中属于造词策略。它反映了学习者在交际中遇到语言表达或理解方面的困难时,不得不求助于造词的策略,以保持交际的顺利进行,从而造成了一些偏误,因此留学生造出了像"一向以来"、"一向来"这样的汉语中原本不存在的词语。

其次是回避策略。留学生在学习或者表达汉语时,为了减少错误,常常采取回避策略,即回避某一话题或放弃表达某一信息。随着留学生所学的生词越来越多,生词中的意义和用法又有交叉,他们就会采用尽量少使用时间副词、使用简单熟悉的时间副词,甚至在某一段落中重复使用同一个时间副词的方法。如:

(40) *因为小学老师早批评我怕写作文的方法的时候,我**从来**没觉得失望,**从来**在我妈妈的帮助下努力写作文作业。

这句话中连续用了两个"从来",第一个"从来"是符合句子意思的,但第二个"从来"应该改为表示转折意义的"而是"。这就是留学生在回避策略下所造的句子。

5. 近义替换

汉语的词汇非常丰富,之前也提到汉语中的时间副词大约有130个左右,难免会造成用法上的交叉。在认知学习的过程中,用新词替代旧词的阶段很容易产生偏误。留学生们逐渐学习新词的用法,并尝试运用新词,与此同时,对旧词的依赖仍然存在,这就很容易造成新词的使用偏误。

汉语中经常会出现形似的高频副词,如之前提到的"曾经"和"已经"以及"一向"和"一直",它们不仅在意义上有相似之处,在写法上也有相同。因此,对于没有学过汉语、没接触过汉字的外国人来说很容易造成偏误,经常造出如例(1)或者例(5)那样的句子。除了先前提及的这两组词以外,"从来"和"一直"、"从来"和"向来"等词使用起来也容易混淆。

通过一些例证,我们可以发现,由近义词混淆的原因造成了很多偏误,因此加强近义词语的辨析应当尽快引起教学者以及教材编写人员的重视。

6. 对外汉语教师的问题

由于对外汉语教学是一门相对新兴的学科,对外汉语教师难免有教学经验不足等问题,在教学中容易产生一些误区。比如在教学中,留学生们常常会遇到一些问题,比如他们会发现有"曾经"的句子中,动词后面有时加"过",有时不加"过"。这时他们就可能问老师什么时候要加"过",什么时候不加"过",而这些问题往往是母语使用者凭借语感就能解

① 刘珣:《对外汉语教育学引论》,北京语言大学出版社2012年版,第241页。

决的问题。因此,缺乏教学经验的对外汉语教师往往会忽略对这些问题的准备,当被留学生问到这些问题时,总是会措手不及,一时想不到合适的解答方法,就只告诉留学生这是习惯用法,必须牢记。一次两次通过这种方法还能解决问题,久而久之,留学生们得不到比较满意的答案,就会对教师的水平产生怀疑,甚至导致学习汉语热情的消退。

除此之外,有的对外汉语教师由于教学经验的不足,过分依赖教材,讲课时课堂气氛比较沉闷,特别是讲解到语法这部分时。由于讲解语法本来就很枯燥,再加上又是一门新语言的语法,如果无法活跃课堂气氛,加强与学生的互动,那么很可能造成学习效率的下降。

三、教学策略

针对上文分析的情况,我们将对学生在使用表过去类时间副词时出现的偏误提出一些教学策略,为这类时间副词的教学提供一些参考。

(一) 语境教学

语境是修辞学研究的一个热点。虽然语境的分类有很多种,但是语言总是在一定的环境中表达意义的,离开语境很难确定语言的内涵。[①] 对外汉语教学中,时间副词是很重要的。但它们往往意义抽象,离开语境很难确定其真正的意义。因此,我们在讲解时间副词时,离不开语境的帮助。

在真正的教学中,真实语境往往是有限的,不可能所有生词都恰好能够找到与之对应的真实语境。这时就需要对外汉语教师们人为地设置一些虚拟的情景,给出一些条件,让学生们用所学生词填空,在语境中帮助学习者掌握生词的意义和用法。如在讲解“终于”时,设置语境为:“爱迪生在发明电灯的过程中,为了找出最适合做灯丝的材料,试验了几千种材料,花费了三年时间”,通过强调他试验材料之多,花费时间之久,引导学生说出“他终于找到了最适合做灯丝的材料。”同时重读“终于”,加强学生对这个词的认识。通过语境教学,学生不仅知道了“终于”这个词的意思为经过较长时间最后出现某种结果,还知道“终于”在句子中的位置是在主语和谓语之间,从而区别了英语中用在句子开头的用法,从一开始就减少这类偏误发生的可能性。

(二) 对比分析

对比分析方法是对外汉语教学中重要的方法之一。本文所谈到的对比分析主要是目的语内部的对比分析。即通过语言内部对比更加准确地区分近义词,从而减少误用类偏误的产生。

汉语中相近的时间副词很多,这也就造成了留学生学习时间副词的困难。因此,我们更应该通过对比的方法将他们容易用混的时间副词进行对比分析,使他们更全面、更深刻地掌握汉语中的时间副词。下面我们以“曾经”和“已经”为例。

从上文中我们已经能够发现这是留学生们经常混淆的一组词语。“曾经”和“已经”虽

---

① 王文娟:《对外汉语时间副词教学中的语境利用》,《齐齐哈尔师范高等专科学校学报》2012 年第 2 期。

然都表示在过去的时间里发生过某种行为动作的意思，但它们在意义和用法上还有很多明显区别，具体见表 4。

表 4　时间副词"曾经"和"已经"对比表

	已经	曾经
意义	动作和情况可能还在继续。 如：我已经在这里住了一年了。（现在还住在这里）	动作或情况现在已经结束。 如：我曾经在这里住了一年。（现在不在这里住了）
	事情已经完成，一般在不久以前。 如：这本书我已经买到了，不用你费心了。	从前有过某种行为或情况，时间一般不是最近。 如：这本书我曾经买过好几次，都没买到。
用法①	后面的动词以带"了"为主，少带"过"。	后面的动词以带"过"为主，也可用"了"。
	否定式： 还＋没＋动词 已经＋不＋动词＋了 已经＋时间词组＋不/没＋动词＋了	否定式： 从来＋没＋动词＋过 不/未＋曾＋动词＋过 曾经＋时间词组＋不/没＋动词

在讲解二者不同时，采用表格的方式，可以达到更直观的效果。留学生在听老师讲课的过程中，再看表格，既利于他们的理解，也有利于记忆。

（三）练习

学习任何一门语言的最终目的都是学以致用。就像杨惠元说过的："'教'的结果只是懂，'练'的结果才是'会'。要完成从'懂'到'会'的转化，关键是练习。"②练习的作用可见一斑。练习不仅可以加强对已学时间副词的掌握，达到巩固复习的作用，而且，练习中所反馈出来的问题也是宝贵的经验。它可以让教学者认识到学习者的不足之处，纠正他们的不足并从中找出规律，重新调整教学方案，使之更适合留学生学习汉语。因此，练习在时间副词的学习中至关重要。参考了一些对外汉语教材的题型设计，下面本文将针对不同的偏误，设置不同的练习题，以达到加强区分的目的，为教学活动提供一些参考。

1. 针对容易误用的近义时间副词

从来　向来

① 他________没有去过中国。

② 小红期末考试又考了一百分，她________学习用功。

这种选词填空的题型主要是针对本文在偏误类型中的误用问题设计的。如在使用"从来"和"向来"时，学生容易将"向来"误用为"从来"[可参考例(4)]，通过这样的选词练习，就可以发现"从来"多用于否定句，而"向来"则多用于肯定句。所以通过大量的训练，可以加强留学生对此的认识。

---

① 白晓红、赵卫：《汉语虚词十五讲》，北京语言大学出版社 2007 年版，第 53 页。

② 杨惠元：《论〈速成汉语初级教程〉的设计练习》，《语言教学与研究》1997 年第 3 期。

2. 针对语序问题

(1) 选择词语正确的位置

① A我们B住在花园路,现在C搬家了,D搬到了月苑小区。(曾经)

② A对我来说,B他C一直像我的朋友一样,D没有摆过架子。(从来)

(2) 将下列各词按顺序组成句子

① 玩　最喜欢　我爸爸　一向　孩子　跟

② 代沟问题　着　向来　父母和孩子　困扰　的　就是　问题

(1)、(2)两种题型是针对上文在偏误类型中所说的乱序问题设计的题型。通过分析语料,我们发现留学生使用表过去的时间副词时容易将它们放在主语前面。这样的练习有利于加强留学生们对汉语中时间副词位置的记忆,从而减少偏误。

3. 针对遗漏问题

改正下列错句:

① 我从来没给你们写信。

② 在我一年的努力和老师的帮助下,我终于考上大学。

改错这一题型是针对上文偏误类型中遗漏这一偏误问题设计的。通过分析语料我们可以发现,与表过去的时间副词经常共现的"了"和"过"经常被留学生所遗漏,这种改正错句的练习,可以使他们认识到这种句子的不完整。经过反复练习,达到加强记忆的作用。

4. 整体练习

除了上述对偏误的不同类型所列举的有针对性的练习,语言学习到最后必须归结为语段的表达。学生掌握语言的过程应该是"语音—词汇—短语—句子—语段—语篇",在经过单句的教学并掌握了词语的基本用法后,就可以适当地进行一些语篇的练习了。主要有两种方法:

(1) 口语练习

在学习了这些时间副词以后,教师可以要求学生站起来即兴地讲一件过去发生的事,要求用到"从来"、"曾经"、"终于"、"一向"和"向来"中至少一个词。在进行口语训练的过程中,整体把握这些词在语境中的意义和用法。同时,教师以鼓励引导的方式为主,鼓励学生多说多练。

(2) 书面练习

所谓书面练习也就是写小作文了。教师可以布置学生们利用课余时间写一篇小作文,要求至少用到5个词中的任意3个。通过这种方式,不仅可以考察学生们掌握这些生词的情况,还可以考察学生们的综合水平。在批改作文的过程中,统计学生们在使用这些词时产生的错误,在之后的课上统一讲解作文中出现的偏误,使学生能够更好地掌握这些词在真正语境中的用法。

综上所述,对语言学习来说,练习的实用性和针对性是非常重要的。如果没有足够的练习,学生们很快就会忘记所学的知识点。就像中国的那句老话:"温故而知新。"只有经常的复习和练习,才能加强对知识点的强化,把新知识转化为自己的知识。吕必松先生也说过:"用不同的方法训练不同的语言技能,是语言教学的基本规律之一。其道理就像吃饭必须用嘴、走路必须用腿一样明显。”[①]正如吕必松先生说的那样，只有通过大量的不同形式的训练，才能使时间副词的教学达到事半功倍的效果。

（四）提高对外汉语教师素质

作为一门年轻的学科，国家有关部门应当开展培训工作，提高对外汉语教师的素质，让教师们认识到汉语和其他语言的区别，从而全面地备课，避免出现因为汉语习惯而忽略一些知识点的讲解。

在教授语法等相对枯燥的课程时，作为合格的对外汉语教师，应当想办法调动学生学习的积极性，比如多举一些日常生活中发生的有趣的例子，并鼓励学生们用这一语法点举出他们经历过的事情，加强互动。或者准备一部电影，在电影中边看边学，这样既有利于学习语法，也可以学习语言在实际中的使用情况并了解中国的文化。此外，还可以准备一些小游戏，等等。

四、结　语

本文在对北京语言大学 HSK 动态作文语料库中留学生的语料进行分析后，考察了留学生在使用表过去类时间副词“曾经”、“终于”、“从来”、“向来”和“一向”等时所产生的偏误。经过统计，将它们的偏误归纳为误用、乱序、赘余以及遗漏四类。通过分析这些偏误，得出产生这些偏误的原因主要有五种：时间副词本身的复杂性、母语的负迁移、交际策略的影响、近义时间副词的替代以及由汉语教育事业发展不成熟而导致的对外汉语教材编写的不足与对外汉语教师教学经验的缺乏。针对所分析出来的原因，本文还有针对性地提出了浅显的教学措施，为对外汉语教学提供一些意见和建议，使得留学生能够更好地、更有效率地掌握时间副词的用法。

（指导教师：皇甫素飞副教授）

① 吕必松：《汉语教学中技能训练的系统性问题》，《语言文字应用》1997 年第 3 期。

王实甫《西厢记》中的语气词浅析

文学院 2007（4）　胡婉莉

近代汉语尤其是元代时期的汉语，由于政治等特殊的历史原因，使得这一时期汉语言转变与发展的重要时期，大量语气词的出现、语气词功能的丰富正体现了近代汉语的这一历史性转变。元曲作为当时流行的通俗文体，具有明显的口语化倾向，通过研究元散曲《西厢记》（王实甫著）中的语气词，可以了解当时语气词使用情况，对元代语气词状况有初步认识，进而探讨元代语言的特点和作用。

一、语气词的界定

要对《西厢记》中的语气词进行分析，首先要解决的问题是什么是语气词。关于语气词的界定，最早可见于唐代柳宗元的《复杜温夫书》："所谓'乎、欤、耶、哉、夫'者，疑辞也。'矣、耳、焉、也'者，决辞也。"（《柳河东集》卷三十四）《马氏文通》与此相仿，将语气词归为"传疑"和"传信"两大类。吕叔湘《中国文法要略》扩大了语气词的范围，除句末语气词外，还包括句中语气词的某些词。王力在《中国现代语法》、《中国语法理论》二书中将语气词界定为句末语气词，孙锡信同意王力的界定方法，将语气词限于指句末语气词，但这里的"句末"既指全句末，也可以指分句末，并且认为语气词是用来表达某种情绪的具有表音性质的词。[①] 其他关于语气词的界定基本与此类似，认定语气词是用来表达语气的词，但孙汝建认为"句末语气词并不表达语气，只表达口气；句末语气词在表达口气时，具有增添口气、消减口气、指明疑问点、暗示预设等四种语用功能"[②]。无论是口气还是语气，总的来讲语气词表达了某种情绪，却不能充当句子成分，也不能表示句子之间的关系。

---

① 孙锡信：《近代汉语语气词》，语文出版社 1999 年版，第 3—5 页。

② 孙汝建：《句末语气词的四种语用功能》，《南通大学学报》（社会科学版）2005 年第 21 卷第 2 期。

二、《西厢记》中的语气词浅析

《西厢记》中用到的语气词共 28 个，语料 493 例，每个语气词在本书中出现的语例总数和所占总数比重见表 1。

表 1

语气词	语例数量	比重	语气词	语例数量	比重
也	110	22.312％	休	1	0.203％
矣	6	1.217％	来	22	4.462％
乎	7	1.420％	的	18	3.651％
焉	2	0.406％	沙	1	0.203％
尔	1	0.203％	啰	1	0.203％
耳	2	0.406％	罗	1	0.203％
哉	2	0.406％	那	4	0.811％
么	19	3.854％	了	1	0.203％
哩	25	5.071％	否	1	0.203％
者	66	13.387％	呀	2	0.406％
呵	100	20.284％	去来	**15**	**3.043％**
咱	31	6.288％	也呵	**25**	**5.071％**
波	8	1.623％	了也	**17**	**3.448％**
罢	3	0.609％	也么哥	2	0.406％

其中，“也，矣，乎，焉，尔，耳，哉，么，哩，者”等 10 个语气词为宋元以前就有的语气词，出现的语例数约占总数的 48.68％，其余均为宋元时期出现的语气词，语例数约占总数的 51.32％。由表 1 不难看出，总体来讲，宋元以前产生的语气词除“也”外，其他如“矣，乎，焉，尔，耳，哉”等在《西厢记》中使用的范围小，频率低，其中“尔”作为语气词仅出现一次（如“姻缘非人力所为，天意尔。”），体现出文言语气词使用日益衰减的趋势。相对来说，宋元新兴的语气词无论在数量上、使用范围上还是使用频率上都在作品中占有相当大的优势。下面对《西厢记》中的宋元以前产生的语气词和宋元期间产生的语气词作简要的分析。

（一）宋元以前就有的语气词

1. 也

关于“也”的传统意义与用法，《马氏文通》说：“‘也’字，所以助论断之辞气，故凡句意之为当然者”，“‘也’字结之……所谓当然者，决是非，断可否耳”。[①] “也”在古代汉语中最常见的用法是表判断语气，如：“族秦者秦也，非天下也。”（贾谊《过秦论》）也有表特指问语

① 转引自常萍《元曲选宾白的语气词》，《甘肃广播电视大学报》2008 年第 1 期。

气的，如："身死人手为天下笑，何也？"（贾谊《过秦论》）与其他文言语气词相比，"也"在作品中使用的范围较大，频率较高，在《西厢记》中具体使用情况见表2。

表2

也										
用途	表肯定陈述	表已然陈述	表判断	表祈使	表感叹	表提顿	表特指问	表反问	表申说	表揣测
数量	34	24	5	7	15	12	4	3	1	6
比重	30.631%	21.622%	4.505%	6.306%	13.514%	10.811%	3.604%	2.703%	0.901%	5.405%

由表2可见"也"所表示的语气比以前更丰富了。除了表判断语气、表特指问语气等传统用法（占总用法8.109%）之外，出现了表感叹语气[如例(10)]、表揣测语气[如例(21)]、表反问语气[如例(17)]等新的用法（占总用法的91.891%），而且表判断语气的传统用法所占比重远不及新兴的用法，由此可知，在宋元时期"也"虽得到较广泛的运用，但传统用法萎缩代之以更多新兴的用法，《西厢记》中"也"各种用法的语例有：

Ⅰ.表肯定陈述

(1) 俺到那里走一遭便回来也。（第一本，第一折）

(2) [夫人云]你且住者，今日有酒也。（第二本，第四折）

Ⅱ.表已然陈述

(3) [红云]为你别帮了女婿，俺小姐依旧嫁了郑恒也。（第五本，第三折）

(4) 天色晚也，安排香案，咱花园内烧香去来。（第一本，第三折）

Ⅲ.表判断

(5) 吾之未疾进后征讨者，为不知地利浅深出没之故也。（第二本，第二折后楔子）

(6) [红云]非是张生小姐红娘之罪，乃夫人之过也。（第四本，第二折）

(7) 拟定则与郑恒，他有言语，怪他不得也。（第五本，第三折）

Ⅳ.表祈使

(8) 呀，却早发擂也；（第二本，第五折）

(9) [仆云]小人也辛苦，待歇息也。（第四本，第四折）

Ⅴ.表感叹

(10) [净云]苦也！闻知状元回，特来贺喜。（第五本，第三折）

(11) [末云]这相思索是害也！（第一本，第二折）

Ⅵ.表提顿

(12) [红云]恰回夫人话也，正待回姐姐话：二月十五日，请夫人姐姐拈香。（第一本，第三折）

(13) 酬贺间礼当酬贺，俺母亲也好心多。（第二本，第四折）

Ⅶ.表特指问

(14) [末云]是谁来也？（第二本，第三折）

(15) 暮雨催寒蛩，晓风吹残月，今宵酒醒何处也？（第四本，第四折）

(16) 今日中选得官，夫人反行不悦，何也？（第五本，第三折）

Ⅷ. 表反问

(17) [末云]小生读书人,怎跳得那花园过也?(第三本,第二折)

(18) 人而无信,不知其可也。(第四本,第二折)

Ⅸ. 表申说

(19) [旦云]我回去也,怕夫人觉来寻我。(第四本,第一折)

Ⅹ. 表揣测

(20) [红云]姐姐,你看月阑,明日敢有风也?(第二本,第五折)

(21) [旦上云]红娘伏侍老夫人不得空便,偌早晚敢待来也。(第三本,第二折)

(22) 今日好个日子,过门者,准备下筵席,郑恒敢待来也。(第五本,第四折)

可见,在这里“也”的用法更为灵活多样,显示出新时代的特点。

2. 矣

“矣”古代汉语中常用来表陈述语气如“朝闻道,夕死可矣。”(《论语·里仁》)在《西厢记》中的用法见表3。

表3

矣			
用途	表肯定陈述	表感叹	表特指问
数量	4	1	1
比重	66.667%	16.667%	16.667%

可见和“也”一样,虽然表陈述的用法仍居主要地位,但也出现表感叹语气[如例(25)]、表特指问语气[如例(26)]的新用法,在作品中的语例有:

Ⅰ. 表肯定陈述

(23) 洛兵不知九变之术,虽知五力,不能得人用矣。(第二本,楔子)

(24) 小姐之以差矣,张珙更能怜谁?(第四本,第三折)

Ⅱ. 表感叹

(25) 今能一见,是小生三生有幸矣。(第一本,第二折)

Ⅲ. 表特指问

(26) 纵云日近长安远,何故鳞鸿之杳矣(第五本,第二折)

“也”、“矣”等作为文言语气词,在古代汉语中使用频繁,较其他语气词有很强的适应性、灵活性,在广泛的使用中不断被赋予新的内涵,以适应语言发展的要求。因此,随着时代的变迁、语言的发展,这些语气词因自身强大的生命力和使用惯性等原因,到宋元时期仍被经常使用,但其传统用法已经日渐萎缩,新用法的出现丰富其所表达的语气,赋予其新的内涵和活力,体现出语言发展的时代特征。

3. 耳、焉、哉、尔、乎

这几个文言语气词在《西厢记》中的用法基本未变,但由于在古代使用频率和范围远不及“也”和“矣”,到宋元时已在日常交际中基本销声匿迹。即使是在作品中偶有出现,也大多因作者或为附庸古风或为突出剧中人物文化修养的需要而加以使用,频率远不及

“也”，且使用范围狭窄，作品中出现的语例有：

含语气词“耳”的句子有2例，均表肯定确信的语气[如例(27)、例(28)]：

(27) 物鲜不足辞，但充讲一下茶耳。(第一本，第二折)

(28) 视官如拾芥耳。(第四本)

含语气词“乎”的句子有7例，或表反问语气(如例29)，或表揣测语气[如例(30)]。

(29) 岂不得罪于圣人之门乎？(第一本，第二折)

(30) 他又问：“那壁小娘子莫非莺莺小姐的侍妾乎？”(第一本，第三折)

(31) 孰料夫人以恩成怨，变易前姻，岂得不为失信乎？(第三本，第一折)

含有语气词“哉”的句子仅2例，均表反问语气[如例(32)、例(33)]：

(32) 一来辱没相国家僧；二来张生日后名重天下，施恩于人，忍令反受其辱哉？(第四本，第二折)

(33) 官司若推其详，亦知老夫人背义而忘恩，岂得为贤哉？(第四本，第二折)

含语气词“焉”的句子有2例，均表反问语气[如例(34)、(35)]：

(34) 不甫能成亲，焉有是理？(第五本，第四折)

(35) 夫人怒欲毁亲，依旧要将莺莺去郑恒，焉有是理？(第五本，第四折)

含有语气词“尔”的句子仅例(36)一句，表肯定确信语气。

(36) 姻缘非人力所为，天意尔。(第二本，第三折)

由以上语料可知，这些语例大多出自张生、莺莺等有一定文化修养的人之口，他们或出于修养习惯，或为追求高雅，或是一种习惯用语的影响而使用文言语气词①，语例极少，在当时日常口语交际中恐怕已退出历史舞台。

4. 么

“么”是“吗”和“嘛”的简化字②，产生于唐五代时期，初主要用于表是非问语气，在《西厢记》中使用情况见表4。

表4

么			
用途	表是非问	表揣测	表希望
数量	15	3	1
比重	78.947%	15.789%	5.263%

可见，“么”表示的语气不局限于征求对方认可的是非问句[如例(37)]，还有表揣测[如例(40)]等新的用法，其语例有：

Ⅰ. 表是非问

(37) [末背云]红娘，小姐好么？(第五本，第四折)

(38) [红笑云]他着你跳过墙来，你做下来。端的有此说么？(第三本，第二折)

---

① 孙锡信：《近代汉语语气词》，语文出版社1999年版。

② 雷文治：《近代汉语虚词词典》，河北教育出版社2002年版，第102页。

Ⅱ.表揣测

(39) 莫不做下来了么?(第四本,第二折)

(40) [末云]小生为小姐如此容色,莫不小姐为小生也减动丰韵么?(第三本,第三折)

(41) 喏早晚不来,莫不又是谎么?(第四本,第一折)

Ⅲ.表希望

(42) 天色晚也,月儿,你早些出来么!(第二本,第五折)

由以上分析和语例可知,“么”承担的功能不完全等同于现代汉语中的表是非问语气的“吗”[如例(37)],还有表推测性询问语气的“吧”[1][如例(39)],与二者存在传承关系。

5.哩,那

“哩”作为语气词出现最早见于唐代,初仅用于非疑问句中,表示略带夸张的申辩语气[2],在这里用法扩大,出现了可用于疑问句中表疑问语气等新用法,可见语气词“哩”在这时得到了发展,具体使用情况见表5。

表5

哩								
用途	表申诉	表揣测	表感叹	表斥责	表反问	表设问	表是非问	表特指问
数量	15	2	1	2	1	1	2	1
比重	60.000%	8.000%	4.000%	8.000%	4.000%	4.000%	8.000%	4.000%

由表可知,“哩”初产生时的表申诉等非疑问语气的用法仍居主流地位(约占总用法的80%),但表设问语气[如例(51)]、表反问语气[如例(50)]、表是非问语气[如例(53)]等的出现无疑体现出“哩”这个语气词在宋元时期得到了发展。作品中的语例有:

Ⅰ.表申诉

(43) 早是那小娘子不听得哩,若不知呵,是甚意思!(第一本,第二折)

(44) [红朝鬼门道唤云]老夫人后堂待客,请小姐出来哩!(第二本,第四折)

(45) 姐姐正烦恼哩,你自来?(第五本,第一折)

Ⅱ.表揣测

(46) [红上云]奉小姐言语去看张生,因伏侍老夫人,未曾回小姐话去。不敢听得声音,敢又睡哩,我入去看一遭。(第三本,第二折)

Ⅲ.表感叹

(47) [末云]小姐,你尚然不知我的心哩。(第五本,第二折)

Ⅳ.表斥责

(48) [夫人云]你故自口强哩。(第四本,第二折)

(49) [夫人云]欢郎见你去来,尚故自推哩。(第四本,第二折)

---

① 孙汝建:《句末语气词的四种语用功能》,《南通大学学报》(社会科学版)2005年第21卷第2期。

② 孙锡信:《近代汉语语气词》,语文出版社1999年版,第107页。

Ⅴ. 表反问

(50) [红云]你哄着谁哩,你把这个饿鬼弄得他七死八活,却要怎么?(第三本,第二折)

Ⅵ. 表设问

(51) [红云]你道请谁哩?(第二本,第四折)

Ⅶ. 表是非问

(52) [红云]请张生哩?(第二本,第四折)

(53) 真个着你来哩?(第三本,第二折)

Ⅷ. 表特指问

(54) [末云]谁敲门哩?(第四本,第四折)

关于"哩"在宋元时期的用法,蒋绍愚、曹广顺认为:"元明时期'哩'的用例十分常见,用法以表示持续不变为主,同时也有其他用法。"①这里的其他用法大概就是新生的表疑问语气等用法。

吕叔湘先生在《释景德传灯录》中说"'哩'字今仍留存于北方多处方言之中"(转引自常萍《元曲选宾白疑问语气词》),事实亦是如此,如在陕西一带方言中"哩"仍是常见的语气词,如"那我哩?"这句话中表示带有提醒意味的疑问语气。

另外,"那"在六朝时就已见到表疑问语气的用法②,宋元时期用于承前句、特指问句和选择问句中,作品中的语例多表疑问语气,其中表选择问语气的 2 例[如例(55)、例(56)],特指问语气的 1 例[例(57)],表感叹语气的 1 例[例(58)],分别是:

Ⅰ. 表选择问

(55) 好着我难猜:来也那不来?(第四本,第一折)

(56) 小僧敢去也那不敢,我这里启大师用咱也不用咱。(第二本,第三折)

Ⅱ. 表特指问

(57) 费了甚一般那,便待要接丝萝。(第二本,第四折)

Ⅲ. 表感叹

(58) 荆刺刺,怎动那!(第二本,第四折)

这里选择问句中的"那"用在肯定否定形式之间,与"也"连用,构成一种选择问句的标志。而表感叹语气则是元代新产生的一种用法。

在这里值得一提的是,江蓝生在论及"呢"字时,说"呢……可知此即'哩'之变形","元杂剧中'呢'大量出现,字形多作'那'"(转引自常萍《元曲选宾白疑问语气词》),认为"呢"源自"哩"和"那","哩"主要用于不表疑问语气的"呢"。但冯春田将"那"排出"呢"系字之外,认为"'呢系'字所代表的语气词与主要表示是非问语气的'那'的确不同,二者应各有来源" ③。在这里,笔者认为"那"承担了"呢"系字表选择问语气的功能,"哩"承担的是表是非问语气的功能,二者不存在冲突,"那"与"呢"系字应有密切联系。

---

① 蒋绍愚、曹广顺:《近代汉语语法史研究综述》,商务印书馆 2005 年版,第 302 页。

② 蒋绍愚、曹广顺:《近代汉语语法史研究综述》,商务印书馆 2005 年版,第 295 页。

③ 冯春田:《近代汉语语气词》,山东教育出版社 2003 年版,第 170 页。

6. **者**

“者”是一文言语气词，但在宋元时期，表提顿语气等传统用法几乎销声匿迹，如果说“也”、“矣”等语气词还多少保留了传统的用法，“者”则几乎全用来表示全新的语气。

在《西厢记》中，语气词“者”的使用情况见表6。

表6

者								
用途	表命令	表吩咐	表商酌	表希望	表声明	表提顿	表假设	表要求
数量	22	18	2	7	10	4	1	2
比重	33.333%	27.273%	3.030%	10.606%	15.152%	6.061%	1.515%	3.030%

在这里，“者”的主要功能是表示祈使语气（约占总用法的65%），偶尔有表提顿语气[如例(71)]、表假设语气[如例(73)]用法，具体如：

Ⅰ. 表命令

(59) [末云]头房里下，先撒和那马者！（第一本，第一折）

(60) 小姐和红娘回去者！（第二本，第一折）

(61) [末云]接了马者！（第五本，第四折）

Ⅱ. 表吩咐

(62) 怕夫人问呵，则说是贫僧亲者。（第一本，第四折）

(63) [红云]你放轻者，休唬了他！（第四本，第一折）

(64) 孩儿，你拣个良辰吉日，依着姑父的言语，依旧如来做女婿者。（第五本，第三折）

Ⅲ. 表商酌

(65) [夫人云]你且住者，今日有酒也。（第二本，第四折）

(66) 姐姐，且看红娘面饶过这生者！（第三本，第三折）

Ⅳ. 表希望

(67) [旦背云]只愿这生退了贼者。（第二本，第一折）

(68) 状元回来者。（第四本，第三折）

Ⅴ. 表声明

(69) [末云]红娘去了，小生拽上书房门者。（第二本，第三折）

(70) [净倒科][夫人云]俺不曾逼死他，我是他亲姑娘，他又无父母，我做主葬了者。（第五本，第四折）

Ⅵ. 表提顿

(71) 料得行吟者，应怜长叹人。（第一本，第三折）

(72) 脸儿厮揾者，仔细端详，可憎的别。（第四本，第四折）

Ⅶ. 表假设

(73) 若小姐不弃小生，此情一心者，你是必破工夫明夜早些来。（第四本，第一折）

Ⅷ. 表要求

(74) [末云]店小二哥，还你房钱，鞴了马者。(第四本，第四折)

(75) 我说与你，依着我者。(第三本，第三折)

"者"在宋元时用法相对集中，呈现出向祈使语气集中的趋势①。在这里，"者"在语言发展过程中抛却最初的用法，可以说是一个拥有全新意义的语气词。

(二) 宋元时期产生的语气词

1. 呵

"呵"是《西厢记》中使用范围最广，出现频率最高，功能最齐全的语气词之一，在《西厢记》中的使用情况见表7。

表7

呵					
用途	表语气间歇	表呼唤	表假设	表反问	表感叹
数量	29	20	41	2	8
比重	29.000%	20.000%	41.000%	2.000%	8.000%

可见"呵"功能之全，主要用于表语气间歇、表假设等语气(约占总用法的70%)，如：

Ⅰ. 表语气间歇

(76) [末云]即然长老不在呵，不必吃茶。(第一本，第一折)

(77) [夫人云]问候呵，他说甚么？(第四本，第二折)

(78) 夫人道哥哥来到呵，怎么不来家里来？(第五本，第三折)

Ⅱ. 表呼唤

(79) 小姐呵，则被你兀的不引了人意马心猿？(第一本，第一折)

(80) [旦云]好姐姐呵，是必再着他住一程儿！(第二本，第五折)

(81) 张生呵，你若不闷死多应是害死。(第三本，第一折)

Ⅲ. 表假设

(82) [惠云]他不放我呵，你放心！(第二本，第二折)

(83) 说过呵，休欢喜，说不过，休烦恼。(第四本，第二折)

(84) [将军云]那厮若不去呵，祗候拿下。(第五本，第四折)

Ⅳ. 表反问

(85) [旦云]你那知我的心里呵？(第四本，第四折)

(86) 小生一日十二时，无一刻放下小姐，你那里知道呵！(第四本，第一折)

Ⅴ. 表感叹

(87) [末云]是好一个和尚呵！(第一本，第二折)

(88) 月儿，你团圆呵，咱却怎生？(第二本，第五折)

---

① 孙锡信：《近代汉语语气词》，语文出版社1999年版，第117页。

(89) 今日万般的难下去呵！（第三本，第二折）

“呵”是王本《西厢记》中出现频率最高的近代语气词（约占书中语气词语料的20.3%），表现的语气丰富，功能相当于现代汉语中的语气词“啊”，由此可以猜想现代汉语中“啊”源自“呵”，二者有着渊源的关系，吴波认为现代汉语语气词“呀”源于语气词“了”、“呵”的合用音变。①

2. 咱

“咱”是《西厢记》中常用的语气词，孙锡信将其用法概括为“一、祈使：① 命令；② 要求；③ 劝诱；二、表白；④ 申说；⑤ 感叹；⑥ 反问；⑦ 呼语”②。除此之外，雷文治又添表特指问语气这一用法③，在本书中的使用情况见表8。

表8

咱						
用途	表命令	表要求	表劝诱	表申说	表特指问	表反问
数量	3	9	3	14	1	1
比重	9.677%	29.032%	9.677%	45.161%	3.226%	3.226%

在这里，表祈使语气和表申说语气的用法占绝对优势（约占总用法的93.5%），当用于第一人称时，用于表申说语气，其他情况下主要表祈使语气。其中又因所表达的语气强烈程度不同而又将表祈使语气的用法细分为表命令、表要求、表劝诱等几种。

举例说明：

Ⅰ. 表命令

(90) 我嘱咐你咱！（第二本，第三折）

(91) [旦云]张生病重，我有一个好药方儿，与我将去咱！（第三本，第四折）

(92) [旦云]好姐姐，救人一命，将去咱！（第三本，第四折）

Ⅱ. 表要求

(93) [夫人云]长老的亲便是我的亲，请来厮见咱。（第一本，第四折）

(94) [旦云]请个好太医看他证候咱。（第三本，第二折）

(95) 这早晚初更尽也，不见来呵，小姐休说谎咱！（第四本，第一折）

(96) [旦云]好姐姐，遮盖咱！（第四本，第二折）

Ⅲ. 表劝诱

(97) [红云]怎见得他着你来？你解与我听咱。（第三本，第二折）

(98) 书上如何说？你读与我听咱。（第三本，第四折）

(99) [红云]姐姐心儿闷呵，那里散心耍咱。（第五本，第一折）

以上三种表示祈使语气，只存在语气强烈程度上的不同。例(90)—(92)出现在主人仆人的要求，语气较强硬；例(93)—(96)语气较委婉；例(97)—(99)旨在商量请求，语气最为和缓。

---

① 吴波：《元刊杂剧中的语气词“呵”“也”》，《江西社会科学》2001年第4期。

② 孙锡信：《近代汉语语气词》，语文出版社1999年版，第127页。

③ 雷文治：《近代汉语虚词词典》，河北教育出版社2002年版，第337页。

Ⅳ. 表申说

(100) [末云]小生更衣咱。(第一本,第二折)

(101) 呀,却早倒西也,再等一等咱。(第三本,第二折)

(102) 我且开门看咱。(第四本,第四折)

(103) [仆上云]我则道哥哥除了,原来在驿亭中抱病,须索回书去咱。(第五本,第二折)

Ⅴ. 表特指问

(104) [末云]有甚言语嘱咐小生咱?(第四本,第三折)

Ⅵ. 表反问

(105) [末云]休似昨夜不肯。[红云]你挣揣咱,来时节肯不肯尽由他,见时节亲不亲在于您。(第三本,第四折)

以上几种以表申说(约占总用法的 45%)为主,孙锡信指出"'咱'本用于主观意志的表达、申诉,表达强烈时即带感叹语气,而感叹往往可用设问、反问形成表达以加强语势,以至使句子带上反问语气,感叹在如果在瞬间急促表达出来,则表现为呼语"①,认为表感叹、表反问等语气源于表申说的语气,由上表可知其不失为一种合理的解释。

3. 休、波、罢

"休""波""罢"均是表祈使语气的语气词,三者在用法上有相近之处。但在《西厢记》中使用范围最大、频率最高的是"波",而"休"、"罢"的语例很少,具体有:

Ⅰ. 含语气词"罢"的句子有 3 例:

(106) [红唱]谢小姐贤达,看我面遂情罢。(第三本)(表自我宽解)

(107) 罢罢! 俺家无犯法之男,再婚之女,与了这厮罢。(第五本)(表自我宽解)

(108) [净云]不必拿,小人自退亲事与张生罢。(第五本)(表商酌)

Ⅱ. 含语气词"休"的句子仅 1 例:

(109) 若问着此节呵,如何诉休?(第四本,第二折)(表特指问)

究其原因,在于"波"只出现于元曲中②,是元曲常用的祈使语气词,对语气词"波"的大量使用,势必会减少对具有相近功能的其他语气词的使用。其在《西厢记》中的使用情况见表 9。

表 9

波			
用途	表命令	表要求	表提顿
数量	1	3	4
比重	12.500%	37.500%	50.000%

可见,"波"在元曲中不仅可以表命令[如例(110)]、表要求[如例(112)]等较强的语气,还可以表句中停顿[如例(114)],即在散曲中作衬字,不带特别的语气,如:

---

① 孙锡信:《近代汉语语气词》,语文出版社 1999 年版,第 129 页。

② 孙锡信:《近代汉语语气词》,语文出版社 1999 年版,第 138 页。

Ⅰ. 表命令

(110) 休波，省人情的奶奶忒虑过，恐怕张罗。(第二本，第四折)

Ⅱ. 表要求

(111) 放心波学士！(第三本，第一折)

(112) 天，你有万物于人，何故争此一日？疾下去波！(第三本，第二折)

(113) 放心波玉堂学士，稳情取金雀鸦鬟。(第三本，第二折)

Ⅲ. 表提顿

(114) 人间看波，玉容深锁绣帏中，怕有人搬弄。(第二本，第五折)

(115) 忽的波低垂了粉颈，氲的呵改变了朱颜。(第三本，第二折)

(116) 得罪波"社家"，今日便早则死心踏地。(第三本，第二折)

(117) 从今后悔罪也卓文君，你与我游学去波汉司马！(第三本，第二折)

4. 来

关于语气词来的语法意义，有不同的论述：胡竹安认为"来"在元剧中表示疑问和陈述两种语气①；许仰民根据"来"在句中的位置不同将其用法分为表停顿[如例(122)]、表陈述[如例(119)]、表感叹[如例(123)]、表疑问[如例(124)]等语气，以表陈述语气为主(占总用法的32%)。在《西厢记》中"来"的用法见表10。

表 10

来						
用途	表陈述	表提顿	表感叹	表特指问	表反问	表反诘
数量	7	4	1	2	7	1
比重	31.818%	18.182%	4.545%	9.091%	31.818%	4.545%

语例有：

Ⅰ. 表陈述

(118) 我逗你耍来。(第三本，第二折)

(119) 是郑恒说来，绣球打着马了，做女婿也。(第五本，第四折)

(120) 欢郎见你去来，尚故自推哩。(第四本，第二折)

Ⅱ. 表提顿

(121) 我若不去来，道我违拗她，那生又等我回报，我须索走一遭。(第三本，第二折)

(122) 愁得来陡峻，瘦得来啤嗻。(第四本，第三折)

Ⅲ. 表感叹

(123) 猛见他可憎模样——小生那里得病来——早医可九分不快。(第四本，第一折)

Ⅳ. 表特指问

(124) 和尚，恰怎么观音现来？(第一本，第一折)

(125) 夫人道哥哥来到呵，怎生不来家里来？(第五本，第三折)

---

① 刘义青、劳丽蕊：《句末助词"来(来着)"研究综述》，《陶瓷研究与职业教育》2004年第1期。

Ⅴ. 表反问

(126) 有前日的心,那得今日的心来?(第三本,第二折)

(127) 若不是那生呵,那里得俺一家儿来?(第五本,第三折)

Ⅵ. 表反诘

(128) 我吃什么来!(第二本,第四折)

由上可知,在《西厢记》中,"来"主要是用于表陈述语气、疑问语气,胡竹安之说也不无道理。值得一提的是,语气词"来"在北方徐州话等一些方言中被保留了下来,如"你干什么来?"表疑问语气,"还没有来。"表陈述语气,"真不孬来!"表感叹语气等。

5. 的

"的"作为语气词的用法在元代就已运用[①],在《西厢记》中的使用情况见表11。

表11

的				
用途	表肯定陈述	表判断	表特指问	表假设
数量	12	3	2	1
比重	66.667%	16.667%	11.111%	5.556%

本书中以表陈述语气为主(约占总用法的67%),其次是表判断语气(约占总用法的17%)。这两种用法常见于现代汉语中。

语例有:

Ⅰ. 表肯定陈述

(129) 这寺是先夫相国修造的。(第一本,第一折)

(130) [红云]姐姐情思不快,我将被儿薰得香香的,睡些儿。(第二本,第一折)

(131) 这药方儿小姐亲笔写的。(第三本,第四折)

(132) [旦云]这小贱人倒会放刁,羞人答答的,怎生去!(第四本,楔子)

Ⅱ. 表判断

(133) 三日后不送出去,便都是死的。(第一本,第二折)

(134) 他是先奸后娶的,不应娶他。(第五本,第三折)

(135) 我这颓证候,非是太医所治的。(第三本,第四折)

Ⅲ. 表特指问

(136) [旦云]小贱人,这东西那里将来的?(第三本,第二折)

(137) [红云]斑管要怎的?(第五本,第一折)

Ⅳ. 表假设

(138) [引卒下][洁云]贼兵退了也,三日后不送出去,便都是死的。(第二本,第二折)

"的"作为语气词在现代汉语中被广泛应用,其中表判断语气的用法尤为常见,如"这面旗子是红色的"。

---

① 孙锡信:《近代汉语语气词》,语文出版社1999年版,第145页。

6. **复合语气词:去来、也呵、了也、也么哥**

关于复合语气词,《马氏文通》认为是"出于强化语气的需要,所表达的只是原单词意义的相加";杨伯峻则在《文言文法》一书中说复合语气词的目的在于"强化语气,重点在末一个"①;刘景农持与杨伯峻相似的观点,认为复合语气词多少带点感叹的语气②。在《西厢记》中出现的几个复合语气词,它们的使用情况见表 12 和表 13。

表 12

去来					
用途	表命令	表商酌	表申说	表揣测	表反问
数量	1	7	5	1	1
比重	6.667%	46.667%	33.333%	6.667%	6.667%

表 13

了也				也呵			
用途	表已然陈述	表肯定陈述	表特指问	用途	表感叹	表反问	表特指问
数量	12	3	2	数量	23	1	1
比重	70.588%	17.647%	11.765%	比重	92.000%	4.000%	4.000%

通过比较,可以得知这几个复合语气词或以表达感叹语气为主(如"也呵"),有的以表达祈使语气为主(如"去来"),或以表达已然的陈述语气为主(如"了也")。复合语气词的出现与运用有一定的原因:表达强烈情感的需要,如"也呵";元曲这种通俗文学的要求与限制③,如"去来";大量语气词的出现;表达复杂语气的需要等④,如"了也"。

另外,对于"也么哥",孙锡信认为是元曲中出现于"叨叨令"曲牌里的专用语气词,用在重叠句中,构成"……也么哥,……也么哥"的形式,表示强烈咏叹的语气,并分析"也么"是语气词,"哥"是衬字⑤。而雷文治将"也么哥"整体定位为衬字。⑥ 笔者认同孙先生的说法,认为"也么哥"是由于受曲牌"叨叨令"这种文体的限制而专用的语气词。

语例有:

Ⅰ. 去来

表命令

(139) [夫人云]你看佛殿上没人烧香呵,和小姐散心耍一回去来。(第一本,楔子)

表商酌

(140) [红唤科]姐姐,咱烧香去来。(第三本,第三折)

---

① 王志清:《试论语气词连用》,《社科纵横》2006 年第 4 期。

② 刘景农:《汉语言文法》,中华书局 1998 年版,第 120 页。

③ 吴波:《元刊杂剧中的语气词"呵""也"》,《江西社会科学》2001 年第 4 期。

④ 于秀娟、周坤:《句尾语气词连用的生发因素》,《内蒙古民族大学学报》2009 年第 1 期。

⑤ 孙锡信:《近代汉语语气词》,语文出版社 1999 年版,第 149 页。

⑥ 常萍:《元曲选宾白的语气词》,《甘肃广播电视大学学报》2008 年第 18 卷第 1 期。

(141) [红云]夫人寻小姐哩,咱家去来。(第二本,第五折)

表申说

(142) 须索走一遭去来。(第一本,第二折)

表揣测

(143) 我待送你去官司里去来,恐辱没俺家谱。(第四本,第二折)

表反问

(144) 谁着你和小姐花园里去来?(第四本,第二折)

Ⅱ.了也

表已然陈述

(145) [洁云]天明了也,请夫人小姐回宅。(第一本,第四折)

(146) [洁云]贼兵退了也,三日后不送出去,便都是死的。(第二本,第二折)

表肯定陈述

(147) [末背云]呀,声息不好了也!(第二本,第四折)

表特指问

(148) 孩儿,怎生是了也?(第二本,第一折)

Ⅲ.也呵

表感叹

(149) 我想先夫在日,食前方丈,从者数百,今日至亲则这三四口儿,好生伤感人也呵!(第一本,第一折 楔子)

(150) 早是离人伤感,况值暮春天道,好烦恼人也呵!(第二本,第一折)

(151) 这些时神思不快,妆镜懒抬,腰肢瘦损,茜裙宽褪,好烦恼人也呵!(第五本,第一折)

表反问

(152) 暗想小生萤窗雪案,刮垢磨光,学成满腹文章,尚在湖海飘零,何日得遂大志也呵!(第一本,第一折)

表特指问

(153) 怎么不见红娘来也呵?(第二本,第三折)

7.沙,罗,啰,呀

语气"沙""罗(啰)""呀"虽是宋元时期产生的语气词,在《西厢记》中却没有被大量使用。其中"沙""罗""啰"均只有1例,"呀"有2例:

(154) 既不沙,却怎趁着你头上放毫光,打扮得特来晃?(第一本,第二折)(表提顿)

(155) 好模样太冲撞,没则罗便罢,烦恼怎么那唐三藏?(第一本,第二折)(表提顿)

(156) 佛啰,早成就了幽期密约。(第一本,第四折)(表呼唤)

(157) 这汗衫呀,他若是和衣卧,便是和一处宿。(第五本,第一折)(表提顿)

(158) 打叠起嗟呀,毕罢了牵挂,收拾了忧愁,准备着撑达。(第三折,第三本)(表提顿)

其原因有待于进一步探究。或许此时这些语气词刚产生,用法还不够稳定成熟,应用的范围也不广。

三、由《西厢记》看到的宋元语气词的历史作用

宋元时期是中国文学由古典走向通俗的转折点，也是汉语言发展的一个转折点。宋元时期，通俗文学特别是元代散曲得到充分的发展，戏曲的口语化、生活化、俚俗化使得当时的民间语言进入文学作品中以文字的形式保存下来。同时，大量语气词出现在作品中又增强了作品的通俗化、口语化倾向。

通过对《西厢记》中语气词的研究，可以看到这样的规律：

首先，从产生于不同时期的语气词在本书中的使用情况来看：

第一，上古时期的文言语气词在宋元时期仍有使用，但使用范围明显缩小，使用频率下降，使用条件受到限制。如“耳、焉、哉”等，仅有几例，且或出于增加作品典雅色彩而引用古语；或出于人物角色的身份地位的需要而加以使用，对古语加以模仿，如“世间有这等国色天香乎?”语出张生，张生在作品中是一书生，饱读诗书，为与其身份相应，便在他的语言中运用了文言语气词。即使使用范围较广的语气词如“也，矣”等，却出现了传统用法萎缩，新兴用法取而代之的迹象，表陈述语气的语例明显多于传统的表判断语气的语例。

第二，一些唐五代产生的语气词如“者、哩”等的用法在这一时期固定下来并被大量使用。如“哩”作为语气词出现最早见于唐代，初仅用于非疑问句中，表示略带夸张的申辩语气，在这里用法扩大，可用于疑问句中表疑问语气。

第三，宋元时期产生的语气词如“呵、罗、咱、来”等在本书中大量使用，约占语例总数的 51.32%，承担所有语气功能，大大丰富了书中的语气词。

其次，从书中语气词与现代汉语主要语气词的关系来看：

第一，“也”与现代汉语语气词“了”、“啦”。文言文中“也”用于句末，一般表示判断，而在唐代经常用来表已然陈述的语气，本书中也表已然陈述语气的语例比表判断语气的语例多。在书中有“～了～也”“～了也”的例子[如例(3)、例(145)]，而在《元曲》、《水浒传》等资料里也可以找到许多“～了～也”“～了也”的例子。其中“～了～也”的形式与现代汉语中“～了～了”形式颇为相似，由此可推断“了”与“也”有传承关系。然而，香坂顺一认为“也”不一定总跟现代汉语“吃了饭了”句末的“了”完全相同，不如说经常接近于“啦”，如“快行动些，误了时辰也!”(《窦娥冤》第三折)里的也如果用现代汉语中的语气词表示大概就是“啦”吧。[①] 至于语气词“也”什么时候消失被“了”取代，香坂顺一依据金圣叹本《水浒传》将有些“也”改为“了”，以及《金瓶梅词话》《二刻拍案惊奇》中“～了～了”形式的语例推测“也”大概消失于明末。

第二，“么”、“否”与现代汉语“吗”系语气词。在本书中，“么”和“否”大多数情况下都用在是非问句中表是非问语气，也有用来表非疑问语气的，与现代汉语中的语气词“吗”类似。吕叔湘在《中国文法要略》中指出：么，吗，嘿，末，嘛——这个语气词有疑问和非疑问两用，原来都音 me，写“么”(麽)。疑问用的 me 合 a 成 ma，写“吗”。以现在而论，疑问用的 me 几乎没有不说成 ma 的，非疑问的 me，从前除“麽”外，有的书上也写作“嘿”或“末”。

① 香坂顺一：《白话语汇研究》，江蓝生、白维国译，中华书局 1997 年版，第 155 页。

近来也有音变成 ma 的趋势，一般写作“嘛”，以示与“吗”有别，也有写作“吗”的。[①] 有理由相信语气词“么”等于现代汉语中的“吗”有必然关系，只是同时期作品中与“吗”有关系的语气词不限于“么”，南戏《琵琶记》中表是非问的语气词除“么”、“否”外，还有用于对是否完成的是非问句中的语气词“未”[如“孩儿，你行李收拾了未?”(第五出)，“筵席安排了未?”(第十一出)]，二者的差异或许缘于地域的差异，可以说“吗”是非问语气的用法源于“么”、“否”、“未”，而“吗”表非疑问语气的用法也与“么”有很大的关系。

第三，“哩”、“那”与现代汉语“呢”系词。关于“呢”的用法，通常被分为表疑问语气和表非疑问语气两类，而这两种用法被认为与“哩”、“那”有莫大的关系，对此江蓝生认为“呢”表疑问语气的用法主要源于“哩”，而表疑问语气的用法源于“那”。在《西厢记》中看到“哩”有表非疑问语气的用法，但也有表疑问语气的用法，且表疑问语气的“那”只出现了一次，对于这种现象江蓝生认为是由于语气词使用的地域性：用字的地域性，呢$_1$ 在《董西厢》、元杂剧、《朴通事》、《老乞大》等书中作“那”，而在《水浒传》中不出现，在《西游记》、《金瓶梅词话》、《儒林外史》等书中多作“哩”；又当《儒林外史》主要用“哩”，“呢”字尚不多见时，与之几乎同时的《红楼梦》里“呢”字却取得了独占地位。这种用字上的区别反映了语言的地域性特点。[②]《董西厢》、《朴通事》、《老乞大》均以燕京一带的语言为基础，而这一带的语言受外来民族的影响较大，表疑问语气的“那”很可能来自其他民族的语言。《西游记》、《金瓶梅词话》、《儒林外史》中所使用的语言受其他民族语言影响较少，因而“哩”表疑问语气的用法得到广泛的使用。吕叔湘认为“呢”这个语气词大概曾经一度经过由 li 变 ni 的变化，所以较早的白话作品里作“哩”，而较后的作品作“呢”。现在口语是 ne，通常仍作“ne”，也有写作“呐”的。有人用“呢”表疑问，用“哩”表非疑问，未免误会；原因是音“li”的时期，非疑问用法多于疑问用法，疑问用法的发展恰与由 li 而 ni 的变化同时，“哩”的形状和非疑问的用法联系较深。[③] 本文作者认同吕叔湘的说法，现代汉语语气词“呢”表疑问语气和表非疑问语气的用法均与“哩”有关。可能“哩”表疑问语气时读音由 li 变为 ni，同时期燕京地区由于受其他民族语言的影响，表疑问语气是用“那”表示。至于“哩”、“那”如何合二为一成一个语气词“呢”，江蓝生解释说：a）“哩”是新兴的语气助词，产生之初只具有不表疑问的一种功能，因而在竞争中“呢”字占优势。b）北京是元明清三个朝代的国都，由金元系白话发展而来的北京话对其他地方的语言的影响要大得多。[④] 笔者认为在这里民族融合的因素在语气词的统一上起了很大的作用。

第四，“呵”与现代汉语“啊”系语气词。关于“啊”何时出现有不同的说法，有的认为最早见于《红楼梦》，太田辰夫(1987)所举较早的用例是《红楼梦》里的，蒋绍愚(1994)也认为语气词“啊”见于《红楼梦》。[⑤] 孙锡信(1988)、崔山佳(1997)认为明代已出现了“啊”。太田(1987)指出，“啊”的来源大概未必是单一的。唐宋时期有作假设助词的“後”，这种“後”

---

① 吕叔湘：《吕叔湘全集·第一卷·中国文法要略》，辽宁教育出版社 2002 年版，第 261 页。

② 江蓝生：《近代汉语探源》，商务印书馆 2000 年版，第 34 页。

③ 吕叔湘：《吕叔湘全集·第一卷·中国文法要略》，辽宁教育出版社 2002 年版，第 261 页。

④ 江蓝生：《近代汉语探源》，商务印书馆 2000 年版，第 35 页。

⑤ 袁宾、徐时仪、史佩信、陈年高：《二十世纪的近代汉语研究》，书海出版社 2001 年版，第 42 页。

在宋代被语气词“呵”同化吸收了，后来又跟元代语气词“阿”合成一个词，就是“啊”。[①] 而在本书中也可看出“呵”所承担的语气功能与“啊”相当，二者读音上的差异或许可以用太田辰夫的说法加以解释。

第五，“休”、“罢”、“波”与现代汉语“吧”系词。“休”、“罢”、“波”在书中主要用来表示祈使语气。用于句末表示限制语气的“～休”跟同样语气的“～罢”一样没有得到发展。在明代的白话里一般已经不用了。宋元以前似较常用，[②]但是二者在本书中语例不多，尤其“休”仅见一例，“波”表祈使语气的用法较为常见。对此，“罢”比较普遍而“波”除了《元曲选》之外不多见。这些“波”显然为“罢”。“罢”的变音为轻声，[a]变作[ə]。[③] 对于元曲中“波”的语例多于“罢”，可能是处于艺术表现上的需要。“罢”、“波”与“吧”读音相近且用法类似，它们之间应有传承关系。至于《西厢记》中的语气词“休”出现的次数不多，但在南戏《琵琶记》中出现的次数颇多，如：“老贼，你死了休”（第十一出）“住休！”（第十五出）笔者猜想这种差异主要由于汉语言发展由北向南推进的规律造成的，“休”随着“波”等新的语气词的产生而消失转作实词。

第六，“则个”、“者”、“咱”与现代汉语语气词“着”。对于“则个”“者”、“咱”与“着”的关系，宋元俗语中有语气词“则个”它所表示的语气词跟“着，罢”大体相同。（吕叔湘《汉语言文法论文集释景德传灯录中在、著二助词》）吕文认为“则个”是从“著”“者”而来。“者”章也切，上声，“著”直略切，入声，二者都是[ts－]，上声和入声的不同，是由于“者”用在严格的公文里，“著”在口语中普遍使用。“著”是入声字，即使它的入声尾韵脱落了，作为语气词的入声韵依然保存着，所以用“著”字渐渐不能表示这个语气了，于是就采用了“则个”[tsaka〉tsak]的写法。这就是说“～个”用来表示[－k]音。“则”字虽独自可以使用是由于这个地方仍保留着入声韵或者是根据它的读书音，在开始看到入声韵的消失的宋代采用“则个”的写法是有原因的。另一方面，“者”从马韵，舌面音变为舌尖音 tsa，于是采用“咱”字标记。就这样，著〉则个，者〉咱，字形虽不同，但表达同一语气的语气词产生了。金元的作品中用“著”“则个”的不少，这与其说是时间还不如说是地域的差异。就是说，仍可认为在保留入声的地方多用“则个”“著”。[④]如本书中“者”、“咱”语例较多，而没有含语气词“则个”，而同一时期的南戏《琵琶记》中承担相同功能的语气词是“则个”而非“者”、“咱”，如：“寻思个道里，去回他则个。”（第三十出）“且待公婆出来，再三劝解则个。”（第十一出）由上面吕叔湘、香坂顺一等的解释，可以看出这些语气词在无论在语音上还是在用法上都有传承关系。

最后，书中语气词在现代汉语方言中的保留。书中很多语气词在现代汉语方言中都有保留。如语气词“哩”在洛阳话中就经常被使用（他怪聪明哩！），而在徐州话中表达形同的语气用“来”（他怪聪明来！）

---

① 袁宾、徐时仪、史佩信、陈年高：《二十世纪的近代汉语研究》，书海出版社 2001 年版，第 443 页。

② 香坂顺一：《白话语汇研究》，江蓝生、白维国译，中华书局 1997 年版，第 159 页。

③ 香坂顺一：《白话语汇研究》，江蓝生、白维国译，中华书局 1997 年版，第 261 页。

④ 香坂顺一：《白话语汇研究》，江蓝生、白维国译，中华书局 1997 年版，第 259 页。

四、总　结

综观整个汉语言语气词的发展可知宋元时期的语气词有明显的过渡性特点，是汉语言发展的一个重要历史时期。通过对《西厢记》中的语气词的穷尽式考察与研究，发现其中的语气词承上启下的过渡性特点。今后可以通过对这一时期其他方面的研究来进一步探讨宋元时期特别是近代语言的特点和历史作用。

（指导教师：江健副教授）

教 学 思 考

文学院师范班每个毕业年级都组织学生做教学实践活动。不少有志于做教师的学生在这个过程中得到坚实的锻炼。更为可贵的是,他们还能在教师的引导下,对自己的教学问题做理性思考。这里选择的两篇优秀习作,或者以教学理论指导教学实践,或者讨论教学方法。希望有心的读者也能结合自己的教学案例不断总结归纳,并上升到理论层次,以理论促实践,以实践丰富理论。

语境教学视野下的“言语交际表达训练”写作实验

文学院 2009（1） 李 娜

作为语文教育领域新兴的教学观念，语境教学研究以其强烈的继承性、创新性、民族性与应用性，顺应了语文课堂教学改革发展的方向。它在理论指导与教学实践方面，将对语文教学产生重大影响。小语界著名特级教师于永正老师虽未明确提出语境教学法，但其教学实践——“言语交际表达训练”作文教改实验与语境教学实是一脉相承。

本文将以语境教学观的基本原理为基点，浅析于永正老师的作文教改实验。“语境教学原理的基本内涵是：在语文教学中，语文教师必须以语境理论为指导，顺应教学语境的变化，遵循语境教学原则，根据语境教学特点和语境教学途径，运用语境备课法、语境教学法和语境评价法，教给学生语境知识，指导学生掌握语境学习法，切实提高学生生活需要的语文能力。”①可见，语境教学基本原理可以在教学目标、特点、原则以及途径等方面系统推进语文教学改革。下文，笔者将分别从语境教学目标、特点、原则和方法四个方面，探究于老师之“言语交际表达训练”的语境教学精神。

一、教学目标与语境教学目标一致

语境教学目标为语文能力的培养。其确立依据包括语文教学目标的重新定位、言语习得理论的基本要求和语言研究转向的具体体现三个方面。

首先，语文教学目标的重新定位。“现代语文教育的根本任务是培养学生的语文能力”②，传统语文教学重思想教育轻能力培养已难以满足现代语文教育的需要，随着社会的发展，言语交际能力在生活中的地位日益提升，运用语境教学理论培养学生的言语交际能力，已成为时代发展的必然选择。但这并不意味着思想教育已被能力培养取代，“在语境教学中，思想教育是学生在主动建构言语交际能力的过程中，经过自主体验、自主选择、

---

① 孔凡成：《语境教学研究》，人民出版社 2009 年版，第 119 页。

② 孔凡成：《语境教学研究》，人民出版社 2009 年版，第 127 页。

自主接纳而实现的过程”[①]，是语境教学的附带效果。于老师言语交际表达训练的指导思想与之是一种暗合。其指导思想为“瞄准现在，考虑未来，其中，现在，指的是对当前现实的言语交际能力的培养”[②]。这说明于老师重视能力培养，而在能力训练过程中，他同样强调思想教育的隐性化。例如在《大红花》作文教学中，于老师请同学们推选班级中热爱劳动的学生，并说明理由。同学们开动脑筋，寻找实例，争相阐述理由，在这个过程中，于老师并未向学生宣扬热爱劳动的优良品德，也未强调热爱劳动的重要性，但是当于老师将大红花奖给吴航以及全班同学时，同学们在无形中受到了热爱劳动的教育。由此可见，于老师的思想教育达到了润物细无声的效果。该指导思想为语文教学目标的重新定位指明了方向。

其次，言语习得理论强调，语境对于形成学生言语交际表达能力具有重要作用。母语习得是在交际活动中实现的，“是先天语言习得潜能和后天语境因素相互作用的结果，离开了后天语境，语言能力无法形成”[③]。于老师的教学原则及教学模式尤其强调交际语境的作用，为语文教学目标的实现奠定了基础。其教学原则为“先有生活、感受，而后写作的原则；在言语交际中学会交际的原则等”[④]。其教学模式为“寓说、写训练于活动、交际之中，在交际中学习并掌握一般的社会生活常用的表达本领”[⑤]。可见，于老师通过利用或创设言语交际语境，培养学生的言语交际能力，意在形成适应生活需要的与特定语境相适应的言语交际能力，自然体现了言语习得理论的基本要求。

最后，语言研究转向体现在由重视语言结构研究转向语言功能研究，这意味着语文教学应重视言语交际表达训练，全面提高学生的语言运用能力，实现语文教学由学习语言知识向掌握言语知识的转变。因此，通过创设语境训练学生言语交际能力，是语文新课改的必然要求。基于此，“于老师与张朝俊、张庆老师认为传统作文教学以命题为主，口语交际机会少，而且文学化倾向严重，脱离生活需要”[⑥]。该观点从作文产生的自然程序、社会发展的要求以及社会适应性三个方面，论证了语言研究应由重视语言结构研究转向语言功能研究。

简言之，于老师的作文教改实验强调通过创设语境培养学生的语文能力，使学生掌握现代社会生活需要的言语交际能力，其思想观点体现了语境教学的目标，顺应了社会发展的方向。

二、教学实践体现语境教学特点

“语境教学特点包括语境教学的真实性，制约性，伴生性和生发性”[⑦]。于老师的作文教改实验生动地体现了上述特点。

---

① 孔凡成：《语境教学研究》，人民出版社2009年版，第126页。

② 于永正：《于永正与五重教学》，北京师范大学出版社2011年版，第235页。

③ 孔凡成：《语境教学研究》，人民出版社2009年版，第126页。

④ 于永正：《于永正与五重教学》，北京师范大学出版社2011年版，第236页。

⑤ 于永正：《于永正与五重教学》，北京师范大学出版社2011年版，第236页。

⑥ 于永正：《于永正与五重教学》，北京师范大学出版社2011年版，第233页。

⑦ 孔凡成：《语境教学研究》，人民出版社2009年版，第127页。

（一）语境教学的真实性

语境教学的真实性具体体现在教学目标、教学内容、教学环境、教学对象以及情感表露的真实性。于老师的作文教改实验体现了语境教学这一特点，因为于老师善于抓住生活提供的言语交际机会进行说、写训练。在其写作教学实践《表扬信》中，于老师先根据朱校长收到的一封《表扬信》，指导学生采访受表扬的周老师，然后根据采访过程引导学生进行说、写训练，最后请两位同学向校长说明事件经过。在该训练中，首先，教学目标为使学生掌握采访、转述，以及写作能力，该任务来源于真实的生活需要，是学生日常生活中必须掌握的交际技能，对学生应对生活问题具有实实在在的意义和价值，体现了教学目标的真实性。其次，于老师呈现的教学材料《表扬信》具有真实性，整个教学内容包括训练学生采访、转述、写作能力等，这些都是学生在特定语境中需要运用的语文技能，因此体现了教学内容的真实性。再次，不管是被于老师请来的周老师，还是整个采访过程，还是校长室，都来源于真实的教学环境，整个教学环境的呈现都符合事件发展的一般规律，给人感觉合情合理，体现了教学环境的真实性。最后，于老师的教学过程体现了教学对象以及情感表露的真实性，尤其是当一位同学认为没必要写事件经过时，于老师从实际情况出发，具体问题具体分析，接受了该生的合理建议，把写作训练改为说话训练。总之，语境教学的真实性体现在于老师在尊重学生的基础上，根据学生的真实想法呈现教学事件。

（二）语境教学的制约性

“语境，对语文课堂活动的教学目标，教学内容以及教学活动方式等，有着重要的制约作用”①。于老师的“言语交际表达训练”正是在正确把握时代脉搏的基础上，根据社会发展的实际需要提出来的。于老师认为“现代社会是信息社会，原先需要动笔写的，现在可以改为口头表述了”②。这说明，社会文化语境从宏观上制约着语文教学的方方面面，正是社会生活实际的需要，呼唤着作文教学的改革。作为社会发展的敏锐洞察者与实践者，于老师善于创设言语交际情景，进行说、写训练。在其《转述通知，写留言条》训练课上，于老师首先通过校长找邓老师转述通知，引出通知内容，然后顺理成章地训练学生的转述能力。接着又由于邓老师久久未来，下午学生又不到校，自然地引出写留言条。最后，于老师让学生跟邓老师面对面地进行言语交际，使学生切实感受到了《转述通知，写留言条》这一教学活动的交际对象和交际目的，从而使学生真正体会到说写训练的工具价值。由此可见，情景语境从微观上影响着一节课的实施与展开，其创设水平高，该课课堂效率自然也不会低。

（三）语境教学的生发性

“在语境教学中，师生会根据交际环境提供的联想线索，如场景、人物、情节等的生发、

---

① 孔凡成：《语境教学研究》，人民出版社 2009 年版，第 128 页。

② 于永正：《于永正与五重教学》，北京师范大学出版社 2011 年版，第 233 页。

解释和联想功能，促进理解和表达深刻具体”①。例如在《对话想象作文》教学中，于老师先以课文中学生熟知的对话导入对话教学，接着指导学生掌握写对话的要领。然后通过听录音和表演哑剧激发学生联想、想象能力。在听录音写对话教学中，教师先引导学生想象三个人说话的时间、地点，以及说话时的语气、表情、动作，再组织学生写作，该做法既促进了学生对对话的理解，又培养了学生的创造力。在表演哑剧写对话教学中，为培养学生能力，提高教学效率，于老师有效把握并利用了交际环境和言语知识的内在联系，注重培养学生根据人物的神情和动作，推测人物思想和话语的能力。总之，其创设的语境充满情趣，为学生提升自己的写作教学具有举足轻重的作用。

（四）语境教学伴生性

“课堂语境和具体的课堂交际活动联系在一起，随着课堂交际活动的展开而展开”②。同样，于老师的教学实践《动物王国掰手腕比赛》中的现场解说总是伴生于具体的比赛情况，解说内容随着选手表现的变化而变化，具有及时性、发展性、随机性等特点。于老师在教学过程中及时调控，不断为“解说”的进展导向、指谬。例如掰手腕儿比赛的第三局扣人心弦，魏同学的解说随着选手表现的变化而变化，由猴子队的领先到兔子队的反败为胜，其解说可谓精彩。当兔子队凭着坚强的意志，反败为胜后，于老师根据选手表现，及时总结：“这是一场比力量比意志的较量，点点关键时刻气不馁，顶得住。”总之，整个说写训练紧随课堂交际活动的变化而变化，充分体现了语境教学的伴生性。可见，语境教学的特点已完全渗透进于老师作文教改实验的方方面面，于老师作文教改实验反映了时代的要求，语境教学原理也就成为语文教学改革的一面旗帜。

三、教学语言展现语境教学原则

“教学除了要遵循语文教学的一般原则外，还要遵循目的需要原则、合作原则和得体原则”③。从语境教学原则的视野看，于老师在“言语交际表达训练”教学过程中的教学语言充分体现了语境教学原则。

首先，洞察学生心理，遵循目的需要原则。“语文教学要有明确的目的——意图意识，并且目的——意图还要符合学生的需要，这就是目的需要原则”④。于老师的教学语言深刻地诠释了其内涵。在《到苹果园参观苹果》教学中，于老师为了达到训练学生说写这一总目标，开展了宣读开展活动通知、到果园参观、筹备并举办苹果展览会等活动，以达到训练学生写保证书，转述通知，掌握并能介绍苹果特点，和为照片写说明文字等意图。这些活动以其浓厚的趣味性，满足了学生喜爱活动的心理。在活动中安排的四次说、五次写的训练，都是活动本身的需要，为了保证活动的顺利进行，学生自然会全身心地投入说、写训

① 孔凡成：《语境教学研究》，人民出版社 2009 年版，第 131 页。
② 孔凡成：《语境教学研究》，人民出版社 2009 年版，第 129 页。
③ 孔凡成：《语境教学研究》，人民出版社 2009 年版，第 132 页。
④ 孔凡成：《语境教学研究》，人民出版社 2009 年版，第 132 页。

练中。在整个教学活动过程中，于老师以其启发性的语言，逐步指导学生开展活动，适时引导学生进行说、写训练。在其中的《写保证书，转述通知》的教学中，于老师首先由阳春三月的赏花导入到金秋十月的赏果，引发学生一片掌声。接着以果园管理人员对学生不放心为理由，激发学生写保证书，学生自然乐写，其教学语言可谓高妙！

其次，遵循合作原则，保证教学质量。美国哲学家、语言学家格赖斯认为“要想交际成功，交际双方必须合作，遵守一些共同的原则”①，这就是合作原则，而在合作原则这个总的名称下面，还有较为具体的四项准则，即数量准则、质量准则、关联准则和方式准则。教学就是师生间的一种特殊的交际活动，于老师为了提高课堂效率，保证教学质量，严格遵循四项准则的相关要求，实现了合作原则的零偏离和正偏离。

例如在于老师的《学一点问的本领——采访》的说话课中，于老师先以一封《表扬信》导入，让学生带着问题读《表扬信》，以了解事件经过，然后以校长准备在会议上表扬周老师，但对事件经过不够了解为理由，请学生采访周老师，展开采访教学，使学生在实际训练中掌握采访的相关要求，最后请两位学生向校长讲述事件经过。在该说话课中，于老师严格遵循了上述四项准则。首先，“数量准则要求教师在讲课中，根据学生的心理和年龄特点，根据教学目标，提供适度的知识信息”②。于老师充分发挥学生的主体作用，根据教学实际，遵循数量准则。如为了使采访有效进行，于老师请学生事先思考采访时所提的问题。其间，于老师让学生主动思考，自由发挥，甚至有些学生提的问题比较幼稚，于老师也未加评价。待学生将问题提完后，于老师开始集中评价，接着针对即将进行的采访，提出了三点注意事项。此时的总结评价既有对上一环结的回顾，也有对下一环节的开启，引入的三点采访要求，为即将进行的采访提供了方法指导。这说明，于老师在教学中对什么时候该讲，讲什么，讲多少，什么时候不该讲有清楚的认识。其次，“质量准则要求不说假话，不说没有根据的话”③。于老师的教学语言有根有据，教学过程衔接周密，富有逻辑性。例如课堂中的教学材料《表扬信》源于真实的生活环境；采访对象周老师也是真实的当事人；采访原因——校长对事件经过不了解，从学生的心理和年龄特点出发，能为学生所接受；准备的采访问题也是实事求是，对于一些比较幼稚的问题，于老师也进行了委婉的否决；此外于老师提出的采访要求也是有理有据；最后请学生向校长汇报采访结果，对学生而言，也是真实的现实需要。由此不难看出于老师的教学遵循了质量准则。另外，关联准则要求说话要贴切，不说与话题无关的话，不答非所问。于老师在教学中紧扣教学目标，教学语言切合采访要求，遵循了关联准则。如课堂中以《表扬信》导入，并请学生思考事件经过，这一教学环节看似与话题无关，实际是为后面采访做铺垫。可见，于老师的教学紧紧围绕教学目标，教学过程环环相扣，过渡自然，令人佩服。再次，方式准则要求说话简单而有条理，避免晦涩和歧义。于老师在教学中言简意赅，遵循了方式准则。教学中为了让学生带着问题读《表扬信》，于老师仅用了短短的一句话，就提出了三个问题，谁的表扬信，表扬的谁，为什么表扬，用词精练，语义明确，令人叹服。无疑，于老师对合作原则的遵循

① 孔凡成：《语境教学研究》，人民出版社 2009 年版，第 135 页。

② 孔凡成：《语境教学研究》，人民出版社 2009 年版，第 135 页。

③ 孔凡成：《语境教学研究》，人民出版社 2009 年版，第 135 页。

展现了其高超的教学水平和严谨负责的工作作风。

于老师的教学语言是他精心准备，有效实施的见证，也是准确把握合作原则，展现教师语言风采的经典实例。

最后，遵循得体原则，彰显人格魅力。在语文教学中，遵循得体准则就是要做到以下三点：

第一，根据礼貌准则开展语文教学活动，语文教学要遵循赞誉、谦虚、恰当称呼、同情和一致次准则。于老师的教学语言深刻地展现了言语交际的礼貌准则，下文笔者将结合其教学实践略作阐述。

"赞誉次准则要求最小限度地贬低学生，最大限度地赞扬学生"①。在于老师的《对话想象作文》教学课堂实录中，于老师和牛刚同学合作表演了一个小哑剧，学生在于老师的指导下作文完成后，于老师开始面批。面批时，于老师一边以发现的眼光寻找学生作文中的闪光点，一边积极地赞扬学生。为了使学生切实地获得成就感，于老师给学生打的分数最高达三百分。例如，有一位学生的作文题为《过分》，生一开读，于老师就发现了其作文的闪光处——人物名称极具趣味性，一个是学生二蛋，一位是牛老师，就这一点加 10 分。接着学生在文中又用了英文 Very good！这是牛老师夸奖二蛋的作文的语言，于老师灵光一闪，巧妙地借用该句，夸奖了该生，其教学机智可见一斑。接着因为"飘飘然"一词用得好加分，于老师自己还表演了"飘飘然"状，最后因为该生一句话耐人寻味，他竖起大拇指，说了声："Very good！"在整个面批过程中，于老师总是在努力发现学生作文中的闪光之处，并给予极大的鼓励，甚至自己身临其境，扮演相关动作，于老师积极投入地教学，渲染了课堂气氛，激发了学生的学习热情。另一方面，面对学生作文中的不足之处，于老师并未因此打击学生积极性，而是积极地鼓励着学生。例如由于该生"晴转多云"一词用得过于频繁，于老师请他改一下，一个"请"字包含了于老师对学生的关爱与尊重。接着他建议学生将"作文"一词改为"句子"，语气平和委婉。在后文中，学生写到老师因为生气对学生大打出手，于老师虽不赞同该写法，但也未因此批评学生，而是说我不赞同老师打人，你不要把老师写的太过分了，并鼓励学生往下读。最终给了该生三百分。总之，在面批过程中，面对学生的写作不足，于老师以建议代批评，既保护了学生的自尊，又提高了学生的写作热情。

以谦虚次准则要求教师要学会自我谦虚，以此赞誉学生。在《说说，画画，写写》作文教学中，于老师根据学生的描述寻找王钟灵同学。期间，请一位同学在黑板上画该生画像，于老师在学生的描述中，找到了该生，然后对画画的同学大加赞赏，于老师的画技自不必多说，但他却称赞学生画得好，并将一切成果归功于该生的画技，这体现了于老师在教学过程中谦虚的态度和对学生无私的爱。

"恰当称呼次准则要求通过得体的称呼语沟通师生感情，增强教学效果"②。于老师在这方面无疑是行家。在其《考试》作文教学中，于老师以对话导入，通过引导学生对自己恰当的称呼拉近了师生间的距离。于老师说："叫我于老师、于永正老师的表明尊重我，叫

① 孔凡成：《语境教学研究》，人民出版社 2009 年版，第 141 页。

② 孔凡成：《语境教学研究》，人民出版社 2009 年版，第 143 页。

我于爷爷的，表明把我当作了他的亲人，叫我于伯伯的，表明希望我年轻一些，叫我于永正的，表明把我看作了自己的朋友，不管怎么称呼，我都喜欢。”①。于老师放下了特级教师的架子，放下了师道尊严，他只想做学生的好朋友，甚至愿意让学生直接叫他的名字！寥寥数语，他平易近人的特点跃然纸上。总之，于老师通过恰当称呼打开了学生的心灵之窗，拉近了师生间距离，调动了学生的积极性，激活了学生的思维，营造了师生和谐的课堂氛围。

“同情次准则要求对学生存在的问题抱以基于‘了解之同情’的态度，促进相互理解”②。于老师在《对话想象作文》教学中不仅遵循了赞誉次准则，还遵循了同情次准则。在于老师的课堂中，他关心的不仅是好学生，还有那些习作能力差的学生。例如在一次作文面批时，于老师请一位后进生读自己的作品，并关切地指出其中存在的问题，然后郑重地打上满分。相信鲜红的一百分会唤起该生的自信心，激发其巨大的写作热情。

“一致次准则要求师生双方坚持‘和而不同’，减少分歧”③。在《大红花》言语交际训练课中，学生们对于谁应该是大红花的获得者各抒己见，于老师尊重学生的看法，以开放式的态度，遵循了统一之中存在差异的教学原则。

第二，坚持容忍语用失误。“教师要坚持容忍语用失误准则，不仅要宽容学生的语用失误，而且自己要力避出现语用失误”④。例如于老师曾以特级教师的身份为一所学校的“萌芽文学社”辅导作文，初次见面，因为自己戴着眼镜，竟当众被学生称作“四眼”，该生对老师缺乏应有的尊重，犯了语用失误的错误，其言行很快受到其他同学的指责。于老师听到了该生的话，不但没生气，反而以一颗宽容之心化解矛盾，并且换来了一堂精彩的作文课——《于老师印象记》。

第三，坚持幽默准则。在课堂教学中，于老师的幽默亦是值得一品。在《动物王国掰手腕比赛》教学中，于老师以其幽默诙谐的语言，赢得了听课老师的阵阵笑声。当于老师为学生分配完任务后说：“我退居二线，做场外辅导。”⑤于老师风趣的语言，不仅活现了当时比赛热烈的气氛，而且让人身临其境。得体的幽默不仅能增添欢乐、活跃气氛，还能消除隔阂、缓解矛盾。在《歇后语编故事》教学中，于老师打算与三位同学合作表演“黄鼠狼给鸡拜年——自投罗网”的故事，结果有六位同学愿意合作，面对这样的局面，为了不伤害个别学生自尊，于老师说出演员条件，请刘程昊同学决定终端人选者，然后说：“剩下的几位同学，你们落选了，对不起，这是刘程昊决定的，不是我选的，有意见对他提啊！”⑥教学中，教师适时地运用一些幽默，不仅能提高学生参与课堂的积极性，还可以化解和打破心理上的不平衡及难堪的局面，从而创造和谐的教学氛围。

通过以上分析，我们发现于老师根据礼貌准则开展语文教学活动，他在教学中坚持容忍语用失误，并且坚持幽默准则，他的教学语言是艺术的结晶，是其内在魅力的展现。

---

① 于永正：《于永正与五重教学》，北京师范大学出版社 2011 年版，第 206 页。

② 孔凡成：《语境教学研究》，人民出版社 2009 年版，第 143 页。

③ 孔凡成：《语境教学研究》，人民出版社 2009 年版，第 142 页。

④ 孔凡成：《语境教学研究》，人民出版社 2009 年版，第 143 页。

⑤ 于永正：《于永正与五重教学》，北京师范大学出版社 2011 年版，第 260 页。

⑥ 于永正：《于永正与五重教学》，北京师范大学出版社 2011 年版，第 187 页。

四、教学方法运用语境教学法

荣维东先生提出交际语境写作观，认为“写作教学不应该仅着眼于‘写作知识’的传授，而应该在具体的生活实践中，在具体的应用中练成，写作中的交际语境可以分为‘真实的’交际语境和‘假想的’交际语境两种”[①]。由此不难推知，前者对应情景语境教学法，后者即为虚拟语境教学法。

（一）情景语境教学法

“情景语境教学法是运用情景语境理论进行的一种教学方法”[②]，其中情景语境因素包括写作话题、写作者的身份、读者以及写作目的等方面。于老师善于创设具有“具体的交际语境要素的写作任务，实现了写作话题、写作者的身份、读者以及写作目的等交际要素的明确化、具体化”[③]。

在《写保证书、转述通知》的作文教学中，于老师先以周六去果园参观这一消息导入，以果园工作人员可能对学生有点不放心为理由，激发学生写保证书的热情，再提出谁写得好就让谁去这一要求，坚定学生写作决心。接着请学生读保证书，以此为范例，指导学生作文，然后组织学生进行小组讨论，集思广益，交流写保证书的注意事项，最后进行写作。写作完成后要求学生每人将保证书抄一份贴在学习园地，放学回家后将该消息通知给家长。

在该教学中，学生的写作对象即果园工作人员，这是真实的对象，这使学生切实体会到了写保证书的价值所在，会使学生认真对待写作。课堂上，除了有一个师生相互学习的情境，于老师还设计了一个情境，即参观徐州果园，这是一个真实的情境，也是一个真实的活动，对于长期待在教室中的学生，能有这样的机会参加课外活动自然是喜出望外。听到这样的消息，恐怕学生已身临其境。此时老师抓住时机提出谁写好保证书，就让谁去，这一真实的言语任务，学生切实感受到写作目的，激发了写作动机，自然调动了写作积极性。写作完成后，老师趁热打铁，当场修改，提出意见，使学生明白了《保证书》的开头要说明写保证书的原因。接着，组织学生小组交流，开阔学生思维，丰富写作内容，从而获得了真实的言语成果。最后，通过于老师以及果园工作人员以及家长的安排，学生亲身经历了一次参观果园的活动，并举办苹果展览，经过这样一番真实的自我体验，学生自然受益匪浅。基于此，于老师组织了一堂《写“照片说明”和报道》的说写训练课。此时，学生有真实的自我体验为基础，其说、写内容自然丰富了，说、写难度也降低了，他们自然乐说乐写。

此外，我们需要明白李海林老师所认为的“真实的作文不是指写的内容的真实性，而是指‘写作’行为的真实性”[④]。即为了成功写作，我们可以设置（1）“真实的言语任务”；

---

① 荣维东：《写作课程范式研究》，华东师范大学 2010 年博士学位论文，第 103 页。

② 孔凡成：《语境教学研究》，人民出版社 2009 年版，第 187 页。

③ 荣维东：《写作课程范式研究》，华东师范大学 2010 年博士学位论文，第 124 页。

④ 娄庆华、叶玲飞：《“真实的写作”中的悖论——从考场作文谈起》，《教学月刊》（中学版）2009 年第 15 期。

(2)“真实的言语环境”。(3)“真实的言语成果”,当然这并不是说学生的写作内容不可以进行联想想象和语言加工,只要文章符合情理即可。例如在于老师的上述课堂教学中,于老师为了有效训练学生的写保证书,转述通知,以及为照片写说明和报道的能力,设置真实的交际语境,组织安排了参观果园、举办苹果展览等活动,但是活动的举办只是为了使学生获得真实的体验,但学生的写作内容不是客观的,而是具有浓厚的文学韵味和艺术气息的。例如训练中一位学生写的报道题目为《找春天》,仅从题目看,就充满了诗情画意。

(二) 虚拟语境教学法

在日常学习生活中,通过于老师的安排,学生虽然有机会走出教室,走进校外空间,但学生的大多数学习空间还是在教室。这使得学生的生活经历不够丰富,基于此,荣先生认为“还有一种写作,主要是学校写作或语言教育中的写作,只能是虚拟的、不那么‘真实’的”①。

于老师在其“言语交际表达训练”教学实践中努力创设虚拟语境,以使学生即使在教室也能感受到自己是在与特定的语文能力相适应的、具体的语言环境中学习。在下文中,笔者将在语境教学原理的视野下,通过虚拟语境的创设方式及其作用,分析于老师的教学实践。

一方面,“虚拟语境教学法的创设方式有虚拟想象,虚拟动作,置换角色,置换语境四种”②。下面就以这四个方面为视角,分析于老师的作文教改实验。第一,虚拟想象,再现生活场景。于老师善于在教学中,通过创设虚拟的语境,激发学生的想象力,唤起学生的生活经验,把学生带入特定的语境中。例如,在《对话想象》作文教学中,于老师通过放录音,和演哑剧,激发学生的想象力,将学生带入语文训练相关的特定的语境中。在《爱鸟》作文教学中,于老师通过播放鸟鸣声导入新课,初步训练学生写作,然后通过自己扮演猎人,将学生带入紧张的捕猎环境中,以揭示本课主题;在《四毛的故事》作文教学中,于老师以画漫画的形式,激发学生想象,将学生带入四毛的生活世界中等不胜枚举,可以说正是因为有于老师的匠心独运,才会有如此轻松愉快的“言语交际表达”训练课。第二,通过表演的方式,使学生成为语境创设中的一个角色,使学生在虚拟表演中,完成学习任务。例如在《动物王国掰手腕比赛》作文教学中,于老师举办了掰手腕活动,参赛选手及观众即为学生本身,将学生置身于语境,使学生在热闹的比赛中,切身感受到比赛的激烈,从而为后面的写报道打下坚实基础。在《歇后语编故事》教学中,于老师与学生一起表演“黄鼠狼给鸡拜年”的故事,于老师扮演老母鸡,学生扮演黄鼠狼等角色,学生自己还组织表演了“黄鼠狼偷鸡毛掸——空喜一场”和“许褚战马超——赤膊上阵”这两个歇后语所编的故事,热烈而又有趣的表演结束后,再让学生趁热打铁写作文,其效果自不必多言。除此之外,于老师在大量作文教学实践中都运用了虚拟动作教学方法,在自编自演的活动中,学生既收获了欢乐又掌握了知识,达到了最佳的课堂效果。于老师在阅读教学中还善于运用置换角色、置换语境等虚拟语境的创设方式展开教学,本文集中于分析于老师的写作教学,阅

---

① 荣维东:《写作课程范式研究》,华东师范大学2010年博士学位论文,第129页。

② 孔凡成:《语境教学研究》,人民出版社2009年版,第249页。

读教学部分暂不多言。

另一方面，就虚拟语境教学法的作用而言，它广泛运用于指导写作。于老师在教学中善于遵循目的需要原则，创设虚拟语境。例如在《说说，画画，写写》教学中，于老师为了使学生明确写作目的，请学生以他刚交的两位朋友为写作对象，并说明课后会收集学生的文章作为纪念。听到这一想法，学生自然想写乐写。总之，在于老师的教学中，不管是还原特定语言任务出现的语境，或是缩短读者与作品间的距离，还是完善情境教学的需要，虚拟语境教学法都发挥了巨大作用。

综上所述，于老师的“言语交际表达训练”教学实践符合语境教学理论。这充分说明于老师的作文教改实验富有生命力和前瞻性，也从另一个侧面说明语境教学的正确性，完全有可能为语文教学改革开创一条新途径。

（指导教师：孔凡成教授）

关注生活　追求实用

——论朱自清作文教学生活化选择

文学院 2008（4）　吴　阳

朱自清先生不仅是中国文学界著名的学者、文学家、作者，而且是重要的语文教育家，在我国语文教育史上占有举足轻重的地位。1920 年，23 岁的朱自清从北京大学哲学系毕业后来到了杭州第一师范，后又辗转扬州江苏省立第八中学、温州十中、春晖中学等中学从事国文教学，在他 29 年的教育生涯里，他对国文教学做了许多开创性的探索，在写作教学方面更是独具匠心。他亲自写"下水作文"，给学生提供写作训练的样本，他的著名作品《背影》、《匆匆》、《伦敦杂记》等有这种目的。他有许多关于作文教学的论述，例如《中学生的国文程度》、《论教本与写作》、《写作杂谈》等至今给人启发。笔者在阅读他的相关论著过程中，为他的"从小处作手""为了生活"等生活化作文主张所吸引，愿意做一次探究。

那么，何谓生活化作文？我们先来看叶圣陶、夏丏尊两位老先生的论述："写作是说话，为了生活上的种种需要，把自己想说的话说出来。"①"作文是生活，而不是对生活的点缀。学作文，也是学做人。"②其实写作就是一种生活状态，是一种存在方式，为了生活上的需要我们把自已想要表达的观点流于字里行间，让别人可以读懂我们的心声、我们的心灵。每次写作都是写作者情感意志的流露，我们在写作时就已经在生活了，写作不再生活之外，它在生活之中，它就是生活本身，是在表明态度交流情感，学生在写作的同时也在真实地生活着。中学生的笔下应该是他们自己的生活，正如王尚文先生所说："让学生在日常生活中写作，写他的日常生活，让他的写作成为他的一种生活，这仅仅是对一个正常的，心智健全的人并不过分的要求。这样的写作教学理想不可能实现于几次'作文课'，而必须融化在他们的生活之路中。"③作文生活化就是让作文介入学生的生活，用作文来帮助学生生活，譬如帮助学生学会表达当前所欲表达之情、所要达成之意，譬如处理实际的事务，作文本身也是学生具体生活的一部分。即使虚设情境，也是为了训练、为了未来实际生活的需要而设，同样，培养出来的写作能力能够在未来实际的生活里帮助这个学习作文

① 叶圣陶：《叶圣陶论语文教育》，河南教育出版社 1986 年版，第 81 页。

② 夏丏尊：《夏丏尊文集》，浙江人民出版社 1983 年版，第 541 页。

③ 王尚文：《走进语文教学之门》，上海教育出版社 2007 年版，第 246 页。

者来生活。从这个角度来考察朱自清的作文训练，无论是其设想的作文教学目标，还是命题和文体选择，或者语言选择，以及假想读者的设计，都体现出生活化的特征。

一、目标选择：写作为了实际应用

朱自清认为，“写作是基本的训练，是生活技术的训练——说是做人的训练也无不可”①。在另一处，他又直接明了地写道，“写作练习是为了应用”②。从这些可以看出，朱自清对于写作的定位是：为了学生自己未来从事社会工作时能够具备所需要的写作能力，能够恰当地运用语言来表达自己的想法，也就是通过作文训练培养学生运用语言文字的能力。总之一句话，是为了他生活的应用，为了他在实际生活中的“做人”。

正因如此，他明确地指出，作文训练是为了生活而训练，而不是为了文学创作。“现代文学还在开创时期，成名比较容易，青年人多半想尝试一下，于是乎一般中学生的写作不约而同地走上创作的路。”③当时，很多人认为作文训练最高目标就是培养作家，但作为作家与教育家双重身份的朱自清却比一般人更清楚地认识到普通的作文训练并不等同于文学创作。针对当时青年人爱读记叙文和抒情文类的“文学教材”及滥用文学调子进行写作，朱自清严厉地批评说，“滥用文学的调子只是废话而已”④。“滥用文学的感情和语调，只会使文章中的文学成分太多，使文章失去了原本的朴实无华。现在的学生只知注重创作，将创作当作白话文唯一的正当出路；就是一般写作的人也很少着眼在白话应用文的发展上。这是错的。”⑤中小学普通的作文训练是为了生活的实用，而不是为培养作家，这一点，即使是现在也不是每一个语文教师能够清醒认识到的。

既然追求的目标是实用，那么就要重视作文的技术训练，因为写作能力是通过训练而获得的。这一点我们可以从朱自清对“技术训练”与“思想学习”关系辨析来加深理解。针对当时教师专注单纯的思想而忽略技术训练的现状，朱自清说道：“只注重思想而忽略训练，所获得的思想必是浮光掠影。因为思想也就存在词汇，字句，篇章，声调里；中学生读书而只取其思想，那便是将书里的话用他们自己原有的词汇等等重记下来，一定是相去很远的变形。”⑥这就是说，如果学习只注重思想而不注意实际写作技术的训练，那么所得思想是浮泛的，而需要通过训练才能得到的写作技术譬如词汇、字句、篇章等的具体运用能力、写作能力，就不可能得到培养。

二、语言选择：用白话文来写作

朱自清生活在激烈的“文白之争”时代，是教学文言文，还是教学白话文，这是当时知

---

① 朱自清：《朱自清全集》（第2卷），江苏教育出版社1988年版，第45页。
② 朱自清：《朱自清全集》（第2卷），江苏教育出版社1988年版，第46页。
③ 朱自清：《朱自清全集》（第2卷），江苏教育出版社1988年版，第44页。
④ 朱自清：《朱自清全集》（第2卷），江苏教育出版社1988年版，第44页。
⑤ 朱自清：《朱自清全集》（第2卷），江苏教育出版社1988年版，第30页。
⑥ 朱自清：《朱自清论语文教育》，河南教育出版社1985年版，第6页。

识分子必须做出选择的题目。朱自清清醒地注意到白话文必将取代文言文的历史趋势，对于作文教学，他毫不含糊地声称学生要写白话文。为什么放弃文言文而选择白话文？我们来看一看朱自清的解释。

第一，文言文难学，白话文简易实用。

朱自清写道，“中学生学做文言，许多地方真是不通。读文言的能力也不够”[①]，“说到所谓的古文，乃至古书，不能懂的地方更多，往往连最主要的意思也弄不明白”[②]。比如文言文中的“吾谁欺?”许多学生不知道它在白话文中是“我欺负哪一个”的意思，“文言文的表现样式(包括句法)和词的意义，常常教中学生迷惑”，[③]“许多大中学生厌弃教本里的文言，认为无益于写作，他们反对读古书，这也是主要原因之一”[④]。

比较而言，白话文就显得通俗易懂，也容易学习。与以儒家纲常为经典主要内容的文言文相比较而言，白话文更易于表现日趋复杂的现代生活。随着白话文的普及程度逐渐加深，文言文的实用性逐渐减弱，书本和报纸、杂志上的文章逐渐以大众易接受的白话文为主，用文言文表达的文章越来越少，文言文的实用性不高，因为，中学生更愿意接受用白话文来表达的语言方式，而且“从做白话文这方面来说，一般的标准是大大的进步了，对于写景、抒情的能力，尤其非常的可观”[⑤]。

第二，文言文难写，白话文与生活更贴近。

处于历史转折时期的学生们对于文言和白话的具体应用还处于一种混沌状态，他们嘴上说的是白话，课堂上学习的是文言，而笔下写的则是“文白夹杂”的混合体。朱自清认为，古文“只适宜于表达简单的意义”，“在通篇的组织上，又自有比较固定的方法，遂也不易容纳复杂的思想”。[⑥] 因此，“只有写作态度可以直接供我们参考，至于篇章字句，文言语体各有标准，我们尽可以比较研究，却不能直接学习”[⑦]。

第三，文言文写作易出问题，学习效率不如白话文。

在中学从事国文教学五年，朱自清发现中学生的文言写作容易出现很多问题。例如用字不确切、词不达意、虚实字不通、句式混杂难以理解句子内容，等等，这些使文言文难写。各种文体的学习需要花的时间多，却又学不精，这使学生觉得得不偿失，还有文言句式程式化严重，没有白话用的普遍。

而对于白话文，问题就没有这么严重，容易受到青年学生的欢迎。“现在是青年的时代，青年自然乐意用白话，而大部分的青年文言训练太差，也是用白话便易。”[⑧]因此朱自清认为，“中等学校里现在已经无须教学生文言写作”[⑨]。如果把训练文言文写作的时间

---

① 朱自清:《朱自清论语文教育》，河南教育出版社 1985 年版，第 40 页。
② 朱自清:《朱自清全集》(第 3 卷)，江苏教育出版社 1988 年版，第 32 页。
③ 朱自清:《朱自清全集》(第 3 卷)，江苏教育出版社 1988 年版，第 33 页。
④ 朱自清:《朱自清全集》(第 3 卷)，江苏教育出版社 1988 年版，第 197 页。
⑤ 朱自清:《朱自清论语文教育》，河南教育出版社 1985 年版，第 40 页。
⑥ 朱自清:《朱自清全集》(第 3 卷)，江苏教育出版社 1988 年版，第 299 页。
⑦ 朱自清:《朱自清全集》(第 3 卷)，江苏教育出版社 1988 年版，第 197 页。
⑧ 朱自清:《朱自清全集》(第 2 卷)，江苏教育出版社 1988 年版，第 26 页。
⑨ 朱自清:《朱自清论语文教育》，河南教育出版社 1985 年版，第 54 页。

节省下来全部用在白话文写作的训练上，那么到中学毕业的时候，学生们就可以写出相当流畅的白话文了。

这里需要澄清的是：朱自清不鼓励学生练习文言文写作，但并非不读、不学文言文，他认为对以文言为载体的经典的训练是必要的，学生“欣赏古文的能力是应该培养的”[①]。因为文言经典是民族文化的结晶，而文言作品中的“典范之作”对提高学生的写作能力尤其是说理和议论能力也很有帮助，为此，他专门给学生推荐了包括《常识文范》、《蔡孑民先生言行录》和《新世训》在内的几本文言著作作为学习的补充教材。

三、选材与命题选择：写学生熟悉的生活

在具体的写作过程中，朱自清如何实现他生活化作文训练的主张呢？我们可以从选材和命题两个方面来看。

（一）从选材方面看，提倡学生写熟悉的生活

朱自清认为，作文“要用现在生活作题材，学生总该觉得熟悉，亲切些；即使不能完全了解，总不至于摸不着头脑”[②]。学生写作文应从小处着手，选取与生活相关的题材，拣那些与实际生活有密切关系的问题和亲切熟悉的事物来写，这样才容易做到言之有物。他认为让学生来写“学校中的伙食问题”[③]这一类题目，更切合学生生活，那么训练学生作文立意、抓重点、安排结构、讲究条理就会更容易一些。

为了让学生有话可说，朱自清还推荐学生广泛阅读报纸和杂志，因为报纸和杂志上的那些文字都是用当时的生活做题材，学生会觉得亲切熟悉些。让学生接触这些与实际生活直接相关的文章，他们也就更容易仿照这样的文章去模拟写作，从而更有效地学习怎么写作实用文章。

（二）从命题方面看，提倡命题与学生生活相关

关于命题问题，朱自清强调写一些实用的题目，多给学生一些与生活密切相关的小题目。

在《高中毕业生国文程度一斑》一文中，朱自清分析了参加清华大学入学考试考生的作文，他分析道：这些作文似乎总在说一些泛泛而谈的话，似乎自己没有话可说，比如：写《灯》便说灯有菜油灯，煤油灯，电灯；写《路》便说路有泥路，石子路，柏油路，没有其他的情思。再譬如《夜》，就说到夜里想到一件故事，而这故事里毫无夜的影子。这样的作文没有作者自己的感情，大而化之，欠缺对生活的描写，因此读起来让人觉得内容枯燥无味，缺乏真实情感。朱自清认为其原因在于这些题目偏重文学，与实用相距较远。他认为还不如

---

① 朱自清：《朱自清全集》（第 2 卷），江苏教育出版社 1988 年版，第 64 页。

② 朱自清：《朱自清论语文教育》，河南教育出版社 1985 年版，第 24 页。

③ 朱自清：《朱自清论语文教育》，河南教育出版社 1985 年版，第 43 页。

“不妄想人人都能做美文”①，只求写作者能够联系自己的生活来写作些切实的话，“给些小题目，让他们在日常生活里找点自己的话”②。

朱自清在从事国文教学时，他给学生出的作文题目都是与学生生活有密切关系的，这些题目除了前面说到的“关于学校中的伙食问题”外，还有《窗外》、《书的自叙》等题目。朱自清认为，“在写作练习里就他们所熟悉的生活当中选取些说明文和议论文的题目，让他们能够有话说，能够发挥自己的意见，形成自己的判断，不至于苦掉笔头”③。除了这些，他还给学生做一些时事题目，让他们拟实际生活里需要用到演说词或壁报文字。

另外，他还经常要求学生从生活中选取题材自己命题，这使作惯了以阐述儒家经典为旨趣的文言文的学生得到了思想上和文笔上的解放。

这样生活化的命题和选材方式，因为是学生自己经历的生活，是用自己的笔来写出自己的生活，所以学生就容易有话可说有感而发，写作能力也容易得到实际的训练和提高。

四、文体选择：写社会生活中需要的实用文体

朱自清所提倡的作文训练就是一种生活化的作文训练，这种生活化更突出体现在朱自清对实用性文体的训练上。这种实用性文体是文学之外的非文学文字，即普通文，包括书信、宣言、评论、报告书、说明文等应用文，还包括记叙文和论说文。

叶圣陶认为，“中学生要应付生活，阅读与写作的训练就不能不在文学之外，同时应以这种普通文为对象”④。朱自清对叶圣陶的话加以引申，特别着重在写作训练上。他说：“中学生作文课，该以广义的应用文为主，因为作文课主要是技能的训练，艺术自当居次位，因为如果中学生只爱文艺，那么阅读的是它，练习的是它，又没有了敏锐的辨别力，这就很容易犯滥用文艺的笔。而且他们还不能清楚的辨别文艺和普通的文字的不同，他们只会那一套，因此写起普通文字来，浮夸文字多，要紧的文字少，那几句要紧话又说不透，这就不能应用。”⑤通过写书信、宣言、报告书、说明书这样实用的应用文来训练学生的作文写作，可以使学生在将来无论是升学还是就业都能运用文字工具来应付各种生活和社会需要，这才是为了“提高学生写作能力”的目的。让学生学有所长，学会了基本的文体写作，在将来，无论是去工作还是以后继续学习深造都可以用得到，这比会耍嘴皮子要实用得多。

当时的教材，典范的实用文还很少。“记叙文，抒情文，选起来还容易，说明文，议论文，就困难，经济而条理密的少，内容也往往嫌广嫌深，不适于中学生；至于其他的白话文，如书信等等，似乎刚在发展，还没什么表现，自然更难选录。”⑥这种典范选文缺少的情况，学生写作应用文那就不是一般的困难，朱自清就建议学生从小的范围入手，最好从写报

---

① 朱自清：《朱自清论语文教育》，河南教育出版社 1985 年版，第 46 页。

② 朱自清：《朱自清论语文教育》，河南教育出版社 1985 年版，第 46 页。

③ 朱自清：《朱自清论语文教育》，河南教育出版社 1985 年版，第 24 页。

④ 朱自清：《朱自清论语文教育》，河南教育出版社 1985 年版，第 16 页。

⑤ 朱自清：《朱自清全集》（第 4 卷），江苏教育出版社 1996 年版，第 475 页。

⑥ 朱自清：《朱自清论语文教育》，河南教育出版社 1985 年版，第 19 页。

纸、杂志中的新闻短评入手，练习写作说明文和议论文。

五、读者选择：树立"假想读者"培养读者意识

为激发学生的创作兴趣，朱自清鼓励学生找准目标，鼓起兴趣，有所为的写作，给学生一个切近的目标，让他们知道文章是给谁读的，即确定"假想读者"，这样才能激发学生的创作兴趣。

朱自清认为"一般师生都忽略了假想读者这个概念，学生写作，不意识到假想读者，往往不去辨别各种体裁，只是马马虎虎写下去。等到实际应用，自然便不合适"①。假想读者有很多，一般学生只知道作文写了要给老师读，还有可能给同学、家人读就觉得写作没了趣味，这样就会犯潦草马虎的毛病。实际上写作练习大部分是拿假想的读者作为阅读对象，并非拿实际读者做对象。"假想的读者除了父兄，教师，亲近的同学或朋友外，还有全体同学，全体中学生，一般青年人，本地人士，各团体，政府，政府领袖，一般社会，以及其他没数到的。"②写作练习是为了未来的应用，培养"假想读者"意识，让学生养成面对阅读对象的写作习惯。写作练习可以没有教师，但是不能没有假想读者，朱自清在训练学生写作时都是有假想读者的，因为学生知道有假想读者的存在就不会马马虎虎写文章了。

除了培养"假象读者"意识，朱自清还注意为学生树立"实际读者群"。为了鼓励学生创作，他还利用壁报，将优秀学生的作文贴在教室后面的墙上，引起全班同学注意，学生不再认为自己的文章只是给老师看的。这种"实际读者群"的存在，朱自清认为有这样好处："一面又可以使一般学生对于拿报纸上和一般杂志上文字做写作的目标有更亲切的印象。这是一个值得采取的写作设计。"③此外，朱自清还拿报纸上和一般杂志上的文字作切近的目标，给学生模仿、参考，因为这些文字"容易意识到各种文字的读者"④。

从上述分析可以看出，朱自清的作文教学生活化的主张和做法，有许多合理之处，他充分考虑到学生在学校里学习是为了日后生活、工作，乃至继续学习而打基础、做准备的，他的眼光最终盯着的是学生的未来实际生活需要，而不是为了应付学校里的考试。关注学生的生活，追求实用性的作文训练方式，朱自清的这些作文教学主张对我们当下不如人意的、非生活化的作文教学有诸多启示。

（指导教师：唐锋卢副教授）

① 朱自清：《朱自清全集》(第2卷)，江苏教育出版社1988年版，第47页。
② 朱自清：《朱自清论语文教育》，河南教育出版社1985年版，第22页。
③ 朱自清：《朱自清全集》(第2卷)，江苏教育出版社1988年版，第50页。
④ 朱自清：《朱自清全集》(第2卷)，江苏教育出版社1988年版，第47页。